2-

Aus Freude am Lesen

Eine Stadt, in der es gärt, ist dieses Helsinki in den ersten Jahrzehnten des 20. Jahrhunderts. Die unterschiedlichsten Menschen treffen sich hier, vereint in ihrer Sehnsucht nach Glück
und Bedeutung in ihrem Leben: zum Beispiel der radikale Allu
Kajander, der seine Sportlerkarriere opfert, um zur See zu fahren. Der hasserfüllte Cedi Lilljehelm, der mit den Visionen
der faschistischen Schwarzhemden sympathisiert; seine frivole
Schwester Lucie mit ihrem unbändigen Freiheitswillen, die einen
Hauch des dekadenten Paris in den Norden trägt und die Männer in Scharen anzieht. Und nicht zuletzt der idealistische, hoch
sensible Fotograf Eccu, der am Ende an der harschen Wirklichkeit scheitert. Doch bei allem Kampf, bei allem Scheitern und bei
aller Bitterkeit gibt es auch hier, in diesen unruhigen Zeiten, die
großen menschlichen Gesten, getragen von Liebe und Verständnis und Mitmenschlichkeit, die letztlich triumphieren …

KJELL WESTÖ ist einer der bekanntesten finnlandschwedischen
Autoren der jüngeren Generation, geboren 1961 in Helsinki,
wo er heute noch lebt. Seit seinem literarischen Debüt 1986
hat er drei Gedichtsammlungen, mehrere Bände mit Erzählungen und vier Romane veröffentlicht. Kjell Westö ist vielfach
preisgekrönt, u. a. mit dem Finnischen Literaturpreis für
»Wo wir einst gingen«.

Kjell Westö

Wo wir einst gingen

Ein Roman über eine Stadt
und unseren Willen,
höher zu wachsen als das Gras

Aus dem Finnlandschwedischen
von Paul Berf

btb

Die Originalausgabe erschien 2006 unter dem Titel
»Där vi en gång gått« bei Söderströms, Helsinki, und
anschließend bei Nordstedts, Stockholm.

Anmerkung des Übersetzers
Finnland ist ein zweisprachiges Land, in dem neben Finnisch
auch Schwedisch gesprochen wird. Da der vorliegende Roman
in schwedischer Sprache verfasst wurde, sind in der Übersetzung
die schwedischen Orts- und Straßenbezeichnungen beibehalten
worden, zum Beispiel Helsingfors statt Helsinki, Tammerfors
statt Tampere.

Mix
Produktgruppe aus vorbildlich bewirtschafteten
Wäldern und anderen kontrollierten Herkünften
www.fsc.org Zert.-Nr. GFA-COC-001223
© 1996 Forest Stewardship Council

Verlagsgruppe Random House FSC-DEU-0100
Das für dieses Buch verwendete FSC-zertifizierte Papier
Munken Pocket liefert Arctic Paper Munkedals AB, Schweden.

1. Auflage
Genehmigte Taschenbuchausgabe Juli 2010
Umschlaggestaltung: semper smile, München
Umschlagmotiv: ullsteinbild / Alinari
Satz: Uhl + Massopust, Aalen
Druck und Einband: CPI – Clausen & Bosse, Leck
SL · Herstellung: SK
Printed in Germany
ISBN 978-3-442-74098-7

www.btb-verlag.de

Den Einwohnern von Helsingfors:
den Toten, den Lebenden, den Kommenden.

Den Städtern:
allen, die man in ein eiskaltes Grab senkte;
allen, die noch auf diesen Straßen gehen;
allen, die noch darauf warten, bis sie an der Reihe sind.

Erstes Buch

*Im ersten Kriegswinter
konnte Jali Widing
noch den Schnee fallen hören*

(1905–1917)

1

Der stille Allu

Der Zufall wollte es, dass der erste Tag von Vivan Fallenius als Hausmädchen bei den Herrschaften Gylfe in der Acht-zimmerwohnung an der Boulevardsgatan auf den ersten Jah-restag der Ermordung des russischen Generalgouverneurs Bobrikoff durch den einsamen und halbtauben Beamten Eu-gen Schauman fiel. Der stellvertretende Amtsrichter und seine Frau, die Schauman flüchtig gekannt hatten, feierten dies mit einem stummen Champagnertoast zur Consommé. Vivan stand an der Tür zum Flur, mit Rüschen in den Haa-ren, sie trug einen schwarzen Rock und eine schwarze Bluse mit weißem Spitzenkragen und hatte sich darüber hinaus eine weiße Schürze umgebunden, sie wartete auf die nächste An-weisung und versuchte sich möglichst unsichtbar zu machen. Das mit Schauman und Bobrikoff interessierte sie nicht wei-ter, stattdessen dachte sie an den Familienbaum daheim in Degerby, an ihre Hofbirke, die während eines überraschenden Maisturms vor gut einem Monat in der Mitte umgeknickt war, und daran, wie seltsam es doch war, dass sie bereits im Ja-nuar geträumt hatte, der Baum werde sterben. Träume dieser Art hatte sie in regelmäßigen Abständen, und sie machten ihr Angst, aber inzwischen war schon zartgrün gefärbter Sommer, und sie fragte sich, warum Frau Beata Gylfe nicht die schweren Samtvorhänge aufziehen ließ. Vivan hatte es am Vormittag ei-genmächtig getan; wenn die Vorhänge fort waren, sah man, wie schön das Licht auf die Boulevardsgatan fiel, und man konnte sich hinauslehnen und die jungen Linden anschauen und dem Klackern von Pferdehufen und Klappern von Wagen und Karren auf dem Kopfsteinpflaster lauschen. Vivan fand, dass die Gylfeschen Paradezimmer düster und brütend wurden, sobald die Vorhänge zugezogen waren. Sie wusste nicht, dass es dem Wunsch der reichen Stadtbewohner entsprach, wenn ihre Wohnungen so aussahen – dunkel getäfelte Möbel, Ebenholz und Mahagoni, schwarze, dekorativ bemalte Urnen und gipsweiße, auf kleinen Ziertischen ausgestellte Statuetten, üppige Topfpalmen in den Ecken, Seegemälde und glupschäugige Verwandte an den Wänden und dann die Stühle, diese quälende Vielzahl von Zierstühlen und Sesseln, die allerorten herumstanden und zur Folge hatten, dass man sich die Beine blau und wund schlug, wenn man zwischen den Möbelstücken kreuzte, um zu servieren oder abzudecken oder eine soeben abgegebene Visitenkarte zu überreichen oder was einem sonst gerade aufgetragen worden war. »Es ist gut«, sagte der stellvertretende Amtsrichter Gylfe mit Nachdruck und riss sie aus ihren Gedanken, »die gnädige Frau ruft Fräulein Vivan dann, wenn es Zeit für den Braten ist, wir haben ja die Klingel, Vivan kann zusammen mit Frau Holmström in der Küche warten.« Vivan knickste und öffnete die Tür zum Flur. Auf dem Weg zur Küche sah sie, dass der ältere der beiden Söhne des Hauses ihren Blick einzufangen suchte, aber sie gab vor, ihn nicht zu bemerken.

Es dauerte nicht lange, bis die beiden halbwüchsigen Jungen der Familie anfingen, sie nicht Vivan, sondern *Gullvivan*, Schlüsselblume, zu nennen. Anfangs sah sie darin nichts Unziemliches, denn schon daheim im Dorf hatten die jungen Männer ihr verschiedene Kosenamen gegeben und freundschaftlich benutzt. Doch wenn Magnus und Carl-Gustaf Gylfe den neuen Namen verwandten, huschte etwas über ihre glatten Gesichter, das Vivan als Geringschätzung und Hohn deutete, und manchmal schob sich Magnus, der ältere, plötzlich aus dem luxuriösen Badezimmer der Herrschaften mit Toilettenlüftung und einer Badewanne, die auf bronzenen Löwenpranken stand, und trällerte daraufhin mit leiser Stimme: *Vivan, Vivan, Herz aus Gold, Vivan, Vivan, wann bist du mir hold*, und seine Hose beulte sich aus, wenn sie mit pochendem Herzen und einem vollbeladenen Tablett in den Händen im dunklen Flur an ihm vorbeieilte. Die beiden Söhne des Hauses glichen in ihren Augen verhätschelten Hauskatzen, und sie spürte die Blicke der beiden auf ihrem Körper, sie spürte diese Blicke, wenn sie servierte, wenn sie die Palmen goss, wenn sie die Kleider und Bettbezüge einsammelte, um sie zur Wäscherin zu bringen, wenn sie mit klappernden Absätzen die Treppen hinabrannte, um zum Markt zu gehen und Waren einzukaufen, wenn sie von Wahlman oder Silfverberg & Wecksell wieder einmal einen teuren und voluminösen Neuzugang für Frau Gylfes Hutsammlung anschleppte. Sogar wenn sie auf dem Weg zum Abort des Dienstpersonals über den Hof schlich, spürte Vivan die Blicke der beiden Gylfe-Söhne, und es war ihr lieber, erst gar keinen Gedanken daran zu verschwenden, was die Brüder über sie sagten, sobald sie außer Hörweite war.

Vivans Mutter Magda war in der Stadt geboren worden und hatte in Tollander & Klärichs Tabakfabrik und als Aufwärterin im Hotel Kleineh gearbeitet, ehe sie heiratete und die Frau eines Kleinbauern in Ingå Degerby wurde. Magda wusste, dass bei weitem nicht jeder eine schwere und einförmige Arbeit ertrug, wenn es einen leichteren Weg gab. Hunderte junger Mädchen arbeiteten für einen kärglichen Lohn in den bürgerlichen Häusern und Fabriken von Helsingfors; die meisten von ihnen waren unerfahren und glaubten bereitwillig den Versprechungen in Restaurants und während anschließender nächtlicher Droschkenfahrten. Und nach Umarmungen und Enttäuschungen endete dies alles mit Nachtschichten in den berüchtigsten Straßen der Stadt und Herrenbesuchen in schneller Folge in einer gemieteten Dachkammer und den Gesundheitskontrollen der Polizei und dann, schließlich, mit der gefürchteten Seuche. Magda hatte ihrer Tochter deshalb eingeschärft, niemals vertraulichen Flüsterern mit wohlduftenden Hemdbrüsten oder verschmitzten Straßenjungen zu vertrauen, die in der Lage waren, Champagner aufzutreiben, wo es eigentlich gar keinen gab. Und am allermeisten, hatte sie erklärt, solle Vivan sich vor Männern in Acht nehmen, die ihr ewige Liebe schworen und sie zu abgelegenen Orten führen wollten.

Doch Vivan wurde von ihrer sieben Jahre älteren Kusine Sandra Söderberg zu einem Junitanz auf Byholmen gelockt, und dort begegnete sie dem Schwerarbeiter und angehenden städtischen Laternenanzünder Enok Kajander. Es war das erste Mal, dass Vivan ihren freien Abend darauf verwandte, tanzen zu gehen, und sie sah weg, als sie die Trauben von Männern sah, die entlang der Waldpfade standen und sich mit Branntwein und süßen Mischgetränken stärkten, ehe sie zum Tanzboden zurückkehrten, um jemanden aufzufordern. An ihrem nächsten freien Abend feierte sie auf Fårholmen, wo die Abstinenzlergesellschaft der Arbeiter eine musikalische Soiree veranstaltete. Einer der Programmpunkte war Enok, der mit seiner samtenen Tenorstimme schwedische und finnische Volkslieder sang. Den Juli und den halben August verbrachte Vivan mit Familie Gylfe in deren Sommervilla Miramar draußen in Kallvik, aber als sie zurückkam, dauerte es nicht lange, bis Enok wieder vor der Küchentür stand. Er habe Geld gespart, sagte er, und wolle sie ins Kinematographentheater einladen, um sich bewegte Bilder anzusehen, und er nannte sie *helluni mun*, meine Liebste, und Vivan errötete – das tat sie immer, wenn er Dinge auf Finnisch zu ihr sagte, ohne ihr zu erklären, was sie bedeuteten.

An einem Samstagabend spät im August war Tanz in der Sommerkolonie Mölylä der Sozialisten östlich der Gammelstadsfjärden. Enok und Vivan trafen sich am Broholmsufer und nahmen zusammen mit fast achtzig anderen Frauen und Männern Platz im riesigen Ruderboot »Zukunft« des Arbeitervereins. Enok war einer der Ruderer, und als das Boot unter der Långa-Brücke hindurchfuhr, sangen die Männer aus vollem Hals die Marseillaise, und die abendlichen Flaneure auf der Brücke lehnten sich neugierig über das Holzgeländer, um zu schauen, woher der Gesang kam. Vivan hatte das Gefühl, dass Enok jeden kannte und überall zu Hause war, und sie lächelte ihm von ihrem Platz auf der Achterducht aus zu, wo sie gemeinsam mit zehn anderen jungen Frauen saß, die alle ebenso festlich gekleidet waren wie sie selbst.

Draußen in Mölylä spielte die Blaskapelle des Vereins, und Vivan war in ihrer sahnefarbenen Bluse, ihrem kostbarsten Besitzstück, die Mutter Magda aus dem Seidenstoff genäht hatte, den ihr Onkel Heizer-August im Vorjahr aus Shanghai mitgebracht hatte, ehe er an Tropenfieber erkrankte und starb, das schönste Mädchen des Tanzes. Die Musik und Enok und der Mondschein ließen sie die einförmigen Arbeitsaufgaben und die enge Dienstmädchenkammer in der Boulevardsgatan vergessen. Sie bekam eine solche Lust, sich zu befreien und endlich richtig zu leben, sie spürte ihr Herz schnell und hart pochen, und als sie mit Enok tanzte, schloss sie die Augen und lag in seinen Armen und stellte sich vor, vom Scheitel bis zur Sohle in Crêpe de Chine gehüllt zu sein, obwohl der Stoff ihres Rocks schwarz und grob war. Nach Einbruch der Dunkelheit verließen sie den Tanz und das muntere Geplauder und gingen einen Waldweg hinab, auf dem ihre Bluse weiß zwischen den Schatten der Bäume schimmerte. Unten am Ufer zogen sie Schuhe und Strümpfe aus, liehen sich ein Boot und ruderten zu der kleinen Insel Lillkobben hinaus, die von den Finnen *Kiimakari* genannt wurde – der Name bedeutete Wollustschäre –, doch das wusste Vivan natürlich nicht. Draußen auf der Insel suchten sie ein kleines Wäldchen auf, und Enok breitete sein Jackett und seine Weste auf der Erde aus und griff ihr um die Taille und bat sie, sich zu setzen. Er trank an diesem Abend keine starken Sachen, er war die Zärtlichkeit und Höflichkeit selbst, und Vivan ließ sich auf dem angebotenen Platz nieder und dachte daran, was für eine klare Mondnacht es war und welch große und warme Hände Enok hatte und wie deutlich die Adern seiner Hände zu sehen waren, und sie zog ihre nackten Füße unter sich und löste ihr Haar, während sie gleichzeitig einem Windhauch lauschte, der durch die dünnen Wipfel der Birken strich.

Es war das erste Mal, dass sie sich einem Mann hingab, und hinterher bekam sie dann Angst, Angst davor, dass das Blut in diesem Monat ausbleiben und durch morgendliche Übelkeit und all das andere ersetzt werden würde, wovon Sandra und die anderen jungen Frauen erzählt hatten, und Angst davor, was Enok von ihr denken, aber auch davor, womit er sie angesteckt haben mochte – sie wusste doch, er hatte im Hafen gearbeitet, weshalb sie davon ausging, dass er früher viele Frauen gehabt hatte und es gefallene Mädchen gewesen waren.

Die Sache blieb dieses Mal ohne Folgen. Aber sie gingen das ganze Jahr miteinander, und während der Streikwoche im November, als Enok von sich behauptete, zu Hauptmann Kocks Arbeitergarde zu gehören, sich jedoch in erster Linie in der Stadt herumtrieb und in den Menschenmengen mitlief und Schlagworte grölte, ging Vivan an ihrem freien Abend mit ihm nach Hause, um Tee zu trinken. Enok wohnte im Stadtteil Hermanstad, er war Untermieter bei seinem Onkel Fredrik, der eine Frau und drei kleine Söhne hatte, aber Onkel Fredrik und seine Familie waren zu Beginn der Unruhen aus der Stadt nach Sibbo geflohen. Folglich war es ein leeres und momentan unbeheiztes Zimmer in einem ungestrichenen Holzhaus mit dem nebelverhüllten Byholmen und der herbstgrauen Gammelstadsfjärden tief unter ihnen, in dem Enok und Vivan das zweite Mal miteinander schliefen. Sie schloss die Arme um Enoks Rücken, während er sich auf ihr bewegte, und fror ein wenig, vor allem an Armen und Beinen, und war hinterher nach nur fünf Monaten in den Diensten von Familie Gylfe in anderen Umständen.

Sie begriff sehr schnell, was los war, dennoch dauerte es fast zehn Wochen, bis sie es wagte, mit Beata Gylfe zu sprechen. Frau Beata lauschte, ohne eine Miene zu verziehen, und sagte anschließend mit strenger Stimme, Vivan müsse leider ihre Stelle verlassen, bekomme jedoch drei Monate Abschiedslohn und dürfe im Dienstmädchenzimmer wohnen bleiben, bis die Familie eine neue Dienstmagd gefunden habe. Vivan nahm all ihren Mut zusammen, blickte zu Boden und murmelte: »Ich bin keine Dienstmagd, die gnädige Frau kann mich Hausgehilfin oder Zofe oder was auch immer nennen, aber ich bin keine Magd.« Frau Beata verstand kein Wort und bat Vivan zu wiederholen, was sie gesagt hatte. Vivan tat, wie ihr geheißen, sie wiederholte die Worte laut und deutlich, und ihr Tonfall glich, fand sie, bis aufs Haar dem Frau Beatas – er war ebenso abgeklärt und präzise. Frau Beata warf ihr allerdings nur einen frostigen Blick zu und fragte: »Findet Vivan wirklich, dass dies eine Rolle spielt? Ich meine, angesichts der Umstände, in die Vivan sich versetzt hat?« Vivan antwortete nicht. Zurück in der Küche brach sie in Tränen aus, aber Frau Holmström verzog nur den Mund und wandte sich augenblicklich ab, stand da und zermahlte einen großen Hecht zu Fischhack, starrte in den Fleischwolf, sah schroffer aus als je zuvor und weigerte sich, auch nur ein einziges Wort zu sagen.

Am späten Nachmittag bestellte der stellvertretende Amtsrichter Gylfe Vivan in die Bibliothek. Er saß mit einem aufgeschlagenen Buch vor sich an seinem Schreibtisch, die Vorhänge zur Boulevardsgatan waren zugezogen, und er rauchte Pfeife und sagte mit leiser Stimme, es gebe zwei Alternativen, entweder müsse Fräulein Vivan rasch eine Engelmacherin finden oder aber das Kind zur Welt bringen und versuchen, es adoptieren zu lassen, denn sie sei viel zu jung und unerfahren, um als Mutter bestehen zu können, und zu allem Überfluss würde sie im unruhigen Helsingfors allein dastehen. Angesichts der Umstände, lächelte der stellvertretende Amtsrichter säuerlich, müsse er sich leider die Freiheit nehmen, die ernsthaften Absichten des Befruchters zu bezweifeln. Leider Gottes, fügte er anschließend hinzu, könne er ihr selbst jedoch mit keiner konkreten Hilfe beistehen, denn wie Fräulein Vivan sicher verstehe, gehörten weder Engelmacherinnen noch Kinderheimvorsteher zu seinem Bekanntenkreis, und außerdem habe Fräulein Vivan sein und seiner Frau Beatas Vertrauen enttäuscht und sei selber schuld.

An jenem Tag, an dem all diese Worte ausgesprochen wurden, während andere, beispielsweise »Wir wollen hoffen, dass sich die Dinge für Fräulein Vivan zum Besten wenden«, unausgesprochen blieben, war Vivan Fallenius siebzehn Jahre, sechs Monate und drei Tage alt.

Enok Kajander war der Sohn eines Fischers aus Sibbo, aber seine Eltern waren tot und er wohnte seit dem Sommer 1902 in Helsingfors. Er hatte pechschwarze, gewellte Haare und auch im Winter einen dunklen Teint und wurde der Schwarze Enok genannt. Der Schwarze Enok war kürzlich einundzwanzig geworden, stand jedoch bereits weithin in dem Ruf, ein Unruhestifter und Agitator zu sein. Unruhestifter oder nicht, als seine Liebe zum ersten Mal auf die Probe gestellt wurde, bestand er sie. Als er den kurzgefassten Brief erhielt, in dem Vivan von ihrer Not berichtete, suchte er sie auf, stand plötzlich vor der Küchentür in der Boulevardsgatan und fingerte an seiner speckigen Mütze herum, wich Frau Holmströms majestätisch wütendem Blick aus und lud Vivan in ungelenken Formulierungen zu einem Spaziergang am kommenden Wochenende ein.

Es war Februar und der Sonntag wolkenverhangen, aber eiskalt. Am Ende der Östra Henriksgatan verbreitete das alte Gaswerk wie üblich seinen Gestank, und überall in der Stadt spien die elektrischen Kraftwerke graue Asche und schwarzen Rauch, und der Steinkohlenstaub und die Abgase verliehen der Stadtluft eine schmutzig gelbe Note und inmitten der Kälte einen ganz eigenen, beißenden Geruch. Enok und Vivan trafen sich in der Mikaelsgatan, gingen schweigend in nördliche Richtung und kamen am neuen Theatergebäude vorbei, das in wuchtiger und einsamer Majestät am Järnvägstorget stand. Von dort aus spazierten sie in den Kajsaniemipark, und als sie am zugefrorenen Schwanenteich entlanggingen, warf Enok ihr vor, dass sie sich nicht dem Helsingforser Hausangestellten-verein angeschlossen hatte: dann hätte sich der Verein ihrer Sache annehmen können. Vivan sagte, wie es war, die Hausan-gestelltenvereine hätten gemeinsame Sache mit den Arbeitern gemacht, was man draußen in den Dörfern nicht gern sehe, wo die Großbauern und Gutsbesitzer ein Auge darauf hatten, wo-hin die armen Leute ihr Mäntelchen hängten. Enok nickte ernst und meinte, es sei gut, dass sie nach Helsingfors gekommen sei, wo es so viele Arme gebe und deren gebündelte Kraft im-mer weiterwachse. Vivan biss sich auf die Lippe, blickte auf ihre abgetragenen Stiefel und erwiderte schmollend, im Mo-ment sei überhaupt nichts gut, sie habe Schande über ihren Vater und ihre Mutter gebracht, und mit ihrem Abschiedslohn werde sie nicht weit kommen, und ihre Kusine Sandra habe zwar gesagt, sie könne bei ihnen wohnen, solange sie wolle, bis das Kind geboren sei, aber Sandra und ihr Axel hätten bereits zwei Kinder und ein drittes sei unterwegs und Axel habe oft keine Arbeit und das Zimmer dort in der Andra linjen sei eng, und deshalb habe Vivan schon Alpträume, in denen sie vor der Armenverwaltung stehe und die Damen und Herren die Nase rümpfen und sie als eine Hure betrachten sehe.

Darüber hinaus quälten sie auch noch andere Visionen, sie wolle Enok keine Angst machen, aber sie habe von Kindesbei-nen an Dinge geträumt, die anschließend in Erfüllung gegangen seien. Als sie sieben gewesen sei, habe sie von einem Nachbar-jungen geträumt, ihn nachts vor sich gesehen, und sein Gesicht sei verfärbt und aufgedunsen gewesen und seine Augenhöhlen leer, und zwei Sommer später sei der Junge draußen in Por-kala ertrunken, und seine Leiche habe man erst gefunden, als es längst Herbst gewesen sei, und da seien die Aale schon am

Werk gewesen, wenn Enok verstehe, was sie meine. Und nun habe sie von einem der Söhne Gylfe geträumt, von Magnus, dem Mitglied der Familie, das sie am wenigsten mochte, in ihrem Alptraum sei der Kopf des älteren Sohns der Gylfes vom Körper abgetrennt gewesen, er habe frei vor ihren Augen geschwebt, er sei blutüberströmt und der Blick starr und grausig gewesen, während der Rest des Körpers ein Stück entfernt auf einer morastigen Straße gelegen habe.

Sie gingen am Kajsaniemiufer entlang und auf die Långa-Brücke hinauf, als Vivan all das sagte, und während sie sprach, betrachtete Enok Kajander sie verstohlen, er betrachtete ihre dünnen und blutleeren Lippen und die hellen Strähnen, die unter ihrem Kopftuch herauslugten, und die roten Flecken auf ihren Wangen, und als sie verstummte, nahm er ihre Hand und sagte, er fürchte sich nicht vor ihren Alpträumen, und er habe zwar kein Geld für einen Verlobungsring, aber wenn sie sich mit dem wenigen zufrieden geben könne, was er ihr zu bieten habe, wolle er sie gerne heiraten.

Enok hatte als Schauermann im Sörnäs-Hafen und als Ziegelträger auf den Hausbaustellen in den Stadtteilen Kronohagen und Hagnäs gearbeitet. Er war schlagfertig und ein heller Kopf, aber Vivan merkte schon bald, dass er nicht den Fleiß und Willen hatte, der so viele junge Männer aus dem Norden auszeichnete. Die ostbottnischen Männer beteten zu ihrem Gott und legten Geld auf die Seite, und dann beteten sie erneut zu ihrem Gott und bildeten sich in ihren wenigen freien Stunden zu Baumeistern weiter. Der Schwarze Enok mochte dagegen Menschen und Faxen und dramatische Ereignisse, und als Vivan ihm deshalb Vorwürfe machte, sagte er ihr, er wolle sein Leben in vollen Zügen auskosten, der Mensch solle an seinen Taten gemessen werden, und er habe nicht vor, sein Leben mit dem Lesen von Büchern zu verbringen und alles andere in Erwartung einer Zukunft aufzuschieben, die für Proletarier wie ihn ohnehin höchst ungewiss sei. Im vorigen

Winter hatten die Soldaten des Zaren am Blutigen Sonntag in Sankt Petersburg Arbeiter und Frauen und Kinder erschossen, und wenige Monate später hatten die Japaner die russische Flotte bei Tsushima vernichtet. Das ganze Jahr war unruhig und voller Gewalt gewesen, es hatte einen Generalstreik und Meutereien und Aufstände gegeben; der Zar saß noch auf dem Thron, hatte aber Zugeständnisse machen müssen, das Groß-fürstentum Finnland und das gesamte russische Reich atme-ten freier und mutiger als früher, und da Enok politikverses-sen war, trieb er sich gerne in diversen Versammlungslokalen herum, wo er dicke und starke Beirutski-Zigaretten rauchte und mit anderen Gleichgesinnten Pläne schmiedete.

Nach den Versammlungen besuchte er ein Lokal der Aus-schankgesellschaft oder das Seemannscafé Tripoli, wo er manchmal mit den wenigen Geldscheinen, die er besaß, Lokal-runden schmiss. Enok konnte unberechenbar werden, wenn er trank, aber solange er nüchtern war, genoss er die Sympa-thien der Menschen, Frauen wie Männer waren gern in seiner Gesellschaft. Sein Finnisch war eigentümlich, aber markig, und er beherrschte zudem etwas Russisch und hatte ein paar Brocken Englisch aufgeschnappt, als er die Ladungen von Frachtern im Hafen löschte. Er war ein begabter Turner und Ringer und guter Freund des Schornsteinfegers und Athleten Janatuinen aus dem Stadtteil Tölö, der das Ringen bei dem be-rühmten Polen Pytlasinski gelernt hatte, und Janatuinen hatte sich nicht darauf beschränkt, Pytlasinskis Wissen an ihn wei-terzugeben, sondern Enok zusätzlich gelehrt, wie man auf einem Seil ging.

An einem nasskalten Märznachmittag wollte einer der städ-tischen Laternenanzünder, ein gewisser Suoste, in der Unions-gatan unweit der Deutschen Kirche eine Gaslaterne säubern. Suoste rutschte auf der dritten Stufe von oben ab, fiel, schlug mit dem Hinterkopf auf den frisch verlegten Kalksteinbürger-steig und starb. Enok Kajander bewarb sich auf die ausgeschriebene Stelle, und da er gewandt und stark war und außerdem eine Bescheinigung des Schornsteinfegers Janatuinen vorweisen konnte, in der es hieß, er verfüge über Bärenkräfte und einen erstklassigen Gleichgewichtssinn, bekam er sie auch.

Ende April zog das Ehepaar Kajander in ein Zimmer mit fließend kaltem Wasser in einem Mietshaus in der Malmgatan. Jeden Abend im Mai und Juni marschierte die bereits vorderlastige Vivan von ihrem Zuhause bis zum Hügel von Eira, wo Enok nebenher auf einer Baustelle arbeitete, ehe er anschließend in der Dämmerung loszog, um die Gaslaternen in dem Distrikt anzuzünden, den Ingenieur von Kraemer von der Stadtverwaltung ihm anvertraut hatte. Vivan kam mit Broten und Saft, und Enok spuckte die Sonnenblumenkerne aus, auf denen er gekaut hatte, und umarmte sie und flüsterte ihr zärtliche Worte zu, und wenn Vivan anschließend über Rödbergen heimwärts schaukelte, schien die Abendsonne wie eine blutrote Lampe, und die letzten Strahlen trafen ihren runden Bauch und wärmten sowohl sie als auch das Kind darin. Gleichzeitig hatte sie jedoch auch Angst, fühlte sich einsam und bedauerte, dass Enok so oft fort war. Sie hatte Angst vor dem Stadtteil Rödbergen, Angst vor diesem Gomorrha, wo sich geschminkte Frauen mit bunten Tüchern und überladenen Hüten an jeder Straßenecke und in den roten Holzhäuschen und den spärlich gesäten Steinhäusern fanden, die wie scharfe Reißzähne zwischen allen Flachbauten und Katen standen, wo gelärmt und getrunken wurde. Aber noch mehr fürchtete sie sich trotz allem vor Kampmalmen, wo sie und Enok wohnten. Dass es solche Orte auf Erden geben konnte wie die Malmgatan und Lappviksgatan und die kleinen Gassen rundherum! Dort wohnten arme russische Pflasterer, die von Sauerteigbrot, Wodka und Bier zu leben schienen und sich den Alkohol und Schweiß jeden Samstag in Majakovskijs öffentlicher Sauna vom Leib spülten. Dort wohnte das fahrende Volk, die tatarischen Hausierer mit ihren kniehohen Stiefeln und den langen, tiefblauen Jacken, die sie bis zum Hals zuknöpften, obwohl es Sommer und schon heiß war. In den Häuserblocks rund um die kürzlich errichtete Synagoge wohnte der größte Teil aller Juden in der Stadt, sie, die oben auf dem kleinen Platz namens Narinken und unten an der Henriksgatan Kleider und Lumpen verkauften und von denen Enok behauptete, sie sprächen ein Kauderwelsch aus Jiddisch, Russisch und Schwedisch, das nur sie selber verstünden. Und dort wohnten Steinmetze und Schmiede, dort wohnten Lohnkutscher und Huren, deutsche Spielmänner und karelische Scherenschleifer, Leierkastenmänner mit ihren zahmen Meerkatzen, Hebammen, die Säuglingen auf die Welt halfen, und Engelmacherinnen, die von sich behaupteten, ungeborenen Kindern in den Himmel zu helfen. Dort wohnten Russen, die Speiseeis herstellten und verkauften, und die italienischen Konkurrenten der Eisrussen, die große Schnäuzer und ebenso pechschwarze Haare hatten wie Enok. Der ganze Stadtteil Kampen war ein wahrhaftiges Babylon! Die Wagen der roten Linie schepperten den Hang der Eriksgatan hinunter und stampften weiter die Lappviksgatan hinab, wo sie die besser gestellten Einwohner der näheren Umgebung ausspien, Geschäftsinhaber und Vorarbeiter, die das nötige Geld hatten, um sich eine Straßenbahnfahrt gönnen zu können, wenn sie von ihrer Arbeit im Stadtzentrum oder jenseits der Långa-Brücke heimkehrten. Die meisten waren jedoch zu Fuß unterwegs, und auf den Straßen herrschte ein pausenloses Rufen und Lärmen und Feilbieten und Feilschen in allen erdenklichen Sprachen, und nachts zischte und summte es in den Glühstrümpfen der Straßenlaternen, und das Odeur von den Jauchegruben der Höfe und den Schlachthäusern der näheren Umgebung und den Seifen- und Knochenmehlfabriken hing schwer über den Häuserdächern. Und inmitten von all dem lebten die Menschen, mitten in diesem Gewirr führten Ortsansässige und Untermieter ihr Leben auf engstem Raum, mitten in diesem Chaos sollte man schmusen und sich lieben und sich streiten und seine zartesten Geheimnisse bewahren. Auch das Ehepaar Kajander hatte einen Untermieter bei sich aufgenommen; es war Enoks älterer Bruder Lennart, der in die Stadt gekommen war, um Arbeit zu suchen, aber eher an Alkohol und geschminkten Frauen als an ehrlicher Arbeit interessiert zu sein schien. Es gab Tage, an denen sich Sommerhitze und Einsamkeit wie eine erstickende Decke über Vivan legten, und dann bekam sie Angst, in der Irrenanstalt unten am Lappviksufer zu landen; an solchen Tagen zog sie in Erwägung aufzugeben, nach Degerby zurückzukehren und ihr Kind dort zu bekommen. Aber sie besann sich immer wieder und murmelte ein ums andere Mal vor sich hin:

»Ich habe Enok, er ist ein feiner Kerl, es hätte mir schlimmer ergehen können, ich habe Enok, er ist ein feiner Kerl, es hätte mir schlimmer ergehen können.«

Doch der Schwarze Enok veränderte sich in jenem Sommer. Die Zeiten waren nun einmal so, es gärte und rumorte und brodelte überall, und Vivan war schwer und plump geworden und hatte geschwollene Finger und Füße, sie fühlte sich so riesig und unbeweglich wie ein Elefant, und Enok hatte aufgehört, ihr etwas von Liebe ins Ohr zu flüstern, er begegnete nicht einmal mehr ihrem Blick. Er war fast vier Jahre älter als sie, aber sie ahnte natürlich, wie die Dinge lagen; im Grunde war er nur ein abenteuerlustiger, verwirrter Junge. Und als eines Nachmittags im August ihre Fruchtblase platzte, war dieser Junge nicht da. Vivan hatte Enok schon drei Tage nicht mehr gesehen, ebenso wenig wie Lennart, sie wusste nicht einmal, ob die beiden gemeinsam unterwegs waren und ob sie sich, wenn es denn so war, auf der Baustelle aufhielten, oder ob Lennart Enok womöglich zum Trinken verleitet hatte; vielleicht verbargen sich die Brüder in irgendeiner Absteige in Rödbergen oder in einer Waldhütte draußen in Mölylä oder zechten irgendwo im Stadtteil Hermanstad, wo sie Verwandte und Freunde hatten. Vivan wusste nicht, was sie tun sollte. In ihrem Häuserblock wohnten Tante Lindeman und Frau Lahtinen, beides Hebammen, und sie wollte das Kind doch daheim zur Welt bringen, nicht in der Gebäranstalt, wie die losen Mädchen es taten. Aber sie traute sich nicht. Im Frühling und Sommer hatte Enok in ihrem Häuserblock agitiert, auch vor Leuten, die ihm überhaupt nicht zuhören wollten, und eines Abends hatte er sich sogar mit einem schwermütigen und obrigkeitstreuen Eisenbahner aus dem Nachbarhaus geprügelt. Danach hatten Enok und Vivan sich zurückgezogen, und sie wusste, Tante Lindeman und Frau Lahtinen und die anderen Frauen fanden, dass sie kindisch und hochnäsig und ach so etepetete war, obwohl sie selber sich nur eingeschüchtert und verängstigt fühlte. Sie wusste sich keinen anderen Rat, als die Tür zur Speisekammer zu öffnen und im Zwielicht der fast leeren Regalbretter zu suchen, bis sie die kleine Holzschatulle fand, in der Enok ein paar ausgeblichene Geldscheine verwahrte. »Für Notzeiten und Katastrophen«, hatte er gesagt, nun aber nahm Vivan sich ohne zu zögern das Geld, und mit den Geldscheinen in ihrem eigenen Portemonnaie und das Portemonnaie fest gegen den Busen gepresst, begab sie sich zum Istwostschik Kameneff im Nachbarhaus und bat ihn, sie zur Gebäranstalt in Ulrikasborg zu fahren, es sei sehr eilig, sagte sie. Das Wasser lief ihr die Beine hinab, und sie wusste, dass der Kutscher nur wenig Schwedisch verstand, und sie selber sprach kein Wort Russisch und konnte nur ein paar Brocken Finnisch, weshalb sie fürchtete, er könnte sie nicht verstehen. Aber Kameneff verstand. Er brummte anfangs ein wenig missgelaunt, bot ihr aber trotzdem seinen Arm an, als sie über den Hof gingen, und als er das Pferd aus dem Stall geholt und vor den Karren gespannt hatte, murmelte er etwas, das wie *popona popana* klang, und kehrte in den Stall zurück. Er kam mit einem schmutzigen Flickenteppich zurück, schlug ihn doppelt, legte ihn auf den Sitz und forderte sie auf, Platz zu nehmen. Auf der holprigen Fahrt spürte sie, wie die Wehen allmählich einsetzten, und als sie die Fabriksgatan hinabfuhren und die Gebäranstalt auf ihrem Hügel bereits in Sichtweite war, öffnete sie ihr Portemonnaie und streckte es Kameneff schweigend entgegen, der jedoch nur den Kopf schüttelte und lächelte und »njet, njet« und danach etwas anderes sagte, das sie nicht verstand.

In der Gebäranstalt lag sie in einem hohen Zimmer mit Spitzengardinen vor den Fenstern und dunklen Stiefmütterchen auf den Fensterbänken, sie waren zu viert in einem Zimmer, aber Vivan sprach nicht mit den anderen, sie wartete auf die Wehen, die in immer kürzeren Abständen kamen, und dann hörte sie auf einmal Kriegsgeräusche. Dumpfen Kanonendonner und einmal, nach einer langen und unheilschwangeren Stille, ein viel wütenderes und mächtigeres Geräusch, als wäre etwas in die Luft geflogen. »Die Russen lärmen auf der Festung Sveaborg«, sagte die Hebamme barsch, als Vivan fragte, »man erzählt sich, dass die Soldaten mal wieder versuchen, Revolution zu machen. Aber sie braucht sich nicht sorgen. Hier schenken wir Leben, genommen wird es einem anderswo.«

Das Kind wurde kurz vor Morgengrauen geboren, und als Vivan sah, dass es ein Junge war, wusste sie sofort, wie er heißen sollte. Am Nachmittag bekam sie ein Bett in dem großen Saal, in dem alle Mütter lagen, sie fühlte sich zerschlagen, aber schläfrig, sie lag da und beobachtete einen Sonnenstrahl, der über die Wand wanderte, sie wartete, aber Enok ließ sich nicht blicken. Am zweiten Tag kam er dann, beschämt und wortkarg. Er stand vor dem Säuglingszimmer und hielt das herbeigetragene, fest eingewickelte Kind in seinen Armen, er wirkte abgezehrt und verlegen, aber Vivan sah, dass eine der jungen Krankenschwestern verstohlene Blicke auf sein scharfes Profil und seine schwarze Haarpracht warf. Sie selber sah nur den in die Höhe geschossenen Jungen, der sie unter all diesen Russen und Juden und Italienern in der Malmgatan allein gelassen hatte, und als er neben ihr stand, stieg ihr der Geruch eines ungewaschenen Männerkörpers und seines Atems in die Nase, der süßsauer von billigem Süßwein und abgestandenem Bier war, und unter all den anderen Gerüchen meinte sie zudem einen Hauch von Lavendel und Rosenwasser wahrzunehmen. »Da war Kanonendonner, als ich gebären sollte«, sagte sie, um überhaupt etwas zu sagen. »Die russischen Matrosen haben die Munitionslager gesprengt«, sagte Enok, »die Leute sagen, die haben auch Offiziere hingerichtet. Aber jetzt sind sie entwaffnet, also werden bald andre Köppe rollen.« Enok reichte ihr das Kind. Sie schwiegen beide. »Was meinst du, wie soll er heißen?«, fragte Enok dann. »Allan, er soll Allan heißen«, erwiderte Vivan bestimmt. Sie wusste nicht, warum sie sich für diesen Namen entschieden hatte, keiner in ihrer Familie hieß so, daheim in Degerby gab es überhaupt niemanden dieses Namens, sie wusste einfach, dass der Junge Allan und nicht anders heißen sollte. »Schon gut, das darfst du entscheiden«, sagte Enok schnell und schuldbewusst. »Ja, ich entscheide«, sagte Vivan, ohne ihn anzusehen. »Du hast dem Lennu ja wohl gesagt, dass er sich ne neue Bleibe suchen muss?«, fuhr sie fort, immer noch, ohne seinem reuevollen Blick zu begegnen. »Den hab ich versorgt«, sagte Enok, »er zieht zu den Jakobssons in Hermanstad.« »Wo is er denn jetzt?«, fragte Vivan. »Im Bau«, antwortete Enok widerwillig, »ist wütend geworden, und dann gab's ne Keilerei.«

Noch am gleichen Abend wurde das Kind in eine grobe Decke gehüllt, so dass nur noch der Kopf herauslugte, und daraufhin trug Enok Kajander seinen erstgeborenen Sohn den ganzen Weg nach Hause in die Malmgatan. Sie nahmen den gleichen Weg wie Vivan damals im Mai und im Juni, als sie Enok seine Brote und etwas zu trinken gebracht hatte und ängstlich, aber glücklich gewesen war und die Abendsonne wie eine warme Lampe auf ihrem Bauch gespürt hatte. Auch jetzt senkte sich die Sonne, aber die Luft war kalt, und sie gingen langsam und schweigend, denn es schmerzte und brannte in Vivans Innerem.

Enok schulterte seine Verantwortung, er versuchte es wirklich. Sechs Jahre wohnten Vivan, Allan und er in dem Zimmer in der Malmgatan, sechs Jahre zündete er die sporadisch verteilten Gaslaternen in den Stadtteilen Brunnsparken und Ulrikasborg an, sechs Jahre besserte er sein Einkommen im Sommer auf einer der zahllosen Baustellen in der Stadt auf, und sechs Jahre blieben Vivan böse Visionen erspart, denn die langen Arbeitstage und das erbarmungslose Menschengewirr der Stadt machten ihren Schlaf schwer und traumlos. In den ersten beiden Sommern half Enok, das Haus des Arbeitervereins auf Broholmen zu bauen. Das neue Gewerkschaftshaus war ein massives, burgähnliches Gebäude aus grauem Granit. Überall in der Stadt gab es immer mehr von diesen hohen Steinkästen; sie lagen nicht länger wie einsame Reißzähne im Terrain verstreut, sondern standen in zahlreichen Häuserblocks bereits Rücken an Rücken an Rücken, in vielen Straßen kauerten die wettergegerbten Holzhäuser schon hilflos im Schatten der Jugendstilvillen. Bei Enok und Vivan löste ein Untermieter den nächsten ab, mal war es einer von Enoks vielen Brüdern und Cousins, mal eine von Vivans Schwestern oder ein Nachbarsjunge aus Degerby, und in einem Herbst, als die Polizei alle Bordelle der Stadt schließen ließ, war es ein obdachloses Freudenmädchen, das eine entfernte Verwandte Enoks war und so lange den Namen Jeannette benutzt hatte, dass Enok sich nicht mehr an ihren richtigen Namen erinnern konnte, zumindest sagte er das, als Vivan ihn danach fragte. Im Dezember brachen bei Jeannette zwei Wunden auf, die eiterten und nicht verheilen wollten, eine auf der linken Schulter und eine am Rückgrat; im Frühling begann sie ein Bein nachzuziehen, wie Syphilitiker es machten, sobald die Krankheit das Nervensystem befallen hatte, und daraufhin wurde sie ins kürzlich eröffnete Frauenkrankenhaus in Gumtäkt aufgenommen, und Vivan und Enok sahen sie nie wieder.

Ein langer Winter löste den anderen ab, und jeder Sommer erschien einem so hoffnungslos kurz wie die anderen. Vivan fand Arbeit in Fazers Süßwarenfabrik am Munkholmssund, und die Beziehung zwischen ihr und Enok kühlte immer mehr ab. Allan bekam keine Geschwister und gewöhnte sich schon bald daran, dass seine Mama nach ihrer Schicht in der Fabrik immer müde und sein Papa fast die ganze Zeit abwesend war. In der Malmgatan gab es viele Männer, die im Beisein ihrer Kinder tranken, aber so jemand war Enok nicht. Wenn sich Rastlosigkeit und Lebenshunger in Erinnerung riefen, war er eine Weile wie vom Erdboden verschluckt, und wenn er die Besäufnisse dann leid war, tauchte er wieder auf. Seiner Arbeit ging er auch dann nach, wenn er trank, zumindest glaubte Vivan das, denn von Seiten des Stadtingenieurs von Kraemer oder anderer Vorgesetzter kamen ihr niemals Klagen zu Ohren.

Allan war ein stiller Junge, denn um ihn herum wimmelte es von verschiedenen Sprachen, und so dauerte es eine ganze Weile, bis er lernte, sie auseinanderzuhalten. Allein war er jedoch nie; er stand inmitten der Jungen, die einen der vielen Trauerzüge begafften, die auf dem Weg zum Friedhof die Lappviksgatan hinabzogen, und wenn es Sommer wurde, bettelte und bat er so lange, bis er die älteren Jungs begleiten durfte, wenn sie an der Edesviken die Pferde der Kosaken wuschen. Und früh, sehr früh nahm er an den Wettläufen zum Roten Tod teil, einem verlassenen Haus, das man bei mehreren Choleraepidemien als Leichenhalle genutzt hatte. Die Väter in der näheren Umgebung waren stets beschäftigt, aber wenn einer von ihnen zufällig Zeuge dieser Wettläufe geworden wäre, hätte er mit Sicherheit die gleiche Beobachtung gemacht wie viele ältere Jungen; dass der Stille Allu, Laternenanzünder Kajanders Junge, für sein geringes Alter und seine kurzen Beine verblüffend schnell lief.

Eines Sommers parkte vor einem neuerbauten fünfstöckigen Haus bei Malmbrinken plötzlich ein Automobil. Es war ein hoch gebauter und dunkel glänzender Adler, eine richtige Millionärskarosse mit Dach und Fenstern an allen Seiten, es war das erste Automobil, das Allu und die anderen Jungen von der

Malmgatan aus der Nähe sahen, und sie fanden, dass es wie ein Ungeheuer wirkte, wie ein gewaltiges, schwarzes Raubtier, das zusammengekauert in der heißen Sommersonne hockte und nur darauf wartete, dass seine Zeit kam, das nur auf den richtigen Moment wartete, um zum Sprung anzusetzen und sich mit Gebrüll auf sie alle zu stürzen und zwischen seinen Metallkiefern zu einem Brei aus Fleisch und Blut zu zermalmen. Während sie dort standen und gafften, trat der Chauffeur aus dem Haupteingang des mehrstöckigen Gebäudes. Er trug eine Schirmmütze und lange Handschuhe und eine rote Livree mit einem knöchellangen Mantel, er kurbelte das Monstrum an, und der Motor hackte anfangs ein bisschen, wummerte dann jedoch schnell und dumpf. Der Chauffeur warf einen Blick auf die ehrfurchtsvolle Jungenschar, die zehn Meter Abstand hielt. Er lächelte ihnen von oben herab zu und drückte auf das Messinghorn, das an der schwarz glänzenden Seite des Gefährts befestigt war – ein heiseres Grölen ertönte, ein Urzeitlaut, und anschließend stieg der Chauffeur auf den Fahrersitz, und das Wunderwerk ratterte auf der staubigen Schotterstraße davon.

Einige Wochen später bekam das Haus, in dem sie wohnten, elektrisches Licht, und es wurde nicht nur in den Wohnungen und im Treppenhaus installiert, sondern sogar in den Plumpsklos auf dem Hof. Es war ein Jahr, in dem sich Enok Kajander Besserung gelobt hatte. Er ließ die Finger von der Flasche und ging pünktlich zur Arbeit. Er ging auf Versammlungen und zu Soirees und zu Jyrys Ringertraining im Gewerkschaftshaus, aber er war gefügig und agitierte nicht gegen den Kapitalismus. Und er stand seinem Sohn näher als jemals zuvor; im Spätherbst saß Allu auf seinen Schultern, als sie über den Hammarberget zum Ufer der Tölöviken hinabstiegen. Während sie so gingen, erzählte Enok von den Riesendampfern Lusitania und Mauretania der Cunard Line und vom Wettstreit Cunards und der White Star Line darum, wer am schnellsten den Atlantik überquerte, und er sagte Allu, dass sich White

Star sicher einen Gegenzug einfallen lassen werde, noch sei das letzte Wort im Kampf um das Blaue Band des Atlantiks nicht gesprochen. Allu lauschte seinem Vater mit großen Augen und offenem Mund, der so viel konnte und wusste, und als sie die schlammige Bucht erreichten, war dort im Novemberregen alles schwarz vor Menschen, und Enok kaufte Eintrittskarten, und Allu blieb auf seinen Schultern sitzen, und dann sahen sie und Tausende andere den todesverachtenden Utozinskij am nördlichen Ufer starten und in seinem brüllenden und hustenden Aeroplan tief, ganz tief über das Wasser fliegen.

Allu und seine Freunde spielten daraufhin den ganzen Winter über Flieger Utozinskij. Papa Enok hingegen spielte nicht Utozinskij, er spielte mit der Liebe und dem Feuer. Er hielt seine guten Vorsätze nicht und begann wieder zu verschwinden, er verschwand einmal, dann verschwand er noch einmal und ein drittes Mal. Zwar kehrte er immer wieder zurück, aber als er zum dritten Mal heimkam – es war zur Zeit der Schneeschmelze und Märznebel, und er sah abgezehrt und versoffen aus und hatte eine hässliche Schnittwunde auf dem Unterarm –, hatte Kusine Sandra Nachforschungen angestellt und Vivan erzählt, dass die Gaslaternen in Brunnsparken und Ulrikasborg in diesem Winter viele Nächte unangezündet geblieben waren und Enok vor Kurzem die schriftliche Kündigung erhalten hatte. Aber das war noch nicht alles. Enok hatte darüber hinaus zwei Sommer zuvor ein Fabrikmädchen in Mölylä geschwängert und hatte mittlerweile eine uneheliche Tochter draußen in Malm und war zudem erst vor ein paar Nächten in eine wüste Messerstecherei in Hermanstad verwickelt gewesen.

Vivan brüllte keine Schimpfwörter und vergoss keine Tränen. Sie sah Enok nur schweigend an, und anschließend nahm sie Allu mit und zog bei Sandra und Axel ein, die noch immer in der Andra linjen wohnten. Den ganzen Sommer über schliefen sie und der Junge in dem engen Zimmer auf dem Fußboden, und Vivan ging die drei Kilometer zur Süßwarenfabrik zu Fuß. Im Oktober bekam sie eine Stelle in der Bäckerei des genossenschaftlichen Betriebs Elanto, und daraufhin besorgte ihr die Genossenschaft ein Zimmer in dem neuen Hochhaus, dessen rauer Backsteingiebel sich über dem Hof auftürmte, an dem Sandra und Axel wohnten. Zu der Zeit hatte Enok wegen der Messerstecherei bereits eine kürzere Zuchthausstrafe abgesessen und war nach Sibbo zurückgekehrt.

Noch im gleichen Winter fand Vivan einen neuen Mann, einen ruhigen und gepflegten Postsortierer, der Santeri Rajala hieß und vierzehn Jahre älter war als sie. Rajala war ein Mann des Geistes in Arbeitergestalt, er trank niemals Alkohol, sondern las stattdessen Bücher und hatte sich selber Schwedisch und Deutsch beigebracht, um Meister Eckhart und Thomas von Aquin und andere schwerverständliche, aber inspirierende Bücher lesen zu können, die nicht ins Finnische übersetzt worden waren. Rajalas Sanftmut war wie ein Glas klares und kühles Wasser für Vivans enokgeschundene Seele; sie heirateten unmittelbar, nachdem ihre Scheidung rechtskräftig geworden war, woraufhin Allu im Laufe eines Jahres zwei Halbschwestern bekam.

Familie Rajala zog in ein Mietshaus in der Kristinegatan, wo sie lebten, wie es die meisten Leute taten – schnarchende und schniefende Untermieter, Holzbockbetten, die nach der Nacht zusammengerollt und ins Treppenhaus gestellt wurden, dünne Matratzen auf zugigen Holzböden, Hering in verschiedenen Varianten, Korngrütze und dünner Kaffee am Morgen, bestenfalls frische Eier von Ojanens Hühnerhof und am Wochenende vereinzelt sogar Fleischbällchen und Pflaumenkompott. Vor ihrem Fenster wuchs ein üppiger Ahornbaum, und hinter dem Ahorn konnte Allu die Josafatfelsen sehen und schräg hinter den Felsen Berghälls neuerbaute Kirche, die dort wie eine stattliche und strenge Erinnerung daran stand, dass die Begüterten ihren Gott so unendlich viel größer fanden als die

Kampflieder der Arbeiterbewegung, die Papa Enok mit seiner im Laufe der Jahre immer heiserer werdenden Tenorstimme zu singen pflegte. Zwischen seinem Zuhause und der Kirche lag ein Niemandsland, ein Teil der Stadt, der zwar geplant, aber noch nicht erbaut war – halb gezogene Straßen, eiligst gezimmerte Straßenarbeiterbaracken, Sprenggestein, Lattenstücke, morastige Pfützen und Gräben.

Fürs Erste verschwand Enok aus Allus Leben, aber als zwei Jahre vergangen waren, zog er nach Helsingfors zurück und wurde probehalber als Monteur in den Straßenbahndepots in Vallgård angestellt. An einem Julisonntag stand er dann plötzlich, groß und dunkel, auf ihrem Hof und sagte: »Na, Jungchen, du erinnerst dich ja wohl noch an deinen Vatter?« Vivan hatte zufällig aus dem Fenster geschaut und Enok die verschlafene Kristinegatan heranschlendern gesehen, und nun eilten sie und Santeri Rajala auf den Hof hinaus, wo Allu spielte, und in Santeris Augen war deutlich zu sehen, dass er auf Ärger eingestellt war und Angst hatte. Doch Enok war nüchtern und mit einem zwar abgetragenen, aber sauberen Anzug und einem Hemd mit frisch gestärktem Kragen bekleidet und trug einen Hut statt der ewigen Mütze, einen zwar etwas fleckigen Schlapphut, aber immerhin. Er grüßte Santeri höflich, warf anschließend Vivan einen langen und ungenierten Blick zu und erklärte, sie sehe großartig aus, könne es möglicherweise sein, dass …? »Wir haben im Mai ein Mädchen bekommen«, unterbrach Vivan ihn und bedeckte reflexartig ihren Busen mit dem fadenscheinigen Tuch, das sie um die Schultern trug. »Was willst du, Enok?«, fuhr sie anschließend fort. »Du bist ja wohl hoffentlich nicht gekommen, um Streit anzufangen?« Enok lächelte Vivan so freundlich an, wie er nur konnte, mit einem richtig breiten Grinsen, und fragte: »Darf ich den Allu in den Zirkus mitnehmen? Da is ne Gesellschaft, die hat ihr Zelt beim Hippodrom aufgeschlagen, in einer Stunde is ne Vorstellung.« Vivan schien zu zögern und sah Santeri an, als suchte sie seine Unterstützung. Aber Santeri blieb stumm, und Enok fuhr fort: »Als Geschenk zum achten Geburtstag. Sind ja noch ein paar Wochen bis zum Fest, aber nun bin ich grade stabil bei Kasse, und man weiß ja nie…« Er nahm Allus Hand und ließ das Ende des Satzes über den Innenhof schweben und sich zwischen Jungbirken und verblühtem Flieder auflösen. Vivan begegnete seinem Blick und sagte: »Jetzt wart mal kurz, da gibt's ja wohl hoffentlich nicht nur Ringer, oder?« »Auf dem Plakat steht jedenfalls nix von Ringkämpfen«, entgegnete Enok. »Gut«, sagte Vivan, »du weißt ja, dass ich vom Ringen nichts halte, und ich will auch nicht, dass Allu…« »Das ist ne fahrende Gesellschaft«, unterbrach Enok sie, »ne kleine, und die sind nicht wie Nord oder Ducander, die kleinen haben keine Ringer. Und außerdem sagen sie in der Stadt, dass in Berlin kürzlich ne Epidemie war und Stankowitsch und Ladbach und ein paar andere fast hopps gegangen sind.« Jetzt erwachte Santeri zum Leben. »Epidemie?«, fragte er, »Ist es Cholera?« »Mehr wurde nicht erzählt«, antwortete Enok munter. »Es war Cholera in Wien ein paar Jahre vorher«, sagte Santeri in seinem etwas plumpen Schwedisch und fuhr fort: »Du meinst also, Ladbach und Stankowitsch sind tot? Ladbach, der Sachse? Und Stankowitsch, das war doch der Serbe mit dem großen Schnäuzer, nicht?« »Nee, nee, tot sind die nicht, sie sind krank gewesen, aber sie kommen durch, *he on hengessä kyllä,* sie sind schon noch am Leben«, erklärte Enok und ergänzte eifrig: »Aber der Anderson, der Amerikaner, der soll sich das Bein und den Arm gebrochen haben, als er in London gegen Hagendorfer angetreten is! Die neuen, die ham einfach nicht genug Mumm, denk nur mal an Cyklop und Lurich, das waren noch Ringer!« »Ja, Lurich«, sagte Santeri mit verträumter Stimme, »das war ein sehr feiner Ringer!« Vivan war auf einmal müde, sie spürte, dass aus ihrer rechten Brust Milch schoss, und warf Santeri einen scharfen Blick zu und war kurz davor, ihn zu fragen, warum Männer immer über Ringkämpfe und andere Wettbewerbe reden mussten, schluckte die Worte jedoch wieder hinunter. Stattdessen sah sie zunächst Enok an und ließ anschließend den Blick zu Allu schweifen, der die Hand seines Vaters fest gepackt hielt und voller Erwartung zu sein schien, und daraufhin sah sie Enok wieder in die Augen und sagte: »Dann nimm ihn mit. Aber um sieben seid ihr wieder zurück. Und eins sag ich dir, Enok Kajander, wenn du auch nur einen Tropfen trinkst, siehst du deinen Sohn nie wieder!«

Kurz darauf spazierten Vater und Sohn Richtung Tölö. Als Allu das runde Zelt mit der spitz zulaufenden Kuppel sah, drehte sich ihm vor lauter Vorfreude der Magen um; er war noch nie im Zirkus gewesen. Sie kauften Eintrittskarten, gingen hinein und sahen den Cirque Nouveau International unter der Regie Signor Corradinis. Es gab die Trapezkünstler Adelaide Sisters, es gab den Entfesselungskünstler Monsieur Brasso, der von sich behauptete, geschickter als Houdini und Kleppini zu sein, da waren die Kunstreiterin Solange du Plessis und ihr reitender Seidenpudel La Flor, und da waren die Velozipedartisten Los Edwardos und der dumme August Jacomino. Und dann gab es noch einen Seiltänzer, und über den sagte Enok: »Der da nennt sich Mister Dare, aber ich erkenn ihn, das is der Janatuinen, der war früher Schornsteinfeger in Tölö.« Im Gegensatz dazu, was Enok versprochen hatte, trat auch ein berühmter Ringer auf, der untersetzte und schon etwas in die Jahre gekommene Pole Zbyszko, der das Publikum herausforderte und einen grob gebauten Helsingforser Hafenschauermann nach dem anderen per Schultersieg bezwang. Allu wollte, dass auch Enok Zbyszko herausforderte, aber Enok lächelte nur, schüttelte den Kopf und sagte: »Ich ring nicht mehr mit andern, Jungchen, heut ring ich nur noch mit meiner Wenigkeit höchstpersönlich.«

Als die Vorstellung vorbei war, gingen sie über den Tallbacken und suchten sich dann über raue Felsen und auf gewundenen Pfaden einen Weg zur Kristinegatan hinauf. Während sie so gingen, wollte Allu wissen, warum seine Mutter nichts vom Ringen hielt, woraufhin Enok den Mund verzog, denn er erinnerte sich an die Replik – »Ich bitte dich, Enok, die Trikots, das ist ja, als würd man sie ganz nackt sehen, und dann furzen sie auch noch« –, die Vivan fallen gelassen hatte, als er sie zum Meisterturnier in der Broholmsmanege mitgenommen hatte. Aber zu Allu sagte er nichts. Stattdessen erzählte er ihm von dem verhängnisvollen grünen Edelstein, der für den Untergang der Titanic verantwortlich war, und Allu sah einmal mehr mit großen Augen seinen Vater an, der so viel wusste und konnte. Dann aber wurde es August, und die Zeitungen schrieben von dem großen Krieg, der ausgebrochen war, und kurz darauf kam der Herbst, und der Ahornbaum vor Familie Rajalas Fenster wurde leuchtend gelb und rot, und Enok ließ sich nicht mehr blicken. Als Allu es nicht länger aushielt, zu schweigen und zu warten, sondern nach seinem Vater fragte, sagte Vivan ganz kurz, Enok sei gezwungen gewesen, seine Arbeit aufzugeben, und wieder nach Sibbo zurückgezogen.

Allu besuchte die Volksschule in der Porthansgatan, und manchmal sagte seine Lehrerin zu ihm, er sei ein guter Schüler und solle eine Höhere Schule besuchen dürfen. Das letzte Jahr in Helsingfors trug er fast immer die lange Hose, die Vivan ihm aus einem Stück schwarzen Hosenstoffs genäht hatte, an den sie billig herangekommen war, und er besaß eine kleine Briefmarkensammlung, die er bei spärlich gesäten Gelegenheiten beim alten Geitel in der Stadt erweiterte. Er war zwar erst zehn Jahre alt, wirkte jedoch älter und warf bereits verstohlene Blicke auf ein dreizehnjähriges Mädchen, das Mandi Salin hieß und in einem der Steinhäuser an der Kirche von Berghäll wohnte. Familie Salin stand sozial ein paar Stufen höher als Leute wie Vivan und Santeri, denn Mandis Vater war vom einfachen Verkäufer zum Inhaber eines Kolonialwarenladens in der Wallinsgatan aufgestiegen, und Mandis Mutter hatte ein gebrauchtes Tafelklavier gekauft und ein ganzes Regal mit teuren Büchern gefüllt, damit Mandi und ihr Bruder das nötige

Wissen vorfanden, um sich aus dem ärmlichen Arbeitermilieu herauszulesen. Doch in diesem letzten Jahr, ehe der Aufstand begann und alles zunichte machte, saßen auch Vivan und Santeri oft auf der Hofschaukel und schmiedeten Zukunftspläne; sie sprachen über den Krieg und die Inflation, sie sprachen über die zahlreichen Streiks und über die Jungenbanden, die sich auf den Straßen von Sörnäs und Berghäll herumtrieben, aber am Ende kamen sie immer wieder darauf zu sprechen, was Lehrerin Ahlman über Allus Begabung gesagt hatte, und daraufhin schauten sie sich ernst an und versicherten einander, dass Allu und nach ihm, wenn es so weit war, natürlich auch die Mädchen, die Höhere Schule besuchen dürfen sollten, genau wie die Geschwister Salin und die Söhne von Automobilchauffeur Kanervo es taten. Dann aber schüttelte Vivan unweigerlich den Kopf, lehnte sich in der Schaukel an Santeris Schulter und murmelte: »Wenn nur die Zeiten nicht so hart wären. Wenn nur Brot und Butter und Brennholz nicht so unchristlich teuer wären.«

Es waren die langen Abende des Freiheitsfrühlings 1917, an denen Allu und einige seiner Freunde, unter anderem Mandi Salins kleiner Bruder Kai, auf dem holprigen Aspnäsplatz unterhalb von Elantos Bäckerei zu kicken begannen. Im Mai sahen sie die erste Mannschaft des Arbeitervereins Vallilan Woima gegen die bürgerliche Mannschaft KIF mit 0:10 verlieren. Woimas Spieler sahen mager und eingeschüchtert aus, sie verloren jeden Zweikampf und trauten sich nicht einmal, den schwarzbehemdeten und wohlgenährten Bürgersöhnen als Rache für die Demütigung gegen das Schienbein zu treten, und Allu und Kai und die anderen Jungen rund um den Aspnäsplatz ballten die Fäuste in den Taschen und dachten, so würde es ganz sicher nicht zugehen, wenn *sie* älter wurden. Sie fabrizierten ihren ersten Ball aus Zeitungspapier, das sie Schicht auf Schicht um einen kleinen Stein kleisterten und anschließend Runde um Runde um Runde mit Schnüren umwickelten. Der Ball wurde höckrig und bucklig und war viel zu leicht, und weder seine Flugbahn, noch wie er sprang, ließ sich berechnen; dennoch spielten sie wochenlang mit ihm, bis sich schließlich Kolonialwarenhändler Salin ihrer erbarmte und einen Stammkunden kontaktierte, der zufällig Kassenwart bei einem der bürgerlichen Sportvereine war. Wenige Tage später bekamen Kai, Allu und die anderen einen ausgemusterten Ball aus richtigem Leder, einen dunkelbraunen und übel riechenden Ball, den sowohl Unitas als auch der Akademische Sportverein Hektor benutzt hatten, ehe er als allzu bucklig und wasserdurchtränkt einkassiert worden war, nachdem er den Regen mehrerer Spielzeiten aufgesogen hatte.

Auf dem Aspnäsplatz fiel auch Allus Kameraden schon bald auf, was die Jungen in der Malmgatan schon während der Wettläufe zum Roten Tod gesehen hatten. Allu hatte eine ganz besondere Art, sich zu bewegen; er war schneller und wendiger als die anderen, was sich auch bemerkbar machte, wenn er kickte. Sogar die deutlich älteren Jungen, die bereits einen Bartflaum bekamen und ihre Fühler nach einem Platz in einem der Fabrikteams oder Woimas dritter Mannschaft ausstreckten, ließen sich widerwillig anerkennend über ihn aus: *kajanderi luudaa lujaa vaik' onkin snadi*, der Kajander ist schnell, obwohl er klein ist.

Während des ganzen Frühlings und des gesamten Sommers, der auf ihn folgte, lief Allu erst vom Aspnäsplatz nach Hause, wenn die Sonne schon tief stand. Er kickte und trieb sich den ganzen Tag in den Straßen herum, er schlürfte literweise Wasser aus einem Hydranten in Surutoin, und manchmal, wenn sie sich müde gespielt hatten, schlenderten er und Kaitsu Salin und die anderen zum Esplanadenpark im Stadtzentrum; dort standen sie dann und begafften die vornehmen Damen und Herren, die aus ihren Pferdedroschken und Automobilen stiegen und in den Foyers des Kämp und Kapellet und der anderen erstklassigen Restaurants verschwanden. Allu verschlang das Brot, das Vivan ihm mitgegeben hatte, und merkte sehr wohl, dass es streng nach Leinsamen und Spreu schmeckte, aber manchmal aß er duftende Piroggen, die der herzensgute Mustoskan im Nachbarhaus aus Weizen und Butter und Eiern buk, die man in der ganzen Kristinegatan und der halben Borgågatan eingesammelt hatte. Dann saßen seine Spielkameraden in einem Halbkreis um ihn herum, und der Speichel lief ihnen aus den Mundwinkeln, bis Allu schließlich grinste und einen Pirogenbissen abbrach und ihn mit weltmännischer Geste dem Nächstsitzenden reichte.

Um sie herum wurde gestreikt, und es herrschte Chaos und Rationierung, und die Arbeiter hatten immer einen Bärenhunger, viele hungerten fast, aber Allu interessierte das alles nicht, denn er war zehn Jahre alt, fast elf, und er liebte es, zu laufen und zu schwimmen und zu kicken und triefende Piroggen zu essen, die einen Kranz aus Fett um seinen Mund zurückließen, und es ist sicher nicht gelogen, wenn man sagt, dass er glücklich war. Der Sommer war trocken, aber windig und kühl, und Vivan und viele andere, die glaubten, die Gabe des zweiten Gesichts zu haben, fanden ihn trostlos und unheilverkündend, aber wenn Allu über die schnurgeraden Straßen, die Linien genannt wurden, nach Hause spazierte, schien ihm die rote und sterbende Sonne ins Gesicht und auf Arme und Bauch und ließ ihn den Hunger vergessen, der in seinem Inneren nagte. Und jedes Mal überkam ihn das gleiche eigentümliche und intensive Gefühl – es war ihm, als durchlebte er etwas Schönes, das er schon einmal erlebt hatte, er fühlte sich innerlich so warm und erwartungsvoll, als wäre er von der Gewissheit erfüllt, dass sein jetziges Leben schon bald in ein anderes münden würde, ein noch besseres, in eine große Befreiung.

Zu Beginn des Winterhalbjahres rief Allus Turnlehrer, Magister Wichmann, ihn zu sich und meinte, Kajander solle sich schnellstmöglichst einem Sportverein anschließen, denn Kajanders Veranlagung für Laufen und Ballspiele seien »eine verdammte Gabe Gottes«. Allu blickte unter seiner Tolle den strengen Magister Wichmann an, dessen kurzgeschorene Haare vom Schädel abstanden wie das Fell eines ängstlichen Igels. Das freie Leben auf dem Aspnäsplatz und in den Linien hatte Allu rastloser und aufmüpfiger gemacht, und in diesen Herbstwochen begann Vivan schließlich, sich Sorgen um ihn zu machen. Sie hatte nach einer Pause von vielen Jahren wieder einen ihrer Träume gehabt – sie hatte Allu leblos auf einem Bett aus gefrorenem Gras liegen gesehen, sein Blick war gebrochen und tot gewesen, und ein braunes Birkenblatt hatte auf seiner bleichen Wange geklebt. Sie hatte Santeri nichts davon gesagt, sie vertraute sich ihm niemals so an, wie sie sich früher Enok anvertraut hatte, und vielleicht war gerade ihr Schweigen der Grund dafür, dass der Traum sie weiter verfolgte; Nacht für Nacht kehrte er wieder, es half nicht einmal, dass sie sich vor dem Schlafengehen ans Fenster kniete und auf die Josafatfelsen hinausblickte und Gott bat, der Traum möge sie in Frieden lassen.

Der Sommer hatte Vivan gründlich in Angst und Schrecken versetzt. Die Miliz und die Typographen hatten gestreikt, es waren keine Zeitungen erschienen, und im Stadtzentrum hatten Unholde die Schaufenster der bürgerlichen Zeitungen mit zähem, stinkendem Teer übermalt, so dass der Öffentlichkeit der Zugang zu den Nachrichtentelegrammen verwehrt gewesen war, die in den Fenstern zur Lektüre auslagen. Als die Zeitungen dann im August wieder erschienen, waren sie voller Meldungen über Diebstähle und Totschläge und Frauenschändungen, die sich im Laufe des Sommers ereignet hatten, und als es Herbst wurde, exerzierten bereits die rote und die weiße Garde in den Parks der Innenstadt und den Wäldern vor den Toren der Stadt. »Ich mach mir solche Sorgen wegen Allu«, sagte Vivan eines Abends spät im September zu Santeri, »ich hab doch alle Hände voll zu tun mit den Mädchen, und er muss die meiste Zeit allein klarkommen. Aber wenn ich ihn frage, wo er gewesen ist, antwortet er nicht. Ich hab Angst, dass er mehr auf der Straße ist als in der Schule oder auf dem Arbeitshof.« »Leider ist es wohl auch so«, meinte Santeri und wedelte mit dem Brief, den er gelesen hatte, nachdem er zunächst den Umschlag mit dem Tischmesser geöffnet hatte, »der Brief ist von Fräulein Ahlman, und sie sagt das Gleiche.« »Ich will nicht, dass er bei so einer *shaki*, so einer Bande mitmacht«, sagte Vivan unglücklich und mit bebender Betonung auf dem Wort *shaki*. Santeri lächelte sie an, und es war ein Lächeln voller Liebe. »Das heißt *saki*, nicht shaki«, sagte er dann. »Und dahin geht er nicht, er ist doch noch ein kleiner Junge, er kann sich nicht prügeln, verstehst du, sie wollen ihn in ihren sakis ganz bestimmt nicht haben.« »Du weißt doch, wie Enok in früheren Jahren war«, erwiderte Vivan, »was ist, wenn Allu genauso wird?« »Ja«, sagte Santeri freundlich, aber ein wenig vage, »was soll man in dem Fall tun?«

Als Vivan von Santeri keine Hilfe bekam, handelte sie auf eigene Faust. Sie schrieb einen Brief an Enok, der mittlerweile wieder verheiratet war und erneut einen kleinen Sohn hatte und in seiner Heimatregion in Sibbo von der Fischerei und Hausreparaturen lebte. Enok hatte dem teuflischen Schnaps wieder einmal den Rücken gekehrt und es diesmal geschafft, er hatte sich seit Jahren nicht mehr geprügelt oder herumgehurt, sondern führte ein ruhiges und geordnetes Leben, und deshalb schrieb Vivan ihm nun, es herrschten unruhige Zeiten, und es scheine immer schlimmer zu werden, weshalb es ihrem gemeinsamen Sohn Allu guttun könne, die gottlose Hauptstadt zu verlassen und eine gewisse Zeit auf dem Land verbringen zu dürfen.

Enok antwortete in krakeliger und schwer lesbarer Handschrift, das lasse sich durchaus machen, ihre Verpflegung sei zwar sicher kaum besser als das, was man in der Stadt bekomme, aber Fisch gebe es trotz allem fast immer, und sowohl in Simsalö als auch in Gumbo gebe es Dorfschulen, und darüber hinaus sei der Junge ja nun auch schon so groß und kräftig, dass er als Ruderer tauge. Eins solle Vivan jedoch wissen, schrieb Enok dann, es habe im Sommer ihrer Niederkunft mit Allu keine Revolution gegeben, aber diesmal sei sie gekommen, und diese Revolution sei noch nicht vorbei, wer abwarte, werde schon sehen.

Enoks abschließende Worte ließen in Vivan kleine Warnglöckchen klingeln. Aber Vivan brachte sie zum Verstummen, denn nach den gesetzlosen Sommermonaten war ihre Furcht vor den Menschen und Straßen von Helsingfors größer und tiefer verwurzelt als das Unbehagen, das sie empfand, wenn sie sich an den jungen und kaum zu bändigenden Enok erinnerte. Auch Santeri erhob keine Einwände gegen ihre Pläne. Er sah, dass Allu bereits in die Höhe schoss, und auch wenn der Junge bisher brav gewesen war, so war er doch trotz allem der Sohn des Schwarzen Enok, und der Schwarze Enok war und blieb nun einmal der Schwarze Enok. Santeri hatte Enok vor Jahren einmal nach einem langen Abend im Tripoli zum Berserker werden gesehen, und obwohl er wusste, dass Enok sich verändert hatte, saß noch ein kleiner Stachel aus Angst in seinem Herzen. Wenn Allu etwas Unüberlegtes machte, dachte Santeri jedesmal, dass er dies von Enok hatte und schlechtes Blut in den Adern des Jungen floss und er, Santeri, nicht mit seinem Stiefsohn unter einem Dach leben wollte, wenn Allu sich endgültig von einem Kind in einen Mann verwandelt haben würde. Aus Respekt vor Vivan gestand er ihr seine Gedanken nie, doch als sie nun von sich aus vorschlug, Allu solle zu Enok hinausziehen, unterstützte Santeri ihre Pläne und erklärte, sie sei eine vorausschauende und liebevolle Mutter. Damit war der Umzug beschlossene Sache. Als der Generalstreik ausbrach, war Allu Kajander bereits aus der Kristinegatan in die Schären von Sibbo gezogen, nach Tistelholmen, wo die Herbstwellen des Finnischen Meerbusens mit der gleichen bleigrauen Entschlossenheit heranrollten, mit der blutige Angriffe und Gegenangriffe in Flandern und bei Caporetto und auf den anderen Schlachtfeldern im fernen Europa eingeleitet wurden.

2

Eccu und Jali

Jarl Widing liebte schneeverhüllte Bäume in winterleeren Parks. Raureif tat es auch, Raureif war wie die Musik eines Brahms oder Mozart, er war eine Erinnerung an die Kürze und Zerbrechlichkeit des Lebens und die beharrliche und unstillbare Sehnsucht des Menschen nach mehr. Doch am besten war eine hohe Schneedecke aus Neuschnee. Wenn es anfing zu schneien, erhob sich Jarl augenblicklich vom Esszimmertisch oder aus dem Lesesessel und ging zu einem der hohen Panoramafenster, die Richtung Trekantspark lagen. Dort blieb er dann ein oder zwei Minuten stehen, regungslos, drehte sich anschließend um und nickte kurz seinem Sohn Eric zu. Seine Tochter Anita saß ebenfalls am Esszimmertisch, aber sie wusste, dieses Kopfnicken war nicht für sie gedacht – die Winterausflüge waren seit jeher das gemeinsame Revier Eccus und ihres Vaters gewesen.

Eccu hatte sich schon als kleiner Junge für die Vorbereitungen begeistert, Hausmädchen Wilma hatte erfahren müssen, dass der Junge alles selber machen wollte. Merkwürdig war nur, dass er so lange bei der Stange geblieben war. Wenn Jarl nickte, stand der fast erwachsene Eccu auf, ging in den Flur, öffnete die Tür zum Kleiderschrank und holte den Pelz oder Paletot seines Vaters heraus: Die Temperatur im Freien gab den Ausschlag. Er nahm seinen eigenen Mantel vom Kleiderbügel und suchte anschließend auf der Hutablage nach sei-

41

ner Wintermütze und der Persianermütze, die sein Vater selbst bei strahlendem Sonnenschein im März trug. Danach wählte er zwischen den gefütterten Schneeschuhen und den Stiefeln, und bei feuchtem und rauem Wetter rundete er zusätzlich noch mit zwei Paar Galoschen aus der Fabrikation der Russisch-Amerikanischen Gummikompanie Treugolnik in Petersburg ab.

Während Eccu all das machte, hielt sich Jarl in der Bibliothek auf. Er hatte bereits das dreifüßige Stativ aus dem Schrank hervorgeholt und schwankte nun zwischen seinen beiden Kameras – der neuen Kodak, die sein Bruder Gösta aus London mitgebracht hatte, und einer wesentlich älteren Agfa, die er meistens vorzog. Sobald er seine Wahl getroffen hatte und sie in Mäntel und Schuhe gefahren waren und ihre Treugolniks übergezogen und sich die Mützen auf den Kopf gedrückt hatten, pflegte aus dem Inneren der großen und zugigen Wohnung Atti Widing aufzutauchen. Sie hatte einen bleichen Teint und war immer etwas verfroren, sie war in einen großen Wollschal gehüllt und fragte mit einem Interesse, das eher pflichtschuldig als echt klang: »Wollt ihr nicht ein paar Brote und etwas Heißes zu trinken mitnehmen? Wilma sagt, dass es heute kalt ist.« Sobald sie ihre Frage gestellt hatte, schüttelte Jarl den Kopf, und Eccu sagte: »Das ist nicht nötig, Mama, wir kommen schon zurecht«, doch daraufhin wurde Atti sofort etwas lebhafter und beharrte: »Etwas müsst ihr dabeihaben, ich werde Wilma bitten, Schwarzen Johannisbeersaft zu erhitzen, das dauert höchstens zehn Minuten, so lange werdet ihr ja wohl noch warten können.« Daraufhin standen Vater und Sohn in voller Wintermontur im Eingangsflur, der Schweiß lief, und es dauerte keine zehn Minuten, sondern fünfundzwanzig; dann erst verließen sie, mit einer Thermoskanne und großen, in Butterbrotpapier eingeschlagenen Leberwurstbroten ausgestattet, die Wohnung. Jarl Widing blickte übellaunig auf die Flasche, die in eine Wollsocke geschoben war, und murrte: »Weiber! Wenn wenigstens Punsch darin wäre! Oder

42

Cognac!« Es war niemals Jarl, der die Wegzehr trug, es gehörte zu Eccus Aufgaben, sie in seinem Rucksack zu verstauen.

Jarl Widing war seit dem Jahre 1889 Mitglied im Verein der Amateurfotografen von Helsingfors. Damals war er zwar erst neunzehn Jahre alt, aber schon als der geschickteste Velozipedfahrer und schnellste Schlittschuhläufer der Stadt bekannt gewesen und wurde von allen nur Jali genannt. Die Fahrräder hatte der Schiffsreedervater seines Klassenkameraden Alonzo Krogius importieren lassen, damit sich sein Sohn während der langen Wartezeit auf das Millionenerbe nicht zu Tode langweilte – sie waren von jener alten, schwer zu meisternden Sorte mit einem riesigen und einem winzigen Rad gewesen, aber der erst fünfzehnjährige Jali hatte sie gezähmt und so den Grundstein zu seinem Ruf als hervorragender Athlet gelegt.

Später hatte Jali einen Abschluss als Kandidat der Rechte gemacht und eine Stelle angenommen, die ihn zum Betriebsleiter der Helsingforser Vertretung der Eisenbahngesellschaft machte. Er ging seiner Arbeit auf die gleiche Art nach, wie sein älterer Fotografenkollege Wladimir Sjohin sich um seinen Anteil am Familienunternehmen am Südlichen Hafen kümmerte: Beide delegierten, so viel sie nur konnten, und nutzten ihre so gewonnene Freiheit, um mit Kamera und Stativ in der Stadt und ihren Randgebieten spazieren zu gehen. Volodja Sjohin überließ die Führung des Geschäfts mit dessen Lagerbeständen aus starken Machorkas, Filzstiefeln, Wodka und anderen russischen Spezialitäten seinem Bruder Sascha, der ein wohlgeöltes Mundwerk hatte und sich bei den Kunden großer Beliebtheit erfreute. Jali Widing wiederum verließ sich auf seinen Personalchef und seine rechte Hand Vidar Lund, einen Westnyländer mit glatt anliegenden Haaren und einschmeichelnder Art. Und je weiter das erste Jahrzehnt des zwanzigsten Jahrhunderts fortschritt, desto öfter stand die Gemischtwarenhandlung »Bràtja Sjohin« unter Saschas Aufsicht, und desto

öfter regierte der pomadeduftende Vidar Lund mit uneinge-
schränkter Macht im Eisenbahnkontor der Stadt.

Sowohl Jali als auch Volodja waren ehrgeizige Fotografen,
legten großen Wert auf Arrangement und Komposition. Sie
gaben sich ungeheure Mühe beim Entwickeln und Kopieren,
eine einzige Fotografie konnte die Arbeit eines ganzen Tages
erfordern. Es gab einmal eine Zeit, in der sich Jali als ernst-
zunehmender Herausforderer Sjohins betrachtete. Das war
um die Jahrhundertwende gewesen, als Eccu noch in den Kin-
derschuhen steckte; in diesen Jahren war sich Jali mehrfach
sicher gewesen, dass eine besonders geglückte und liebevoll
entwickelte Komposition ihm die jährliche Gravur im Wander-
pokal des Vereins eintragen würde. Doch seltsamerweise übertraf Sjohin ihn stets, und Jalis einziger Trost bestand darin,
dass Ingenieur von Kraemer und Fräulein Brander und den
Sonderling Timiriasew und jeden anderen in ihrem Verein das
gleiche Schicksal ereilte – keiner von ihnen konnte Volodja das
Wasser reichen.

In einem Frühling ließ Nyblin, der Vorsitzende des Vereins,
auf direktem Weg bei den Gebrüdern Lumière in Lyon eine
kleine Menge der neuen Autochromplatten bestellen. Mit Hilfe
der Chromplatten erhielt man Glasdiabilder in Farbe, und
mehrere Vereinsmitglieder, unter anderem Jali, experimentierten eine Weile mit ihnen, wandten sich dann jedoch wieder
von ihnen ab: die Platten waren teuer, die Entwicklungsproze-
dur schwierig und die Belichtungszeit auf Grund des komplizierten Farbrasters fast unmöglich zu berechnen. Und Jali sah
doch, dass sich seine schneeverhüllten Bäume und winterlichen Parks nicht in Farbe machten, sein Lieblingsmotiv erforderte Schwarzweiß.

Aber Volodja! Der Russe verfügte sowohl über die Zeit als
auch die nötigen Mittel, um den Chromplatten ihre Geheimnisse zu entlocken, und die Ergebnisse, die er erzielte, raub-
ten Jali und den anderen Vereinsmitgliedern den Atem. Die

Gesichter der Menschen, alle Farbschattierungen der Haut zwischen kreideweiß, mittelblass, schweinchenrosa, rot angelaufen und der wettergegerbten Schwerarbeiterbräune des Sommers. Das Zusammenspiel zwischen dunkelblauen und sahneweißen Hyazinthen in einer Porzellanvase und zwischen den leuchtend gelben und himmelblauen Tönen in den Ornamenten auf der Vase. Die rosa und kaisergelben Wandflächen der Jugendstilvillen in Ulrikasborg und Eira; der dunkle, stumpfe Rotton an den farbblätternden Fischerkaten und verfallenen Schuppen, die noch auf den Hinterhöfen Rödbergens standen; die windgepeitschte, graugrüne Porösität am Sprungturm der Schwimmgesellschaft hinter Ursins Felsen und die beinahe unmerklichen Farbnuancen des Granits zwischen Rotbraun und Grau auf den Rackarhügeln in Tölö. Die Mitglieder des Vereins der Amateurfotografen waren gewohnt, dass die Wirklichkeit Farben hatte, während die Fotografie auf einem ausgeklügelten Spiel zwischen Schwarz und Weiß, Schatten und Licht beruhte. Volodja Sjohin verzerrte und banalisierte die Wirklichkeit jedoch nicht, er ließ sie vielmehr aufleben, brachte die Farben so still und geheimnisvoll zum Leuchten, dass wirklich jeder verstand, es war der eigene alltägliche Blick, der unfähig war, den Menschen und Dingen dieses Strahlen zu entlocken. Deshalb war man sich einig, dass Volodja der Beste von ihnen allen war, und als er Anfang des zweiten Jahrzehnts des Jahrhunderts dem Verein einen neuen Pokal stiftete und mitteilte, er selber stehe außer Konkurrenz, wurde das nicht akzeptiert, stattdessen musste er sich dem Willen der anderen Mitglieder beugen und erhielt in der Folge die ersten elf Gravuren in der Trophäe, die bereits seinen Namen trug. Und seltsamerweise regte sich bloß ganz wenig Neid auf ihn; nur in seltenen Momenten gestattete sich Jali Widing, selber ein zwar wohlhabender, aber kein vermögender Mann, den Gedanken, dass er sicherlich Vidar Lund hatte und sicherlich seine kleinen Aktiendepots in Treugolnik und anderen Unternehmen besaß, aber solche Ozeane an Zeit und Geld wie Volodja Sjohin standen ihm trotz allem nicht zur Verfügung.

Als einige Jahre des neuen Jahrhunderts vergangen waren, begann Jali Widing das neue Tretballspiel zu spielen, das britische Ingenieure und Geschäftsleute ins Land gebracht hatten. Jali war ein geborener Mittelläufer, ein robuster Verteidiger und kluger Spielmacher in einer Person, und als Sechsunddreißigjähriger gehörte er zu der Mannschaft, die den ersten Städtevergleich gegen Petersburg austrug. Zur Mannschaft von Helsingfors gehörten alle großen Spieler jener Zeit, da waren der kolossale Däne Blenner und der akrobatische und listige Tanner, da waren der brutale Torwart Cable und die talentierten Brüder Niska und noch andere, aber es nützte alles nichts. Es regnete den ganzen Augusttag auf Petersburg herab, das Spielfeld war triefend nass und morastig, und als die Partie begann, tanzten die leichten und beweglichen Russen Kasatschok um die stämmigen Finnen herum, die vergeblich versuchten, Körpertacklings einzusetzen, die meiste Zeit jedoch nur auf dem nassen Gras herumrutschten. Das Ergebnis war eine Klatsche von 0:15, und als Jali Widing aus Petersburg zurückkehrte, sagte er zu Atti, mit der Balltreterei müsse es nun ein Ende haben, er sei zu alt für so etwas, und außerdem wolle er Jarl und nicht Jali genannt werden, ein Wunsch, den ihm weder Atti noch sein Bekanntenkreis noch seine zukünftigen Liebhaberinnen erfüllen sollten.

Ansonsten bekam er jedoch, was er haben wollte: Nach der demütigenden Niederlage in Petersburg rührte Jali Widing nie wieder einen Fußball an. Trotzdem machte er weiterhin jeden Morgen seine gymnastischen Übungen und blieb ein Mann mit Blick für die angenehmen Seiten dieser Welt. Und deshalb bekam der umtriebige Vidar Lund auf dem Eisenbahnkontor immer mehr zu tun, denn nun, nachdem der Sport wegfiel, widmete Jali noch mehr Zeit als früher der Fotografie, und ein paar Jahre später fing er zudem eine heimliche, aber schon bald reichlich umtuschelte Liaison mit einem gewissen Fräulein Hultqvist an, Schauspielerin und Tänzerin am Schwedischen Theater und zur Untermiete wohnhaft in zwei hübsch möblierten Zimmern in Oberst Tatarinoffs Haus an der Fredriksgatan.

Familie Widing war in die Georgsgatan gezogen, als das Haus neu war, Eccu war damals fünf und Nita drei Jahre alt gewesen. Als das sechsstöckige Haus erbaut wurde, hatte Architekt Kurt Zweygbergk – ein Jugendfreund Jalis – überlegt, eine jener Aufzugvorrichtungen einbauen zu lassen, wie sie die Amerikaner in ihren himmelhohen Häusern hatten, die sie in New York und Chicago und ihren anderen Großstädten hochzogen. Nach langem Grübeln hatte Zweygbergk jedoch auf den Aufzug verzichtet und stattdessen eine andere neumodische Errungenschaft eingeplant – ein Wasserklosett in jeder Wohnung. Die Widings und die anderen Familien im Haus genossen somit das Privileg, ihre Exkremente spurlos verschwinden zu sehen, mussten sich dafür jedoch die Steintreppen hinaufkeuchen und -ächzen wie alle anderen bürgerlichen Familien im Helsingfors der damaligen Zeit auch.

Mama Atti hieß eigentlich Astrid und war eine geborene Weber. Von ihrem Vater, dem Senatspräsidenten, hatte sie nicht nur die deutsche Sprache und ihre Liebe zu Goethe und Schumann geerbt, sondern auch ein leicht zu rührendes Gemüt und seine großen und etwas abstehenden Ohren. Attis Vater Albert und seine Brüder Karl, Peter und Georg sprachen oft und gern von den »Weberschen Ohren«, unter den männlichen Mitgliedern der Familie galten sie als handfester Beweis dafür, dass man kein Hahnrei war, der gutgläubig die Verantwortung für ein Kind schulterte, das ein anderer gezeugt hatte. Ansonsten hatte Atti ihr Aussehen von ihrer Mutter Adelaïde, geborene Silfverrooth. Sie war schlank und hatte wie ihre Mutter dunkle Haare und dunkle Augen, und das Einzige, was den Eindruck von Schönheit störte, waren besagte Ohren, die sie nervös machten und die sie unter Haarteilen und kunstvollen Frisuren und Hüten zu verbergen suchte, die Jahr für Jahr größer und üppiger ausfielen, genau wie die Pariser Mode es vorschrieb.

Jali Widing liebte seine Frau abgöttisch und tat alles, was in seiner Macht stand, damit Atti nicht ereilte, was Jali, wenn er sich gezwungen sah, die Phasen ihrer Abwesenheit vom gesellschaftlichen Leben zu kommentieren, verlegen *diese Launen* nannte. Atti sprach vier Sprachen fließend, aber keine von ihnen war Finnisch, die Sprache der Bevölkerungsmehrheit im Land, und so fühlte sie sich wie eine Fremde in diesem gottvergessenen Winkel der Welt, der rein zufällig der ihre geworden war. Sie war vielseitig begabt, aber kein Mensch hatte ihr jemals erzählt, was eine Frau mit einer solchen Begabung anfangen sollte, und sie hatte oft das Gefühl, dass Männer wie Frauen sie eher lästig fanden. Wenn sie gesund war, spielte sie nach den Festessen Chopinmazurken zum Kaffee und erntete Applaus, und während der Streikwoche 1905 arbeitete sie lange Tage und Nächte als Freiwillige in der Erste-Hilfe-Station der Schwedischen Frauen- und Haushaltsschule. Zwischendurch übermannte sie jedoch die Untätigkeit und der windgepeitschte Spleen der finnischen Hauptstadt; und die unausgesprochene, aber dennoch rigorose Forderung, dass sie jedesmal aussehen sollte wie eine Dame von Welt, wenn sie die wenigen Häuserblocks zu einem Cafébesuch im Ekberg oder Fazer flanierte, quälte sie, und Gleiches galt für das Korsett, das den Busen nach oben presste und den Bauch eindrückte, weshalb sie Bauchschmerzen bekam und in Atemnot geriet.

Als Eccu und Nita klein waren, versuchte Jali Atti auf jede erdenkliche Weise aufzuheitern, er gab ihr ständig zu verstehen, wie begehrenswert sie war, und bejahte ihr neu erwachtes Interesse für die Kleidermode, das ihre frühere Faszination angesichts von Schopenhauers Gedankenwelt und Heines Lyrik ersetzt hatte. Eines Sommers reiste das Ehepaar Widing nach Paris. Atti besuchte das Atelier des großen Modeschöpfers

Poiret und ließ Maß nehmen für ein Kleid aus feinstem Crêpe de Chine mit einem Muster aus Pailletten und Silberfäden auf dem Busen, und während sie mit einem von Poirets Assistenten Kleidersilhouetten diskutierte, schlenderte Jali in Notre-Dame umher und betrachtete die Gemälde und Skulpturen, die der Gemeinde von den Goldschmieden der Stadt gestiftet worden waren, damit ihnen Gott gnädig sein und große Gewinne schenken möge. Als er die Kathedrale leid war, trat er ins klare Sommerlicht hinaus und begab sich zum Quartier Latin, wo er in eine weniger seriöse Buchhandlung huschte und offen eine Nummer der Zeitschrift *Les Dessous Picants* und unter der Hand eine alte Postkartenreihe namens *La Mariée de Montmartre* erstand. Atti fand, dass das Kleid von Poiret zu bunt und zu teuer war, sie bevorzuge diskretere Farben und Muster, erklärte sie, und als sie und Jali nach Helsingfors zurückkehrten, hatte sie nicht mehr als ein paar Seidenschals und ein streng geschnittenes, kühl moosgrünes Straßenkostüm erworben.

Der August war in jenem Jahr heiß. Die Luft waberte und brannte, und die Einwohner von Helsingfors versanken in Trägheit und Müßiggang, alle außer den russischen Matrosen auf Sveaborg, deren Revolte jedoch niedergeschlagen wurde. *Les Dessous Picants* und die Beischlafkarten lagen gut versteckt in Jalis Koffer, sie lagen zwischen seinem säuberlich zusammengefalteten Frack und seinem etwas mitgenommenen Gehrock, und obwohl das Schmuggelgut einen schwachen Duft von Boudoir verströmte, passierte der Koffer komplikationslos den Zoll. Aber kaum war er dazugekommen, seine kostbare Beute auszupacken und in der untersten Schublade des Billnäs-Schreibtisches im heimischen Rauchzimmer unter den Jahresbilanzen der Eisenbahngesellschaft zu verstecken, als auch schon der Helsingforser Herbst nahte. Er kam, wie er es immer tat, er kam mit Südweststürmen und Wasserkaskaden und dazwischen Nieselwetter und einer Grotte aus Dunkelheit, die allmählich jegliches Licht verzehrte, und während die

Jahre vergingen und Eccu und Nita aufwuchsen, wurde Attis Teint mit der Zeit immer blasser und ihr Gemüt immer düsterer. Es kamen Herbste, in denen sie nicht einmal mehr die Kraft fand, ihre Haare zu toupieren oder sich generell repräsentativ herzurichten; stattdessen stand sie Stunde um Stunde um Stunde an einem der großen Fenster, die zum Trekantspark hinausgingen. Draußen war der Himmel grau, es regnete und war windig, und die Wassertropfen schlugen gegen die Scheibe und glänzten in den nackten Ästen der Laubbäume. Sie sahen aus wie verdrehte und böswillige Arme, diese Äste, und Attis schwarze Haare strömten als verfilzter und schmutziger Wasserfall ihren hageren Rücken hinab, und sie starrte mit leerem Blick in die farblose Nässe hinaus und murmelte auf Deutsch: *Immer so dunkel, immer so nass, man kann doch ohne Licht nicht leben*, als wären diese Worte eine geheime Formel. Und von da an, als Atti begann, vor sich hin zu murmeln, und darüber hinaus aufhörte, Jali Zutritt zu ihrem Bett und ihrem Körper zu gewähren, begannen die Phasen ihrer geheimnisvollen Abwesenheit. Mehrmals wurde sie in Privaträumen der Diakonissenanstalt gepflegt, und in einem Herbst hielt sie sich zwei Monate in einem Erholungsheim im Schwarzwald auf, denn sie und Jali waren in Helsingfors Personen des öffentlichen Lebens, und es durfte niemand wissen, was ihr fehlte. Man wollte zudem Eccu und Nita nicht belasten, die beiden wussten nur, dass ihre Mutter manchmal ein wenig krank wurde und verreisen musste, was aber nicht weiter schlimm war, überhaupt nicht schlimm. Sie hingen sehr am Hausmädchen Wilma und an der Köchin Signe und gewöhnten sich rasch daran, dass Wilma und Signe sich um sie kümmerten und Großmutter Adelaïde oder Großmutter Esther oder Tante Rosita gelegentlich vorbeischauten.

An einem Sonntag jenes Herbstes, in dem Atti sich im Schwarzwald erholte, stand ihr vierzehnjähriger Sohn Eccu im Wohnungsflur und lauschte heimlich, als sein Vater sich mit Olle

Gylfe, einem Freund der Familie, unterhielt. Eccu hörte Jali zu Gylfe sagen, dass er nicht mehr ein noch aus wisse, die Ärzte stellten altmodische Diagnosen wie Hysterie und Melancholie, aber sie seien allesamt Quacksalber und Schulfräuleins, und Atti müsse schlicht und ergreifend gezwungen werden, sich am Riemen zu reißen, ihr Leben sei viel zu bequem und untätig gewesen, und in dem Punkt nehme er, Jali, einen Teil der Schuld auf sich, auch wenn der größte Teil seiner Meinung nach in ihrer behüteten Kindheit und ihrer zwar reichen, aber seltsam weltfremden Familie zu suchen sei. Eccu verstand nicht alles, die massive Tür war halb geschlossen, was die Stimmen in der Bibliothek dumpf und undeutlich machte, und außerdem waren viele der Wörter, die sein Vater und Olle Gylfe benutzten, schwierig und fremd. Aber er begriff, dass die große Unterschiedlichkeit seiner Eltern, die er bisher nur erahnt hatte, sich vertieft hatte und deutlich und grausam geworden war, seit seine Mutter immerzu müde und unglücklich war. Eccu wusste, seine Mutter wollte, dass man aus Büchern vorlas und Musik hörte und sich über die Welträtsel unterhielt, während sein Vater eine pragmatisch veranlagte Person war, die das Weltgeschehen mit Hilfe der Tageszeitung *Hufvudstadsbladet* verfolgte, es ansonsten jedoch hasste, still zu sitzen: Jali ging mit seinen Kindern lieber im stillgelegten Gaswerk am Ende der Östra Henriksgatan Rollschuh laufen, als darüber nachzugrübeln, was Schopenhauer eigentlich gemeint hatte, als er über die Welt als Wille und Vorstellung schrieb.

Als Eccu dort in dem dunklen Flur stand und die Ohren spitzte, um zu hören, was sein Vater und Olle Gylfe zueinander sagten, konnte er sein eigenes Herz pochen hören, und in der Stille des Flurs meinte er auch zu hören, wie es rauschte und toste, wenn das Blut durch seine Adern floss. Er sah ein halb im Dunkeln liegendes Gesicht und die Silhouette eines dünnen und schlaksigen Körpers in dem großen Trumeau am hinteren Ende des Flurs und begriff zum ersten Mal in seinem Leben, dass beide Eltern in ihm lebten. Er spürte, dass der sorgenvolle

Grübler und der praktisch orientierte Abenteurer in seinem Inneren versuchten, Raum für sich zu schaffen, und einander misstrauisch beäugten. Die Einsicht in seine Doppelnatur kam zu plötzlich, ihm fehlte die Kraft, sie zu tragen, schwarze Dunkelheit wallte auf. Er musste sein heimliches Lauschen abbrechen. Er ging in sein Zimmer, das zum Hof hinaus lag, warf sich auf das gemachte Bett, lag still da und schnappte nach Luft, während er fühlte, dass er in einen Abgrund stürzte und die Dunkelheit immer tiefer und dichter wurde.

In einem von Jalis Fotografiealben gab es eine sorgsam komponierte Aufnahme aus dem Jahre 1905: er selber und sein Erstgeborener Eccu Seite an Seite, mit dem Rücken zur Kamera, auf einem frisch geräumten Spazierweg im Kajsaniemipark. Sie befanden sich ein gutes Stück vom Fotografen entfernt und standen unter einer alten Eiche, die den großen Sturm fünfzehn Jahre zuvor überlebt hatte, und im Vordergrund neigten sich einige junge, aber bereits schief gewachsene Ahornbäume und Birken über den Pfad und bildeten ein schneebedecktes Spalier für Vater und Sohn. Jali trug Frack und Zylinder, was ungewöhnlich war und daran lag, dass das Bild an einem Februarmorgen nach einem Winterball bei Familie Gylfe in der Boulevardsgatan aufgenommen worden war. Der Ball hatte die ganze Nacht gedauert, und auch Volodja Sjohin war dort gewesen; es ist somit durchaus denkbar, dass er, der Meister persönlich, an jenem Morgen dieses Foto machte.

Auf dem Bild reicht der sechsjährige Eccu seinem Vater knapp bis zur Hüfte, aber als gut neun Jahre später der Weltenbrand begann, war er fast schon ein Mann. Als Jali an einem Sonntag im ersten Kriegswinter eine Eingebung kam und er begann, ein exakt gleiches Bild in dem kleinen Park der Alten Kirche zu komponieren, und daraufhin Nyblin, den Vorsitzenden des Vereins, scherzhaft bat, einen richtigen *snapshot* von Vater und Sohn zu machen, war der sechzehnjährige Eccu schon genauso groß wie sein Vater, nur die hohe

Persianermütze ließ Jali noch etwas größer erscheinen als seinen Sohn.

Zehn Winter waren sie zusammen umhergestreunt, gelegentlich auf Skiern, die meiste Zeit jedoch zu Fuß. Manchmal hatte Volodja Sjohin sie begleitet, manchmal Nyblin, einige wenige Male auch Nita, aber in der Regel waren Vater und Sohn zu zweit unterwegs gewesen.

Die Stadt wuchs. Neue Stadtteile erblickten das Licht der Welt, sie entstanden in Tölö und Fredriksberg und im Norden hinter Alphyddan und im ehemaligen Vallgårdswald, und unten am Ufer von Sörnäs wurden die schweren Fabrikgebäude immer zahlreicher. Gleichzeitig wuchs auch die Menge mützenbewehrter Männer und barhäuptiger Frauen, die von Hermanstad und Ås und Wilhelmsberg und von den schnurgeraden Linien herabströmten. Sie wimmelten zum Ufer von Sörnäs hinab, wenn die Fabriksirenen heulten, und in die höher gelegenen Stadtteile zurück, wenn ihre Schicht vorüber war. Die Sirenen ertönten im Dunkel der Winternacht und in der grauen Frühjahrsdämmerung und im Licht des Sommermorgens und im beharrlichen Regen des Herbstes, und sie ertönten für eine Bevölkerung, die endlich auf dem besten Weg war, das zu werden, was man ihr so lange prophezeit hatte – sie waren viele geworden, sie waren endlich eine Kraft, mit der man rechnen musste, sie trugen dunkle Arbeitskleidung, sie waren still und duldsam, wussten aber gleichzeitig, dass jeder Mensch das Recht auf einen Funken Würde hatte, und wenn sie auf ihrem Weg die Linien herab Halt machten und eine Tasse Kaffee oder ein Glas Leichtbier an einem früh geöffneten Kiosk tranken, ließen sie den Blick über den Wald aus immer höheren und höheren Schornsteinen schweifen, die mit jedem neuen Jahr immer schwärzeren und dickeren Rauch ausspien, und dann gaben sich viele von ihnen trotzigen Gedanken hin, wonach die Fabriken eines Tages ihnen gehören würden und nicht den Kapitalisten.

Diesem hungrigen Wachstum, diesem ganzen Chaos aus Baustellen und Fabriksirenen und dickem Schornsteinrauch und jungen Arbeitern mit früh zerfurchten Gesichtern stand Jali Widing skeptisch gegenüber. Denn es war doch so, mit jedem neuen Gebiet, auf das Bauamt und Rat der Stadt ihre lüsternen Blicke warfen, mit jedem neuen Gebiet, das in den gigantischen Prozess von Enteignung und Grundstücksplanung, von der Projektentwicklung und der Namensgebung der Straßen, vom Anbieten der Grundstücke zum Verkauf oder zur Verpachtung, vom Abkommandieren von Schwerarbeitern zum Sprengen und Graben und Anlegen von Straßen einbezogen wurde, ja, mit jedem Gebiet, das in diesen herrlichen Wirbel gesogen wurde, der die Einwohnerzahl von Helsingfors wachsen ließ und die Kassen unzähliger Unternehmen füllte, wodurch die Steuereinnahmen stiegen und kommunale Neuinvestitionen ermöglichten, ging gleichzeitig etwas verloren. Und was verschwand, das war die Helsingforswelt, die Jali mit seinen zärtlichsten Augen betrachtete, es war die Welt aus stillen, vergessenen Gegenden mit Wäldern und Parks und Ufern, in der die Ruhe nur von spärlich verteilten Fischerkaten und Häuschen und Villen und dem ein oder anderen Gutshof, der am Ende einer melancholischen Allee lag und schlummerte, gestört wurde.

Das tiefe Augustgrün des Esplanadenparks, der abendliche Lichtschein die Boulevardsgatan hinab, die Aussicht von den Brunnsparkhügeln an einem stillen Morgen im September – noch gab es die Idyllen, aber in ihren Lücken und an ihren Rändern lauerte das Chaos. Die Straßen waren trotz der stetig verbesserten Beleuchtung immer unsicherer geworden, überall in der Stadt kam es zu Messerstechereien. Außerdem schienen die Straßenmädchen immer jünger zu werden, Kurre Zweygbergk saß im Stadtrat und hatte Jali einen vertraulichen Bericht gezeigt, der enthüllte, dass fast die Hälfte der registrierten Huren zwischen fünfzehn und neunzehn Jahre alt war. Und diese Besudelung der Sitten, fand Jali, dem es in Gedankengän-

54

gen dieser Art stets glückte, Fräulein Hultqvist und die Art ihrer beider Beziehung zu vergessen, ging Hand in Hand mit der äußerlichen Verschmutzung; es gab immer mehr Elektrizitätswerke, und der Rauch aus den massiven Schornsteinen dieser Werke war so schwarz wie eh und je, obwohl sich die Stadt bei den Elektrizitätsgesellschaften eingekauft und mit der Zeit die hundertprozentige Kontrolle über die Branche übernommen hatte. Ob in privatem oder in kommunalem Besitz, das schien keine Rolle zu spielen, denn immer öfter kam es vor, dass Jali auf ihren Streifzügen Eccu zu sich rief, auf den Schnee zeigte und sagte: »Verdammt, was ist der Winter schmutzig geworden!« Das konnte im Stadtteil Kajsaniemi passieren, aber auch draußen in den Wäldern hinter Fredriksberg oder auf der ländlichen Insel Brändö, und von da an brachte Jali seine *idée fixe* vor, seine feste Überzeugung, dass die Verschmutzung, ja genau diese Verschmutzung und nichts anderes, seine Möglichkeiten zunichte machte, im Kampf um die Pokale des Vereins Volodja Sjohin das Wasser reichen zu können. Der schmutzige und fleckige Schnee machte es unmöglich, hübsche Kontraste zwischen Schwarz und Weiß zu erschaffen, die alten Tricks verfingen nicht mehr, weder die Bromemulsion noch das teure Platinapapier zeitigten das gewünschte Resultat.

Eccu sah die Dinge anders. Er war ein junger Mann mit großen, etwas abstehenden Ohren und vielen Gedanken über das Leben, und ihm gefiel, dass seine Stadt sich ausbreitete, den schmutzigen Schnee musste man eben in Kauf nehmen. Helsingfors' Wachstumsschmerzen waren auch seine, und die Gerüche und Geräusche der Stadt – das Brüllen der Autos, das Scheppern der Fabriken, das Murmeln der Restaurantstraßen – befeuerten die Rastlosigkeit, die ihm mit jedem neuen Monat stärker zusetzte.

Er mochte die neuen, burgähnlichen Hochhäuser mit ihren großen Paradefenstern, aus denen scharf und frei elektrisches Licht flutete. Er genoss es, die neuen Wohnviertel an Stellen wachsen zu sehen, an denen es früher nur raue Felsen und das Kohlland der Russen gegeben hatte. Er liebte es, die neuen Straßenbahnlinien B und M nach Brändö und Munksnäs hinaus zu nehmen, er schnurrte genüsslich, während die Wagen der Firma Kummer klapperten und krängten und Häuserblock für Häuserblock und Minute für Minute weiterfuhren, ohne dass eine Endhaltestelle kam. Die Brändölinie hatte es ihm besonders angetan; es gab keine Brücke zu dem Vorort, der Wagen fuhr vielmehr an Bord einer mit Schienen ausgestatteten Fähre mit mürrischem Personal, und anschließend setzte die Fähre zur Brändöseite hinüber, wo die Straßenbahnfahrt weiterging.

Auch seinem Vater Jali gefiel Brändö. Anfangs hatten sie die Grüne Linie von der Stora Robertsgatan aus genommen und waren in Sörnäs umgestiegen; in den ersten Jahren ihres Bestehens kam die Brändölinie der Stadt nicht näher. Im Sommer kamen die Kinder von Sörnäs zu einem und bettelten mit heiseren und rotzfrechen Stimmen, in den Wintern standen sie etwas abseits und warfen Schneebälle auf die Fahrgäste und riefen Unverschämtheiten in ihrer lustigen Mischsprache, in der sich finnische, schwedische und russische Wörter tummelten und aneinander rieben. Manchmal hing eine Hand voll Mitglieder aus einer der erwachsenen Sörnäsbanden, die wirklich gefährlich waren, in der Nähe der Haltestelle herum. Die jungen Männer standen in einem engen Kreis an einer Hausecke, sie rauchten Zigaretten und tranken aus mitgebrachten Flaschen und machten vielsagende Gesten in Richtung der Hausbesitzer, die in den B-Wagen ein- und ausstiegen. Viele Bewohner des Villenvororts Brändö, vor allem die verheirateten Frauen mit knospenden Töchtern, schielten besorgt auf die Flaschen und Schlapphüte und gestriften Pullover der Bandenmitglieder, und es dauerte nicht lange, bis eine Delegation aus Vertretern der Entwicklungsgesellschaft für den Vorort Brändö sowie einigen vermögenden Innenstadtbürgern mit dem Ansinnen beim Stadtratsvorsitzenden Norrmén vorstellig wurde, der Linie B solle die Erlaubnis erteilt werden, ohne unangenehmes Umsteigen durch Sörnäs und über die Långa-Brücke bis zum Markt zu fahren, ein Antrag, dem unverzüglich stattgegeben wurde.

Jali und Eccu war das egal. Jali war nach wie vor gut in Form und überzeugt, es mit den betrunkenen Mitgliedern der Sörnäsbanden schon noch aufnehmen zu können, falls es zu einem Kampf kam, und Eccu hatte zwar Attis schlanken Körperbau geerbt, aber feige war er nicht, und es fiel ihm zudem niemals ein, dass man ihm übel mitspielen könnte. Verletzt reagierten allerdings die Einwohner von Sörnäs. Als die Nachricht von der feigen Petition der Brändöbürger die Arbeiterviertel erreichte, gingen die kleinen Rotznasen dazu über, mit schwererer Artillerie als bisher zu feuern, im Winter mit Schneebällen und kleinen Eisklumpen, im Sommer mit Steinchen und Erdschollen und manchmal sogar mit toten und verrottenden kleinen Fischen, die von diesen Schlingeln mit präzisen Würfen auf die offene Plattform katapultiert wurden, sobald dort eine vornehme bürgerliche Dame stand und sich in ihren geschnürten Stiefeletten und ihrem plissierten Kleid und ihrer pompösen Haar- und Hutanlage drängelte, deren Nadeln und Stöckchen den bedauernswerten Mitfahrern in Wangen und Augen stachen. Und wenn die Straßenbahn dann bremste und hielt und der Fahrer Jagd auf die Kindern machte, sausten sie einfach davon, verteilten sich in alle Himmelsrichtungen wie Spreu im Wind, während sie gleichzeitig schrien: »Aufgeblasenes Gesindel! *Koppavaskuru!* Das aufgeblasene Gesindel fährt von Gleis eins! *Koppavaskuru lähtee raiteelta yksi!*«

Jali hatte kein Verständnis für die Haltung der Kinder aus Sörnäs; man könne ihnen einzig verzeihen, dass ihr Hass nicht ihr eigener sei, erklärte er, Kinder hassten nicht, wenn sie geboren wurden, sie *lernten* vielmehr zu hassen, und die Schuld gebe er folglich den Eltern dieser Kinder.

Eccu war nicht nur rastlos, er war auch gereizt. Seines Vaters Ratlosigkeit angesichts von Attis dicht aufeinanderfolgenden Krankheitsphasen schmerzte ihn, genau wie die Heuchelei und die Doppelmoral, die sie zur Folge hatten. Jali Widing wahrte, so gut es ging, den Schein, aber im bürgerlichen Helsingfors war der Klatsch wie eine wütend brummende Wespe, die von Familie zu Familie flog und von Schule zu Schule, und Eccu waren vage, aber boshafte Gerüchte über eine schwedische Schauspielerin zu Ohren gekommen, ein gewisses Fräulein Hultqvist, sowie über eine korpulente Witwe Walevsky, von der es hieß, Jali habe sie im kostenpflichtigen Seebad der Familie Tallberg auf der südlich gelegenen Insel Drumsö mit seinen Schwimmkünsten becirct und flachgelegt. Es hieß, Herr Direktor Widing vom Eisenbahnkontor habe wieder angefangen, à la carte zu leben, etwas, das sich für einen verheirateten Mann in seiner Position nicht ziemte.

Noch schlimmer war jedoch Jalis Haltung zu den brennenden Fragen der Zeit. Eccu war fünfzehn, als der große Krieg ausbrach. Seine Klassenkameraden Cedric Lilliehjelm und Walter Zweygbergk hatten ältere Geschwister, die an der Universität studierten, und »Cedi« und »Zviga« gaben alles, was sie hörten, an Eccu weiter. Es herrschte Chaos in den Studentenverbindungen, erzählten Cedi und Zviga in diesem Herbst, kein Mensch interessiere sich noch für das Studium, alle hätten ein hartes körperliches Training aufgenommen, um bereit zu sein, wenn der Moment des Handelns gekommen war, alle warteten nur noch auf den Augenblick, in dem man nicht mehr die Faust in der Hosentasche ballen musste, sondern offen den Gewehrkolben mit ihr umschließen durfte. Gesandte seien unter größter Geheimhaltung zu Sondierungsgesprächen nach Stockholm und Berlin gereist, es gehe um Geld und Waffen und um die Möglichkeit militärischer Ausbildung, und es herrsche eine Art fiebriges Vibrieren in den Studentenverbindungen, sagte Cedi, man habe Angst, der ganze Krieg könne in ein paar Monaten schon vorbei sein, man fürchte, das Deutsche

Reich werde zu schnell siegen, so dass die Jugend Finnlands nicht mehr dabei sein könnte, sondern die Chance zur Freiheit verpasste, und man spuckte innerlich auf das letzte Dekret des Zaren, das voller neuer Russifizierungsparagraphen war, und um sich im Geist und im Glauben noch zusätzlich zu stärken, weigerte man sich, den Alkohol zu trinken, den das Regime mit einer Kriegssteuer belegt hatte; stattdessen bleibe man nüchtern und singe, erzählte Cedi, während der nächtlichen Beratungen im Haus der Nyländischen Studenten aus vollem Hals und ohne Vorsichtsmaßnahmen *Die Wacht am Rhein*.

Geschichten dieser Art konnten Eccu dazu treiben, seinen Vater fast zu verachten. Jali sprach ausweichend über den Krieg, und Eccu fand, dass in den Ausführungen seines Vaters die Furcht der Industriebarone vor den Ideen der Jugend des Landes zu sehen war. Außerdem wusste Eccu natürlich, dass Jali zu denen gehörte, die Geld zu verdienen hatten. Sein Aktienbesitz ruhte wie sein Kamerastativ der Marke Hässler und Söhne auf drei Standbeinen: Er besaß Anteile an Kymmenebolaget, an Maskin & Bro und an der Russisch-Amerikanischen Gummikompanie Treugolnik, und die beiden letzteren wurden von den derzeit herrschenden, brutalen Umständen stark begünstigt.

Es gab Tage, an denen Eccu seinem Vater scharfe Worte entgegenschleudern wollte; er wollte ihm sagen, dass es nicht richtig war, in einem Sessel zu sitzen und Kolumnen zu lesen und von Kriegslieferungen zu leben, während gleichzeitig ganz Europa brannte, und an Tagen, an denen Eccu dies *beinahe* sagte, war er ernsthaft wütend auf Jali, auf seine altmodischen Ansichten, seine Ratlosigkeit und Heuchelei, die Aktiendepots und die Persianermütze und die dummen, toten Fotografien von schneebedeckten Bäumen. Eccu brannte vor Lust, gegen Jali aufzubegehren, und im Grunde wollte er ihn wegen aller möglichen Dinge kritisieren, weil er eine Vergangenheit als einfältiger Athlet hatte, weil Atti wieder einmal in der Diakonissenanstalt lag, weil er sowohl der, bösen Zungen zufolge, unbegabten Soubrette Fräulein Hultqvist als auch der fetten Witwe Walevsky den Hof machte, ja, Eccu wollte seinen Vater wegen ALLEM zur Rede stellen, und als es Winter wurde, reagierte er auf Jalis Anfragen, bei den guten alten Streifzügen dabei zu sein, anfangs zerstreut und widerstrebend und am Ende glattweg ablehnend. Wenn *ich* Fotograf werde, dachte Eccu, dann werde ich weiß Gott Bilder von etwas machen, das lebt und braust und wogt und *ist*, so wie ich selbst, so wie mein Blut, so wie mein Leben.

Andererseits gab es dann auch wieder Tage, an denen sich seine Verärgerung an dem Bedürfnis brach, Jali als feste Größe in seinem Dasein behalten zu dürfen, es gab Tage, an denen sich sein Nein in ein »Ja« oder zumindest »Na gut« verwandelte, und deshalb befand sich Eccu an diesem kalten Sonntag im Februar 1915 in dem kleinen Park der Alten Kirche. Als Nyblin, der Vorsitzende des Vereins, das Bild gemacht hatte, das den zehn Jahre alten Volltreffer imitierte, ging er zur Gaststätte Gambrini, um sich ein Heringsfrühstück zu genehmigen, während Jali und Eccu die M-Bahn durch Tölö zum entlegenen Munksnäs hinaus nahmen. An diesem Tag enthielt sich Eccu böswilliger Gedanken über seinen Vater; stattdessen unterhielten sie sich leicht und flüchtig über das Kriegsglück und die Frage, ob der Entfesselungskünstler Houdini seinen Zenit überschritten hatte oder nicht, und Eccu assistierte so sicher und routiniert bei den Aufnahmen, wie er es immer getan hatte.

An einem Maimorgen des gleichen Jahres geschah etwas Merkwürdiges. Es war kurz nach der Walpurgisfeier und nur ein paar Tage, bevor deutsche U-Boote den Riesendampfer Lusitania vor der Küste Irlands torpedierten und 1200 Menschen in die Tiefe rissen, und das Eigentümliche an diesem Morgen war, dass es anfing zu schneien. Große, träge taumelnde Flocken regneten aus dem grauen Helsingforshimmel herab, und als die Flocken die kopfsteingepflasterten Straßen und Parks erreichten, auf denen die Straßencafés schon geöffnet hatten und in denen bereits die Parkbänke aufgestellt waren, schmolzen sie nicht, sondern bildeten eine kreideweiße Decke, die immer dicker wurde, je länger der Morgen dauerte. »Jetzt seht euch das an!«, sagte Eccu, der mit Nita im Esszimmer frühstückte, »verdammt, es schneit ja, ob Papa es schon gemerkt hat?«

Eine Viertelstunde später waren Jali und er bereits auf dem Weg den Skillnadshang hinab. Kein Proviant diesmal, nur ein schnelles Ausrücken und anschließender Rückzug zu den alltäglichen Geschäften. Die Temperatur lag um den Gefrierpunkt, dennoch hatte Jali auf seine Persianermütze verzichtet; er trug einen flachen Hut mit schmaler Krempe. Als sie im Laufschritt, mit Ausrüstung beladen, den Hang hinabeilten, keuchte er aufgekratzt: »Jetzt aber, zum Teufel, Mailicht und Schnee, diesmal werden wir verdammt noch mal ein Bild machen, das es in sich hat, jetzt schlagen wir Volodja!« Wir, wer ist wir?, dachte Eccu, beschloss jedoch wie üblich zu schweigen.

Als sie zum Esplanadenpark kamen, war zwar Volodja Sjohin nicht da, wohl aber Ivan Timiriasew, Offizier in der Armee des Zaren und eifriges Mitglied des Vereins. Timiriasew war bereits dabei, Aufnahmen zu machen, und Jalis gute Laune verflog. Aber auch er montierte seine Ausrüstung zusammen, und mit Eccus Hilfe tastete er sich vor und werkelte mit dem Licht und machte anderthalb Stunden lang Bilder. Doch wie sich zeigen sollte, nützte es alles nichts, denn als sich das Jahr dem Ende zuneigte, war es trotz allem Sjohin, der eine weitere Gravur in seinen eigenen Pokal gewann, diesmal mit einem schönen Glasdiabild, auf dem die Sonne in einem sommerstillen Meer unterging. Der zweite Preis ging an ein Bild, das an jenem wintrigen Tag im Mai aufgenommen wurde, aber die Plakette ging nicht an Jali, sondern an Ivan Timiriasew für seine wehmütige Studie des menschenleeren und verschneiten Straßencafés des Opernkellers.

Doch nichts von all dem spielte letztlich eine Rolle, denn als der Herbst und die heftigen Südwestwinde kamen, stand Eccu bereits unten an Ursins Felsen südlich der Stadt. Er hatte Jalis Hässlerstativ genommen und sich die nagelneue Handkamera seines Freunds Cedi Lilliehjelm geliehen – eine Kodak, genau wie die Londonkostbarkeit, die Jali nach wie vor verschmähte –, und Cedi assistierte ihm, und was Eccu in Bildern festhalten wollte, war der Sturm – unbeeindruckt vom heulenden Wind standen er und Cedi und fotografierten die wütenden, grüngrauen Wellen, die gegen den Sprungturm der Schwimmgesellschaft schlugen und den Fischerhütten und neuen Mietskasernen Munkholmens mit Überschwemmung und Zerstörung drohten. »Ich liebe Stürme! Nur Memmen haben Schiss vor ihnen!«, schrie Cedi, und Eccu nickte glücklich, denn er hatte doch recht, mit den gemeinsamen Streifzügen von Vater und Sohn war es jetzt vorbei, es war Zeit, das Prinzip des Sturms zu bejahen, und in den folgenden Jahren sollte Jali sich viele Male wünschen, er hätte einen Gott gehabt, um seine Stoßgebete an ihn zu richten. Er machte sich Sorgen um den Jungen, denn Eccu hatte nicht nur die Weberschen Ohren geerbt, sondern auch ein ähnliches Gemüt wie Atti, er gab sich mit Vorliebe düsteren Gedanken hin. Außerdem war er ein Heißsporn, und in seinen Adern floss die Politik wie ein Gift. Es gab eine Zeit, in der Jali befürchtete, sein Sohn würde nach Schweden und weiter nach Deutschland fliehen, um ein Jäger in Kaiser Wilhelms Armee zu werden.

Doch es kam anders. Denn obwohl sich der Weltkrieg in die Länge zog, blieb Eccu am Normallyzeum, wo er so fleißig lernte, dass er seine Studentenmütze ein ganzes Jahr früher im Hutgeschäft abholen konnte. Und an einem sonnigen Nachmittag im Freiheitsfrühjahr 1917 finden wir den Studenten Eric Hjalmar Widing auf dem Dach der Technischen Hochschule, es ist der zwanzigste Tag im Monat März, und es liegt Schnee auf dem Sandvikstorget, und auch dort oben auf dem Dach gibt es Harsch und Eisstücke, an den Schornsteinen und von den Dachrinnen hängen scharfe, meterlange Eiszapfen und lauern den Menschen unten auf. Doch an diesem Tag denkt niemand an Gefahren dieser Art, denn die Freunde Eccu Widing und Zviga Zweygbergk und etwa zehn Studenten im zweiten Studienjahr, unter ihnen der hochnäsige Julle Enerot und der Westnyländer Henning Lund, der bei seinem Onkel Vidar einquartiert ist, stehen in einem lächelnden und festlich gekleideten Kreis und nehmen ihre Hüte ab, um der rotgelben finnischen Löwenflagge zu huldigen, die sie soeben gehisst haben. Und während sie dort stehen, verschwindet die Sonne hinter einer dünnen Wolkenbank, die sich zunächst hellgelb verfärbt, sich dann jedoch verdichtet, und daraufhin fängt es an zu schneien, und Eccu kann nicht umhin, an den Zweifler und Zauderer Jali zu denken. Aber da er sich wie ein Sieger fühlt, denkt er mit der Wärme der Vergebung an seinen Vater. Er denkt an die Winter seiner Kindheit und die Streifzüge durch die Stadt und erkennt auf einmal, dass er den zugeknöpften Mann, der zufällig sein Vater geworden ist, während dieser Stunden kennengelernt hat. Denn solange sie dort gingen und Ausschau nach dem guten Bild hielten, nach der schönen und reinen Komposition, ist Jali Widing ein völlig anderer Mensch gewesen als der schlecht gelaunte Mann, der im Arbeitszimmer daheim im Sessel saß und unter gelangweilten Grunzern in der Zeitung von Hindenburgs Offensive an den Masurischen Seen oder neuen skandalösen Kunstrichtungen in Zürich oder den Forderungen der sozialistischen Landtagsabgeordneten las, Brotgetreide und Butter müssten von widerspenstigen Großbauern zwangsrekrutiert werden. Auf ihren gemeinsamen Spaziergängen ist Jali niemals stumm und uninspiriert, sondern immer gesprächig und leidenschaftlich gewesen, er hat vor Lebenslust vibriert, draußen in den Parks und Wäldern hat er sich Jahr für Jahr, Mal für Mal in einen Menschen verwandelt, der mit seinen Instinkten per Du ist, in jemanden, der mit leichten Schritten und geschärfter Aufmerksamkeit geht, einen Menschen, der zwischen den Bäumen wandert und aussieht, *als könnte er den Schnee fallen hören.* Und genau dieses Bild seines Vaters, wie er dasteht und dem sanft fallenden Schnee lauscht, wird Eccu Widing lange Zeit später beschwören, in einer völlig anderen Zeit, wenn Jali ein alterndes Erinnerungsreservoir ist und Eccu selber ein Mann, der auf Abwege geraten ist, aber darum kämpft, die Dinge wieder ins Lot zu bringen. Er wird sein altes Erinnerungsbild vom Vater als Beweis dafür heranziehen, dass er immer schon im Recht war, wenn er behauptete, der Modernist oder Jazzmensch oder Roboter oder wie immer er sich nennen mochte habe die Empfindsamkeit, die Empfänglichkeit für die wahre Natur des Lebens und der Dinge verloren, die dem Vorkriegsmensch noch zu eigen war.

3

I-r

In den Jahren, die dem Bürgerkrieg vorausgingen, gab es in der südwestfinnischen Stadt Åbo überraschend viele schwedischsprachige Sozialisten. Sie waren oft kleinbürgerlicher Herkunft, allesamt eigensinnig, und viele von ihnen hatten ausgeprägt intellektuelle Neigungen. Sie scharten sich um die Zeitung *Arbetet*, »Die Arbeit«; zum Umfeld des Blattes gehörten der Geschäftsmann Walter Borg, der Schriftsetzer Janne Ojala, die Lehrer Georg Boldt und Ivar Grandell sowie die jungen Studenten Allan Wallenius und Fredrik Ahlroos.

Zahlreiche Einwohner Åbos, unter denen es sowohl Bewunderer als auch Verleumder gab, waren der Auffassung, dass der Åbo-Radikalismus ausschließlich auf dem Doktor der Philosophie Georg Boldt basierte, der am Klassischen Lyzeum an der Östra Strandgatan Lehrer in Schwedisch und Geschichte war. Boldt gehörte zu einer wohlhabenden, aber exzentrischen Familie voller idealistischer Schwärmer und hatte mit einer religionsphilosophischen Abhandlung über Immanuel Kant promoviert, die dem Opponenten zufolge, Professor Gabriel von Haartmann, mit einer Sprachgewalt verfasst war, die ans Ekstatische grenzte.

Kant gehörte zu den pragmatischeren Denkern in Georg Boldts Bibliothek. Boldt hatte frühe Utopisten wie Campanella und Thomas More gelesen und war mit den Gedanken Buonarottis und Robert Owens vertraut. Er verwarf die Anarchisten

Kropotkin und Bakunin, scheute jedoch nicht vor dem Irren Charles Fourier zurück, der vorgeschlagen hatte, die Menschen sollten in großen Kasernen leben, in denen das Prinzip geteilten Gewinns und freier Liebe herrschte, woraufhin der neue und glückliche Mensch entstehen und sich auf der Erde ausbreiten werde, und so glücklich und frei werde dieser sein, dass die Welt binnen weniger Generationen 37 Millionen musikalische Genies wie Wolfgang Amadeus Mozart und 37 Millionen Mathematiker vom Kaliber eines Isaac Newton sehen und sich sogar die Weltmeere in Saft verwandeln würden. Boldt sah in Fouriers Denken ein Streben nach dem Guten, und dafür liebte er ihn, so wie er auch den Katalanen Narcís Monturiol liebte, der schon in den siebziger Jahren des 19. Jahrhunderts im Dienste des utopischen Sozialismus ein U-Boot gebaut hatte (das sozialistische U-Boot funktionierte ganz ausgezeichnet, wurde jedoch nie in größerer Stückzahl gefertigt, weil das kastilische Königshaus in Madrid Monturiols Absichten aus gutem Grund misstraute und den Geldhahn zudrehte). Boldt bewunderte zudem Etienne Cabet und dessen utopische Republik Icaria, obwohl er sehr wohl wusste, dass die beiden von Cabet gegründeten Idealgesellschaften – Icaria I hatte nördlich von Shreveport am Red River gelegen, Icaria II in Nauvoo in Illinois – aus Sümpfen und Sand bestanden hatten, wo sich nur Mücken und Schlangen wohlfühlten, und dass Cabet mit bestechender Konsequenz an Herzversagen gestorben war, als er von hungrigen, kranken und aufgebrachten Icarianern attackiert wurde, die dem großen Denker treu ergeben in die Neue Welt gefolgt waren.

Kurzum, Georg Boldt war sich der Rückschläge des utopischen Sozialismus in der Vergangenheit wohl bewusst, beschloss aber dennoch, an ihn zu glauben, statt an die brutale und opportune sozialistische Praxis, wie sie zu ebenjener Zeit von Leuten wie Lenin, Trotskij, »Koba« Dzugasjvili, Krupskaja und Kollontay ausgearbeitet wurde, während sie kreuz und quer durch Europa reisten und sich mal hier, mal da versteckt hielten, auch an verschiedenen Orten im Großfürstentum Finnland. Mit der gleichen Sprachgewalt, die er in seiner Doktorarbeit offenbart hatte, hielt Boldt Jahr für Jahr Vorlesungen vor der schwedischen Jugend Åbos über die ursprüngliche christliche Liebesethik und deren enge Verbindung zum sozialistischen Denken. Boldt war ein gefühlsduseliger Mann und verlor sich gern in langen und intensiven Ausführungen darüber, wie der moralisch unantastbare und unbestechlich stolze, aber gleichzeitig vorbehaltlos liebende Grundton in den Predigten Christi im Laufe der Geschichte von Paulus und dem Kirchenvater Augustinus und anderen Jüngern, die sich der Aufgabe nicht gewachsen gezeigt hatten, verzerrt worden war. Und während die Jahre dahingingen, spitzte Boldt seine Botschaft allmählich immer kühner zu, weshalb er am Ende, um zehn nach drei am fünfzehnten Tag im Oktober des Jahres 1908, während der unermüdliche Herbstregen gegen die hohen Fenster des Empirebaus klatschte, mit kräftiger, aber etwas zittriger Stimme seiner Abschlussklasse verkündete, es sei sicherlich banale und anachronistische Geschichtsklitterung, Jesus Christus zu einem reinrassigen Sozialisten zu ernennen, dessen ungeachtet könne man jedoch nicht die Augen vor der Allgegenwart des Gerechtigkeitspathos und proletarischen Instinkts in seinen Predigten verschließen, weshalb es nicht verkehrt sei, das Neue Testament als das erste sozialistische Manifest der Weltgeschichte zu betrachten.

Da sich Georg Boldt in einem Schulmilieu, in dem viele seiner Schüler Adlige waren oder aus dem gehobenen Bürgertum stammten, offen zum verruchten Sozialismus bekannt hatte, spaltete er die Schülerschaft in zwei Lager, ein etwas kleineres, das für ihn, und ein etwas größeres, das gegen ihn war, und von Zeit zu Zeit bemühten sich die Eltern der antiboldtschen Schüler mit aller Macht darum, ihn von seinem Posten absetzen zu lassen. Unter anderem sah sich Herr Gummerus, der Direktionsvorsitzende der Schulstiftung, im Spätsommer 1909 während eines festlichen Krebsessens draußen auf Gut Run-

sala durch einen Herrn Tigerstedt und einen Herrn Furubjelke
heftigem und alkoholgeschwängertem Druck ausgesetzt. Vorsitzender Gummerus weigerte sich jedoch, den Forderungen
nachzukommen, und wies stattdessen darauf hin, dass Boldt
zwar umstritten, bei vielen jedoch auch sehr beliebt sei und
dass selbst die Widersacher Boldts seine zutiefst humanistische
Einstellung achteten. Als Tigerstedt und Furubjelke daraufhin
die Regeln der Höflichkeit vergaßen und Gummerus androh-
ten, sowohl ihm als auch Boldt ein paar aufs Maul zu geben,
machte Gummerus einen tiefen Diener und erklärte: »In dieser
Hinsicht halten es die werten Herren natürlich ganz, wie Sie
wollen«, woraufhin Tigerstedt und Furubjelke beleidigt ihres
Weges wankten.

Die Zeitung *Arbetet* startete im Spätherbst 1908 mit zwei Pro-
benummern. Der frisch examinierte Magister der Philosophie
Ivar Grandell trug zu Letzterer einen Artikel bei, aber Grandells Text handelte von Darwin und war abgesehen von seiner
antiklerikalen Tendenz unpolitisch.

Das erste Hauptquartier von *Arbetet* lag in einem vom Ab-
riss bedrohten Wohnviertel ein ganzes Stück vom Trätorget
entfernt an Åbos nördlichem Rand. Die Gegend bestand aus
einem Gewimmel altertümlicher und verfallender einstöcki-
ger Holzhäuser mit dazugehörigen Schuppen, Plumpsklos und
Güllegruben. Die Schornsteine waren hoch, aber amateurhaft
gemauert, und bei Sturm passierte es des Öfteren, dass sich
Ziegelsteine lösten und die Dachschräge hinabpolterten, die
meistens mit Holzschindeln, gelegentlich aber auch mit Dach-
pappe gedeckt war. Von den Dächern tropfte es in die Zimmer, und bei Regen mussten die auf engem Raum hausen-
den Bewohner das Wasser in Blechbehältern auffangen. Die
Häuser waren von Höfen voller Gerümpel und Verschlägen umgeben, und diese Höfe wurden von schadhaften und verrottenden Brettern umzäunt. Manche Bretter waren umgefallen
und viele Zaunpforten aus ihren rostigen Scharnieren gesprun-

gen und schwankten und quietschten im Wind. Die unasphaltierten Straßen waren schlammig und große Teile des Jahres nicht befahrbar, und die Leute, die hier Gemischtwarenhandlungen oder Schrottplätze betrieben, konnten sich nur selten dazu durchringen, Firmenschilder anzufertigen, und malten Namen und Betätigungsfeld stattdessen direkt auf die umkippbereiten Bretter.

Ausgerechnet hierher, in einen Lagerraum, der dem Schuhmacher und Geschäftsmann Raf. Holmquist gehörte, wurde die Probenummer von Arbetet nach dem Druck gebracht. In der Nacht vor dem Versand der Ausgabe war der kleine Raum voller Menschen. Es war eine neblige und nasskalte Spätherbstnacht, die Stadt lag still und tot. Alles war von Reglosigkeit und Stillstand durchdrungen, Åbo war von einer Versteinerung erfasst worden, die so massiv und ewig war wie die Macht des Zaren und die Abscheu der Eisenhüttenpatrone vor den Worten der radikalen umherziehenden Agitatoren. Doch im Lagerraum des Schuhmachers, im Lichtschein zweier Petroleumlampen, standen Borg, Ojala, Boldt, Grandell und eine Hand voll anderer und packten Zeitungen ein, die so frisch waren, dass die Hände, die sie anfassten, feucht und schwarz wurden. Im Morgengrauen wurden die verpackten Zeitungen dann auf einen klapprigen Karren geworfen. Karren und Pferd hatte man sich von einem Fuhrmann aus Aningais geliehen, und dann setzten sich Ojala und Grandell hinten hinein, Ojala nahm die Zügel, und los ging es, begleitet von unermüdlichen Versuchen, den Gaul dazu zu bringen, auf den Namen Kautsky zu hören, zum Bahnhof. Die Zeitungen, ungefähr die Hälfte der kleinen Auflage, sollten in die Hüttenstandorte und ländlichen Dörfer im ganzen südlichen Teil des Landes versandt werden; den Rest würden die Propagandisten der Bewegung in Åbo und Umgebung verteilen.

Ivar Grandell war das einzige Kind eines Kaufmanns, der ein Kurzwarengeschäft in der Slottsgatan besaß. Der Vater starb, als der Junge vierzehn war, der Laden ging in Konkurs, und Mutter und Sohn mussten sich einschränken. Große Opfer mussten beide bringen, damit Ivar es sich leisten konnte, die eingeschlagene Schullaufbahn zu beenden und anschließend in Helsingfors an der Universität zu studieren, wo er zur Untermiete bei seinem Onkel, dem Briefmarkenhändler Geitel, wohnte.

Grandell hatte Georg Boldt in den letzten drei Schuljahren als Lehrer gehabt, und als er nach Åbo zurückkehrte, bekam er eine Lehrerstelle an seiner alten Lehranstalt. Grandells Fächer waren Französisch, Latein und Geschichte, aber da Boldt es liebte, über die Vergangenheit und ihre Mysterien zu referieren, musste sich der jüngere Kollege zumeist damit zufriedengeben, Sprachen zu unterrichten.

Ivar Grandell gehörte nie zu den führenden Vertretern von *Arbetet*. Dennoch war er von Anfang an dabei, er redigierte, er schrieb, und wie wir gesehen haben, gehörte er auch zu jenen Auserwählten, die in Schuhmacher Holmquists Lagerraum standen und die Zeitungen der Provinzabonnenten einpackten und sich anschließend auf den Zeitungskarren setzten, der, gezogen vom widerborstigen Pferd Kautsky, zum Bahnhof klapperte. In den ersten Jahren, während die Auflage der Zeitung langsam stieg und man mit der Zeit in eigene Räume in der Vesterlånggatan umziehen konnte, waren Grandells Artikel fast ausnahmslos populärwissenschaftlicher Natur. Nach seinem Erstling über Charles Darwin schrieb er am liebsten über historische Themen, über die unglückliche Camille Desmoulins, die zwischen Danton und Robespierre geriet, über die Pariser Kommune und die spartanischen Könige Agis und Kleomenes, die in ihrem Reich radikale Reformen durchführten. Neben diesen anspruchsvolleren Artikeln schrieb Grandell auch impressionistische, ein wenig trockene Kolumnen über das alltägliche Leben in Åbos Cafés und auf den Plätzen der Stadt; dabei bediente er sich des Pseudonyms Spectateur.

Im Kriegsherbst 1914 finden wir Ivar Grandell in Helsingfors, wohin es ihn nach einer seltsamen Abfolge von Ereignissen verschlagen hatte. Doktor Boldts Feinde hatten sich endlich Gehör verschaffen können; sie hatten dafür gesorgt, dass Boldt auf Grund einer Brandrede, »Wir müssen zu den Wurzeln der Liebesbotschaft gehen«, die er beim Sommerfest des Schwedischen Arbeitervereins Åbo im Sportpark gehalten hatte, suspendiert wurde. Grandell war Boldts Stelle eines Oberlehrers in Form einer einjährigen Anstellung angeboten worden, aber er hatte sich geweigert, ja, mehr als das, er hatte es rundweg abgelehnt, noch länger an der Schule und in der Stadt zu unterrichten, die seinen Helden und Mentor so stiefmütterlich behandelt hatte. Stattdessen bewarb er sich auf ein ausgeschriebenes Vikariat am Schwedischen Normallyzeum in Helsingfors und bekam die Stelle. Zu seinen Unterstützern in der Hauptstadt gehörte das Schuldirektionsmitglied Jarl Widing, der Briefmarkenhändler Geitel kannte, und unter seinen zukünftigen Schülern war Widings Sohn Eric.

Einige Jahre zuvor waren Grandells junge Gesinnungsgenossen Allan Wallenius und Fredrik Ahlroos nach Helsingfors gezogen, um dort zu studieren, und tief enttäuscht worden. Die radikalen Abiturienten Åbos brannten für die Gerechtigkeit, der schwedischen Hauptstadtjugend war es dagegen völlig egal, dass ihr Land sozial rückständig war. »Das Einzige, was die Jeunesse von Helsingfors wach werden lässt, ist die Verheißung eines weiteren seelenlosen Saufgelages in der Studentenverbindung«, schrieb Wallenius nach einigen Monaten in der Stadt an Ivar Grandell, und später im gleichen Herbst notierte der temperamentvolle Ahlroos in seinem Tagebuch: »Diese Helsingforssozietät ist ein verdammtes Pack, sie ist nichts anderes als ein gut gekleideter und hübsch gekämmter Pöbel!«

Die Studenten aus Åbo, nicht nur Wallenius und Ahlroos, sondern auch andere, wohnten zur Winterzeit in Ulrikasborgs Badeanstalt, die am äußersten Ende von Brunnspark lag, unten am Meer. Die Badeanstalt war berüchtigt. Es war ein altes Holzhaus mit einer schlichten gelbgrünen Fassade, doch das unschuldige Äußere trog; im Winter war das Haus ein Treffpunkt der Bohème, in dem Journalisten, Schriftsteller, Maler und auch Prostituierte zu Besuch waren, die wussten, dass das Blut der jungen Männer auf mehr als eine Art in Wallung geriet, sobald sie sich ein paar Gläser hinter die Binde gekippt hatten. Die Jünglinge in der Badeanstalt fühlten sich erstickt vom Konservativismus der Hauptstadt, und ihr Erstickungsgefühl wuchs während dieses ersten Kriegsherbstes, in dem die Jugend von Helsingfors plötzlich zum Leben erwachte, allerdings nur, um sich Hals über Kopf in eine fiebrige Vaterlandsliebe und Verehrung Deutschlands zu stürzen, die an Servilität grenzte. Die Badeanstaltsstudenten – mit Ausnahme von Ahlroos, der die schwedische Sprache mehr liebte als den Sozialismus – lehnten es ab, sich »Finnlandschweden« zu nennen, stattdessen schlugen sie sich an die Brust und nannten sich Finnen und Kosmopoliten und Revolutionäre, und anschließend ertränkten sie ihre Frustration über die bürgerliche Übermacht in einem exaltierten Lebensstil, dessen Eckpfeiler das Schreiben von Gedichten für die eigene Zeitschrift *Zum Sturm*, glühende und wortgewandte Diskussionen über die Zukunft des Sozialismus, billiger und illegaler Alkohol sowie der eine oder andere Ausflug ins Fleischliche waren.

Den Weg zu dieser Badeanstalt fand auch der einige Jahre ältere und seelisch fast verkümmerte Ivar Grandell, der in einem kleinen Untermietszimmer nahe des Chirurgischen Krankenhauses wohnte. Denn dort draußen auf der äußersten Landzunge von Brunnspark heulte und pfiff zwar der Ostwind in seiner Einsamkeit und Raserei nach seiner Tausendmeilenreise von den Weiten jenseits des Urals, aber in den Studentenbuden floss der Branntwein in reißenden und wärmenden Strömen, und die weiblichen Gäste trugen kokette Hüte, unter denen sich die kunstvollsten Frisuren verbargen. Und wenn eine solche Frau dann ihr Haar löste, verwandelte es sich in ein Meer, in dem man sich verbergen konnte, in eine dichte und wärmende Woge, die in einem scharfen Kontrast zum richtigen Meer stand, das sich im Herbst mit finsterer und schonungsloser Wut gegen Helsingfors gewälzt hatte und danach, im Dezember, zugefroren war und sich in eine windgepeitschte, weite Ebene aus Packeis und hinterhältigen Eislöchern und Meile um Meile stummen und namenlosen Schnees verwandelt hatte.

Und dazwischen: die hitzigen Diskussionen von Wallenius und Grandell und den anderen, diese weltumspannenden Gefechte, diese verbalen Bruderkämpfe, die erst endeten, wenn ein widerwilliger Morgen graute und eine graumelierte Winterlandschaft enthüllte, die den Kombattanten deutlich machte, dass es Zeit war, sich in die Stadt zu begeben, um ein billiges Frühstück und einen zwar verbotenen, aber ach so wärmenden Schluck gegen den Kater in einem einfachen Café aufzutreiben.

Es kam, wie es kommen musste. Der dreißigjährige Ivar Grandell wurde in diesem Winter weiter radikalisiert, während er sich gleichzeitig einen schlecht heilenden Tripper zuzog und Schulstunden gab, die seine Schüler verwirrten und enttäuschten; seine schlagfertige Abschlussklasse gab ihm den Spitznamen Spiritus Dilutis, und als sein Zeitvertrag auslief, musste er sich mit ausgesprochen kühlen Referenzen zufriedengeben.

Als Grandell nach Åbo zurückkehrte, versuchte er nicht mehr, Arbeit als Lehrer zu finden. Er nahm eine Stelle als Verkäufer in einem Schreibwarenladen an und begann, wesentlich häufiger als früher bei *Arbetet* mitzuwirken. Er ging dazu über, ein kragenloses Hemd und eine abgewetzte Samtjacke zu tragen, und versuchte sich darüber hinaus mehrmals als umherreisender Agitator, aber diese Versuche fielen nicht gut aus.

Seine Sternstunde als Journalist hatte er im November 1915, als er einen ehemaligen Kommilitonen besuchte, der draußen im Hüttenstandort Dalsbruk eine Stelle als Volksschullehrer bekommen hatte. Das Ergebnis von Grandells drei Tagen in dem Eisenhüttenort war eine lange und gefühlvolle Reportage. Verborgen hinter der Signatur »I-r« beschrieb er, wie

… sich die dunklen Kasernen der Arbeiter hinter unwegsamen Hügeln und lehmigen Senken befinden, weshalb das einzige Licht in ihrem Leben in den Werkstätten zu finden ist, wo es mitsamt grausamer, weißglühender Hitze aus den Schlünden der Schweißöfen strömt, während die hohläugigen Arbeiter sorgenvoll unter ihren Haartollen hervorspähen, denn sie sind es gewohnt, sich vor dem Tod in Acht zu nehmen, der ihnen in Gestalt heißer Eisenstangen und Spritzern schmelzenden Stahls beharrlich auflauert.

»Bilder aus Dalsbruk« markierte jedoch auch den Anfang vom Ende von Ivar Grandells Mitarbeit bei *Arbetet*. Denn der Weltkrieg und die teuren Zeiten hatten viele Nebenwirkungen, und eine bestand darin, dass der gesellschaftliche Kampf härter wurde. Auch in dem kleinen Zirkel um die Zeitung kam es zu Machtwechseln. Die ergrauten Humanisten Boldt und Borg zogen sich immer mehr zurück, Borg, weil er an Schwindsucht litt und im Sterben lag, und Boldt, weil er am moralischen Elend der Welt verzweifelte. Auch ein paar jüngere Enthusiasten verließen die Zeitung, unter anderem Fredrik Ahlroos, der sich statt der sozialistischen für eine bürgerlich orientierte Lebenssicht entschied.

Vielleicht eignete sich Ivar Grandell nicht zum Märtyrer, vielleicht ahnte er, was sich anbahnte, und beschloss, sich zurückzuziehen, um seine Haut zu retten. Er selber schrieb nie ein Wort über seine Motive. Sicher ist nur, dass Grandell im Januar 1916 seinen letzten Artikel in *Arbetet* veröffentlichte, eine aufgebrachte Spectateur-Kolumne über einen betrunkenen Bauern, der unweit des Marktplatzes von Åbo mit seinem Karren eine alte Frau überfahren hatte. Im März des gleichen Jahres bewarb er sich auf eine Stelle als Kontorist bei der

Firma Th. Wulff in Helsingfors und bekam sie. Er bekam darüber hinaus einen Brief von seinem Onkel, Briefmarkenhändler Geitel, der ihm schrieb, Eisenbahndirektor Widing habe erneut ein gutes Wort für Ivar eingelegt, aber »dieses Mal tust Du, lieber Neffe, gut daran, Dich nicht ins Verderben locken zu lassen, da das Wohlwollen der guten Mächte nicht ewig währt«.

4

Miss Lucy L

Lucie sollte sich ihr Leben lang dieser Sommerwochen entsinnen.

Denkwürdig war nicht die Scharlachepidemie, die im Seebad Hangö grassierte, weshalb das Lawn-Tennisturnier beinahe abgesagt werden musste. Denkwürdig war nicht, dass sie, als das Turnier dann endlich begann, in der Damenklasse das Halbfinale erreichte, und auch nicht, dass ihre Gegnerin in diesem Halbfinale ausgerechnet Siggan war, und sie daraufhin besseres Tennis spielte als je zuvor.

Es war nicht einmal die Tatsache, dass der große Krieg ausbrach und fast alle ausländischen Gäste der Pension, unter ihnen das Ehepaar von Tinzelmann und ihr Sohn Maxi mit den unbändigen schwarzen Haaren, daraufhin heimreisten.

Es war etwas völlig anderes, und zwar, dass sie in diesem Sommer aufhörte, auf den Namen zu hören, den sie so lange gehasst hatte.

Lou-iii-ise! Fräulein Lou-iii-ise! Mademoiselle Lou-iii-ise! Es war Winter, und sie lag auf dem Bett in ihrem Zimmer in der Wohnung der Familie in der Västra Henriksgatan, es war Nachmittag, und draußen war es bitterkalt, es dämmerte bereits, und sie war kurz davor, unter der Wolldecke einzudösen, nur ein kleines Nickerchen, so warm und gemütlich, aber dann hörte sie unweigerlich eine dieser bemüht freundlichen, aber fordernden Stimmen, sie hallten in ihrem Inneren wider, zum Beispiel so, im Deutschunterricht: *In der Straße ist die Dunkelheit*

langsam tiefer geworden, wiederholen Sie bitte, Fräulein Louise;
in der Straße ist die Dunkelheit langsam tiefer geworden. Oder
es war ein heller Sommertag draußen auf Gut Björknäs, und sie
lag in ihrem Giebelzimmer im zweiten Stock, und ein warmer
Lufthauch wehte durch das offene Fenster herein, und der
Windstoß ließ die dünnen Tüllgardinen leicht wie Schmetterlingsflügel flattern, und die Bewegung setzte sich dergestalt fort,
dass sich die Sonnenstrahlen auf den blassrosa Tapeten der
Wände hin und her bewegten, aber wenn sich gerade all ihre
Glieder entspannten und sie sich allmählich in diesen leichten
und angenehmen Mittagsschlummer fallen ließ, tauchten diese
Stimmen wieder auf, da waren Mama Marie und die treue Seele
Olga und Witwe Walevsky, die dicke Klavierlehrerin, oder
auch Madame Giroud oder Fräulein Thesleff aus dem Internat,
und alle riefen sie den Namen, den sie verabscheute, riefen ihn
mit zielstrebigen und hartnäckigen Stimmen. *Solltest du nicht
Klavier üben, liebe Louise? Votre leçon commence, s'il vous
plait, Mademoiselle Louise! Warum hängt Fräulein Louises
Korsett heute noch im Schrank, Fräulein Louise?* Solange sie
denken konnte, hatte sie gehört, wie ihr Name auf diese Art gerufen wurde, und genauso lange hatte sie den Aufforderungen
Folge geleistet, sie hatte gehorcht, wie ein Hund den Kommandos seines Herrchens oder Frauchens gehorchte; sie zuckte in
der blauen Winterdämmerung oder im sanften Sommerschat-
ten gleichsam zusammen, und dann war all die wunderbare
Betäubung wie weggeblasen, und sie verabscheute den Namen
und wofür er stand von ganzem Herzen, es ekelte sie an, wenn
er auf diese bemüht freundliche, aber gleichzeitig befehlende
Weise gerufen wurde, ja, sie HASSTE!, sie hasste den Namen
Louise, weil er sie rastlos und schwermütig machte, er stand
für Korsett und Quadrille und Kotillon und für die Scham,
die sie wegen der Monatshölle empfand, er stand für unregel-
mäßige deutsche Verben und für Zwangslektüre der lyrischen
Werke von Heidenstams und Gripenbergs, er stand für »gefragt wurde nur, eine Antwort gab es nicht« und andere Rune-

berg-Zitate, die ihr Vater Rurik ihr und Siggan und Cedi servierte, statt ihre Fragen ernst zu nehmen, und er stand für die Noten zu noch einer milzsüchtigen Etüde Chopins oder Schuberts oder für Frau Walevskys krampfhaft geduldige Stimme: »Sie müssen sich gestatten, die Musik wirklich zu fühlen, Fräulein Louise, Sie müssen sich Zeit lassen, das Leiden und die Schönheit zu hören, die in den Pausen zwischen den Tönen zu finden sind, verstehen Sie, Fräulein Louise?« Und ja, natürlich verstand sie, natürlich fühlte sie die Musik, sie spürte, dass Musik in ihr war, aber sie spürte auch, dass ihre Musik eine ganz ANDERE war, und wie sollte Frau Walevsky das jemals verstehen können, wenn Louise es selber kaum verstand, denn sie hatte diese Musik ja noch nicht gefunden, sie wusste nur, dass es sie irgendwo auf der Welt oder im Universum gab und dass sie ganz anders war als die Musik, die sie bis jetzt gehört hatte, sie, *Mademoiselle Lou-iii-ise*. Und dieser siebenfach verfluchte Name, der nicht nur für die Gefangenschaft der Musik stand, sondern für so viel mehr, er stand für die Gefangenschaft des ganzen Menschen und aller Menschen in dummen Riten, er stand für die Zwangsjacke der Etikette, für Repliken wie *je vous remercie, cher Monsieur, de m'avoir conduit à table et de m'avoir fait une bonne conversation, cela m'a beaucoup plu*, und denk immer an die Beine, vergiss nicht, die Beine beim Sitzen fest geschlossen zu halten und die Füße unter den Stuhl zu ziehen.

Sie wurde in diesem Sommer sechzehn, und ihr voller Name war Marie Louise Eliabeth Lilliehjelm. Ihre Freundinnen Micki und Nata und Darling nannten sie Lucie oder Lissu oder Lu, und so wollte sie es auch haben. In »Louise« lag all das gebündelt, was sie reizte und Namen wie Indra oder Zara annehmen lassen wollte, um anschließend weit, weit fort zu reisen und nie mehr zurückzukehren.

Wie jetzt ihre große Schwester Sigrid. *Siggan*. Familie Lilliehjelms Tennischampion, mehrfache Gewinnerin der Damenklasse in Hangö, obwohl sie erst neunzehn war, außerdem Gewinnerin des Turniers in Marstrand und Halbfinalistin in Båstad und Nizza letzten Sommer, als Vater Rurik mit ansehnlichem Gewinn Wertpapiere verkauft hatte und die Familie über die schwedische Westküste und Paris an die Riviera gereist war. Siggan. Blond und schlank, dünne Augenbrauen, durchtrainierte Arme und Waden, aber praktisch keine Brüste, immer kühl und elegant, nie rot gefleckt, nie ein Schweißtropfen, nie ein Ausruf, nie auch nur ein Keuchen, wenn sie spielte, nur ihre sauberen und sicheren Schläge, fifteen-love, thirty-love, forty-love, und dann: game Fräulein Sigrid.

Alle Kinder der Lilliehjelms spielten. Siggan war die Racketprinzessin, und nach dem Sommer an der Riviera verfügte sie über ein Schlagrepertoire, das die meisten Männer verblüffte. Lucie war talentiert, wurde jedoch häufig Opfer ihrer Launenhaftigkeit, und ihr jüngerer Bruder Cedi war zu nichts zu gebrauchen, er war breitschultrig und athletisch, aber als Tennisspieler ein unfreiwilliger Clown. Es wollte ihm einfach nicht gelingen, die Stärke seiner Schläge zu dosieren, er war zu ungeduldig, er winkelte und schraubte und schnitt den Ball nicht an, er schlug einfach mit Wucht zu und meistens weit ins Aus. Auch Vater Rurik spielte gelegentlich, stolzierte würdevoll in langer weißer Hose und einem Pullover auf dem Platz umher und schlug den Ball mit steifem Arm und steifem Rücken, ließ sich jedoch nie dazu herab, zu laufen oder sich auch nur nach den Bällen zu strecken, die nicht ganz sicher in seiner Reichweite waren. Ab und zu saß Mutter Marie unter einem Sonnenschirm und schaute zu, aber meistens blieb sie auf der Veranda der Pension und trank Selzerwasser oder Zitronensaft und las; diesen Sommer standen Werner von Heidenstams »Endymion« und Baron Gripenbergs Jugendgedichte auf dem Programm.

Zu Hause in Helsingfors hatte Siggan seit Jahren keinen Satz mehr gegen eine Frau verloren. Wenn sie verlor, dann höchstens im Doppel oder Mixed oder in heimlichen Trainingspartien gegen Männer. »Sigrid spielt so sauber und logisch«, pflegte Vater Rurik mit Bewunderung in der Stimme zu sagen, und das traf es genau. Siggan stand an der Grundlinie und sandte sicher platzierte Bälle und unterschnittene Slices aus, und dann, wenn ihre Gegnerin müde und unentschlossen wurde und die Returns nicht mehr die richtige Länge hatten, begann sie auf einmal zu variieren, schickte ohne Pardon Bälle von Ecke zu Ecke, links, rechts, links, rechts und dann wieder rechts; ans Netz ging sie nur, wenn sie ganz sicher war, sich den Punkt mit einem entscheidenden Schlag holen zu können. Lucie war eine der wenigen, die Siggans Kreise ansatzweise stören konnten. Sie spielte irrationaler als ihre Schwester, sie spielte mal hart und schwer, mal leicht und fantasievoll, sie lief wie eine Irre, und manchmal wurde ihr Spiel wirr und brutal, und sie machte eine Menge einfacher Fehler. Aber zwischendurch spielte sie inspiriert, schnitt an und spielte Lobs und schlug Stoppbälle und zwang Siggan bei eigenem Aufschlag zum deuce und veranlasste ihre Schwester sogar, blass zu lächeln und ungläubig den Kopf zu schütteln. Wenn sie eine Weile gespielt hatten, nahm Lucie einen schwachen, aber beißenden Geruch von Schweiß wahr, der von ihren Achselhöhlen ausging und sich mit den Gerüchen von Baumwollstoff, Seide, Brackwasser und Sand vermischte. Rote Flecken bekam sie auch, und es kam vor, dass sie keuchte oder sogar stöhnte, wenn sie den Ball traf, und manchmal fluchte sie, wenn sie an einen Ball nicht mehr herankam. Wenn Vater Rurik sie fluchen hörte, warf er ihr einen strengen Blick zu. Siggan scherte sich dagegen nicht sonderlich darum, sie spielte einfach weiter, ohne eine Miene zu verziehen.

Im Grunde spielte Lucie nicht gerne Tennis. Tennis war ein *Lou-iii-se*-Spiel, und so, wie Lucie wusste, dass Klavieretüden nicht ihre Musik waren, so wusste sie auch, dass sie andere, vorläufig noch unbekannte Spiele in sich barg. Sie verabscheute das hochtrabende Gerede über Kleider und andere Teile der Ausrüstung. *Slazenger muss es sein, sie beliefern*

Wimbledon, es lohnt sich immer, für Qualität zu bezahlen. Sicher, aber die besten Baumwollhemden mit Kragen bekommt man bei Smythe's. Und sie verabscheute all die idiotischen Tennisausdrücke, die Siggan und Vater Rurik in ihrem Repertoire hatten. Der weiße Sport, over-spin, thirty-love, deuce... und dann mündete die Sache trotz allem ins Unausweichliche: game Fräulein Sigrid.

Und nichts durfte auch nur ansatzweise *wüst* werden, niemals, *o nein!*

Sie mochte Tennis nicht mehr. Punkt. Aus. Und sie mochte Hangö nicht, genauso wenig wie die Vier-Sterne-Pension Vidablick. Sie mochte nicht einmal mehr den Sommer.

Und sie mochte das herablassende Lächeln nicht, das Sigrids ebenmäßige, weiße Zähne in der Sonne gleichsam funkeln ließ. Sie mochte Vater Rurik nicht, der oben auf dem Schiedsrichterstuhl saß und seinen Töchtern zuschaute, wenn sie vor dem Turnier Trainingspartien spielten. Sie mochte Cedi nicht, der etwas abseits vom Platz stand und ihre und Siggans Bewegungen nachahmte, und sie mochte Mutter Marie nicht, die unter einem üppigen Hut und in einem hellen Sommerkleid auf der Terrasse saß und bleichsüchtige Poesie las.

Es war der heiße und klebrige Sommer, in dem der Weltenbrand entfacht wurde und Fräulein Marie Louise Elisabeth Lilliehjelm sich unter dem Pseudonym Miss Lucy L in der Damenklasse in Hangö anmeldete.

Das Halbfinale zwischen Fräulein Sigrid Lilliehjelm und Miss Lucy L wurde am späten Samstagnachmittag des 8. August ausgetragen. Vater Rurik saß in seinem weißen Leinenanzug und mit Strohhut und untadelig gebundener Krawatte auf der Zuschauertribüne. Selbst mit dem Maß jenes Sommers gemessen, war es ein heißer Tag. *Das ist ja saakuti fast wie in den Tropen,* rief irgendein Plebejer im überraschend großen Publikum, aber Rurik saß während des gesamten Duells kerzengerade und regungslos, nicht ein Schweißtropfen perlte auf seiner Stirn, und man sah keine dunklen Flecken den hellen Stoff seines Anzugs verfärben.

Das Publikum bestand größtenteils aus Männern. Maxi von Tinzelmann und die anderen Ausländer waren zwar heimgefahren, die letzten waren Mitte der Woche abgereist, als Österreich-Ungarn Russland den Krieg erklärt hatte und England im Gegenzug Deutschland, das kurz zuvor in Belgien eingefallen war. Dafür hatten jedoch zahlreiche Jünglinge aus Hangö ihren Abendspaziergang zu den Tennisplätzen am Casino, den Pensionsvillen und ans Meer verlegt – es hieß allgemein, die Schwestern Lilliehjelm aus Helsingfors seien hübsch anzuschauen, insbesondere Sigrid.

Sigrid spielte nicht ganz in Weiß, sondern trug eine große, kunstvoll gebundene Seidenschleife, die mit unzähligen Nadeln gleich unterhalb des schmalen Kragens ihrer langärmeligen Spielbluse befestigt war. Das Wissen um die Nadeln in der Nähe ihres ungeschützten Halses schien ihr nicht das Geringste auszumachen, sie spielte wie immer, ruhig und methodisch, die grüne Schleife wippte bei jedem ihrer Schläge, ihr Gesicht verriet wie üblich keine Regung.

Sowohl Sigrid als auch ihre Mutter Marie hatten Lucy zu überreden versucht, Sigrids zweite Seidenschleife, die rote, zu tragen. Sie fanden, verschiedenfarbige Schleifen wären eine nette Art, das erste Match der beiden Schwestern in einem Turnier zu feiern, oder etwa nicht, Louise? »Ihr dürft mich nicht mehr mit diesem Namen rufen!«, hatte Louise ihnen entgegnet, »solange das Turnier läuft, bin ich Miss Lucy L, und danach will ich Lucie genannt werden.« Sie hatte sich geweigert, die Schleife zu tragen, sie spielte in schlichten hellen Stoffschuhen, weißen Strümpfen, einem weißen Rock, der mehr als die Hälfte ihrer Waden verbarg, einer dunkelblauen Schärpe und einem einfachen Baumwollhemd mit kurzen weißen Ärmeln und einem offenen Hals, so dass die Zuschauer sehen konnten, dass ihre Haut an den Unterarmen und um die Schlüsselbeine sonnengebräunt war.

Sie spielte gut, tatsächlich besser als je zuvor, noch besser als damals im Juni, als sie sich auf Brändö ein Trainingsmatch lieferten und sie drei Mal hintereinander ihr Serve hielt und in zwei von Siggans Vorteil hatte. Die Sonne stand schon tief, und schon bald wurde die Küche des Casinos darüber informiert, Miss Lucy L leiste Fräulein Sigrid hartnäckigen Widerstand und das Abendprogramm müsse entsprechend angepasst werden; am besten verschiebe man das Souper um eine oder vielleicht auch anderthalb Stunden.

Die Zuschauertribüne war linker Hand des Spielfelds errichtet worden, und das Licht fiel schräg; Vater Rurik saß im Gegenlicht, und Lucie konnte sein Gesicht nicht sehen, denn je länger der Abend fortschritt, desto mehr verwandelten sich er und die anderen Zuschauer in Schatten, in Silhouetten, die den Papierpuppen glichen, die Sigrid so geschickt ausschneiden konnte. Lucie fühlte sich dagegen, als bewegte sie sich auf einer hell erleuchteten Theaterbühne, schon während der ersten beiden Games bekam sie von der Hitze rote Flecken, sie konnte sie spüren, diese roten Flecken, genau wie Ruriks missbilligenden Blick, als sie bei deuce im eigenen Serve einem Stoppball Siggans hinterherjagte und aufstöhnte, während sie ihn gleichzeitig ins Netz schlug: Vorteil Fräulein Sigrid. Nach all diesen Jahren, all diesen Tennissommern – wie viele waren es? fünf? sechs? – brauchte sie Rurik nicht mehr zu *sehen*, um zu wissen, wie er aussah, wenn sein Blick auf sie fiel, und wie er aussah, wenn sein Blick auf Siggan fiel. Sie hatte sein Gesicht vor Augen, während sie spielte, es war so streng und beherrscht wie immer, regungslos, fast versteinert, sein Bart war sorgsam getrimmt, genau wie die kurzen graumelierten Haare, das Monokel saß, wie es sollte, und die Abendzigarre lag in der Innentasche des Jacketts bereit. Und dann dieser missmutige Ausdruck in Augen und Mundwinkeln, wenn er sie oder Cedi ansah, und anschließend ein weicherer Mund und sanftere Augen, wenn er seinen Blick zu Siggan schweifen ließ, was er sehr oft tat, ohne es selber zu merken.

Aber Lucie scherte sich nicht mehr darum, sie scherte sich nicht mehr um Ruriks strengen Blick, und ebenso wenig scherte sie sich um die dunklen Feuchtigkeitsflecken, die sich im Verlauf der Partie von ihren Achselhöhlen allmählich zur Brustpartie der weißen Bluse ausbreiteten. Sie dachte an anderes, während sie spielte. Sie sang leise: *O Susanna, wie ist das Leben doch so schön,* und anschließend summte sie die Melodie der Zigeunerromanze, die von der Kapelle um den rumänischen Ersten Geiger Abend für Abend im Casino gespielt wurde, und während sie summte, dachte sie an die schwarzen lockigen Haare des nach Wien zurückgekehrten Maxi. Zwischendurch spürte sie, dass der lange Spielrock und ihr Unterrock versuchten, sich um Waden und Schenkel zu zwirbeln, und dass ihre Unterhose scheuerte, wenn sie lief. Das Spieldress war ebenso albern wie unpraktisch, aber daran schien sich nichts ändern zu lassen. »Aber liebes Fräulein Louise, das geht doch nun wirklich nicht!«, hatte Olga ausgerufen, als Lucie sich in der Pension umgezogen und gefaucht hatte, sie wolle in einer Herrenhose oder zumindest ohne den verdammten Unterrock spielen.

Lucie dachte an den Wortwechsel mit Olga, und sie dachte an Maxi und daran, dass er sie überhaupt nicht wahrgenommen, sondern nur Augen für Fräulein Sigrid gehabt hatte, und ausnahmsweise hatten Wut und Eifersucht und die Musik in ihrem Kopf zur Folge, dass sie immer besser spielte, statt die Konzentration zu verlieren.

Zu Anfang des ersten Sets wirkte Siggan in erster Linie amüsiert. »Ausgezeichnet, Schwester Louise!«, rief sie nach einem gelungenen Passierschlag Lucies, der dieser 40:15 im eigenen Serve einbrachte. Lucie machte ein paar Schritte Richtung Netz, ehe sie zurückging, um erneut aufzuschlagen, sie sagte nichts, starrte ihre Schwester nur unverwandt an, machte dann auf dem Absatz kehrt und murmelte, während sie ging: »Schwester Siggan, Sister Sau, Schwester Siggan, Sister Sau.« Dann schlug sie ein serve-ess und führte mit 3:2 im ersten Satz.

Sie kam bis zu einem Satzball beim Stande von 5:4 und in Siggans Serve. Da hatte sie das fantasievollste und variabelste Tennis gespielt, das sie jemals spielen sollte. Sie hatte ihr Serve im siebten Game verloren, aber unmittelbar darauf das Break geschafft, und das unüberwindliche Fräulein Sigrid hatte längst aufgehört zu scherzen und spielte nun schweigend und mit großem Ernst. Siggan spielte wie immer, sie jagte die schwitzende und rot gefleckte Lucie von einer Ecke zur anderen, links, rechts, links, rechts und dann, wenn Lucie völlig ausgepumpt war, setzte sie einen Stoppball. Aber Lucie hielt dagegen, so gut sie konnte, sie zahlte es Siggan mit gleicher Münze heim, und das Publikum war amüsiert und belohnte die Schwestern mit Bravorufen und langem Applaus. Der Einzige, der sich nicht amüsierte, war Vater Rurik. Sein Gesicht war versteinerter als je zuvor, aber er hatte eine tiefe Falte auf der Stirn, während er das Spiel verfolgte und Sigrid bekümmert betrachtete, und ähnelte am ehesten einem Bauingenieur, der soeben einen neuen und unbekannten Strich in seinen Zeichnungen entdeckt hat.

Beim Satzball ließen Lucie ausgerechnet die Eigenschaften im Stich, die sie so weit gebracht und ihr geholfen hatten, der geschickteren und durchtrainierteren großen Schwester Paroli zu bieten. Es war ihr gelungen, Siggan mit ein paar gut maskierten, platzierten Bällen hinter die Grundlinie zu treiben, und als Siggan den Ball zum zweiten Mal nur mit knapper Not erreichte und sich deshalb gezwungen sah, einen hohen Lob zu schlagen, erkannte Lucie augenblicklich, dass dieser Lob zu kurz war und sie ihn erreichen und den Ball mit Wucht auf die Erde und außerhalb der Reichweite ihrer Gegenspielerin schmettern können würde. Aber Fantasie und Einfallsreichtum, ihre besten Freunde und grausamsten Feinde, übernahmen das Kommando, und als sich der schwach geschlagene Ball über ihrem Kopf befand, verdrehte sie den Körper in eine seltsame Stellung und hielt den Schläger in einem noch seltsameren Griff und schickte daraufhin einen schiefen und angeschnittenen Return in die rechte Ecke. Siggan hatte bereits resigniert, sie stand meterweit von der Grundlinie entfernt und wartete auf den entscheidenden Schlag, sie hatte die Körperhaltung einer Verliererin, und ihr Schläger zeigte zu Boden. Aber als der erwartete Smash zugunsten eines eigentümlich schiefen Schlags ausblieb, durch den sich der Ball langsam zur rechten Ecke schraubte, machte Siggan stattdessen einige entschlossene Schritte nach vorn und hämmerte den Ball anschließend mit einer geraden forehand an Lucie vorbei, die am Netz stehen geblieben war.

Siggan sah Lucie erstaunt an. Eine Frage hing in der Luft: »Was machst du da eigentlich?« Lucie erwiderte den Blick, blieb aber ebenfalls stumm. Von der Tribüne hörte man eine heisere Stimme, halb die eines Manns, halb die eines Jungen: »Was für ein Riesenbock, Lu!« Lucie blinzelte ins Gegenlicht und sah nur Silhouetten. Aber das spielte keine Rolle. Sie hatte die Stimme erkannt, und kein anderer als Cedi benutzt hier in Hangö das Wort »Riesenbock«. Sie konnte das breite und offene Grinsen ihres Bruders neben Vater Ruriks verschlossenem und abweisendem Gesicht beinahe vor sich sehen. Erneut begegnete sie Siggans Blick und zeigte keine Reue über die eigenartige Schlagwahl, sie wirkte weder enttäuscht noch verhärmt, ihre ganze Erscheinung signalisierte vielmehr Trotz und eine Prise Verachtung, als wollte sie sagen: »Es war einen Versuch wert, aber das wirst du nie verstehen, Sister Sau!«

Das Spiel ging weiter, und Siggan gewann den Set mit sieben games zu fünf und den zweiten Set mit 6:3. Die Ordnung war wiederhergestellt. Ruriks Mundwinkel entspannten sich ein wenig, und als er Siggan ansah, war die Falte auf seiner Stirn verschwunden, und seine Augen hatten wieder jenen sanften Schimmer angenommen, der allein für sie reserviert war.

Lucie schlenderte ein Stück hinter den anderen zu den Umkleidekabinen und zum Strand hinab. Alle, besonders Rurik und Siggan, glaubten, sie wolle alleine gehen, weil sie so kurz davor gewesen war, einen Set zu gewinnen, es dann aber doch nicht geschafft hatte. Cedi gesellte sich zu ihr, bot ihr Marathonpastillen an und versuchte sie gleichzeitig damit aufzuziehen, dass sie wegen eines albernen Tennisspiels schmollte. Aber Lucie hatte das Tennis längst vergessen. Sie scheuchte Cedi fort, als wäre er eine lästige Fliege. Sie wollte in Ruhe gelassen werden und die Süße ihres Sieges auskosten. Sie war während dieser Turniertage Miss Lucy L gewesen, endlich hatte sie den anderen gezeigt, was sie vom Lou-iii-se-Leben hielt. Sie wusste, dass sie nie mehr nach Hangö zurückkehren würde, zumindest nicht zur Pension Vidablick und den Tennisplätzen, und sie ahnte, was ihr von diesem letzten Sommer, in dem der Krieg ausbrach, in Erinnerung bleiben würde: nicht Vater Rurik oder Mutter Marie oder Schwester Siggan, nicht einmal Maxi von Tinzelmann mit den schwarzen Haaren, sondern das weiße Sonnenlicht, der heiße Sand, der tagsüber zwischen ihren Zehen hindurchrieselte, wenn sie allein und barfuß den Strand entlangging, die lauen und dunklen Abende, der Duft von Kiefernnadeln und Meerestang und von heißen Eisenbahnschwellen und Rosen aus der Stadt, das Klirren von Gläsern und Besteck auf der Veranda des Casinos und den Veranden der Pension, das endlos weite Meer und der endlos weite Himmel, der erst brannte und dann weiß und schließlich schwarz wurde, um ein paar Stunden später langsam wieder hell zu werden, die Männer in ihren hellen Sommeranzügen, die Frauen in ihren Straßenkostümen und Hüten, die übertrieben herausgeputzten Menschen, die Tag für Tag und Abend für Abend in den Straßen und auf den Stränden und über die Felsen spazierten, so klein und verloren und so weit voneinander entfernt, als wäre etwas unwiderruflich dabei, zu Ende zu gehen.

In den folgenden Kriegsjahren spielte Lucie Tennis nur noch im Internat, und auch das nur ungern. Manchmal verlor sie

Spiele mit voller Absicht. Alle sahen es, aber wenn man sie darauf ansprach, stritt sie es kategorisch ab.

In den Sommern weigerte sie sich, nach Hangö mitzukommen, wo Schwester Siggan weiter unangefochten regierte und Bruder Cedi niemals lernte, den Ball innerhalb der Linien zu halten. Im Sommer 1915 hatte Lucie eigentlich ins Languedoc reisen sollen, um dort zu wohnen und bei einer Schwester Madame Girouds aus dem Internat Französisch zu lernen, aber es gab keinerlei Anzeichen dafür, dass der Krieg bald enden würde, weshalb sie gezwungen war, den ganzen Sommer auf Björknäs zu verbringen. Und es kam zu keinen weiteren Rivierareisen für Familie Lilliehjelm, sie kamen nicht einmal mehr bis ins schwedische Marstrand oder Båstad, denn als der Krieg immer weiterging, begannen sich in ganz Europa Inflation und Lebensmittelknappheit und bald auch eine nüchterne Kriegsmüdigkeit auszubreiten. Unternehmer, denen es an Verbindungen zur Kriegsindustrie mangelte, die sich aber auch nicht Wucher und Schiebergeschäften widmen wollten, machten keine Gewinne mehr, und Rurik Lilliehjelm war ein solcher Geschäftsmann; seine friedfertigen Handelsagenturen – Wein, Schnaps, diverse exotische Lebensmittel und Slazengers Tennisrackets – gingen eine nach der anderen in Konkurs. Seinem Freund und Trinkkumpan Olle Gylfe erging es da besser. Gylfe begann, Konfektionskleidung von hoher Qualität zu importieren, unter anderem den *trench coat* der Firma Burberry, einen knielangen Schützengrabenpaletot aus imprägniertem Gabardinstoff. Er kam hervorragend zurecht.

Lucies Internat lag in Grankulla, ungefähr zwanzig Kilometer außerhalb von Helsingfors. Es war eine kombinierte Jungen- und Mädchenschule, sehr modern und liberal für ihre Zeit, obwohl das Gebäude, in dem die Schülerinnen untergebracht waren, das Kloster genannt wurde und man seine Bewohner folglich als »Nonnen« bezeichnete. Jungen und Mädchen trafen sich auch in der Freizeit, machten beispielsweise Abendspaziergänge zusammen oder fuhren Schlittschuh oder spielten Tennis oder sammelten Pflanzen für ihre Herbarien, wozu sie sogar ermuntert wurden, aber jeder ungebührliche Kontakt war unter Androhung eines möglichen Schulverweises verboten.

Zwei Gründe hatten dafür gesprochen, Lucie ins Internat zu schicken. Erstens war sie aufmüpfig und ungehorsam, und Rurik und Marie hofften, dass die strenge Madame Giroud und das reservierte Fräulein Thesleff »das Mädchen auf Vordermann« bringen würden, wie Rurik es ausdrückte. Zweitens neigte sich Ruriks und Maries Ehe ihrem Ende zu, und ab November wurde folglich auch ihr jüngerer Bruder Cedi ins Internat geschickt, allerdings in der Stadt Uppsala in Schweden.

Das neue Jahr 1916 begann eiskalt, aber mit wenig Schnee. Lucie wohnte in den Schulferien zu Hause in der Västra Henriksgatan. Papa Rurik war verreist, er feierte sowohl Weihnachten als auch Neujahr bei seinem Jugendfreund Lorenz Wetterstedt auf dessen Gut außerhalb von Tavastehus. In der Henriksgatan versuchten Marie, Olga und die große Schwester Siggan mit vereinten Kräften, die lebenshungrige Lucie unter Kontrolle zu halten, die in ein paar Wochen ihren achtzehnten Geburtstag feiern würde. Sie hatte vom abwesenden Rurik ein schickes und modernes Weihnachtsgeschenk bekommen, eine Uhr, die in ein elegantes Goldarmband eingefasst war, und ihre Armbanduhr weckte Begehrlichkeiten und Neid, wenn sie in Fazers Konditorei saß und Tee trank und mit einer gemessenen und scheinbar gedankenverlorenen Geste, die einen flüchtigen Moment des Schwindels bei den jungen Männern an den Nebentischen auslöste, einen Löffel *Kinuskitorte*, Sahnetorte, zum Mund führte.

Zusammen mit ihren Freundinnen Michaëla Morelius, Darling Söderström und Natalie von Julin nahm Lucie eine Einladung zu einer Wintermaskerade an, die von den wenige Jahre älteren Söhnen aus gut betuchtem Haus, Leo Feiringer und Lars von Nottbeck, im Elternhaus des Letztgenannten an Skillnaden veranstaltet wurde. Lucies Festkleid war aus Samt und seine Farbe indigoblau, und im Laufe des Abends tanzte sie sowohl mit Leo Feiringer als auch Julle Enerot Bostonwalzer und Onestep. Als die Kapelle dann zu einem Tango aufspielte, forderte sie von Nottbeck persönlich auf, der die Schritte in Paris gelernt hatte und außerdem Tanzstunden bei der patenten Frau Borodulin in der Andrégatan nahm. Lucie hatte mehrere Gläser Sekt getrunken, aber sie war an Alkohol nicht gewohnt, und als von Nottbeck sie drei Tänze später fragte, ob sie die sternenklare Nacht aus einem Automobil bewundern wolle, war ihr schwindlig, und sie fühlte sich aufgekratzt und antwortete mit Ja. Fünfzehn Minuten später wartete ein überdachter Wagen mit Fenstern am Eingang auf sie. Das Auto war schwarz, aber der Fahrer trug einen leuchtend roten und fast fußlangen Uniformmantel. Trotz der Kälte hatte er nur eine Schirmmütze auf und verbeugte sich höflich, als er näher trat und ihnen die Tür öffnete. Lucie war von Kopf bis Fuß in doppelte Schals und einen von Maries dicksten Pelzmänteln gehüllt und hatte die hochhackigen Tanzschuhe ausgezogen und sowohl Winterstiefeletten als auch Überschuhe an. Aber sie trug keinen Hut, um ihre Frisur nicht zu zerstören, und als sie Arm in Arm die Treppen hinabgegangen waren, hatte Lasse von Nottbeck große Mühe gehabt, seine Augen von ihrer kunstvoll hochgesteckten Haarmähne loszureißen. Nun fing er sich, nahm ihre behandschuhte Hand in die seine und half ihr mit einem leichten Heber auf die erste Stufe und ins Coupé. »Was für ein Wagen!«, sagte Lucie hingerissen, als sie es sich bequem gemacht hatte. »Es ist ein Adler, ein Limousinenmodell«, erwiderte Lasse von Nottbeck leichthin, holte eine unangezündete, aber fertig angeschnittene Zigarre heraus und führte sie mit einer nonchalanten Geste zum Mund, aus dem der Atem in der Kälte schon so dick wie Schornsteinrauch drang. Er fischte eine Streichholzschachtel aus der Innentasche seines Paletots, zog eines über die Reibfläche, zündete seine Zigarre an und machte ein paar tiefe und genüssliche Züge, während er weitersprach: »Manchmal fahre ich ihn selbst. Savander ist der Chauffeur meines Vaters (*paff*). Aber der Wagen kommt allmählich in die Jahre, wir haben ihn schon fünf. Vater und ich überlegen, ihn zu verkaufen (*paff*), es gibt da einen Fuhrwerksbesitzer namens Forsman, er plant, seine Pferde gegen Autos auszutauschen, und hat uns ein Angebot gemacht. Wir überlegen, uns stattdessen einen Hispano-Suiza anzuschaffen (*paff*).«

Sie nahmen die Östra Henriksgatan, passierten das Hotel Central und das stillgelegte Gaswerk und fuhren dann in nördlicher Richtung auf der Västra Chaussén. Hammarberget, das neue Nationalmuseum, die Karamzinsche Villa, der Hesperiapark, die Kosakenkasernen, das Hippodrom… Häuserblock für Häuserblock ließen sie hinter sich, die Bebauung wurde dünner und die Straßenlaternen seltener; keine Menschen nirgendwo, es gab nur sie beide in dem Coupé und draußen den Chauffeur und den Lärm des Automotors und ab und an die Silhouette eines einzelnen Hauses oder einer alten Kate, die in Straßennähe stand. »Was ist das da für ein chateau?«, fragte Lucie, als sie an einem großen Steingebäude vorbeikamen, das mit seinen Zinnen und Türmen in der Dunkelheit brütete. »Wissen Sie das nicht? Es gehört den Straßenbahnbetrieben«, sagte Lasse von Nottbeck, »ich glaube, ihre Fahrer und Schaffnerinnen wohnen dort. Frieren Sie?« »Ein bisschen. An den Händen«, antwortete Lucie, woraufhin er ihre Hände in die seinen nahm, und als er ihre Hände zu reiben begann, ließ sie ihn gewähren. Als er eine Weile gerieben hatte, nahm sie aus den Augenwinkeln wahr, dass er langsam dazu ansetzte, sein Gesicht näher an das ihre heranzuführen. Ohne zu verraten, dass sie etwas gemerkt hatte, wandte sie langsam den Kopf ab, lehnte sich zur Seite und blickte in den Sternenhimmel hinauf. »Wie klar sie sind«, sagte sie gedankenverloren und fuhr fort: »Wenn der Motor ausgeht oder der Wagen von der Straße abkommt, erfrieren wir bestimmt. Wäre das nicht romantisch? Glauben Sie, hier gibt es Wölfe?« »Das glaube ich nicht«, erwiderte Lasse von Nottbeck, klang aber bei weitem nicht so überzeugend wie beabsichtigt, »obwohl mein Großvater vor vierzig Jahren draußen in Mejlans einen Wolf geschossen hat, jedenfalls behauptet das mein alter Herr.« »Vielleicht können wir sie heulen hören, wenn wir den Automotor abstellen«, schlug Lucie leichthin vor. »Hier gibt es keine Wölfe!«, sagte Lasse von Nottbeck mit Nachdruck, »nicht mehr.« Lucie schaute weiter zum Seitenfenster hinaus, dessen Ränder von kleinen Eiskristallen übersät waren, die eine Art Gemälderahmen bildeten, ein ornamenthaftes Muster. Sie sah wieder Straßenlaternen, sie standen hier spärlicher als in der Stadt. Sie schienen in einer Talsohle zu fahren. Hinter den in Raureif gehüllten Bäumen zur Rechten lag eine hügelige Vorstadtgegend. Im schwachen Gaslicht sah sie kleine und größere Holzhäuser gleichsam willkürlich im Terrain verteilt liegen, wie tapfere Steinböcke auf dem Sprung zwischen den Felsen. In den meisten Häusern gähnten die Fenster schwarz, oder die dünnen Vorhänge waren zugezogen, aber in manchen Fenstern verbreiteten trotz des späten Abends Petroleumlampen ihren warmen Lichtschein, und in einem hohen Haus auf der Kuppe eines Hügels sah sie eine Gruppe Männer in der Küche sitzen und mit Gläsern und Teetassen vor sich auf dem Tisch Karten spielen. Zwischen den Häusern verliefen enge Gassen, und auf den Höfen hingen Arbeitshemden und kältestarre weiße Laken auf den Wäscheleinen, die zwischen Baumstämmen und Hausgiebeln gespannt waren. Sie fuhren eine schmale Straße am Rande des Wohngebiets entlang, die Holzhäuser standen jetzt direkt an der Straße, und plötzlich erfassten die Lampen des Adlers zwei Männer; mit Ledermützen und Wollhandschuhen und groben Stiefeln bekleidet, starrten sie blutunterlaufen ins Scheinwerferlicht, ehe sie von der Dunkelheit verschluckt wurden. »Wo sind wir?«, fragte Lucie. »Ich weiß es nicht genau«, gestand Lasse von Nottbeck und versuchte seine Stimme kraftvoll und fest zu halten, »ich glaube, es ist eine der neuen Arbeitervorstädte.« Er klopfte gegen die

Vorderscheibe, aber ihr Chauffeur war so damit beschäftigt, den Wagen auf der Straße zu halten, dass er nichts merkte. Von Nottbeck klopfte fester, und als alles nichts half, öffnete er die Tür des Coupés, streckte den Kopf hinaus und brüllte durch den Motorenlärm:»SAVANDER! WO SIND WIR?« Der blaugefrorene Savander hörte den Ruf, drehte sich um und trat gleichzeitig fest auf die Bremse.»In Fredriksberg«, antwortete er mit lauter Stimme,»möchten die Herrschaften vielleicht Richtung Hoplax weiterfahren oder…«»Wie interessant«, unterbrach Lucie.»Wenn der Wagen jetzt stehen bleibt, werden wir erschlagen und Herr Savander vielleicht auch, und ich werde von Houligans geschändet. Das ist mindestens genauso romantisch wie die Wölfe. Aber es wird nicht ganz so blutig. Oder vielleicht doch? Was meinen Sie, Herr von Nottbeck?«»Bitte, Fräulein Lilliehjelm…«, protestierte Lasse von Nottbeck leichenblass, kam jedoch nicht mehr dazu, weiterzusprechen, weil Savander seine Frage wiederholte:»Also möchten Sie weiterfahren bis nach…«»Nein, zum Henker, es ist kalt, fahren Sie in die Stadt zurück… fahren Sie via Diakonissenanstalt und Långa-Brücke!«, unterbrach von Nottbeck übellaunig. In Savanders Stimme hatte ein Hauch von Rebellion mitgeschwungen.

Rurik Lilliehjelm blieb den ganzen Winter und das Frühjahr über als Gast auf dem Wetterstedtschen Gut. Er trank. Er trank, weil er glaubte, die exklusiven Weine und berühmten Whiskysorten seines Freundes würden sein gebrochenes Herz heilen, und er trank, weil er im Bodensatz einer dieser teuren Flaschen seinen verlorengegangenen Geschäftssinn wiederzufinden hoffte. Das Ergebnis war verheerend. Rurik wurde von der nagenden Sorge gequält, sowohl Björknäs als auch die Wohnung in der Henriksgatan zu verlieren, obwohl beide nicht durch Hypotheken belastet und vollständig abbezahlt waren, er grübelte unablässig darüber nach, wie viel ihn der Unterhalt der Immobilien kostete, und noch ehe der Winter vorbei war, litt er an chronischen Magenschmerzen und unerklärlichen Wutanfällen, die in Wahrheit Deliriumattacken waren.

Rurik schrieb niemals Briefe und rief nur selten an, weshalb die Frauen in der Henriksgatan nichts von seiner misslichen Lage wussten. Marie reiste viel in diesem Winter. Sie fühlte sich von Rurik befreit und feierte das, indem sie erster Klasse durch das Land reiste und auf den Bahnhöfen dann in Landauer stieg, die Freundinnen gehörten, die in diverse Güter im ganzen Land eingeheiratet hatten; Vehmais, Åminne, Halikko, Svartå. In der Henriksgatan blieben Lucie, Siggan und Olga zurück. Lucies Schuljahr begann erst am zweiundzwanzigsten Januar, und bis dahin hielt sie nachmittags Hof in Ekbergs Café, sie trank Tee und aß Zolaïkatorte, und ihr anmutiges rechtes Handgelenk wurde weiter von der schönen, in ein Goldarmband eingefassten Uhr geziert. Abends besuchte sie Tanzveranstaltungen und Zusammenkünfte, bei denen Dichtung, bewegte Bilder und Musik diskutiert wurden, und vormittags schlief sie. Siggan blieb für sich, sie lernte für eine bevorstehende Prüfung in etruskischer Geschichte und spielte Tennis in der Krogiusschen Halle. Olga ging umher und hob Siggans Schläger und Lucies Strümpfe und Unterröcke vom Fußboden auf und versuchte generell, den Haushalt in Schuss zu halten.

Am Abend vor Lucies Rückkehr nach Grankulla fand bei den Schwestern Enerot auf dem Galitzinvägen ein Privatball statt, und in den frühen Morgenstunden gingen Lucie, Micki, Darling und Nata Arm in Arm duch die menschenleere Stadt. In der Henriksgatan tischten sie im Servierzimmer Butter, Käse, Brot, Nüsse, Rotwein und Sherry auf. Siggan und Olga erwachten beide von ihrem Lachen und den schrillen Kieksern. Als der Krach eine Weile angedauert hatte, standen sie auf einmal im jeweiligen Türrahmen, die eine in einem Nachthemd und die andere in Leibchen und Unterrock, und sahen verschlafen und mürrisch drein. Die vier Freundinnen zeigten sich unbeeindruckt von ihren tadelnden Worten. Lucie sagte nur kurz angebunden zu Olga, sie werde nicht benötigt, die Mädels kämen bestens alleine zurecht, Olga könne wieder ins Bett gehen, genau wie Siggan, und anschließend fuhren die vier fort, sich über die jungen Männer lustig zu machen, mit denen sie auf dem Ball getanzt hatten.

Lucie hatte schon seit längerem Tagebucheinträge in französischer Sprache verfasst, wenn es um etwas ging, das sie verbergen wollte. Ihre Aufzeichnungen enthüllten nicht, wen sie in Unwissenheit halten wollte, ihre Eltern oder Siggan jedenfalls nicht, denn diese beherrschten die Sprache ebenso gut wie sie selbst. Sie schrieb über Gefühle, über Verliebtheit und Capricen, aber es waren unruhige Zeiten, und so kam es auch schon einmal vor, dass sie sich des Französischen bediente, um ihren Vater Rurik zu schützen.

Rurik war in den Jahren der Unterdrückung um die Jahrhundertwende Aktivist gewesen. Wie Olle Gylfe und Kurre Zweygbergk und unzählige andere auch hatte er in Verhören der zaristischen Geheimpolizei in den kleinen verrauchten Zimmern im Fernanderschen Haus in der Högbergsgatan gesessen. Nach den Verhören hatten ihn die Agenten der Ochrana unsanft duch die engen und verschlungenen Korridore des Hauses gestoßen, und 1903 hatte Rurik eine Strafe in der finsteren Peter-Paul-Festung in Petersburg abgesessen. Die Gefängnismonate hatten ihn nicht gebrochen; seine Haltung blieb antirussisch, und während des Weltkriegs unterstützte er aktiv die Jägerbewegung, die finnische Männer zur militärischen Ausbildung in Deutschland außer Landes schmuggelte. Mit der Zeit machte allerdings das Gerücht von Ruriks Alkoholmissbrauch die Runde, weshalb man in ihm ein Sicherheitsrisiko sah und ihn an den Rand der Bewegung manövrierte. Trotzdem vergruben Siggan und er in einem Kriegsherbst zwei Geldkassetten voller Briefe und Tagebücher hinter der großen Tanne auf Björknäs, worüber Lucie schrieb:

Aujourd'hui mon pére et Siggan enterraient son correspondance dans un lieu que je ne nomme pas. Ils avaient l'air trés ridicule, comme deux imbeciles qui se prennent pour des heros dans un roman policier. Während sie dabei waren, redete Siggan die ganze Zeit über »die schrecklichen Sozialisten auf Broholmen«, sie war bei Ebba Luther in Fågelsången zu Besuch gewesen u. hatte einen Arbeiterdemonstrationszug auf dem Weg nach Tallbacken vorüberziehen gesehen. Sie ist so eine jämmerliche Gans (ich meine Siggan, nicht Ebba Luther, Ebba kenne ich nicht). Heute habe ich im Übrigen die Monatshölle bekommen u. mein Bauch tut verdammt weh.

1916 machte Lucie Abitur, und im Sommer schrieb sie sich an der Universität ein – Kunstgeschichte und französische Philologie. Sie zog in ihr Zimmer in der Wohnung an der Henriksgatan, und als es Winter wurde, saß sie in Vorlesungen und ging auf Bälle, und zwischendurch saß sie im Fazers oder Ekbergs und las französische Romane, sie wohnte förmlich in diesen Cafés und aß mehr Gebäckstücke als je zuvor, so als hätte sie schon geahnt, dass noch schlimmere Zeiten bevorstanden und sogar Fazers und Ekbergs gezwungen sein müssten, leere Vitrinen auszustellen, sie aß Zolaïkatorte und Alexanderteilchen, und sie aß Brioches und Champagnerpfropfen, und Petits choux und Éclaires und Bebées und Moccabaisers und Blätterteigtorte und Schokoladeneier, nahm aber seltsamerweise kein bisschen zu, sie schien einen unglaublich aktiven Stoffwechsel zu haben, nichts setzte bei ihr an, ihre Formen wurden höchstens ein wenig weiblicher, das Handgelenk, das von der Armbanduhr geschmückt wurde, wirkte etwas fester, aber das machte nichts, das machte gar nichts, denn kein Mensch hatte Lucie jemals als grazil oder ätherisch beschrieben, ihre Schönheit war anders, sie war kraft- und blutvoll, sie strahlte Hunger aus und scherte sich nicht darum, dass sie es tat, sie leckte, sie *verströmte*, und die Begierde der jungen Männer an den Nebentischen war stärker als je zuvor.

Wie in Allu Kajanders und Eccu Widings Geschichte sind wir nun im Revolutionsfrühling, dem Freiheitsfrühling, in den berauschten Wochen angekommen, die einsetzten, als Zar Nikolaj II. im März 1917 gestürzt wurde. Zu diesem Zeitpunkt hatten sich Rurik und Marie auch offiziell getrennt. Rurik hatte sich von Freiherr Wetterstedt eine größere Geldsumme geliehen, woraufhin es ihm gelungen war, seine finanziellen Probleme zu lösen. Er befasste sich nunmehr mit Grundstücksgeschäften und trank weniger und konnte es sich leisten, seinen Töchtern eine Apanage und Marie Unterhalt zu zahlen. Cedi hielt sich noch in Schweden auf.

An einem der ersten Revolutionstage sah Lucie auf Skatudden einen russischen Offizier sterben, er war von seinen eigenen Soldaten niedergestochen worden und verblutete in einem Hauseingang, als sie und Nata von Julin auf dem Weg zu Micki Morelius in der Lotsgatan in einer Pferdedroschke vorbeifuhren. Aber mit der Zeit ebbte die Gewalt ab, und für ein paar Wochen sah es so aus, als hätten sich Revolution und Freiheit über Gehörgänge und Luftröhren und andere Wege Zugang zum Inneren der Menschen verschafft. Bei einer Mehrzahl der Helsingforser Einwohnerschaft befand sich die Revolution auf einmal zwischen den Ohren, in diesen Frühlingswochen stand die Menschheit ausnahmsweise vor einer Wende, mit der sich auch viele Bürger vorsichtig anfreunden konnten, und Menschen, bei denen man es am wenigsten erwartet hätte, liefen mit einer roten Schleife am Mantel- oder Jackettaufschlag herum und riefen ein fröhliches *dobryj vetjer, tavaritj!* oder *harasjo, gospodin!,* wenn sie auf der Straße russischen Soldaten begegneten. Lucie tat dies, und ihre Freundinnen taten es ihr nach, alle außer Nata von Julin. Sogar Siggan trug die Schleife, und sie tat es, obwohl Vater Rurik sich weigerte, Freude über die Revolution zu empfinden; stattdessen grummelte er schlecht gelaunt, seine Töchter seien Menschewiken geworden.

Lucie traf sich nicht mehr mit Lasse von Nottbeck; er hatte längst jeden Versuch aufgegeben, sie zu erobern, und außerdem war er alles andere als erfreut über die Revolution. Stattdessen machte ihr ein gewisser Henning Lund den Hof, ein Student im zweiten Jahr mit roter Schleife und Untermieter bei seinem Onkel Vidar – ebenfalls Schleife –, der in einer Wohnung in einem Neubau draußen in Tölö lebte.

Lucie wurde nun allmählich sie selber, sie war gleichzeitig ängstlich und kühn. Das war nichts Neues für sie; sowohl die aufrührerischen Gefühle als auch die schleichende Angst waren alte Bekannte. Nun aber schien die Angst allmählich von ihr abzufallen. Die neue Lucie lauschte dem Violinkonzert (für sie gab es nur eins) auf dem Kurbelgrammophon und liebte es ganz offen, obwohl Mutter Marie bei ihrer strengen Auffassung blieb – sie zitierte stets irgendeinen Wiener Kritiker vom Anfang des Jahrhunderts –, dass Tschaikowskis Musik im Ohr schlecht roch. Die neue Lucie und ihre Freundinnen sahen in der Oper *Carmen*, und als sie am nächsten Tag im Fazer saßen, erklärte Lucie, sie liebe *Carmen*, obwohl die anderen das Libretto geschmacklos fanden – *comme une visite dans la boue*, sagte Micki Morelius – und dass sowohl die Hauptrolle als auch das Dekolletee der Sängerin in der Hauptrolle dazu erschaffen worden waren, verlebten Vivants zu gefallen. Und als Nata und Darling und sie ins Schwedische Theater gingen und den vergötterten Herrn Paulsen mit Henriette Hultqvist in einer französischen Salonkomödie sahen, sagten Nata und Darling wie aus einem Mund, Paulsen »ist so wahnsinnig schön und er hat so elegant geformte Waden«, während er in Lucies Augen allzu zuckersüß und weich war.

An einem kühlen Abend im April lud Henning Lund sie zu einem Automobilausflug ein. Der Ausflug sollte über Fredriksberg Richtung Alberga gehen und anschließend über Munksnäs und Tölö wieder zurück in die Stadt. Lucie und er stiegen an der Norra Esplanaden in die schwarze und etwas altmodische Droschke. Sie fuhren über die Långa-Brücke und an der

Diakonissenanstalt vorbei und durch Djurgården nach Fredriksberg. Lucie fühlte sich nicht recht wohl in ihrer Haut und war nervös, die ganze Situation hatte etwas von einem Traum, so als wüsste sie die ganze Zeit haargenau, was als Nächstes passieren würde. Dann erinnerte sie sich plötzlich. Sie lehnte sich hinaus und rief dem Chauffeur zu: »Ich kenne den Wagen, ich habe schon einmal in ihm gesessen. Es ist ein Adler, nicht wahr? Wie heißen Sie übrigens?« »Kanervo, gnädiges Fräulein«, schrie der Chauffeur und rückte reflexartig seine Uniformmütze zurecht, »und Sie haben recht, es ist ein Adler!« »Wusste ich's doch!«, rief Lucie triumphierend und fuhr impulsiv fort: »Sie haben den Wagen den von Nottbecks abgekauft, nicht wahr, Herr Kanervo!« »Das Auto gehört mir nicht, gnädiges Fräulein«, antwortete Kanervo, während er gleichzeitig auf die Bremse trat. »Ich fahre für Herrn Forsman, es ist seine Spedition, das Wagendepot befindet sich in der Östra Chaussén oben bei Surutoin.« Lucie wusste mit der Ortsangabe nichts anzufangen; sie wusste nicht, wo Surutoin lag, für sie war der gesamte Arbeiterstadtteil jenseits der Långa-Brücke ein anonymes Wirrwarr, das man durchqueren musste, wenn man auf dem Landweg nach Björknäs oder zum Tennisspielen nach Brändö gelangen wollte. »Ich bin mir sicher, dass es Nottbecks alter Wagen ist«, sagte Lucie bestimmt, »ich erkenne ihn, obwohl es Winter war und die Fenster voller Eisblumen waren, als ich zuletzt in ihm saß.« »Das ist durchaus möglich, gnädiges Fräulein«, erwiderte Kanervo, »Herr Forsman hat den Namen der Familie, der er den Wagen abgekauft hat, ganz sicher einmal erwähnt, aber ich erinnere mich nicht mehr.« »Dann kennst du Lasse Nottbeck?«, mischte sich Henning Lund in das Gespräch, seine Stimme klang niedergeschlagen, fast verletzt. »Das ist schon lange her und war völlig harmlos«, erklärte Lucie, »und jetzt bin ich mit dir auf großer Fahrt, da wirst du dich ja wohl hoffentlich nicht beklagen wollen, oder?«

Als sie an diesem Abend nach Hause kamen, schrieb sie

in ihr Tagebuch: *Il m'embrassait quand nous avons passé la ferme d'Alberga. Moi, je l'ai aussis embrassé. Et que baiser prolongé, er endete erst bei Johannesberg!* Es war, ich habe nicht vor, Wahnsinn zu sagen, denn dann klinge ich wie Nata J, aber es war, als würde die ganze Welt einfach verschwinden. Wir duzen uns, und er lässt mich fühlen, wie ich nie zuvor gefühlt habe. *J'ai tellement assez de tous ces <u>non</u> qu'on m'a imposés, elles ne sont les miennes, elles sonst lá pour quelqu'un d'autre pas pour moi.*

An einem lauen Abend Ende Mai machten Lucie und Henning einen Spaziergang zu später Stunde. Sie hatten in seinem Zimmer daheim bei Onkel Vidar eine Tasse Tee getrunken und flanierten nun im Sonnenuntergang zur schlammigen und bereits sommerlich stinkenden Tölöviken hinab und gingen anschließend nördlich Richtung Tallbacken und weiter. Lucie trug ein Kleid mit kurzen Ärmeln, flache Schuhe und einen einfachen Sommerhut. Henning ein meliertes Jackett, ein kurzes Beinkleid und dazu karierte Sportstrümpfe. Ein Stück hinter dem Epidemiekrankenhaus verließen sie den Spazierweg und gingen ein paar Schritte in den Wald hinein. Es wurde ein langer Kuss. Als er abgebrochen wurde, nahm Lucie ihren Hut ab, setzte ihn Henning auf und lachte. Er sah, dass zwei ihrer Schneidezähne ein wenig spitz zuliefen, was ihm vorher noch nie aufgefallen war, aber diese spitzen Zähne machten sie seiner Meinung nach nur noch unwiderstehlicher. Sie nahm den Hut von seinem Kopf und ließ ihn auf die Erde fallen. Er beugte sich wieder zu ihr vor. Sie maß einen Meter zweiundsiebzig ohne Schuhe und war fast so groß wie er. Sie lehnte sich gegen den Stamm einer Birke. Beide atmeten schwer, sie atmeten wie ein einziges Wesen, wie ein Wesen, das einzuschließen und zu verriegeln versucht, aber nicht kann. Ihre Hände tasteten und berührten, blieben jedoch unsicher. Bis Lucie beschloss, den Griff zu wechseln. Sie hatte ihre Arme um Hennings Hals gelegt, ließ sie nun jedoch sinken. Vielleicht hatte sie vorgehabt, ihre Hände stattdessen auf seine Hemdbrust zu legen. Vielleicht wollte sie die Hände aber auch auf seinen Unterarmen ruhen lassen, während er vorsichtig ihre Taille umfasste. Doch es kam anders. Sie küssten sich immer weiter, und während sie weitermachten, führte Lucie ihre Hände in einer schweifenden, gleitenden Bewegung nach unten, sie war vollkommen auf Lippen und Zunge konzentriert, ihre Hände waren fremde Wesen, sie waren an einem anderen Ort, sie dachte nicht einmal an sie, sie dachte an gar nichts, sie *war* einfach nur, sie war und Henning war und ihre Hände waren und seine Hüften und sein Atem und die Rippen und all das andere war, die Bäume, das sprießende Gras, die abendliche Kühle, das Vogelgezwitscher, das nach dem warmen und hellen Tag ohrenbetäubend war. Ihre linke Hand bewegte sich über Hennings Rippen und befand sich ein Stück außerhalb des Magnetfelds zwischen ihnen, die linke Hand war außerhalb der Gefahrenzone, die rechte führte sie dagegen fahrlässig abwärts in dem minimalen Raum, den es zwischen ihren Körpern noch gab, und ehe ihre Hand Gelegenheit hatte, die neutrale und auswärts strebende Bewegung zu seiner Hüfte zu machen, war sie hängen geblieben; sie hatte ihre Hand irgendwo abgelegt. Sie hatte das nicht geplant, es passierte einfach, aber nun lag die Hand, wo sie lag, ganz still. Der Kuss ging immer weiter, und sie spürte, dass er für ein oder zwei Sekunden erstarrte und seine Lippen anschließend noch fester auf die ihren presste. Sie stutzte selber, als sie erkannte, was passiert war, natürlich tat sie das. Dann folgte die Sekunde – womöglich war es nur der Bruchteil einer Sekunde –, in der sie sich entscheiden sollte. Solche Entscheidungen trifft man intuitiv, kein Mensch kann in so kurzer Zeit das Für und Wider abwägen. Und natürlich hätte sie wie von einer Wespe gestochen zusammenzucken und die Hand fortziehen sollen, als hätte sie sich an einer glühend heißen Herdplatte verbrannt.

Aber sie tat es nicht.

Nicht, dass sie etwas anderes getan hätte. So sah in diesem

Moment ihr ganzer Protest, ihre Revolution aus; sie ließ ihre Hand noch eine Weile liegen, während der Kuss weiterging. Und hinterher, in dem Sommer und in den Jahren, die folgten, sollte sie sich viele Male wundern, dass diese Lappalie ein solches Gewicht bekommen konnte, dass die Jungen – es wurde von ihr erwartet, sie Männer zu nennen, aber waren sie das wirklich? – so viel Aufhebens um ihr Missgeschick machten, während sie selber doch fast alle zu Huren gingen und Fabrikmädchen ausnutzten.

Ihre Hand lag ganz still. Was unter ihrer Hand und dem Hosenstoff war, lag nicht still, nicht ganz. Henning atmete noch heftiger als zuvor, sein Kuss war jetzt unsensibel und ungestüm. Es dauerte nicht lange. Hinterher hörte er sofort auf, sie zu küssen. Etwas verschwand, flog davon. Die Vögel waren es nicht, Lucie hörte sie zwitschern, sie sangen, sie waren lauter als je zuvor. Die Sonne war untergegangen. Es dämmerte, die Baumstämme wurden dunkel. Sie atmete immer noch schwer. Er sah fort.

Anfangs begriff sie nicht, dass es tatsächlich etwas zu bedeuten hatte. Henning rief nicht an, aber sie nahm an, dass er dafür triftige Gründe hatte; er machte in jenem Sommer daheim in Ekenäs ein Praktikum in einem Manufakturgeschäft und musste sich vermutlich mächtig ins Zeug legen. Ansonsten war alles normal. Cedi kam kurz vor Mittsommer aus Schweden zurück, er würde wie seine Schwestern ein Studium an der Universität von Helsingfors aufnehmen. Er war ein Mann geworden, er war groß und breitschultriger als je zuvor und hatte sogar einen Schnäuzer (Siggan, Lucie, Olga – alle fanden ihn spärlich und dünn, aber keiner von ihnen traute sich, es Cedi zu sagen). Er nahm seine Schwestern nacheinander in den Arm und drehte sich mehrere Runden mit ihnen und schrie »Siggan!« »Lu!« »Gott, ist das schön!«, dass es über ganz Björknäs und Umgebung hallte.

Dann folgte ein langer und müßiger Sommer. Und Cedi ver-

änderte sich. Um genau zu sein, passierte es in den beiden Juliwochen, in denen seine Freunde Eccu Widing, Zviga Zweygbergk und Julle Enerot auf Björknäs zu Gast waren. Er verhielt
sich Lucie gegenüber kühl und abweisend, er grüßte sie kurz
angebunden und förmlich und sprach nur mit ihr, wenn er
musste, während er Siggan und allen anderen gegenüber so
charmant war wie eh und je.

Lucie war nicht auf den Kopf gefallen und begriff sofort,
was los war. Denn nicht nur Cedi benahm sich seltsam. Eccu
und Zviga und Julle waren auch nicht wie sonst. Sie verhielten
sich ausweichend, manchmal meinte sie zu sehen, dass sie vielsagende Blicke wechselten, wenn sie etwas sagte, und sie fand
zudem, dass ihre Höflichkeit aufgesetzt wirkte.

Sie wusste natürlich, dass Eccu, Zviga und Julle wie Henning an der Technischen Hochschule studierten. Was genau
Henning ihnen erzählt und sie wiederum Cedi weitererzählt
hatten, wusste sie hingegen nicht. Und sie konnte keine Fragen
stellen, denn das hätte die ganze Sache nur noch schlimmer
gemacht.

Der letzte Tag, an dem Eccu, Zviga und Julle auf Björknäs
zu Besuch waren, fiel zufällig auf einen der wenigen wirklich
heißen Tage dieses Sommers. Am Vormittag tauchte eine rote
Milizgruppe auf, sie kam aus dem Kirchdorf zehn Kilometer
landeinwärts und gab an, Befehl zu haben, in den Schären nach
Waffenverstecken zu suchen. Ihr Anführer war ein großer,
schwarzhaariger Mann um die dreißig, der Lucie mit unver-
hohlenem Interesse und Cedi und seine Freunde mit ebenso
unverhohlener Verachtung musterte. Vater Rurik musste seinen Elchstutzen und ein kleineres Gewehr abliefern, das Versteck im Bootshaus fanden die Milizionäre dagegen ebenso
wenig wie die Browning, die in einer blechernen Keksdose
unter einer Schicht feucht gewordener und halb verschimmel-
ter Kekse ruhte.

Nach dem Besuch der Miliz waren alle aufgewühlt. Cedi

fühlte sich derart gedemütigt, dass er starke Kopfschmerzen bekam und sich mit einem nassen Handtuch um den Kopf ins Bett legte. Siggan war so außer sich, dass sie Baldriantropfen nehmen und sich ebenfalls hinlegen musste. Eccu, Zviga und Julle reagierten gelassen. Mit Ruriks Erlaubnis liehen sie sich das Motorboot und fuhren über den Sund, um sich auf einem der äußersten Felseneilande zu sonnen. Lucie wusste nichts von ihrer Ausfahrt, und als sie dann eine Stunde später ein Ruderboot nahm und mit dem gleichen Hintergedanken – Sonne und Wasser – über den Sund ruderte, umrundete sie folglich zufällig eine Landspitze, und unmittelbar hinter dieser Landspitze lagen Cedis Freunde; sie waren gerade schwimmen gewesen und ausnahmslos splitternackt. Sie war vielleicht noch dreißig Meter vom Ufer entfernt, als sie die Jungen entdeckte und diese sie, und Lucie sah sie alle drei aufspringen und winken und johlen und auf und ab hüpfen und mit den Hüften schlenkern, damit ihre Geschlechtsorgane möglichst lebhaft schlugen und baumelten. Und dann hörte sie auch, was sie riefen: »Die Handauflegerin! Komm her, Handauflegerin, komm her!« Sie wendete auf der Stelle und ruderte, so schnell ihre Kräfte es zuließen, von der kleinen Felseninsel fort, und merkte, dass sie vor Scham rot anlief. Sie wusste nur zu gut, die Jungen rechneten damit, dass sie es nicht wagen würde, Cedi etwas zu erzählen, da sie in Cedis Augen die Familie entehrt hatte und in jeder Hinsicht *schuldig* war, und sie begriff auch, dass die Jungen mit dieser Einschätzung völlig richtig lagen und sie sich noch lange mit diesem lächerlichen kleinen Zwischenfall herumschlagen müssen würde, so lange, bis er gewaltige Dimensionen annehmen und sich zu einem weitaus größeren Riesenbock entwickeln würde, als man ihn beim Tennis oder anderen Ballspielen jemals schießen konnte.

Zweites Buch

Die Ballade von der roten Laterne
und dem schwarzen Schatten
und allem, was dann passierte

(Januar – Mai 1918)

1

Freitag, den achtzehnten Januar 1918, begaben sich Enok
Kajander und eine Gruppe anderer Rotgardisten aus Sibbo
zum Atelier eines Fotografen in Helsingfors, um sich in voller
Kriegsmontur porträtieren zu lassen. Sie hatten sich für das
nicht sonderlich renommierte und wenig wählerische Atelier
Askolin in der Konstantinsgatan im Stadtteil Kronohagen entschieden, und der Grund für ihre Wahl war ein großzügiger
Gruppenrabatt. Einer der Gardisten aus Sibbo, der ältere der
radikalen und brutalen Brüder Helander, war Fotografenver-
mittler von Beruf und hatte Waldemar Askolin mehrfach Kunden aus Sibbo und Tolkis verschafft.

Die Roten hatten ihre Frauen und Kinder zu Hause gelassen,
aber es waren trotzdem viele. Einige der Porträtierten haben
sich nicht identifizieren lassen. Es handelt sich um Fremde, Vagabunden, die eine Zeit lang in der Gegend von Sibbo gewohnt
haben und sich im Verlauf des Aufstands aus dem Staub gemacht
haben und später in einem Gefangenenlager gestorben oder
emigriert sind. Trotzdem ist die Liste der Identifizierten lang:
Wir sehen Johan Helander und seinen Bruder Antti, Enok Kajander, den Schneider Bergqvist, den Knecht Halme, den Monteur
Lönnkvist und den Schuhmacher Ström, und wir sehen darüber
hinaus weniger prominente Sibbo-Gardisten wie Hindström,
Laakso, Berg, Johansson, Visuri, Svärd, Sumén, Marjamäki und
Krogell sowie Fräulein Tekla Bäckman aus Paipis.

In den Wochen vor Kriegsausbruch gingen unzählige Rotgardisten im ganzen Land zum Fotografen. Sie wirken so siegessicher, sie posieren mit ernster Miene oder einem zurückhaltenden Lächeln, aber ihr Blick ist stets voller Trotz und Erwartung. Bei den Roten herrscht in diesen Wochen vor dem Krieg eine eigentümliche Freude, ein Schwindel, der an die deplatzierte euphorische Stimmung einige Jahre zuvor erinnert, als Franzosen, Deutsche und Briten Jubelparolen auf den Weltkrieg anstimmten, der mitten in der Sommerhitze ausbrach. Es ist ein Schwindel, den wir, wohl wissend, wie die Sache ausging, als eine kollektive Geisteskrankheit deuten, eine infizierte Freude mit Flecken aus Grauen, einen fiebrigen Jubel, in den sich der Mensch flüchtet, um seine Vorahnung eines schlimmen und gewaltsamen Todes zu betäuben.

In der Regel stehen diese Roten vor Hintergrundgemälden, die unterschiedliche Winterlandschaften zeigen, mit denen der Maler seiner Vorstellung von Finnland und vom Wesen des Finnischen Ausdruck verliehen hat. Romantische Hintergrundpanoramen waren jahrzehntelang in Mode gewesen. Im Vordergrund befinden sich unweigerlich ein oder zwei kitschige antike Pfeiler, oft handelt es sich um efeuumrankte, runde Säulen, die in ionische Kapitelle mit kunstvoll herausgearbeiteten Voluten enden, die der eine oder andere Rotgardist als »Biskuitrolle« bezeichnete, denn so sehen diese Voluten aus, wie angeschnittene Biskuitrollen. Hinter den antiken Säulen sieht man dann eine kalte Mondsichel, weitgestreckte weiße Felder, raureifgekleidete Bäume, mit Harsch garnierte Findlinge und uralte steinerne Bogenbrücken, die sich über zugefrorene Flüsse spannen. Gelegentlich hat der Maler, getrieben von einer Sentimentalität, die ans Senile grenzt, sogar einen Hasen im Winterkleid auf seinem Weg durch die Schneelandschaft erstarren lassen.

Doch bei Waldemar Askolin in der Konstantinsgatan posierten die Gardisten aus Sibbo vor einem sommerlichen Hintergrund, der am ehesten an ein zuckersüßes Pastoralgemälde aus der Toskana erinnerte. Die obligatorische Säule fehlte auch hier nicht – erst eine quadratische, meterhohe, in Kletterpflanzen ertränkte Basis, gefolgt von einem protzigen und stillosen Torus, der in eine Säule überging, die in einem korinthischen Kapitell mit Akanthusmotiv endete. Hinter der Säule erblickte man dann eine Landschaft mit sanften Hügeln, einsamen Pinien und verstreut liegenden Sträuchern. Auf einem Uferhang weideten einige gleichgültige Kühe – jemand, möglicherweise war es Schneider Bergqvist oder auch der jüngere Bruder Helander – bemerkte auf Finnisch, eine der Kühe gleiche bis aufs I-Tüpfelchen Direktor Lilliehjelm auf Björknäs, was schallendes Gelächter auslöste. Die Böschung mit den Kühen endete an einem kleinen See, und offenbar wehte ein kräftiger Wind, denn auf dem winzigen See trieb schäumende Gischt. Im Hintergrund sah man einige hohe Berggipfel, und über ihnen wölbte sich schließlich der dramatische Himmel – dunkle Unwetterwolken mit Goldrand türmten sich auf, und zwischen zwei dieser Regenwolken lugte ein goldener Sonnenstrahl hervor.

Damals war es üblich, dass Proletarier wie Enok und die Gebrüder Helander aus Frühling und Sommer Politik machten, die Jahreszeiten der Fruchtbarkeit sah man als Metaphern für das Erwachen der Arbeiterklasse und der ganzen Gesellschaft, für das neue Morgenrot der Menschheit. Deshalb wäre es durchaus denkbar gewesen, dass Enok oder einer der anderen Anführer die Winterlandschaften zugunsten des Sommers und des kommenden großen Siegs über die Raffzähne, Bonzen und Pfaffen abgelehnt hätten. Aber die Wahrheit war prosaisch. Fotograf Askolin trank. Er trank täglich und bevorzugte viersternigen Cognac, aber wegen des Weltkriegs und des Alkoholverbots war sein Lebenselixier kaum noch aufzutreiben und folglich sündhaft teuer, weshalb er sich gezwungen sah, sämtliche Hintergrundgemälde zu verpfänden. Außer einem.

Einer nach dem anderen posierten sie vor dem drohenden Unwetter in der Toskana. Waren die Kühe des Gemäldes ganz offensichtlich an nichts anderem interessiert als am Wieder-

käuen, so waren die Porträtierten selbst umso mehr vom feierlichen Ernst des Augenblicks erfüllt. Manche versuchten ihrer Nervosität Herr zu werden, indem sie eine drohende Pose
einnahmen, andere wählten eine verspielte. Visuri, Svärd und
Marjamäki blickten mit ihren bajonettbewehrten Gewehren
unverwandt in die Kamera und versuchten, mordlüstern zu
wirken. Fräulein Bäckman aus Paipis trug grobe Herrenstiefel,
primitive Wickelgamaschen und einen grauen Paletot, der vage
militärisch aussah. Eine Uniformmütze bedeckte ihre nachlässig hochgesteckten Haare; die Mütze wurde von einem roten Band an Ort und Stelle gehalten, das unter dem Hals hin-
durchlief. Ein Patronengurt hing über ihre linke Schulter und
schräg auf ihrer Brust, um anschließend unter der linken Ach-
selhöhle zu verschwinden. Sie hielt ihr Gewehr schussbereit,
aber zur Seite gewandt, und blickte gleichzeitig unverwandt
in die Linse der Kamera und lächelte den Fotografen neckisch
an.

Keiner der Roten, nicht die Einwohner Sibbos in der Konstantinsgatan und auch nicht all jene, die in anderen Ateliers
ringsum im Land posierten, begriff, mit welcher Wucht diese
übermütig aufgenommenen Porträtbilder nur wenige Monate
später gegen sie verwandt werden sollten. Sie erkannten nicht,
dass die Weißen angeekelt sein würden von den zahlreichen
widersprüchlichen Signalen, die von den Aufnahmen ausgin-
gen, die sich zu allem Überfluss des gleichen Dekors bedien-
ten, das jahrzehntelang hinter schwülstigen Porträts adliger
finnischer Offiziere in der Armee des Zaren zu sehen gewesen war, hinter signierten Bildern von gefeierten und garantiert
vaterlandstreuen Künstlern wie Aalberg, Edelfelt und Gallén
und hinter Gruppenporträts wohlhabender Helsingforser Familien wie Gylfe, Lilliehjelm, Silfverrooth und Weber. Als sie
selber vor den Kulissen und Panoramen posierten, war den
Reichen und Mächtigen niemals aufgefallen, wie schwülstig
und unlogisch die gemalten Landschaften waren und dass die
Säulen und Pilaster im Vordergrund geschmacklose Pfusche-

reien waren, die ungeniert verschiedene Epochen miteinander vermischten. Die Stümperei sollte ihnen nun jedoch ins Auge springen, als der rote Feind in seinen ärmlichen Kleidern und ungewichsten Stiefeln im Vordergrund stand. Die Weißen sollten sich ekeln, aber ohne zu sehen, dass ein Teil ihres Ekels der verdrängten Erkenntnis geschuldet war, wie hohl sie selber waren und wie dünn ihre eigene Politur.

2

Einige Abende vor der Machtübernahme bewegte sich ein Fackelzug die Västra Chaussén hinab. Die Bewohner der dem Wasser am nächsten gelegenen Fågelsångvillen standen an den Fenstern und auf ihren Balkonen und verfolgten den Zug auf der anderen Seite der Tölöviken. Keiner sagte ein Wort. Und der Zug war ebenso still, keine Parolen, keine Rufe, nur die flackernden Fackeln und die schwarzgekleidete Menschenmenge, die hinter den Baumstämmen des Hesperiaparks auftauchte, eine Armee, die sich langsam vorwärts bewegte und hinter der Zuckerfabrik verschwand, um anschließend wieder aufzutauchen und sich wie eine träge und wintersteife Schlange den Tallbacken hinaufzuschlängeln.

Auch Per-Anders »Pecka« Luther, zehn Jahre alt und das Nesthäkchen seiner Familie, wurde Zeuge dieses Zugs. Pecka wohnte in der Professorenvilla, in Nr. 8, auf der anderen Seite der Eisenbahntrasse, aber an diesem speziellen Abend war er über die Brücke zur Nr. 10 gegangen, um bei seinem Klassenkameraden Stigu Friis mit Zinnsoldaten zu spielen. Er hatte kein bisschen Angst, als er auf Familie Friis' Balkon stand und schaute, alles war mittlerweile schon so lange so eigenartig gewesen, dass er an seltsame Anblicke gewöhnt war, während einer Woche im November hatte kaum jemand gearbeitet und alles stillgestanden, sogar die Schule war geschlossen gewesen, und Pecka hatte die Erwachsenen über einen Generalstreik sprechen hören und dass alles so sei wie im Herbst 1905, abgesehen davon, hatte sein Vater gesagt, dass es diesmal keinen Hauptmann Kock gebe, der seine roten Truppen zur Besinnung bringen könne, diesmal seien der Streik und die Morde nur eine Vorbereitung, früher oder später werde der richtige Aufstand beginnen.

An den folgenden Tagen schneite es so viel, dass weder die Hausknechte noch das städtische Straßenbauamt es schafften, den niedergegangenen Schnee fortzuräumen, auf Höfen und in abgelegenen Gassen blieb er in hohen Wehen liegen.

Am siebenundzwanzigsten Januar verspeiste Pecka Luther ein Sonntagsmahl – Heringsauflauf und Kriechenpflaumencreme. Gegen zwei hatte sein Onkel Reinhold aus Esbo westlich der Stadt angerufen, er berichtete von Störungen im Zugverkehr, konnte aber nicht sagen, woher die Probleme rührten. Nach dem Essen ging Pecka am Bahnwall entlang in die Stadt, zum Schwedischen Theater, wo er eine Kinderrolle in einem Märchenspiel hatte. Der Schnee lag stellenweise einen halben Meter hoch, und er kam nur mit großer Mühe voran. Als er den Bahnhof passierte, sah er Männer mit dunklen Armbinden an den Eingängen stehen. Er beachtete sie nicht weiter, bewaffnete Männer mit Armbinden waren ein alltäglicher Anblick. Stattdessen dachte er an die vielen Soldaten, die er sich für seine Gage kaufen würde. Das Stück sollte noch bis Ostern gespielt werden, und obwohl es langweilig war, so viele Abende im Theater zu verbringen, bekam er dafür doch reichlich Taschengeld. In den letzten Wochen, seit der Premiere an Heilige Drei Könige, hatte er so viele deutsche und österreichische Zinnsoldaten und so viele Maschinengewehre und Kanonen und Lafetten gekauft, dass seine Armee mittlerweile wesentlich größer und schlagkräftiger war als Stigu Friis' französisch-britisches Heer.

Da die Vorstellung spät endete und es keine verlässliche Ordnungsmacht in der Stadt gab, hatte das Hausmädchen der Familie, die schweigsame Emmi, dauerhaft Anweisung, ihn vor dem Theater abzupassen und nach Hause zu begleiten. Doch an diesem Abend kam Emmi nicht. Pecka wartete und wartete auf dem Bürgersteig der Norra Esplanaden, er fror, dass es ihn schüttelte, und am Ende wusste er sich keinen anderen Rat, als alleine nach Hause zu gehen. Im Laufschritt eilte er durch Wredes Passage zur Alexandergatan und nahm anschließend die Mikaelsgatan zum Järnvägstorget am Bahnhof. Es waren ungewöhnlich wenige Menschen auf den Straßen, die Ödnis ließ ihn schaudern, und er wurde noch etwas schneller und lief am zugefrorenen Schwanenteich vorbei und weiter durch den finsteren Kajsaniemipark. Als er das flache Restaurantgebäude passiert und die Eisenbahntrasse und den Bahnwall erreicht hatte, musste er seine Schritte wegen des Schnees jedoch verlangsamen.

Auf halbem Weg nach Fågelsången sah er etwas.

Eine einsame rote Laterne brannte in einem Fenster hoch oben im Turm des Gewerkschaftshauses.

Pecka blieb stehen. Er stand mucksmäuschenstill und starrte wie verhext auf die Laterne in der Ferne auf Broholmen. Sie war groß und brannte mit einem nahezu hypnotischen Licht; er fand, dass sie glühte wie ein Auge. Er stapfte zum Ufer hinab, um besser sehen zu können, und trat auf einmal in eine tiefe Grube, versank in einer Decke aus nassem und schwerem Schnee, der ihm sofort bis zur Brust reichte. Er begann, mit den Beinen zu strampeln und mit den Armen zu fuchteln, um sich zu befreien, aber es wollte ihm nicht gelingen. Anfangs blieb er noch relativ ruhig, dann aber fing er an, den Schnee wegzuschaufeln, als wäre er ein afrikanischer Schnellschwimmer, der vor einem Nilkrokodil floh. Er grub und grub im Schnee vor sich, aber es nützte alles nichts; er schaffte es einfach nicht, die Beine anzuheben, er saß fest. Und drüben auf Broholmen war diese rote Laterne, und er hatte das Gefühl, als würde sie jetzt immer stärker leuchten und ihr Licht auf ihn allein werfen, sie leuchtete mit einem Lichtschein, der ihm auf einmal boshaft und heimtückisch erschien. Sie sprach zu ihm. »Höre mich, Bleichgesicht, höre meinen wahren Namen«, sagte sie. »Ich bin das Dunkle Licht, und mein anderer Name ist das Böse Auge, und du wirst mir nie, niemals entkommen.«

Pecka hatte nicht mehr die Kraft, weiter zu strampeln und zu fuchteln, mittlerweile war er völlig außer Atem, und sein Herz hämmerte ihm von innen Löcher in die Brust. Er begann, um Hilfe zu rufen, erst leise und mit zittriger Stimme, dann immer lauter. Er rief eine ganze Weile. Keine Antwort. Er spürte die Nässe des Schnees allmählich durch Hose und Schneestiefel dringen. Er brach in Tränen aus, konnte nichts dagegen tun und versuchte die Tränen mit dem triefend nassen Wollhandschuh wegzuwischen, aber nichts half, sie liefen einfach weiter. Während er weinte, versuchte er den Blick von der Laterne abzuwenden, nicht mehr an den roten Lichtschein zu denken. Aber es wollte ihm nicht gelingen. Das Böse Auge sprach weiter zu ihm, er konnte die Stimme in seinem Kopf hören.

Dann, ganz plötzlich – der schwarze Schatten. Wie aus dem Nichts tauchte er aus der Dunkelheit auf. Und als er ihn erst einmal erblickt hatte, sah er auf einmal noch einen und einen dritten und noch einen… alles in allem waren es sicher fünf oder sechs.

»*Kuka sä oot ja mitä sä siinä pillität*, wer bist du und warum stehst du da herum und flennst?«, hörte man eine barsche Stimme durch die Dunkelheit.

Pecka stand in seinem Gefängnis aus Schnee und schluckte; er sprach kaum ein Wort Finnisch.

Er versuchte es.

»*Ei osa pois*, kann nich' weg«, sagte er mit kläglicher Stimme.

»*Jaaha, venska taala, pikkulahtari eksyny ulos vallankumousiltana saatana*, so so, jemand, der schwedischsprachig ist, so ein verdammter kleiner Schlächter, der sich in der Nacht der Revolution verirrt hat«, meinte ein anderer der Schatten.

»*Otetaan kuulusteluun*, wir nehmen ihn mit zum Verhör«, schlug ein dritter vor.

»*No ei helvetissä oteta, täähän on pelkkä lapsukainen*, kommt nicht in Frage, zum Teufel, das ist doch nur ein Kind«, sagte der Anführerschatten und sprach anschließend auf Schwedisch weiter:

»Wer bist du, und wo wohnst du?«

»Ich bin Per-Anders Luther und werde Pecka genannt. Ich wohne da hinten«, sagte Pecka und schluckte ein Schluchzen hinunter. Er zeigte Richtung Fågelsången und versuchte keck zu klingen: »Ich wohne in der Acht.«

Während Pecka sprach, war der Anführerschatten die wenigen Schritte zu ihm getreten. Der Schatten, der kein Schatten mehr war, sondern ein Mann, stand nun direkt neben ihm, lehnte sich resolut vor, streckte seine Hände in den Schnee, woraufhin sich seine Arme um Peckas Taille schlossen und Pecka hochgehoben und zu den Eisenbahngleisen getragen wurde, wo ihn der Mann unsanft abstellte und fragte:

»Weißt du, was die Laterne da drüben bedeutet?«

»Nein«, antwortete Pecka. Er hatte jetzt nicht mehr so viel Angst, er war neugierig und fast fröhlich, der komische Mann hatte ihn immerhin gerettet, und da machte es auch nicht so viel, dass der Mann grob war und seltsame Fragen stellte. Pecka fuhr fort: »Ich finde, sie leuchtet wie ein Auge. Und mein Bruder und meine Schwester sagen, das Haus dort ist ein schrecklicher Ort.« Er suchte in seinem Gedächtnis und fand: »Ein Ort für Bolssewiken.«

Der Mann, der ihn gerettet hatte, lächelte schief, und die Schatten hinter ihm ließen ein heiseres Lachen hören. »Kann mir schon denken, dass sie das sagen. Aber jetzt werde ich dir mal was erzählen, Pecka. Die Laterne bedeutet, dass die Revolution angefangen hat. Und wenn die angefangen hat, sollten kleine Jungs wie du abends nicht mehr auf der Straße sein.«

Pecka sah dem Mann direkt in die Augen und fühlte sich

von seinem Blick und seinem Ton ermuntert, obwohl er so seltsam lächelte.

»Was ist die Revolution?«, fragte er.

»Eine Art Krieg«, antwortete der Mann. »Und von morgen an gilt ab neun Uhr abends eine Ausgangssperre.«

»Für solche wie mich?«, erkundigte sich Pecka.

»Für alle«, sagte der Mann. »Und vor allem für solche wie deinen Bruder und deine Schwester.«

Pecka sah den Mann an: »Ihr seid so Bolssewiken, ne?«

Der Mann zeigte wieder sein schiefes Lächeln. »Geh jetzt nach Hause, Pecka. Über solche Sachen brauchst du dir noch nicht den Kopf zerbrechen.«

»Wenn man nicht rausgehen darf, kann ich nicht mehr im Theater arbeiten«, sagte Pecka traurig und sah scharenweise Soldaten und Maschinengewehre und Kanonenlafetten, die sich in Luft auflösten.

»Du arbeitest am Theater?«, sagte der Mann erstaunt, »du bist doch noch so klein, dass man dich kaum sieht.«

»Ich mache mit bei Rinaldo Rinaldini«, sagte Pecka. »Und Klavier spielen kann ich auch. Obwohl ich eigentlich lieber Trompete spielen würde, aber meine Eltern lassen mich nicht. Emmi, das ist unser Hausmädchen, sollte eigentlich kommen und mich abholen, aber sie ...«

»Schon gut«, sagte der Mann kurz, »lauf jetzt heim.«

Als Pecka nach Hause kam, erzählte er seinen Eltern und Geschwistern auf der Stelle von Emmi, die nicht gekommen war, und von der Schneegrube, der roten Laterne und dem Schatten, der ihn gerettet hatte. Als er von der Laterne erzählte und wiedergab, was der Mann gesagt hatte, begriffen die anderen sofort. Sein neunzehnjähriger großer Bruder Tschali sagte: »Die Laterne ... das ist das Kampfsignal der russischen Marine, die Roten haben es sich ausgeliehen. Dann geht es also los. Emmi ist sicher in die Garde eingetreten, seit dem Streik ist sie trotzig und schwierig gewesen.«

117

3

Der frischgebackene Filialleiter Ivar Grandell mietete ein Zimmer mit Küche und Bettnische in einem Neubau in der Lappviksgatan.

Es herrschten Hunger und Furcht, und die rote Garde nahm Hausdurchsuchungen bei Bürgern vor, von denen man annahm, sie würden Lebensmittel oder Waffen oder beides verstecken. Man suchte nach bürgerlichen Politikern, die untergetaucht waren, und jungen Männern, die im Herbst den weißen Schutzcorps angehört hatten oder auch nur hervorragende Sportler oder Schützen waren. Diese unangekündigten Besuche konnten brutal oder verhältnismäßig höflich ablaufen, es kam ganz auf die Einstellung der Rotgardisten an, die sie durchführten. Trotzdem funktionierte die Stadt vom Morgengrauen bis zum Einbruch der Dunkelheit relativ normal, nur die Schulen und gewisse schwer kompromittierte Unternehmen blieben geschlossen.

Der Papier- und Schreibwarenhändler Th. Wulff betrieb schon seit langem eine Filiale in der Albertsgatan, und nachdem er achtzehn Monate im Hauptgeschäft an der Norra Esplanaden gearbeitet hatte, war Ivar Grandell im Oktober die Verantwortung für diese Filiale im Stadtteil Rödbergen übertragen worden. Dorthin ging er auch während der roten Zeit sechs Tage die Woche. Er bediente seine Kunden und plauderte wie in Friedenszeiten freundlich mit ihnen, der große Unterschied bestand darin, dass die Roten manchmal hereinkamen und sich Stifte und anderes Büromaterial für den Bedarf des Kommissariats und des Stabs der Garde nahmen. Außerdem ruhte der Import, und die einheimischen Fabriken funktionierten schlecht; das Warenlager leerte sich im Laufe der Zeit, und Ivar sah sich immer öfter gezwungen, seinen Kunden höflich mitzuteilen, dass weder dieses noch jenes Briefpapier, weder die einen noch die anderen in Schweden fabrizierten Kassenbücher oder in Deutschland gefertigten Ständer momentan erhältlich waren.

Obwohl Ivar tagsüber im Geschäft stand, ist es nicht abwegig zu sagen, dass er sich versteckte. Abends und sonntags hockte er in seiner engen Wohnung. Er hatte einen kleinen Vorrat aus Kartoffeln, Salzheringen, Butter und Brennholz gehortet und war in den Besitz eines kleineren Postens konservierter Sardinen der Marke Pescado de Benidorm gelangt und kochte sich lieber etwas auf seinem Gasherd, als zur öffentlichen Volksküche zu gehen und dort zu essen. Er hoffte, dass sich kein roter Kommissar an seine Artikel in *Arbetet* oder seine Agitationsversuche in den nyländischen Eisenhütten erinnerte. Es graute ihm bei dem Gedanken, die Revolutionäre könnten ihn aufsuchen und zwingen, einen Posten in ihrer Verwaltung zu übernehmen, und noch mehr graute ihm davor, in die Garde gezwungen zu werden. Ivar war von Anfang an überzeugt, dass die Roten den Krieg verlieren würden, wie man unzweideutig seinen Aufzeichnungen entnehmen kann.

Ja, er schrieb. Er schrieb in einem dicken – 250 Seiten starken! –, schwarz eingebundenen Wachstuchheft mit karierten Seiten und rotgefärbten Seitenrändern. Er hatte das Heft mit Personalrabatt in dem Geschäft gekauft, das er führte, und nun schrieb er sich durch den dunklen Winter und die heller werdenden Tage und den drückend heißen Sommer, er schrieb sich durch den roten Terror und die Morde und Hausdurchsuchungen, er schrieb sich durch die deutsche Eroberung von Helsingfors und die glühenden Frühjahrsabende, als die Weißen in der Hauptstadt wie im restlichen Land Rache nahmen,

119

und während er schrieb, hatte er immer panische Angst vor dem kräftigen nächtlichen Klopfen an der Tür, das – doch das wusste er noch nicht – zu einem europäischen Leitmotiv des Jahrhunderts werden sollte, neu arrangiert und ausgeschmückt von Hitler, Stalin und anderen.

Solange die Abende schwarz und die Nächte lang waren, hatte Ivar Angst vor den Roten. Später, ab Mitte April, sollte er dann Angst vor den Weißen bekommen. So sieht eine frühe Notiz aus, datiert 2.II.1918, nur wenige Tage, nachdem man die Laterne angezündet hatte und der Krieg ausgebrochen war:

Jemand wie ich hat triftige Gründe, sich vor beiden Seiten zu fürchten. Denn wenn man es genau nimmt – und das tun Menschen, die sich im Krieg befinden –, habe ich mal der einen, mal der anderen Seite angehört, und stets habe ich Fahnenflucht begangen. Doch diese Erklärung ist nicht erschöpfend. Es ist darüber hinaus so bestellt, dass ich ein Mensch von einem Schlage bin, der bei jeder kriegsführenden Partei nichts als Hass wecken kann. Die Kriegsführenden werden von ihrer Gewissheit getragen, während ich eine kriecherische Schlange bin, die zischelt, was meine Gedanken mir an diesem bestimmten Tag zu zischeln befehlen. Würden sie mich gut genug kennen, würden sie sich darum schlagen, mich köpfen zu dürfen oder die Browning sprechen zu lassen, dergestalt sind die Gesetze des Kriegs und der menschlichen Psyche.

4

Eccu Widing war in Trauer. Im Januar des Vorjahrs, auf den Tag genau zwei Monate vor dem Sturz Zar Nikolajs, war seine Mutter Atti nach kurzer, aber verheerender Krankheit gestorben; als ihre Krebserkrankung diagnostiziert wurde, waren Leber und Milz bereits befallen, und man konnte nichts mehr für sie tun. Obwohl Atti in den letzten zehn Jahren ihres Lebens schwer unter ihrer Hysterie oder Neurasthenie, oder was immer ihre Seele quälte, gelitten hatte, und obwohl sie sich zu langen Kuren in der Diakonissenanstalt und zu noch längeren Kuren in verschiedenen Sanatorien für Nervenkranke in Deutschland und Schweden aufgehalten hatte, war sie in all ihrer Gebrechlichkeit doch der Kitt gewesen, der die Familie zusammenhielt; die Schuld an ihrem Schicksal hatte die anderen zusammengeschweißt. Jetzt fiel alles auseinander.

Seine jüngere Schwester Nita trauerte in ihrem Zimmer. Kurz nach der Beerdigung fand sie in Attis Bücherregal ein Buch, einen alten Band, verfasst von einem gewissen Doktor Emil Reinbeck. Der Titel des Buches lautete: »Das Dasein des Menschen nach dem Tode. Sichere Beweise dafür, dass sich das Leben des Menschen nach seinem Dahinscheiden fortsetzt, und dafür, dass wir jenseits des Grabes all jene wiedersehen werden, die wir im Leben geliebt haben.« Es war ein Titel, der nicht verleugnete, dass er einer Zeit entstammte, in der es galt, sich kunstvoll auszudrücken, nicht schnell und hart, und der Titel stand zudem in einem beredten Kontrast zum gegenwärtigen großen Krieg und dessen massenhaftem Abschlachten von Millionen und Abermillionen Männern. Nita vertiefte sich Abend für Abend, Monat für Monat in Reinbecks Buch, sie lernte lange Abschnitte auswendig, um eine Bestätigung dafür zu erhalten, dass sie ihre Mutter eines Tages wiedersehen würde, die sich dann an einem Ort aufhalten würde, an dem sie weniger unglücklich und weniger fremd wäre als während ihres Lebens im Regenloch Helsingfors.

Der Witwer Jali wusste nicht, was er tun sollte. Teile von ihm, sogar ziemlich große Teile, die man eventuell seine Weichteile nennen könnte, empfanden große und aufrichtige Trauer, und diese Teile litten zudem unter seinem schlechten Gewissen, weil er Atti verschmäht und ihr ohnmächtig den Rücken gekehrt hatte. Aber es gab auch andere Jali-Teile, ziemlich handfeste und harte, die sich weigerten zu trauern, sich vielmehr zutiefst nach der Schauspielerin Henriette Hultqvist und der Witwe Emelie Walevsky und ihren Körpern sehnten – der eine sommersprossig und knöchern, der andere üppig und weich, aller Röcke und Korsetts und Hüfthalter entledigt. Jali sah ein, dass eine Trauerzeit vonnöten war, er begriff, was von ihm erwartet wurde, und wusste zudem, dass er ein Mann des öffentlichen Lebens und die Sache es nicht wert war, bösen Zungen Stoff zu liefern, indem er seine heimlichen Liaisons in dem Jahr aufrechterhielt, in dem seine Familie offiziell um eine Ehefrau und Mutter trauerte. Er riss sich am Riemen, war aber verwirrt und frustriert und seinen Kindern keine große Hilfe.

Eccu hatte Phasen, in denen es ihm gelang zu vergessen. Die erste stellte sich bereits anderthalb Monate nach Attis Beerdigung ein; der Fall des Zarentums, die Freiheit, das Glück, offen agieren zu dürfen. Als er zusammen mit Zviga und Henning und den anderen auf dem Dach der Hochschule stand und auf den Sandviktsorget hinabblickte, verschwendete er keinen Gedanken an seine Mutter, er dachte nur an die finnische Löwenfahne hinter sich und an Vater Jali, und alles war auf einmal heiter und versöhnlich, und es schien, als hätte es Atti niemals gegeben. Aber immer wieder überrumpelte ihn die Dunkelheit, sie füllte und umschloss ihn, sie wollte ihn mit Haut und Haaren verschlucken. Und wenn die Dunkelheit kam, dann kamen auch die Bilder von Atti und ihrer Lebenstrauer, und auf diese Erinnerungsbilder folgten seine verzweifelten Versuche, ihnen zu entfliehen; dann zog es ihn zu Exzessen und Übermut, zu Billardsalons und dicken Marquesazigarren, zu Tangonächten im Fennia, wo er gefälschte Ausweispapiere vorzeigte und die Gesellschaft loser Barmädchen suchte, die Lisbeth oder Linnea oder Blanche hießen, zu späten Nächten im Princess und Apollo und in Flüsterkneipen, wo er einen Vermouth nach dem anderen kippte, zu cognacschwangeren Motorbootfahrten mit Cedi oder Julle oder einem anderen vermögenden Freund, dessen Vater ein großes Boot mit Kajüten und Kojen hatte, in denen sowohl Linnea als auch Blanche Platz fanden. Und am schlimmsten war, dass er sich zu dummen Streichen und gedankenlosen Grausamkeiten hinreißen ließ. Er schämte sich immer noch für den Nachmittag auf Lilliehjelms Björknäs; es war im Juli gewesen, rote Milizionäre hatten den Hof durchsucht und sie alle gedemütigt, und Eccus Gemüt hatte sich verfinstert, er hatte innerlich gekocht, aber nicht gewusst, wie er seine Wut abreagieren sollte – und Cedi war es mit Sicherheit genauso gegangen, denn sein Freund war leichenblass geworden und hatte schreckliche Kopfschmerzen bekommen und sich auf sein Zimmer zurückgezogen –, und am Nachmittag hatte ER, Eccu, die wesentlich schüchterneren Zviga und Julle dazu verleitet, zusammen mit ihm einen splitternackten Veitstanz vor den Augen von Cedis großer Schwester Lucie aufzuführen, und das nur, weil Henning Lund ihnen verraten hatte, dass Lucie sich mit ihm auf Erotisches eingelassen hatte.

Als die Roten in Helsingfors die Macht übernahmen, hatte Eccu den ganzen Herbst über sein Studium vernachlässigt;

er wusste bereits, dass er kein Ingenieur werden wollte. Er hatte sein Interesse für Porträtfotografie entdeckt, und wenn er nicht gerade auf einer seiner Zechtouren war, verschlang er Goodwins und Perscheids Gedanken in der *Fotografisk Tidskrift* und alles, was Stieglitz in den Ausgaben von *Camera Work* schrieb, die Onkel Gösta im Laufe der Jahre aus London geschickt hatte; durch die ersten Exemplare hatte sich Eccu noch mühsam durchbuchstabiert, aber mit der Zeit war sein Englisch immer besser geworden.

Im Januar hatte er nur selten Zeit zum Lesen gefunden, dafür umso mehr für Abende im Fennia und Opris, Abende, denen unweigerlich ein Nachspiel bei diversen Nachteulen mit Zugang zu teuren berauschenden Getränken und losen Mädchen folgte. In den ersten Tagen nach dem Putsch wusste Eccu nicht, was ihn am meisten aufbrachte, die Revolution oder die Tatsache, dass die Ausgangssperre seinem Nachtleben ein Ende setzte.

Er saß zu Hause, blickte auf den winterlichen Trekantspark hinaus und stritt sich zwischendurch mit Jali und Nita. Die russischen Bolschewiken hatten die Gummikompanie Treugolnik verstaatlicht, wodurch Jalis Aktien wertlos geworden waren, und hier in der Heimat hatten die Roten ihm den Titel als Leiter des Eisenbahnkontors aberkannt, ihn jedoch ermahnt, sich für den Fall bereitzuhalten, dass ihr eigener Mann auf dem Posten Jalis Hilfe benötigte. Dennoch fand sich Jali sehr gut mit der Situation ab. Für Nita galt das Gleiche, und Eccu bezichtigte seinen Vater und seine Schwester daraufhin in harten Worten der Gleichgültigkeit, er sagte, wenn nicht einmal ein Statsstreich sie den Ernst der Lage erfassen lasse, dann seien sie im politischen wie moralischen Sinne verloren. Am härtesten traf die Revolution jedoch nicht Eccu, sondern die alte Wilma. Sie wandelte wie ein unseliger Geist durch die große Wohnung, schlug die Hände über dem Kopf zusammen und weinte und ereiferte sich über den herrschenden Sittenverfall und die Strafen, die am Tag des Jüngsten Gerichts verhängt werden würden, der nun so nahe war; die anderen drei versuchten sie zu beruhigen und zu trösten, aber vergebens.

Der Zorn ließ Eccus Dunkelheit schwärzer und tiefer werden, zerstreute jedoch zugleich die Gedanken an Atti. Er fühlte sich genauso erniedrigt und gedemütigt wie nach dem Besuch der roten Milizionäre auf Björknäs, die Dunkelheit stieg und sank in ihm, er wurde vor lauter Ohnmacht fast wahnsinnig, alles in ihm verlangte nach Taten. Er glaubte, dass es Cedi genauso erging, aber als er in der Henriksgatan anrief, kam sein Kamerad nicht an den Apparat, keiner der Lilliehjelms tat das, die Dienerin Olga nahm das Gespräch entgegen und teilte ihm nur mit, sie hüte im Auftrag der Familie die Wohnung, und ergänzte: »Es tut mir leid, Herr Widing, aber ich kann Ihnen leider nicht sagen, wo die Herrschaften sind, ich darf da keine Ausnahmen machen, Herr Widing hat sicher Verständnis.«

Die Telefonzentralen versanken an diesen ersten Tagen im Chaos, und als Eccu endlich ein Gespräch nach Björknäs zustande bekam, teilte ihm die neu eingesetzte rote Telefonistin mit, dass auch dort niemand an den Apparat ging. Eccu war nicht sonderlich überrascht. Cedi hatte immer gesagt, wenn es zu einem richtigen Aufstand komme, habe er nicht die Absicht, die Hände in den Schoß zu legen und sich abschlachten zu lassen, er habe vor zu kämpfen. Der Kontakt zwischen Süd- und Nordfinnland war mittlerweile unterbrochen, aber Helsingfors war eine einzige Gerüchteküche. Einige behaupteten, dass Mannerheim und seine Truppen die Roten im nordfinnischen Vasa entwaffnet hatten und der Norden des Landes fast vollständig weiß war: Cedi versucht bestimmt, sich dorthin durchzuschlagen, dachte Eccu.

Trotzdem rief er weiter an, und am Sonntag nach der ersten Woche des Aufstands meldete sich auf Björknäs Cedis Schwester Siggan. Aber sie war nicht sonderlich auskunftsfreudig, sagte nur, sie wisse nicht, wo sich Cedi oder Rurik befänden, nur sie und Lucie und ihr Cousin Hencca Staudinger hielten sich in Sibbo auf. Am gleichen Tag kamen Gerüchte auf, die besagten, es hätten sich an verschiedenen Orten westlich wie östlich von Helsingfors Freicorps gebildet, und es hieß weiter, dort draußen seien auch viele junge Männer aus der Hauptstadt. Die Gerüchte über das östliche Nyland blieben vage, während die Informationen über das westliche Nyland präzise waren; es war die Rede von den Gutshöfen Svidja in Sjundeå und Sigurds in Kyrkslätt.

Als er sicher war, dass Jali und Nita schliefen, schlich sich Eccu in das Arbeitszimmer seines Vaters, schloss die Tür, drehte am Lichtschalter, so dass die Deckenlampe anging, und fing an, zwischen Jalis Karten und Seekarten zu suchen. Er fand, wonach er suchte, und saß daraufhin lange am Schreibtisch und machte sich Notizen in einem Heft; eine der Karten nahm er mit auf sein Zimmer und verstaute sie in seiner alten Pfadfindertasche. Am Montagmorgen rief er Zviga Zweygbergk an und lud ihn zu einem Spaziergang ein. Sie trafen sich unten an Ursins Felsen und flanierten am Meereshafen und am Brunnsparkufer entlang bis zu Ulrikasborgs alter Badeanstalt. Im Gehen unterhielten sie sich leise und mit sorgsam gewählten Umschreibungen über die Situation, und Eccu schilderte seinen Plan. Zu seiner Enttäuschung sagte sein Freund Nein; jeder Widerstand im südlichen Finnland sei zum Scheitern verurteilt, meinte Zviga bestimmt, die Roten seien zahlenmäßig überlegen und hätten außerdem Zugang zu den russischen Waffendepots, es sei glatter Selbstmord, in dieser Richtung irgendetwas zu versuchen.

Am Dienstagmorgen, kurz nach sieben, brach Eccu auf. Jali hatte in der Nacht einen Anruf bekommen und war zu einer Besprechung in den Bahnhof gerufen worden. Wilma war in aller Herrgottsfrüh aufgestanden und stand vor der Markthalle für Lebensmittel an, und Nita schlief noch – es kam zu keinem Abschied, nur zu einem an sie alle gerichteten Brief.

Er hatte nur einfachen Reiseproviant dabei, bestehend aus Dünnbier, Brot, Käse und einem kleinen Stück gepökelten

Fleischs, er trug vier Lagen Kleider übereinander und hatte Karte und Taschenuhr und Kompass und knapp elf Stunden Zeit; um sechs Uhr nachmittags würde es bereits stockfinster sein. Er fürchtete, die Skier und sein Gepäck würden Aufmerksamkeit erregen, aber er schaffte es durch Rödbergen und Kampen und zur Edesviken hinunter, ohne einer einzigen roten Patrouille zu begegnen. Er entschied sich für Edesviken, weil die Schären dort dichter waren als in Tölö; unten im Süden, wo er wohnte, war die Landschaft viel zu offen, man saß auf dem Präsentierteller, bis man endlich Rönnskär hinter sich gelassen hatte. Als er über Fölisfjärden lief, war es bereits helllichter Tag. Einige Minuten später hatte er das Drumsölandet östlich und Hanaholmen westlich von sich und lief in einem flotten Tempo weiter Richtung Süden. Erst als er den Rand des offenen Meers erreichte, schlug sein Herz allmählich etwas ruhiger, denn ihm wurde klar, dass den Roten die nötigen Mittel gefehlt hatten, einen Blockadering um Helsingfors zu schlagen, und er es tatsächlich geschafft hatte, aus der belagerten Stadt zu entkommen.

Er wandte sich gen Westen. Der Weg war anstrengend, trotzdem genoss er ihn. Es war kühl und der Himmel grau, der Tag war so wolkenverhangen, dass die Schärenlandschaft fast gänzlich ohne Farben war, den Reiseproviant hatte er schon bald verspeist. Hier draußen am offenen Meer gab es keine Skispuren, er war allein mit sich selbst, allein mit dem, was gewesen war, und dem, was kommen würde. Manchmal war die Schneedecke fest, manchmal verharscht, dann aber brach der Harsch auf einmal wieder, und er musste ein gutes Stück durch losen Schnee staken; wobei er nur langsam vorankam und seine Waden zu schmerzen begannen. Er fühlte sich stark, fürchtete sich aber gleichzeitig auch. Es war gerechtfertigt zu handeln, statt in der Georgsgatan zu hocken und durch ein Fenster hinauszuglotzen, aber gleichzeitig wusste er, dass er einen Weg eingeschlagen hatte, der ihn das Leben kosten konnte, sein *einziges* Leben, denn Eccu war Freidenker und glaubte nicht die Bohne an Doktor Reinbeck und andere, die behaupteten, Beweise dafür zu haben, dass das Dasein nach dem Tod weiterging. Aber er redete sich ein, dass alles gutgehen würde, dass es wichtig war, seinen Bogen zu spannen, und alles besser war, als tatenlos dazuhocken und sich von der Dunkelheit überwältigen zu lassen, und mit einer Mischung aus Genuss und Sorge lauschte er seinen Atemzügen und dem klappernden Takt der Stöcke und dem traurigen Gesang der Windböen, keine anderen Geräusche durchbrachen die weiße Stille dort draußen.

Schon bei Pentala nahm er wieder Kurs auf das Festland. Da war es noch nicht einmal zwölf, aber er wollte nicht weiter Richtung Westen auf Porkala zulaufen, denn dort wimmelte es vor russischen Soldaten, und wo die Russen waren, da waren auch die Roten. Er lief den ganzen Nachmittag in nordwestliche Richtung, er stakte vorwärts mit allem, was die Arme hergaben, war auf dem ganzen Weg jedoch keinem einzigen Feind begegnet, es gab keinen Belagerungsring um den Sigurdshügel, die Roten schienen die Widerstandsnester noch nicht entdeckt zu haben. Er wurde sehr freundlich empfangen (wie ein Held, dachte er und erkannte, dass er so etwas nicht gewohnt war, die Heldenrolle war immer Cedi vorbehalten gewesen). Trotzdem war er bei Weitem nicht der einzige Helsingforser, der auf Sigurds eingetroffen war. Die Westnyländer waren zwar in der Mehrheit – die Roten hatten am Freitag in Ekenäs die Macht ergriffen und Bürgermeister Vinqvist ermordet, erfuhr Eccu –, aber allein von seiner eigenen Hochschule waren sie zu fünft, Toffe Ramsay, Lonni Tollet, Henning Lund, Julle Enerot und er selbst. Es war auch ein Mädchen da, mit dem er vor ein paar Jahren auf einem Schulball getanzt hatte, Fräulein Aina Gadolin; sie schien sich als Krankenschwester nützlich zu machen, zumindest trug sie eine weiße Haube.

Aber Cedi war nicht da.

5

Sie begannen am Getreidesilo und der Scheune, wogen die Vorräte und zählten die Milchkühe. Das dauerte, anschließend lautete der Plan, dass Allu auf dem Hof vor dem Haus bleiben sollte, während Enok ins Haupthaus ging und mit Marjamäki und Krogell die Hausdurchsuchung abschloss. Der vierte aus ihrer Gruppe, der frühere Knecht Halme, blieb zusammen mit Hofverwalter Kairenius im Stall, die beiden sollten sich über regelmäßige Milchlieferungen nach Nickby einig werden.

Es war kalt, es wehte ein kräftiger Wind, und die Februarsonne schien aus einem wolkenlosen Himmel und machte die Schneewehen so blendend weiß, dass Allu die Augen tränten, wenn er sich umzuschauen versuchte. Niemand achtete auf ihn, und nach ein paar Minuten war er die Untätigkeit und den Wind, der gegen seine Wangen schlug, und die Tränen, die herabliefen, leid. Er lief die mächtige Steintreppe hinauf und zählte zweiundzwanzig Stufen, dann kam ihm eine Idee, und er schritt die Breite der Treppe ab – wenigstens sechs, vielleicht sogar sieben Meter.

Im Haupthaus ging er von Zimmer zu Zimmer und bekam den Mund nicht mehr zu. Die Bodendielen knarrten und quietschten unter seinen Stiefeln, er hatte vergessen, seine Pelzmütze abzusetzen, und auf der Stirn brach ihm der Schweiß aus, aber er bemerkte es gar nicht. So etwas wie Björknäs hatte er sein ganzes Leben noch nicht gesehen. Allein schon die runde Veranda schien ihm doppelt so groß zu sein wie Enoks Fischerhäuschen und dreimal so groß wie Vivans und Onkel Santeris Zimmer in der Kristinegatan. Die Bodendielen waren frisch gestrichen, in manchen Zimmern waren sie taubengrau und in anderen blau oder rotbraun, aber unabhängig von ihrer Farbe waren sie atemberaubend breit; wenn Allu Daumen und Zeigefinger spreizte und Maß nahm, deckte seine Hand knapp das halbe Brett ab. Er hörte ferne Stimmen aus der Küchenregion, zunächst eine erregte Frauenstimme, die jung klang, dann eine wütende Männerstimme, die er auch nicht kannte, erst danach hörte er die leise und beherrschte Stimme seines Vaters, aber die Entfernung war viel zu groß: Enoks Stimme war nur ein undeutliches Murmeln, doch als sein Murmeln verstummte, fauchte Marjamäki, er schrie beinahe, und in dem, was er beinahe schrie, war das Wort *lahtari*, Schlächter, enthalten. Allu scherte sich nicht darum, er ging weiter in das Haus hinein, Zimmer für Zimmer für Zimmer, große und spärlich möblierte Säle mit Stühlen und Tischen und Spiegeln, die so schön waren, dass er sie einfach berühren und über ihre hübsch gedrechselten Kanten und Beine streichen musste, Zimmer mit kostbaren Teppichen auf den Fußböden und den feinsten Spitzengardinen in jedem einzelnen Fenster, Schlafzimmer mit breiten und sorgsam gemachten Betten; manche Betten waren wie kleine Häuser oder Hütten, mit Betthimmel und spinnwebendünnen Vorhängen. Keine mottenzerfressenen Matratzen auf dem Fußboden, keine löchrigen und schimmeligen Decken, keine abgebauten Klappbetten entlang der Wände. Nirgendwo das Gefühl von Muff und Beengtheit, und auf einmal wurde Allu klar, dass die Leute, die hier wohnten, allesamt ein eigenes Zimmer hatten, Zimmer mit eigenen Kommoden und einem eigenen Waschbecken aus Porzellan mit aufgemalten Blumen- oder Tiermustern und einem eigenen Kleiderschrank und einer eigenen Schale mit Nüssen und Datteln und Feigen auf ihrem eigenen Tisch, und vielleicht sogar ein eigenes Bücherregal mit einer kleinen Büchersammlung, und er begriff auch, dass in diesem Haus niemand jemals neben dem Abfalleimer in der Küche geschlafen hatte und sich niemand zur Winterzeit im Beisein anderer auf den Nachttopf hocken und nur einen halben Meter von einer schlafenden Schwester entfernt pinkeln musste. Er nahm eine Dattel aus der Porzellanschale in einem der Zimmer, steckte sie sich in den Mund und biss zu, aber sie schmeckte eklig und süß, und er spuckte sie sofort wieder aus, spuckte sie zunächst in die Hand, ließ die Frucht dann jedoch in einem Akt vorsichtigen Trotzes zu Boden fallen. Er ging immer tiefer in das menschenleere Haus hinein, die wütenden Stimmen aus der Küche wurden schwächer und schwächer, und er hörte sie im Grunde gar nicht mehr, denn er versuchte sich vorzustellen, wie es sein würde, in dieser … dieser *Riesigkeit* zu wohnen, von einer derart großen Stille umgeben zu leben, mit Tapeten in sanften Farben und schön gekleideten Menschen, die umherglitten und ein eigenes Zimmer hatten und mit Stimmen sprachen, die so samten und weich wie Seide waren, und die Frauen dufteten sicher alle wie Blumen, es war unmöglich, sich diese Björknäs-Frauen auf einem Nachtpott sitzend vorzustellen wie seine kleinen Schwestern und seine Mutter Vivan und Enoks Frau Tante Kaisa. Und während das Sonnenlicht durch die Spitzengardinen hereinsickerte, versuchte er sich vorzustellen, wie das Björknäshaus abends wurde, wenn Petroleumlampen und Wachskerzenkandelaber jedes Zimmer erhellten, während flatternde Schatten an den Wänden bis zu den weiß gekalkten Decken hoch über ihm tanzten.

Während er sich so in Träumen verlor, war er zu einer Treppe gekommen. Er stieg sie hinauf; dort in der oberen Etage waren die Decken niedriger und die Zimmer etwas kleiner. Er betrat ein Giebelzimmer, setzte sich in einen Schaukelstuhl, der zum Fenster gewandt stand, setzte die Füße auf die Kufen und begann zu schaukeln. Der Fußboden knarrte, schaukelnd blickte er auf den Hof hinaus, auf die blendend weißen Schneewehen und die große Hoftanne, deren dicke Äste ebenfalls schneebedeckt waren. Zwei Männer kamen im Laufschritt aus dem

Stall – Halme und Hofverwalter Kairenius. Halme war fast zwei Meter groß, er hielt den Mantelärmel des wesentlich kleineren Kairenius in einem lässigen, aber dennoch festen Griff und schleifte ihn zum Haupthaus, und man sah, dass er dabei in einem fort redete.

»Und wen haben wir hier, wenn man fragen darf?«

Allu zuckte zusammen, hielt den Schaukelstuhl an und schoss hoch. Anschließend erinnerte er sich wieder. Es war jetzt Krieg, alles war anders, solche wie er brauchten nicht mehr mit der Mütze in der Hand dastehen und zu Boden schauen, das galt nicht zuletzt für ihn selbst, der hier in Sibbo nicht irgendwer war.

»Ich gehör zu den Roten«, sagte er.

Die Frau im Türrahmen – denn es war eine Erwachsene, auch wenn sie sehr jung aussah – hob die Augenbrauen.

»Ja, so weit war ich auch schon«, sagte sie und lächelte säuerlich. Er sah, dass sie spitze Schneidezähne hatte. Sie war ziemlich groß, außerdem trug sie Schuhe mit Absätzen, obwohl sie im Haus war. Ihr Rock endete etwas oberhalb der Fußknöchel, und über der Bluse trug sie eine blaue Strickjacke mit vielen kleinen Knöpfen, die weiß schimmerten, sie sahen fast aus wie Perlen. Trotzdem schien sie zu frieren; das Haus hat so viele Flure und so hohe Zimmer, dass sie es nicht schaffen, es zu heizen, obwohl sie überall Kachelöfen haben, dachte Allu.

»Du sollst bestimmt nicht hier oben sein«, meinte die Frau, »im Grunde finde ich, dass du überhaupt nicht in diesem Haus sein sollst.«

Allu bekam kein Wort heraus. Er wusste nicht, wie er sie ansprechen sollte. Sie war wie eine Dame aus dem Bürgertum gekleidet, aber irgendetwas war anders an ihr. Vielleicht lag es an diesen Schneidezähnen oder an ihren Augen; sie waren nicht streng und unfreundlich, sondern neugierig, es war Heiterkeit in ihnen. Er fand, dass er nie zuvor einen so schönen Menschen gesehen hatte, diese junge Schlächterfrau war sogar noch schöner als Mandi Salin.

»Jetzt sag schon, wer du bist«, sagte sie auffordernd, »mein Gott, dir wird es doch wohl nicht die Sprache verschlagen haben?«

»Ich bin Allu… Allan Kajander«, stammelte er. »Enok Kajander ist mein Vater, er ist Vorsitzender im Lebensmittelkoti… koni…«, er suchte verzweifelt, »…komitee.«

»Ach wirklich«, sagte die Frau müde, »das ist bestimmt eine Auszeichnung, die etwas hermacht. Aber geh jetzt zu den anderen nach unten. Und nimm deinen Vater, den Vorsitzenden, bitte mit, wenn du gehst.«

Allu machte ein paar wieselflinke Schritte und war aus dem Zimmer. Er strich dicht an ihr vorbei, und sie duftete haargenau so, wie er es sich vorgestellt hatte – nach Blume. Als er die Treppen hinabstieg, sagte er sich, dass er sie niemals vergessen würde.

Die Roten hatten die Macht in Sibbo in der ersten Februarwoche übernommen. Sie hatten das Gemeindehaus in Nickby unter ihre Kontrolle gebracht, eine eigene Verwaltung und ein Lebensmittelkomitee eingesetzt sowie Passzwang eingeführt; der Pass sollte bei jeder Fahrt zu einer anderen Gemeinde oder einem anderen Dorf als dem eigenen, wenn man Kreuzungen passierte oder Brücken überquerte und wenn man mahlen, dreschen oder schlachten wollte, vorgezeigt werden.

In den ersten Wochen des Aufstands verbrachte der Rotgardist Enok Kajander mehr Zeit auf dem Festland als draußen auf Tistelholmen, wo er Frau, Kind, Fischereigerätschaften und seinen Werkzeugkasten hatte. Er gehörte zur Führungsriege der Roten in Sibbo und hatte einen Schlafplatz im Gemeindehaus, und darüber hinaus schliefen er und seine Männer gelegentlich auch auf Höfen und in Häusern, die leer standen; sich Zugang zu den Häusern zu verschaffen war nicht weiter schwer, als schwieriger erwies es sich oft, den Brennholzvorrat zu finden und Feuer in den Kaminen zu entfachen. Einige Monate später sollten Enoks Feinde behaupten, er habe anfangs Spaß am Terror gefunden und sei erst auf andere Gedanken gekommen, als sich mit der Zeit die Niederlage abzeichnete. Aber nichts, was Enok in diesem Winter sagte oder schrieb, bestätigte das. Wahrscheinlich fühlte er sich oben im Kirchdorf einfach sicherer als draußen auf Tistelholmen, denn in Sibbo hielt die ärmere Festlandbevölkerung zu den Roten, während die Fischer auf den Inseln praktisch ausnahmslos zur weißen Seite hielten: »Eher wird die Hölle zu einer Eiswüste, als dass ein schwedischer Schärenbewohner Bolschewik wird«, pflegte Direktor Lilliehjelm auf Björknäs zu bemerken und selbstzufrieden zu lachen.

Als Enok an diesem kühlen Mittwochvormittag in der Küche auf Björknäs stand und Marjamäki im Zaum zu halten versuchte, während er gleichzeitig mit Agronom Staudinger und einer der beiden Schwestern Lilliehjelm verhandelte, schrieb man bereits die dritte Woche im Februar. Enok wusste, dass die rote Herrschaft in Sibbo auf dem besten Wege war, in einer Katastrophe zu enden. Gutsbesitzer, Vorarbeiter und Großbauern waren geflohen, in der ganzen Gemeinde stand das Vieh in den Ställen und schrie nach Futter, das niemals kam. Finnischsprachige Verbände aus den nördlich gelegenen Kervo und Dickursby und Malm führten nicht autorisierte Angriffe durch und gingen mit großer Härte vor; auf Hofgård hatten sie einen Kutscher laut Zeugenaussage nur deshalb erschossen, weil er etwas zu lange brauchte, um eine Tür zu öffnen, und bei Kaufmann Starck hatten sie das Geschäft leer geräumt und die Waren nach Kervo gebracht. Bei Prokurist Juselius hatte man alle Daunenfedern auf den Fußboden ausgekippt und anschließend Sirup und Haferbrei daraufgeschüttet, alles zu einer widerlichen Suppe verrührt und dem Prokuristen mit »Teeren und Federn« gedroht. Auf Hindsby gård hatte man die Frauen beschimpft und die Wände mit Erbsensuppe und Speck bespritzt. Und die Einwohner Sibbos hatten sich auch nicht besser benommen. Schneider Bergqvist war unmittelbar nach der Machtübernahme Amok gelaufen und rannte mit schussbereitem Revolver auf den Höfen herum, wog alle Kornvorräte ab und fluchte, schrie und drohte; auf einem Hof in Hangelby hatte ein Bauer mit acht Kindern darum gebeten, zur Verpflegung seiner Familie einen Teil des Hafervorrats behalten zu dürfen, woraufhin Bergqvist außer sich vor Wut geraten war und in die Decke geschossen und die Spielsachen der Kinder zerschlagen und gebrüllt hatte: »Halt's Maul, du verdammtes Schwein, sonst kommt die Garde dich besuchen!« Die Kinder hatten geschrien wie am Spieß, und daraufhin hatte sich Bergqvist einen Moment lang besonnen, sie angegrinst und gesagt: »Ihr braucht keine Angst vor dem Onkel zu haben, meine kleinen Freunde, der Onkel ist ein Mann des Friedens, aber euer Papa muss tun, was ich ihm sage.« Wenn er diese Geschichten hörte und die Nervosität und das Gefühl von Macht und den tiefen Hass in Marjamäki und Halme und Krogell brodeln sah, wenn sie die Vorratskammern und Speicher der größten und reichsten Höfe durchgingen, erkannte Enok, dass es nur noch eine Frage der Zeit war, bis es zu weiteren Morden kommen würde. Und am Montag war es dann passiert: Eine Gruppe unter der Führung Bergqvists hatte Kaufmann Teckenberg und seinen Schwager Oljemark, Mitglied eines Schutzcorps, zu einem Verhör nach Nockby gebracht, wo man die beiden Männer gefoltert und anschließend draußen am großen Sumpf in der Abenddämmerung erschossen hatte. Bergqvist und seine Männer hatten die Tat gefeiert, indem sie sich mit selbstgebranntem Schnaps betranken, im Verlauf der Nacht waren sie dann immer betrunkener geworden und hatten immer hemmungsloser damit angegeben, was sie getan hatten, und in den frühen Morgenstunden hatte einer ihrer Helfershelfer eine schön kalligraphierte und gerade deshalb besonders unheimliche Namensliste über Weiße in Sibbo vorgezeigt, mit denen er abrechnen wollte: »Rechnung für Schlächter« hieß diese Liste, und sie enthielt fast fünfzig Namen. Am Dienstagvormittag war es dann zwischen den Gebrüdern Helander und Bergqvist auf der einen Seite und Enok auf der anderen zu einem heftigen Streit über die Hinrichtungen gekommen. Sie waren drei gegen einen gewesen. Enok blieb bei seinem Standpunkt, dass solche Untaten sie geradewegs ins Verderben stürzen würden, während die Gebrüder Helander nur mit den Schultern zuckten und meinten, im Krieg sei immer eine eiserne Faust vonnöten, und jeder bewaffnete Konflikt fordere nun einmal seine mehr oder weniger unschuldigen Opfer.

Enok war selber erstaunt, wie schnell sich seine Einstellung geändert hatte. Schon seit den ersten Jahren des Jahrhunderts hatte er sich nach der Revolution gesehnt, damals, als er noch im Sörnäs-Hafen schuftete und seine ersten Bartstoppeln bekam und nicht einmal sein erstes Kind gezeugt hatte. Im Herbst nullfünf war er einer der radikalsten Arbeiter gewesen, man hatte ihn sogar für so gefährlich gehalten, dass er abgelehnt wurde, als er sich während des Streiks um einen Platz in Hauptmann Kocks Ordnungsgarde bewarb. Und er hatte niemals aufgehört zu träumen; noch im Oktober, nur wenige Monate vor dem Aufstand, hatte er Vivan von der Revolution geschrieben, nachdem sie zuerst ihm geschrieben und ihn gefragt hatte, ob er sich eine Zeit lang Allus annehmen könne. Doch jetzt, urplötzlich, gab es nur Zweifel und Gram und einen Überdruss, der größer wurde, je deutlicher er den Blutdurst Bergqvists, Marjamäkis, der Gebrüder Helander und anderer erkannte. Aber vor allem machte er sich Vorwürfe, weil er Allus Quengelei nachgegeben und den Jungen letzten Sonntag nach Nickby mitgenommen hatte; er hatte Vivan versprochen, sich gut um ihren gemeinsamen Sohn zu kümmern, aber diese Hausdurchsuchungen waren nichts für einen Elfjährigen, genauso wenig wie der Lebenswandel der Männer im Gemeindehaus.

Enok kannte Björknäs seit seiner Kindheit. Sein Vater hatte dem Herrenhof Fisch verkauft, als Enok klein war, und noch letzten Sommer hatte er selber eine Milizgruppe befehligt, die dort nach Waffen gesucht hatte. Damals hatte es auf Björknäs

von hochmütigen Jünglingen und schönen jungen Frauen ge-
wimmelt, und ein bisschen war es auch jetzt so. Direktor Lilliehjelm war natürlich nicht da, er hatte zu viel auf dem Gewissen, um mitten im Krieg den Roten in die Hände fallen zu
wollen. Stattdessen war es Lilliehjelms Schwager, der kleine,
stutzerhafte Agronom Staudinger, der sich auf Björknäs vor
dem Krieg versteckte und nun für die Familie des Gutsbesit-
zers das Wort führte. Darüber hinaus waren Staudingers halbwüchsiger Sohn Henrik und Direktor Lilliehjelms Töchter vor
Ort; Henrik Staudinger und die jüngere Schwester Lilliehjelm
hatten die Küche praktisch sofort verlassen, während die ältere Schwester dem Agronomen so gut als möglich zur Seite
sprang.

Enok und seine Männer hatten Björknäs Anweisung ge-
geben, Nickby sechs Tage die Woche mit Milch zu beliefern.
Sie hatten zudem beschlossen, gut die Hälfte des Hafervorrats
und fast alles Roggenmehl zu requirieren, der Transport sollte
Björknäs obliegen. In der Küche des Haupthauses schrieb
Enok eine Quittung aus und übergab sie Agronom Staudinger.
Enok legte großen Wert auf seine Quittungen, und auf dieser
stand:

Berechtikungsschein Nr. 36
Der Inhaber dieses Scheins Hof Björknäs B Stadinger
für R Liliehjelm berechtikt:
Hafer ca. 170 kg, Roggenmel 13 Säcke
Für das Lebensmittelkommite von Sibbos roter Garde
E Kajander

Kartoffeln forderten sie auch, und da in allen größeren Dörfern und außerdem im gesamten roten Heer Mangel an Stiefeln, Mänteln und Decken herrschte, baten sie Staudinger und
die ältere Schwester Lilliehjelm, alles an Kleidern und Wäsche
zu sammeln, was die Familie nicht für ihre eigene Notdurft benötigte. Sigrid Lilliehjelm protestierte.

»Alles, was wir nicht für unsere Notdurft benötigen?«, wiederholte sie ungläubig. »Wer um Himmels willen gibt Ihnen das Recht, hierher zu kommen und uns auf diese Weise auszurauben?«

»Den Leuten fehlt's an allem«, erwiderte Enok ruhig. »Und ich würd dem Fräulein raten, nicht in so einem Ton mit uns zu reden. Die Zeiten sind vorbei.«

»Von wegen. *Sie* sollten nicht in diesem Ton mit *uns* sprechen, Kajander«, rief Berndt Staudinger mit gellender Stimme. »Sie und Ihr Lumpengesindel von Männern sollten die Töchter meines Schwagers mit größtem Respekt behandeln.«

»*Mitä se saatanan saitiainen oikein suustaan päästää*, was zum Teufel quatscht diese Filzlaus da eigentlich?«, fauchte Marjamäki, der Probleme hatte, auf Schwedisch alles mitzubekommen, wenn schnell gesprochen wurde. »*Oma naama on kuin mikäkin riemurasia ja kehtaa kutsua meitä rupusakiks*, er selber hat eine Visage wie eine Fotze, und dann hat er auch noch die Traute, uns Lumpengesindel zu nennen.«

»*Rauhoittaa nyt, Osku*, jetzt beruhig dich«, sagte Enok. »Wir machen unsre Sache, und dann gehn wir zum nächsten Hof, wir müssen noch ein paar wegschaffen, bevor's duster wird.« Er wandte sich erneut Berndt Staudinger zu und sagte würdevoll: »Wir sind Bevollmächtigte der arbeitenden Bevölkerung Finnlands, und es ist unsre Pflicht zu requirieren, was die braucht, um nicht zu erfrieren oder zu verhungern. Sie kriegen ne Quittung über alles, was wir mitnehmen, und wenn wir die Wirtschaft und alles andere auf Vordermann gebracht haben, gibt's Knete.«

»*SAATANAN KARTANOLAHTARIT TE ETTE ENÄÄ PUHU MULLE KUN KERJÄLÄISELLE JOS PUHUTTE NIIN ETTE KEVÄTTÄ NÄÄ!*, IHR VERDAMMTEN GUTSHOFSCHLÄCHTER, IHR REDET NICHT MEHR MIT MIR WIE MIT EINEM BETTLER, WENN IHR DAS TUT, ISSES DAS LETZTE, WAS IHR TUT!«, schrie Marjamäki aus heiterem Himmel und sah dabei aus, als hätte er vor, Berndt Staudinger auf der Stelle zu erschießen.

Krogell war längere Zeit verschwunden gewesen, aber nun hörte man Schritte auf der Treppe, die aus dem Keller heraufführte, und einige Sekunden später betrat er die Küche. Er hatte ein großes Einmachglas unter dem Arm, das offen war, den Deckel hatte er unterwegs irgendwo zurückgelassen. Das Glas enthielt eine dunkle Substanz, und die gleiche dunkle Substanz fand sich um Krogells Mund und an den Fingern seiner rechten Hand. Er lächelte glückselig.

»Tante Alexandras Himbeermarmelade!«, platzte Sigrid Lilliehjelm heraus.

»Die Himbeermarmelade meiner Frau!«, piepste Berndt Staudinger fast unisono mit Sigrid. »Das schlägt dem Fass den Boden aus!«

Krogell streckte das Glas Marjamäki entgegen, der es nahm, zwei Finger hineinpresste, sie zum Mund führte und kostete. Krogell ging zu Enok und flüsterte ihm etwas ins Ohr.

»Natürlich können wir ein paar Gläser requirieren«, erklärte Enok, »wir müssen nur auch die Marmelade quittieren.« Krogell war genau im richtigen Moment in den Raum gekommen. Marjamäki erinnerte täglich mehr an ein Pulverfass, und Enok dachte, dass er nicht vergessen durfte zu versuchen, ihn einer anderen Gruppe zuzuteilen.

Während Enok noch überlegte, wie er Agronom Staudinger darüber aufklären sollte, dass er Gefahr lief, in diesem Krieg wesentlich mehr zu verlieren als die Marmeladengläser seiner Frau, stolperten Halme und Hofverwalter Kairenius in die Küche. Halme hielt Kairenius unsanft um den Hals gepackt, Letzterer hatte einen hochroten Kopf und schien panische Angst zu haben.

Unmittelbar nach Halme und Kairenius tauchte auch Allu im Türrahmen auf, aber niemand schenkte ihm Beachtung.

»Ich will den Kerl hier sofort erschießen!«, teilte Halme außer Atem mit.

»Hier wird nicht geschossen!«, sagte Enok. »Was ist denn los, ihr solltet euch doch bloß wegen der Milch einigen?«

»Ich hab rausgefunden, Kairenius hier is der, der die Fischereilizenzen für die Gewässer von dem sein Hof vergibt. Mein Bruder ist Fischer, und als er aus Valkom hergekommen ist, hat ihm der Schlawiner hier ne Fischereilizenz für Angelholm und Plötzenskär und Brachsengrund mit umliegenden Felseninseln gegeben.«

»Was willst du denn, das klingt doch gut«, meinte Krogell. Er hatte das Himbeermarmeladenglas von Marjamäki zurückbekommen und grub wieder darin; das Glas war bereits halb leer.

»Du bist eben kein Fischer, Anton«, sagte Halme. »Da gibt's keine Fische. Die Inseln da sollten alle Fischlos heißen.«

Enok lächelte müde.

»Isn uralter Trick, Sulo«, sagte er. »Das haben die hohen Herren schon immer so gemacht. Sobald sie wissen, an welchen kleineren oder größeren Inseln es keine Fische gibt, geben sie gerade denen Namen wie Fischinsel oder Barschgrund, und dann lassen sie ihre Kätner da fischen. Aber deshalb können wir Kairenius doch nicht gleich erschießen, nicht mal in der Revolution.«

»Ich hab Hunger, Papa«, kam es auf einmal vom Türrahmen, »gibt's hier was zu essen?«

Die Blicke aller im Raum richteten sich auf Allu. Die Stimmung in der Küche hatte zwischen Marjamäkis offenen Drohgebärden und Enoks Versuchen, der ganzen Visite jegliche Dramatik zu nehmen, auf der Kippe gestanden. Nun neigte sich die Stimmung plötzlich auf eine Weise in Enoks Richtung, die alle verstehen ließ, dass diese Hausdurchsuchung weniger unglücklich enden würde als viele andere. Krogell hielt Allu das halbleere Marmeladenglas hin. Sigrid Lilliehjelms Blick wurde sanfter, und sie sagte: »Wir haben noch Sauerteigbrot, aber die Butter ist aus. Möchtest du trotzdem was?« »Darf man auch Himbeermarmelade haben?«, erkundigte sich Allu.

6

Eccus erster Abend im Freicorps fiel zufällig auf den Geburtstag des Nationaldichters Runeberg. Die Männer hatten
den ganzen Tag Schützengräben ausgehoben und Schanzen
angelegt, aber am späten Abend verlas einer der Befehlshaber, ein gewisser Doktor Gustafsson, einen Aufruf an die Männer und Frauen Nylands. Doktor Gustafsson sprach über die
verbrecherische Machtgier und landesverräterische Agitation
der Roten und davon, dass die verkommensten Elemente der
Gesellschaft nun eine schreckliche Gewaltherrschaft errichtet hatten, weshalb das Land dem eigentlichen Erbfeind nun
innerlich gespalten gegenüberstehe, der doch der Russe sei.
Als er das über die Russen sagte, hörte man beifälliges Murmeln, aber auch ein paar vielsagende Räusperer, denn unter
den Helsingforsern gab es Leute, die einen russischen Offizier
oder eine adlige russische Dame jederzeit einem finnischen
Kätner oder Arbeiter vorgezogen hätten. Anschließend sagte
Gustafsson, die freie Gesellschaft setze nun ihr ganzes Vertrauen in General Mannerheims Truppen im nördlich gelegenen Ostbottnien, und niemand sei so unbedeutend, dass er
oder sie nicht mit seinem Streben und seiner Tapferkeit den
Augenblick schneller näher rücken lassen könne, in dem die
Gewalttäter den gerechten Lohn für ihre Untaten erhielten und
in einem freien und friedlichen Vaterland wieder die gesetzmäßige Ordnung herrsche. Danach wurden einige Verse aus
Runebergs Epos *Fähnrich Stahl* vorgetragen und der *Marsch*

der *Björneborger* und *Unser Land* angestimmt, und damit waren die Feierlichkeiten beendet.

Eccu gewöhnte sich rasch an die tägliche Routine. Er war gerade neunzehn geworden, und die Ausschweifungen des Herbstes hatten seiner Konstitution nichts anhaben können, er war in guter Form. Die Roten hielten sich fern, und die Tage wurden für Befestigungsarbeiten und Kundschafteraufträge und andere praktische Dinge genutzt, was gut war, denn so hatte man keine Zeit zu grübeln, und wenn man nicht grübelte, wurde die Dunkelheit ferngehalten. Eccu hielt sich an seine Kommilitonen, an Henning, Lonni und die anderen, und während die Tage verstrichen, freundete er sich zudem mit einem jungen Ostbottnier an, der Bruno Skrake hieß, bei seinem Onkel in der Skeppsredaregatan in Helsingfors wohnte und angab, Geschäftsmann werden zu wollen. Zu Hause in der Georgsgatan rief Eccu nicht an, da er wusste, dass Jali sich Sorgen machte und verbittert über sein Unterfangen war; er wollte seinem alten Herren etwas Zeit lassen, sich zu beruhigen. Er lauschte auch nicht sonderlich aufmerksam den Gerüchten, denen die Telefonate der anderen jungen Männer Auftrieb gaben. Es waren Gerüchte von Tod und Vergänglichkeit; Gerüchte, die sich ein oder zwei Tage später fast immer bestätigten; zwei von ihren eigenen Leuten, Furubjelke und Holmquist, waren ermordet worden, als sie versuchten, ihre Eltern in Ekenäs zu besuchen; zwei junge Studenten, Finnilä und Ehrström, waren getötet worden, als sie versuchten, in den Norden zu gelangen, um sich der weißen Armee anzuschließen; drei Brüder Thomé und ein Doktor Rancken waren ebenfalls von den Roten ermordet worden, die wirklich überall zu wüten schienen.

So ging es eine knappe Woche weiter. Täglich trafen neue Corpsmitglieder ein, insgesamt waren sie jetzt über vierhundert und nicht mehr nur auf Sigurds, sondern auch in diversen Bauernkaten und der Volksschule von Ingels einquartiert, die einen guten halben Kilometer südöstlich des Hofs lag. Sie gingen ihren Wachaufgaben nach, wurden ausgeschickt, um Heringe und Milch von Medvästö gård zu holen, spielten Mundharmonika und Akkordeon und sangen, um sich die Zeit in Erwartung dessen, was kommen würde, zu vertreiben.

Eines Morgens rannte der Küchenjunge auf Ingels ins Verwaltungsbüro und schrie dem Befehlshaber zu, die Roten hätten das Gelände in der Nacht umzingelt, er könne ihre Köpfe aus einem Graben in der Senke unterhalb der Schule herauslugen sehen. Eine zehnköpfige Gruppe wurde durch den Hinterausgang geschickt, schlich sich auf die Posten der Roten zu und führte einen Überraschungsangriff durch. Meisterschütze Backholm aus Ekenäs nahm aus den Augenwinkeln eine schnelle Bewegung wahr, drehte den Körper und feuerte reflexartig einen Schuss ab, verfehlte jedoch sein Ziel. Im gleichen Augenblick flohen die Feinde aus dem Graben, sie trippelten und schrien, und ihre Rückzugsrufe hätten einem das Blut in den Adern gefrieren lassen, wenn es denn wirklich menschliche Krieger und keine leicht zu erschreckenden Fasane gewesen wären.

Am Sonntag, den 10. Februar, griffen die Roten ein anderes Freicorps an, das auf Svidja gård in Sjundeå stationiert war. Nach einem fünfstündigen Schusswechsel bei starkem Schneetreiben endete der Kampf. Die Roten sammelten ihre Toten in einer Scheune auf einem nahe gelegenen Feld und ließen sie dort zurück, riefen furchtbare Drohungen, sie würden mit schweren Geschützen und Zeppelinen wiederkommen und Svidja dem Erdboden gleichmachen, und zogen ab. Das Svidjacorps blieb noch ein paar Tage, beriet sich dann jedoch und beschloss, sich mit dem wesentlich größeren Sigurdscorps zu vereinen. Der Rückzug gelang, und Ende der Woche wurden die Svidjamänner in der Volksschule von Ingels einquartiert; nach ihrer Ankunft bestand das Sigurdscorps nun aus beinahe sechshundert Männern.

Die Flüchtlinge aus Svidja hatten ein Grammophon dabei, sie hatten Chöre, Märsche und Couplets laufen lassen, um für gute Stimmung zu sorgen. Sie mussten das Abspielgerät und die Schallplatten abgeben, und das Grammophon wurde oben auf Sigurds im Saal aufgestellt. Meisterschütze Backholm war von der Volksschule ins Hauptgebäude versetzt worden und verabscheute das Grammophon anfangs abgrundtief. »Macht die verdammte Blechbüchse aus«, forderte er, »bei dem Lärm kann man doch nicht schießen!« Aber Leutnant Wennerberg und die anderen Befehlshaber beharrten auf ihrer Auffassung, der Kontakt mit den schönen Künsten hebe die Kampfmoral, und ein Sanitäter wurde abgestellt, um das Grammophon zu bedienen. Gleichzeitig begannen die Roten, Sigurds zu umzingeln. Ihre Kundschafter wurden mittlerweile täglich observiert und waren verblüffend dreist, sie bewegten sich nicht selten in Schussweite. Eines Nachmittags stand Backholm als Wachtposten hinter einem Fichtenstamm ein Stück vom Haupthaus entfernt und landete einen Volltreffer in die Stirn eines Kundschafters, der aus der Richtung von Vohls gekommen war. Der Rotgardist war tot, noch ehe er zu Boden gesunken war, und gleichzeitig hörte man von ferne einen Männerchor durch das offene Saalfenster den Gesang der Athener von Sibelius singen. »Zum Teufel, da hab ich mich wohl geirrt«, meinte Backholm nach seiner Rückkehr zum Musikverantwortlichen, »leg gleich 'ne neue Platte auf, dann geh ich raus und knall noch ein paar Rote ab.«

Es war einer der Svidjamänner, ein gewisser Forselles, der in Helsingfors anrief und die Geschichte von Zviga Zweygbergks Tod hörte. Zviga wohnte unten in der Havsgatan und hatte am mondhellen Sonntagabend, den 17. Februar, beschlossen, durch die Stadt zu gehen, um bei seinem guten Freund Tschali Luther in der Professorenvilla in Fågelsången Tee zu trinken, philosophische Diskussionen zu führen und zu übernachten. Zviga war spät dran, als er Tschali anrief, um ihm mitzuteilen, dass er sich nun auf den Weg machte, es war bereits zwanzig vor neun. Tschali hatte sich Sorgen gemacht und gemeint,

Zviga solle eine Isvostjik, eine Pferdekutsche nehmen, von der Havsgatan bis nach Fågelsången schaffe man es zu Fuß nicht in zwanzig Minuten. Aber Zviga hatte nur gelacht und gesagt, er habe den ganzen Tag im Haus gehockt und gelesen und brauche frische Luft, und *so* rigoros könne diese Ausgangssperre doch nun wirklich nicht ausgelegt werden, die Menschen müssten doch noch ihr ganz normales Leben führen dürfen, obwohl die Welt in Aufruhr sei. Weder er noch Tschali erinnerten sich allerdings, dass man die Ausgangssperre in dieser Woche verschärft hatte; sie begann nunmehr um acht und nicht erst um neun. Was nach dem Telefongespräch geschah, wussten nur die Roten, wenn sie es denn wussten, aber wahrscheinlich war Zviga auf das Eis am südlichen Ende der Tölöviken hinabgegangen, ein Stück nördlich der Karamzinschen Villa, und dort einer Patrouille begegnet. Man hatte ihn am folgenden Morgen gefunden, von drei Gewehrkugeln im Rücken getroffen und mit einem Revolverschuss durch die rechte Schläfe und einem anderen ins Genick. Haapalainen, der Kriegskommissar der Roten, hatte Zvigas Eltern sein Beileid bekundet und erklärt, der Fall werde untersucht und die Protokollkopien dem Schwedischen Konsulat zugeschickt, aber auf diese Untersuchung, intern, wie sie war, gaben die aufgebrachten jungen Männer auf Sigurds keinen Pfifferling.

Eccu war am Boden zerstört. Zviga war einer seiner besten Freunde gewesen, und die ganze Woche grübelte er über die grausame Ironie des Schicksals, dass sein Kamerad sich geweigert hatte, aus Helsingfors zu fliehen, weil die Freicorps einem sicheren Untergang entgegengingen, Zviga nun jedoch tot war, während Eccu gesund und munter auf Sigurds saß. Er grübelte so viel über Zvigas Schicksal nach, dass er die eingehenden Berichte über die rote Aufrüstung kaum registrierte. Laufend wurden sie telefonisch von Waffentransporten und Truppenkonzentrationen unterrichtet; ein Panzerzug stand in Köklax und wartete; in Finns Volkshochschule in Esbo waren mehrere hundert Mann einquartiert; auf Karlö gab es zweihundert Männer, zwanzig Maschinengewehre und acht Kanonen; auf Käla gård waren hundert Rote einquartiert, und Svidja war von mindestens ebenso vielen besetzt worden, und darüber hinaus sammelten sich Verbände in Evitskog und Masaby.

Auf Sigurds herrschte ebenso fieberhafte Aktivität. Der Stab schickte Kundschafter, Strafexpeditionen und ein Einsatzkommando aus, das sowohl bei Överby als auch Gillobacka die Eisenbahnlinie sprengen sollte. Aber vor allem versuchte man Waffen zu beschaffen. Es hieß, Privatpersonen und Unternehmen in Helsingfors hätten riesige Summen bereitgestellt, und etwa zehn Kanonen und enorme Mengen von Maschinengewehren seien unterwegs, aber sie kamen niemals an. Was schließlich eintraf, war ein lächerliches Maschinengewehr und ungefähr fünfzehntausend Patronen.

Eccu erledigte seine Pflichten wie in Trance. Er sprach mit kaum jemandem, er war gelähmt von der Dunkelheit, die nach der Nachricht von Zvigas Tod erneut hochgekrochen war. Seine Angst wuchs, als zwei junge Burschen, Korkman und Hernberg, zu einer Erkundungsrunde losgeschickt und erschossen wurden. Festakte und rührselige Reden folgten, und diejenigen Corpsmitglieder, die ihre Blasinstrumente dabei hatten, bildeten ein Hornseptett und übten in Windeseile den *Marsch der Björneborger* und *Unser Land* ein. Eccu ließ sich von der Stimmung nicht anstecken. Nach Zvigas Tod hatte er nicht nur mit der Dunkelheit und dem Hass auf den Feind zu kämpfen; er litt zudem unter einer großen Leere, alles erschien ihm unwirklich, keiner auf Sigurds wusste im Grunde, was sie verteidigten und warum, hinter den hochgestochenen Worten und mächtigen Gesängen verbargen sich eine unklare Befehlskette und Dünkel und eine tiefe Kluft zwischen den westnyländischen Bauernjungen und den Helsingforsern und den wenigen Ostbottniern. Diese Kluft wurde von der Rhetorik und den Militärmärschen und den deklamierten Versen übertüncht, aber sie war da, und manchmal schoss Eccu der Gedanke durch den Kopf, dass all die flammenden Wortbeiträge über Vaterland und Volksstamm und unverzichtbare Werte nur eine panische und unreflektierte Furcht vor allem überdeckten, was fremd und anders war, und zwar sowohl in ihrem eigenen Kreis als auch draußen in der schneebedeckten und eisig kalten Landschaft, in der sie der Feind erwartete. Doch sobald dieser Gedanke auftauchte, verdrängte er ihn; er mochte Zweifel hegen, wenn er seine Schicksalskameraden beobachtete, aber das tat seinem Hass keinen Abbruch, er hasste die Roten wirklich, er hasste sie, weil sein Vater wegen ihnen arbeitslos geworden war, und er hasste sie abgrundtief, weil sie den liebenswerten und friedfertigen Zviga niedergemetzelt hatten.

Die Belagerung von Sigurds und Ingels begann am Morgen des 22. Februar bei fast fünfzehn Grad unter Null. Die Roten hatte mehr als tausend Mann und jede Menge Maschinengewehre und Kanonen zusammengezogen, und ihr Angriff erfolgte vor allem aus südöstlicher Richtung: Ingels traf es am härtesten.

Im Laufe des Freitags wurden sechsundfünfzig Kanonenschüsse auf Ingels und Sigurds abgefeuert, am Samstag fünfundsiebzig, am Sonntag bereits einhundertvier. Die Zahl der roten Maschinengewehrsalven während dieser vier Belagerungstage ließ sich nicht länger in Zahlen festhalten, und schon am zweiten Tag traf eine Garbe das Grammophon, worauf es für alle Zeit verstummte. Trotzdem starben bei der Belagerung nur etwa zehn Weiße, während die Roten eine wesentlich höhere Zahl von Gefallenen zu beklagen hatten.

Das Sigurdscorps hatte heimliche Informanten in den Telefonzentralen, und am Sonntagnachmittag erfuhr man, dass die Roten über den zähen Widerstand verblüfft und aufgebracht waren und weitere Männer und Kanonen aus Helsingfors angefordert hatten. Gleichzeitig hatten sie um Pelze, Mäntel, Wollpullover, Handschuhe und Geld für mindestens vier weitere Tage gebeten und mitgeteilt, der Angriff werde die

Nacht hindurch fortgesetzt und solle am nächsten Tag noch heftiger weitergeführt werden.

Was auch geschah. Granaten, Schrapnelle, Brandbomben und Kugelschwärme regneten ununterbrochen auf die Verteidiger herab, und im Laufe des Montags sah sich das Corps nach und nach gezwungen, sich aus den Schützengräben bei Ingels zurückzuziehen. Gegen halb acht befand sich das gesamte Corps auf Sigurds, und man sammelte sich hinter einem hohen Felsen nördlich des Hauptgebäudes. Provisorische Betten aus Wacholderreisigen waren in den Schneewehen eingerichtet worden, und es wurde Brot und Käse aus den schrumpfenden Vorräten verteilt; dies war der Ort, von dem aus der Rückzug begonnen werden sollte.

Aber nicht alle wollten fliehen, viele fanden, man solle bleiben, kämpfen und bis zum letzten Mann fallen. Ein Mann namens Tuneberg aus Helsingfors, seines Zeichens Fußballspieler beim Kronohagen IF, stand auf und hielt eine Rede, die mit den Worten endete: »Wir vom Kronohagen IF haben im letzten Frühjahr die bolschewistische Fußballmannschaft zehn zu null geschlagen, wir werden verdammt noch mal auch jetzt nicht den Schwanz einziehen und fliehen, Jungs!« Mehrere Stabsmitglieder waren anderer Ansicht und wollten das Corps auf der Stelle auflösen, jeder Einzelne sollte sich so gut es ging auf eigene Faust nach Hause durchschlagen. Weder Leutnant Wennerberg noch Baron Wrede aus Svidja waren damit einverstanden, und so wurde stattdessen beschlossen, Wennerberg solle das Corps durch die roten Linien in die Schären hinaufführen, wo man sich dann aufteilen würde.

Man sammelte den Tross – die Pferde, die Sanitäter, das Küchenpersonal, die Damen. Der Plan war, sich nach Vohls und anschließend am nördlichen Ufer des Sees Humaljärvi entlang zu bewegen, ehe man nach Süden schwenkte, aber es ging das Gerücht, dass bei Vohls sechshundert Rote standen und sich aus der Richtung von Evitskog weitere tausend näherten. Unruhe machte sich breit, sogar Fußballspieler Tuneberg wirkte unschlüssig. Aber sie hatten keine andere Wahl, als sich an ihren Plan zu halten.

Man ließ acht Reiter zurück, die das Feuer der Roten erwidern sollten, um den Feind in dem Glauben zu lassen, dass Sigurds immer noch besetzt war. Es war schneidend kalt, es war diesig, und der Mond schien, alle froren, obwohl man sich Wolldecken und andere Decken und Vorhänge und weiteres, was man gefunden hatte, umgeworfen hatte. Die Karawane war mehr als hundert Pferde lang, in jedem Schlitten saßen vier bis sechs Personen, die Mägen knurrten vor Hunger. Gegen zehn setzte sich der Zug in Bewegung, er schlängelte sich wie eine müde und kältestarre Schlange den Weg entlang. Es war eine ruhige und stille Nacht, von den Roten war nichts zu sehen, und kurz vor Vohls schwenkte der Zug Richtung Humaljärvi, der in dichten Nebel gehüllt lag. Schemenhaft und wankend glitt die Kriegsschlange auf der weichen Schneedecke des Sees voran, oberhalb des Nebelfelds leuchtete hell der Mond und wies ihnen den Weg, und von Ingels hörte man die Geräusche der roten Kanonade, die von den zurückgelassenen Reitern sporadisch erwidert wurde.

Die Roten beschossen Sigurds noch bis zwei Uhr nachmittags; zu der Zeit waren die acht Verteidiger längst ihres Wegs geritten. In der Zwischenzeit begab sich das Corps wie geplant in die Schären hinaus. Die Ingenieure kappten die Telefonleitungen, bei Jorvas ging man um Haaresbreite einer roten Erkundungspatrouille aus dem Weg, in Lillhonskas und Friggesby machte man kurze Pausen zum Essen und Ausruhen, und kurz vor Einbruch der Dunkelheit sah man den Zug die Obbnäsfjärden mit den Militärbaracken bei Stenbrottet als Ziel überqueren; einem Gerücht zufolge waren die Russen zwei Monate vorher abgezogen.

Wie das Gerücht versprochen hatte, standen die Militärgebäude leer, und das Corps schlug sein Lager auf. Die leeren Baracken waren eiskalt, und der Proviant ging zur Neige. In der Nacht scheiterte das Corps bei dem Versuch, Makilo ein-

zunehmen, denn in dem Gerücht, das sie bereits nach Stenbrottet geführt hatte, hatte es außerdem geheißen, die Seefes-
tung werde von nur vierzig versoffenen russischen Matrosen
bewacht. Wie sich zeigte, war Makilo jedoch mit schweren Geschützen bestückt und mit Verteidigern ausgestattet, die bereit
waren, für ihre Sache zu kämpfen; das Sigurdscorps musste
Hals über Kopf fliehen.

Nach dem Fiasko von Makilo machte sich rasch Missmut
breit. Bruno Skrake murrte Eccu gegenüber, sechshundert
Leute würden nicht lange von Schneekoteletts und Wasser
überleben können, und mehrere Mitglieder des Corps, unter
anderem Meisterschütze Backholm, warfen ihre Gewehre
fort und erklärten, sie beabsichtigten, auf eigene Faust zu
fliehen, obwohl sie vermutlich schon von den Roten umzingelt seien.

Am Mittwochvormittag trafen drei Männer mit einer weißen
und einer blaugelben Fahne ein; zwei waren rote Parlamentäre
und der dritte ein Repräsentant des schwedischen Konsulats
in Helsingfors. Der Schwede schlug die bedingungslose Kapitulation des Corps vor, im Gegenzug werde Schwedens chargé
d'affaires in Helsingfors darüber wachen, dass sie wie Kriegs-
gefangene behandelt wurden. Der eine der beiden Roten fügte
hinzu, dass sie in wenigen Kilometern Entfernung fünftausend
Mann und unzählige Kanonen und Maschinengewehre hatten,
es gebe keine anderen Alternativen als die Kapitulation oder
sinnloses Massensterben.

Leutnant Wennerberg, Baron Wrede und Doktor Gustafsson ritten ins Lager der Roten und setzten dort die Verhand-
lungen fort. Als sie zurückkehrten, beriet sich das Corps, woraufhin die Gewehre auf einem riesigen Haufen eingesammelt
und im Schnee liegen gelassen wurden. Die Pferde wurden zu-
sammengetrieben, und gegen sechs, als eine rote Sonne soeben
in den eisigen Weiten im Westen ertrunken war, setzte sich das
Corps in nördlicher Richtung in Bewegung. Als sie im Lager
des Feindes ankamen, war es bereits stockfinster; sie wurden

bei lüstern flackernden Feuern visitiert. Anschließend führte ihr Weg zum Bahnhof von Kyrkslätt.

Der Transport nach Helsingfors geschah mitten in der Nacht. Sie stiegen in die wartenden Eisenbahnwaggons, die von roten Wachketten umgeben waren, es war nicht eine, es waren gleich mehrere Reihen von Wachtposten, es mussten weit über tausend Rote sein, und sie blieben nicht stumm. Eccu ging zusammen mit Bruno, Lonni und Julle, er starrte geradeaus und versuchte die Beschimpfungen und Verhöhnungen nicht zu hören. *Aika möhömahoja ja monokkeli vielä*, was für Wampen und auch noch Monokel!, schrie einer, als Doktor Gustafsson und einige andere der älteren Männer vorbeigingen, *katos lahtaripoikia, mites suu nyt pannaan, nyt ei enää ollakaan niin kopeita.* Seht euch diese Schlächterjungen an, jetzt haben sie keine große Klappe mehr, jetzt seid ihr nicht mehr so mutig!, rief einer Eccu und seinen Freunden zu.

7

An einem kalten und klaren Vormittag Ende Februar kehrte
Santeri Rajala von seiner Frühschicht im Postamt am Tavastvägen heim. Vivan stand in der Kochnische und schälte ein
paar fleckige Kartoffeln, und ihre Töchter Saimi und Elvi saßen auf dem Fußboden und spielten. Santeri beachtete sie jedoch gar nicht, er trat bloß ein, seine Schritte waren schleppend, er hängte den Arbeitskittel und die Mütze an den Nagel
neben der Tür, ging zum Tisch, setzte sich auf den Rand eines
der harten Stühle, richtete den Blick auf den schneebeladenen
Ahornbaum vor dem Fenster und seufzte schwer, sagte aber
weiterhin nichts.

»Was ist los, Santtu?«, wollte Vivan wissen.

»Sie sagen, alle Arbeiter zwischen achtzehn und fünfzig
müssen zur Garde. Wer sich weigert, bekommt keinen Lohn
mehr für seine Arbeit«, sagte Santeri mit tiefen Anstrichen
von Hoffnungslosigkeit in der Stimme. »Und über mich sagen sie, dass ich sehr verdächtig bin. Mustonen oder jemand
anderes hat ihnen erzählt, was ich lese. Sie sagen, die Bhaga-
vad-Gita ist ein Schlächterbuch, eine Irrlehre, die den Arbeiter unterdrückt und mit Mütze in der Hand dastehen
lässt. Sie wussten im Übrigen auch, dass ich deutsche Bücher lese.«

Vivan sah ihn an und sagte: »Mein Gott, als hätten wir nicht
auch so schon genug Sorgen.« Sie reichte ihm einen geöffneten Brief und fuhr fort: »Der ist heute gekommen. Von Enok,

in Sibbo morden sie, dort ist es schlimmer als hier, er wird Allu zurückschicken müssen.«

Enok war verzweifelt, konnte aber nichts tun. Die internen Pässe hatten ein weiteres Verwendungsfeld bekommen; die Angehörigen der Weißen mussten sie vorzeigen, wenn sie die Leichen auf dem Richtplatz am großen Sumpf abholten.

Die Zahl der Erschossenen belief sich auf fast zwanzig, und zwei der Toten waren Berndt Staudinger und Hofverwalter Kairenius. Sie waren nicht am großen Sumpf gestorben, sondern auf Björknäs, und zwar, nachdem man Enok seiner Verantwortung für das Lebensmittelkomitee und seine Gruppe entledigt hatte. Krogell hatte das Komitee übernommen, und Marjamäki war die Verantwortung für die Hausdurchsuchungen übertragen worden. Nachdem sie erfahren hatten, dass die Lilliehjelmschen Töchter den Hof verlassen hatten und nach Helsingfors gereist waren, hatten Marjamäki, Johansson und Antti Helander dem Gutshof Björknäs einen neuerlichen Besuch abgestattet. Staudinger war aus nächster Nähe durch einen Kopfschuss getötet worden, und Kairenius war von drei Schüssen in den Rücken getroffen worden, als er aufs Eis hinaus zu fliehen versuchte.

An einem Dienstag Mitte März ging Enok zum Schmied Hindström, dem örtlichen Milizchef, der für das Ausstellen von Pässen verantwortlich war.

»Ich brauch zwei«, sagte er, »einen für mich und einen für den Jungen.«

»Und wozu brauchst du die, wenn man fragen darf?«, erkundigte sich Hindström.

»Ich bring ihn zu seiner Mutter zurück. Wir nehmen morgen den Zug von Nickby, Donnerstag bin ich wieder da. So wie Helander, Bergqvist und Marjamäki hier fuhrwerken, is das kein Ort für Allu.«

Hindström warf einen besorgten Blick über die Schulter und senkte die Stimme, als er antwortete.

»Du kriegst deine Pässe, Enok. Aber überleg dir ein bisschen, was du sagst und wo du es sagst, hier gibts viele, die haben auch so schon miese Laune.«

Ivar Grandell saß in seinem Zimmer am Esstisch und starrte auf den leeren und dunklen Hinterhof hinaus. Vom Wintermonat Februar blieben nicht mehr als vierundzwanzig Stunden, und der Mittwoch war sonnig gewesen und hatte einem Hoffnung gemacht. Trotzdem war es draußen immer noch kalt, und, so dachte er, kalt war es auch in den Herzen der Menschen. Ivar hatte nur wenig Brennholz, in seinem Zimmer waren es kaum mehr als dreizehn Grad, er erhitzte Wasser in einem Topf, und die blaue Gasflamme des Herds erhellte die dunkle Kochnische, er saß in eine Decke gehüllt, hatte eine Dose Pescado de Benidorm geöffnet und aß ölige Sardinen auf Knäckebrot, Butter hatte er schon lange keine mehr, er kochte sich eine Tasse Tee, aber der ungezuckerte Tee schmeckte bitter, er zog eine Grimasse und zwang sich, den Blick in das Wachstuchheft zu richten, hob den Stift und schrieb:

Bald März, Monat des Kriegs, einer von ihnen. Das Licht bereits stark wachsend. Doch all das andere in uns, all das, was Nicht-Licht ist.

Eccu Widing und die anderen Gefangenen aus Sigurds und
Svidja trafen in zwei gut bewachten Zügen in der Nacht zum
28. Februar in Helsingfors ein. Vom Bahnhof aus gingen sie
in geordneten Reihen in Richtung Kronohagen. Die Stadt lag
dunkel und leer; sie waren von Hunderten grimmiger Wachen
umgeben, an der Spitze des Menschenzugs fuhr ein Panzerwa-
gen und am hinteren Ende ein weiterer.

Sie wurden zum Schwedischen Reallyzeum in der Elisabetsgatan geführt. In der ersten Nacht mussten sie alle oben in
der Turnhalle liegen. Sie bekamen nichts zu trinken und kein
Essen, und als sie sich befehlsgemäß auf die dünnen Matratzen und schmutzigen Flickenteppichfetzen legten, die von den
Roten ausgelegt worden waren, gab es keinen leeren Fleck
mehr in der Halle; ohne es zu ahnen, lagen sie fast so dicht gedrängt wie Ivar Grandells Sardinen aus Benidorm.

Als sie um neun geweckt wurden, war die Luft stickig und
süßsauer von der Atemluft und den Körperausdünstungen der
fast sechshundert Männer. Sie bekamen immer noch nichts
zu essen oder zu trinken; stattdessen betrat Halonen, der Gefangenenkommissar der Roten, in Begleitung eines Schweden,
der sich als Hauptmann von Ekström vorstellte, die Turnhalle.
Halonen wies sie an, sich in Einheiten aufzuteilen, eine große
Gruppe von dreihundert Männern und zehn kleinere Gruppen
von etwa dreißig. Anschließend sollten sie Stubenälteste aus-
wählen, und jeder Stubenälteste sollte die Namen seiner Män-

ner in einer Liste notieren und diese Liste den Roten übergeben. Die große Gruppe musste in der Turnhalle bleiben, während die kleineren in den Klassenzimmern wohnen würden. Erst wenn die Einteilung vorgenommen war, würden sie in geordneten Gruppen über den Hof zu den Toiletten gehen dürfen.

Als seine Gruppe durch den unteren Korridor auf dem Weg zur Ausgangstür war, begriff Eccu, dass die Männer aus Sigurds und Svidja nicht die einzigen weißen Gefangenen im Lyzeum waren. Als er an einem Klassenzimmer vorbeikam, dessen Tür weit offen stand, sah er darin eine Hand voll Männer am Lehrerpult stehen und rauchen, während sie sich leise unterhielten und neugierige Blicke auf die weißen Gefangenen warfen, die im Korridor vorübermarschierten.

Einer dieser rauchenden Männer war Cedi Lilliehjelm, ein Cedi, der magerer zu sein schien als früher und mehrere Tage alte Wangen- und Kinnstoppeln hatte, die dabei waren, sich in einen richtigen Bart zu verwandeln. Auch sein Blick war anders, er war kalt und durchdringend, und zunächst hatte es den Anschein, als würde er durch Eccu hindurchstarren, ohne ihn zu sehen. Erst nach einigen Sekunden kam Leben in Cedis Augen, als er den Freund erkannte, worauf er Eccu grüßte, indem er militärisch die Hand an die Schläfe hob, während sein Gesicht gleichzeitig zu einem Lächeln aufriss, das angestrengt wirkte, so als wäre es Cedis erstes Lächeln seit sehr langer Zeit.

Eccu gehörte zu den dreihundert, die in der Turnhalle blieben, aber es gelang ihm trotzdem schon am ersten Abend, Kontakt zu Cedi aufzunehmen. Zwischen sechs und neun war Essensausgabe, sie aßen in Gruppen von fünfzig Mann an einem langen Tisch im unteren Korridor, wo die Roten die Fenster übermalt hatten, um Einblicke von außen zu verhindern. Cedi und die anderen Fremden wurden zufällig zur gleichen Zeit zum Essen gerufen wie Eccus Gruppe. Eccu sah, wie eine der roten Köchinnen Cedis Zinnteller mit Kohlsuppe füllte und sein Freund ein bereits abgebrochenes Brotstück nahm und in die Suppe fallen ließ. Anschließend nahm er sein Milchglas, kam zu der langen Tafel, nickte Bruno Skrake kurz zu, bat ihn, ein wenig zu rücken, ließ sich auf dem leeren Platz nieder, als Bruno der Aufforderung nachkam, und fragte dann:

»Du hast das von Zviga gehört?«

»Ja, verdammt«, sagte Eccu, »es ist zum Kotzen.«

»Den Mann meiner Tante haben sie auch erschossen. Und Kairenius, ihn haben sie von hinten erwischt«, murmelte Cedi zwischen zusammengebissenen Zähnen. »Sie werden dafür bezahlen, das wird sie teuer zu stehen kommen.«

»Wo bist du gewesen?«, erkundigte sich Eccu. »Ich meine, wie bist du hier gelandet?«

»Sibbo-Schutzcorps«, erwiderte Cedi. »Obwohl mehr als die Hälfte von uns Helsingforser waren. Wir bekamen unsere Befehle von Silfverhjelm auf Gut Sannäs. Wir hatten auch einen richtigen, in Deutschland ausgebildeten Jäger bei uns, er hieß Petrelius, und wir nannten uns das Grüne Bataillon. Aber es ging trotzdem in die Binsen. Wir haben in Kervo und Mårtensby gekämpft, aber die Roten waren in der Überzahl.«

Cedi verstummte, löffelte Suppe, sah Eccu forschend an und fragte: »Und du, warst du auf Svidja oder auf Sigurds?«

»Ich war die ganze Zeit auf Sigurds«, antwortete Eccu. »Wir haben es bis Obbnäs geschafft, aber da mussten wir aufgeben, zehntausend Mann waren hinter uns her.«

»Das ist es ja eben«, murrte Cedi, »sie sind immer so verdammt viele. Wir haben in Borgå einen Neuanfang versucht, aber auch da waren die Roten in der Überzahl. Dann haben wir uns nach Pellinge zurückgezogen, und dort sind wir richtig mit ihnen zusammengekracht, zwölf Stunden ging es, und Riku Schybergson und Pelle Juslin sind gefallen. Dann war es vorbei, wir haben das Bataillon aufgelöst, und jeder Einzelne musste versuchen, auf eigene Faust nach Hause zu kommen. Gestern habe ich gehört, dass sie Petrelius erwischt und an Ort und Stelle füsiliert haben.«

»Und wo haben sie dich erwischt?«, fragte Eccu.

»Auf dem Bahnhof von Borgå«, sagte Cedi. »Ich hatte vor, in Kervo auszusteigen und von da aus nach Björknäs zu gehen und mich dort zu verstecken. Aber es kam eine Patrouille, und ich konnte mich natürlich nicht ausweisen.« Er verstummte und starrte verbissen in seinen Suppenteller, Eccu sah, dass seine Wangenmuskeln zuckten.

»Es ist eine verdammte Schande, hier zu hocken!«, fauchte Cedi plötzlich mit Verzweiflung in der Stimme. »Man ist nutzlos wie ein verdammtes Waschweib!«

Bruno Skrake wandte den Kopf, sah Cedi an und sagte ruhig in seinem schwer verständlichen Dialekt: »Es hat keinen Sinn, seine Zeit mit Jammern zu verschwenden. Spar dir deine Kräfte für den Moment auf, in dem du sie wirklich brauchst.«

Cedi betrachtete seinen Tischnachbarn verblüfft, wandte sich dann an Eccu und fragte: »Was zum Teufel sagt dieser Bursche? Kennst du ihn?«

»Sicher«, sagte Eccu. »Das ist Bruno aus dem Sigurdscorps, und er ist ein feiner Kerl, obwohl er ein bisschen komisch spricht.«

Auch diesmal spielte sich binnen kürzester Zeit eine tägliche Routine ein. Eccu und die anderen Corpsmitglieder mussten zugeben, dass sie korrekt behandelt wurden; sie lobten die schwedischen Bewacher und insbesondere Hauptmann von Ekström dafür und sagten einander, dass die Roten es nicht wagten, sie anders zu behandeln, solange die Schweden ihnen auf die Finger sahen.

Schon am zweiten Tag wurden die Teppichstücke durch richtige Matratzen ersetzt, und man erhielt Laken und Decken, die zwar fleckig und fadenscheinig waren, aber ihren Zweck erfüllten. Zweimal am Tag wurde Essen ausgegeben, am Vormittag und gegen sechs Uhr nachmittags. Sie bekamen Hafergrütze oder Kartoffeln mit Hering und Sauce zum Frühstück, und als Abendessen wurde Erbsensuppe oder Kohlsuppe mit

Fleischstreifen serviert. In den ersten Wochen war es den Stadt-
bewohnern noch erlaubt, ihnen mit vorgekochtem Essen beizustehen, und manchmal trafen Kessel und Schüsseln von weißen Müttern ein, die sich zusammengeschlossen hatten. Dann
konnte es auch mal Ragout für alle geben; die roten Wachposten wollten natürlich mit von der Partie sein und teilen. Gegen drei Uhr nachmittags bekamen die Gefangenen außerdem
Kaffee mit belegten Broten, und am späten Abend wurde kochend heißes Wasser auf die Räume geholt, damit sie Tee oder
Kakao trinken konnten.

Die Briefzensur erfolgte nach dem Zufallsprinzip, und zu
Anfang waren die Kontrollen anderer Postsendungen ebenso
nachlässig. Pakete von Spenderinnen und Spendern in der
Stadt strömten herein, sobald die Menschen in den Stadtteilen Kronohagen und Ulrikasborg und in den Häuserblocks um
Skillnaden und den Boulevard erfuhren, dass ihre Helden im
Reallyzeum gefangen saßen. Die Akademische Buchhandlung
ließ ihnen zweihundert 25-Penni-Bücher zukommen, und Eccu
und seine Freunde hatten bei der Verlosung Glück; er selbst er-
gatterte Jack Londons »Das Wort der Männer«, Bruno Skrake
lag auf seinem Bett in der Turnhalle und las einen Abenteuer-
roman des Schweden Frank Heller erst einmal und dann ein
zweites Mal, Cedi Lilliehjelm versuchte sich auf Rudyard Kip-
lings Erzählungen zu konzentrieren, während Henning Lund
Edgar Allan Poes »Der Doppelmord in der Rue Morgue« auf
Deutsch las. Wer ohne Buch geblieben war, las akribisch die
Zeitungen *Arbetet* und *Tuömies* und versuchte hinter den sie-
gessicheren Kriegsnachrichten der roten Blätter aus Tavastland
und von der karelischen Front die Wahrheit herauszufiltern.
Viele lagen da und lasen Briefe, die angenehm nach Lavendel
und feinen Seifen dufteten; die gutsituierten jungen Damen
der Stadt schrieben solchen Corpsmitgliedern, die sie kannten
und denen sie zugetan waren, und viele dieser Frauen fügten
Konfirmationsschmuck oder abgeschnittene Haarlocken als
Zeichen ihrer Liebe und Treue bei. Ein gewisses Fräulein Mar-

kelius, wohnhaft in der Fredriksgatan und seit zwei Monaten mit dem Svidjamann Forselles verlobt, schickte sogar einige kurze dunkle Haare und schrieb ihrem Zukünftigen, sie seien »ein Gruß aus dem Aller, Allergeheimsten«.

Mit der Zeit machten sich trotz allem Lethargie und Missmut breit. Die meisten Gefangenen waren blutjunge Männer mit großem Appetit auf Arbeit und Vergnügungen, und im Lyzeum glich ein Tag dem anderen; die Roten hatten Kartenspielen und Musizieren untersagt, und viele der Gefangenen lagen herum, lasen zerstreut und rauchten von morgens bis abends Zigaretten oder Pfeife. Und dann wurde es zu allem Überfluss Frühling, es wurde Frühling in Helsingfors, doch dieser Frühling wurde ihnen verweigert! Die Abende vor den hohen und schön gewölbten Fenstern wurden von Tag zu Tag länger und heller, die Absätze der vorbeikommenden Frauen klackerten immer auffordernder auf dem Bürgersteig der Elisabetsgatan, die Räder der Karren donnerten immer lauter über das Kopfsteinpflaster, die kleinen Vögel lärmten und jubilierten auf dem Hinterhof, und jeden Morgen fand das Morgenlicht etwas früher als am Vortag den Weg in die Halle und erinnerte die Gefangenen daran, wie ohnmächtig sie waren und dass ihr Schicksal nicht in ihren Händen lag, sondern in denen anderer; die Gläubigen wisperten von Vorsehung, während die pragmatischer Veranlagten meinten, die Deutschen würden sicher bald kommen, um sie zu retten.

Das Interesse der ersten Tage an Geräteturnen und gymnastischen Übungen schwand. Die Sprossenwände, der Barren, das Pferd, der Kasten; sie alle bogen sich nun unter der Last aus Paletots, Pelzen, Hosen, Hemden und übelriechenden Strümpfen. Der Tabakkonsum stieg und stieg, viele qualmten geradezu manisch, und schon bald nahm die Pafferei solche Dimensionen an, dass sogar die Luft der hohen Turnhalle blaugetönt und giftig und so dick wurde, dass man sie mit einem Messer hätte schneiden können. Ein Bahnhofsvorsteher aus Hangö mit einer schwachen Lunge bekam Atemnot, und am Ende erkannten die Ärzte des Corps', dass etwas getan werden musste; ein internes Rauchverbot wurde zwischen neun Uhr abends und acht Uhr morgens eingeführt, nur die roten Wachposten fuhren fort, rund um die Uhr zu paffen.

Alles sollte in Gruppen gemacht werden, bei jeder einfachen Verrichtung entstanden endlose Schlangen. Man stand Schlange vor den Toiletten, den Duschen, dem Abendessen und der ärztlichen Sprechstunde, und es waren diese Schlangen, in denen zahlreiche Corpsmitglieder gewahr wurden, dass sie einander nicht unbedingt gern hatten, obwohl sie im Krieg auf der gleichen Seite standen. Es kam zu internen Schlägereien, unter anderem gerieten sich eines Vormittags Mitte März Cedi Lilliehjelm und ein Mann aus Karis namens Lindgren in der Schlange vor den Duschen in die Haare, und fünf Männer waren nötig, um die Streithähne wieder zu trennen. Eccu Widing hatte die Schlägerei nicht gesehen, aber man erzählte sich, Cedi habe Lindgren gefragt, ob er seine Jungfräulichkeit im Kuhstall oder im Schafkoben verloren habe.

Auch die Roten verschärften den Ton. Jeden Tag wurde eine Handvoll Gefangener zur Vernehmung zum revolutionären Untersuchungsrichter gerufen, der im Büro des Rektors Hof hielt. Man wollte ermitteln, welche Corpsmitglieder irregeführt und welche eingefleischte Konterrevolutionäre waren, die den rechtmäßigen Kampf der Arbeiter unterminierten; aber in der Praxis arteten die Vernehmungen unweigerlich zu einem sinnlosen Gezänk aus, das nur zu überlangen Vernehmungsprotokollen führte, sonst nichts; solange Hauptmann von Ekström und die anderen Konsulatsbeamten ihnen in solch kurzen Abständen Besuche abstatteten, wie sie es taten, konnten die Roten keine allzu strengen Strafen verhängen, und vor allem konnten sie weder Cedi noch Julle noch irgendeinem anderen aufmüpfigen Jüngling als abschreckendes Beispiel für die anderen eine Kugel in den Kopf jagen. Das wussten die weißen Gefangenen, und manche von ihnen benahmen sich ihren roten

Richtern gegenüber ebenso verächtlich und arrogant, wie sie es vor dem Krieg getan hatten, als die meisten der jetzigen roten Beamten Arbeiter gewesen waren, die vor ihren Herren dienern und buckeln und mit den Füßen scharren mussten.

Aber das Lachen blieb ihnen im Hals stecken, als die Roten den freien Warenfluss beschränkten. Mitte März teilte Gefangenenkommissar Halonen mit, private Essenslieferungen würden fortan beschlagnahmt und nach den edlen sozialistischen Prizipien von Vermögen respektive Bedürfnis unter sämtlichen Internierten verteilt werden. Nur kleine Mengen Kaffee, Tee, Honig und Tabak sollten von dieser Regel ausgenommen bleiben und zu den ungerechten und veralteten Bedingungen des privaten Besitzrechts durchgehen dürfen. Die Gefangenen schnaubten wütend über Halonens Dekret, man sagte untereinander, es sei nur ein Vorwand, damit die Roten die Essenspakete öffnen und ihre eigenen hungrigen Bäuche füllen konnten.

Die Corpsmitglieder wurden nun in zwei Hauptgruppen aufgespalten. Die eine Gruppe unterschrieb eine Erklärung, laut der man nie wieder an einer bewaffneten Aktion gegen die Arbeiterklasse teilnehmen würde, man unterhielt sich höflich mit den Wachen und wies die aufsässigeren Corpsmitglieder darauf hin, dass sie trotz allem Gefangene waren und folglich keine Bedienung wie in einem mehrsternigen Hotel erwarten konnten. Die versöhnlich gesinnten Gefangenen hatten auch die nötige Geduld, um zu studieren; sie schrieben Briefe an Verwandte und Freunde und baten sie, ihnen Lehrbücher zu beschaffen, und als sie die Bücher bekommen hatten, lasen sie an einem der wenigen Pulte in der Turnhalle oder an den Lehrerpulten in den kleineren Räumen. Henning Lund war ein solcher Gefangener, Onkel Vidar war es gelungen, ihm einige der prüfungsrelevanten Bücher der Technischen Hochschule zu besorgen, und seither paukte Henning fleißig.

Zur zweiten Hauptgruppe gehörten all jene, die sich nicht

mit dieser Schmach abfinden mochten, und ihr prominentester Vertreter war Cedi Lilliehjelm. Er hatte ein hitziges Temperament, und die Gefangenschaft lockte seine schlechtesten Eigenschaften hervor. Er regte sich über alles auf, über das Essen und die Verhältnisse und über seine Mitgefangenen und die Roten, und hielt mit seiner Unzufriedenheit nicht hinter dem Berg; er beschwerte sich mal über das eine, mal über das andere, manchmal beschwerte er sich beim Stubenältesten, manchmal suchte er aber auch die direkte Konfrontation mit den Wachen. Eines Nachmittags, als Eccu und er rauchten, sagte Cedi mit leiser Stimme und völlig ausdruckslosem Gesicht, er wolle fliehen, in einer der nächsten Nächte wolle er einen der Wachposten überwältigen, dessen Gewehr stehlen, ein paar andere niederschießen und sich aus dem Staub machen. Als Eccu ihn fragte, welche Folgen eine solche Tat seiner Meinung nach für die anderen Gefangenen haben würde, zuckte Cedi nur mit den Schultern und sagte nichts mehr.

Eccu gehörte einer dritten Kategorie an. Oder vielmehr: Er bildete eine ganz eigene Kategorie. Er studierte nicht und machte auch keinen Ärger. Ein Tag folgte auf den anderen, und Eccu lag auf seinem Bett, schloss die Augen und sah Bilder. Jetzt war da nicht mehr nur Atti, natürlich sah er weiterhin auch sie, Jali und Nita, aber nicht *nur* sie, denn nun sah er auch die Bilder von Zviga, wie er an jenem letzten Montagmorgen ausgesehen hatte, als sie am Meerhafen entlang zur alten Badeanstalt unterhalb der Brunnsparkswälle spaziert waren. Er sah Zvigas zunächst erstaunte und dann missbilligende Miene vor sich, als Eccu ihm vorschlug, sie sollten Helsingfors auf Skiern verlassen und Teil des bewaffneten Widerstands gegen die Roten werden, und er entsann sich der Gewissheit, die in Zvigas Gesicht geschrieben stand, dass Eccu dabei war, etwas Gefährliches und Dummes zu tun. Eccu lag auf seiner dünnen Matratze, die Stunden schleppten sich dahin, und das Licht, das durch die hohen Fenster hereinsickerte, wurde erst nachmittäglich satt und anschließend abendlich wehmütig,

und während er dort lag, erinnerte er sich an die windigen
Wochen auf Björknäs im Sommer zuvor, er dachte an die schönen Schwestern Lilliehjelm und daran, dass er sich für alle
Zeit vor Lucie unmöglich gemacht hatte, und er dachte daran,
dass er da draußen die Einsamkeit gesucht hatte, als er Cedi,
Zviga und Julle gelegentlich allein aufs Meer hinausfahren
ließ, während er selber auf Björknäs geblieben war, sich einen
Gartenstuhl genommen hatte und zu seiner Lieblingsstelle gegangen war, einer nach Westen gewandten Klippe, wo Heide-
kraut und buttergelbe Fetthenne in den Felsspalten wuchsen.
Dort hatte er auf seinem Stuhl gesessen und dem Wind gelauscht, der über die Klippe strich, und auf seiner Netzhaut
waren Bilder von Atti und ihrem Leiden gewesen, er hatte sich
an ihr verschlossenes Gesicht erinnert; es war ein Gesicht,
in dem *Verweigerung* geschrieben stand, es war das Gesicht
eines begabten Menschen, der einsehen musste, dass nichts
so gekommen war, wie er es gewollt hatte, es war das Gesicht eines Menschen, der das Leben und all die verlorenen
Möglichkeiten, die es enthielt, verabscheute und deshalb sich
und andere bestrafte, bis schließlich der Tod kam und ihn befreite. Und jetzt, fast ein Jahr später, war dieses Gesicht, diese
Totenmaske, immer noch in ihm, und in ihm war auch das Bild
von Jali und seiner Hilflosigkeit und seiner Verlegenheit während ihrer letzten Zeit. Nachdem Hausarzt Elfving die Diagnose
gestellt hatte, war alles so schnell gegangen, es kam ihm so vor,
als wäre keiner von ihnen wirklich dazugekommen, sich von
Atti zu verabschieden. Doch das hatte sich keiner von ihnen
eingestehen wollen, am allerwenigsten Jali; er hatte sich allem
entzogen, er war aus dem Haus geflohen, zu seinen Rendez-
vous mit anderen Frauen, die Stadtgespräch waren. Abgesehen von diesen letzten Wochen, in denen er auf der äußersten
Kante des harten Stuhls an Attis Bett im Eira-Krankenhaus
gesessen und zugesehen hatte, wie sie klein wurde wie ein
Vogel und ab und zu aus ihrem Dämmer erwachte, er hatte
ihr Wasser angeboten, aber sie hatte abgelehnt und stattdes-

sen einen zitternden, schon krallenhaften Finger zum Gesicht geführt und sich an Nase oder Wange gekratzt; sie litt an Juckreiz. »Aber Liebes, du musst doch etwas trinken«, hatte Jali gesagt, und daraufhin hatte er ihr seine Hand in den Rücken gelegt und ihr geholfen, sich aufzusetzen, damit sie das Wasser schlucken konnte. Manchmal hatte Atti geschlafen, und dann hatte Jali mit ihr gesprochen und war so in seine Erinnerungen versunken gewesen, dass er nicht merkte, wenn Eccu und Nita im Türrahmen standen und lauschten. Er hatte zu seiner schlafenden Frau gesprochen, ohne eine andere Antwort als ihre keuchenden Atemzüge zu bekommen, er hatte dumme und sinnlose Fragen gestellt: »Wir haben doch auch schöne Zeiten gehabt, all die Reisen, Paris und Berlin und Wien, haben wir nicht wirklich schöne Reisen zusammen gemacht?« Oder: »Denk mal an all die Abendgesellschaften, denk an all die Winterbälle und Krebsessen mit Gylfes und Zweygbergks und Schildts und den anderen, weißt du noch, wie du zum Kaffee immer Klavier gespielt hast?« Es lag ein flehender Ton in seinen Fragen, der verriet, dass Jali wusste, er hatte versagt, dass er wusste, erst hatte er Atti ihre Freiheit geraubt, und anschließend hatte er ihr seine Liebe verwehrt, und Eccu schauderte, wenn er sich an die Furcht und Reue in der Stimme seines Vaters erinnerte, genau wie er innerlich fror, wenn er sich der neugierigen und sehnsuchtsvollen Fragen entsann, die Atti in ihren letzten Lebensjahren den zahlreichen Nichten gestellt hatte: »Was hast du für Pläne, liebe Freundin?« »Du studierst doch sicher etwas?« »Was willst du werden?«

Die Bilder, die Eccu verfolgten und seinen Tag beherrschten, hinderten ihn gleichzeitig daran, der Gefangenschaft allzu großes Gewicht beizumessen. Die Demütigungen, denen sich die Gefangenen ausgeliefert sahen, belasteten ihn nicht weiter, da er sich nicht in der Gegenwart befand; er grübelte darüber nach, was geschehen war, stellte sich gleichzeitig jedoch bereits auf das Kommende und die Aufgabe ein, die

166

seelischen Wunden zu heilen, deren Existenz ihm bewusst war.

Cedi verfügte dagegen über keinerlei Schutzmechanismen gegen die Gefangenschaft und die Unannehmlichkeiten, die sie mit sich brachte. Cedi verachtete sich, weil er sich hatte entwaffnen lassen und nun von Menschen festgehalten wurde, die in seinen Augen kaum würdig waren, die Latrine auf Björknäs zu leeren. Zu seinem verletzten Stolz gesellten sich die Gedanken an Zviga und an den ebenfalls getöteten Berndt Staudinger (den Cedi zwar im Grunde verabscheut hatte, aber das war jetzt alles vergessen), und daraus entstand ein schwarzes Gefühlsgebräu, ein Hass, der sich immer tiefer in ihn hineinfraß und nicht nur von Eccu und den anderen Mitgefangenen registriert wurde, sondern auch vom roten Wachpersonal.

Eines Nachmittags schilderte Cedi Eccu, wie sein Vater Rurik Angst vor dem neuen Hausmädchen der Familie bekommen hatte; dazu war es Ende Januar gekommen, nur wenige Tage vor Ausbruch des Aufstands. »Er hatte Angst vor Vieno«, sagte Cedi aufgebracht, »kannst du dir das vorstellen, mein Vater hatte Angst vor unserem verdammten Dienstmädchen, vor einem kleinen finnischen Luder irgendwo aus Saarijärvi oder Hollola! Vieno ging an ihren freien Abenden mit einem Rotgardisten aus und war uns gegenüber schnippisch und frech geworden, sie gab sich schon noch höflich, aber da war die ganze Zeit so ein unverfrorener Ausdruck in ihren Augen. Und eines Nachmittags, als ich von der Universität nach Hause kam, begriff ich es, ich sah Vater ängstlich zu ihr hinüberschielen und verstand, dass er höllische Angst hatte, sie könnte uns die Garde auf den Hals hetzen, sobald der Krieg ausbrach. Er gab keine Anweisungen mehr, dass Sachen gemacht werden sollten, sondern bettelte Vieno beinahe an, die Arbeit zu verrichten, für die sie doch bezahlt wurde… *Voisiko Vieni-neiti kenties*, wäre es Fräulein Vieno unter Umständen möglich… er kroch vor ihr! Verdammt! Verdammt, sage ich!«

Eccu wusste, wie überheblich Familie Lilliehjelm werden

konnte, wenn sie ihre gesellschaftliche Stellung demonstrieren wollte. Das galt für Cedi genauso wie für Rurik und Siggan, und es hatte auch für Mutter Marie gegolten, bis sie die Familie verließ. Nur Lucie war anders; die jüngere Schwester konnte auch kurz angebunden werden, aber in ihrem Fall ging es dabei nicht um Herkunft oder Geld, sondern um einen Stachel, der in ihrem Inneren verborgen lag. Auf einmal empfand er Sympathie für Vieno, Cedis Hass war in seinen Augen überdimensioniert; es ging doch nur um eine Bedienstete, die ihre Chance ergriffen und sich für jahrelang unfreundlich erteilte Anweisungen revanchiert hatte. Er dachte, dass er Cedi zur Vernunft bringen, den Freund bitten musste, sich in Selbstbeherrschung zu üben, damit er nicht unnötig Streit mit Wachen und Mitgefangenen anzettelte. Gleichzeitig verspürte er jedoch einen starken inneren Widerstand, im Grunde wollte er nur schweigen, und er erkannte, dass er sich vor Cedi fürchtete. Vielleicht war es sogar noch schlimmer, vielleicht hatte er schon seit langer Zeit Angst vor Cedi gehabt. War er nicht immer schon, während ihrer ganzen Kindheit und Jugend, zurückgewichen, sobald er sich mit den harten und hitzigen Seiten seines Freundes konfrontiert gesehen hatte? *Mit dem Bösen.* Er kostete die Worte. Konnte man so etwas über einen seiner engsten Freunde sagen, dass es Bösartigkeit in ihm gab? Und was ließ sich über eine Freundschaft sagen, die sich auf ein solches Fundament gründete, darauf, dass der eine die Macht und die Kraft besaß, während der andere immer nur ängstlich war und auswich, konnte eine solche Freundschaft überhaupt etwas Wertvolles und Schönes in sich bergen?

Eccu sagte nichts an diesem Nachmittag. Er ließ das Thema einfach auf sich beruhen, drückte seine Zigarette aus, nickte Cedi zu, kehrte in die Turnhalle zurück und griff wieder zu »Der Doppelmord in der Rue Morgue« – er und Henning Lund hatten die Bücher getauscht.

Cedi dagegen war kein Mensch, der seine fixen Ideen einfach fallen ließ. Am nächsten Tag war es mal wieder so weit; dies-

mal beklagte er sich lauthals darüber, dass seine Nachmittags-
brote nicht belegt waren und der Kaffee täglich dünner wurde.
Die Wachen, die am nächsten standen, eine schöne, aber pockennarbige junge Frau und ein junger Mann mit Haaren wie
Stroh, erwiderten, in Helsingfors herrsche Lebensmittelknappheit, und alle, auch sie selbst, müssten jetzt ohne Belag auf
ihren Broten auskommen. Und, ergänzte die pockennarbige
Frau kurz, es würden noch schlimmere Dinge passieren, falls
die Oberschicht und die reichen Gutsbesitzer nicht bald anfingen, mit den siegreichen Arbeitern zusammenzuarbeiten. Cedi
führte die Diskussion nicht weiter, sondern nahm seine Brote
und seine Kaffeetasse und verschwand in den Biologieraum
hinauf, in dem er sein Nachtlager hatte. Doch zum Abendessen erschien er mit Gefangenenkommissar Halonens letzter
Bekanntmachung in der Tasche, er breitete sie auf dem Tisch
aus und erging sich in einer langen Litanei darüber, wie un-
erträglich es doch sei, von Menschen gedemütigt zu werden,
die kaum lesen und schreiben konnten. »Das dunkel Gedachte
ist das dunkel Gesagte!«, rief er. »Seht!« Er ließ seinen Finger
über die maschinengeschriebenen Zeilen laufen, er zitierte die
sprachlichen Malheurs in der schwedischen Sprachform der
Bekanntmachung, lachte höhnisch über sie und schenkte den
roten Wachen keine Beachtung, die ein Stück entfernt standen
und sich leise unterhielten, wobei sie Cedi hasserfüllte Blicke
zuwarfen. Als Cedi seine Lektüre beendet hatte, schob er das
Blatt Eccu über den Tisch zu. In der Bekanntmachung stand:

*Da sich gezeigt hat, dass die Nechsten der Gefangenen und die
bürgerliche Allgemeinheit die Gefangenen mit Marmeladen,
Schukulade, Bongbongs usw. versehen wollte, was die arbeitende Allgemeinheit nicht einmal im normal Fall erhalten hat
können. Jetzt herrschender Zucker Mangel erlaubt eine solche
Verschwendung nicht. Sehe mich hierfür gezwungen, die Süßigkeiten der Gefangenen zu verbieten und sie zugunsten des
arbeitenden Volks zu requirieren. Wer dieses Verbot umgeht,*

macht sich einer Strafe schuldig. Helsingfors, den 18. März 1918. A. Halonen, Komisar der Kriegsgefangenen.

Unter den roten Wachen gab es zwei, die später allen in Erinnerung bleiben sollten. Der eine Wachposten war ein ruhiger Mann um die Vierzig, der sich erst Ende März zur Wachmannschaft gesellte. Die anderen Wachen nannten ihn Santtu, doch die Gefangenen gaben ihm den Spitznamen *Der Theosoph*; er benahm sich freundlich und würdevoll, sprach gerne Schwedisch und unterhielt sich mit Eccu und Henning und einigen anderen darüber hinaus in einem zwar etwas altmodischen, aber ansonsten flüssigen Deutsch. Es stellte sich rasch heraus, dass er zutiefst religiös war und sich darüber hinaus hervorragend in morgenländischen Lebenslehren auskannte, und er kam noch dazu, Eccu und Henning zu erzählen, dass er eigentlich Postsortierer und Pazifist war; dann wurden seine Wachkollegen misstrauisch und erwirkten, dass ihm verboten wurde, mit den Gefangenen in fremden Sprachen zu sprechen. Zu diesem Zeitpunkt hatte die Führungsebene bereits entschieden, dass der Theosoph ein Sicherheitsrisiko war, vielleicht sogar ein Spion, und eines Morgens erhielt er den Befehl, schnellstmöglich als Fußsoldat zum roten Machtzentrum Tammerfors zu reisen, wo eine weiße Invasion bevorstand, General Mannerheims weiße Truppen standen vor den Toren der Stadt. Am gleichen Nachmittag hörte man einen Schuss aus einem Lagerraum im vierten Stock, und kurz darauf sahen Eccu und Henning, dass der Theosoph von drei anderen Wachen auf den Hof hinaus und die Treppen zur Elisabetsgatan hinuntergeschleift wurde; die linke Hand des Fortgeschleiften war in ein Laken gehüllt, das große, dunkelrote Flecken hatte. Beim Abendessen behaupteten die roten Wachen, es sei ein Missgeschick gewesen, während Eccu fest davon überzeugt war, dass sich der Theosoph absichtlich in die Hand geschossen hatte.

Die junge Frau mit den Pockennarben war das genaue Gegenteil des Theosophen. Keiner wusste, wie sie hieß, keiner hatte jemals gehört, dass die anderen Wachen sie jemals mit einem Spitznamen angesprochen hätten. Viele Wachposten verhielten sich wie der Theosoph – als die Wochen verstrichen, gingen sie dazu über, mit den Gefangenen zu plaudern, so dass sich ein gewisser, fast freundschaftlicher Kontakt entwickelte –, während andere gespannt wie Geigensaiten blieben und einen betont kurz angebundenen und formalen Ton anschlugen, wenn sie mit den Internierten sprachen. Die junge Frau mit den Pockennarben schien allerdings auch für ihre eigenen Leute eine Fremde zu sein, sie unterhielt sich nur selten mit jemandem und zeigte keine anderen Gefühle für die Gefangenen als stumme und triumphierende Verachtung; man merkte, dass sie es genoss, so viele Helsingforser Söhne aus gut betuchter Familie und so viele Erben reicher nyländischer Höfe in ihrer Gewalt zu haben. Ihre Art verstörte und beunruhigte viele der Gefangenen, und ihr Äußeres trug zu ihrer Unruhe bei. Ohne ihre Narben wäre sie eine ganz gewöhnliche, schöne Frau gewesen. Sie hatte lange Beine, dunkle, lockige Haare, ebenmäßige Züge und einen hübsch geschwungenen Mund, doch dann kamen die Pockennarben hinzu, die sie zusammen mit dem Schweigen und ihrer herablassenden Art noch verführerischer machten, und diese Versuchung pochte dann auf eine Weise im Körper, die so hungrig und dekadent war, dass sie Schamgefühle heraufbeschwor. So empfand Eccu es, wenn er in der frühlingsblauen Nachtdunkelheit mit der Hand unter dem Hosensaum dalag und an sie dachte – nicht an Krankenschwester Aina Gadolin oder Lucie Lilliehjelm, sondern an *sie*, die pockennarbige rote Hure –, bis der Krampf kam und er wieder frei war, und er war mit Sicherheit nicht der Einzige, dem es so ging. Bei den Corpsmitgliedern hieß sie *Der schwarze Engel*, und es war nicht weiter verwunderlich, dass ihre Triebe Amok laufen wollten; erst hatten sie vier Wochen im Feld gelegen und anschließend ebenso lange in Gefangenschaft gesessen – der März war mittlerweile zum April geworden –, und in dieser ganzen Zeit waren Frauen Mangelware gewesen.

Als die erste Aprilwoche verstrichen war, wurde offensichtlich, dass sich etwas ereignet hatte und sich noch mehr ereignen würde. Im Verlauf ihrer gesamten Gefangenschaft hatte man ihnen regelmäßig Bücher zugeschickt, Bücher, in denen jemand beispielsweise alle drei Seiten vorsichtig einen Buchstaben mit Bleistift unterstrichen hatte; aus den unterstrichenen Buchstaben ergaben sich dann Fragen wie: »Braucht ihr Waffen?« oder: »Habt ihr die Möglichkeit, euch zu befreien?«. In den Begleitschreiben überlistete man die rote Zensur, indem man über neue Forschungsergebnisse oder nette Familienereignisse schrieb. Diese Art von Büchern und Briefen traf nun täglich ein. Ein Stubenältester namens Strengell erhielt einen Brief, in dem seine Frau erzählte, sie überlege, demnächst Kartoffeln kontinentaler Sorten anzubauen. Es habe lange großer Mangel an Kartoffeln geherrscht, schrieb sie, nun aber seien fast dreißigtausend Kartoffeln in den westlichen Schären eingetroffen, und diese Kartoffeln seien von bester pommerscher Sorte, und der Boden sei wohl vorbereitet. Ein anderer Gefangener, Bruder der bekannten Kunstmalerin Margit von Essen, bekam einen Brief, in dem seine Schwester berichtete, sie habe kürzlich ein Gemälde mit Motiven aus dem Landesinneren vollendet. Das Bild zeige einen von Fabriken und hohen Schornsteinen umgebenen Wasserfall, im Hintergrund gebe es eine Eisenbahnlinie und einen riesigen Friedhof mit vielen schlichten Holzkreuzen, und sie habe sich, schrieb sie, nach einigem Zögern für einen weißen Rahmen entschieden, um dem Gemälde Ruhe und Kraft zu verleihen.

Nach zahlreichen Mitteilungen im gleichen Stil wussten die Gefangenen, dass irgendwo an der Westküste die Deutschen gelandet waren und die rote Stadt Tammerfors gefallen war. Im Verhalten der Roten gab es zudem nichts, was dieser Einschätzung widersprochen hätte. Die Versuche der Arbeiterblätter, Optimismus zu verbreiten, klangen Tag für Tag hohler, und die verlogenen Siegesbulletins waren bereits mit flehentlichen Bitten an Bürger und Gutsbesitzer versetzt, der Arbeiterklasse die

Hand zur Versöhnung zu reichen und von dem Krieg Abstand zu nehmen, der sich anschickte, das Land zu verwüsten. Die Stimmung im Lyzeum kippte. Die Weißen gingen offen dazu über, Siegesfeiern in verschiedenen Etablissements ringsum in der Stadt und im gesamten südlichen Teil des Landes zu planen, während die roten Wachen in ihrer Art täglich bittender und nachgiebiger wurden. Auch die angespannten und unfreundlichen Wachleute waren mittlerweile freundlich und gesprächig geworden, viele von ihnen legten ihre roten Binden und Schleifen ab und meinten, Gefangene und Bewacher säßen doch letztlich im gleichen Boot, und versicherten, dass sie niemals, nicht einmal auf Befehl, auf Weiße schießen würden, und beklagten sich bitter über ihre machthungrigen Anführer, die das friedliche und hart arbeitende Volk mit ihrer Kriegshetze ins Verderben gezogen hätten.

Doch der Schwarze Engel fügte sich nicht. Je näher die Stunde der Niederlage rückte, desto höhnischer und spöttischer wurde das Verhalten der Frau den Gefangenen gegenüber; sie war eiskalt und hart, ganz so, als hätte sie beschlossen, so viel wie möglich aus ihrer Position herauszuholen, ehe sie diese und eventuell auch ihr Leben verlor. Und am siebten April, als bereits deutsche Taubemaschinen in weniger als hundert Meter Höhe die Schule überflogen, kam es zwischen ihr und Cedi zur Konfrontation.

Es fing damit an, dass Lucie Lilliehjelm und Nita Widing mit einem gemeinsamen Korb für Cedi und Eccu kamen; es gab kaum noch Kaffee in der Stadt, weshalb Lucie und Nita eine Thermoskanne mit der kostbaren Flüssigkeit, frisches Brot, Zigaretten und ein paar Nummern von *Camera Work* als Lesefutter für Eccu brachten. Die Disziplin der Roten hatte sich deutlich verschlechtert; die jungen Frauen durften ihre Brüder zwar nicht sprechen, mussten die Waren aber auch nicht wie früher auf dem Hof abgeben. Stattdessen durften sie ein Stück in den unteren Korridor hineingehen, wo eine ängstliche Wache sich um den Korb mit den Waren kümmerte und versprach, ihn weiterzugeben, ohne den Inhalt anzurühren. Lucie und Nita trugen dünne Frühjahrsmäntel in fast identischer lindgrüner Farbe, ihre Hüte wurden von bunten Federn geschmückt, und ihre hohen Stiefelettenabsätze klackerten auf dem Boden des Korridors, dass es durch die ganze Schule hallte. Das Lyzeum war voller liebestoller junger Männer, weißen wie roten, die an den Fenstern der obersten Etage hingen und Lucie und Nita über den Hof und die Treppen zur Elisabetsgatan hinabgehen sahen. Kurz nachdem sie aus dem Blickfeld verschwunden waren, ließ eine der Wachen, einer der wenigen Roten, der sich noch einen Hauch seines früheren Hochmuts bewahrt hatte, einen anerkennenden Kommentar über die äußere Erscheinung der beiden jungen Frauen, insbesondere Lucies fallen. Er wandte sich an zwei westnyländische Gefangene, stand aber zufällig vor dem Biologieraum, als er es tat, und im nächsten Moment rauschte Cedi aus dem Raum, stürzte sich auf den Wachposten, rang den Mann nieder und begann, ihm ins Gesicht zu schlagen. Cedi war im Grunde kein Raufbold, aber er war stark, und sein Jähzorn verführte ihn zum Handeln, und im Nu hatte er dem Wachposten Nase und Lippen blutig geschlagen. Der Rote schrie vor Schmerzen laut auf, und die übrigen Wachen kamen aus verschiedenen Richtungen herbeigelaufen. Der Schwarze Engel hatte den kürzesten Weg. Die Frau zögerte keine Sekunde, näherte sich Cedi vielmehr von hinten und holte zu einem Tritt gegen seinen Kopf aus. Der Tritt war hart, und man hörte einen hässlichen dumpfen Laut, als ihr Stiefel seinen Kopf traf. Cedi, der rittlings auf seinem Widersacher gesessen hatte, fiel zur Seite, blieb zusammengekauert liegen, hielt sich den Kopf und stöhnte vor Schmerz. Der Schwarze Engel hielt das Gewehr schussbereit, zielte auf Cedis Herzregion und führte dann die Spitze des Bajonetts zu seiner Halsgrube, ließ sie dort verharren und sagte: »*Nouse seisomaan siitä, saatana!* Steh auf, du Teufel!« Cedis Wange war an der Stelle, wo ihn der Stiefel getroffen hatte, blutverschmiert und zerfetzt, sie schwoll bereits an. Langsam rappelte er sich von dem harten Fußboden des Korridors auf, und man sah, dass er die Zähne zusammenbiss, um keinen Ton von sich zu geben. Schließlich stand er aufrecht vor dem Schwarzen Engel, keiner der beiden sagte etwas, sie standen sich nur für einen Moment, der ewig zu dauern schien, gegenüber, sie presste die Bajonettspitze in seine Halsgrube, er starrte sie mit hasserfüllten und blutunterlaufenen Augen an, schließlich sagte sie: »*Että tekis mieli tappaa sut, voi että tekis mieli!* Ich würde dich so gerne umbringen!« Inzwischen hatte sich auch der zusammengeschlagene Wachposten vom Fußboden erhoben. Er spuckte Blut, und in dem Blut waren zwei seiner Schneidezähne, trotzdem sagte er zum Schwarzen Engel: »*Älä kuule viitti, meiät tapetaan kaikki jos me nyt ruvetaan ampumaan niitä.* Lass das, wenn wir jetzt anfangen, sie zu erschießen, sterben wir alle.« Der Schwarze Engel und Cedi starrten einander weiter an, keiner von beiden wich dem Blick des anderen aus, dann löste sich die Bajonettspitze aus der Halsgrube und glitt über den Brustkorb und weiter abwärts über den Bauch bis zu seinem Schritt, wo die Frau die Bewegung abrupt stoppte, die Bajonettspitze verharren ließ und mit tonloser Stimme sagte: »Aber wenn ich ihn nun nicht töten, wenn ich ihn nur ein bisschen verletzen würde.« Die anderen Wachen stießen sie fort, nahmen den blutenden Cedi unter den Arm und führten ihn in den Biologieraum; Lavonius, einer der Ärzte des Sigurdscorps, war bereits herbeigerufen worden und unterwegs, um Cedi und dem verprügelten Wachposten erste Hilfe zu leisten.

Auch Lonni Tollet schlief im Biologieraum und sollte Eccu viel später erzählen, dass Cedi in den Nächten nach der Schlägerei kein Auge zugetan hatte. Es waren ihre letzten Nächte als Gefangene im Lyzeum, und Cedi stand, erzählte Lonni, zuweilen stundenlang regungslos da, er stand an dem großen Fenster in der Nähe des Lehrerpults, nur wenige Meter von der Ecke entfernt, in der das minutiös zusammengeschraubte Unterrichtsskelett in seinem Gestell hing und dämlich grinste, er stand wie zur Salzsäule erstarrt und blickte auf den leeren und nächtlich dunklen Schulhof hinaus, und sein Blick war blind und abwesend, als wäre er nach innen oder in die Zukunft gerichtet, und wenn jemand ihn ansprach, antwortete er nicht.

Ansonsten gibt es über diese letzten Tage nicht viel zu berichten. Es gab nichts mehr zu essen, Weiße wie Rote waren vom Hunger geschwächt, Cedi pflegte seine verletzte Wange, und Eccu las im Liegen die *Camera-Work*-Nummern, die Nita ihm gebracht hatte. In den letzten vierundzwanzig Stunden lauschten sie alle den Schusswechseln und dem Kanonendonner und dem Knattern der Maschinengewehre, das aus der Stadt zu ihnen hereinschallte. Manchmal klang es, als würde mitten auf der Elisabetsgatan gekämpft, manchmal waren die Kriegsgeräusche fern, und dann, auf einmal, gegen halb drei am Samstag, den 13. April, kam ein schwedischer Parlamentär in die Turnhalle und sagte: »Macht euch fertig, ihr seid frei! Diese Halle wird für Gefangene anderer Couleur gebraucht!«

Eine Stunde später marschierten sie in Viererreihen die frühlingsstaubige Mariegatan zum Marktplatz hinab. Eccu war einer Ohnmacht nah, er hörte die Möwen schreien, das blendende Tageslicht tat ihm in den Augen weh, und die letzten Monate erschienen ihm wie ein langer, böser Traum; es fiel ihm schwer zu verstehen, dass dieser Alptraum tatsächlich vorbei sein sollte. Am Anfang der Alexandersgatan standen an einem provisorischen Marktstand einige Frauen und verteilten belegte Brote, große, mit richtiger Butter bestrichene Scheiben. Auf dem Marktplatz standen die roten Gefangenen, manche Gesichter waren verbittert und hasserfüllt, andere wirkten einfach nur niedergeschlagen. An vorderster Front in einer Gefangenenreihe stand der ehemalige Gefangenenkommissar Halonen, und in der Mitte einer anderen Reihe glaubte Eccu den Theosophen mit der linken Hand in einem großen, weißen Verband zu erkennen. Vom Schwarzen Engel war dagegen nichts zu sehen.

10

Ivar Grandell schrieb:

Samstag 20.IV.1918

Die Stadt ist wie auf den Kopf gestellt, jetzt herrschen die Deutschen, und barsche Schutzcorpsmitglieder schießen aus dem Boden wie Pilze nach dem Regen. In der Bar des Kämps und den Spalten von Hufvudstadsbladet freut man sich schon auf die Bälle, die für von der Goltz und seine Männer gehalten werden sollen, und auf der südlichen Esplanade und auf dem Boulevard habe ich vornehme Damen erzählen hören, dass sie vorhaben, Soupers für die deutschen Offiziere zu geben und ihnen ihre Töchter vorzustellen. In einem solchen Ambiente wird die Entführung der wohlsituierten Mädchen von Helsingfors nicht viel Zeit in Anspruch nehmen.

Auf der Långa-Brücke wurde bei den Kämpfen versehentlich ein ältliches Arbeiterfrauenzimmer erschossen, sie war auf dem Weg zum Milchgeschäft. Jetzt steht ein von Gewehrkugeln durchsiebtes Ruderboot hochkant mitten auf der Brücke, um zu markieren, dass jeglicher Motor- und Fahrradverkehr verboten ist. Das arme Ruderboot ist größeren Modells und trägt den Namen Cormoran, weshalb ich vermute, dass man Verkäufer Blomqvists Boot requiriert hat. Der arme Blomqvist, wenn es denn so ist, ich kenne ihn flüchtig von der Essensausgabe in der Berggatan, er hat es nicht leicht ge-

habt. Seine Manja ist ihm vor ein paar Jahren weggelaufen, und seither hat ihm das Leben übel mitgespielt. Ich glaube nicht, dass er eine Meinung zu diesem barbarischen Krieg hat, nehme aber an, er hätte vorgezogen, sein Boot zu behalten.

Letzte Woche stand ich am Gamla Socis und sah die freigelassenen Corps von Kronohagen her kommen. Sie marschierten zum Haus des Generalgouverneurs, und auf dem Marktplatz, auf der gegenüberliegenden Seite der Straße, nur zwanzig Meter entfernt, stand ein großes Kontingent frischer roter Gefangener. Die eben erst Freigelassenen konnten sich nicht zügeln, sie schrien quer über die Straße: »Rote Schweine! Mörder! Jetzt werdet ihr sühnen, was ihr getan habt!« Man sollte sich vielleicht nicht darüber wundern, denn die Roten schrien ähnliche und schlimmere Dinge, als die Rollen vertauscht waren. Ein beklemmendes Schauspiel war es nichtsdestotrotz.

Als die Mitglieder der Freicorps sich in alle Winde der Stadt zerstreut hatten, sollten die roten Gefangenen dann zum Gefängnis marschieren, um bald darauf in eines der Gefangenenlager weitertransportiert zu werden, die von den Weißen derzeit eingerichtet werden. Als sich der Gefangenenzug in Bewegung setzte, wurde ich Zeuge eines kleinen Dramas. Ein kleiner Junge stand auf dem Bürgersteig an der Sofiegatan und schrie plötzlich jemandem in dem Zug zu: »Papa! Papa! Du hast doch keinen erschossen? Die werden dich doch jetzt nicht erschießen?« Ein großer, schwarzhaariger Mann setzte an, dem Jungen zu antworten: »Mach dir keine Sorgen, Allu, alles wird…«, kam jedoch nicht weiter, ehe die weißen Wachen auch schon riefen »Turpa kii', punikki!«, »Ruhe im Glied!«, »Halt's Maul, Rotzlöffel!« und anderes in der Art, woraufhin ein weißer Wachposten hinging und dem Gefangenen einen harten Schlag in den Rücken versetzte. Ach! Bekämen wir doch endlich eine Periode des Friedens und der Versöhnung in unserer Stadt, aber was das betrifft, bin ich leider nicht sonderlich zuversichtlich.

11

Eccu sollte es erst Jahre später begreifen – dass diese ersten Tage in Freiheit sein Memento waren, der Augenblick, in dem er nicht nur entschied, was er in jenem Frühjahr machen sollte, als die Stadt und das Land nach dem Aufstand ausgemistet werden sollten, sondern auch, welche Richtung sein ganzes Leben bekommen und welches Gewicht und welche Bedeutung die Dunkelheit darin haben würde.

Die ersten Tage hockte er zu Hause und tat nichts. Aber es war kein angenehmer und beruhigender Müßiggang. Es war, als strömte die Kraft einfach weiter aus ihm heraus. Er schlief nicht den tiefen, aber gesunden Schlaf des Ermatteten, der mit der Zeit zu einem Morgen führt, an dem man erwacht und spürt, das Leben ist so gut, dass man sich wieder hineinstürzen will. Stattdessen waren seine Nächte zersplittert und voller Schweiß. Er hatte das Gefühl, immer nur wenige Minuten am Stück zu schlafen und außerdem so leicht, dass er stets halb bei Bewusstsein war. Sein Körper wusste nicht mehr, wie er sich entspannen sollte, seine Muskeln waren angespannt, und er litt an Schmerzen in Kopf und Schultern und an einem nervösen Magen und plötzlichen Krämpfen. Tagsüber war er müde, aber gleichzeitig rastlos und gleichsam fiebrig. Seine neu gewonnene Freiheit war die Freiheit eines Tiers, das in einem Käfig gefangen liegt und plötzlich sieht, wie sich mehrere Türen öffnen, ohne jedoch zu wissen, hinter welcher dieser Türen die wirkliche Freiheit ist und hinter welchen Türen die Strafe lauert, zu welcher der Gutgläubige verurteilt wird, weil er es tatsächlich gewagt hat zu glauben, dass die Freiheit möglich ist.

Seine Freunde riefen an. Cedi rief mehrmals an, Henning rief an und Lonni, und einmal rief sogar Bruno Skrake an.

Bei Cedis erstem Anruf ging es um Zviga Zweygbergk. Zviga war beerdigt worden, als Cedi schon als Gefangener im Reallyzeum saß und das Sigurdscorps noch in Stenbrottets eiskalten Baracken bibberte. Nun war Cedi von Zvigas Freund Tschali Luther angerufen worden, und obwohl Tschali und Cedi sich noch nicht kannten, hatten sie gemeinsam beschlossen, an Zvigas Grab eine Gedenkfeier abzuhalten. Es verletzte Eccu, dass Luther Cedi und nicht ihn angerufen hatte, trotzdem verließ er die Wohnung in der Georgsgatan, ohne auch nur eine Sekunde zu zögern; er stand mit den anderen im klaren Aprilsonnenschein auf dem stillen Friedhof, sie trugen alle hohe Hüte und weiße Schals und schwarze Paletots und sahen aus wie Kopien voneinander, es war mitten am Tag, und das Gras begann im hellsten Grün zu sprießen, und Zvigas Grab war von Blumen übersät, und sie waren tief ergriffen, um die Wahrheit zu sagen, weinten sie allesamt hemmungslos, und sie taten es, ohne sich voreinander zu schämen.

Sein Vater Jali schwieg einfach. Die Kriegsmonate und das Leben im roten Helsingfors hatten ihm zugesetzt; er wirkte geistesabwesend, seine ganze Gestalt war in sich zusammengesunken. Eccu und er hatten sich nicht über die waghalsige Skifahrt nach Sigurds ausgesprochen, im Grunde hatten sie auch über nichts anderes gesprochen. Aber ihr Schweigen war kein Ausdruck von Feindseligkeit, sondern eher davon, dass beide in so kurzer Zeit so viel durchgemacht hatten, dass sie vollends verstummten. Es kam nicht zum Bruch zwischen ihnen, aber keiner der beiden wusste, was er sagen sollte, und wenn man unsicher ist, wie man anfangen soll, behält man seine Gedanken und Bilder lieber für sich, damit man dem anderen nicht noch mehr aufbürdet.

Eccus Kameraden riefen weiter an. Nachdem sie Abschied von Zviga genommen hatten, begannen ihre Gespräche um Dinge wie Rache und Revanche zu kreisen. Cedi, Henning, Lonni, sie alle sprachen davon, wie wichtig es war, die Roten so zu bestrafen, dass es wehtat. Die Mitglieder der Freicorps waren bereits am Tag nach ihrer Befreiung von Oberstleutnant Thesleff zusammengerufen worden; alle Schutzcorps im südlichen Finnland sollten neu organisiert werden, auch die der Hauptstadt. Die anderen aus seinem Freundeskreis waren dem Aufruf gefolgt, Eccu war als Einziger zu Hause geblieben. Als Erster entschied sich Lonni Tollet. Zusammen mit Toffe Ramsay und mehreren anderen blieb er im Schutzcorps von Helsingfors, in einer Kompanie, der man den Wachdienst im zukünftigen Gefangenenlager auf der Festung Sveaborg versprochen hatte.

Doch Cedi Lilliehjelm hatte andere Pläne und gab sein Bestes, um seine Freunde zu überzeugen, sich seinen Plänen anzuschließen.

»Sie sind dabei, ein neues Bataillon zu bilden«, erzählte er dem mäßig interessierten Eccu am Telefon, »es soll das Westnyländische Bataillon heißen und sein Hauptquartier in der Landwirtschaftsschule von Ingå aufschlagen. Fähnrich Lindh vom Sigurds ist mit einer Kompanie schon vor Ort, aber es werden mehr Männer benötigt, viel mehr, das Büro ist in der Arkadiagatan sechs, Doktor Gustafsson nimmt die Anmeldungen entgegen.« »Aber was soll ein solches Bataillon denn eigentlich machen?«, erkundigte sich Eccu. »Die Roten im westlichen Nyland zur Rechenschaft ziehen«, erwiderte Cedi ohne das geringste Zögern, und anschließend erging er sich in einer langen Tirade über ihre unveräußerliche Pflicht, dem neuen Bataillon beizutreten, denk an Zviga, erinnerte er Eccu, und denk an Schybergson und Juslin, die draußen in Pellinge starben, und denk an Korkman und Hernberg und all die anderen, die auf Sigurds und während des Rückzugs gestorben sind, und denk an alle Freunde, die während des Kampfs in Tavastland gefallen sind, denk an Olof Gylfes älteren Sohn Magnus, der drei Tage nach der Einnahme von Tammerfors in einen Barbiersalon ging, um sich den Kriegsbart abrasieren zu lassen, und dem die Friseuse stattdessen die Kehle durchschnitt, dass das Blut nur so herausspritzte und die Wände herablief, während er verblutete.

Eccu lauschte Cedis Aufzählung der roten Gräuel und verstand. Aber er wolle nicht, erklärte er, nicht einmal als Cedi ihm erzählte, dass er selber schon am nächsten Tag nach Ingå aufbrechen würde, und hinzufügte, sowohl Henning Lund als auch Bruno Skrake hätten ihm versprochen, in die Arkadiagatan zu gehen und sich beim Bataillon anzumelden, nicht einmal da gab Eccu nach. »Ich will kein Racheengel werden«, sagte er, »ich habe genug von Engeln, egal ob schwarz, rot oder weiß. Außerdem haben wir etwas unterschrieben, immerhin haben wir versprochen, uns nicht zu rächen.« »*Ich* habe ein solches Papier nie unterschrieben«, erwiderte Cedi aufgebracht, »und ihr anderen habt es als Gefangene getan, euch wurde gedroht, es geschah unter Zwang. Aber du machst natürlich, was du willst, das hast du immer getan, lieber Eric. Falls du es dir noch anders überlegen solltest, weißt du ja, wo du uns findest. Und es ist durchaus möglich, sich auch noch später anzumelden, diese und nächste Woche werden auf der Suche nach Männern Anzeigen im *Hufvudstadsbladet* erscheinen. Ich hoffe wirklich, dass du deine Meinung änderst, Eccu, wir leben in Zeiten, in denen man für sein Land und sein Volk da sein muss.«

Als die Deutschen Helsingfors befreit hatten, nahmen Nita Widing und ihre Freundin Maggie Enerot wieder Klavierunterricht bei Witwe Walevsky. Nita hatte viele Jahre Etüden und Mazurken bei Frau Walevsky geübt, ahnte jedoch immer noch nicht, dass ihr Vater in all dieser Zeit Minutenwalzer mit den Knöpfen und Ösen ihrer gestrengen Lehrerin gespielt hatte, um sich im Nocturne des Fleisches wiegen zu dürfen. Nita und

Maggie hatten auch während der roten Zeit bei Frau Walevsky gespielt, doch in den letzten Wochen des Aufstands war das Leben in der Stadt völlig aus den Fugen geraten, man hatte sich kaum noch aus dem Haus getraut, allein der furchtlosen Lucie Lilliehjelm war es vorbehalten geblieben, darauf zu bestehen, dass Nita sie begleitete, um einen Korb mit Kaffee, Brot und Zigaretten zu den Brüdern der beiden in die Elisabetgatan zu bringen.

Als die beiden Freundinnen ihre Klavierstunden wieder aufnahmen, bat Frau Walevsky sie, ein Impromptu in f-Moll von Schubert zu üben. Und Nita übte, sie übte daheim, sie übte das Impromptu ein ums andere Mal, und Eccu hatte nie eine schönere Musik gehört als dieses Stück, nach ein paar Minuten kam eine lange Melodie, bei der ihm unweigerlich die Tränen in die Augen traten, es war eine Stelle, an der sich die Mollmelodie zu einem hellen und mühelosen Dur aufschwang, das wuchs und wuchs und so schön wurde, dass es schließlich Kanten aus Trauer bekam und sich in Moll zurückverwandelt fand, als gäbe es irgendwo im gewaltigen Universum der Musik eine uralte Steintafel, auf der geschrieben stand, dass manche Dinge tatsächlich so schön und bejahend und voller Leben werden konnten, um anschließend über sich selber zu stolpern und zu zerplatzen, und heraus rann dann die Trauer über die Grausamkeit und Unbeständigkeit des Lebens.

Jedes Mal, wenn Eccu das Stück hörte – und Nita war auf dem besten Weg, eine gute Pianistin zu werden, sie interpretierte das Impromptu mit einer stillen Würde und einer Wärme, die den Melodien Raum ließ, ohne sie in Virtuosität zu ertränken –, erkannte er sich darin wieder. Er erkannte den Jubel, er erkannte den fiebrigen Optimismus und die Lebenslust, aber auch den lauernden Abgrund dahinter; er erkannte die Trauer, die das Fundament aller Schönheit war. Und sobald er Nita in diesen Tagen und Wochen nach seiner Gefangenschaft üben hörte, brach er immer wieder in Tränen aus und spürte verdrängte Gefühle in sich aufwallen und war sich sicher, dass die Dunkelheit einmal mehr näher kam. Er verstand nicht und sollte es niemals verstehen, dass es manchmal nicht die Dunkelheit allein war, denn diesmal war die Dunkelheit nur eine Komponente unter vielen, und hätte er es gewagt, sich bedingungslos in die Musik fallen zu lassen, hätte die Dunkelheit verloren, denn in der Komposition, die Nita spielte, gab es auch unendliche Mengen von Leben und Vergebung und Liebe und Freude. Eccu lauschte seinen eigenen Möglichkeiten – Gott ist nur eine Chiffre, die wir für das Gute in uns haben, pflegte er zu denken –, und es war der Prozess der Heilung, der beginnen wollte und den er bereits erahnt hatte, als er während der langen und untätigen Tage in der Elisabetsgatan mit seinen Erinnerungen und inneren Bildern kämpfte.

Aber Eccu sagte Nein. Er fürchtete die Dunkelheit und versuchte sich zusammenzureißen. Er lieh sich Jalis Kameraausrüstung und ging hinaus, um Bilder von der befreiten Stadt und ihren Menschen zu machen. Es endete in einem Debakel. Der normale Bürger war zwar in Feierlaune, die Männer in den Innenstadtvierteln schwenkten vor seiner Kamera fröhlich ihre Hüte, und zwei junge Frauen wagten sich in ihren langen Röcken sogar an ein paar ungestüme Cancan-Schritte, aber dazwischen wurde er sowohl von Deutschen als auch von Vertretern des Schutzcorps angeherrscht und verscheucht. Es sei noch zu früh für Dokumentationen, erklärten sie, die Stadt sei nicht endgültig gesichert, sogar im Stadtzentrum gebe es noch rote Heckenschützen, sie versteckten sich auf Dachböden und in kriegsleeren Büroräumen, die Deutschen seien bei ihrer Siegesparade auf dem Senatstorget sogar beschossen worden.

Als Eccu nach seiner missglückten Exkursion heimkehrte, als er von der ganzen Nervosität und Anschnauzerei in der Stadt noch aufgewühlter war als sonst, rief zufällig Cedi Lilliehjelm noch einmal an, er rief aus Västankvarn an und erzählte, jetzt seien auch Henning und Bruno gekommen, aber es sei immer noch Platz für weitere Männer. Könne Eccu sich nicht endlich aufraffen und den Mut finden, seinem Leben eine

Richtung zu geben, könne er nicht zu Gustafsson in der Arkadiagatan gehen und sich anmelden und ein richtiger Musketier
werden, einer für alle und alle für einen!

Und Eccu entschied sich. Er schlug einen Weg ein, ohne
weiter darüber nachzudenken, ob er dies tat, weil er es wollte,
oder ob er dem Druck seiner Kameraden nachgab oder nur,
weil er sich der Aufgabe nicht gewachsen fühlte, ein Leben
zu führen, in dem er einsam gegen die Dunkelheit und all die
anderen Gefühle ankämpfte, die sich Bahn brechen wollten.

12

Sie holperten die schmale und frostbeschädigte Landstraße zwischen Vichtis und dem Kirchdorf Vesala entlang. Sie waren acht Männer in zwei Wagen, und Vesala war nur ihre erste Etappe; von dort aus wollten sie, wenn alles nach Plan lief, per Pferdefuhrwerk weiter zu dem wesentlich kleineren Dorf Kumberla. Eigentlich gehörten sie zu einer größeren Strafexpedition, etwa fünfzig Mann, die in Vichtis stationiert waren und zusammen mit dem örtlichen Schutzcorps Prozesse abhielten und Urteile vollstreckten. Aber nach ein paar Tagen in Vichtis hatte Fähnrich Lindh um Freiwillige für eine kleinere Expedition nach Vesala und Kumberla gebeten, und Sergeant Cedric Lilliehjelm hatte sich auf der Stelle gemeldet und anschließend seine Freunde aus Helsingfors und ein paar andere überredet, ihn zu begleiten. Cedi hatte dabei affektiert gewirkt, fand Eccu, so als wäre ausgerechnet diese Expedition etwas ganz Besonderes.

Fast drei Wochen des Monats Mai waren verstrichen, es war die Zeit, in der die Bäume ausschlugen. Das ganze Frühjahr war die Landschaft in Licht getaucht gewesen, schon seit April hatten der weißblaue, wolkenlose Himmel und die nackten, verzweigten Baumkronen der Laubbäume wie ein stummes Hintergrundgemälde dagestanden, und im Vordergrund fanden die Strafexpeditionen und Schnellverfahren und die Erschießungen und die Genickschüsse statt. Doch nun standen die Buschwindröschen in voller Blüte, sowohl Laubbäume als auch

Sträucher hüllten sich in zartestes Grün, und die blaue Farbe des Taghimmels hatte an Intensität gewonnen; grüne Watte, dachte Eccu, die Welt ist weich wie grüne Watte, und der Abendhimmel brennt, als würde er bluten, und wir tun nichts als töten und töten. Er drehte den Oberkörper so, dass er durch das kleine Rückfenster blicken konnte. Sie hatten soeben ein fast zehn Kilometer langes Waldstück hinter sich gelassen, auf dem die Straße noch dunkel und feucht von rieselndem Schmelzwasser gewesen war, fuhren nun jedoch über eine lange gerade Strecke; die Landschaft war offen und trocken, und der Adler wirbelte gelbweißen Staub auf. Und dahinter, mitten in der Staubwolke, folgte der zweite Wagen der Expedition, ein Packard, der ebenfalls etliche Jahre auf dem Buckel hatte.

Cedi fuhr den Adler, neben ihm lagen ihre Patronengurte und Rucksäcke und anderes. Im Coupé saßen Eccu, Bruno Skrake und Julle Enerot und hielten ihre Gewehre. Am Steuer des Packards saß Henning Lund, bei ihm waren sein Cousin Åke Weckman und zwei weitere Westnyländer, die Eccu nicht kannte. Alle acht waren ähnlich gekleidet – grobe, aber sorgfältig gewichste Stiefel, Arbeitshosen, deren Säume in den Stiefelschaft gesteckt waren, graue oder schwarze Mäntel aus Lodenstoff oder anderem strapazierfähigem Material. Sie wollten wie eine reguläre Armee aussehen und gaben sich wirklich Mühe, denn so lautete der Befehl des Bataillonskommandanten. Aber es gelang ihnen nur ansatzweise; die einzigen einheitlichen Bestandteile ihrer Kleidung waren die weißen Binden um den linken Mantelärmel sowie die Helme, die das Bataillon aus überschüssigen Beständen der Deutschen bekommen hatte.

Niemand wusste mit Sicherheit, wer die Autos für das Bataillon requiriert hatte, entweder Bataillonskommandant Leutnant Rindt oder einer der Kompanieführer, Fähnrich Lindh oder Fähnrich Jern. Dagegen wusste Cedi, dass die meisten Wagen des Bataillons von Spediteur Forsman in Berghäll kamen, sie waren gegen Quittung und das Versprechen einer späteren pekuniären Erstattung beschlagnahmt worden. Als er sich das erste Mal in den Adler setzte, hatte Cedi gelacht und gemeint, ihr Bataillon habe offenbar die alte Limousine von Lasse Nottbecks Vater geerbt – wie Familie von Nottbecks Adler bei Spediteur Forsman in Surutoin gelandet war, hatte Cedi allerdings nicht erklären können. Sie waren anfangs alle ein wenig verlegen gewesen, ein alter Packard und ein noch älterer Adler, das war beim besten Willen nicht das Gleiche, wie in einem neuen Hispano-Suiza oder Cadillac zu sitzen. Mit der Zeit war ihnen jedoch klar geworden, dass auch ältere Autos Respekt in den kleinen Dörfern hervorriefen, durch die sie kamen und in denen die lokalen Fortbewegungsmittel nach wie vor vierbeinig waren und mit Hafer statt Benzin liefen.

Eccu spürte jedes Schlagloch und jeden Stein in seinem Körper; die kleinen nyländischen Straßen waren etwas völlig anderes, als eine Stadtdroschke zu nehmen und auf der Västra Chaussén oder dem Djurgårdsvägen zu fahren und den gleichmäßigen Druck der Gummireifen auf nassem Asphalt oder trockenem Makadam zu spüren, während neben einem ein schönes Mädchen saß und nach Veilchen duftete. Er wusste, dass er in einem aufgewühlteren und zerrütteteren Zustand war als jemals zuvor. Seit mehr als einer Woche hatte er Schmerzen am ganzen Leib, Schmerzen rund um die Uhr; jeden kleinen Stoß, den er abbekam, empfand er wie einen Schlag oder Tritt in die Weichteile, jeder neue Anblick war, als träfe ihn eine immer größer werdende Kugel ins Auge, jedes neue Wort, das gesprochen wurde, zerfetzte seine Nervenbahnen noch mehr als das vorhergegangene, es war ihm, als hätte er Granatsplitter im Gehirn. Er war erschöpft und überzeugt, wenn er gezwungen würde, noch mehr Gewehrschüsse zu hören und noch mehr Männer und Frauen zusammenbrechen und daliegen und unkontrolliert zucken zu sehen, während sie darauf warteten, dass der Leiter des Exekutionskommandos zu ihnen kam und mit einer Miene gemessener Verachtung den Gnadenschuss ins Genick setzte, dann würde er auch sterben.

Er zählte die Expeditionen nicht mehr, an denen er teilgenommen hatte, und auch nicht, wie viele Gefangene er mit den anderen exekutiert oder ins Lager von Västankvarn gebracht hatte. Die Tage, die Wochen, die Landstraßen, die Dörfer, die Bauernhöfe, in denen sie übernachteten, alles vermischte sich zu einer Grütze aus Angst, Hass, Grauen, Kommandos und den gebrochenen Blicken der Gefangenen. Was sich einätzte, was ihn nachts quälte, war die Erinnerung an die einzelnen Roten. Anfangs hatte er es nicht so empfunden, anfangs hatte er sie nicht als Individuen wahrgenommen, sondern nur als eine gesichtslose Masse – *die Roten* –, die für ihre Untaten bestraft werden sollte. Die ersten Erschießungen hatten ihn nicht im Mindesten gequält. Die Erinnerung an Zviga Zweygbergk und Riku Schybergson und Manu Gylfe und Gus Hernberg und die anderen Opfer war so stark und nachhaltig gewesen, dass auch der vom Gewissen geplagte Eccu seine Skrupel überwunden und die These akzeptiert hatte, dass man nur Auge um Auge, Zahn um Zahn Gerechtigkeit schaffen konnte. Aber dann. Mit der Zeit. Die bloße Menge. Dutzende und Aberdutzende, mehrere hundert Tote. Und die Unerbittlichkeit des Ganzen.

Die erste Frau, die sie in Västankvarn erschossen, war Hilja Maria Ahl aus Lojo. Ein Exekutionskommando hatte wenige Tage zuvor ihren Verlobten erschossen, Eccu erfuhr nie seinen Namen, und in den Sekunden vor der Salve hatte er das Bataillon gebeten, seine Verlobte zu verschonen, da sie schwanger war. Die Anwesenden hatten seine Bitte nicht weitergegeben, und was Hilja Ahl während des Verhörs erzählte, erfuhren weder die gemeinen Soldaten noch die Unteroffiziere jemals. Kein Arzt untersuchte sie, und so wurde sie zusammen mit vier Männern auf einem Feld nördlich des Hauptgebäudes hingerichtet. Nachdem das Exekutionskommando seine Arbeit getan hatte, ruckten ihr linker Arm und ihr linkes Bein wie in einem Krampf. Als Cedi, der das Kommando befehligt hatte, zu ihr ging und ihr den Gnadenschuss gab, sah Eccu, dass ihre Bluse so zerrissen war, dass eine Brust entblößt lag – die andere Seite war blutdurchtränkt. Er wollte hingehen und ihren Körper bedecken, wagte es aber nicht.

Oder der alte Mann, Levonen war sein Name, den Julle Enerot oben in Santanummi erschießen ließ. Die meisten Bauern vor Ort sagten aus, Levonen sei ungefährlich und altersschwach, und man habe ihn zum Eintritt in die Garde gezwungen, wo er nur einfache Wachaufträge ausgeführt habe. Dann aber fand sich doch jemand, der gehört haben wollte, wie er sich gebrüstet hatte, während er sich mit Selbstgebranntem betrank; er hatte die jüngeren Rotgardisten aufgefordert, sich aller größeren Bauern in Santanummi zu entledigen, und versprochen, höchstpersönlich den örtlichen Pfarrer für zehn Mark und eine Metze Hafer zu erschießen. Diese Information reichte dem Sergeanten im Westnyländischen Bataillon Julius Enerot, der das Todesurteil verkündete. Sie mussten die Hinrichtung selber übernehmen, da die Einwohner Santanummis murrten und meckerten und das Urteil nicht akzeptieren wollten. Als sie die erste Gewehrsalve abgefeuert hatten, stand der alte Levonen immer noch aufrecht und krächzte: »*Ampukaa paremmin, perkeleen hurrit. Schießt besser, ihr vedammten Schweden.*«

Oder der sechsfache Vater Hissa aus Sammatti. Er war auf Västankvarn verurteilt und hingerichtet worden, obwohl alle Zeugenaussagen aus seinem Heimatort das Gleiche besagten: dass er ein bescheidener und rechtschaffener Mann war. Das einzig Gravierende, was ans Licht kam, war die Tatsache, dass Hissa an den Kämpfen bei Svidja und Sigurds teilgenommen hatte. Es wurden keine Erklärungen gegeben, und niemand außer Kriegsrichter Hallenberg und dem Befehlshaber hatte Zugang zu Hissas Akten.

Und dann war da noch die siebenfache Mutter Anna Hemström oben in Alkula by. Ihr Mann war in Tammerfors gefallen, und ihr ältester Sohn war achtzehn Jahre alt und Mitglied der Virkbygarde gewesen. Anna weigerte sich zu erzählen, wo ihr Sohn sich versteckt hielt, und sie selber hatte sich an den Hafer- und Kornbeständen der Bauern vergriffen, wofür sie nicht einmal die Erlaubnis der Roten gehabt hatte. »Ich musste doch für meine Kleinen etwas zu essen besorgen«, hatte sie bei ihrer Vernehmung geweint. Doch die Bauern Alkulas und der Kaufmann des Dorfs hatten ausgesagt, sie sei frech und liederlich und habe ihren ältesten Sohn im zarten Alter von sechzehn Jahren und ohne Angabe eines Kindsvaters geboren. Cedi Lilliehjelm, der die Alkulaexpedition leitete, verurteilte sie zum Tode. Dort in Alkula wurden die Hinrichtungen mit einem Maschinengewehr durchgeführt, das die Männer aus Västankvarn in einem Gebüsch in unmittelbarer Nähe des frisch ausgehobenen Massengrabs versteckt hatten. Die Gefangenen, auch Anna Hemström, mussten ihre Stiefel ausziehen, den Oberkörper entblößen und in das Grab hinabsteigen. Die Gewehre der Västankvarnsoldaten lagen ein Stück entfernt auf der Erde, und einige der Roten aus Alkula glaubten, sie hätten eine Chance, und versuchten zu fliehen. Sie kamen bis zum Rand des Grabs und sogar noch ein paar Schritte weiter, denn die beiden jungen Burschen aus Kyrkslätt, denen man die Durchführung der Erschießung übertragen hatte, wurden von der tiefstehenden Abendsonne geblendet, weshalb es einige Sekunden dauerte, bis sie das Maschinengewehr der Marke Maxim in Gang bekamen. Das Maximgewehr war eine unpräzise Waffe, und die meisten der Gefangenen, unter anderem Anna Hemström, lagen noch da und schrien, stöhnten und zuckten, als Cedi zu ihnen trat, um ihnen den Gnadenschuss zu geben.

Eccu hatte keinen Schutz gegen die Grausamkeit mehr, sein Glaube an Hammurabis Gesetz war tot. Er wusste nur, dass der Alptraum immer weiterging und dass die Männer mit Einfluss, Cedi, Julle und die übrigen Unteroffiziere und darüber hinaus Rindt und Lindh und Jern und Hallenberg und die anderen Offiziere und die Kriegsrichter an der Spitze, von einer eiskalten Raserei angetrieben zu werden schienen, die offenbar jeden Ausdruck an Gnade oder Versöhnlichkeit ausschloss und sich sogar noch steigerte, als sie merkten, dass ihre Macht und Befugnisse größer waren, als sie ursprünglich angenommen hatten.

Denn so war es ja. Das weiße Frühjahr war so wirr und gesetzlos, wie es zuvor der rote Winter gewesen war. Die internen Machtverhältnisse auf der siegreichen Seite waren unklar, es schien keine höchste Instanz zu geben. Oder es gab sie, sicher, aber wie durch eine heimliche Übereinkunft wusste die mittlere Befehlsebene, dass man auf eigene Faust und zu eigenen Bedingungen operierte. Früher oder später würden die Weißen an die Grenzen ihrer Säuberungsmission stoßen, aber bis auf weiteres nahm keiner die Befehle von oben ernst. Provinzgouverneur Jalanders Antwortbrief an die wenigen roten Witwen, die es gewagt hatten, lästige Fragen zu stellen, war ängstlich und ausweichend ausgefallen, und sogar General Mannerheims Order, das Töten müsse aufhören, war im Feld nur mit Schulterzucken quittiert worden.

In den vergangenen Wochen hatte Eccu gelernt, die Schieflagen zu sehen, und es waren viele. Er sah, dass es die roten Mitläufer waren, die man zum Mitmachen verlockt hatte, ohne dass sie jemals verstanden hätten, worauf sie sich einließen, die nun in gut bewachten Ställen und Schuppen gefangen gehalten und vor das Feldkriegsgericht gestellt und zum Tode verurteilt wurden; die roten Anführer waren in die neu gegründete Sowjetrepublik oder nach Schweden geflohen oder versteckten sich in den frühjahrsgrünen Wäldern. Er sah, dass es bei der Zusammenarbeit des Bataillons hakte, denn die Männer von Västankvarn sprachen untereinander Schwedisch und wollten die Vernehmungen in der gleichen Sprache durchführen, aber in den Dörfern im nördlichen Nyland sprachen sowohl die Vertreter der Schutzcorps als auch ihre roten Gefangenen Finnisch. Manchmal wechselte man mitten im Verhör die Sprache, und dann hörte Eccu, dass Cedis und Julle Enerots Finnisch erbärmlich war, und er fragte sich, ob sie überhaupt verstanden, was die roten Gefangenen sagten oder wie die weißen Ortsbewohner sie beschrieben. Und sicher, es gab viele rachsüchtige Schutzcorpsmitglieder, sicher, auch sie wollten Blut fließen sehen, aber es war trotz allem das Bataillon, das mehr Menschen hinrichten wollte, und je länger das Frühjahr fortschritt, desto stärker versuchten die Schutzcorps vor Ort zu bremsen. Eccu wusste, dass mindestens ein, eventuell auch zwei finnischsprachige Schutzcorpsführer Briefe an Doktor Gustafsson und Provinzgouverneur Jalander in Helsingfors geschickt hatten, Briefe, in denen sie baten, das Bataillon solle ihre Gemeinde verlassen und nie mehr wiederkehren.

Cedi hatte diese Briefe mit einem verächtlichen Schnauben erwähnt und eine Bemerkung über Schwächlinge fallen gelassen, die nicht begriffen, dass nun eine feste und strenge Hand gefragt war, welche die schwere Aufgabe auf sich nahm, das Land in die Zukunft zu führen. Immer häufiger packte Eccu die nackte Angst, wenn er Cedi ansah und seinen Worten lauschte. Der Kontrast zwischen dem blühenden Frühling und seinem Freund aus Kindertagen, der sich Schritt für Schritt in eine Mordmaschine verwandelte, stürzte Eccu in ein Tal der Tränen, aber er wagte es nicht, etwas zu sagen. Er wusste, dass er nicht mehr fliehen konnte, er war jetzt einer aus dem Bataillon, einer aus dem inneren Zirkel, und er ahnte zudem, wenn er in seinem weiteren Leben auch nur den leisesten Ansatz machen würde, die Geheimnisse ihres Bataillons Außenstehenden zu enthüllen, würden Cedi und die anderen ihn verfolgen und mundtot machen; er wusste, dass er sich einem Pakt des Tötens und des Schweigens angeschlossen hatte.

Sie erreichten Vesala am späten Nachmittag und wurden wie üblich vom örtlichen Schutzcorps empfangen. Auch danach verlief alles nach Plan. Sie übernachteten beim Leiter des

Schutzcorps, einem Großbauern, der Korhonen hieß und das Gut Huuskola gård besaß. Die roten Gefangenen waren in der öffentlichen Sauna der regionalen Genossenschaft zusammengepfercht, die mitten im Dorf stand. Sie wurden rund um die Uhr bewacht, vier schwer bewaffnete Wachen pro Schicht. Die Gefangenen hatten nur wenig Platz, einige waren gezwungen zu stehen, während andere auf dem Steinfußboden lagen und zu schlafen versuchten. Man hatte den Gefangenen wie üblich die Stiefel abgenommen, da es schwerer war, auf Strümpfen zu fliehen. In den Nächten fiel das Thermometer noch unter den Gefrierpunkt, und einige der Gefangenen beklagten sich, ihre Zehen würden erfrieren. Einer der Wachmänner antwortete: »*Ei se haittaa, sä oot kuoleman oma eikä sulla oo jaloilles käyttöö.* Das macht nichts, du wirst deine Füße nicht mehr lange brauchen, du wirst sterben.«

In dieser Nacht erhielt Eccu die Bestätigung für die Richtigkeit seiner Vermutung, dass diese Expedition für Cedi etwas ganz Besonderes war. Sie saßen am unteren Ende der großen Tafel von Huuskola und aßen zu Abend, Roggenbrot mit magerem Käse und ein paar Scheiben Räucherspeck, Milch und Leichtbier dazu, und während sie aßen, unterhielten sie sich leise. Eccu sagte tastend, es sei ein aufwühlendes Frühjahr gewesen und womöglich an der Zeit, mildere Strafen zu verhängen. Cedi warf ihm einen harten Blick zu und sagte: »Die Strafe richtet sich immer nach der Art des Verbrechens, dazu gibt es keine Alternative.« Eccu zuckte mit den Schultern, wirkte verstört und fragte: »Warum wolltest du hierher nach Vesala, ich habe gesehen, dass du es wolltest.« »Nicht hierher«, erwiderte Cedi, »sondern nach Kumberla. Ich habe eine Spur.« »Was denn für eine Spur?«, erkundigte sich Eccu. »Vom Schwarzen Engel«, antwortete Cedi genüsslich, »ich weiß jetzt, wer die Frau ist. Sie ist Familie Luthers früheres Dienstmädchen. Tschali Luther, du weißt schon, der Zvigas bester Freund war.« »Der Schwarze Engel! Und du meinst, sie ist hier irgendwo?«, sagte Eccu ungläubig und viel zu laut: Henning Lund und der

Hausherr auf Huuskola saßen ein Stück weiter oben und unterhielten sich, horchten nun jedoch beide auf und drehten den Kopf und schauten in Eccus und Cedis Richtung. »Wie gesagt, nicht hier«, sagte Cedi betont leise, »sondern in Kumberla. Sie heißt Emmi. Emmi Taavitsainen.« »Weiß noch wer davon?«, fragte Eccu. »Henning und Julle«, erwiderte Cedi, nahm sofort Eccus beleidigte Miene wahr und fuhr fort: »Tut mir leid, mein lieber Eric, aber du bist ein zartes Pflänzchen, du bist nicht der Erste, dem man sich anvertraut, wenn die Zeiten sind, wie sie jetzt nun einmal sind.«

Die Verhandlung in Vesala war reine Routine. Das Kriegsgericht tagte auf Huuskola gård. Die Gefangenen wurden an einem langen Seil zusammengebunden die Dorfstraße hinab nach Huuskola geführt, zwanzig Wachen ließen sie keine Sekunde aus den Augen. Das ganze Frühjahr über hatten ringsum in Nyland Gefangene zu fliehen versucht, sie waren im Zickzack über offene und morastige Felder und Äcker geflohen, sie hatten auf Strümpfen zu fliehen versucht, die Hände auf dem Rücken gefesselt, und bis auf wenige Ausnahmen waren sie alle niedergestreckt worden wie Tiere, und am Ende waren die Weißen es leid gewesen und dazu übergegangen, ihre Gefangenen aneinanderzufesseln.

Elf der Gefangenen von Vesala wurden von den Bauern und dem Kaufmann und dem Dorfpfarrer so versöhnlich beurteilt, dass Cedi und Korhonen keine andere Wahl blieb, als sie freizulassen. Vierzehn Gefangene, darunter zwei Frauen, wurden zum Tode verurteilt, und acht Gefangene, alles Männer, wurden zu Gefangenenlager verurteilt: Das Schutzcorps von Vesala durfte selber entscheiden, ob sie die Gefangenen in das Lager von Sveaborg in Helsingfors oder nach Dragsvik hinter Ekenäs bringen wollten. Eccu sah, dass einer der Freigelassenen und einige der zukünftigen Lagergefangenen Cedi ein Dorn im Auge waren, und nahm an, sein Freund hätte gerne zwei oder drei Todesurteile mehr verhängt. Doch als Cedi in diese Richtung zu plädieren versuchte, regte sich nicht nur der

Widerstand der mächtigen Bauern, sondern auch Korhonens. *»Tarvitaanhan me renkiä ja työmiehiä vastakin, ei me voida kaikkia tappaa.* Wir brauchen unsere Arbeiter, wir können sie nicht einfach so umbringen«, erklärte der Gutsherr von Huuskala gelassen, und Cedi war klug genug, die unterschwellige Drohung herauszuhören.

Die Expedition aus Västankvarn blieb eine weitere Nacht auf Huuskola. Am nächsten Morgen wurden die vierzehn zum Tode Verurteilten zur Sudennummi-Heide einen Kilometer außerhalb des Dorfes gebracht. Dort wurden sie erschossen und begraben, bis in den Tod hinein mit dem langen Seil aneinandergefesselt. Auf Wunsch Korhonens und der anderen Bauern übernahm das Vesalacorps die Hinrichtung, und Eccu dachte, dass sich das Gerücht von dem Maximgewehr und den angeschossenen Gefangenen in Alkula wahrscheinlich in ganz Nyland verbreitet hatte.

Als die Erschießung vorbei war, teilte Cedi den Vesalabauern mit, die Expedition wolle weiter nach Kumberla, das knapp zehn Kilometer nördlich lag. Korhonen bot ihnen Pferd und Karren an. Cedi erklärte, dass es in Kumberla den vorliegenden Berichten zufolge höchstens eine Hand voll roter Gefangener gab und ein Teil der Expedition deshalb in Vesala bleiben und ein Auge auf die Autos haben könnte. Korhonen stimmte zu und sagte, Kumberla sei ein sehr kleines Dorf, es sei nicht der Mühe wert, dass sich acht Mann dorthin begaben. Cedi gab daraufhin den Befehl, dass Åke Weckman und die beiden anderen Westnyländer, Nordlund und Sundelin, in Vesala bleiben sollten.

Zu Anfang war Kumberla eine undramatische Geschichte. Das Dorf hatte nie eine rote Garde gehabt, und es gab dort nicht einmal eine Handvoll, sondern nur zwei rote Gefangene. Der eine war im Monat Februar Mitglied der Lojogarde gewesen und unter anderem beim Angriff auf Svidja dabei gewesen, aber danach hatte er sich nach Kumberla abgesetzt, er gebe keine fünf Penni für die ganze Revolution, hatte er gesagt. Der zweite Gefangene saß in Haft, weil er Lebensmittel gestohlen hatte. Nicht einmal Cedi schien größeres Interesse daran zu haben, die Gefangenen von Kumberla zu verurteilen. Er ließ den Dieb frei, teilte den Dorfbewohnern jedoch pflichtschuldigst mit, dass die Expedition den Lojogardisten zur Verhandlung nach Västankvarn bringen würde. Anschließend fragte er, scheinbar beiläufig, die Bauern von Kumberla, ob Menschen namens Taavitsainen im Dorf wohnten, seinen Berichten zufolge solle es eine solche Familie geben, und den gleichen Berichten zufolge solle diese Familie den Roten sehr verbunden gewesen sein. »Ja sicher, Taavitsainens, die bleiben für sich, aber wenn jemand rot ist, dann die«, antwortete einer der Bauern auf Finnisch und fuhr fort: »Sie wohnen nicht im Dorf, sondern in einem kleinen Haus im Wald. Der alte Taavitsainen ist vor ein paar Jahren gestorben, aber der Sohn hat den Pachtvertrag als Kätner übernommen. Das Haus steht auf Laurilas Land. Es ist Richtung Mustalampi, ihr nehmt den Weg dorthin, aber gleich hinter der Hügelkuppe biegt ihr links ab, es ist ein kleiner Waldweg, anderthalb Kilometer vielleicht. Außer denen wohnt da draußen kein Mensch, wenn ihr ein Haus seht, dann ist es ihres. Aber ich bin mir nicht sicher, ob sie überhaupt noch da sind, jemand hat behauptet, das Lojocorps hätte ihnen schon einen Besuch abgestattet.« Cedi Lilliehjelm hatte der langen Litanei des Kumberlabauern aufmerksam gelauscht, und als der Bauer verstummte, behielt Cedi sein ungerührtes Gesicht und seine neutrale Stimme bei und sagte in seinem unbeholfenen Finnisch: »Tja, ich glaube, wir müssen trotzdem eine Visite machen, wir auch.«

Es war nicht weiter schwer, das Haus der Familie Taavitsainen zu finden. Die Waldkate lag genau da, wo sie sein sollte, sie war klein und anspruchslos und ihre rote Farbe vor langer Zeit abgeblättert – das Haus sah ergraut und verfallen aus.

Cedi hatte den ganzen Nachmittag wie auf glühenden Kohlen gesessen, und seine Nervosität schien sich noch zu steigern, als die Kate in Sichtweite kam.

Das Häuschen stand dicht an einer Felswand, es lagen nicht viele Meter zwischen der nördlichen Längsseite des Gebäudes und dem Berggrund. Die Haustür ging gen Süden, man gelangte über eine winzige Veranda hinein, im Grunde war es nicht mehr als ein Treppenabsatz. Beide Giebel hatten Fenster, und die Giebelfenster standen halb offen; die fadenscheinigen und vergilbten Spitzengardinen bewegten sich schwach im Abendwind. Bruno und Henning erhielten den Befehl, sich dem Haus von Osten zu nähern, während Cedi, Julle und Eccu es umgingen und am Fuß des Hügels zum westlichen Giebel schlichen. Es war ein warmer und heiterer Maitag, ein Tag, der Sommer verhieß, aber jetzt stand die Sonne tief, und die steile Klippe verlieh der Landschaft um das kleine Haus einen melancholischen Schatten. Plötzlich wurde ein Gewehrlauf aus dem westlichen Fenster gesteckt und ein Schuss abgefeuert. Eccu, Julle und Cedi warfen sich ins Gras, pressten sich auf den Erdboden und begannen rückwärts zu robben; sie waren schon nah an das Haus herangekommen, aber zehn Meter hinter ihnen stand im Schatten von zwei großen Fichten ein Plumpsklo, dort wollten sie hin. Sie kassierten keine Treffer, konnten vielmehr mit heiler Haut in Deckung gehen, Eccu und Cedi standen hinter je einer Fichte, und Julle versteckte sich hinter dem Plumpsklo. Während sie zurückrobbten, hörten sie auch vom östlichen Giebel Schüsse, und einem der Schüsse folgte ein kurzer Schrei des Schmerzes und der Verwunderung: »Verdammter Mist! Zum Teufel!« Jetzt fielen die Schüsse auf der anderen Seite schneller, und sie hörten weitere Flüche und das Klirren zersplitternden Glases.

Das Feuergefecht dauerte höchstens zehn Minuten. Cedi zerschoss das westliche Fenster, meinte dann jedoch, es sei besser abzuwarten. Auf der östlichen Seite fielen die Schüsse in dichter Folge, während der Verteidiger des Westgiebels nur sporadisch einen Schuss abfeuerte. Dann wurde es auf einmal vollkommen still. Die Stille währte vielleicht eine Minute, vielleicht auch zwei, aber Eccu sollte sie hinterher als stundenlang und gespenstisch in Erinnerung bleiben. Er sollte sich zudem erinnern, dass er die ganze Zeit auf ein einsames Buschwindröschen gestarrt hatte, das gleich neben seinem linken Stiefel blühte, und an die Sonne, die in seinem Rücken langsam sank und warmes rotes Licht auf die hohen Kiefern südlich des Häuschens warf.

Die Ruhe wurde durchbrochen, als sich zwei Gestalten gleichzeitig aus dem Haus warfen. Die Verteidiger hatten ihre Gewehre zurückgelassen, um besser laufen zu können, der eine kam von der Eingangstreppe, während der andere sich durch das zerschossene Fenster am östlichen Giebel hinauswarf. Vor dem Haus lagen zwanzig Meter freie Fläche, dann begann der schützende Wald, und auf diesen Wald liefen die Gestalten nun zu, sie liefen im Zickzack, wie unzählige andere Finnen in diesem Winter und Frühjahr gelaufen waren, hatten aber keine Chance. Cedi hob seine Winchester und schoss auf die Gestalt, die durch die Tür gekommen war, er schoss, um zu töten, und bekam seinen Willen; der laufende Mann drehte sich mitten im Laufen und fiel ohne einen Mucks zu Boden und lag anschließend ganz still. Eccu sah, was er so oft in diesem Frühjahr gesehen hatte, er sah, dass der Mensch in der Sekunde seines Todes zu einem formlosen und undeutlichen Klumpen wurde, einem in Kleider gehüllten, aber anonymen Haufen Fleisch. Gleichzeitig hallte ein weiterer Schuss am östlichen Giebel, und Eccu sah, dass auch die andere Gestalt zu Boden ging, sie rollte im sprießenden Gras herum und schrie und fluchte: »*Sattuu, perkeleessaatananperkele sattuu!*«

Cedi lief über die Lichtung, hielt im Laufen das Gewehr erhoben und zielte mal auf den bereits toten Verteidiger, mal auf den Verletzten, der ein Stück entfernt schrie und jammerte. Er erreichte das Haus ohne weitere Schüsse und presste sich daraufhin an die Wand der Eingangstreppe. Er signalisierte den anderen, dass er ins Haus wollte, und rief: »Julle, du kommst mit rein! Henning, bewach die Getroffenen und schieß, wenn nötig! Ihr anderen haltet die Stellung!«

Cedi und Julle waren nur ein paar Minuten im Haus. Die verletzte Person fluchte und schrie die ganze Zeit, und man hörte nun deutlich, dass es eine Frau war.

Als Cedi und Julle aus dem Häuschen kamen, gaben sie Entwarnung, und alle verließen ihren Posten und sammelten sich vor dem Haus. Cedi, Julle und Eccu gingen zu dem Mann, den Cedi erschossen hatte; er hatte einen verfilzten schwarzen Bart und war mausetot. Henning und Bruno gingen zu der Verletzten. »*Mihin osui*, wo bist du getroffen?«, fragte Henning, hielt das Gewehr jedoch unablässig auf die Frau gerichtet; er selbst hatte eine Fleischwunde am rechten Arm, der Ärmel seines Mantels war zerfetzt und blutig. »*Jalkaan*, im Bein«, antwortete die Frau mit gepresster Stimme, »*se meni suoraan pohkeen läpi, murhaajia te ootte ettekä mitään muuta*, der Schuss ist direkt durch die Wade gegangen, ihr seid Mörder und nichts anderes!«

Cedi trat zu der Frau, beugte sich über sie und betrachtete sie; sie war blond und zierlich und hatte nicht die geringste Ähnlichkeit mit dem Schwarzen Engel. Die Sonne war inzwischen hinter dem Horizont versunken, aber es hielten sich noch Reste ihres roten Lichts. »*Kuka te olette*, wer sind Sie?«, wollte Cedi von der Frau wissen. »Das geht dich nichts an, wer ich bin, du verdammter Schlächter!«, fauchte die Frau plötzlich in einem Schwedisch, das völlig akzentfrei war. »Sieh einer an, du sprichst Schwedisch«, sagte Cedi ungerührt. »Wir suchen Emmi Taavitsainen, wo ist sie?« »Woher soll ich das wissen?«, antwortete die Frau und biss die Zähne vor Schmerz zusammen. »Ihr habt gerade meinen Mann umgebracht und mir ins Bein geschossen, das ist es, was ich weiß, ihr verdammten Hurensöhne.« Eccu sah, dass Cedis Wangenmuskeln arbeiteten. »Du wirst jetzt die Güte haben, mir zu sagen, wer der da hinten ist und wer du selber bist und wo sich Emmi Taavitsainen herumtreibt«, sagte er dann. Er stieß das gesunde Bein der Frau mit dem Gewehrlauf an und ergänzte: »Sonst verlierst du das andere Bein auch noch.« »Ich bin Matilda Taavitsainen, geborene Karlsson«, sagte die Frau mit schmerzbleichem Gesicht, »ich bin die Frau von Heikki Taavitsainen, den ihr gerade umgebracht habt, und wenn eure Mütter wüssten, was ihr hier draußen treibt, würden sie die Höllennacht verfluchen, in der sie euch durch ihre Fotzen gepresst haben!« Eccu zuckte zusammen, als er die Frau diese giftigen Worte ausstoßen hörte, er sah die Schwärze in ihren Augen, als sie ihren Fluch aussprach, und er sah die gleiche abgrundtiefe Schwärze in Cedis Blick, als er sie hörte. »Halt's Maul, du rote Hure«, sagte Cedi, »zum letzten Mal, wo steckt Emmi Taavitsainen?« Die Frau grinste trotz der Schmerzen und der Furcht, die sie empfinden musste – oder aber sie verachtete den Tod einfach, schoss es Eccu durch den Kopf –, und sagte: »Die kriegst du nie, du Schlächterschwein, hier sind Leute aus Lojo gewesen und haben sie schon vor einer Woche abgeholt.«

Cedi wurde blass, und in der nächsten Sekunde tauchte auf beiden Wangen ein kleiner roter Fleck auf.

Dann trat er drei Schritte zurück, hob sein Gewehr und schoss ihr mitten ins Gesicht.

Sie hoben das Doppelgrab ein gutes Stück vom Haus entfernt aus, im sandigen Erdreich den Hang hinauf. Sie gruben tief und unter anhaltendem und verbissenem Schweigen.

Es war eine helle Frühlingsnacht, und sie fanden einen kleinen Waldteich, in dem sie Hennings Wunde säubern konnten. Anschließend rissen sie ein Stück von Brunos Hemd ab und verbanden die Wunde damit, so gut es ging. An Hennings zerrissenem und besudeltem Paletot ließ sich nichts ändern. Als sie fertig waren, wuschen sie sich und liefen anschließend Richtung Kumberla.

Während sie gingen, hallte unablässig der gleiche Satz in

Eccus Kopf wider, er hallte immer und immer wider und wurde jedes Mal lauter. Es war die Stimme Doktor Gustafssons auf dem winterlichen Sigurds: »…der Moment, in dem in einem freien und friedlichen Vaterland wieder eine gesetzmäßige Ordnung herrscht… der Moment, in dem in einem freien und friedlichen Vaterland wieder eine gesetzmäßige Ordnung herrscht…«

»Was zum Teufel sagst du da, Eccu?«, fauchte Cedi plötzlich.

»Nichts«, antwortete Eccu erschrocken und begriff, dass er die Worte laut ausgesprochen haben musste.

»Nimm dich bloß in Acht!«, sagte Cedi drohend. »Solange wir im Feld sind, bin ich dein Vorgesetzter, vergiss das nicht. Und jetzt bekommst du einen Befehl: Halt's Maul!«

»Entschuldige, Cedi«, sagte Eccu kleinlaut.

»Du wirst den Arsch verdammt noch mal nicht um Entschuldigung bitten«, sagte Bruno Skrake plötzlich. Dann wandte er sich an Cedi und sagte mit der gleichen ruhigen Stimme: »Jetzt reicht's. Wenn du dich nicht langsam beruhigst, bekommst *du* das nächste Mal eine Kugel in den Kopf.«

Henning Lund sagte: »Bruno hat Recht, Cedi. Du bist zu weit gegangen. Ab jetzt bringen wir jeden Gefangenen lebend nach Västankavarn, bei so was mache ich nicht mehr mit.«

Cedi sah vom einen zum anderen, sagte aber nichts, traute sich nicht.

Als sie Kumberla erreichten und zu dem Bauernhof geführt wurden, auf dem sie übernachten sollten, hatten sie die Reihen schon wieder geschlossen.

»Ihr hattet Recht«, sagte Cedi zu den Kumberlabauern. »Das Haus stand leer.«

»Jemand muss die Taavitsainens schon geholt haben, es gab Spuren eines Feuergefechts«, sekundierte Julle Enerot.

Bruno und Henning nickten ernst, um den Worten der beiden Sergeanten Nachdruck zu verleihen. Die Kumberlabauern sagten nichts, aber einer von ihnen betrachtete lange den Riss in Hennings Mantel und den provisorischen Verband um seinen Arm.

»Nur ein Querschläger«, erklärte Cedi. »Als es keine Roten gab, haben wir eine Schießübung abgehalten.«

13

Ivar Grandell schrieb:

Samstag 1.VI.1918

Sommer. Aber es kommt einem nicht so vor. Die Sonne, die unbarmherzig über uns brennt, ist ein böser Stern der Unvollständigkeit und Unzulänglichkeit. Die Welt ist voller Menschen, die nichts Böses getan haben (allerdings auch nichts Gutes), aber furchtbar leiden. Mir fehlt sowohl die Kraft, Gott zu verleugnen, als auch, an ihn zu glauben. Sicher ist nur, wenn wir etwas Höheres in uns tragen, verraten wir es immer wieder. Warum bin ich hier, in dieser Stadt, in diesem Land? Dem Leben fehlt jeglicher Sinn.

14

Im Mai und Juni dieses Jahres suchten die Roten ihre Toten in provisorischen Leichenhallen, die man in allen größeren Städten eingerichtet hatte. In Helsingfors war eine dieser Leichenhallen ein leerstehendes Haus in Alkärr; das Haus wurde seit jeher der Rote Tod genannt. Eine der Leichen, die dort lagen, war eine pockennarbige junge Frau mit schwarzen Haaren, aber niemand kam, um nach ihr zu suchen. Einer der Wachposten im Haus war Lonni Tollet, der ein guter Freund Tschali Luthers und ein gern gesehener Gast in der Professorenvilla in Fågelsången war, und Lonni erkannte in ihr das Hausmädchen Emmi und rief Tschali hinzu. Tschali identifizierte sie und arrangierte trotz des Protests seiner Eltern eine einfache, aber würdevolle Bestattung.

Das Westnyländische Bataillon wurde am fünften Juni 1918 aufgelöst. Aus Anlass der Auflösung wurden die Unteroffiziere Cedric Lilliehjelm und Julius Enerot zu Fähnrichen befördert. Bruno Skrake und Henning Lund wurden Sergeants, Eric Widing wurde nicht befördert. Im August erzählte Cedi Eccu – nicht ohne triumphierendes Funkeln in den Augen –, dass mehr als die Hälfte der Bataillonsprotokolle und übrigen Papiere bereits vernichtet waren.

Im August wusste man zudem, dass nahezu ein Drittel der zehntausend roten Gefangenen im Lager von Dragsvik außerhalb von Ekenäs an Hunger und Krankheiten gestorben war. Das Lager befand sich in einem Gebiet mit sandigem Erdreich und Kiefernwald, und im Spätsommer war die Rinde der meisten Kiefern so hoch abgenagt, wie ein Mann mittlerer Größe hinaufreichte. Als es keine Kiefernrinde mehr gab, hatten die Gefangenen eine Pferdeleiche gefunden, die man einen Monat zuvor verscharrt, aber so stümperhaft vergraben hatte, dass Teile des Kadavers aus der Erde lugten. Man hatte den verwesten Kadaver ausgegraben und alles außer den Knochen gegessen, sogar das Fell war fort.

Die toten Gefangenen wurden in Massengräbern auf einer sandigen Anhöhe in unmittelbarer Nähe des Kasernenareals verscharrt. Die Gräber waren fünfzig Meter lang, und die Leichen wurden in Haufen von den pferdegezogenen Karren abgekippt. Wenn ein Fünfzigmetergrab voll war, hob man daneben ein gleichartiges aus, füllte das erste Grab mit dem Erdreich aus dem neuen und holte eine weitere Ladung Leichen; es war, als säte man in frisch gepflügten Furchen, doch aus dieser Saat wuchs keine neue Frucht. Das Einzige, was passierte, war, dass die Kiefern auf der sandigen Heide ein, zwei Zentimeter höher wuchsen als anderswo, und es gab Ortsansässige, die der Meinung waren, dass die Bäume trauriger im Wind rauschten als früher.

Am vorletzten Tag im Oktober, an einem Tag, an dem es in Helsingfors und ganz Nyland ununterbrochen regnete, wurden Enok Kajander und Santeri Rajala freigelassen, Enok aus dem Lager in Dragsvik und Santeri aus dem Lager auf Sveaborg. Enok Kajander, der ein Meter siebenundachtzig groß war, wog zweiundvierzig Kilogramm, Santeri Rajala, der ein Meter vierundsiebzig groß war, wog siebenunddreißig Kilogramm.

Einen guten Monat später, am siebten Dezember, wurde eine umfassende Amnestie für alle Weißen verkündet, die sich während der Säuberungsaktionen nach dem Krieg strafbarer Handlungen schuldig gemacht hatten.

Drittes Buch

*Unter den Schmetterlingslampen
(April–Juli 1922)*

*Die Aeromaschine zeichnet den Kringel
an den hellen Himmel,
und der Name dieses Kringels ist Zukunft*

– aus Ivar Grandells Gedichtsammlung
»Maschinenmesse«, 1925

1

In diesem Frühjahr saßen Eccu, Ivar, Henning und die anderen schon seit mehr als drei Jahren unter den Schmetterlingslampen. Die offizielle Version lautete, dass sie einander stocknüchtern Gesellschaft leisteten, Limonade, Kaffee und Tee tranken und warme Oscar- und Jäger- und Opernsandwiches dazu aßen. In Wahrheit tranken sie jedoch Wein und destillierte Getränke aus Gläsern, die sie mit dem Inhalt mitgebrachter Flaschen füllten, und wenn sie doch einmal Kaffee oder Tee tranken, waren diese wärmenden Getränke von ganz besonderer Art: Tee mit Schuss, Pharisäer, Tee mit Pfiff, Kaffeegrog, Teepunsch – geliebtes Kind hat immer viele Namen. Es waren die Jahre, in denen der offizielle Finne überhaupt keinen Alkohol trank, während der inoffizielle Finne mehr trank als jemals zuvor. Dort *unter den Schmetterlingslampen* fand man Feuerwasser für *garantiert weiße Männer* in den Wasserkaraffen, den Teekannen, den Kaffeepötten und in der Pfeffermühle. Dort wurden Schnäpse aus den alten Porzellansalzstreuern der Marke Rörstrand angeboten, und dort wurde gelber und trägflüssiger Punsch aus Saucieren der Firma Villeroy & Boch serviert. Sogar in den Blumenvasen lagerte man alkoholische Schmuggelware; die Blumen waren aus strapazierfähigem Stoff, kunstvoll angefertigt von der Kunsthandwerkerin Frau Maltseff in der Annegatan. Im Foyer, dort, wo der schmale Gang zum Restaurant begann, stand eine gigantische schwarze Vase, und auch in dieser mussten sich die getrockneten Sumpfbinsen mit jenem Elixier des Vergessens, diesem Aphrodisiakum und Gift, vertragen, das nun, zum vielleicht ersten Mal in der Geschichte Finnlands, von allen Gesellschaftsklassen zu den gleichen illegalen Bedingungen getrunken wurde.

So wie die Nachkriegssauferei einen gesetzmäßigen Namen hatte, die Prohibition, hatte auch *Unter den Schmetterlingslampen* einen Namen, der in Telefonbüchern und Zeitungsannoncen benutzt wurde: der Opernkeller, im Volksmund »das Opris« genannt. Das Opris lag im Haus des Schwedischen Theaters, man betrat das Lokal von der Theateresplanade kommend. Im Foyer gab es Wandgemälde von der Jahrhundertwende, sie zeigten Pan und Aphrodite und Dionysos und andere lebensbejahende Götter, und von dort aus wurde man durch einen Geburtskanal in Form eines geschwungenen Korridors, der von hohen, schmalen Spiegeln geschmückt war, in das Restaurant geführt. Dort im Speisesaal warteten dann die gedeckten Tische, und alles war tadellos, die gemangelten und gebügelten Tischdecken, die funkelnden Kristallgläser, das glänzende Tafelsilber, der blaue Samtvorhang der Bühne, der in Erwartung der Künstler dieses Abends zugezogen war, und an der Restaurantdecke schließlich der Geniestreich des Polyglotts, Museumsassistenten und künstlerischen Tausendsassas Wasastjerna: die zwölf großen und bunten Schmetterlingslampen und ihr intensives, künstliches Licht, das dem Gast jedes Mal, wenn er den Raum betrat, das Gefühl vermittelte, neu geboren zu sein.

Eccu, Ivar und die anderen hatten ihren Stammtisch auf dem Balkon. Nun ja, »Balkon« – es handelte sich um einen sechs Meter breiten Gang, der in einem Halbkreis einige Dezimeter oberhalb des Restaurantraums verlief. Ihr Tisch, Nr. 16, stand gleich neben einer der runden Säulen, von denen die vier Treppenstufen in den Raum hinab gesäumt wurden, und wie alle anderen Tische hatte auch Nr. 16 ein Geheimregal unter Decke und Tischplatte; das Regal war für die mitgebrachten Flaschen der Gäste bestimmt, und solange die Restaurantinspektoren des südlichen Distrikts die gleichen blieben – will sagen, Santanen, Aarnio, Backman und Klinge –, garantierten die Trinkgelder, die in ihren schwitzigen Händen verschwanden, dass diese Regale unentdeckt blieben.

Der harte Kern, der so oft *Unter den Schmetterlingslampen* saß, dass Oberkellner Borodulin und sein Personal Nr. 16 praktisch für ihn reserviert hatte, bestand aus Eccu Widing, Ivar Grandell und Henning Lund. Seit dem Winter 1919 saßen sie dort, und gut drei Jahre später war bereits spürbar, dass Henning auf einem guten Weg war, ein erfolgreicher Geschäftsmann zu werden. Seine Reisen führten ihn nach Viborg und Tammerfors, nach Stockholm und Kopenhagen, und auch wenn seine Aktivitäten noch nicht ihren vollen Umfang entfaltet hatten, so waren sie doch bereits von jenem geheimnisvollen blauen Dunst umgeben, in den Henning nur zu gern sowohl sein privates Ich als auch seine Geschäfte hüllte; sein großer Bekanntenkreis hatte nie mehr als nur eine vage Vorstellung davon, was er eigentlich trieb.

Außerdem gab es noch die »Aushilfen«, die eine Zeit lang an Tisch Nr. 16 saßen, aber plötzlich monatelang fortbleiben konnten, und schließlich gab es noch die »Amateure«, will sagen all jene, die sich dort nur gelegentlich einstellten. Zu ersteren gehörten Bruno Skrake und der frischgebackene Werbetexter Lonni Tollet. Zu letzteren gehörten Telemachos Christides, ein Enkel des Tabakkönigs Achilles Christides, und Cedi Lilliehjelm, der manchmal einen strengen Zug um den Mund bekam, wenn er sich in der angeheiterten und feuchtfröhlichen Gesellschaft umschaute, vor allem, wenn seine große Schwester Lucie oder Eccu Widings kleine Schwester Nita am betreffenden Abend Anstand und Würde verloren.

Ja, die Frauen. Lucie gehörte zum Inventar. Seit dem Tag ihres einundzwanzigsten Geburtstags war sie alleine ins Opris gegangen und hatte den gelegentlich spöttischen und kühlen, gelegentlich auch nur erstaunten Blicken der Kellner und männlichen Gäste nie Beachtung geschenkt. Lucie liebte das Nachtleben, liebte die Musik und das Stimmengewirr und die sorgsam gewählten Repliken, die mal wie spitze Pfeile über den Tischen flogen, mal gegen die Wände des Restaurants stießen wie ungestüme Sodablasen, sie bejahte das alles mit der gleichen Intensität, mit der sie früher Konditoreien und Gebäckstücke und Romanlektüre bejaht hatte. Sogar ihre Armbanduhr war noch dieselbe, es war die Uhr, die sie von Rurik geschenkt bekommen hatte und der auf eigentümliche Weise das Kunststück gelang – so Nata von Julins säuerlicher Hinweis –, zugleich kokett und protzig zu sein.

Dann war da noch Lucies Freundin Michaëla Morelius, Micki genannt; auch sie war oft und gerne dabei. Natalie von Julin und Darling Söderström dagegen blieben fern. Nata hatte kürzlich einen Vicomte geheiratet und wohnte in einem Schloss nahe Bordeaux, während Darling im Winter 1921 zusammen mit Lasse Nottbeck und Chauffeur Helmer Savander bei einem schweren Autounfall ums Leben gekommen war.

In diesem vierten Frühjahr bekam Tisch Nr. 16 mehrere Neuzugänge. Einer von ihnen war Nita Widing, die kürzlich ihren einundzwanzigsten Geburtstag gefeiert hatte, ein anderer war Nitas Freundin Margaretha »Maggie« Enerot. Nita und Maggie waren nicht sonderlich oft da, dafür umso öfter die Schauspielerin Henriette Hultqvist, gebürtige Schwedin, aber seit sechzehn Jahren wohnhaft in Helsingfors. Fräulein Hultqvist schloss sich der Gesellschaft an, sobald das abendliche Theaterstück vorbei und der Applaus verklungen war. Sie war immer noch rank, und ihre Fesseln waren schlank, und weil es so war, bekam sie immer noch die Rollen junger Frauen, der Zahn der Zeit nagte zwar an ihr, aber er tat es schonend, und sie blieb am Theater und klammerte sich fest, so gut es eben ging. Dennoch entging niemandem, dass sie die älteste im Ensemble war, die Jahre lagen in ihrem Blick verborgen, der zugleich hart und verletzt sein konnte, und man sah sie zudem in dem Netz feiner Fältchen, das um ihren Mund war, wenn sie sich abgeschminkt hatte.

Seit ihrer Ankunft in Helsingfors hatte man über Fräulein Hultqvist getuschelt. Man wusste von ihrer Beziehung zu Eisenbahndirektor Widing, und man wusste, dass Widing ihr in dem Jahr den Laufpass gegeben hatte, in dem seine Frau starb und Fräulein Hultqvist ihren fünfunddreißigsten Geburtstag feierte. Außerdem, so wussten böse Zungen zu berichten, wollte die neue Theaterdirektion sie entlassen und stattdessen irgendeine junge Frau engagieren, gerne ein einheimisches Talent, das mit einem schneidenden und kantigen Helsingforser Dialekt sprach, denn das war der neueste Trend. Alle, die im Opris saßen, wetteten darauf, dass Fräulein Hultqvist ein Auge auf einen der Männer an Tisch Nr. 16 geworfen hatte, doch bis auf weiteres enthüllte sie nicht, auf wen ihre Wahl gefallen war.

Eine neue Zeit hatte begonnen, und auf die eine oder andere Art trug sie jeder von ihnen in sich.

Eccu hatte auf seinen Studienplatz an der Technischen Hochschule verzichtet und ein eigenes Atelier eröffnet, Atelier Widing. Das nötige Kapital hatte er von zwei Seiten erhalten. Sein Vater Jali hatte seine Maskin & Bro-Aktien verkauft und das Geld stattdessen in Eccus Atelier gesteckt. Offiziell machte er sich Sorgen, wie geglückt sich seine Investition wohl erweisen würde, und gab sich fest überzeugt, dass Eccu in die Wechselreiterei hineingezwungen werden würde, unter der so viele Bohemiens der Stadt litten, aber in Wahrheit war Jali stolz wie Oskar; ein eigenes Atelier war sein längst begrabener Jugendtraum gewesen, und es war besser, der Junge verwirklichte ihn, als dass überhaupt kein Atelier Widing gegründet wurde. Zweiter stiller Teilhaber war Henning, der von sich aus angeboten hatte, eine größere Geldsumme in Eccus unsicheres Geschäft zu stecken. Cedi, seinerseits, war verletzt gewesen –

213

auch er hätte Geld auf das Atelierabenteuer setzen wollen, aber Eccu hatte sich nie bei ihm gemeldet.

Das einjährige Bestehen des Ateliers war nicht mehr fern, die Geschäfte gingen gut. Der Familienname war bekannt und wurde goutiert, und Eccu hatte sich rasch den Ruf eines geschickten Porträtfotografen mit persönlichem Touch erworben. Daheim in der neuen Wohnung auf Brändö wartete Aina Widing, geborene Gadolin; sie waren frisch vermählt. Eccu hätte sich eigentlich nach Aina sehnen sollen, was er auch tat, dennoch verbrachte er fast alle Werktagsabende im Atelier, statt Linie B nach Hause zu nehmen. Seine Arbeitstage waren grausam lang, und er schlief nur ein paar Stunden jede Nacht, in seinem Inneren hausten Dämonen, die unermüdlich tätig waren, und er spürte, dass es so war, versuchte jedoch, sich nichts anmerken zu lassen, er gestattete diesen Dämonen, ihn anzutreiben, ohne weiter darüber nachzugrübeln, wer sie waren und warum sie ihn trieben und wohin, er hatte einen kleinen Flachmann in der Tasche seines Jacketts, er nahm nur einen Schluck oder zwei, nie mehr, und während er weiterarbeitete, versank die Sonne in den Wäldern jenseits von Tölö und Mejlans, und der Aprilabend war still und rot, und wenn das Tagwerk endlich vollbracht war, sobald er schließlich, wenn auch nicht zufrieden, so doch zumindest weniger unzufrieden und unruhig war als am Morgen, begannen die Schmetterlingslampen zu locken und zu zerren, er sah sie vor seinem inneren Auge, sie saugten ihn an, als wären sie keine Deckenlampen in einem Etablissement von zweifelhaftem Ruf, sondern wirkliche, lebendige Schmetterlinge mit klebrigen Zungen, die ausgestreckt wurden und ihn kitzelten, wo er am wehrlosesten war: an seiner Neugier und seinem Lebenshunger.

Über Henning wusste man, wie gesagt, nicht viel, seine Geschäfte blieben im Dunkeln – »möglicherweise ist es am besten so«, bemerkte Henning eines Abends an Tisch Nr. 16 und lächelte geheimnisvoll. In den drei Jahren an Tisch Nr. 16 hatte er eine einzige lächerliche Transaktion verraten. Ein gutes Jahr nach dem Krieg hatte er die Immobilien Henriksgatan 22 und 24 Rurik Lilliehjelm abgekauft, der damals große Devisenschulden und einen akuten Bedarf an liquiden Mitteln hatte, und nachdem er die Gebäude eine Weile besessen und ihre Wertsteigerung verfolgt hatte, war die ganze Chose von Henning an einen anderen Geschäftsmann aus der Vorkriegsgeneration verkauft worden, den immer mächtigeren Zeitungs- und Druckereibesitzer Amos Anderson. Damals hatte der normalerweise so diskrete Henning nicht verhehlt, dass er an diesem Geschäft tüchtig verdient hatte.

Cedi Lilliehjelm war als stellvertretender Geschäftsführer bei AB Automatica angestellt, einem expandierenden Unternehmen, das italienische Autos und deutsche Zahncreme und Schreibmaschinen der Marke Corona und alles dazwischen importierte, Hauptsache, das Produkt bejahte das Zeitalter der Schnelligkeit und der Maschinen, das angebrochen war.

Bruno Skrake hatte einen Abschluss an der Höheren Handelsschule gemacht, er war ein Geselle, der seine ersten Geschäfte mit Henning und Cedi als Lehrmeistern machte. Und Lonni Tollet hatte eine Karriere in der Werbebranche eingeschlagen, die so kläglich und gleichzeitig so endlos lang werden sollte, da der Gründer der Werbeagentur Recla-Max, für die er arbeitete, sein leiblicher Bruder Joachim alias Jocke war, der seinen kleinen Bruder Lonni über alles liebte und einfach nicht das Herz hatte, ihn hinauszuwerfen. Seinen ersten groben Schnitzer leistete er sich in ebendiesem Spätwinter. AB Automatica hatte Recla-Max den Auftrag erteilt, einen Namen für eine neue Zahncreme zu finden und Anzeigentexte für sie zu verfassen, da man beabsichtigte, den Kampf mit der dominierenden Marke Oxygenol aufzunehmen. Lonni arbeitete fleißig an der Kampagne und nachdem er sich mittels einer Reihe von Paraphrasen über mit dem Lateinischen verwandte Wörtern wie *Rex, Record, Rey* und *Regina* vorgetastet hatte, legte er schließlich seinen Vorschlag für eine Werbekampagne vor.

Direktor Tolle hatte – im Gegensatz zu Lonni – am Schwedischen Normallyzeum Latein gelernt, und als er Lonnis Namensvorschlag sah, zuckte er zusammen und sagte scharf: »Stopp! Das darf unter gar keinen Umständen in Druck gehen!« Lonni war zwar ein Wirrkopf, aber auch ein umtriebiger junger Mann, und die erste Annonce war bereits *Hufvudstadsbladets* Anzeigenabteilung zugesandt worden. Von dort aus war sie an die Setzerei der Zeitung weitergeleitet worden, und nun war es bereits Abend, und die Leute, die bei *Hufvudstadsbladet* Nachtschicht hatten, waren wie üblich entweder sinnlos betrunken oder fuselschwer entschlummert. Deshalb erreichte Direktor Jocke keinen verantwortlichen Redakteur oder Korrektor, bevor es zu spät war, und am folgenden Morgen konnte ein entzückter Leserkreis Bekanntschaft schließen mit der weltweit ersten Annonce für die Zahncreme »Rectal«: *Ihr Atem hat nie besser geduftet.*

Im Juni 1921, fast auf den Tag genau ein Jahr nach dem Tod ihrer großen Schwester Sigrid an den Folgen der Spanischen Grippe, war Lucie Lilliehjelm in die Arkadiagatan im vorderen Teil des Stadtteils Tölö gezogen. Sie wohnte allein in einer Zweizimmerwohnung, sie hatte sowohl eine Badewanne als auch eine Dusche, dagegen keine Kochnische; im Erdgeschoss befand sich stattdessen eine riesige, nagelneue Zentralküche, und wenn das Essen fertig zubereitet war, gab es einen speziellen Essensaufzug, der sich um den Transport kümmerte. Zum Umzug war es trotz der entsetzten Proteste der treuen Seele Olga gekommen: Olga hielt nicht viel von modernem Schnickschnack wie Zentralküchen und Aufzügen. Lucie hatte eigentlich niemanden, der ihr beim Putzen oder Kochen zur Hand ging, die einzige Hilfe, die sie hatte, war ausgerechnet die von Olga, die ab und an, ungebeten und unangemeldet, vorbeischaute. Olga kam mit Essensschüsseln aus der Henriksgatan, Mahlzeiten, die von der ausgezeichneten Köchin Frau Holmström zubereitet worden waren, die Familie Lilliehjelm von Familie Gylfe übernommen hatte, als Gylfes sich im Jahr nach dem Bürgerkrieg und dem tragischen Tod ihres älteren Sohns Magnus scheiden ließen. Manchmal putzte Olga, und während sie das tat, murrte sie beleidigt, dass Fräulein Louise nun wirklich nicht so leben sollte, und wenn sie fertig war mit Putzen, weigerte sie sich standhaft, das zusätzliche Trinkgeld anzunehmen, das Lucie ihr aufdrängen wollte.

Wenn Olga nicht kam, nahm Lucie ihre Mahlzeiten in Restaurants und Cafés ein; sie wusste kaum zu sagen, wo die Zentralküche des Hauses lag, und noch weniger, wie es darin aussah. Ihre schmutzige Wäsche brachte sie zu einer neuen Wäscherei in einem Hinterhofhaus in der Freesegatan, die von Frau Mosander geführt wurde, deren Waden und Handgelenke dicker waren als Lucies Oberschenkel. Lucie erteilte Lyzeumsschülern und begabten und fleißigen jungen Arbeitern, welche die Welt erobern wollten, Sprachunterricht, und manchmal übersetzte sie im Auftrag von Automatica, Wulff, Nikolajeff, Stockmann und anderen Geschäftsbriefe und Broschüren. Französisch, Deutsch und Englisch beherrschte sie perfekt, darüber hinaus konnte sie Italienisch, Finnisch und Russisch, und wenn sie in die Stadt ging, kleidete sie sich wie eine Abenteurerin aus fernen Ländern. Sie trug hochhackige Schuhe mit Gold- oder Silberspangen, und ihre Kleider waren glitzernd grün oder indigoblau; es war ein Modell, das in Paris *à la mode* geworden war, es hing lose auf den Schultern, betonte kein bisschen die Figur und endete kurz unterhalb der Knie. Lucies Haare waren nicht hochgesteckt, dafür aber gut frisiert, das lockige Stirnhaar war betont unbändig, hinten waren die Haare dagegen kurz geschnitten und so gedreht, dass der ganze Nacken frei blieb. Lucie trug Herrenhüte, Turbane, Stirnbänder aus hauchdünnen Stoffen, ganz nach Lust und Laune, und ehe sie sich zum Feiern anzogen und in den Helsingforser Abend hinausgingen, bat sie Micki Morelius, ihre Brüste mit Tuchbahnen zu umwickeln, fester! sagte sie, zieh fester, Micki, denn sie wollte schmetterlingsleicht sein und hatte immer schon gefunden, dass ihre Brüste zu groß und zu schwer waren, sie waren ihr bereits lästig gewesen, als sie sechzehn war und Tennis spielte.

Micki Morelius studierte Kulturgeschichte und Literatur an der Universität und wiederholte oft, sie habe vor, zu promovieren und Professorin oder zumindest Dozentin zu werden. Lucie und die anderen belächelten Mickis große Worte insgeheim, und eines Tages sagte Lucie ihr, sie sehe durchaus unauffällig genug aus, sei aber viel zu leichtsinnig und faul, eine Frau, die es zu etwas bringen wolle, müsse immer härter arbeiten, sich unauffälliger verhalten und die Dinge hochtrabender anpacken als die Männer. Micki nahm die boshafte Bemerkung über ihr Aussehen kommentarlos hin, sie wusste, dass sie keine Schönheit war, und seit ihren Jahren auf dem Internat hatte Lucie peinlichst genau darauf geachtet, dass ihr nicht der Hauch einer Chance blieb zu vergessen, wie die Dinge lagen. »So schlimm kann es doch nun wirklich nicht sein, denn etwas Eingebildeteres und Hochtrabenderes als einen männlichen Akademiker gibt es ja gar nicht«, lächelte Micki und fügte hinzu, sie sei möglicherweise allzu lebenshungrig und müßiggängerisch veranlagt, der Mensch könne sich jedoch durchaus ändern; sie glaube nicht an fixierte Persönlichkeiten aus einem Guss, sagte sie, ihr eigener Plan sei, zunächst ihr Leben zu führen, ohne ans Morgen zu denken, dann aber werde sie ihr Forschungsgebiet und ihre Berufung finden, und anschließend werde sie reifer werden und ernsthaft und karriereorientiert einen knochentrockenen, aber epochalen Artikel nach dem anderen schreiben. Micki wurde emsig vom zehn Jahre älteren und äußerst kurzsichtigen Anthropologen Christian Feiringer umworben, dem älteren Bruder des Lebemanns Leo, aber Feiringers Avancen interessierten sie wenig. Manchmal, wenn sie Lucie Lilliehjelms Brüste umwickelte, berührte ihre Hand Lucies nackten Rücken, und dann fühlte sie sich auf einmal innerlich so traurig und rastlos. Aber sie zeigte Lucie nie etwas davon, sondern redete stets so schnell und unbekümmert weiter, wie sie untereinander immer redeten; sie gestand sich diese plötzlich auftauchenden und sich ebenso schnell wieder verflüchtigenden Momente der Sehnsucht selber kaum ein.

Als Nita Widing und Maggie Enerot erstmalig den Tuscheleien und Blicken der Herrentische trotzten und sich unter den Schmetterlingslampen niederließen, war es März, und sie trugen Nachkriegsfrisuren, die von den Pariser Frauen längst aufgegeben worden waren. Nita hatte schwarze Haare, und Maggie war blond, aber beider Haar war so geschnitten und gelegt, dass zu beiden Seiten eine dicke, aufwärts geschwungene Locke hervorstach, die Locke bedeckte das Ohr und strebte anschließend weiter, es sah aus, als hätte sich ein kräftiges Kommazeichen auf ihren winterbleichen Wangen niedergelassen. Doch noch ehe das Frühjahr verstrichen war, hatten sowohl Nita als auch Maggie Lucie kopiert, genau wie Micki Morelius es schon im Winter getan hatte; allesamt hatten sie wüstes Stirnhaar und zeigten ihre nackten und milchweißen Nacken, und als es Mai wurde, experimentierten Nita und Maggie bereits mit Turbanen und Stirnbändern. Manchmal betrachtete Eccu Widing seine Schwester voller Sorge und fragte sich, nach wem sie mehr kam, Atti mit ihrer Neugier und ihrem Schwermut oder Jali, hinter dessen phlegmatischer Art sich solch ein unheilbarer Leichtsinn verbarg.

Seit zwei Jahren war Ivar Grandell mittlerweile Oberlehrer an der schwedischen Volksschule in Vallgård; draußen in der Vorstadt wusste niemand, dass man ihm einmal den Spitznamen Spiritus Dilutis gegeben hatte. Die Vallgårdschule war ein schwerer und düsterer Backsteinbau mit vier Etagen, der in einem der halbfertigen Armenviertel lag, in denen die Stadt endete und die Menschen immer noch den Preis für den Krieg bezahlten. Und es war wohl so, dass Ivar Grandell, der seine Arbeitstage in der Backsteinkaserne dort im Niemandsland verbrachte, seine Abende jedoch im Opris und Bronda und anderen Gaststätten im Stadtzentrum, um anschließend unruhig in einer renovierungsbedürftigen Mietwohnung in der Broholmsgatan zu schlafen, der Einzige in der Gesellschaft an Tisch Nr. 16 war, der allen Ernstes begriff, wie geteilt, wie abrupt abgehackt ihre gemeinsame Heimatstadt vier Jahre nach Kriegsende immer noch war.

Im Grunde gab es zwei Städte.

In der einen Stadt hatte man im Februar aufgehorcht, als der Geschäftsmann Tandefelt mitten auf der Nervandersgatan Innenminister Ritavuori erschoss, aber ansonsten versuchte man zu leben, als hätte es weder den Krieg noch dessen unangenehmes Nachspiel gegeben. Man veranstaltete Maskenbälle und Ringerturniere und Programmabende mit Schrammeljazz und Tee, Abende, an denen der »Jazz« deutsch war und der »Tee« durchsichtig und stark und schlummernde Dämonen zum Leben erweckte. Man marschierte in Werbeparaden durch die Stadt und lutschte speziell hergestellte Eukalyptuspastillen, alles mit dem Ziel, Geld für die Reise der finnischen Sportler einzusammeln, die im Sommer 1924 zu den Olympischen Spielen in Paris fahren sollten. Bei einem Geheimtreffen in einem Restaurantkabinett wurde die Energiegesellschaft Imatra gegründet, woraufhin man Propagandafilme drehte, in denen der Riesenwasserfall von Imatra und seine Wildheit zu einem Symbol für Finnlands stolze Zukunft wurden, ein Symbol, das ebenso potent war wie die hageren, sehnigen und scheinbar unermüdlichen Läufer, die auf den heimischen Laufbahnen und draußen in Europa schon so viel geleistet hatten. Im Stadtzentrum riss man einen halben Häuserblock ab und zog die Hagasundsgatan von der Alexandersgatan weiter bis zur Norra Esplanaden; das Handelshaus Stockmann, das in just diesem Häuserblock ein Grundstück erworben hatte, schlug vor, der Abschnitt solle den stattlichen Namen Centralgatan erhalten. Man fuhr Automobil in so hohem Tempo und so unachtsam, dass die Landesväter eingriffen; ein Fahrerexamen wurde obligatorisch, eine einheitliche Beschilderung eingeführt und den Chauffeuren auferlegt, beim Fahren nicht zu rauchen und nicht schneller als dreißig Stundenkilometer am Tag und zwanzig Stundenkilometer in der Nacht sowie bei Nebel zu fahren. In dieser weißen Stadt endeten die Röcke der jungen Damen ein gutes Stück über den Fußknöcheln, und das Korsett, das Lucie Lilliehjelm so sehr gehasst hatte, geriet allmählich in Vergessenheit, aber jedes Frühjahr zur Zeit der Eisschmelze feierten die Väter untrüglich die Erinnerung an die Befreiung von Helsingfors; aus den Jugendstilvillen oben auf dem Hügel von Eira, aus den Paradewohnungen am Boulevard, aus den Restaurants an der Esplanade, von der s/s Oihonna, die auf ihrer ersten Frühjahrsfahrt nach Lübeck in südliche Richtung stampfte, von all diesen Orten und vielen weiteren schickte man dankbare und ergebenste Telegramme an General von der Goltz, dessen Truppen die roten Okkupanten besiegt und gefangen genommen hatten.

In der anderen Stadt herrschten Düsternis und Misstrauen, dort herrschten Verbitterung, Arbeitslosigkeit und Auflagen. Dort hatte man das Gefühl, dass einem, verachtet und gehasst, über die Schulter geschaut wurde; viele Weiße waren der Meinung, die Roten hätten ihre Freiheit und das staatsbürgerliche Vertrauen viel zu schnell zurückerhalten, zahlreiche Sieger fanden, diese Aufrührer hätten ihre Rechte auf Lebenszeit verlieren sollen, und in den Kinderheimen, in denen weißes Personal rote Kinder aufzog, die ihre Eltern im Frühjahr und Sommer 1918 verloren hatten, fielen die Rohrstockschläge und harten Worte in dichter Folge. Die Mitglieder der weißen Schutzcorps bewegten sich nur äußerst ungern in der Arbeiterstadt, und wenn sie einmal gezwungen waren, es trotz allem zu tun, hatten sie stets die Browning schussbereit in der Tasche ihres Paletots oder Jacketts. Dort konnte ein Besäufnis im Geist der Freundschaft beginnen, Schwerarbeiter und Apotheker und Monteure und Büroleiter saßen um den gleichen Tisch, und die Kartenspiele wurden immer wieder unter gutmütigen Scherzen gemischt und abgehoben, aber ein paar Stunden und Flaschen später blitzten dann die Messerklingen auf, und der Apotheker und der Büroleiter mussten die Beine in die Hand nehmen und schnellstmöglich südwärts über die Långa-Brücke fliehen.

Doch auch in der roten Stadt waren die Schullehrer Weiße – alle außer Ivar Grandell, der sich in diesen Jahren weigerte, Farbe zu bekennen –, und jedes Jahr, wenn das freiwillige Fest zu Ehren des weißen Heldengenerals bevorstand und ein Mädchen oder Junge wissen wollte, ob man dem Mannerheimfest tatsächlich fernbleiben durfte, fragten die Lehrer (außer Ivar, der nicht die richtige Stimmlage für Fragen dieser Art hatte) barsch, ob die Familie des Fragestellers womöglich rot sei.

Dort in der roten Stadt wohnten Santeri Rajala und seine Frau Vivan und ihre Töchter Saimi und Elvi und Vivans bald sechzehnjähriger Sohn Allu in der feuchten und zugigen Södervikkaserne, denn als ehemaligen Rotgardisten hatte man Santeri gezwungen, die staatliche Post zu verlassen, und gleichzeitig hatte man sie aus ihrer Wohnung in der Kristinegatan geworfen, und da Santeri bereits auf die fünfzig zuging und eher ein Mann des Geistes als ein körperlich belastbarer Kraftmensch war, fand er keine Arbeit, und da Vivan mehrfach wegen ihrer Lunge behandelt werden musste und es um ihre Gesundheit nicht zum Besten stand, war auch sie arbeitslos, und deshalb wohnten sie nun auf neun notdürftig abgesteckten Quadratmetern in der dunklen Kaserne, die früher von einem Scharfschützenregiment des Zaren bewohnt worden war, und ihr Verschlag war vom nächsten nur durch leere Obstkisten und zusammengeschnürte Stapel alter Zeitungen abgetrennt, und die Stapel waren anschließend mit schmutzigen Flickenteppichen und feuchtem Packpapier und großen Pappscheiben abgedeckt worden, und es roch überall nach Schimmel.

Aber dort in der armen Stadt gab es nicht nur Düsternis, sondern auch ein eigentümliches Licht. Es war ein völlig anderes Licht als das klare und optimistische südlich der Brücke; das Licht der Arbeiterstadt war voller Schattierungen und Schatten, es war ein Licht, das ein unbeteiligter Beobachter wohl paradox genannt hätte. Die Einwohner der nördlichen Stadtteile nahmen solche Worte jedoch nie in den Mund, stattdessen sagten sie einander, dass ihr Leben hart und anstrengend, aber trotz allem ein Segen war, denn wenn man nicht lebte, war man tot, und *das* war ein Zustand, der wahrhaft düster war und außerdem lange währte. Es gab eine rüde Freude über das Dasein, eine Freude, die sich zuweilen seltsam ausdrückte. In der Oriongatan in Hermanstad wohnte Enok Kajander, er verdiente sich seinen Lebensunterhalt als Schreiner und Handlanger und hatte wieder angefangen zu trinken. Jeden Samstagnachmittag betrank er sich hemmungslos, und daraufhin erwachte der Aufrührer vom Anfang des Jahrhunderts aus seinem Schlummer; die Hofnachbarn mussten eine Standpauke oder einen Schlag über sich ergehen lassen, seine Ehefrau Kaisa bekam eine Ohrfeige oder zwei, Porzellan ging zu Bruch. In diesem Frühjahr kamen die Polizeiwachtmeister Hietanen und Söderholm an mehr als einem Samstagabend angefahren, sie kamen auf ihren Motorrädern der Marke Royal Enfield, und Hietanens Fahrzeug hatte einen Beiwagen, und in diesen Wagen wurde dann Enok bugsiert und anschließend in die Ausnüchterungszelle gesteckt. Eines Samstags ging Wachtmeister Hietanen zu Kaisa Kajander, als sie gerade mit dem krakeelenden und lallenden Enok wegfahren wollten. Kaisas linke Wange glühte feuerrot von dem Schlag, den sie von ihrem Mann bekommen hatte, und Hietanen sah sie mitleidig an und fragte: »*Mitäs jos annettais sille reilusti pamppua tällä kertaa, jos vaikka oppis jotain*, und wenn wir ihm diesmal eine Tracht Prügel versetzen, vielleicht würde ihm das ja eine Lehre sein?« Und Kaisa antwortete: »*No antakaa sitten mut antakaa snadisti vaan, se on hunsvotti mut mä haluun sen silti takasin himaan*, na, dann tut das, aber treibt es nicht zu bunt, er ist ein hoffnungsloser Fall, aber ich will ihn trotzdem zurückhaben.«

In einem anderen Teil der Arbeitervorstadt wohnte Mandi Salin. Sie war neunzehn Jahre alt und hatte bereits eine Stelle im Stadtzentrum, sie war frischgebackene Kontoristin und Empfangsdame im Atelier des jungen Fotografen Eric Widing in der Vladimirsgatan. Schon im Winter hatte sie ihrem Vater ihre Träume mitgeteilt; sie wollte ein eigenes Zimmer oder eine Zweizimmerwohnung mieten, allein oder zusammen mit einer anderen jungen Frau, und beabsichtigte, Privatlektionen in Englisch, Deutsch und Stenografie zu nehmen. Anfangs hatte sich Kolonialwarenhändler Salin ihren Plänen widersetzt, aber nun hatte er ein Zimmer mit Kochnische in einem nahe gelegenen Haus gefunden, und Mandi würde bald umziehen. Sie wurde von den verheirateten und unverheirateten Männern zwischen achtzehn und fünfzig in Berghäll und Hermanstad und Vallgård begehrt, und an einem Aprilabend eskortierte Automobilchauffeur Kanervos ältester Sohn Lauri sie vom Lichtspieltheater nach Hause. Sie blieben im Eingang zu ihrem Haus stehen und küssten sich, und anfangs ließ Mandi Lauris rastlose Hände laufen und fühlen und drücken, aber nach einer Weile bekam sie genug, legte die Hand auf seinen Brustkorb und stieß ihn zwar sanft, aber bestimmt fort. Doch dann übertraf sie seine kühnsten Erwartungen. Sie lehnte sich vor, ging auf die Zehenspitzen und flüsterte ihm lieblich ins Ohr: »*Osaathan sä hiipiä*, du kannst doch sicher schleichen?« »*Tottakai*, natürlich«, antwortete Lauri Kanervo atemlos. »*No hiivi sit himaas*, na dann schleich dich nach Hause«, sagte Mandi.

Fünf verwirrte Minuten später schlenderte Lauri Kanervo enttäuscht die Helsingegatan hinab und nahm Kurs auf sein Zuhause oberhalb des Josafatfelsens. Er hörte Musik, man hörte sie schwach, aber deutlich, sie hing schimmernd wie eine Kindheitserinnerung über der gesamten Josafatgegend. In der Frühjahrsabenddämmerung sah er, dass es sein Vater war, der im Fenster zur Straße stand und in seine Mundharmonika blies. Lauri erkannte das Lied; es war ein amerikanisches aus dem letzten Jahrhundert, *Bjootifull driims* hieß es, das bedeutete Schöne Träume.

2

Es kam eine Nacht, in der alle schließlich daheim bei Ivar Grandell in der Broholmsgatan landeten. Es war die Nacht, in der Eccu Widing viel zu viel trank, es war die Nacht, in der er und Fräulein Hultqvist harte Worte zueinander sagten, und auch dieser Abend hatte ganz normal begonnen; mit einer ihrer unzähligen Opris-Séancen. Es war erst spät wärmer geworden, es lag immer noch Schnee auf den Nordhängen, und die Tölöviken war mit grünlichem, verrottendem Eis bedeckt, obwohl man bereits die vierte Woche im April schrieb. Aber just an diesem Tag war es Frühling geworden; die laue Luft barg eine Verheißung von Sommer in sich, es gab Licht und Leichtigkeit in den Gesichtern der Menschen, es war ein milder Freitagabend unter den nackten Linden der Esplanade.

Sie waren zu neunt an ihrem Tisch – Ivar, Eccu, Telemachos Christides, Lonnie Tollet, Lucie, Micki, Fräulein Hultqvist, Nita und Maggie –, und in einer späten Phase des Abends lehnte sich Ivar zurück und saß lange da und beobachtete die fröhlich plaudernde und lachende Schar. Das Geheimregal war in fleißigem Gebrauch gewesen. Eccu, Lonni und Telemachos lallten bereits bedenklich, und Lucie Lilliehjelm war wohl auch nicht mehr ganz nüchtern. Die übrigen Frauen hielten sich beim Trinken sehr zurück, Henriette Hultqvist nahm schon einmal ein Glas Wein oder zwei, während Micki, Nita und Maggie fast immer dankend ablehnten. Dennoch waren sie jetzt genauso laut und fröhlich wie die anderen; es herrschte an diesem Abend eine ungewöhnlich warme und ausgelassene, fast frivole Stimmung. Ivar ahnte, warum es so war. Weder Cedi Lilliehjelm noch Henning Lund waren anwesend; Cedi war bei einer Schutzcorpsübung und Henning auf Geschäftsreise, und ihre Abwesenheit ließ die Übrigen mutiger werden. Cedi und Henning dominierten jede Gesellschaft, Ersterer versetzte der Stimmung mit seiner Strenge und seiner Verachtung für alle Kompromisse und jegliche Schlaffheit einen Dämpfer, während Letzterer den gleichen Effekt zum einen mit seiner Schweigsamkeit und Selbstbeherrschung, zum anderen dadurch erzielte, dass er so unübersehbar ein Sonderling war; jeder, der Henning kannte, war sich bewusst, dass er eine hervorragende Begabung war, aber keiner wusste, woran man eigentlich bei ihm war. Und außerdem, setzte Ivar seinen Gedankengang fort, gab es noch einen weiteren Grund für die spannungsgeladene Atmosphäre; ausnahmsweise saßen mehr Frauen als Männer an Tisch Nr. 16, sie waren fünf gegen vier, und Ivar sah, dass die drei jüngeren Männer diese Konstellation nicht gewohnt waren und es ihnen schwerfiel, mit der daraus entstehenden Spannung umzugehen.

»Und wovon zum Teufel träumt Bruder Dilutis hier eigentlich!«, johlte Eccu auf einmal in Ivars Ohr und unterbrach seinen Gedankengang. »Von abgehalfterten Schauspielerinnen vielleicht? Oder besser noch, verloschenen Jugendjahren mit diversen Ludern und versauten Weibern?«

Ivar senkte blitzschnell den Blick, damit man ihm nicht ansah, wie wütend er wurde. Er starrte auf seinen Schoß, in dem die weiße Serviette lag, fleckig von der Pilzsoße des Jägersandwiches, das er gegessen hatte. In nüchternem Zustand war Eccu Widing ein vorbildlicher Mensch, fast schon übertrieben taktvoll und höflich. Aber wenn er trank, was er immer unkontrollierter tat, verwandelte er sich oftmals in einen Mr. Hyde. Und Henriette Hultqvist gegenüber benahm er sich regelrecht unverschämt.

»Halt den Mund, Eccu!«, zischte Ivar. »Du könntest dich

zur Abwechslung mal wie ein Gentleman benehmen und etwas Respekt vor den anwesenden Damen zeigen.«

»Sicher, den Damen von Welt erweise ich immer meinen Respekt, mit den Damen der Halbwelt sieht das schon etwas anders aus«, erklärte Eccu undeutlich, aber ungerührt. Anschließend erhob er sich von seinem Stuhl, hob sein randvolles Brandyglas zur Decke, erhob gleichzeitig die Stimme und rief: »Prost, meine lieben Freunde! Ein Hoch auf dieses Bauernkaff, in dem wir leben! Ich habe diese Stadt so verdammt satt, in der man nicht einmal in den Vergnügungsvierteln um eine Straßenecke gehen kann, ohne in Pferdemist zu treten. Aber was soll's! Du magst ein schmutziges und hinterlistiges Bauernweib sein, du magst träge und verkommen sein wie ein versoffener tavastländischer Knecht, aber du bist trotzdem unsere Heimatstadt. Also heil dir, Helsingfors, und PROST! und ein Hoch auf den Frühling und meine schöne Schwester Nita und allen Liebreiz, der um diesen Tisch versammelt ist! Und ein Hoch auch auf Thyra Tamm und ihre schönen Füße, die binnen kurzem finnischen Boden und die Bühne dieses Hauses betreten werden!«

»Eccu …!«, zischte Ivar Grandell, als er sah, dass Henriette Hultqvist zusammenzuckte, als hätte sie jemand geschlagen. Thyra Tamm war eine gefeierte Stockholmer Schauspielerin, die jedes Frühjahr ein Gastspiel am Schwedischen Theater gab; sie war einige Jahre jünger als Henriette, und ihre Bühnenkarriere beinhaltete alles, was Henriette nicht erreicht hatte. Henriette ordnete schleunigst ihre Gesichtszüge, doch der Schaden war schon angerichtet, Eccu hatte gesehen, dass sein Pfeil getroffen hatte, und in seinen Mundwinkeln spielte ein Lächeln. Ivar zog an seinem Jackettärmel, er zog so fest, dass Eccu das Gleichgewicht verlor, als er gerade dazu ansetzte weiterzusprechen; überrascht plumpste er auf seinen Stuhl. »Ich habe dich gewarnt«, sagte Ivar leise, »wenn du dich nicht beruhigst, sage ich Borodulin, dass sie dich rauswerfen müssen!«

Lucie und Micki saßen am hinteren Ende des Tisches, beide verfolgten den Machtkampf mit großem Interesse. Rechts von Ivar saß Nita, sie schielte besorgt zu ihrem großen Bruder hinüber und schien abzuwägen, ob sie eingreifen sollte oder nicht. Telemachos Christides und Lonni Tollet interessierten sich offenbar nicht im geringsten für das, was da vorging, wahrscheinlich hatte der Alkohol sie so abstumpfen lassen, dass ihnen das ganze Drama entgangen war.

»Willst du damit sagen, mein Freund, dass du dieses Jahr wieder in Tamms Gastspiel gehen willst?«, lallte Lonni. »Du musst ja verliebt in sie sein, verdammt!«

»Ist doch kein Wunder, Fräulein Tamm hat die hübschesten Fesseln im ganzen Norden. Und was g…gibt sie dieses Jahr?«, fragte Telemachos und versuchte Eccu zu fixieren, der in zwei Meter Entfernung saß.

»Nora«, sagte Eccu kurz.

»Nora…?«, erwiderten Lonni und Telemachos fragend im Chor.

»Ibsens Nora. Nora oder Ein Puppenheim. Mein Gott, was seid ihr doch für Esel!«, sagte Eccu unwirsch.

Lucie Lilliehjelm hatte den kurzen Wortwechsel der drei Männer verfolgt. Jetzt lachte sie auf, es war ein kurzes und lakonisches Lachen, und gleichzeitig schüttelte sie den Kopf, ohne sich jemand Bestimmtem zuzuwenden.

»Und was bereitet dir jetzt wieder Kummer, liebe Lucie?«, fragte Eccu gespielt freundlich.

»Lonnie, Tele und du. Ihr werdet von Woche zu Woche dümmer. Der Alkohol mariniert eure Gehirne immer mehr, aber ihr merkt es nicht einmal.«

»Jetzt übertreibst du, liebe Lucie«, sagte Eccu in einem weiterhin leichten Ton. »Außerdem finde ich, du solltest mich nicht mit den beiden da vergleichen, das ist, als würde man behaupten, Chaplin und Sennett seien das Gleiche.«

»Ihr solltet euch einmal sehen, wie ich euch sehe«, erwiderte Lucie. »Hochrote Gesichter. Schief sitzende Krawatten.

Betrunken und aufgelöst. Ihr seht aus wie etwas, das dem Zeichenblock von George Grosz entsprungen ist!«

»Oho…«, meldete sich Lonni Tollet zu Wort, »Lucie bleibt sich doch immer treu. Wieder einmal muss sie uns einen mit einer hochmütigen Referenz überbraten. Lass mich raten, stammt sie möglicherweise aus einer dieser unverständlichen Zeitschriften, die du liest?«

»Arbeitest du gerade an einer neuen Kampagne, lieber Lonni?«, konterte Lucie mit seidenweicher Stimme. »Welches Produkt wird dein schöpferischer Geist denn diesmal unsterblich machen? Das Mundwasser Muncus, vielleicht? Oder das Kopfschmerzpulver Coital?«

»George Grosz, das ist die Sommerversion«, sagte Micki Morelius. »Das ist der Helsingforser Mann, wenn er am schönsten ist. Im Winter sehen sie aus, als wäre jeder Einzelne von ihnen dem Kabinett des Doktor Caligari entsprungen.«

»Was reden die Mädels da für wirres Zeug?«, erkundigte sich Tele Christides.

»Sie machen verzweifelte Versuche, mondän zu wirken«, sagte Eccu säuerlich, »das geht vorbei.«

Lucies Gedanken schlugen plötzlich eine andere Richtung ein, blitzschnell wandte sie sich Tele Christides zu und sagte:

»Du, Tele, du spielst doch für den Lawn-Tennisclub, nicht wahr?«

»Sicher«, antwortete Tele, »ich bin in der ersten Mannschaft. Und in Hangö bin ich vor zwei Sommern ins Einzelfinale gekommen.«

»Schön«, sagte Lucie. »Diesen Sommer werden wir ein Match spielen, du und ich! Ich setze zweihundert Mark darauf, dass ich dich schlage. Bist du dabei?«

»Ob ich dabei bin?«, höhnte Tele Christides lächelnd. »Du wirst nicht ein einziges Game machen, liebe Lucie!«

Ivar Grandell hatte sich wieder zurückgezogen. Während die Repliken weiter über den Tisch flogen, mal ungezwungen und mal mit giftigen Stacheln versehen, wanderte sein Blick vom einen zum anderen. Alle außer Henriette Hultqvist waren mindestens vierzehn Jahre jünger als er, zwischen ihm und dem Nesthäkchen Nita Widing lagen siebzehn lange Jahre. Er wusste, sie begriffen nicht, dass er so viel sah, wie er sah, dass er las, was unter ihrer lautstarken und glitzernden Fassade lag. *Oh, gioventú*, dachte er; sollten sie doch ruhig weiter glauben, dass er simpel und harmlos war, ein versoffener Schullehrer, ein gescheiterter Journalist, ein bereits lebensmüder und zynischer Mann, der sich nie davon erholt hatte, dass man seinen naiven Idealismus in Schutt und Asche geschossen hatte. Es war eine praktische Maske, derer man sich bedienen konnte – Onkel Spiritus, Bruder Dilutis... Er pflegte sich gleich am nächsten Morgen Notizen über ihre feuchtfröhlichen Abende und »Nachspiele« zu machen, eines schönen Tages würde er sie dann vielleicht mit dem Roman über ihr Leben überraschen. Obwohl, ein oder zwei von ihnen ahnten wohl, dass er nicht ganz so lammfromm war, wie er aussah. Lucie Lilliehjelm. Und Henning Lund, wenn er die Zeit fand, dabei zu sein. Die beiden waren die intelligentesten und überraschendsten, gerade weil sie niemals laut wurden, weil sie selten zeigten, was sie fühlten, weil sie sich nie provozieren oder beschämen ließen. Die Übrigen waren so leicht zu dechiffrieren, so welpenhaft, und die meisten ließen sich via Lucie deuten. Eccu Widing und Tele Christides zum Beispiel; beide fühlten sich hilflos zu ihr hingezogen. Lucie war wie ein Magnet, sie zog sie durch ihre Lebendigkeit an, jagte ihnen aber gleichzeitig Angst ein. Eccu und Tele rechneten und rechneten, aber Lucies Teile wollten sich einfach nicht zu einer glatten Summe addieren lassen. Sie sprach und gab sich wie eines dieser Mädchen, die man in schäbigen Hotel- oder Mietzimmern flachlegte, aber niemals heiratete, und gleichzeitig wussten sie, dass sie ein sozialer und finanzieller Hauptgewinn war. Dennoch hatte keiner von ihnen den Mut, es zu versuchen, sie war *sehr viel Schiff für einen so kleinen Steuermann*, wie Ivars Freund, der Kapitän zur See Landholm, zu sagen pflegte, wenn sie auf der Sommerterrasse des Kapellet saßen und die Helsingforser Damen bewunderten, die kamen und gingen. Eccu Widing war bereits mit einer gepflegten jungen Frau verheiratet, und auch Tele Christides würde sicher bald um die Hand irgendeines bürgerlichen Mädchens anhalten, das die Spielregeln einhielt, und anschließend würden sie sich in ihren Vernunftehen zu Tode langweilen und für den Rest ihres Lebens von Frauen wie Lucie träumen. Und trotzdem kannten sie nur ausgewählte Teile von Lucies Leben. Ivar wusste mehr. Er wusste, dass Lucie eine lang währende Liebesaffäre mit einem derzeit aktuellen finnischsprachigen Kunstmaler hatte, dem jungen und wütenden Expressionisten Salmikoski aus Tusby. In der finnischsprachigen Bohème von Helsingfors wusste man von der Geschichte, aber die Gesellschaft an Tisch Nr. 16 war durch und durch schwedischsprachig und hatte keine Ahnung davon. Ivar lächelte innerlich und dachte, dass Lucie bereits die wichtigste Regel einer Lebedame beherrschte – niemals alle Eier in den gleichen engen Korb zu legen. Er warf einen verstohlenen Blick auf sie. Sie rauchte eine lange Zigarette durch ein noch längeres Mundstück, ihr dunkelblaues Kleid bildete einen hübschen Kontrast zu dem leuchtend gelben Turban, der ihre mittelblonden Haare bedeckte, sie wirkte nachdenklich, als befände sie sich in ihrer Fantasie weit weg, in einem fernen Land, und neben ihr saß das arme Mädchen Micki Morelius und betrachtete sie mit unumwunden bewundernden Augen.

Der Abend im Opris endete vorzeitig; zwei Stunden vor der Sperrstunde erhielt Oberkellner Borodulin einen Anruf, der ihn davor warnte, dass die Inspektoren Santanen und Kling unterwegs waren. Für diesen Fall gab es ein festes Procedere. Die Gäste leerten rasch ihre Gläser, ließen sie abtragen, schraubten ihre Flaschen zu und stellten sie in das Geheimregal, und wenn die Herren Inspektoren aus dem Spiegelkorridor auftauchten, rührte man bereits in Teetassen und kaute gelangweilt auf Gebäck aus Schalen, die vom Personal aufgetragen worden waren. Es war kurz vor Mitternacht, und Santanen und Kling nickten zufrieden über den Teeausschank und suchten Borodulins Nähe, damit er Gelegenheit fand, ihnen ihre Bestechungsgelder zuzustecken.

Zehn Minuten später ging die Gesellschaft von Tisch Nr. 16 auf der Berggatan Richtung Kajsaniemi und Långa-Brücke. Mittlerweile waren sie nur noch zu sechst, Nita und Maggie waren heimgegangen, und den sturzbetrunkenen Tele Christides hatten sie in ein Taxi verfrachtet, das ihn nach Munksnäs bringen würde, wo er wohnte. Eccu ging für sich. Zehn Meter vor ihm liefen Ivar Grandell und Henriette Hultqvist und unterhielten sich leise, und zwanzig Meter dahinter schlenderten Lucie, Micki und Lonni; sie versuchten sich an den Text eines alten Couplets zu erinnern, kamen aber nicht sehr weit, außerdem sangen sie falsch.

Plötzlich geschah etwas. Vielleicht lag es an der lauen Luft, vielleicht an dem schwachen Blau, das noch am Nachthimmel stand, vielleicht lag es an den nackten und verzweigten Baumkronen, die sich vor ihnen in Kajsaniemi vor dem Himmel abzeichneten: Eccu wurde vier Jahre zurückversetzt. In seinem Inneren erklang Musik, es war April, die Sonne ging unter, rote Strahlen fielen auf den Trekantspark, und in der Wohnung an der Georgsgatan spielte Nita das Stück von Schubert, das er so liebte. Doch im gleichen Moment wurde die Klaviermusik von Motorengeräuschen übertönt, es war schon Mai, und er saß zusammen mit Cedi, Julle und Bruno im schwarzen Adler und drehte sich um und sah den Packard mit Henning und den anderen Westnyländern aus der gelben Staubwolke hinter ihnen auftauchen. Dann sah er Hilja Ahl auf der Erde liegen, er sah ihr linkes Bein in Spasmen zucken, und er sah, wie die Gefangenen von Alkula von der Salve des Maximgewehrs getroffen wurden, und er hörte sie schreien und fluchen, als sie in das Massengrab fielen, und dann war es Abend, und er war im Wald nördlich des Dorfs Kumberla und sah Cedi drei Schritte zurücktreten und im nächsten Moment, wie sich das Gesicht eines Menschen in einem Schauer aus Blut auflöste.

»Was ist mit dir, Eccu? Du bist ja ganz blass, hast du ein Glas zu viel getrunken?«

Die Stimme gehörte Lucie, sie war dicht an seinem linken Ohr und klang besorgt, und Eccu erkannte auf einmal, dass er stehen geblieben war und sich an einen Laternenmast lehnte und ihm schlecht war. Er schauderte, schüttelte dann jedoch entschlossen den Kopf und sagte: »Es ist nichts, es geht mir gut.«

»Sicher?«

»Versprochen. Aber ich habe mich heute Abend wie ein Idiot benommen, ich muss mit Ivar sprechen.«

Er ging auf Ivar und Henriette Hultqvist zu. Auch sie hatten Eccus Übelkeit bemerkt; sie waren stehen geblieben und hatten sich umgedreht, und Ivar blickte Eccu fragend an. Eccu trat zu ihm und machte Ivar durch ein Ziehen an seinem Mantelärmel klar, dass er ihn unter vier Augen sprechen wollte. Henriette Hultqvist bemerkte die Geste, ließ sich diskret zurückfallen und suchte stattdessen Lucies Gesellschaft.

»Entschuldige, Ivar«, sagte Eccu reuevoll, »ich habe mich heute Abend nicht benommen, wie es sich gehört.«

»Mich musst du nicht um Entschuldigung bitten«, sagte Ivar.

»Doch, das muss ich. Schon als wir vor ein paar Jahren Brüderschaft tranken, habe ich dir versprochen, dich nicht mehr Dilutis zu nennen.«

Ivar schüttelte den Kopf, sagte jedoch nichts, vergrößerte die Länge seiner Schritte nur ein wenig. Die Gebäude des Botanischen Gartens brüteten in Kajsaniemis Dunkelheit, ein einsames Taxi rauschte an ihnen vorbei, fuhr über die Långa-Brücke und verschwand auf Hagnäs torg.

»Warum hast du bei Wulff aufgehört, Ivar? Das war doch eine gute Stelle«, brach Eccu das Schweigen.

»Das kannst du dir doch wohl denken«, antwortete Ivar gereizt.

»Wieso sollte ich?«, fragte Eccu mit aufrichtigem Erstaunen in der Stimme.

»Es ist fast zehn Jahre her, dass ich dein Lehrer war. Du weißt noch, dass man mich Dilutis genannt hat, aber kannst du dich an eine einzige meiner Unterrichtsstunden erinnern?«

»Du meinst, dass du dich revanchieren willst?«, schlug Eccu vor.

»Ich meine, dass ich mich noch einmal der Berufung zum Lehrer stellen wollte«, erklärte Ivar so leise und zwischen zusammengebissenen Zähnen, dass Eccu Mühe hatte, ihn zu verstehen. Er zögerte einen Moment, senkte dann die Stimme noch etwas mehr und fuhr fort: »Du weißt sehr wohl, dass ich damals Sozialist war. Dann verriet ich die Sache. Während des Kriegs versuchte ich nur, mich zu verstecken, ich versuchte ein Nichts zu sein. Meine Schuld … wenn ich nur einen Bruchteil begleichen könnte … ein bisschen Wissen, Bildung, etwas, das ihnen hilft, sich leichter aus dieser Misere zu befreien.«

Bei Ivar zu Hause war es eng; seine Wohnung war klein und mit Büchern und alten Tageszeitungen voller Unterstreichungen und Randnotizen übersät. Tage- und Notizbücher verwahrte er in dem Schrank oberhalb der Speisekammer, wo sie außer Reichweite neugierig grabschender Gäste waren.

Vielleicht trieb ihn die Angst, dass die alten Erinnerungsbilder ein weiteres Mal auftauchen würden, vielleicht auch nicht; jedenfalls langte Eccu kräftig zu bei allem, was angeboten wurde, er trank Schnaps und schlechten Cognac, den Ivar aufgefahren hatte, und während er trank, wurde er wieder ärgerlich, jegliche Reue und Nachdenklichkeit verschwanden. Gleichzeitig hatte sich Henriette Hultqvist entschlossen abzurechnen. Sie verließ ihren Sitzplatz auf Ivars schmalem und knittrig gemachtem Bett und ging zu Eccu, der am Fenster stand, rauchte und trank und auf den nächtlich leeren Hagnäs torg hinaussah, und dann sagte sie: »Ich habe es aus Rücksicht auf Ihre Schwester vermieden, mich mit Ihnen zu streiten. Aber nun, da Fräulein Nita nicht hier ist, möchte ich Ihnen gerne eine Frage stellen. Wieso glauben Sie das Recht zu haben, so mit mir zu sprechen, wie Sie es tun?«

Eccu wandte sich um, stierte sie betrunken an und sagte: »Sie kennen die Antwort auf Ihre Frage selbst. Ich werde Sie doch hoffentlich nicht demütigen müssen, indem ich sie ausspreche?«

»Im Gegenteil«, erwiderte Henriette. »Ich möchte, dass Sie es sagen. Ich will wissen, was Sie denken.«

»Wie Sie wünschen«, sagte Eccu. »Sie empfangen verheiratete Männer in Ihrem Bett, Fräulein Hultqvist. Sind Sie jetzt zufrieden?«

»Zufrieden?«, sagte Henriette. »Darum geht es nicht, es geht darum, offen miteinander zu sprechen. Sie und ich haben offensichtlich grundverschiedene Ansichten darüber, was demütigend ist. Sie sollten auch wissen, dass ich keineswegs meinen ganzen Charme spielen lassen musste. Er hat mir mehr als ein Jahr den Hof gemacht, ehe ich nachgab.«

Sie machte auf dem Absatz kehrt, ging quer durch den Raum und ließ sich wieder auf ihrem Platz nieder. Eccu sah, dass sie sich zu Lucie hinüberlehnte und ihr etwas ins Ohr flüsterte, und verfluchte sich dafür, dass ihm keine vernichtende Antwort eingefallen war.

Es wurde eine lange Nacht, und an das, woran sich Ivar am besten erinnerte – und was er am folgenden Tag in seinem Tagebuch vermerkte –, gehörte Eccus Zustand; der Alkohol schien bei ihm Zwangsvorstellungen auszulösen, statt ihm Linderung zu verschaffen. Als Eccu ein paar Gläser Selbstgebrannten getrunken hatte, veschwand er immer wieder im Flur. Ivar hörte ihn in die enge Toilette gehen, und beim zweiten oder dritten Mal fiel ihm auf, dass Eccu sofort den Hahn des Waschbeckens öffnete, man hörte ihn niemals pinkeln und abziehen, stattdessen lief das Wasser mit voller Kraft, anscheinend wusch Eccu sich dort Hände oder Gesicht, ohne dass dies mit der Verrichtung irgendeiner Notdurft verbunden gewesen wäre.

Als Eccu zum vierten oder fünften Mal zurückkehrte, betrachtete Ivar seine Hände; sie waren schorfig und rot. Eccu schaute sich nervös um und zuckte zusammen, als er Ivars Blick begegnete.

»Was ist heute eigentlich mit dir los?«, fragte Ivar freundlich.

»Nichts«, erwiderte Eccu, aber sein Blick flackerte. »Man kann nur nicht vorsichtig genug sein, ich meine, bei all der Schwindsucht und allem …« Er wollte sich bereits auf einen Küchenstuhl an der hinteren Wand fallen lassen, überlegte es sich jedoch mitten in der Bewegung anders, torkelte durch den Raum, stützte sich auf die Schulter des sitzenden Ivar, hockte sich dicht neben ihn und sagte lallend, aber dennoch so leise, dass kein anderer es hören konnte: »Wir versuchen ein Kind zu bekommen, Aina und ich.«

»Dann solltest du eigentlich nicht hier sein, mein Freund«, sagte Ivar.

Die jungen Leute waren gegangen. Eccu war die Treppen hinab in eine Droschke gewankt. Lucie und Micki hatten gemeinsam einen Wagen bestellt, und kurz darauf hatte auch Lonni Tollet sich geräuspert und gemurmelt, dass ihm ein Spaziergang sicher guttun würde, woraufhin er seinen Hut und seinen Frühlingspaletot genommen und Adieu gesagt hatte.

»Warum hast du Eccu zur Rede gestellt?«, fragte Ivar.

»Warum nicht?«, konterte Henriette. Sie saß an dem verkratzten Esstisch, der voller unsortierter Zeitungsstapel und aufgeschlagener Bücher war; auf dem Fensterbrett stand Ivars

Schreibmaschine der Marke Corona. Ivar saß auf der anderen Seite des schmalen Tischs, manchmal berührten seine Füße leicht die ihren.

»Ich meine, warum ausgerechnet heute Nacht?«, verdeutlichte er.

»Ehrlich gesagt, ich weiß es nicht«, erwiderte Henriette und blickte zum Fenster hinaus. Draußen konnte man bereits das Licht des Morgengrauens erahnen, aber der Marktplatz war noch menschenleer. Sie schloss die Augen, und Ivar fand, dass sie müde und traurig aussah.

»Sei nicht wütend auf ihn«, sagte Ivar. »Er ist jung, das ist eine Krankheit.«

Henriette öffnete die Augen und lächelte, trotz des schwachen Lichts sah er die Krähenfüße um ihre Augen. »Ich bin nicht wütend«, sagte sie, »ich habe vor langer Zeit aufgehört, wütend zu sein.«

»Ich beneide sie jedenfalls nicht«, meinte Ivar. »Als ich jung war wie sie, war meine Seele so außer Atem, dass ich nichts von all dem herausbrachte, was sich in meinem Inneren drängelte.«

»Ach wirklich«, bemerkte Henriette trocken. »Du kannst dich ja immer damit trösten, dass du auf deine älteren Tage geschickt mit Worten umgehen kannst. Übrigens habe ich dich eben angelogen.«

»Inwiefern?«

»Ich wollte mit Eric sprechen, weil ich beschlossen habe, nach Stockholm zurückzugehen«, sagte Henriette und fügte hinzu: »Ich habe mich heute Abend entschieden.«

»Einfach so?«, erkundigte sich Ivar ungläubig. »Nach… wie viele sind es, nach fünfzehn Jahren?«

»Ich habe heute Abend eine Flugmaschine gesehen«, sagte Henriette. »Ich war auf dem Weg zum Theater. Ich ging die Henriksgatan hinab, ich war fast da. Sie flog über Skillnaden, die Sonne beleuchtete sie und ließ sie glänzen… sie glänzte wie Gold. Es war ein Kunstflieger, er machte Kringel da oben, mutige Saltos ... er war wie ein Trapezartist, schlug lange und weiche Purzelbäume über der Stadt. Und als er seine Maschine schließlich aufrichtete und einen Kurs setzte, flog er schnurstracks nach Westen.«

»Du brauchst nicht mehr zu sagen«, erklärte Ivar resigniert. Er blickte auf den Marktplatz herab, wo gerade der erste Karren heranrollte, gezogen von einem senkrückigen Pferd, dessen Mähne gelbweiß wie vergilbtes Gras war. Ivar erkannte die gesetzte Gestalt an den Zügeln, es war der alte Fischer Danielsson aus Sumparn.

»Es ist schon seltsam, aber mittlerweile habe ich mich an diese Stadt gewöhnt«, ergriff Ivar wieder das Wort. »Anfangs habe ich sie gehasst. Seit meiner Kindheit habe ich immer gern bei offenem Fenster geschlafen, aber der Helsingforser Wind ... wie er heult und jault, vor allem im Herbst. *Not necessarily a strong wind, but a persistent one,* wie der Dichter sagt. Aber dann gewöhnt man sich daran. Die Unruhe verschwindet. Man denkt: So hat sich mein Leben entwickelt, es wurde diese Stadt, es wurde dieses Zimmer, meine Gefängniszelle.«

»Meine nicht«, entgegnete Henriette bestimmt und fuhr fort: »Hast du schon aufgehört zu träumen, Ivar?«

»Stimmt, ich habe beschlossen, nicht mehr zu träumen. Zu träumen tut weh, und ich will mich diesem Schmerz nicht länger aussetzen. Es kommen andere Schmerzen, die man ertragen muss, die einem keine Wahl lassen. Und ich will kein alter Narr werden.«

Plötzlich wurden beide verlegen. Eine halbe Minute oder mehr sagte keiner von beiden ein Wort, stattdessen betrachteten sie durch das Fenster Fischer Danielsson, der unten auf dem Marktplatz den nächtlichen Fang in Kisten auslegte. Dann brach Ivar das Schweigen.

»Ich habe heute keinen Unterricht. Und morgen ist Sonntag. Bleibst du?«

Er spürte und hörte, wie Henriette unter dem Tisch ihre

Beine streckte, und in der folgenden Sekunde berührte ihr Fuß den seinen und verweilte dort.

»Dieses Wochenende, Ivar, gehört dir und mir, aber im Sommer reise ich nach Hause.«

3

Ein paar Tage zuvor war der erste Mai gekommen und vorübergegangen. Es war schon Abend, und als Mandi Salin durch einen Spalt der Rolljalousie lugte, verhießen die Wolken über der Vladimirsgatan Regen. In einer knappen Stunde würde sie wieder zu ihrem Sprachunterricht gehen, sie lernte Englisch und Deutsch bei einer Privatlehrerin; Fotograf Widing bezahlte sie so großzügig, dass sie sich das leisten konnte, wenn auch nur mit Mühe und Not. Wie es jetzt weitergehen sollte, nachdem sie in ein eigenes Zimmer in der Agricolagatan gezogen war, wusste sie nicht. Möglicherweise würde sie auf die Unterrichtsstunden verzichten müssen, falls ja, würden sie ihr sehr fehlen. Sie liebte es, Sprachen zu lernen, sie liebte die fremden Wörter, liebte es, sie auf einem Stapel zu sammeln und ihre Bedeutung zu lernen, mehr und mehr Wörter, bis die neue und unverständliche Sprache am Ende ihre Logik enthüllte und sich weit öffnete; es war eine Art Rausch, eine heftig aufflammende Liebe mitten in einem Leben, das ansonsten von geduldiger Selbstbeherrschung und schweigsamem Fleiß geprägt war. »Die Kunst, sich alles in Erwartung des Besseren zu versagen, das einmal kommen wird«, dachte sie manchmal, denn ihr Leben war grau, der Sprachunterricht gab ihr ein Ziel und einen Sinn, und die Kinobesuche im Titania unten in der Broholmsgatan schenkten ihr Vergessen und Abenteuer, aber an den Männern aus Fleisch und Blut, die sie umschwärmten, fand sie keinen Gefallen, die meisten waren sowohl nervös als auch dumm.

Die Tür zwischen Atelier und kombiniertem Büro- und Empfangszimmer öffnete sich, und Widing steckte den Kopf heraus:»Ach, Mandi ist noch da, ja, ich dachte mir doch, dass ich ein Geräusch gehört habe.« Mandi sah ihn amüsiert, aber auch leicht erschrocken an. Widing hatte wie üblich den ganzen Tag ohne Pause durchgearbeitet. Er war schon im Atelier gewesen, als sie kurz nach acht zur Arbeit gekommen war, er hatte zwischen neun und drei eine lange Reihe von Fototerminen absolviert und für das Mittagessen keine Pause eingelegt – das tat er fast nie –, stattdessen hatte Mandi im Café Cosmopolite Kaffee und per Hauslieferung etwas zu essen bestellt. Auch als der letzte Kunde gegangen war, hatte der Fotograf das Atelier nicht verlassen, nur den Kopf zur Tür herausgesteckt und Mandi erklärt, in diesem Monat sei kein Raum mehr für weitere Bestellungen und dass er am folgenden Morgen zur Bank gehen und die Miete und Material bezahlen müsse. Anschließend hatte er die Tür hinter sich geschlossen, die Grammophonmusik war verstummt – in der ersten Stunde nach dem Ende der täglichen Fototermine ließ er fast immer Klaviermusik laufen –, und sie hatte ihn die Tür zur Dunkelkammer öffnen und mit einem Knall hinter sich schließen hören. Jetzt, nach vier Stunden Rückzug, sah Widing beinahe irre aus. Er hatte das Jackett und die Krawatte ausgezogen und die Hemdsärmel hochgeschlagen; er hatte die ganze Woche über das gleiche weiße Hemd getragen, der Kragen war voller Schweißflecken, und seine Haare waren verfilzt und standen im Nacken zu Berge. Aber er wirkte fröhlich und erleichtert, und Mandi nahm deshalb an, dass die heutigen Sitzungen gut verlaufen waren.

Widing lächelte sie an und machte eine Handbewegung, er wollte, dass sie näher kam.

»Ich weiß, es ist Ihr Kursabend«, sagte er und senkte die Stimme, »aber darf ich Sie dennoch zu einem Gläschen verführen? Nur um das erfolgreiche Frühjahr des Ateliers zu feiern. Die Auftragsbücher sind gefüllt, was kann ein einfacher *Unter-*

nehmer mehr verlangen?«< Er sah Mandi eine unfreiwillige Grimasse schneiden und beeilte sich hinzuzufügen: »Ich lade Sie natürlich nicht zu estnischem Fusel aus dem Flachmann ein, es würde mir nicht im Traum einfallen, Sie solchen Dingen auszusetzen. Mein Vater hat ein paar Flaschen guten Portwein in seinem Koffer versteckt, als er kürzlich aus Stockholm gekommen ist. Kommen Sie einen Moment herein, ich weiß doch, dass Ihre Unterrichtsstunden nie vor acht beginnen.«

Er zupfte an Mandis Blusenärmel, aber es war eine spielerische Geste, es lag nichts Ungehöriges darin. Sie sah, dass er schon getrunken hatte, aber sie hatte gelernt, Widing zu vertrauen; er war merkwürdig, aber nett, und benahm sich auch dann noch anständig, wenn er ein wenig beschwipst war. Sie folgte ihm ins Atelier, und Widing ging mit schnellen Schritten quer durch den großen Raum und holte eine Flasche und zwei Gläser aus einem dunkel gebeizten Büfett, das an der hinteren Wand stand; das Büfett gehörte zum üppigen Dekor des Ateliers.

Mandi betrat das Atelier nicht sonderlich oft, und wenn sie es tat, überkam sie stets eine eigentümliche Scheu. Sie wusste nicht, warum, aber es erschien ihr unpassend, dass sie sich dort aufhielt. Sie wusste nicht viel über Fotografie, hatte in ihrem ganzen Leben noch kein Bild gemacht und posierte nur ungern vor der Kamera. Sie wusste, dass Eric Widing als talentierter Porträtfotograf galt, sie hatte gehört, wie seine Kunden das Zusammenspiel von Licht und Schatten in seinen Bildern lobten und darüber staunten, wie er Blicke und Haut schimmern ließ; sie hatte am Empfang gesessen und auf ihrer Schreibmaschine getippt und die Kunden zueinander sagen hören, Widing sei schon jetzt, im Alter von dreiundzwanzig Jahren, so gut auf seinem Gebiet, dass einem die Worte fehlten. Einmal, als Mandi und Widing in einer Pause zwischen zwei Kunden Tee tranken, hatte er ihr erzählt, sein Vater, der Eisenbahndirektor, sei ein begeisterter Amateurfotograf, seine Spezialität seien Winterlandschaften, und er hatte hinzugefügt, alles, was er über das Fotografieren wisse, habe er von seinem Vater und einem Russen namens Sjohin gelernt, allerdings nicht selten so, dass er sie zunächst beobachtet habe, um es dann genau umgekehrt zu machen.

Die Beleuchtung im Atelier schüchterte sie ein. Die unzähligen Decken-, Wand- und Stehlampen in verschiedenen Größen, die zwei schweren und runden Metalllampen, die genau wie Widings Kameras auf einem Stativ standen und ein Licht verströmten, welches das schärfste war, das sie nach der Sonne jemals gesehen hatte. Die blendenden Blitze, die gelben, fließenden Nuancen, die unterschiedlichen Stimmungen, die von den variierenden Lichtkombinationen heraufbeschworen wurden. Mandi war oft genug in diesem Raum gewesen, um zu wissen, dass die Art und Stärke der Beleuchtung von einem Extrem in ein anderes wechselte; manchmal zauberte Widing einen gedämpften und kaminfeuerähnlichen, rotgelben Lichtschein herbei, beim folgenden Fototermin konnte die Atelierbeleuchtung weißlich und klar sein und an das Tageslicht im Freien erinnern, bei anderen Gelegenheiten war das Licht grell und grünlich und so blendend, dass es einem fast schon übel davon wurde, ihm ausgesetzt zu sein.

Seltsamerweise war in den fertigen Bildern jedoch nichts mehr von all dem zu finden. Dort fiel das Licht völlig anders, dort war das schwarzweiße Spiel zwischen Licht und Schatten so, dass der Uneingeweihte nichts von dem Rotgelben oder Weißlichen oder speiübel Grünen erahnen konnte, das es im Moment der Aufnahme gegeben hatte.

Das Haus, in dem das Atelier lag, war erst zehn Jahre alt und hatte große Panoramafenster. Doch das natürliche Licht war beinahe geächtet. Doppelte Vorhänge hingen vor den beiden Fenstern des Ateliers, und diese Vorhänge waren in aller Regel zugezogen, nur in den hellsten Monaten zog Widing sie gelegentlich auf und bat die Person, die porträtiert werden sollte, sich ans Fenster zu stellen. Mandi war schnell klar geworden, dass die verschiedenen Beleuchtungen Widing ermöglichten, die unterschiedlichen Temperamente und Charaktere der Porträtierten hervorzulocken und zu vertiefen. Doch wie ihm dies gelang, begriff sie nicht, sie hörte ihn nur die beiden lichtstarken Stativlampen im Atelier umherschleppen und an diversen Stromschaltern drehen und Details aus dem Dekor mal hierhin, mal dorthin versetzen.

Widing sprach stets von »meinen drei Welten« und wirkte stolz bei diesen Worten. Er meinte damit, dass er wegen der Größe des Ateliers an drei Wänden verschiedene Dekors arrangieren konnte. Nur die Längsseite zur Straße stand leer, dort dominierten die Vorhänge, von denen die Fenster verdeckt wurden.

Er hatte seinen Welten zudem Namen gegeben – es gab die klassische, die spöttische und schließlich die chaotische Welt. Mandis Büro am nächsten, neben der Tür, lag das klassische Dekor, es war für Kunden, die auf althergebrachte und etwas feierlich-förmliche Art porträtiert werden wollten. Es gab darin einen verschnörkelten Stuhl aus dem 18. Jahrhundert zum Sitzen, eine gut meterhohe Halbsäule, auf die man sich aufstützen konnte, und auf einem hohen Blumentisch stand eine antike Vase mit getrockneten Blumen; hinter diesen drei Gegenständen befand sich dann das Gestell mit allen Landschaftstafeln, eine hinter der anderen. Mandi gefiel das Dekor nicht, sie fand es gekünstelt und düster.

An der hinteren Wand breitete sich die spöttische Welt aus. Dort stand, bedeckt von einer Tagesdecke mit großen schwarzen und weißen Karos, ein Diwan. An der einen Seite des Diwans befand sich das dunkel gebeizte Büfett, und auf diesem Büfett standen eine leere Weinflasche, ein kleiner Spiegel und eine Lampe mit einem kegelförmigen Stoffschirm; vom Lampenschirm hingen Fransen herab, und am Ende jeder Franse glitzerte eine rote oder türkisfarbene Glasperle. Auf der anderen Seite des Diwans befand sich ein mannshoher Spiegel mit einem hübsch gedrechselten Holzrahmen, und neben dem Spiegel stand ein Stuhl aus dem achtzehnten Jahrhundert gleichen Modells wie im klassischen Dekor. Ganz außen stand ein hoher Lamellenwandschirm, der kunstvoll mit Vögeln und Bäumen bestickt war; hinter dem Schirm konnte man sich umkleiden. Mandi mochte auch dieses Dekor nicht, es erschien ihr in seinen Signalen allzu deutlich, allzu frech. An der inneren Längsseite des Raums lag schließlich die Chaoswelt. Ihr dominierendes Möbelstück war eine durchgesessene Couch, neu bezogen mit einem modernen Stoff, der aus geometrischen Figuren – Dreiecke, Würfel, Kreise – in Rot, Schwarz und Weiß bestand. An der einen Seite der Couch, neben der Tür zur Dunkelkammer, stand ein schlichter Tisch; dort lagen ein hoher Hut und ein hohl grinsender Schädel. Auf der anderen Seite, in unmittelbarer Nähe des Kachelofens, lehnte ein Herrenfahrrad größeren Modells. Als das Atelier eröffnete, hatte dort außerdem noch eine Schaufensterpuppe gestanden, die Widing von dem Geschäftsmann Olof Gylfe bekommen hatte, als dessen Konfektionsgeschäft in Konkurs gegangen war. Doch die Schaufensterpuppe war eine Frau gewesen, nackt, mit großem Busen und glatt; sie hatte bei den Kunden Anstoß erregt – es waren die modern gesonnenen Bürger, die Freidenker, die den Weg zu Widings Atelier fanden, aber auch Freidenkerei hatte ihre Grenzen, und Widing hatte klein beigeben müssen und die Puppe in die Abstellkammer auf dem Dachboden getragen. Das Gemälde *Gäste bei Bacchus* hatte dagegen bleiben dürfen, obwohl es ebenfalls viele aufbrachte; einer von Widings Freunden hatte es gemalt, es zierte die Wand hinter dem Chaosdekor und zeigte eine Gesellschaft aus Männern und Frauen, die um einen Gasthaustisch saßen und sich unterhielten, die Frauen hatten Fuchs- und die Männer Wolfsgesichter, und über ihren plappernden Mündern und lüsternen Tierantlitzen hingen Lampen in der Form riesiger Schmetterlinge, und um den unwirklichen Eindruck zu vervollständigen, hing eine haargenau gleiche Lampe über dem Bild an der Atelierdecke. Widing war ungemein stolz auf seine Schmetterlingslampe. Er hatte sie eigens bei ihrem Schöpfer, dem vielseitig begabten Wasastjerna, bestellt und wies oft darauf hin, dass sie bis aufs I-Tüpfelchen den Lampen im Opernkeller glich, in dem Mandi noch nie gewesen war.

Mandi mochte auch das Chaosdekor nicht. Sie fragte sich oft, was Widing gegen das Einfache und Schöne hatte, und fand den Schädel abstoßend; sie wusste, dass Widing ihn Walter getauft hatte und mit ihm zu sprechen und ihn von einem Dekor ins nächste zu räumen pflegte.

Sie ließ sich vorsichtig auf der Couch mit dem geometrischen Muster nieder. Eccu sah, dass sie auf der äußersten Couchkante saß und nervös den Stoff ihres Rocks befingerte.

»Den Trumeau da hinten… den habe ich von zu Hause, er gehörte meiner Mutter. Aber das habe ich Ihnen bestimmt schon einmal erzählt.«

»Den Trumeau?«, entfuhr es Mandi, ehe sie begriff, dass er den großen Spiegel an der hinteren Wand meinte.

»Und das Bild hat mein Schulkamerad Smidi Smedlund gemalt, er ist mittlerweile an der Kunstakademie in Berlin«, fuhr Eccu fort. »Es zeigt unseren Stammtisch im Opris, Nr. sechzehn. Aber das habe ich sicher auch schon erzählt.«

»Schon«, gab Mandi zu, »und daraufhin habe ich gesagt, dass sie so gemein aussehen mit ihren Tiergesichtern. Warum hat er sie so gemalt?«

»Das müssen Sie Smidi fragen«, sagte Eccu, holte tief Luft und fuhr fort: »Ich habe Ihnen das ganze Frühjahr schon sagen wollen, wie tüchtig Sie sind und welch großen Anteil Sie daran haben, dass der Betrieb so gut läuft. Ich bin wirklich froh, dass ich Sie angestellt habe. Prost!«

Mandi erhob ihr Glas und hatte keine Ahnung, was sie antworten sollte. Sie spürte, dass ihr Gesicht feuerrot anlief.

»Wann sind Sie neunzehn geworden, Mandi… war das im Dezember?«, sprach Eccu weiter. »Sie sind verdammt noch mal der lebende Beweis dafür, dass meine Freunde sich irren, wenn sie behaupten, der Schuster solle bei seinen Leisten bleiben, und die Leute sollten wissen, wo sie hingehören, und bleiben, wo sie sind. Und ich glaube leider auch nicht, dass Sie noch lange hier bleiben werden.«

»Warum glauben Sie das nicht, Herr Widing? Ich fühle mich sehr wohl bei Ihnen«, sagte Mandi verlegen. Sie begriff, dass Widing im Laufe des Tages viel getrunken hatte, und grübelte bereits, wie sie sich aus der Situation herauslavieren konnte.

»Aus drei Gründen«, erwiderte Widing langsam und mit Emphase. »Sie sind zu schön. Sie sind zu begabt. Sie wollen zu viel. Könnten Sie sich vorstellen, mich ein Porträt von Ihnen machen zu lassen?«

Mandi schlug das Herz bis zum Hals. Voller Sehnsucht blickte sie zu den zugezogenen Vorhängen. Dort hinaus … zur Arkadiagatan … der Sprachunterricht … warum um Himmels willen hatte sie sich nur darauf eingelassen, ein Glas mit ihm zu trinken, sie wusste doch, wie eigenartig er war.

Eccu merkte, dass sie zu den Vorhängen und Fenstern hinüberschielte. Im gleichen Moment fiel ihm ein Satz aus einem Artikel in der vorletzten Nummer von *Camera Work* ein. In dem Artikel war es um Henry Goodwin gegangen, den berühmten Porträtfotografen mit Studio am Strandvägen in Stockholm. Eccu hatte ihn gelesen, als er während des Kriegswinters in Gefangenschaft gewesen war, und seither immer wieder gelesen, weshalb die Zeitschrift mittlerweile abgegriffen und abgewetzt war. Er stand auf, trat ans Fenster, zog die Vorhänge auf und ließ das Licht hereinströmen; es regnete nicht mehr, die Vladimirsgatan wurde in rotes Abendlicht getaucht.

»*Beauty must always die*«, sagte Eccu langsam. »*Only in our dreams and in the pictures we paint or take, can it remain alive and untouched forever after.*«

»Ich denke, ich muss jetzt gehen, Herr Widing«, sagte Mandi. »Danke für den Wein.«

Mandi ging die Fredriksgatan hinab Richtung Tölö. Es regnete wieder, es war ein stiller und kühler Frühjahrsschauer, aber gleichzeitig schien die Sonne. In ihren Ohren hallten die Worte wider, die Widing zitiert hatte: *Beauty must always die. Only in our dreams...* Sie schüttelte ärgerlich den Kopf, um die beiden Phrasen loszuwerden, die sich da drinnen im Kreis drehten wie eine Grammophonplatte, die hängen geblieben war und immer wieder den gleichen Melodiestummel spielte. Und sie wusste natürlich: Was sie so ärgerte, war die Tatsache, dass sie nicht verstand, nicht genau, sie wusste ungefähr, was die einzelnen Wörter bedeuteten, aber sie beherrschte die Sprache noch nicht gut genug, sie erfasste die Verbindungen und den Zusammenhang nicht.

Als sie den Aufzug nach oben genommen hatte und vor der Tür stand, hörte sie aus der Wohnung Grammophonmusik, Coupletgesang und entzücktes Lachen. Es dauerte lange, bis Fräulein Lilliehjelm öffnete, und als die Tür endlich aufglitt, stand sie da mit wirren Haaren und roten Wangen. Sie war auf Strümpfen, und die obersten beiden Knöpfe ihrer Bluse standen offen, und noch ehe Mandi die Türschwelle überschritten hatte, streckte Lucie ihr auch schon eine halb aufgegessene Tafel Schokolade entgegen, die in Stanniol und blaues Papier eingeschlagen war, und sagte: »Fräulein Salin! ... Entschuldigen Sie bitte, ich hatte Sie völlig vergessen ... aber nehmen Sie doch ein Stück, es ist eine neue Sorte, und sie schmeckt ganz wunderbar, sie zerschmilzt einem förmlich im Mund!«

Mandi wurde verlegen, und es fiel ihr schwer, Worte herauszubringen: »Danke ... a-aber ich wi ... will keine Umstände machen.« In ihrer Verwirrung brach sie ein großes Stück Schokolade ab und stopfte es sich in den Mund. Der Bissen war so groß, dass sie Mühe hatte, ihn zu kauen, und nach ein paar Sekunden spürte sie Schokoladensauce aus ihrem linken Mundwinkel rinnen.

Aus der Wohnung hörte man eine andere Frauenstimme: »Wer ist da, Lucie? Wenn es die Heilsarmee ist, sag ihnen, wir sind schon erlöst.«

»Es ist nicht die Heilsarmee. Es ist Fräulein Salin, eine meiner Schülerinnen. Du musst jetzt wohl gehen!«, rief Lucie lauthals zurück.

Mandi blieb in ihrem abgetragenen Frühlingsmantel und ihren braunen Schuhen auf der Türschwelle stehen und machte abwehrende Gesten, während sie gleichzeitig versuchte, auf diskrete Weise Schokoladensauce aus ihrem Mundwinkel zu wischen.

»Sie bleiben hier, Fräulein Salin«, sagte Lucie Lilliehjelm bestimmt. »Das war mein Fauxpas, Sie sollen nicht unter meiner Schlampigkeit leiden müssen.« Sie zauberte ein sauberes Seidentaschentuch heraus, lehnte sich vor und wischte Schokoladensauce aus Mandis Mundwinkel. Lucie Lilliehjelm war groß, und für einen flüchtigen Moment überkam Mandi das Gefühl, ein Raubvogel, ein Adler oder Habicht, würde sich über sie beugen. Sie nahm zudem einen süßlich scharfen Geruch wahr und begriff, dass er nicht von der Schokolade stammte; die beiden Frauen hatten getrunken. In diesem Moment kam die andere Frau in den Flur, griff nach dem Schuhlöffel, glitt in ihre Pumps und begann umständlich ihren Mantel anzuziehen. Sie war dunkelhaarig und klein und hatte ein viereckiges Gesicht, und während sie sich zum Aufbruch bereit machte, blickte sie Mandi neugierig an, streckte jedoch erst ihre Hand aus, als Lucie Lilliehjelm sagte: »Das hier ist meine gute Freundin Fräulein Michaëla Morelius. Und das hier ist meine Privatschülerin in englischer und deutscher Sprache, Fräulein Mandi Salin.«

Eine halbe Stunde später saßen sich Lucie Lilliehjelm und Mandi an einem runden Tisch mit Spitzendecke gegenüber. Es dämmerte bereits, aber auf dem Fensterbrett stand eine Tischlampe und verströmte warmes Licht. Die Lampe hatte fast den gleichen kegelförmigen Schirm mit Fransen wie die Lampe in Widings Atelier; nur die Glasperlen fehlten. Vor Lucie Lilliehjelm lagen ein Lehrbuch in Englisch und eine Broschüre der Finnischen Fremdenverkehrszentrale, und sie sagte:

»Please repeat after me once more, Miss Salin. Together the United States of America form a vast and breathtakingly beautiful country.«

Mandi wiederholte die Worte und hörte selber, dass ihre Aussprache schlecht war. Sie war unkonzentriert und schläfrig, lag das vielleicht an dem Portwein, den sie bei Widing getrunken hatte? Ihr Blick fiel auf das Monogramm der Tischdecke: ML in graziös gestickten Buchstaben.

»Sehen Sie sich das Monogramm an?«, erkundigte sich Lucie Lilliehjelm. »Es ist das meiner Mutter. Marie Lilliehjelm, aus der Zeit, in der sie diesen Namen noch trug. Sie sind eigentlich immer auf Draht, Fräulein Salin, aber heute…«

»Entschuldigung, ich bin wohl ein bisschen müde«, gab Mandi zu. »Fräulein Lilliehjelm, ich habe eine Frage… dürfte ich Sie bitten, mir ein paar Phrasen zu übersetzen, die ich… vor einiger Zeit gehört habe?«

»Natürlich«, sagte Lucie Lilliehjelm, und in ihrer Stimme schwang Neugier mit.

Mandi trug aus dem Gedächtnis vor, was Widing gesagt hatte. Ihre Aussprache war holprig, aber sie hatte das Gefühl, es richtig wiedergegeben zu haben, sie glaubte sich an jedes einzelne Wort zu erinnern.

Lucie Lilliehjelm warf ihr über den Tisch hinweg einen anerkennenden Blick zu; als sie lächelte, sah Mandi, dass zwei ihrer Schneidezähne etwas spitz zuliefen.

»Die Schönheit muss immer sterben«, sagte sie dann. »Nur in unseren Träumen und Bildern kann sie ewig lebendig und unberührt bleiben. Hu, es fällt mir nicht weiter schwer, mir auszurechnen, dass Sie das von Ihrem Chef haben. Eccu Widing ist ein feiner Mensch, aber vom Leben hat er keine Ahnung. Möchten Sie ein Glas Orangenlikör, Fräulein Salin? Oder gehören Sie zu denen, die an die Prohibition glauben…? Dann schlage ich vor, dass wir mit Likör anstoßen und Lucie und Mandi zueinander sagen.«

Eccu war an diesem Abend wie im Fieber. Es war fast Mitternacht, aber er meinte zu sehen, dass noch schwaches Licht über der Stadt hing, ein Licht mit Schattierungen aus Purpur und Dunkelblau. Er ging den ganzen Weg von der Vladimirsgatan nach Brändö, er hatte ziemlich viel getrunken, und wenn er betrunken war, hatte er keine Angst vor zwielichtigen Gestalten und auch nicht vor Roten, in einer Frühlingsnacht wie dieser hatte er vor nichts in der Welt Angst. Er ging über Hagnäs torg zum Sörnäs strandväg, er hörte die Straßenbahn der Linie B über die Långa-Brücke rattern, und zwanzig Sekunden später tauchte der hohe und braune Wagen auf der anderen Seite des Platzes auf, er knirschte und kreischte und seine Glocke schlug, aber Eccu lief nicht los, ihm hinterher, sondern ging weiter in Richtung Fabriken und Ufer. Während er ging, dachte er an sein Atelier und seine Träume. Das Frühjahr war die Zeit der Veränderung und des Wachstums, und er wusste, dass er reif für etwas Neues war. Er hatte es satt, mit künstlichem Licht zu experimentieren, war die Dunkelkammerzaubertricks und das Retuschieren von Negativen leid. Und ganz besonders leid war er die sanfte Ästhetik, die er sich bei seinen Idolen Perscheid und Goodwin abgeguckt hatte; der Fokus lag ganz auf dem einfühlsam porträtierten Objekt, während der Hintergrund und die Peripherie eine Traumlandschaft blieben, ein verschwommener Schleier. Er sorgte dafür, dass die jungen Damen der guten Gesellschaft Mary Pickford und Thyra Tamm ähnelten, und sie liebten es, es war zugleich poetisch und dramatisch, doch er selber war gelangweilt. Er dachte daran, was Stieglitz in der Präsentation von Paul Strands Bildern in der allerletzten Nummer von *Camera Work* geschrieben hatte: *straight photography*, die Kunst, direkter zu fotografieren, mit Schärfe und einer Vielzahl von Details, mit einem klaren Blick, der das Objekt nicht in romantische Nebel hüllte. Und das Objekt, das war der Mensch, der zersplitterte und gequälte Nachkriegsmensch, der sich in einer völlig neuen Zeit zu orientieren versuchte, der gezwungen war, neue

251

Regeln und Richtlinien zu erfinden, nachdem die alten auf so erbärmliche Weise verloren gegangen waren, in einem Weltenbrand, der jahrelang gewütet und Millionen Männer getötet hatte, als wären sie Schmeißfliegen… All das auszudrücken, wollte er lernen, die moderne Zeit in ihrer Zerrissenheit, die Auflösung der Formen in neuen Formen wie in Bracques und Picassos Malerei, der mechanische Rhythmus der Maschinen, ihr hämmernder Puls, und inmitten von allem der Mensch, dieses immer kleinere und immer insektenhaftere Wesen, das da unten in seinem tiefen Stadtschacht ging, während Autos an ihm vorüberzischten wie glotzäugige und benzinstinkende Monster, während gleichzeitig die Flugzeugmotoren zwischen den Wolken dröhnten, wo Turmbauten von zwanzig oder fünfzig Stockwerken oder mehr die blaue Farbe vom Firmament kratzten. Er, Eric Widing, würde der Herold dieser neuen Zeit werden! Er und kein anderer würde die seelischen Folgen dieser ganzen gewaltigen Umwertung einfangen, dieser gigantischen Umerschaffung von *allem*. Kennzeichnend für seine Bilder würde ein klares und unbarmherziges Licht sein, ein Licht, das die Oberfläche durchdrang und die dunklen Triebkräfte unter der Alltagsfassade des Menschen enthüllte… wie hieß er noch, dieser Wiener Jude, der so viele Bücher darüber geschrieben hatte… Freund? So sollte es sein, keine Zaubertricks mehr, keine Romantik, keine Bilder, auf denen die Porträtierten posierten wie große Männer oder Kaiser oder Kopien von Mary Pickford. Er würde für Reinheit stehen, für Schärfe und deutliche Töne. Er würde mehr im Freien fotografieren, das war die neue Welle in Deutschland, das hatte er erkannt, als er die letzte Nummer der Zeitschrift *Revue* las: »Mutige Porträts bei offenem Tageslicht, die nackte und schutzlose Existenz des Menschen unter dem freien Himmel der Evolution«, so hatte Gottmar von Trieber es in einem inspirierenden Essay beschrieben.

Während er so grübelte, war er, ohne es zu merken, auf die Brücke nach Brändö hinaufgekommen. Plötzlich wachte er auf, wurde sich der kühlen Nacht und der Düfte bewusst, die von der sanften Dunkelheit verstärkt wurden. Da war der Geruch des Seegrases, das an den schon verrottenden Brückenpfeilern klebte, da war der Duft von Tang und trockenen und knarrenden Brettern unter seinen Füßen. Ein Duft von Sägespänen und Bauholz trieb vom Dampfsägewerk auf Stora Nätholmen heran, die Hafenbahnstrecke roch nach Eisen und Kies, und das Gaswerk verströmte den üblichen Gestank. Er hob den Blick, und auf einmal erschien ihm die Brücke unendlich lang – er wollte heim. Er ging schneller, ließ die Hand im Gehen über das Brückengeländer gleiten, trieb sich einen Splitter in die Handfläche und schimpfte genau in dem Moment, in dem er den Brückenwächter passierte, der in seinem Schutzhäuschen saß und döste. Der Wächter fuhr auf, betrachtete Eccu forschend, erkannte ihn, hob die Hand zum Gruß, und unmittelbar darauf sank sein Kopf wieder auf die Halsgrube zurück.

Als Eccu nach Hause kam, war es sowohl unten als auch in der oberen Etage, die Aina und er an die russische Flüchtlingsfamilie Leibowitsch vermietet hatten, dunkel. Aber Aina schlief nicht, sie saß in einen Wollschal gehüllt auf der Veranda und erwartete ihn. Als er hereinstolperte, stand sie auf, ging zu ihm und schlang die Arme um ihn. Sie sagte nichts und Eccu auch nicht, er stand vollkommen still, genoss die plötzliche Wärme und spürte, wie der künstliche Rausch einer anderen und wirklicheren Berauschung wich, einer, die mit all den Düften auf der Brücke nach Brändö zusammenhing, und dass hier ein Mensch stand und ihn umarmte.

4

Ich werde euch eine Geschichte erzählen«, sagte Ivar Grandell an einem späten Maiabend an Tisch Nr. 16, »es ist eine kurze und leider Gottes sehr traurige Geschichte, aber sie verlangt, erzählt zu werden.«

Es war ein Abend, an dem fast nur Männer am Tisch waren. Eccu war da, ebenso Cedi und Henning Lund. Lonni Tollet und Tele Christides waren anwesend, und Bruno Skrake und der Bildkünstler Smedlund, der aus Berlin heimgekehrt war, um den Sommer zu feiern. Von den Frauen war Lucie da, aber weder Micki noch Nita oder Maggie. Auch Henriette Hultqvists Platz blieb leer, das Theater hatte seine Spielzeit beendet, und Henriette war damit beschäftigt, zu packen und sich von ihren Helsingforser Freundinnen zu verabschieden. Aber Ivar Grandell wusste, dass sie ihn eine halbe Stunde nach Mitternacht auf einer Parkbank am Broholmsufer erwarten würde, und diese Gewissheit half ihm, ihre Abwesenheit zu ertragen. Und vielleicht gab ihm gerade das Wissen darum, dass er noch eine Nacht in Henriettes Armen verbringen würde, den Mut und die Verwegenheit, die Geschichte von dem unglücklichen Schüler zu erzählen: Er wusste schon im Voraus, dass sie bei den jungen Männern am Tisch auf keinen fruchtbaren Boden fallen würde.

»In unsere Schule«, begann Ivar, »geht ein magerer und teilnahmsloser Junge. Wie er heißt, tut hier nichts zur Sache, und ehrlich gesagt ist er nur einer von vielen. Es gehen Dutzende magerer und teilnahmsloser Jungen und Mädchen in diese Schule, aber nun gibt es dort also einen, der noch verschüchterter ist als die anderen. Zweimal...«

»Kommen Sie zur Sache, Herr Dickens«, unterbrach Henning ihn freundlich. »Ihre Geschichte darf nicht den ganzen Abend in Anspruch nehmen, wir haben viele Dinge abzuhandeln und viele Teetassen zu leeren.« Cedi, Eccu und die anderen lachten über Hennings Kommentar. Bei den meisten klang das Lachen herzlich und gutmütig – alle wussten, dass Ivar dazu neigte, langatmig zu werden –, aber Cedi saß zurückgelehnt und mit verschränkten Armen, und in seinem Mienenspiel fanden sich Skepsis und Distanzierung, als hielte er das Fazit bereits in der Hand, als wüsste er, was Ivar sagen wollte, und als würde er es missbilligen.

»Je öfter du mich unterbrichst, desto länger brauche ich«, sagte Ivar warnend an Henning gewandt, fuhr dann jedoch fort:

»Nein, jetzt mal im Ernst, die Geschichte ist schnell erzählt. Zweimal habe ich diesen Jungen in diesem Halbjahr dabei erwischt, Butterbrote aus dem Pult vor seinem zu stehlen. Dort sitzt ein Mädchen, die Klassenbeste, schön geschneiderte und saubere Kleider, ihr Vater ist Eisenbahnschaffner und gehört dem Schutzcorps an, die ganze Familie ist weiß. Und dann dieser unglückselige Junge, käsig und ungewaschen und mit schmutzigen Kleidern und immer ohne Schulbrote. Als die Brote des Mädchens das erste Mal verschwanden, ahnte ich, dass er der Täter war, wollte ihn aber nicht vor der ganzen Klasse beschuldigen, die anderen Kinder behandeln einen Schüler, der vom Lehrer bloßgestellt wird, immer grausam. Also wartete ich an diesem Tag bis zum Unterrichtsschluss, bat ihn dann mitzukommen und stellte ihn unter vier Augen zur Rede. Er stritt natürlich alles ab, saß nur da und starrte schmollend auf den Fußboden, manchmal schielte er unter seiner Tolle zu mir hoch, und dann war sein Blick hart und böse. Ich bat ihn, sein Pult und seine Taschen zu leeren. Er weigerte sich. Daraufhin drohte ich ihm mit Hausmeister Mustonen, und da endlich gab der Junge auf. Er legte alles, was er hatte, auf den Deckel des Pults, und unter seinen Sachen waren auch die Butterbrote, zwei Stück mit Käse und Ei, säuberlich in Butterbrotpapier eingeschlagen. Die Brote waren nicht angerührt worden, aber ich achtete nicht weiter darauf, dieses Mal nicht. Dennoch war ich mir unsicher, was die geeigneten Repressalien anging, tatsächlich empfinde ich generell Widerwillen gegen Repressalien, weshalb ich beschloss, eine Übereinkunft zu treffen. Ich sagte dem Jungen, als Lehrer dürfte ich eigentlich nicht so handeln, aber wenn er mir verspreche, seine Schulkameraden nie wieder zu bestehlen, würde ich im Gegenzug versprechen, die Butterbrote in meiner Aktentasche mit nach Hause zu nehmen und dem Mädchen und den restlichen Kindern nie zu erzählen, dass sie wieder aufgetaucht waren. Der Junge wirkte erstaunt, vermutlich sah er zum ersten Mal, dass es Lehrer gibt, die bereit sind zu lügen, aber er nickte wortlos, und das hinterlistige Funkeln in seinen Augen war verschwunden. Also fühlte ich mich hinterher tatsächlich wie die Güte selbst, moralisch verwerflich sicherlich, aber gütig. Aber letzte Woche war es dann wieder so weit. Das Mädchen kam zu mir und meldete, ihre Schulbrote seien gestohlen worden, zwei große belegte Brote, genau wie beim letzten Mal, diesmal allerdings mit Pökelfleisch. Diesmal sah ich, dass die anderen Kinder Bescheid wussten, sie meldete den Diebstahl vor der ganzen Klasse, und ihr wisst ja, wie Kinder sich in solchen Situationen verhalten, sie werden unruhig, und ihre Blicke beginnen, hin und her zu schießen, neugierig und schnell wie Schwalben bei schönem Wetter. Und ich sah natürlich, wohin es alle Blicke zog. Genau wie beim letzten Mal wartete ich, bis der Schultag vorüber war, und nahm den Jungen anschließend ins Verhör. Diesmal war er verstockter, ich musste Mustonen holen gehen, und Mustonen leerte seine Taschen, aber da war nichts. Und der Junge selber sagte kein Jota, er saß einfach da und glotzte uns an. Aber Mustonen und ich setzten das Verhör fort, und schließlich fing der Junge an zu weinen und gestand. Diesmal hatte er das Päckchen mit den Butterbroten ganz unten in der Spalte zwischen Kachelofen und Wand versteckt. Wie es ihm gelingen konnte, die Brote zu stehlen und dort zu verstecken, ist mir ein Rätsel, wir führen ununterbrochen Aufsicht in den Pausen, und die Kinder bewegen sich in kleinen Gruppen, und diese Gruppen sind überall, immer. Die Brote waren auch diesmal nicht angerührt worden, aber ich war natürlich gezwungen, ihn zu melden, und nun wird er wohl der Schule verwiesen werden… Aber gleichzeitig fragte ich mich natürlich, warum er nie auch nur den kleinsten Bissen von den Broten gegessen hatte, denn wenn er schon die Zeit hatte, sie hinter dem Kachelofen zu verstecken, könnte man doch meinen, er hätte auch die Zeit haben sollen, sie zu essen. Der Gedanke ließ mir keine Ruhe, also machte ich mich daran herauszufinden, wie es um diesen Jungen eigentlich bestellt ist. Und daraufhin erfuhr ich, dass sein Vater im Lager von Dragsvik gestorben und seine Mutter arbeitslos und der Junge das älteste von vier Kindern ist, obwohl er erst elf ist. Die Familie wohnt in dieser Slumkaserne in Södervik, und falls einer von euch einmal dort gewesen ist und sie sich angesehen oder die Berichte in *Hufvudstadsbladet* gelesen hat, dann wisst ihr, wovon ich spreche.«

Als Ivar geendet hatte, wurde es vollkommen still, hätten die Menschen an den anderen Tischen nicht weiter gelärmt und gelacht, man hätte eine Stecknadel fallen hören können an Tisch Nr. 16. Gebrochen wurde das Schweigen von Cedi. Er hatte Ivars Geschichte mit einer Miene gelauscht, die zugleich überlegen und verbissen war, nun aber schüttelte er ärgerlich den Kopf und fauchte:

»Und was zum Teufel willst du uns mit diesem Ammenmärchen sagen?«

Ivar sah ihn ohne Erstaunen an und antwortete: »Du weißt, was. Dass wir sie zu hart behandelt haben. Dass das Strafmaß unangemessen hoch gewesen ist.«

Cedi warf Ivar einen kühlen Blick zu und sagte:

»Ich sehe das umgekehrt. Sie haben ihre Freiheit und ihr ganzes staatsbürgerliches Vertrauen inklusive des Rechts, zu zicken und Mucken zu machen, wiedererlangt, und das nur wenige Jahre, nachdem sie die Macht an sich gerissen hatten und uns alle umbringen wollten. Ich frage mich oft, wofür ich eigentlich gekämpft habe, verdammt, jedenfalls bestimmt nicht für das Recht der Bolschewiken, zu streiken und Ärger zu machen! Und ganz abgesehen von der Politik, ist deine moralische Haltung als Lehrer auch rein prinzipiell lausig. Einem schon verdorbenen Kind beizubringen, dass man unter gewissen Umständen stehlen darf! Weil man Geschwister zu Hause hat! Verdammt, Ivar, wie sollen wir unser Land aufbauen, wenn ihr Pädagogen anfangt, solche Dinge zu lehren? Allein in dieser Stadt sind wir mehr als zweihunderttausend, wie sieht dein Maßstab aus, wer ist hungrig genug, um stehlen zu dürfen, und wer ist satt genug, damit es legitim wird, ihn zu bestehlen?!«

Ivar verlor nicht die Beherrschung. Er antwortete:

»Es ist eine grobe Lüge, dass sie uns alle töten wollten. Es gab Männer, die…«

»Du drückst dich falsch aus, Ivar«, schnaubte Cedi. »Du solltest nicht von *ihnen* und *uns*, sondern von *wir* und *euch* sprechen. *Es ist eine grobe Lüge, dass wir euch alle töten wollten.* So solltest du dich ausdrücken. Wir wissen doch alle, was du gewesen bist und im Grunde deines Herzens immer noch bist.«

»Ich bekenne mich nicht mehr zu einer Ideologie. Was ich sagen wollte, war…«, begann Ivar, wurde jedoch von einem ironisch lächelnden Henning unterbrochen:

»Na, na… es lagen mehrere Ausgaben von *Clarté* auf deinem Küchentisch, als wir letztlich zum *Nachspiel* bei dir waren.«

»Sich mit einer Gedankenwelt auseinanderzusetzen, heißt nicht, dass man sie auch vertritt«, erwiderte Ivar ruhig. »Ich wollte nur sagen, es ist eine Lüge, dass alle Sozialisten blutrünstige Wilde sind. Die Sozialisten, die ich in Åbo kannte ... Borg, Lundberg, Wallenius, Ojala ... keiner von ihnen war blutrünstig, aber alle sind entweder tot oder im Exil. Ganz zu schweigen von Boldt! Einer unserer großen Humanisten. Ein Mann, der keiner Fliege etwas zuleide tun konnte. Und er starb aus schierer Trauer über die Bösartigkeit und Einfalt des Menschen! Ich möchte, dass du verstehst, Cedi, es ...«

Cedi schob seinen Stuhl mit einer derart heftigen Bewegung zurück, dass Lucie und Lonni, die links und rechts von ihm saßen, vor Schreck zusammenfuhren.

»Ich höre mir deinen Schwachsinn nicht länger an, Ivar!«, unterbrach er mit einer Stimme, die vor Wut ganz heiser war. »Ich setze mich an Toffe Ramsays Tisch, ich will hoffen, dass die Konversation dort etwas angenehmer ist.«

Als Cedi gegangen war, wurde es still. Eccu Widing warf Ivar einen aufmunternden Blick zu, als wollte er sagen, »das war nicht deine Schuld, Cedi hat nur einen schlechten Abend«, oder etwas in der Art. Aber er sagte nichts. Stattdessen ergriff Henning das Wort:

»Ivar, habe ich dir eigentlich jemals erzählt, dass ich dich agitieren gehört habe, als ich achtzehn war?«

»Nein, davon hast du mir nie etwas gesagt«, erwiderte Ivar. »Wo denn?«

»Auf der Eisenhütte Blomsterberg. Der Fabrikdirektor verbot dir, das Werksgelände zu betreten, deshalb hast du davor gestanden und gewartet, bis die Arbeiter nach Hause gingen. Du hast gesprochen, aber niemand ist stehen geblieben, um dir zuzuhören, alle sind weitergegangen, zu ihren Wohnhäusern, und haben zu Boden geschaut, als sie an dem Felsen vorbeigegangen sind, auf dem du gestanden hast.«

»Ich weiß, dass ich ein schlechter Agitator war«, sagte Ivar traurig. »Du brauchst mich nicht auch noch daran zu erinnern.«

»Das warst du vielleicht, aber deshalb weigerte man sich

nicht, dir zuzuhören. Du bist naiv, Ivar. Der Fabrikdirektor hatte jedem Einzelnen gesagt, wer stehen bleibt und zuhört, bekommt die Kündigung schwarz auf weiß. Aber das war es gar nicht, worüber ich sprechen wollte.«

»Woher weißt du das alles, Henning? Und was hast du in Blomsterberg gemacht?«

Es war Eccu, der die Frage stellte, und es war das erste Mal, dass er sich an diesem Abend zu Wort meldete.

»Das spielt keine Rolle, Eccu«, sagte Henning ungerührt. »Ich stamme aus der Gegend, ich war rein zufällig dort... und worauf ich hinaus will, Ivar, ist, dass ich damals dort gewesen bin und dir zugehört habe, und du bist genauso gewesen, wie du heute bist. Du hast nicht an das geglaubt, was du gesagt hast. Du hast keinen Glauben und hast nie einen gehabt. Du hast etwas gegen Bürger und Kapitalisten, aber du hast nichts an ihrer Stelle anzubieten. Du hast immer gewusst, dass der Sozialismus nichts als blauer Dunst ist und die Natur des Menschen allen Utopien Steine in den Weg wirft. Du meinst es gut, aber du glaubst nicht an das Gute im Menschen und bist zu intelligent, um an Märchen zu glauben. Und trotzdem beharrst du darauf, *so zu tun*, als würdest du glauben... Ich begreife dich einfach nicht, Ivar, ich verstehe nicht, warum du dich selber betrügst.«

Ausnahmsweise war Ivar Grandell sprachlos. Er schaute Henning Lund an, und man sah förmlich, wie sein Gehirn nach einer Antwort suchte, vielleicht durchpflügte sein Gedächtnis all die Zeitschriften und Bücher, die er im Laufe des vergangenen Winters gelesen hatte, vielleicht suchte er nach ein paar weisen Worten von Barbusse aus irgendeiner Nummer von *Clarté*. Doch der Alkohol störte seine Suche: Es wollten keine Sentenzen auftauchen. Stattdessen blieb es Lucie überlassen, das Schweigen zu brechen:

»Müsst ihr immer über eure verfluchte Politik sprechen? Ihr streitet euch nur, und uns anderen ist so langweilig, dass wir gleich einschlafen!«

Ein paar Tage nach diesem Abend, als der Mai gerade gegen den Juni eingetauscht wurde, passierte etwas ganz anderes, etwas Trauriges und Konkretes, das außerhalb der Domäne politischer Streitereien lag. Der alte Rurik Lilliehjelm, der seit jenem Junitag vor zwei Jahren, an dem ihm seine älteste Tochter auf dem Totenbett einen letzten spröden und verständnislosen Blick zugeworfen und anschließend den Atem aufgegeben hatte, in tiefer Trauer um sie gewesen war, hielt nach wie vor an seiner Gewohnheit fest, sich alle Tennisturniere anzusehen, die im südlichen Finnland ausgetragen wurden; im Winter saß er auf der kleinen Zuschauertribüne der neuen Automaticahalle und schwitzte in Pelz und Galoschen, im Sommer blieb er seiner Gewohnheit treu, während der Tenniswoche in der Pension Vidablick in Hangö zu logieren, und darüber hinaus besuchte er die kleineren Wettbewerbe in Helsingfors und Umgebung.

In diesem Sommer, der so grau und kalt begann, hatte sich der Helsingforser Lawn-Tennisclub bei AB Brändö Villastads frisch angelegten und minutiös gepflegten Plätzen eingemietet, und dort saß Rurik Lilliehjelm in Leinenanzug und Panamahut und mit einem Regenschirm bewaffnet an einem wolkenverhangenen Juniabend und sah einen neuen aufgehenden Stern am Tennishimmel, das junge Fräulein Brunou, Sigrids alte Kontrahentin Fräulein Fick nach allen Regeln der Kunst ausspielen. Fräulein Brunou hatte schwarze Haare und war braungebrannt, wohingegen Sigrid blond und marmorweiß gewesen war, aber sie war so zierlich gebaut wie Sigrid und spielte Tennis mit der gleichen ruhigen Präzision; zeitweise meinte Rurik, eine Sigrid mit gefärbten Haaren und dunklerem Teint zu betrachten, die aufreizend leicht ihre Gegnerin mal hierhin, mal dorthin lockte, bis das arme Fräulein Fick in einem entlegenen Winkel des Platzes keuchte und hilflos zusehen musste, wie diese Brunou wieder einen Schmetterball platzierte oder sie mit einem weiteren listigen Lob überraschte. Das war zu viel für Rurik. Als Fräulein Brunou den Matchball verwandelte, rang er heftig nach Luft und bekam im nächsten Moment eine so massive Herzattacke, dass er überhaupt nicht mehr wahrnahm, was geschah. Als der Arzt eintraf und nur noch den Tod feststellen konnte, fand man in der Brusttasche von Ruriks hellem Jackett ein Buch. Es war ein alter und abgegriffener Band, verfasst von einem gewissen Doktor Emil Reinbeck: »Das Dasein des Menschen nach dem Tode. Sichere Beweise dafür, dass sich das Leben des Menschen nach seinem Dahinscheiden fortsetzt, und dafür, dass wir jenseits des Grabes all jene wiedersehen werden, die wir im Leben geliebt haben.«

5

Jemand klopfte leise, aber beharrlich an die Tür von Mandi Salins Wohnung im Hochhaus an der Agricolagatan. Es war ein bewölkter Abend im Juni, tatsächlich war es der Abend, an dem ein Arzt, eine Krankenschwester, ein Brändöwachtmeister, zwei Tennis spielende junge Damen, ein Netzrichter und ein Linienrichter sowie einige Laien aus den spärlich besetzten Zuschauerreihen dicht gedrängt um einen mausetoten Rurik Lilliehjelm standen, der ganz blau im Gesicht war, aber das konnte Mandi natürlich nicht wissen; sie fragte sich nur, wer da klopfte, denn sie erwartete keinen Besuch. Im Allgemeinen schauten ihre Mutter oder ihr Vater oder ihr jüngerer Bruder Kai vorbei, sie wohnten nur einen Katzensprung entfernt, in der Femte linjen auf der anderen Seite des kleinen Parks. Aber sie benutzten immer die Klingel links von der Tür; dem Klopfen nach zu urteilen, handelte es sich hier um einen Fremden, der die Türklingel nicht gesehen hatte. Mandi stand vom Küchenstuhl auf, legte ihr Buch auf den Tisch – ein plötzliches Schamgefühl ließ sie es aufgeschlagen so hinlegen, dass es die Tafel Schokolade fast völlig verdeckte – und ging in den Flur hinaus, um zu öffnen.

Ihre Überraschung war groß, als sie sah, wer davorstand.

»Bist ... du das, Allu? Allu Kajander? Aber warum suchst du Kaitsu hier bei mir?«

Mandi führte mittlerweile ihr eigenes Leben, so weit von Kaitsu und Kaitsus Freunden und ihren Lausbubenstreichen entfernt, wie es nur ging, und sie hatte Allu Kajander seit dem Herbst nicht mehr gesehen. Die Veränderung war verblüffend. Der Junge, der im Treppenhaus stand, war kein Junge mehr, er glich eher einem Mann. Allu war seit ihrer letzten Begegnung mindestens zehn Zentimeter gewachsen, er war bestimmt einen Meter achtzig groß, wenn nicht noch größer. Breitschultrig war er auch, und er trug einen schwarzen Schlapphut und hatte richtige Arbeitsstiefel an. In der rechten Hand hielt er ein Paket, es war aus Zeitungspapier und wurde von einer Pappschnur zusammengehalten, die zu einer unbeholfenen Schleife verschnürt war; das kleine Paket verschwand beinahe in seiner Hand. Mandi nahm an, dass er direkt aus der öffentlichen Sauna am Anstieg der Porthansgatan kam, seine Wangen glänzten rot und rein. Seine Haare waren gut frisiert gewesen, aber ein Regenschauer hatte die Frisur zerstört, die Stirntolle hing ihm nass und schwer über die Augen. Es war nicht zu übersehen, dass sein Mantel Schmutzflecken hatte und die schwarzen Knie seiner Hose blankgewetzt und voller kleiner Löcher waren. Er sah sie scheu an und schien am liebsten davonlaufen zu wollen, doch als er endlich die Sprache wiederfand, war seine Stimme überraschend sicher und tief:

»Ich bin nicht auf der Suche nach Kaitsu. Darf ich reinkommen?«

Sie saßen dann an dem Tisch, an dem sie gesessen und gelesen hatte. Allu war anfangs stumm und verlegen, schob Mandi nur das hässliche Päckchen über den Tisch zu und sah ihr nicht in die Augen, als er sagte: »Bitte schön, das ist für… ich darf doch noch Mandi sagen?«

»Natürlich darfst du das«, erwiderte Mandi, »wir kennen uns doch schon eine halbe Ewigkeit.« Sie kam sich plötzlich albern vor, weil sie die Schokolade unter dem Buch versteckt hatte; sie holte die Tafel heraus, die halb aufgegessen war, aber noch in ihrem blauen Papier steckte, hielt sie Allu entgegen und sagte: »Nimm ein Stück, es ist eine neue Sorte, sie ist wahnsinnig lecker.«

Allu brach ein Riesenstück ab, zwei Riegel, biss die Hälfte ab und begann gierig zu kauen. »Was liest du?«, fragte er, den Mund voller Schokolade.

»Nur ein neues Mary-Marck-Buch«, antwortete Mandi verlegen. »Ein Mädchenbuch.«

»So soll's ja wohl auch sein«, sagte Allu. »Du bist ja auch ein Mädchen.« Sein Blick flackerte wieder, er schaute aus dem Fenster, ohne sich sonderlich dafür zu interessieren, was es dort draußen zu sehen gab. »Warum machst du das Paket nicht auf?«, fragte er dann und schielte vorsichtig zu Mandi hinüber.

»Jetzt?«, fragte Mandi. »Ich soll es jetzt aufmachen?«

»Warum nicht?«, antwortete Allu und fügte hinzu: »Es ist nichts Besonderes, nur ne Kleinigkeit.« Mandi hörte, dass sich seine Stimme noch nicht endgültig gesenkt hatte, ab und zu überschlug sie sich ein bisschen, und sie erkannte auf einmal, dass er deshalb so einsilbig war; schweigsam war er schon immer gewesen, aber jetzt kamen die Worte wie aus der Pistole geschossen, und anschließend wurde es wieder mucksmäuschenstill. Sie öffnete die nachlässig gebundene Schleife und begann, Schicht für Schicht, das feuchte Zeitungspapier zu entfernen. Schließlich wurde eine kleine viereckige Flasche aus grünem Glas freigelegt, verschlossen mit einem richtigen Korken.

»Die ist schön ...«, sagte Mandi zögernd.

»Mach sie auf«, sagte Allu stolz, »mach sie auf und riech!«

Mandi zog und zerrte an dem Korken, und nach einiger Mühe fuhr er mit einem Plopp heraus. Wohlgeruch erfüllte das kleine Zimmer.

»Es heißt Lendisch«, erklärte Allu. »Ich hab's bei so nem Krämerrussen gekauft, nem richtigen Berber in einem langen, blauen Mantel.«

»Es heißt sicher *Landisj*«, sagte Mandi, deren Großmutter

mütterlicherseits Russin war, »das bedeutet Maiglöckchen, und so duftet es auch.«

»Kann sein«, erwiderte Allu, »ich hab nicht so genau hingehört, was er gesagt hat, der Russe.« Er verstummte für einen Moment, und Mandi, die soeben die grüne Flasche an ihre Nasenlöcher gehoben und den Maiglöckchenduft eingesogen hatte, sah den scheuen und verlorenen Gesichtsausdruck wieder auftauchen. Dann sammelte er sich und wurde auf einmal richtig gesprächig: »Ich bin gekommen, um dir zu sagen, dass ich zur See fahre, hab ne Stelle als Kohlentrimmer auf der s/s Wäinö gekriegt. Keine Ahnung, wie lang ich weg bin, sechs Monate vielleicht oder ein Jahr. Aber wenn ich zurückkomm, möcht ich, dass wir miteinander gehen, du und ich, deshalb will ich, dass du wartest.«

Mandi wurde verlegen, wollte lachen, war sprachlos und außer sich vor Wut, alles auf einmal. Wäre er ein erwachsener Mann gewesen, sie hätte ihm eine Ohrfeige gegeben, aber sie brachte es nicht übers Herz, er war doch nur ein Kind. Trotzdem spürte sie, wie ihre Wangen auf diese glühend rote Art anliefen, für die sie sich so schrecklich schämte. Sie knallte die Duftflasche auf den Tisch und sagte streng:

»Wie alt bist du, Allan Kajander?«

»Im Sommer werd ich neunzehn«, kam es schnell und ohne Zögern.

»Bitte, Allu. Du bist wie Pech und Schwefel mit meinem Bruder gewesen, seit wir klein waren. Wenn du drei Jahre älter wärst als er, würde ich es wissen.«

Jetzt war es an Allu, rot anzulaufen. Er schaute auf den Tisch und sagte: »Ich werd bald sechzehn. In einem guten Jahr bin ich siebzehn.«

»Ich kann keine Geschenke von dir annehmen, wenn du so verrückte Sachen sagst wie gerade«, sagte Mandi, presste den Korken in die kleine Flasche und schob sie über den Tisch. »Und ich werde immer dreieinhalb Jahre älter sein als du.«

»Ich nehm das Geschenk nicht zurück«, sagte Allu bockig.

»Wenn du's nicht haben willst, musst du's einem anderen schenken.« Wenn er schmollt, hört man, wie jung er ist, dachte Mandi, er klingt wie ein zurechtgewiesenes Kind. Gleichzeitig spürte sie eine vage Bedrohung, sie währte nur eine oder zwei Sekunden, aber für einen flüchtigen Moment war diese Bedrohung real. Aber sie bestand nicht in Allu, sie lag in nichts, was er gesagt oder getan und zu sagen unterlassen hatte, die Bedrohung lag vielmehr im Zimmer, in der Situation an sich, in der Tatsache, dass sie zu zweit in ihrer Mietwohnung saßen, Junge und Mädchen, Mann und Frau; für einen kurzen Moment streifte sie der Gedanke, wie unerhört es war, dass sie, neunzehn Jahre alt und eine Frau, beschlossen hatte, ganz allein zu wohnen. Dann schob sie den Gedanken weg, sie war es gewohnt, das zu tun, denn sie weigerte sich in Kategorien wie, das gehört sich nicht und das schon, zu denken, solche Überlegungen verwandelten den Alltag in eine Sackgasse, in der man gegen harte Wände schlug, die Schürfwunden in der Seele aufrissen. Sie schüttelte das Gefühl der Bedrohung ab und verstand, dass ihr eine ganz alltägliche Frage einfallen musste, die sie stellen konnte, eine Frage, mit der sie die peinliche Situation durchbrechen und die Vertraulichkeit zwischen Allu und ihr wiederherstellen konnte.

»Warum willst du zur See fahren? Ich dachte, du träumst davon, auf die gemischte höhere Schule zu gehen. Kaitsu sagt immer, du bist so ein schlauer Kopf, dass du sie besuchen solltest, nicht er.«

»Es ist zu spät. Und es geht nicht«, erwiderte Allu lakonisch. »Santeri ist nach dem Krieg nicht wieder gesund geworden und kriegt keine Arbeit, alles, was zu haben ist, ist Schwerarbeit, und für so was hat er keine Kraft mehr. Und meine Mama hat's an der Lunge, und es wird immer schlimmer... du weißt, wo wir wohnen?«

Mandi wand sich, denn zu wissen, wie schwer es viele Familien hatten, ließ sie ein schlechtes Gewissen haben, weil es ihr und ihrer Familie so gut ging.

»Ihr wohnt in der Kaserne?«, erkundigte sie sich. Es war eine rhetorische Frage, sie wusste es.

»Stimmt genau«, sagte Allu verbittert. »Wir wohnen in einer schimmeligen Ecke in der Kaserne, und die Lungen meiner Mama werden jeden verdammten Tag schlechter. Santeri hockt da im Halbdunkel, blinzelt und liest seine himmlischen Bücher, und die Kleinen versuchen, das Einmaleins zu lernen. Und Enok, also mein richtiger Alter, der wohnt in Heruli und säuft wie ein Loch und sitzt fast jeden zweiten Abend in Valga im Knast. Sogar wenn ich die Kohle hätte, um in die höhere Schule zu gehen, könnt ich nirgendwo lernen.«

Er rutschte unruhig auf seinem Stuhl herum. Dann fügte er hinzu: »Tschuldige, dass ich geflucht hab, Mandi.«

»Ach was, du weißt doch, dass mir das nichts ausmacht«, antwortete Mandi schnell und versuchte nicht zu zeigen, dass sie ebenfalls unruhig war. Sie hatte vorgehabt, in die Abendvorstellung des Titania zu gehen – man zeigte *Zorro* mit Fairbanks in der Hauptrolle –, aber Allu saß, wo er saß, und schien alle Zeit der Welt zu haben.

»Aber warum musst du ausgerechnet jetzt fahren?«, fragte sie, vor allem, um überhaupt etwas zu sagen, und ergänzte: »Helsingfors ist doch im Sommer so schön.«

»Es bringt Kohle«, antwortete Allu kurz. »Ich hab mir überlegt, jedes Mal, wenn wir in nem Hafen anlegen, schick ich ihnen per Bank die Hälfte vom Geld. Meine Mama kann nicht mehr da in der Kaserne hausen, sonst geht se hopps… ach, tschuldige, ich vergess immer, dat…«

»Ich schnall schon, was du sagst, auch wenn ich selber nicht so rede«, unterbrach Mandi ihn.

Allu strahlte, es war eher ungewöhnlich, dass Mädchen die Sprache der Banden verstanden, die von den Jungen gesprochen wurde, die sich in Grüppchen auf den Straßen von Berghäll und Hermanstad und Vallgård herumtrieben. Plötzlich sah er Bilder aus der Kaserne vor sich, und Gerüche stiegen ihm in die Nase, gemeinsam mit den Erinnerungsbildern hatten sie sich ihm bereits eingeätzt, er sah die kleinen und staubigen Fensterluken vor sich und den Schornsteinrauch und den schmutzig grauen Stadthimmel draußen und sog den Geruch von Schimmel und Schweiß und hungrigen Menschen auf, es war ihm, als hinge er ihm in der Nase und säße dort fest, auch wenn er anderswo in der Stadt unterwegs war. Er sah wieder Mandi an, betrachtete ihre kastanienbraunen Haare und grünen Augen und ihre Stupsnase und sog den Maiglöckchenduft in seine Nasenlöcher ein und dachte daran, wie hell und gemütlich ihre Wohnung war, obwohl er begriff, dass ihre Möbel schlicht und verkratzt waren, wahrscheinlich hatte sie den Tisch, die Stühle und den senfgelben Sessel mit Holzlehnen von hilfsbereiten Angehörigen und Nachbarn bekommen. Er dachte daran, dass Mandi alles war, was die Kaserne nicht war, und umgekehrt; es war Mandi, die in seinem Leben für Schönheit stand, sie und der Sport und die wenigen freien Stunden, in denen man sein eigener Herr sein und die sorgenvollen Gedanken an den nächsten Tag vergessen durfte.

»Du bist klasse, Mandi«, sagte er offenherzig. »Es gibt hier in der Stadt viel, was ich nicht eine Sekunde vermissen werd, die Kaserne zum Beispiel oder Bergwalls Seifenfabrik, wo ich im Herbst in der Abendschicht malocht hab... aber dich werd ich vermissen. Und Kaitsu... und das Wettrudern von Stiltis nach Mölylä und Nokka... und die Spiele auf dem Haapis.«

Er sah jetzt richtig unglücklich aus, und kindlich noch dazu, so kindlich, dass er Mandi allmählich wirklich leid tat. Plötzlich fiel ihr etwas ein, was Kaitsu vor ein paar Tagen erzählt hatte.

»Ich habe gehört, dass du dieses Jahr schon einen Platz in Woimas erster Mannschaft bekommst. Aber wenn du...«

»...wenn ich zur See fahr, kann ich nicht für Woima spielen...«, unterbrach Allu sie und sah wenn möglich noch unglücklicher aus. Dann aber hellte sich seine Miene auf, und er platzte heraus: »Aber vielleicht kann ich ja an Bord trainieren!

Oder wenn wir im Hafen liegen. Die ganze Welt kickt, weißt du! Oder jedenfalls fast.«

Der arme kleine Junge, dachte Mandi, sagte aber nichts. Stattdessen streckte sie Allu die Tafel Schokolade entgegen und sagte: »Nimm dir noch was. Aber dann musst du gehen, ich habe heute Abend noch was vor. Und danke für den Duft, er riecht gut! Ich werde ihn benutzen, wenn im Sommer auf Vennu und Nokka Tanz ist. Weißt du was, ich fang schon mal damit an.« Sie wackelte und schraubte am Korken, bis er sich löste, legte anschließend ihren schmalen Zeigefinger auf die Öffnung und drehte die Flasche schnell auf den Kopf. Dann führte sie den Zeigefinger zum Hals, zu einem Punkt gleich hinter dem linken Ohr, und massierte den Duft vorsichtig ein; sie war verlegen, aber auch aufgekratzt, es war schwindelerregend, dies in Gegenwart eines Mannes zu tun, auch wenn der fragliche Mann nur ein Halbwüchsiger war.

Allu strahlte wie eine Sonne, und Mandi konnte sich nicht verkneifen zu denken: Was für eine Rotznase. Er schmachtet dermaßen, dass es bis auf die Agricolagatan hinausleuchtet. Er ist sogar noch zu jung, um eifersüchtig auf die Männer zu sein, die mit mir tanzen werden, wenn ich den Duft trage, den er mir geschenkt hat. Kein erwachsener Mann wird mich jemals so vorbehaltlos vergöttern wie er.

»Du darfst ruhig über mich lachen, Mandi«, sagte Allu glücklich, aber ernst, als er vom Tisch aufstand, in den winzigen Eingangsflur hinausging und den Schlapphut vom Haken nahm. »Aber wir zwei werden am Ende ein Paar, du wirst schon sehen.«

6

Die Gesellschaft von Tisch Nr. 16 feierte Mittsommer auf
dem Gut Björknäs der Geschwister Lilliehjelm; abgesehen von
den Stammgästen aus dem Opris hatten Cedi und Lucie etwa
ein Dutzend anderer Freunde eingeladen. Zehn Tage waren
vergangen, seit Rurik Lilliehjelm mit allem erdenklichen Pomp
und Prunk und begleitet von zahlreichen Vertretern des Helsingforser Wirtschaftslebens und der altehrwürdigen crème de
la crème der Stadt in einer Prozession beerdigt worden war,
die traditionsgemäß auf ihrem Weg zum Friedhof die Lappviksgatan hinunter und am Marienkrankenhaus vorbeigezogen
war. Nun würde man die Erinnerung an Tod und Vergänglichkeit ausradieren. Das Wochenende der weißen Nächte würde
zu einer Huldigung der Jugend und Lebensfreude werden,
und die einzigen Gäste, die mehr als dreißig Jahre auf dem
Buckel hatten, waren deshalb Ivar Grandell und der ergraute
Geschäftsmann Olle Gylfe: Gylfe war eingeladen worden, weil
ihn und seinen Sohn Carl-Gustaf gemeinsame Geschäftsinter-
essen mit Cedi Lilliehjelm und Henning Lund verbanden.

Cedi und Lucie waren die frisch gebackenen Besitzer von
Björknäs, sie besaßen das Gut zu gleichen Teilen, zumindest
bis die Anwaltskanzlei Lagerborg & Stigzelius in der Alexandersgatan dazu gekommen war, alle Kritzeleien und kleinst
geschriebenen Fußnoten in Ruriks Testament zu entziffern.
Beim leichten Souper der Mittsommernacht waren die beiden
Geschwister das eleganteste, harmonischste und zuvorkom-

mendste Gastgeberpaar, das man sich nur vorstellen konnte; inmitten der Trauer über das plötzliche Dahinscheiden Direktor Lilliehjelms wurde das Herz der treuen Seele Olga von Stolz überwältigt. Beim Willkommenstoast hielt Cedi eine kurze, aber schöne Rede zu Ruriks Gedächtnis. Anschließend brachte er einen Toast auf die Ära der nordischen Sommernacht aus, und während der gesamten Mahlzeit war er bei den Trinkliedern ganz vorne dabei, sekundiert von Henning Lund, der auf unergründlichen Wegen all die teuren Weine und den perfekt gekühlten und stark gewürzten Aquavit aufgetrieben hatte. Für das Essen hatten Cedi und Lucie gesorgt, die unzähligen Varianten von Hering und Strömling und Lachs und Aal sowie reihenweise kunstvoll garnierte kleinere Platten mit Terrinen und Pasteten und allerlei Sorten Aufschnitt stammten aus dem Restaurant Riche in der Mikaelsgatan, und gegen ein fürstliches Trinkgeld hatte das Riche darüber hinaus den Transport übernommen und zu allem Überfluss seine drei besten Kellner ausgeliehen; die städtische Noblesse weilte ohnehin auf ihren Sommersitzen, und die Räume des Riches und der anderen Luxusrestaurants lagen verwaist.

Auf der anderen Seite des Tischs, Cedi gegenüber, saß Lucie und feuerte ein blendendes Lächeln nach dem anderen ab, während sie mit ihren Tischkavalieren Eccu Widing und Toffe Ramsay diskutierte. Lucie aß nicht viel, sie vertrieb sich ihre Zeit mit Reden und damit, durch das dünne und perlmuttartige Mundstück englische Markenzigaretten Kette zu rauchen. Beim Sprechen gestikulierte sie lebhaft und sog gleichzeitig nicht nur den Zigarettenrauch, sondern auch den Duft der Lavendeltinktur ein, mit der Eccu Widing sein Kinn nach der morgendlichen Rasur befeuchtet hatte. Diesmal waren Lucies Brüste nicht umwickelt, und Micki Morelius hatte keine Gelegenheit bekommen, ihren nackten Rücken zu berühren; stattdessen trug Lucie ein tief ausgeschnittenes, türkisfarbenes Kleid, das sie im Seidenhaus an der Glogatan erstanden hatte. Das Kleid war in jeder Hinsicht gewagt, es endete schon an den Knien und hatte außerdem einen Schlitz, und als Lucie auf ihrem Ehrenplatz an der langen Tafel im Garten von Björknäs saß, spürte sie, wie sich die Windstöße ihren Weg die dünnen Seidenstrümpfe hinauf bahnten und unter das Kleid fuhren und auf der Innenseite ihrer Schenkel nach oben, um schließlich den Streifen nackter Haut zwischen dem Strumpfrand und der Unterhose zu erreichen, die von der armen Olga hartnäckig *die Unaussprechlichen* genannt wurde. Ab und zu schauderte es Lucie innerlich, denn der Mittsommerabend war kühl, und neue Wolkenmassen waren vom Meer kommend herangerollt und hatten den Himmel dunkel und regenschwer gemacht. Aber sie zeigte niemandem, dass sie fror. Als die Kellner die Nachspeise auftrugen, hob sie stattdessen den rechten Arm ein paar Zentimeter und schlug mit dem Dessertlöffel leicht gegen ihr Glas, das soeben mit süßem Tokaier gefüllt worden war, und das rechte Handgelenk mit der Armbanduhr, die Lucie so sehr liebte, war leicht sonnengebräunt und anmutiger denn je, und in der nächsten Sekunde stand sie auf und hielt eine kleine, aber formidable Rede über die Bedeutung der Freundschaft und der Liebe und das seltsame Licht des Sommers.

Gegen Mitternacht begann sachte der Regen herabzutropfen, was der Stimmung jedoch keinen Abbruch tat. Gleichzeitig wurden die Gäste zunehmend betrunkener, und man schlug einen immer respektloseren Tonfall an. Während der Abend langsam in die Nacht überging, mussten sich Olle Gylfe und Ivar Grandell unzählige, notdürftig verkleidete, spitze Bemerkungen anhören, die alle auf der Tatsache fußten, dass die beiden Männer 1863 respektive 1884 geboren waren. Außerdem scherzte man derb über einen aktuellen Leserbrief in *Hufvudstadsbladet*, in dem eine große Zahl namhafter, aber altersschwacher Stadtbewohner einen gemeinsamen Protest gegen die herrschende Asphaltierungswut vorgebracht hatte. Auffallend viele der Unterzeichner hatten ein kleines *von* oder schwedisch *af* vor ihrem eigentlichen Familiennamen, und sie hatten die Öffentlichkeit davon unterrichtet, dass das Erdreich in der Helsingforser Innenstadt alter Meeresboden und darob voller ungesunder Gase war, die einen freien Abzug verlangten, und wenn sich nun der Straßenbelag übermäßig ausbreitete und zu kompakt wurde, würden sich diese Gase neue Wege durch die Fundamente der Häuser und die Fenster und Wände der Hochhäuser suchen, und auf die Art würden die teuren Eigentumswohnungen in der Innenstadt an Wert verlieren. Die jungen Gäste in Björknäs lachten über die närrischen alten Herren und konstatierten, der Begriff »stinkreich« gewänne damit eine völlig neue Bedeutung, und beinahe ebenso große Heiterkeit erregte Maggie Enerots Beschreibung der gierigen und grauhaarigen Bestatter von Helsingfors, die durch den Freiheitskrieg und die Spanische Grippe unverschämt reich geworden waren, nun jedoch vom Konkurs bedroht seien, seit die Einwohner der Stadt in Frieden miteinander lebten, sich relativ wohlfühlten und sich weigerten, wie die Fliegen zu sterben. Der Einzige, der nicht über Maggies Geschichte lachte, war Cedi, dem plötzlich einfiel, dass er früher zwei Schwestern statt der einen und schwierigen gehabt hatte, die ihm geblieben war.

Auch die Gebrüder Tollet und insbesondere Lonni, dessen Oberlippe zu Ehren des Sommers ein frisch gezüchteter Schnurrbart à la Errol Flynn zierte, wurden zu Opfern von Scherzen. Nach dem Malheur mit der Zahncreme Rectal hatte Direktor Jocke es sich sehr genau überlegt, ehe er seinem jüngeren Bruder Lonni neue Kunden anvertraute. Mit der Zeit hatte Lonni jedoch wieder Jockes Vertrauen gewonnen und daraufhin die Verantwortung für die schwedischsprachigen Anzeigen einiger innerstädtischer Kinos übertragen bekommen. Alles ging gut, bis das Arkadia in der Stora Robertsgatan die Premiere einer Verfilmung von Robert Louis Stevensons »Die Schatzinsel« ankündigte. Direktor Jocke hielt sich in dieser Woche in Stockholm auf, aber nachdem er mit der s/s Ariadne zurückgekehrt war, erfuhr er, dass Lonni den Film als »basierend auf Hr. Treasure Islands Roman und mit dem Heldenakteur R. L. Stevenson in der Hauptrolle« beworben hatte; die Gebrüder Tollet mussten sich im Laufe der Mittsommernacht viele ironische Fragen nach der Produktion und dem curriculum vitae des Schriftstellers Treasure Island gefallen lassen, und in Lonnis Fall wurden die Scherze angesichts seines Schnurrbarts mit spontan erfundenen Spitznamen wie »Gastón« und »Julio« gespickt.

Gebalzt wurde natürlich auch. Bruno Skrake und Lonni Tollet machten Maggie Enerot mit großer Akkuratesse den Hof, sie füllten ihr Glas mit Tokaier oder Orangenlikör, sie wetteiferten darum, ihr die Strickjacke zu holen, wenn sie in den Garten hinausgehen wollte, um die Dünenrosen, Finnlands weiße Rose, in der Nacht leuchten zu sehen, sie standen mit Streichhölzern bereit, wenn sie sich eine Zigarette anzünden wollte, und hielten ihr den Aschenbecher hin, wenn sie die Zigarette ausdrücken wollte. Kurzum – in ihrem Bestreben, es Maggie recht machen zu wollen, wieselten sie umher wie Ameisen, und die besseren Trümpfe hatte wohl Bruno auf der Hand. Er gab sich immer mehr wie ein Mann von Welt – so hatte er beispielsweise seinen ostbottnischen Dialekt vollkommen abgelegt –, und außerdem gereichten das alberne Schnurrbärtchen und die unglücklichen Missgeschicke in der Werbebranche Lonni zum Nachteil; Frauen aus sogenanntem guten Haus achten sehr genau darauf, welche Erbanlagen sie als Komplement zu ihren eigenen wählen.

Tele Christides wiederum konnte die Augen nicht von Lucie lassen. In den ersten beiden Stunden nach Mitternacht folgte er ihr auf Schritt und Tritt, war ständig in dem Kreis, der sie umdrängte. Lucie ermunterte ihn jedoch nicht, im Gegenteil; sie behandelte ihn freundlich herablassend und schien eher an Eccu Widing interessiert, insbesondere seit Eccus Gattin Aina Kopfschmerzen vorgeschützt und sich relativ früh zurückgezogen hatte.

Eccu seinerseits hatte andere Sorgen; bei diesem Mittsommerfest wurde es für alle offensichtlich, dass sich Cedi Lilliehjelm zu Eccus kleiner Schwester Nita hingezogen fühlte. Cedi suchte Nitas Gesellschaft, sobald sie allein war; er schwirrte um sie herum wie eine Hummel um eine Rose, ehe sie mit einem Plumpser mitten in der Blume landet, und Eccu gefiel nicht, was er da sah; er hatte keine Worte für das, was er fühlte, er konnte keinen stichhaltigen Grund formulieren, aber Tatsache blieb, bei dem Gedanken an Cedi und seine Schwester als Paar schauderte es ihn.

Um halb drei Uhr morgens setzte sich Maggie Enerot an den ungestimmten Bechsteinflügel im Gelben Salon und hämmerte zunächst die Ouverture und anschließend die Habanera aus der Oper *Carmen*. Lucie, Micki und Nita tanzten zur Musik, es war ein improvisierter Tanz, der die Fantasie der zigarrenrauchenden Zuschauer kitzelte, vor allem in dem Moment, als die drei Isadoren ihre Beine so hoch warfen, dass ihre Strumpfbänder zu sehen waren. Angekündigt wurde die Darbietung als erster Auftritt des Gesangs- und Tanzquartetts »The Original Helsingfors Sisters« überhaupt; den Namen hatten sie sich bei der amerikanischen Varietégruppe »The Original Miller Sisters« abgeguckt, die im Frühjahr im Casino auf Brändö und im Riche aufgetreten waren.

Nach der Tanznummer begannen die Damen, sich wie auf einen stillschweigenden Befehl auf ihre Zimmer zurückzuziehen, und es endete wie üblich: Als die Sonne aufging, saß ein Haufen sinnlos betrunkener Männer in der Bibliothek, und ein anderer Haufen grölte im Garten, und während die Cognacschwenker und die Vermouthgläser gefüllt und geleert wurden, begann man eine Diskussion nach der anderen, ohne dass irgendwer in der Lage gewesen wäre, den Gedankengang des Vorredners im Gedächtnis zu behalten; die Gespräche zerfielen in endlose Monologe. Im Garten saß Ivar Grandell, der die ganze Nacht energisch und gesprächig gewesen war, und erläuterte Bruno Skrake und Toffe Ramsay, wie die werterelativistische Lebensanschauung der Zukunft aussah, die de facto bereits vorherrschte: »*Wenn man sich eine Sache denken kann, dann kann man sich auch etwas anderes denken und etwas Drittes und etwas Viertes, man kann sich alle Fragen und Lösungen und Antworten auf einmal denken, gleichzeitig, und dann muss das Ergebnis ein furchtbares Stakkato in unseren Gehirnen sein, ein Stakkato, das an Maschinen erinnert, die mit allen Zylindern laufen, die hämmern und pulsieren und rattern.*« Als Toffe Ramsay Anlauf nahm, um sich Ivars Ideen zu widersetzen und sie hinfortzufegen, vergingen nicht viele Sekunden, bis er sich in das Referat eines Wochenschauberichts verirrte, den er im Eldorado gesehen hatte; es war ein Film über Carpentiers Kampf gegen Dempsey gewesen, und laut Toffe enthielten die Bildsequenzen zahlreiche Beweise dafür, dass die Zeitungsberichte über Dempseys Überlegenheit stark übertrieben gewesen waren, tatsächlich, behauptete er, habe Carpentier dem Amerikaner einen Kampf geboten, der bis zuletzt ausgeglichen und im Ausgang unsicher gewesen sei.

In der Bibliothek saß zur gleichen Zeit Lucie, die einzige Frau, die sich nicht zurückgezogen hatte, und sprach über den Bildübertragungsapparat, den der Franzose Belin konstruiert hatte. Auch Lucie war betrunken, aber nur ein bisschen, weshalb es ihr in völlig zusammenhängender Weise gelang, eine Zukunft auszumalen, in welcher der Mensch einen Sichtradioapparat hergestellt hatte, den er zum Vergnügen und zu alltäglichen Verrichtungen benutzte. Als Carl-Gustaf Gylfe dies kommentieren wollte, verhedderte er sich schnell in einem eigenen Gedankengang; nach etwa einer halben Minute registrierte sein benebeltes Gehirn, dass er ganz und gar nicht wie geplant über Rundfunkwellen sprach, sondern über die Chancen von KIF und HIFK bei den Fußballspielen des Sommers. Die anderen Männer sahen eine Möglichkeit, sich dem intellektuell anspruchsvollen Gespräch über Bildübertragung durch die Luft zu entziehen, und schalteten sich ein. Lonni Tollet fingerte an seinem dünnen Schnurrbärtchen herum und vertrat die Ansicht, dass die schwedischsprachigen Mannschaften viel zu dünne Kader mit viel zu wenig ballbegabten Spielern hatten. Eccu Widing meinte: »Es heißt, dass es in mehreren Arbeitermannschaften gute Spieler gibt, kann man sich bei denen keine Verstärkung holen?« Cedi Lilliehjelm hielt dagegen, es habe sich als schwierig erwiesen, die Arbeitersportler herüberzulocken, da man ihnen den Glauben eindoktriniert habe, der bürgerliche Sport sei profitorientiert und ungesund, genau wie man ihnen auch eindoktriniert habe zu glauben, dass Jesus nicht Gottes Sohn, sondern nur ein ungewöhnlich geschickter Agitator sei. Von da an wandte sich das Gespräch religiösen Fragen zu; daraufhin stand Lucie auf und verabschiedete sich, und danach ging die verwirrte und immer zäher werdende Diskussion noch eine ganze Weile weiter, bis Cedi und Eccu und Lonni und die anderen müde wurden und ihre halbvollen Gläser und erloschenen Zigarren zurückließen, damit sie von den Kellnern und den beiden Hausmädchen und der treuen Seele Olga entfernt werden konnten, die alle in den Küchenregionen saßen und gähnten und darauf warteten, dass dieses Fest endlich ein Ende nahm. Und dann, nach vielen unsicheren Schritten auf der steilen und knarrenden Treppe in die obere Etage, wo die Mehrzahl der Schlafzimmer lag, wurde es schließlich friedlich und still; unten war nur noch die Morgensonne, deren Strahlen den Weg in die großen und schönen Räume fanden und die grauen Schleier aus Zigarren- und Zigarettenrauch durchbohrten, die noch wie eine Erinnerung an die Menschen und die Nacht in der Luft hingen.

Kurz vor eins an diesem bewölkten Mittsommertag zogen ein verkaterter Bruno Skrake und ein noch verkaterterer Eccu Widing einen breiten und grob konstruierten Holzrechen über den Tennisplatz am Ufer von Björknäs. Kurz darauf spielte Lucie Lilliehjelm gegen den graubleichen und unpässlichen Telemachos Christides und deklassierte ihn nach allen Regeln der Kunst 6:1, 6:2. Ein beschämter Tele lobte Lucie für ihre einfallsreichen und präzisen Schläge, wies jedoch darauf hin, dass er im zweiten Satz mehr Games und wesentlich mehr Bälle gewonnen hatte als im ersten. Lucie antwortete blitzschnell: »Noch einen Satz? Von mir aus gern!« Tele warf einen scheuen Blick auf ihre sehnigen Waden und wog seine Chancen ab. Mitten in diesem schwierigen Entscheidungsprozess wurde er von einem Rülpser überrascht, der nach abgestandenem Cognac und Hering schmeckte, und damit war die Sache entschieden. Resolut schüttelte er den Kopf und sagte: »Danke, liebe Lucie, aber heute lieber nicht.« Später, am Nachmittag, gestand Lucie Eccu Widing und Micki Morelius, dass sie heimlich in der Automaticahalle gewesen und vor dem Match mehrfach mit Fräulein Brunou und Fräulein Fick trainiert hatte; seit den Jahren im Internat hatte sie nicht mehr Tennis gespielt und sich deshalb nicht darauf verlassen mögen, den zwar mäßig spielbegabten, aber laufstarken und hartnäckigen Tele auf der Basis früherer Fähigkeiten zu schlagen.

Die zweite Festnacht verlief ähnlich wie die erste, nur dass es kam, wie es so häufig kommt; wenn man weiter wacht und trinkt, machen sich allmählich Leidenschaften und Ressentiments bemerkbar, Risse treten zutage.

Ivar Grandells Redseligkeit aus der vorherigen Nacht war wie weggeblasen. Er lancierte keine Maschinentheoreme mehr, sondern saß schweigend und würdevoll da und beobachtete die anderen, und man sah jetzt, dass er ein etwas abgekämpfter, fast vierzigjähriger Mann war, der Liebeskummer hatte: Henriette Hultqvist war eine Woche zuvor an Bord der s/s Ariadne gegangen. Im Sonnenuntergang – der Abend des Mittsommertags war kühl, aber klar – stand Ivar auf der riesigen Veranda, blickte in sein Grogglas und sagte: »Ich werde einsam sterben.« »Das werden wir doch alle«, antwortete Eccu Widing. »Verschone mich mit deinen Haarspaltereien«, fuhr Ivar ihn an.

Cedi fuhr fort, Nita zu umkreisen, und man sah, dass er es mit seinem Werben ernst meinte. »Man sollte sich darauf verlegen, Filme zu drehen«, sagte er, als es ihm gelungen war, sie in eine Ecke des Blauen Salons zu drängen. Dann fügte er hinzu: »Dein Bruder ist gut in dem, was er macht, aber die Fotokunst ist passé. Mit Filmen dagegen kann man Großes erreichen. Da lobe ich mir Männer wie Stiller und Sjöström, nur wer es wagt, Risiken einzugehen, kann etwas Neues erschaffen!« Eccu stand zufällig gleich hinter der Wand, als die Worte ausgesprochen wurden, er stand im Gelben Salon und machte Konversation mit den Geschwistern Maggie und Ellu Enerot, aber er war der Türöffnung ganz nah und hörte jedes Wort, das Cedi sagte. Eccu unterhielt sich weiter mit Maggie und Ellu, aber er sah, dass auch ihnen Cedis Äußerungen nicht entgangen waren; das verrieten schon ihre neugierig funkelnden Augen. Er versuchte die Konversation auf einem unbeschwerten und passend frivolen Niveau zu halten, aber seine abwesende Miene und seine angespannten Wangenmuskeln enthüllten, dass er soeben etwas gehört hatte, das nicht für seine Ohren bestimmt gewesen war und noch dazu wehgetan hatte.

Je länger der Abend währte, desto mehr zog sich Ivar Grandell zurück, hielt sich fern, beobachtete. Er merkte, dass er nicht der Einzige war, der dies tat. Auch Henning Lund schien für sich bleiben zu wollen und jeden näheren Kontaktversuch abzuweisen, und dabei war Henning trotz allem eine der Hauptpersonen dieses Wochenendes; immerhin hatte er die Aufgabe des Dionysos übernommen und die verbotenen Getränke herbeigeschafft, welche die Zungen lösten und jede unnötige Bescheidenheit verschwinden ließen. Henning huschte von Gruppe zu Gruppe, von Kreis zu Kreis, immer höflich und zuvorkommend, immer mit einem Lächeln auf den Lippen und einem Kompliment in der Hinterhand, aber Ivar sah, dass er nirgendwo verweilte, sich nie auf eine eingehendere Diskussion einließ, vor allem dann nicht, wenn die Thematik so geartet war, dass das Gespräch riskierte, tiefgründiger zu werden. »Welch seltsame Gestalt«, dachte Ivar, »er sitzt jetzt schon seit drei Jahren mit uns unter den Schmetterlingslampen, aber er ist wie ein Schatten, ich frage mich, ob es irgendwen gibt, der weiß, was er wirklich denkt.«

Kurz nach Mitternacht bekam Ivar anderen Stoff zum Grübeln. Aina Widing hatte während der gesamten Mittsommerfeiern alle Erfrischungen und sogar das meiste Essen dankend abgelehnt und oft richtig unglücklich ausgesehen, als wäre sie im Grunde am liebsten ganz woanders, obwohl sie sich gleichzeitig nach Kräften mühte, um nicht aus der ausgelassenen Gesellschaft herauszustechen. Ivar ahnte, dass Aina ein Kind erwartete, aber er sah auch, dass Eccu sich nicht wie ein stolzer Gatte und werdender Vater benahm, sondern genauso nervös und zerrüttet wirkte wie während der Oprisabende im April und Mai. Kurz nachdem die Standuhr im Blauen Salon zwölfmal geschlagen hatte, begannen Aina und Eccu sich zu streiten. Aina hatte sich eigentlich schon zurückgezogen, kehrte jedoch aufgebracht zurück und wollte von Eccu wissen, was er da eigentlich in ihrem Zimmer angestellt habe. Es stellte sich heraus, dass Eccu in Durchmans Drogerie in der Mikaelsgatan eine Flasche des Insektengifts Pirolin gekauft und die Flasche nach Björknäs mitgenommen hatte; er hatte ihr Gästezimmer entlaust, während Aina mit Maggie Enerot und Micki Morelius im Garten saß und sich über die schreckliche Flugzeugkollision in Frankreich im April unterhielt. Jetzt weinte und protestierte Aina. Sie sagte zu Eccu, sie verabscheue seine vermaledeiten Chemikalien und sei ganz selbstverständlich davon ausgegangen, dass er begriffen hätte, ihr Verbot, Pirolin daheim auf Brändö zu benutzen, gelte auch, wenn sie in anderen Häusern zu Gast waren. Außerdem, schrie Aina, sei das Ganze doch völliger Wahnsinn, denn es gebe überhaupt keine Kakerlaken in ihrem Haus auf Brändö, und hier draußen auf Björknäs sei das Risiko von Ungeziefer gleich null, auf Grund des eiskalten Frühsommers bekomme man doch gar keine Insekten zu Gesicht. Aina erhielt Unterstützung von einer amüsierten Lucie, die Eccu fragte, warum er denn solch eine panische Angst vor Käfern und anderen ausgefallenen, aber letztlich harmlosen Naturgeschöpfen habe. Eccu wirkte bedrückt und verwirrt, und Ivar sah, dass er, in Ermangelung einer anderen Verteidigung für seine grob übertriebenen hygienischen Maßnahmen, kurz davor war, Lucie Ainas gesegneten Zustand zu enthüllen. Aber Eccu fing sich und murmelte etwas, das von Ferne klang wie *Man kann sich eben nie ganz sicher sein*, und Ivar warf einen Blick auf die roten und schorfigen Hände seines jüngeren Freunds und dachte, wenn überhaupt irgendwo, dann gab es hier seelische Gase, die nicht den richtigen Abzug fanden, sondern andere und schwer zu meisternde Wege wählten. Ivar missfielen die Oberschichtsmanieren, in die Eccu verfiel, wenn er trank, aber gleichzeitig erkannte er sich selbst in ihm, erkannte den Zweifler, der sich weigerte, geläutert und pragmatisch zu werden, der sich weigerte, seine Gedankengänge zu vereinfachen, um in den Konflikten der Welt leichter eine Seite wählen zu können. Ja: Ivar erkannte sich in Eccus Verzweiflung wieder und wusste, dass Eccus Gemütsverfassungen nicht gespielt, sondern echt waren, das hatte er längst begriffen, aber seine Erkenntnis vertiefte sich jedes Mal, wenn er Eccus rote und schorfige Hände sah, und sie vertiefte sich noch zusätzlich, als er nun dem grotesken Streit über das Pirolin-stinkende Gästezimmer lauschte. Eine solche Angst vorzutäuschen war unmöglich, Ivar wusste das, es war die gleiche Angst, die er in unzähligen zugigen Mietzimmern in unzähligen dunklen Wintern empfunden hatte, es war eine Angst, die ihn noch im Alter von dreißig Jahren berührt hatte, als er während seiner ersten, missglückten Lehrerjahre in Helsingfors einem studentischen Lebensstil verfallen war. Es war eine Angst voller Schrecken und Bitterkeit, aber auch voller Exaltiertheit und Offenbarungen, es war eine Angst für junge Männer, die davon träumten, die Kunst oder das Denken oder beides zu erneuern, es war eine Angst für Jünglinge, die Arti-

kel voller *Sturm und Drang* schrieben und von einer neuen
Welt träumten, aber gleichzeitig wollten, dass die alte Welt
sie entdeckte und feierte, bevor sie zu Grabe getragen wurden. Es war die Angst eines Menschen, der wollte, dass die
Welt sein großes und blutendes Herz in ihrer offenen Hand
hielt und all seine eigensinnigen, leider jedoch bereits tausend-
fach gedachten Gedankengänge über die Unzulänglichkeit
und den Schmutz dieser Welt sowie über die unsägliche Faul-
heit und Bösartigkeit der Menschen annahm. Kurzum: Eccus
Angst war von einer Art, die meistens abklingt und durch eine
andere ersetzt wird, eine, die stiller und nagender und stumm
zu sein pflegt und mit der man sich wahrhaftig anfreunden
kann, und Ivar konnte nur hoffen, dass Eccu dorthin gelangen würde.

Das Ganze endete damit, dass Lucie Lilliehjelm Aina eine
Bettstatt in einer leeren Kammer nahe der Küche herrichten
ließ, woraufhin Eccu allein im Pirolingestank des Gästezim-
mers in der oberen Etage kampieren musste. Aber kaum hatte
Aina sich in ihr neues Gemach zurückgezogen und Eccu sich
beschämt in den Gelben Salon geschlichen, wo er einen der
Richekellner um einen weiteren Vermouth bat, war die Zeit
auch schon reif für den nächsten Konflikt. Die frühen Morgenstunden der zweiten Festnacht waren angebrochen, und nun –
und um die Wahrheit zu sagen, hatten alle darauf gewartet –
gab Lucie ihre Rolle als perfekte Gastgeberin auf. Sie saß
in Gesellschaft von Cedi, Henning Lund, Bruno Skrake, Julle
Enerot, Ivar Grandell, Toffe Ramsay und einiger anderer im
Garten; fast alle Damen waren Ainas Beispiel gefolgt und hatten sich zurückgezogen, aber Lucie zeigte keine Spur von Müdigkeit, mehrere der Herren gähnten diskret, sie jedoch nicht.
Dagegen wäre es falsch zu behaupten, dass sie sich wohlfühlte.
Sie hatte noch ein paar Gläser getrunken – erst Orangenlikör
und danach Tokaier –, um ihre gelungene Beilegung des Streits
der Eheleute Widing zu feiern, und nachdem sie eine Weile vor

allem Cedis und Julles und Toffes Tagträumen über die Elch-
jagd im Herbst und das Angeln von Lachsen an Stromschnel-
len im Spätsommer gelauscht hatte, platzte sie heraus: »Großer
Gott, Cedi und ihr anderen! Hört ihr euch eigentlich jemals
selber reden? Was ihr da von euch gebt?«

»Was meinst du, Lucie?« Die Frage kam fast im Chor von
Cedi und Julle, und Cedi wirkte beleidigt.

»Ihr klingt, als wärt ihr völlig übergeschnappt!«, sagte Lucie und schien anschließend ein oder zwei Sekunden zu zögern, ehe sie weitersprach: »Alles soll euch gehören, die Erde
und die Wälder und das Wasser... und die Fabriken und die
Geschäfte und die Agenturen und die Gutshöfe reichen euch
noch nicht, o nein, sogar die Sportvereine sollen euch gehören, und wenn ihr selber zu schlecht seid beim Ballspielen,
könnt ihr euch ja immer mit ein paar begabten Arbeiterjungen verstärken... Und gnade Gott dem, der arm und hungrig
ist und euch etwas abzunehmen versucht! Dann erschießt ihr
erst zehn für einen, und den Rest sperrt ihr anschließend in
Lagern ein und macht es euch in euren Liegestühlen bequem
und schreibt Verse über Sonnenaufgänge und Augustmonde
und schickt sie an die Zeitungsredaktionen in der Henriksgatan! Wenn ihr kein Geld und keine Waffen hättet und nicht
tatsächlich gefährlich wärt, würde ich über euch lachen, ALLE
vernünftigen Menschen würden über euch lachen, und das ist
der Grund, warum ihr zu Hause in Helsingfors mit einer Browning im Jackett herumlauft, nur so könnt ihr die Leute dazu
bringen, euch ernst zu nehmen. Prost, kleiner Bruder, Prost,
ihr kleinen Brüder im Geiste!«

Lucie erhob ihr Glas, sie war alles andere als nüchtern, und
der Tokaier schwappte aus dem hohen und schmalen Glas,
und ein paar Tropfen fielen auf ihren nackten Unterarm. Sie
leerte das Glas zur Hälfte, stellte es auf den Tisch und leckte
die Tokaiertropfen von ihrem Arm. Die Geste war vieldeutig,
und Cedi, der sich unruhig auf seinem Platz gewunden hatte,
während er dem Gefühlsausbruch seiner Schwester lauschte,

stand aus seinem Gartenstuhl auf, wedelte mit seiner Zigarre und sagte:

»Jetzt reicht's, Lucie! Wenn du nicht sofort einen anderen Ton anschlägst und den Anstand wahrst, muss ich dich bitten, dich auf deine Zimmer zurückzuziehen.«

»Aber, aber *kleiner* Cedric«, höhnte Lucie, »was willst du denn tun, wenn ich deinem Ansinnen kein Gehör schenke? Bis auf Weiteres bin ich im gleichen Maße Besitzerin dieses Hauses und der Ländereien wie du, und es will mir nicht recht in den Sinn, mit welchem Mandat du...«

»Das genau habe ich mich allerdings auch gefragt, als ich deiner kleinen Rede gelauscht habe, Lucie«, warf Julle Enerot gemessen ein und warf einen gleichgültigen Blick in seinen vollen Cognacschwenker. »Du stehst doch, wenn du meine Impertinenz entschuldigst, auch nicht gerade mittellos da. Du besitzt ausgesuchte Kleider, Schuhe und Schmuckstücke, in deren Genuss du deine Bewunderer in den letzten zwei Tagen hast kommen lassen, die sind ja nicht gerade umsonst...«

»Es stimmt, ich bin eine mindestens ebenso große Heuchlerin wie ihr, ich habe nie etwas anderes...«, setzte Lucie an, wurde jedoch von Cedi unterbrochen, der sagte:

»Schmeichle ihr nicht, Julle, das liebt sie. Und lass dich auf keine Diskussion mit ihr ein, sie liebt es, sich zu zanken, und gibt niemals auf, ganz gleich, wie unrecht sie hat.« Er wandte sich Lucie zu und fuhr in einem schneidenden Ton fort: »Ich will hier auf Björknäs keine Szenen, Lu. Und wenn ich mich recht entsinne, haben du und ich uns darauf geeinigt, die Politik und insbesondere den Freiheitskrieg hinter uns zu lassen. Haben uns *gemeinsam* darauf geeinigt, liebe große Schwester.«

Doch Lucie gab sich nicht geschlagen.

»Du weißt verdammt gut, Ce«, sagte sie und benutzte seinen Kosenamen aus Kindertagen, so wie er zuvor den ihren benutzt hatte, »und ihr anderen wisst es auch, dass ihr, die ihr dort im Lyzeum gesessen habt, zum schwedischen Konsul gerannt seid und gemurrt habt, wenn die Käsescheiben zu dünn waren oder der Pfeifentabak feucht geworden war. Und weniger als ein halbes Jahr später mussten eure Feinde in ihrem eigenen Dreck kriechen und nach unverdauten Körnern suchen, um…«

»Halt's Maul, Lucie!«, schrie Cedi rasend. »Das sind Dinge, von denen du nicht die geringste Ahnung hast!«

Ivar Grandell, der sich den ganzen Abend damit begnügt hatte, dem Gespräch der anderen zu lauschen, öffnete plötzlich den Mund:

»Quod erat demonstrandum.«

Cedi wandte sich um und fauchte heiser:

»Was!? Was zum Teufel versuchst du da zu sagen, du Bolschewistenschwein?«

»Cedi…«, sagte Henning Lund warnend, »jetzt beruhige dich mal ein bisschen.«

»Was hiermit bewiesen ist«, sagte Ivar Grandell sanftmütig zu Cedi. »Wenn man versucht, dir etwas abzunehmen, zum Beispiel deine Auffassung von dir selbst, gehst du sofort zum Angriff über.«

Cedi schüttelte den Kopf. Sein Gesicht war leichenblass geworden, aber auf seinen Wangen leuchteten kleine rote Flecken. Seine Augen waren von den Trinkgelagen des Wochenendes rot unterlaufen, und sein Blick war wirr, aber er folgte Hennings Rat und ließ sich auf seinen Stuhl zurücksinken. Doch alle hörten ihn murmeln: »Auf meinem eigenen Grund und Boden… auf seinem eigenen Grund und Boden soll man gezwungen sein…«

Eccu Widing bereute das Pirolin und den Streit mit Aina. Ihre Standpauke und das große Glas Vermouth, das er sich unmittelbar darauf einverleibte, hatten seine Nerven beruhigt, und der Dämon, der seine Furcht vor Schmutz und Ungeziefer fütterte, bis sie übermäßig groß war, schlief nun friedlich. Er beschloss, Aina aufzusuchen und um Verzeihung zu bitten. Aber auch Aina schlief, und er wollte sie nicht wecken, sondern ging wieder quer durch das Erdgeschoss, über die Veranda und in den Garten hinaus, wo Lucie und Cedi sich stritten. Eccu stellte sich etwas abseits, er stand in einer Fliederlaube verborgen, lauschte, trank kleine Schlucke Vermouth und rauchte. Als sich Cedi murmelnd in den Liegestuhl fallen ließ und der Streit verebbte, räusperten sich die anderen Männer einer nach dem anderen und ließen sich eine fadenscheinige Entschuldigung nach der anderen einfallen, um sich zurückziehen zu können. Auch Lucie wankte auf ihren hochhackigen Schuhen ins Haus. Cedi blieb in seinem Sessel sitzen, es hatte sich bewölkt, und der Wind hatte aufgefrischt, und das flackernde Feuer der spärlich platzierten Fackeln im Garten hüllte ihn abwechselnd in Licht und Schatten. Nachdem Toffe Ramsay und Julle Enerot als Letzte den Garten verlassen hatten, blieb Eccu noch eine Minute oder länger in der Fliederlaube stehen. Dann nahm er all seinen Mut zusammen und ging zu Cedi, der in Gedanken vertieft zu sein schien; der große und kräftige Körper wirkte zusammengesunken, und sein Profil war nicht so scharf wie sonst, so wie er dort saß, war es, als umgebe ihn eine Wolke der Reue und Trauer. Das ließ Eccu Mut schöpfen. Er ließ sich in den Liegestuhl neben Cedi fallen, stellte sein Glas ab und sagte ohne Umschweife:

»Was ist, wenn sie Recht haben, Cedi. Was ist, wenn Lucie und Ivar Recht haben.«

Cedi erwachte aus seinen Gedanken, drehte langsam den Kopf, sah Eccu kalt an und fragte:

»Wovon redest du?«

Eccu schauderte, denn er erkannte sofort, dass er sich geirrt hatte; es war keine Reue in Cedis Blick, dort war nichts, zumindest nichts, womit man Kontakt und einen selbstkritischen Gedankenaustausch suchen konnte. Dennoch beschloss er, auf dem einmal eingeschlagenen Weg noch ein Stück weiterzugehen, jetzt, da der erste Schritt nach mehreren Jahren Schweigen getan war.

»Ich meine nur… es ist in jenem Winter und Frühjahr so viel passiert, irgendwann müssen wir doch darüber reden, und…«

»Worüber reden?« Cedis Stimme war eiskalt und fern, sie schien aus dem Weltraum zu kommen, wie von einem anderen Planeten.

»Nun ja… über Västankvarn… und über Kumberla und…«

»Das ist nie passiert«, schnitt Cedi ihm das Wort ab, und sein Gesicht war wie eine Kriegermaske, während er es sagte. »Das ist nie passiert, und ich will dich nie wieder ein Wort über diese Sache sagen hören.«

»Aber…«, versuchte es Eccu. Aus den Augenwinkeln sah er Lucie über die beleuchtete Veranda gehen; sie hielt ein volles Weinglas in der Hand und ging zu der Tür und Treppe, die in den Garten hinunter zu den Sommermöbeln führten, auf denen er und Cedi saßen. Im gleichen Moment spürte er, wie sich Cedis kräftige Finger um seinen Oberarm schlossen.

»Ich will, dass du ernst nimmst, was ich dir sage«, hörte er die Stimme seines früheren Freunds dicht an seinem rechten Ohr. »Unterschätz die Gefahr nicht, Eccu. Denk an Bobrikoff, denk an Soisalon-Soininen, denk an Ritavuori, denk an ihr trauriges Ende, und entscheide dann, was das Beste für dich ist.«

Bevor Eccu etwas erwidern konnte, hatte Lucie den Tisch erreicht; sie ließ sich ihm gegenüber in einen Sessel fallen.

»Sooo…«, sagte sie zögernd und mit einem heiteren Unterton. »Meine beiden Nächsten und Liebsten sitzen hier und flüstern in der Nacht. Worüber sprecht ihr?« Lucie hatte wieder ihr übliches, spöttisches Ich angelegt, ihre Streitlust war wie weggeblasen, und keiner, der sie jetzt sah, hätte glauben können, dass sie nur wenige Minuten zuvor ihrem Bruder und indirekt auch allen anderen Mittsommergästen auf Björknäs die Leviten gelesen hatte.

»Nichts Besonderes«, sagte Cedi kühl. Seine Worte waren eher eine Abfertigung als eine Antwort, und er merkte es selbst und versuchte guten Willen zu zeigen: »Nur ein kleiner Gedankenaustausch unter Männern.«

»Entschuldige, Cedi«, sagte Lucie und klang auf einmal ernst. »Und du auch, Eccu, entschuldige bitte. Ich weiß nicht, was in mich gefahren ist.«

»Das macht doch nichts«, erklärte Eccu höflich.

»Es ist nichts Schlimmes passiert, liebe Schwester«, sekundierte Cedi, aber sein ungezwungener Ton klang aufgesetzt. »Aber ich persönlich habe für heute Nacht genug geredet. Ich gehe ins Bett, ich habe Nita und Maggie schon für zwölf Uhr einen kleinen Segeltörn versprochen.«

Als Cedi gegangen war, saßen sich Lucie und Eccu gegenüber. Eccu wusste, dass Lucie betrunken und unberechenbar war, und er selber war unsicher und ernüchtert und fühlte sich nicht wohl in seiner Haut; er hatte fast eine Stunde an seinem letzten Vermouth genippt, und die Nachtluft und der frische Wind im Garten hatten bewirkt, dass er einen klaren Kopf bekommen hatte.

»Wir zwei sind uns nicht besonders ähnlich«, sagte Lucie mit einer Stimme, die von den zahllosen Zigaretten, die sie geraucht hatte, tief und kratzig war. »Aber eins haben wir gemeinsam. Wir wollen nicht, dass die Feste sterben.«

»Mag sein«, erwiderte Eccu melancholisch und sah den Fackelschein über ihr Gesicht jagen. Er wollte weitersprechen, blieb aber stumm; er suchte und suchte nach einer befreienden Replik, aber ihm fiel keine ein. Lucie kam ihm zu Hilfe.

»Wenn du das nächste Mal deine Ausrüstung erneuern musst… oder wenn du dich vergrößern willst, aber nicht das nötige Kapital hast… kannst du dann nicht zu mir kommen? Ich weiß, das Henning Teilhaber an deinem Atelier ist, und ich habe auch Geld, ich mache gerne mit.«

Eccu wirkte überrascht, er warf ihr einen schnellen Blick zu und sagte: »Das ist ja ein Ding.«

Lucie lächelte:

»Na ja, natürlich nur, wenn dein Stolz dem nicht im Wege steht.«

»Ganz und gar nicht«, sagte Eccu. »Ich müsste mir im Herbst neue Kameras anschaffen... und im Gebäudesockel in der Vladimirsgatan gibt es ein kleines Büro, ich könnte Mandi und den ganzen Papierkram da unten deponieren statt in einem Vorraum des Ateliers...«

Er verstummte, sein Gesicht nahm einen misstrauischen Ausdruck an, und er fragte, nicht ganz ohne Bitterkeit:

»Warum interessierst du dich für mich... mit einem Fotoatelier kann man doch kein Geld machen, das habe ich deinen Bruder heute Abend zu meiner Schwester sagen hören.«

Lucie lehnte sich vor, nahm ihr Weinglas vom Tisch und trank. Dann lächelte sie wieder.

»Es gibt tatsächlich noch so etwas wie die Liebe zur Kunst, Eccu. Alle, die bei dir gewesen sind, sagen, dass du fantastisch bist. Also habe ich eine Bedingung, eine einzige. Wenn ich Geld in das Atelier Widing investiere, möchte ich, dass du mir ein paar Stunden schenkst und deine Seele in sie legst.«

7

Um zu verstehen, was an einem feuchten Juliabend 1922 in
Eccu Widings Studio in der Vladimirsgatan in Helsingfors geschieht – und damit so wenige wie möglich das Ganze missverstehen und meinen, dass es sich um nichts als schiere Ge-
schmacklosigkeit, keuchende Atemzüge, Körperflüssigkeiten,
die in Umlauf zu kommen verlangen, blinde Triebe, die befrie-
digt werden müssen, handelt –, müssen wir zunächst eine Patrizierwohnung auf dem Narvavägen in Stockholm zwei Jahre zuvor besuchen.

Als Sigrid Lilliehjelm starb, suchten ihre nächsten Angehörigen auf vielfältige Weise nach Ventilen für ihre Trauer und Verzweiflung; die Mutter Marie, wiederverheiratete von Born, im
Leben auf großen Gütern; der Vater Rurik in Doktor Reinbecks
trostspendender Schrift über Seelenwanderung, und die jüngere
Schwester Lucie in späten Nächten im Bronda und fleißigem
Vögeln mit dem charismatischen Maler Salmikoski aus Tusby.

Es war der Sommer 1920, und Cedric, das Nesthäkchen,
beschloss, seinen Jugendfreund Eric Widing anzurufen. Cedi
hatte das Gefühl, dass er und Eccu dabei waren, sich ausei-
nanderzuleben, weshalb er nun eine gemeinsame Dampf-
schiffreise mit der s/s Ariadne nach Stockholm vorschlug.
Die Kosten würde Cedi übernehmen, er forderte Eccu auf, die
Reise als ein gemeinsames Geburtstagsgeschenk für sie beide
zu betrachten, die kürzlich ihren einundzwanzigsten Geburtstag gefeiert hatten.

Später würde Eccu die Reise nach Stockholm als ein letztes Aufflackern ihrer sorglosen Kindheitsjahre betrachten. Er selber war froh und erleichtert, denn nach Jahren der Ausflüchte und einem beharrlichen Aufschieben des Unausweichlichen hatte er sowohl seinem Vater Jali als auch dem Rektor der Technischen Hochschule seine Absicht kundgetan, sein Ingenieursstudium endgültig aufzugeben und stattdessen auf die Kamera zu setzen. Und Cedi ... während der Überfahrt und des gesamten Aufenthalts in Stockholm war er so, wie er Eccu aus den Gymnasialjahren am Normallyzeum in Erinnerung war, vor dem Krieg und der Gefangenschaft und allem, was danach folgte. Cedi trug einen neuen und maßgeschneiderten Anzug gewagtesten Schnitts, der Stoff war graumeliert, aber dünn, die Hosenbünde breit und ein wenig ausgestellt, das Jackett lang und einfach geknöpft und leger geschnitten. Seine Fliege war untadelig weiß, genau wie die glänzenden Straßenschuhe, und abgesehen von dandyhafter Eleganz strahlte er Charme, Offenheit und jugendliche Lebensfreude aus, woraus sich ein starker Kontrast zu dem Ernst und der Strenge ergab, die begonnen hatten, Cedi daheim zu kennzeichnen. Eccu machte Bilder von einem lachenden Cedi in diversen Restaurants und bei privaten Essen im Stadtteil Klara und auf Östermalm, alles war savoir-vivre und Fröhlichkeit, und als er hinterher die Bilder entwickelte, erzählten sie alle das Gleiche – dass Cedi sich auf fremdem Boden wohlfühlte und es ihm wahrscheinlich guttun würde, woanders als in Helsingfors zu leben und zu wohnen.

Die Patrizierwohnung auf dem Narvavägen war der Schauplatz eines Junggesellenabends mit warmen Sandwiches, dichten Rauchwolken, Bier und Grogs. Der Gastgeber hieß Claes von Baehle und war der ältere Bruder eines Schulkameraden von Cedi während dessen Internatsjahren in Uppsala. Es war ein kleines und intimes Fest, und es waren keine Frauen anwesend: Claes von Baehle war über dreißig und verheiratet, aber seine Frau Karin hielt sich in anderen Teilen der weitläufigen Wohnung auf, und die Männer, die rauchten und tranken und sich in der Bibliothek mit den unzähligen rot- und goldrückigen Bänden über kleine wie große Dinge ausließen, waren die Brüder Claes und Johan von Baehle sowie ihre Gäste Cedric Lilliehjelm und Eric Widing aus der früheren östlichen Reichshälfte Finnland.

Um die Wahrheit zu sagen, gestaltete sich der Abend ein wenig langweilig und wäre sicher weiter so verlaufen, wenn Eccu nicht zufällig erwähnt hätte, dass er ein großer Bewunderer eines Porträtfotografen mit Atelier auf dem Stockholmer Strandvägen war, eines Bayern namens Heinrich Bürgel, der in Stockholm den Namen Henry B. Goodwin angenommen hatte.

Sie befanden sich alle im Zustand eines sanften und angenehmen Schwipses, es war eine behagliche und leicht schläfrige Phase des Abends, aber bei der bloßen Erwähnung von Henry Goodwins Namen passierte etwas. Die Brüder von Baehle erstarrten und sahen einander erstaunt an, fingen sich jedoch schnell wieder; ihre biberhaften Gesichter nahmen einen amüsierten Ausdruck an. Für kurze Zeit herrschte Stille, und diese Stille wurde schon langsam peinlich, als Johan von Baehle sagte:

»Es sind doch Finnen, Claes. Finnen können ein Geheimnis für sich behalten. Du kannst sie ihnen sicher zeigen.«

Claes von Baehle bat seinen jüngeren Bruder, sich an die Tür zum Flur zu stellen, um sicherzustellen, dass niemand hereinkam. Er murmelte, *Die Dienstmädchen sind heutzutage so frech und neugierig*, aber Eccu hatte ganz entschieden das Gefühl, dass die Sorge des Gastgebers eher seine Frau Karin betraf. Von Baehle setzte eine Leiter an eines der Bücherregale, von denen die vier Wände der Bibliothek vom Boden bis zur Decke bedeckt waren, stieg hinauf und nahm einen atlasgroßen Prachtband aus der obersten Regalreihe. Der Prachtband stellte sich als eine Attrappe heraus, die Rückseite sah aus wie ein Buchrücken, wohingegen die Vorderseite eine große, vergoldete Schachtel enthüllte, die zusätzlich mit einem Schloss versehen war. Der ältere Bruder von Baehle kramte einen kleinen Schlüssel aus einer Schreibtischschublade hervor, schloss die Schachtel auf, öffnete sie und zog nach einigen Sekunden des Zögerns zwei große Fotografien heraus, breitete sie auf dem Schreibtisch aus und bat die anderen, näher zu treten.

Eccu war sprachlos. Er betrachtete die beiden Fotografien längere Zeit, dann blickte er auf und zum Fenster hinaus, wo ein südlicher Wind vom Meer kommend an den dünnen Bäumen des Narvavägens rüttelte. Er richtete den Blick erneut auf die Fotografien und schüttelte tief bewegt den Kopf. Es waren formidable Abzüge auf feinstem Platinapapier. Auf dem einen Bild sah man einen schlanken Frauentorso, der Körper der Frau schien bei den Knien zu beginnen, und am oberen Rand sah man den Ansatz ihres Kinns und ein paar dunkle Haarlocken, mehr nicht. Das Bild war nicht schlüpfrig, es verriet keine Begierde; stattdessen vermittelte der Torso eine große menschliche Zerbrechlichkeit, eine Zerbrechlichkeit, die sich in den zusammengepressten Schenkeln fand, in dem behaarten Schoß, dem leicht gewölbten Bauch, den überraschend schmalen Hüften, dem Licht, das auf den Körper fiel. Die gleiche Stimmung umgab auch das andere Bild, eine Studie à la Munch von einer sehr jungen Frau, einem Mädchen fast, man sah ihr Gesicht und ihre Arme und dazu den nackten Oberkörper, das Bild endete kurz über dem Nabel. Der Hintergrund war wegretuschiert, aber es drängte sich einem der Eindruck auf, dass das Mädchen auf einem Diwan oder einem Bett lag, es lag mit wehrlos hoch- und ausgestreckten Armen, seine Achselhöhlen waren rasiert und seine langen schwarzen Haare zerzaust, einige gewundene Strähnen lagen so auf dem Oberkörper drapiert, dass sie die Brüste größtenteils verbargen. Auch diese Frau war sehr schlank, ihre Gesichtszüge waren fein, ihr Antlitz wirkte nackt und wehrlos, aber der Blick in ihren dunklen Augen war vielschichtig, er war abgewandt und stolz, aber gleichzeitig auch einladend und träge.

Eccu wandte erneut den Blick ab, sah zum Fenster hinaus und den Narvavägen hinab, wo sich die Oscarskirche in der Sommerdämmerung allmählich in eine Silhouette verwandelte.

»Sie sind einfach fantastisch«, sagte er langsam. »Ich hatte zwar gelesen, dass Goodwin eine Reihe kühner Studien gemacht hat, die bis auf Weiteres in Privatsammlungen verborgen liegen, aber das hier...«

Auch Cedis Blick war wie festgenagelt auf die Bilder gerichtet gewesen. Jetzt schaute er auf und sagte herablassend:

»Ich wusste gar nicht, dass du dich mit so etwas abgibst, lieber Eccu. Das sind doch nur französische Postkarten mit einem ästhetischen Deckmäntelchen.«

»Nein!«, entgegnete Eccu mit Nachdruck. »Das sind sie nun wirklich nicht. Wenn du das glaubst, Cedi, dann verstehst du genauso wenig von Frauen wie von Fotografie.«

»Ich bin geneigt, mich der Meinung deines Landsmanns anzuschließen, lieber Cedric«, sagte Johan von Baehle. »Goodwin ist Künstler. Deshalb verlassen sich seine Modelle auf ihn, und ihr Vertrauen wird in den Bildern sichtbar.«

»Sind das... Berufsmodelle?«, fragte Eccu.

»Das könnte man unter Umständen meinen«, antwortete Claes von Baehle. »Aber dem ist nicht so. Goodwin ist... sagen wir, er ist in dieser Stadt fest verwurzelt. Die Frau, die aussieht, als wäre sie geradewegs einem Fiebertraum von Munch entstiegen, heißt Ellinor und ist ehrlich gesagt eine jüngere Kusine von Johan und mir. Und die andere... erlaubt mir bei aller Diskretion zu enthüllen, dass ich mit diesem Leberfleck auf der linken Hüfte sehr vertraut bin.«

In diesem Moment klopfte Karin von Baehle an die Tür und trat ein paar Schritte in den Raum hinein.

»Verzeiht die Störung, meine Herren«, sagte sie. »Ich wollte nur wissen, ob ihr später noch ein Nachtmahl haben wollt. Ich möchte mich zurückziehen, aber ich kann Lisen bitten, etwas zu improvisieren, wenn ihr…«

»Das ist sehr lieb von dir, Karin«, sagte Claes von Baehle nervös. Als seine Frau in den Raum gekommen war, hatte er sich im gleichen Moment über die beiden Fotografien gebeugt, als hätte er sie mit dem eigenen Körper schützen wollen.

»Aber das wird nicht nötig sein, wir kommen auch so zurecht.«

Nachdem Karin von Baehle ihnen eine gute Nacht gewünscht hatte und das Geräusch ihrer klappernden Absätze verklungen war, trat eine Stille ein, die so ohrenbetäubend und tief war, dass Claes von Baehle schließlich schwach lächelte und einen hochmütigen Ton anschlug, als er sagte:

»Meine Herren, ich bedaure, Sie enttäuschen zu müssen, aber sie ist es nicht.«

Der Juliabend zwei Jahre später war warm, aber regenschwer, am Nachmittag waren mehrere Schauer niedergegangen. Lucie kam erst zum Atelier, als Mandi Salin bereits heimgegangen war; es war schon recht spät, denn Mandi hatte begonnen, mit ihren Sachen in den Raum im Erdgeschoss umzuziehen, was sie außerhalb der Bürozeiten machte, und hatte bis um acht Mappen und Kisten hinabgetragen.

Lucie posierte im Chaosdekor und im spöttischen. Dagegen machte sie einen weiten Bogen um die klassische Ecke; sie hasse allein schon den Anblick des Stuhls aus dem achtzehnten Jahrhundert, erklärte sie, der Halbsäule, der pseudoantiken Vase und des Gestells mit den Landschaftsgemälden dahinter. Eccu war wie so oft in diesem Sommer nervös und verzagt, er sagte nicht viel, Lucie redete dafür umso mehr. Ein einziges Mal ergriff Eccu die Initiative und gab ihrem Gespräch eine neue Richtung, und zwar, als er am Fenster stand und die Vorhänge aufzog, um das Abendlicht hereinzulassen, und gleichzeitig die Gelegenheit ergriff, um Lucie zu fragen, ob sie ihm nicht behilflich sein könne, die schnell entflammte und allem

Anschein nach intensive Sommerromanze zwischen Nita und Cedi im Keim zu ersticken.

Lucie reagierte erstaunt.

»Warum möchtest du das?«, fragte sie, auf der Couch mit dem geometrischen Bezug sitzend, die langen Beine unter sich gezogen. Sie hatte den Schädel Walter vom Tisch genommen und spielte gedankenverloren mit ihm, hielt ihn in ihrer offenen Hand und hob ihn in einer gespielten Hamletpose zu Decke und Schmetterlingslampe empor und fuhr fort:

»Es geht doch um deine kleine Schwester und deinen besten Freund, *you should consider it a match made in heaven, my dear.*«

Eccu begriff, dass er seinen Willen auf allzu unverblümte Art zum Ausdruck gebracht hatte, und antwortete – etwas übereilt, was Lucie nicht entging –, es gebe keinen bestimmten Grund, er liebe seine Schwester und sei Cedi aufs Wärmste verbunden, und Cedi und er seien genauso gute Freunde wie früher, nur dass er beide gut genug kenne, um zu wissen, dass sie ein ungleiches Paar waren, »sie würden nicht zusammenpassen«, sagte er, »sie sind nicht füreinander geschaffen«. Anschließend ließ er das Gesprächsthema schleunigst wieder fallen und ging zum Grammophon, wo die alte Carusoplatte ausgelaufen war und der Stift stand und gottverlassen kratzte. Er legte eine Platte mit Klavieraufnahmen auf, wurde jedoch augenblicklich von dem Gefühl übermannt, das er schon das ganze Jahr gehabt hatte; Schubert erreichte ihn nicht mehr, er hatte seinen Lieblingskomponisten verschlissen, war auf der Jagd nach einer neuen Musik, nach neuen Klängen und Bildern, neuen Wegen, Dinge auszudrücken, das Problem war nur, dass er sie noch nicht gefunden hatte. Dies erzählte er Lucie, während er gleichzeitig die neue und teure Kodakkamera umständlich von ihrem Stativ herabnahm. Anschließend legte er sich seitlich auf den Fußboden, stützte sich auf den linken Ellbogen und leitete einen komplizierten und unbequemen Versuch ein, Lucie von unten und mit der Schmetterlingslampe hoch über ihr schwe-

bend zu fotografieren. Lucie antwortete zerstreut und pflichtschuldig und verstummte schließlich und nahm eine stolze
und abweisende Pose ein. Das Blitzlicht brannte ab, aber Eccu
spürte intuitiv, dass die Mischung aus natürlichem und künstlichem Licht ein Fehler war; er stand auf, ging zu den Fenstern
und zog die Vorhänge wieder zu. Als er sich umdrehte, war
Lucie von der Couch aufgestanden und hinter dem hohen und
gefalteten Wandschirm verschwunden, um sich umzuziehen;
sie hatte sowohl den Schädel Walter als auch den Zylinder vom
einen Dekor ins andere geschleppt, der Hut und Walter lagen
auf dem dunkel gebeizten Büfett nebeneinander, als wären sie
die dicksten Freunde.

Eccu hatte Lucie nicht erzählt, dass Aina ein Kind erwartete, er hatte es niemandem erzählt, außer Ivar Grandell, der
es ohnehin schon wusste: Ivar wusste auf unergründliche
Weise immer alles. Eccu erzählte auch jetzt nichts. Stattdessen
fragte er Lucie nach dem Duft, der sie umgab, es war ein Par-
fümduft, den er noch nie gerochen hatte, er war weder flieder-
zart noch lavendeldünn, da waren vielmehr Vanille und Bern-
stein und Rosen und ein weiteres schweres Aroma, der Duft
war kräftig und unmittelbar berauschend… *massiv*, war ein
Wort, das ihm in den Sinn kam.

»Nata Julin hat es mir aus Paris geschickt«, antwortete Lucie
träge, halb liegend auf dem Diwan ruhend und gedankenverloren auf dem Perlmuttmundstück kauend, während sie
überlegte, ob sie sich eine neue Zigarette anzünden sollte –
sie hatte erst vor zwanzig Minuten eine Dunhill geraucht. »Es
ist ganz neu«, fuhr sie fort, »eine Frau hat es kreiert, ich weiß
nicht mehr, wie sie heißt, aber das Parfüm hat eine Zahl im
Namen, *six, sept, huit*, ich erinnere mich nicht.« Lucie hatte
eines dieser locker herabhängenden und kniefreien Kleider
angezogen, die, in Eccus Augen, so viele Frauen entstellten,
sie jedoch nicht, sie hatte das breite, schwarze Haarband
ausgezogen und ein Paar hochhackiger Schuhe mit Schnallen übergestreift, und in seinen Augen war sie so atemberau-

bend schön wie immer, einfach unwiderstehlich war sie, und nun lehnte sie sich vor und nahm sich den Zylinder und versuchte ihn auf dem Scheitel zu balancieren, ohne dass er in die Stirn rutschte, und während Eccu das Hässlerstativ und die Kodakkamera näher heranführte und begann, unterschiedliche Beleuchtungsalternativen auszuprobieren, erzählte Lucie ihm von dem Konfirmationsunterricht, den sie im Sommer vor dem Ausbruch des Weltkriegs genossen hatte.

Sie beschrieb, wie sie plötzlich, mitten in einer Unterrichtsstunde, die ganze, vieltausendjährige Reihe hunderter Menschengenerationen vor sich gesehen hatte und daraufhin, im Innersten ihres fünfzehnjährigen Herzens, erkannt hatte, um wie vieles jünger als der Mensch das Christentum war, und sie hatte Pastor Serenius gefragt, was mit all diesen Menschen am Tag des Jüngsten Gerichts geschehen würde, was würde mit den Millionen und Abermillionen Menschen passieren, die zur falschen Zeit oder in einer falschen Ecke der Welt oder beides gelebt und deshalb nie die Chance bekommen hatten, sich für oder gegen Jesus Christus zu entscheiden, würde Gott sie einfach so ins Fegefeuer oder in die Hölle schicken? Pastor Serenius hatte eine tadelnde Miene aufgesetzt, einen Moment lang nachgedacht und geantwortet, eventuell könne man sich in diesem Punkt ein göttliches Ausnahmeverfahren vorstellen, vielleicht könnte diesen Menschen eine zusätzliche halbe Stunde Bedenkzeit an der Perlenpforte oder wo immer sie standen und warteten gewährt werden, Lucie war sich in dem Punkt nicht ganz sicher. Jedenfalls hatte sie die Antwort so knauserig bemessen, so ungöttlich kleinlich gefunden, dass sie sich da und dort entschlossen hatte – obwohl sie die Worte für das, was sie da tat, erst Jahre später fand –, zu anderen Bedingungen zu leben. Jetzt sagte sie zu Eccu: »Ich beschloss, wie jemand zu leben, dessen Bestimmung es ist, eine Garbe Heu zu werden. Ich will mutig und neugierig sein, ist nicht gerade die Neugier eine Art Lebensmut? Sag, dass es so ist, Eccu, sag, dass jemand, der neugierig ist, immer auch mutig ist, mindestens genauso mutig wie jemand, der sich in all das Alte und Ehrfurchtgebietende und Närrische einordnet, wie Cedi es schon getan hat und wie du es, das weiß ich, auch tun wirst.«

Eccu wusste darauf nichts zu erwidern, er war angesichts von Lucies Worten stumm und scheu und geblendet davon, wie sie klang und aussah, als sie sprach. Er schwieg. Auch Lucie verstummte, und in diesem Schweigen machte er Bilder von ihr, während sie auf dem Diwan lag, ein Bild nach dem anderen machte er, der Schweiß lief ihm den Kragen herab, und draußen dämmerte es bereits, aber im Atelier waren sie in der Welt der Schmetterlingslampen, in einer von Menschenhand erschaffenen Welt, und Eccus Herz pochte, als er zu Lucie sagte, er wolle sie wieder im Chaosdekor fotografieren, er wolle sie auf der geometrischen Couch sitzend und mit der Schmetterlingslampe hoch über sich fotografieren, er wolle sie in diesem kurzen, indigoblauen Kleid unter der Schmetterlingslampe fotografieren, das sie so oft an Tisch Nr. 16 getragen hatte, das sagte er ihr, und daraufhin bat sie ihn, einen Moment zu warten, sie wolle nur kurz hinter den Wandschirm treten und ein Detail an ihrer Kleidung richten. »In Ordnung«, sagte Eccu, »dann bereite ich schon einmal alles für die Aufnahme vor, während du dich zurecht machst.« Nach diesen Worten kehrte er ihr den Rücken zu, nahm das Kamerastativ und kehrte zum Chaosdekor zurück; er vergaß auch nicht, den Schädel Walter an sich zu nehmen. Er legte Walter auf den zerkratzten und wackeligen Tisch, löste die Kodakkamera einmal mehr von ihrem Stativ, stellte die Kamera auf den Tisch neben Walter, ging zum Stromschalter und machte die Schmetterlingslampe an und schaltete sie wieder aus, schaltete ein, aus… bis er sich schließlich entschloss, sie anzulassen und wie einen Stern oder eine Gloriole über Lucies Kopf leuchten zu lassen. Dann drehte er sich um, weil er sie fragen wollte, wo sie eigentlich blieb, und als er sie sah, begriff er, dass sie nie im Sinn gehabt hatte, ihm zur geometrischen Couch zu folgen. Sie war wieder halb sitzend, halb liegend auf dem Diwan, und das Einzige, was sie anhatte, waren die teure Armbanduhr und der hohe Hut, den sie über ihre zusammengepressten Schenkel führte und langsam zu ihrem Geschlecht rollen ließ, so dass es seinen Blicken entzogen wurde; sie hatte sich eine neue Zigarette angesteckt, sie rauchte in tiefen Zügen durch das lange Mundstück, und die Zigarettenspitze glühte auf, und als sie sagte, *Komm... du kannst später noch mehr Bilder machen*, ging Eccu wie von unsichtbaren Fäden gezogen zu ihr. Und obwohl die Art demütiger Gedanken im Grunde außerhalb seiner Reichweite waren, verboten, dachte er es dennoch, nach all seinen Jahren des Wartens war es Lucie, die sich seiner bemächtigte, nicht umgekehrt.

So fing sie an, Eccu Widings zweite und geheime Fotografenkarriere, deren Wesen und Inhalt einem kleinen Kreis vorbehalten blieb, einem Kreis, in dem alle eisern schwiegen und Eccu zunächst das einzige männliche Mitglied war.

Es sollten viele, sehr viele Bilder von verschiedenen Frauen werden, aber dieser Juliabend 1922 blieb das einzige Mal, bei dem Eccu die Lust auf Frauen und die Begierde, Bilder zu erschaffen, zu einer Einheit verschmelzen ließ. In den folgenden Jahren sollte er viele der reichsten, schönsten und prominentesten Frauen des Helsingforser Bürgertums ohne einen Faden am Leib oder nur mit diversen verführerischen Accessoires bekleidet fotografieren, er sollte sie mit Masken vor dem Gesicht oder mit abgewandten Gesichtern oder ohne Gesicht im Bild fotografieren, und die kühnsten von ihnen sollte er fotografieren, wie er Lucie fotografierte, trotzig oder ernst oder schamlos in das Auge der Kamera blickend. Doch nach diesem ersten Abend war Eccu nie wieder auch nur ansatzweise versucht, die Grenze zu überschreiten, nicht einmal bei Lucie, nicht einmal, obwohl er weiter in sie verliebt war, nicht einmal, obwohl sie ihn ihren besten und treuesten Freund nannte und ihn eines Tages zum *Ersten Liebhaber meiner Träume* ernannte, nicht einmal, obwohl er sie diverse Male fotografierte, sie auf dem Diwan liegend, auf den Fahrradsattel geschwungen, auf der geometrischen Couch sitzend mit der Schmetterlingslampe über ihr funkelnd fotografierte.

Er machte Abzüge von einem Dutzend Aufnahmen dieser Sitzung mit Lucie und lud sie eines Abends im August in sein Studio ein. Es war ein windiger Abend, vor dem Fenster heulte der Ostwind rastlos die Vladimirsgatan herab, und als Lucie ihr Portweinglas abstellte und sich vorlehnte und den Bilderstapel in ihre behandschuhte Hand nahm, sah Eccu einen Funken Scham und Nervosität in ihren Augen. Doch ihre Furcht verflüchtigte sich rasch, sie wurde von Erleichterung und etwas anderem ersetzt, das Eccu nicht zu deuten vermochte. Als sie die Bilder durchgeblättert und manche Aufnahmen eingehend und andere eher flüchtig studiert hatte, sagte sie:
»Ich habe mich niemals hässlich gefunden, Eccu, nicht einmal, als ich noch ein Kind war und Zöpfe hatte und Zähne, die schief wuchsen. Aber ich habe mich oft ... *falsch* gefühlt. Man kann auf falsche Weise schön sein, ich weiß nicht, wie das kommt, und ich weiß nicht, wer entscheidet, was richtig und was falsch ist, aber ich weiß, dass es so ist.«
Sie wirkte ausnahmsweise unschlüssig, zeigte dann jedoch auf den Bilderstapel und sagte leise:
»Diese Bilder ... sie sind wie eine Rehabilitierung. Ich weiß nicht, was du mit meinem Teint gemacht hast ... und mit den Haaren. Und die Schatten ... ich habe nicht gewusst, dass Schwarz eine so warme Farbe sein kann.«
»Es sind Platinaabzüge«, erklärte Eccu. »Ich würde sie gerne behalten, aber wenn du ein paar Tage wartest, kann ich dir auch welche machen. Sie halten ewig.«
Lucie saß wie verhext da und starrte das Bild an, das als oberstes auf dem Stapel lag.
»So schön bin ich nicht«, sagte sie dann. »Du machst, dass ich mich fühle wie Goyas Maja. Oder wie diese schöne Französin, von der meine Mutter behauptet, Edelfelt habe sie in Paris

302

als die seine gehabt. Im Grunde gibt es nur eins, was ich wissen muss …«

Sie verstummte wieder, gleichsam darauf wartend, dass Eccu seine Rolle als Gentleman schulterte und die erforderlichen Worte aussprach.

»Nur du und ich«, sagte er. »Ich werde die Negative an einem sicheren Ort verwahren. Du bekommst neue Silberabzüge, wenn du welche willst, sie sind zwar nicht ganz so gut, aber fast, und die Negative werde ich vernichten, wenn du es wünschst. Ich möchte, dass du für die Nachwelt erhalten bleibst, und wenn du einverstanden bist, stelle ich gerne einige der Bilder aus, auf denen dein Gesicht nicht zu sehen ist. Aber du kannst jederzeit dein Veto einlegen, Lucie. Und wenn du mich darum bittest, vernichte ich das Ganze, auch meine eigenen Abzüge. Du hast mein Ehrenwort.«

Micki Morelius war die zweite, die kam, es war Anfang September. Sie war bei weitem nicht so kühn wie Lucie, ihre Bilder waren verhältnismäßig zugeknöpft und höchstens kokett zu nennen, und außerdem benutzte Eccu diesmal normales Fotopapier; die Platinaabzüge waren nicht nur arbeitsintensiv, sondern auch sündhaft teuer. Trotzdem brach Micki in Tränen aus, als sie die Bilder sah. Sie seien fantastisch, sagte sie, sie sei immer das hässliche Entlein gewesen, nun aber habe Eccu sie schön gemacht, sie wisse sehr wohl, dass er in ihr nur die fleißige, aber hässliche Freundin der schönen Lucie Lilliehjelm sehe, aber dem Künstler in ihm sei es gelungen, die Privatperson zu besiegen und etwas anderes zu erkennen. Darauf erwiderte Eccu nervös, im Grunde gebe es keine hässlichen Menschen, auf jeden Menschen warte irgendwo da draußen ein Blick, ein akzeptierender Blick, ein bewundernder und liebender Blick, jeder sei schön in den Augen irgendeines Menschen, das Unbarmherzige sei jedoch, dass so viele durchs ganze Leben gingen, ohne dass dieser zärtliche und bestätigende Blick ihren Weg kreuze, dies sei vielleicht nicht die grausamste aller Ungerechtigkeiten, aber trotz allem ein großes Unglück im Leben, sagte er. Aber als Micki das gleiche Diskretionsversprechen bekommen hatte wie Lucie und ihre Abzüge genommen hatte und gegangen war, schenkte Eccu sich ein Glas rezeptpflichtigen Apothekencognac ein, saß in der Stille seines Ateliers, trank und dachte, dass es womöglich gar nicht um Blicke und Gefühle und andere große Dinge ging, sondern nur darum, dass er endlich seinen Stil gefunden hatte und es ihm endlich gelungen war, die verfeinerte Ästhetik und die vielfältigen Tricks der alten Romantiker mit den neuen Ideen von einem klaren Blick und Objektivität zu kombinieren.

Ende Oktober, an dem Tag, als Benito Mussolinis Faschisten in Rom einmarschierten, kam Maggie Enerot. Auch diese Aufnahmen gelangen ihm gut, und einen Monat später – es war die Woche, in der die Expedition Lord Carnarvons und Howard Carters endlich Tutanchamuns Grab fand und die europäischen Zeitungen meldeten, dass die amerikanische Filmkarriere des Skandalstars Pola Negri nun allmählich richtig in Schwung kam – wurde Nata von Julin vorstellig, die auf einem ihrer seltenen Finnlandbesuche war; sie wollte ihren lüsternen Vicomte mit etwas Hübschem überraschen und bezahlte großzügig für die lange Sitzung, weshalb Eccu es sich auf einmal leisten konnte, die schwangere Aina zu Weihnachten mit Schmuck und Kleidern zu verwöhnen.

Anfang Dezember kamen noch Maggie Enerots ältere Schwester Ellu und einige andere (deren Namen ungenannt bleiben mögen, da zwei der fraglichen Damen später in Familien mit Verbindungen zu diversen europäischen Geschäftsdynastien und Königshäusern einheirateten), und als der Verein der Amateurfotografen von Helsingfors seine Weihnachtsfeier abhielt und die diesjährige Gravur in den Sjohinpokal bekanntgab, ging der Preis zum ersten Mal seit über zehn Jahren an einen anderen als Volodja Sjohin. Der Gewinner war Eccu Widing, und das siegreiche Foto zeigte einen nackten Frauenkörper von der Seite. Die Aufnahme war in ein eigentümliches, fast verklärtes Licht getaucht; die Frau stand auf den Zehenspitzen und lehnte sich ein wenig zurück, das Gesicht war abgewandt und der Körper schutzlos und zart, gleichzeitig jedoch geschmeidig und stark, und eine Hand streckte sich in die Höhe, als hätte die Frau nach der Schmetterlingslampe tasten wollen, die über ihr brannte wie ein erleuchteter Talisman. Es wurde allgemeinhin angenommen, dass sich Eccu eines Modells aus den unteren Gesellschaftsklassen bedient hatte, einer Frau vielleicht, die am Ateneum Modell saß, jemand, der es gewohnt war, seinen Körper zu zeigen, eine Schauspielerin vielleicht oder eine Varietésängerin mit zweifelhaftem Lebenswandel oder ein junges Fabrikmädchen, das seinen Körper noch nicht auf die eine odere andere Art verschlissen hatte. Eccu tat nichts, um diese Interpretation zu korrigieren.

Viertes Buch

Die Briefe

über das Bedürfnis nach windstillen
und sternenklaren Nächten
auf Nokka und andernorts,
über die Gnade, die in Schnee liegt,
und darüber, dass sich der Mensch am besten
als Fremdling macht

(1924–25)

1

Allu

Herrn Kaj Salin
5. Linjen 12 A
Berghäll, Helsingfors
Finnland

Rotterdam, 16.6.1924

Hoi,

wie man hier sagt, und liebe Grüße aus der Kohlentrim-
merhölle, obwohl heute Sonntag ist und wir schon ziemlich
lange im Hafen liegen. Die s/s Dorotea ist ein noch größerer Schrotthaufen als die Wäinö, es tröstet einen nicht die
Bohne, dass der Kahn aus Schweden kommt. Unten im Mann-
schaftsdeck liegen wir wie die Ölsardinen, und da unten gibt
es Kakerlaken und Läuse wie in der Männerabteilung von Issakainens Sauna zu Hause. Statt als Trimmer wäre ich lieber
als Seilor gefahren, aber es ist, wie es ist. Aber ich bereue es
nicht, dass ich von der Wäinö abgemustert habe und in Danzig
ohne Kohle auf dem Trockenen gesessen habe. Die Asche war
futsch, aber mit Maschinist Berglund, der sich aufspielte und
eine große Lippe riskierte, wie sich das nur ein Åländer trauen
kann, und mit einem philippinischen Koch, der Sodomit war
und uns Boys mal hier, mal da angetatscht hat, hätte es doch
nur eine Keilerei gegeben.

Morgen und Dienstag nehmen wir Ladung auf, Leinsamen

und Chemikalien und Maschinenteile nach Marseille. Ich denk, jetzt im Sommer bleibt's beim Mittelmeer und der Nordsee. Auch egal, die Ladung, die uns über den Atlantik bringt, kommt auch diesmal bestimmt.

Du hast gesagt, und Santeri hat es auch gesagt, ich hätte den Sommer in Sörkka, im Hafen bleiben sollen. Ich kapier schon, das hier ist so eine Stadt, in der man sich auf dem Heimweg von den Etablissemangs verlaufen und schlimmere Sachen als Läuse und Wanzen holen kann, geschnallt? Aber es ist besser so. Es war alles so traurig, als Mama gestorben ist. Hier draußen sind Leute, Geräusche und Farben, und dann vergess ich, wie ihr Husten klang und der Geruch in ihrem Zimmer war. Und ich bekomme mehr Geld zusammen als zu Hause im Hafen, es bleibt was über, und ich kann Tante Kreeta und Onkel Anselmi was für die Mädchen schicken.

Jetzt ist das Blatt fast voll, und ich hab keins mehr! Schreib mir, über Woimas Spiele und wer die 100 und 200 Meter in Elantos Wettkämpfen gewonnen hat, wo ich nicht da bin. Liebe Grüße an Mandi, ich werd ihr wohl auch noch schreiben. (Dir ist ja hoffentlich klar, dass nicht alles, was ich hier erzähle, für ihre Ohren bestimmt ist?) Du kannst an das Norwegische Seemannsheim in Marseille schreiben, Maison des Marins Norvegiens, 16 rue des Magasins.

Allu

Fräulein Mandi Salin
Agricolagatan 9
Berghäll, Helsingfors
FINLANDE

Oran, 18.7.1924

Liebe Mandi,
   ich sitze in einem kleinen Speisesaal in den französischen
Stadtteilen im Stadtzentrum. Wir haben heute unsere Heuer
bekommen, und ich esse eine richtige Festmahlzeit Fleisch,
Bratkartoffeln und Wein. Ich habe auch Briefpapier gekauft,
um dir endlich zu schreiben. Wir sind in Oran, um Kohle zu
bunkern, bevor wir erst nach Valencia und dann die Atlantik-
küste nordwärts fahren. Hier ist es so heiß, dass die Luft flirrt,
und Oran ist wie zwei Städte, eine französische mit schönen
Häusern und dann die Araberviertel, flache Häuser und Verkäufer und schmale Gassen. Wir kommen aus Marseille, und
alle Franzosen sind jetzt ganz freundlich; wenn ich sage, dass
ich aus Finnland komme, lachen sie und nicken und sagen »ritolaa, ritolaa« und »nyrmii, nyrmii«!
   In Marseille hab ich einen Brief von Kaitsu bekommen. Er
schrieb vor allem über Woima und dass die Brüder Moll jetzt,
wo ich fort bin, die 100 und 200 Meter gewonnen haben.
Manchmal fehlt mir Helsingfors, ich denk dran, dass es Samstag und Abend ist und ich auf dem Gras auf Mölylä oder Nokka
liege und müde bin nach dem Ruderskab, dem Wettrudern dahin. Aber am meisten fehlst du mir, Mandi, ich weiß, dass du
wütend wirst, wenn ich das schreibe, aber es ist wahr.
   Aber eine Weile auf See tut mir jetzt gut. Es ist so traurig gewesen, als Mama gestorben ist und Santeris Kopf nicht
mehr richtig wollte: wie du weißt, wohnen Saimi und Elvi ja in
Mäntsälä bei Santeris Bruder Anselmi und seiner Frau Kreeta,
sonst hätten sie ins Kinderheim gemusst.

Herzliche Grüße von deinem
Allu

Herr Kaj Salin
5. Linjen 12 A
Berghäll, Helsingfors
FINLANDE

Le Havre, 2.8.1924

Kaitsu!

Danke für den Brief. Er ist klasse gewesen! In Marseille und Oran bekamen Huikka und ich gratis Wein, Bier und Brot in den Bars es reichte dass wir »finlandese« sagten. Huikka hat behauptet, dass er auch im Mädchenhaus gratis bedient wurde, aber er gibt ja immer so an. (Ich war nicht da.) Wir zwei und Lejdar-Jaska sind die einzigen Finnen auf der Dorotea, und die Schweden sind plenty sauer darüber gewesen, dass Wide was aufs Maul bekommen hat. Ich habe ihnen gesagt, dass Wide auch Finne ist, aus Kimito. Das hat gesessen! Ich wusste, dass Ritola gegen Nurmi keine Chance haben würde. Und spitze, dass Stenroos den Marathon gewonnen hat, du weißt, wer Stenroos ist? Das ist dieser Magere bei Urhelu-Aitta, dem Sportgeschäft, bei dem wir immer dableiben durften, obwohl wir gar keine Asche hatten.

Die Pille ist in Valencia geblieben. Wir haben zu ein paar Leuten auf einer Straße in Hafennähe gespielt. Dann ist die Luft raus aus der Pille, und sie war nur noch ein Stofffetzen, sie ist ja überall geflickt gewesen. Nächsten Sommer werde ich Antsa und Biguli Moll zeigen, wer der Schnellste ist. Ich habe versucht, mich was zu trimmen, in Valencia und hier. Man kommt schneller außer Atem, wenn man ohne Ball trimmt, oder jedenfalls denkt man eher daran dass man müde ist.

Bald Geburtstag, aber dann sind wir bestimmt auf See. Aber Huikka und Jaska haben gesagt, dass sie mich im ersten Hafen, in dem ich achtzehn bin, in die Stadt mitnehmen und mich zu einem Mann machen. Da hab ich gesagt, dass ich das schon bin.

Schreib mir mal wieder und bitte doch Mandi, mir auch zu schreiben. Wir fahren erst nach Hull, aber dann löschen und laden wir in Antwerpen ehe es auf den Atlantik und nach New York geht! Schreib an Poste Restante in Antwerpen oder an Finse Zeemanskerk, Oude Kanaalstraat 26. Da gibt es einen Seemannspfarrer Kilpinen der liebt Boxen, vor allem Carpentier, und Fußball.

Allu

Herrn Santeri Rajala
Södervik Herberge, Sörnäs
Helsingfors
FINLANDIA

Havanna, 1.11.1924

Lieber Onkel Santeri,
   ich schreibe auf Schwedisch, wie wir uns auch immer unterhalten haben. Nur ein paar Zeilen, weil Onkel wissen soll dass es mir gut geht und ich nicht in den Morast der Trunksucht und der Hurerei geraten bin, wie Onkel so oft befürchtet hat. Wir werden jetzt Zucker und Kaffee nach Montreal hinauf bringen und von dort frachten wir Papier und Maschinen nach Rosario hinunter. Es dauert sicher noch ein paar Monate, bis die Dorotea nach Europa zurückkehrt. Ich hoffe, dass es Onkel schon wieder besser geht. Zwei Mal habe ich für die Mädchen etwas Geld an Onkel Anselmi und Tante Kreeta geschickt.

Hochachtungsvoll
Allan

Fräulein Mandi Salin
Agricolagatan 9
Berghäll, Helsingfors
FINLANDIA

Rosario, 3.12.1924

Liebe Mandi,
   Dir und Kaitsu und eurer Mutter und eurem Vater frohe
Weihnachten. Ich hoffe, die Karte kommt rechtzeitig an,

wünscht
Euer treu ergebener *Allu*

Herrn Enok Kajander
Oriongatan 8
Hermanstad, Helsingfors
FINLANDIA

Rosario, 3.12.1924

Frohe Weihnachten und einen guten Rutsch ins neue Jahr,
Vater! Ich hoffe, die Karte kommt rechtzeitig an,

wünscht
Dein treu ergebener Sohn *Allu*

Herrn Kaj Salin
5. Linjen 12 A
Berghäll, Helsingfors
FINLANDIA

Valparaiso, 17.4.1925

Hola Kajito!

Obwohl, Kajito bedeutet »kleiner Kaj« und das willst du natürlich nicht sein. Ich kann dich stattdessen Kajón nennen: dann bist du groß und stark in der Sprache hier, oder aber du bist eine Schachtel. Aber die Worte ähneln sich, und es gibt ein anderes, fast gleiches Wort, das P-mel bedeutet, und ein drittes, das Drecksack bedeutet, aber auch ein Mann dessen Frau mit anderen schläft. (Du darfst diesen Brief nicht Mandi zeigen und auch nicht eurer Alten oder eurem Alten.) Spanisch ist eine komische Sprache, wenn da ein J geschrieben steht, dann sagen sie ungefähr H und das H sagen sie gar nicht. Und dann schreiben sie umgekehrte Fragezeichen vor alle Fragen und umgekehrte Ausrufezeichen vor allem, was sie wütend macht.

Manchmal denke ich daran, wie die Zeit vergeht, und bekomme fast Angst. Ganz unten in meinem Sack liegt mein Mitgliedsbuch, gestern Abend habe ich es rausgeholt und darin gelesen. Seit Huikka und Jaska abgemustert haben, ist das Buch das Einzige, was ich auf Finnisch hab. Ich hab alles mehrere Male gelesen. Valllilan Woima. TUL:n jäsenkirja n:o 22757 AIF:s Mitgliedsbuch Nummer 22757. *Onko ammatillisesti järjestäytynyt.* Bist du Gewerkschaftsmitglied? *Kirjasi olkoon siisti.* Halte dein Mitgliedsbuch sauber und in Ehren. Auf Schwedisch hab ich auch ein Tarzan-Buch, das ich in Hull im Seemannsheim gefunden hab.

Hier unten ist alles auf den Kopf gestellt, es ist April und wird bald Winter. Manchmal, wenn ich die Augen zumache, bin ich oben auf dem Aussichtsturm auf Sumparn und seh die

Straßen und die Fabriken, und draußen auf den Inseln ist alles herrlich und grün und das Sönnchen lacht. Es ist jetzt fast ein Jahr und Mandi hat nicht geschrieben. Arbeitet sie noch bei dem Fotografen?

Ich weiß nicht, wann ich nach Hause komme, aber ich schreibe bestimmt wieder.

Allu

Fräulein Mandi Salin
Agricolagatan 9
Berghäll, Helsingfors
FINNLAND

Antwerpen, 26.6.1925

Liebe Mandi,

danke für deinen Brief zu Weihnachten, den Pastor Kilpinen für mich aufgehoben hatte! Er war kurz, aber ich habe mich sehr gefreut, von dir zu hören. Unten in Südamerika war Regenzeit und die Flüsse traten über die Ufer, und manchmal war es tagsüber weniger als zehn Grad. Es ist wunderbar, wieder auf dieser Seite des Meeres zu sein, obwohl es hier im Hafen staubig und heiß ist.

Es hat mich traurig gemacht, dass es eurem Vater so schrecklich schlecht geht. Kaitsu hat seit letztem Sommer nicht mehr geschrieben, und da schrieb er nichts von diesen Dingen vielleicht, um mich nicht zu beunruhigen? Ich hoffe, euer Vater erholt sich jetzt und überlässt dir und Kaitsu das Geschäft, bis sein Herz wieder in Ordnung ist.

Wir bringen eine Ladung nach Stavanger, aber dann soll die Dorotea zur Inspektion in ihren Heimathafen Göteborg.

(Wenn sie mich fragen, sag ich, dass sie verschrottet werden sollte.) Dort mustere ich auf jedem beliebigen Schrotthaufen nach Finnland an, der Hafen darf ruhig Kemmi oder Yxpila sein, irgendwie komme ich schon herunter. 1 Jahr und 2 Monate sind vergangen, aber es kommt mir vor wie mindestens 5 Jahre. Wenn ich träume stehe ich draußen auf Nokkas äußerster Spitze und schaue auf Helsingfors. Ich sehe Usspenski und die anderen Kirchen im Süden. Und die Kirche in Berghäll und die Brücke nach Brändö, und alle Inseln und das Gefängnis in Sörkka, und das Sägewerk auf Nätholmen und Arabias Fabriken ganz hinten. Es ist August, und es geht kein Wind, und wenn es Abend wird, sieht man schon ein paar Sterne, und gleichzeitig fängt die Stadt an zu funkeln. Es gibt nur eine Sache, die schöner ist, aber ich werd nicht sagen, was, denn sonst wirst du wütend auf mich, aber es ist ein Mensch.

Herzliche Grüße von deinem
Allu

2

Lucie

Mlle Michaëla Morelius
Lappviksgatan 9 B 21
Helsingfors
FINLANDE

Le Dingo
am 19. Juli 1924

Miky, Miky, Miky… geliebte Miky! Endlich hast du es gewagt, deinem tiefsten Inneren zu folgen und deinen eigenen Weg zu gehen… wunderbar! Vraiment merveilleux! – ich weiß nicht, wann ich zuletzt so viele Ausrufezeichen benutzt habe…

Verstehe ja, dass die Miete dich schreckt – aber du kannst dir ja jederzeit einen Untermieter suchen –, und natürlich ist es eng, und alles ist mit Sicherheit viel bescheidener als im Haus des Professors. Aber Hand aufs Herz, Miky: die Lebensgewohnheiten des alten Anthropologen Nils Morelius und deine sind schon lange nicht mehr im Einklang, wenn sie es denn jemals waren. Ich gratuliere dir zu deiner Wohnung und wünsche dir von ganzem Herzen viel Glück! Und obwohl ich weiß, dass du stolz bist, sage ich es trotzdem: Solltest du jemals finanziell in der Klemme sein, dann darfst du keinesfalls anfangen, von Wechseln zu leben, c'est interdit! Du wirst zu mir kommen, denn irgendwo muss ich mein Geld ja riskieren – Cedi und ich sind uns kurz vor meiner Abreise über Björknäs einig geworden –, und eine bessere Verwendung als das Wohlbefinden meiner Freunde ist mir noch nicht eingefallen.

Le Dingo, wo ich gerade sitze und dir schreibe, ist ein relativ neues Etablissement: Es hat letztes Jahr eröffnet. Die berühmten liegen in der Nachbarschaft, Le Dôme und La Rotonde und dann Closerie des Lilas ein Stück den Boulevard hinab. Aber es ist nett im Dingo, hier wimmelt es von Amerikanern, und Jimmy hinter der Bar ist ganz vernarrt in mich, wenn einer der Gäste zu anhänglich wird, eilt er stets zu meinem Schutz herbei. Alle, die im Dingo und den anderen Cafés hier am Vavin sitzen, scheinen zu glauben, dass sie Dichter oder Maler oder einfach ganz allgemein artistes scandaleuses werden – man sollte meinen, sie müssten verstehen, dass für so viele Künstler kein Platz auf der Welt ist.

Hier ist es so wunderbar, dass ich manchmal denke, ich platze! In Helsingfors fühlte ich mich immer allein, obwohl ich von Menschen umgeben war, aber hier bin ich »zusammen«, obwohl ich toute seule herumlaufe. Ich wohne am Boulevard Saint-Michel, was natürlich Mamas Verdienst ist – Monsieur Sévigny-Ferrand, dem das Haus gehört, ist ein Freund ihres Mannes. Die Wohnung ist klein, es ist ein abgetrennter Teil einer größeren Wohnung, aber sie liegt zum Luxembourg hinaus und hat einen kleinen, schmiedeeisernen Balkon. Und der Park, oh, du solltest ihn sehen, Miky! Dort gibt es bonnes, die ihre Schützlinge hüten, haargenau wie auf Edelfelts Gemälde, aber es gibt dort auch kettenrauchende Alte, die Jeu de Boule spielen, und freche Bengel, die auf ihren Fahrrädern vorbeisausen und allen Frauen unter vierzig hinterherpfeifen und -johlen. Und dann die Pariserinnen, so klein und zierlich, so weiblich in ihrem Wesen, aber gleichzeitig so herrlich schamlos und mit einem frechen Mundwerk…

Man vergisst hier unten alles Elend, man vergisst, wie die schmutzige Pampe aus Schnee und Eis bis in den April unter den Füßen knirscht, man vergisst die Kühle, die noch im Juni aus dem Finnischen Meerbusen aufsteigt, all die Strickjacken, die man in seinem Leben angezogen hat, und all die schweren Galoschen und Überschuhe, all diese mürrisch vorwärts strebenden Finnen in Mütze und Pelz... hier ist der Regen so warm, so warm, die Autos hupen und drängeln, und viele von ihnen sind überdachte Limousinen. Hellblaue Benzindämpfe treiben die Straßen herab, und wenn es Abend wird, werden bunte Schilder eingeschaltet, und die Menschen schlendern zu Tausenden auf den Trottoirs, es ist immer noch heiß, und es wird ganz furchtbar viel geredet und gestikuliert und gestritten.

Vorgestern Abend wollte Herr Sévigny-Ferrands Sohn René mich zum Essen einladen. Wir dinierten in einem kleinen Restaurant in Saint-Germain-des-Près, und anschließend nahmen wir eine Droschke hierher. Er war sehr chevaleresk, der gute René, aber er glaubte ganz bestimmt, er würde mich hinaufbegleiten dürfen – er machte ein langes Gesicht, als ich ihm einen Kuss auf die Wange gab und eine gute Nacht wünschte!

Du fragst dich natürlich, ob ich die Olympischen Spiele gesehen habe. Das habe ich nicht, die Arena lag weit draußen in einer Vorstadt namens Colombes, und ich fand es nicht der Mühe wert. Die Franzosen interessieren sich nicht sonderlich für unsere Muskelprotze und Läufer, sie interessieren sich eher für Wimbledon, wo zwei ihrer »Mousquetaires« das Finale bestritten haben: Es soll wirklich nervenaufreibend gewesen sein, Borotra schlug Lacoste, allerdings äußerst knapp. Aber vorigen Sonntag lud mich Familie Wachenfeldt – sie kommen aus Stockholm und sind Freunde Mamas – zu einem pique-nique draußen in einer Vorstadt ein, die an der Strecke der Marathonläufer lag. Nachem wir Käse und Brot gegessen und etwas Wein getrunken hatten, stellten wir uns an die Landstraße und sahen die Ersten passieren. Und wer kommt da vorbei, wenn nicht dieser spindeldürre Verkäufer aus dem Sportgeschäft in der Fabiansgatan – heißt er nicht Stenros? Wachenfeldts haben mir außerdem erzählt, dass Konni und Robi Huber einen Olympischen Wettbewerb im Gewehrschießen gewonnen haben.

Du hast geschrieben, dass Tele Christides gleichsam zurückgeschreckt ist, als du ihm gegenüber meinen Namen erwähnt hast. Ich muss dir etwas erzählen, Miky, die Sache ist in den Wochen vor meiner Abreise passiert. Der arme Tele wollte ja einfach nicht aufhören, mir den Hof zu machen – unter uns, er ist genauso hartnäckig wie dumm –, also beschloss ich, den Gordischen Knoten ein für allemal zu durchschlagen: Ich lud ihn zu einem Essen nach Björknäs ein. Es war ein richtiges tête-à-tête, ich hatte ein Souper im großen Esszimmer richten und die Kerzen in den Silberkandelabern anzünden lassen, obwohl es die zweite Woche im Mai und ziemlich hell war. Tele fuhr in seinem Nash vor, er kam geradewegs von einer Übung und war in voller Schutzcorpsmontur, und meine Wenigkeit trug ein teures, aber dezentes Abendkleid und eine Perlenkette um den Hals und so weiter.

Es wurde ein langer Abend und nicht unangenehm, obwohl ich Tele das eine oder andere Mal davon abhalten musste, sentimental zu werden: Ich glaube, er hatte beschlossen, mit mir über seine Gefühle zu sprechen. Nach Mitternacht brachte ich das Gespräch auf Spukgeschichten und Ähnliches, und daraufhin unterhielten wir uns gut und gerne eine Stunde über düstere Sagen und Wiedergänger. Als wir uns für die Nacht zurückziehen wollten, sagte ich Tele, das elektrische Licht im westlichen Flügel, in dem sein Zimmer liege, sei kaputt. Das stimmte zwar nicht, aber ich hatte im Flur vor seinem Zimmer eine kleine Montage installiert und wollte Effekte erzielen, die eben nur bei Dunkelheit gelingen können. Ich hatte einen der Knechte gebeten, einen Haken an der Wand zu befestigen, und an diesen Haken hatte ich dann einen »Wiedergänger« aufgehängt, den ich aus einer Harke, einem Mantel, einem Laken und einem alten Fußball gebastelt hatte. An dem Fußball hatte ich zwei große Augenhöhlen ausgeschnitten und eine Taschenlampe hineingelegt. Am Nachmittag hatte ich eine Generalprobe gemacht und war dabei der Meinung gewesen, dass mein Gespenst richtig gelungen war, aber mit einem derartigen Erfolg hatte ich dann doch nicht gerechnet. Der arme Tele, er hat vielleicht geschrien! – und ich bin mir nicht ganz sicher, aber es ist sogar möglich, dass er sich in die Hose gemacht hat, zumindest hat er sich ohne ein Wort in seinen Nash gesetzt und ist nach Hause gefahren.

Ich bin kein netter Mensch, Miky, ich weiß. Aber ich bin nicht völlig herzlos: Ich habe Tele geschrieben und ihn um Verzeihung gebeten, und ich habe es endlich geschafft, ihm zu sagen, dass wir beide niemals ein Paar werden. Ich hoffe wirklich, dass er eine schöne Frau findet, die er heiraten kann, und angesichts seiner Solvenz sollte das ja nun wirklich nicht besonders schwer sein.

Die Sache mit Eccus Nerven und alles, wozu es geführt hat, ist furchtbar traurig. Ich habe ihm geschrieben, aber keine Antwort bekommen. Eccu tut mir leid, er ist so begabt, aber er hat sich nie entscheiden können, was er will – den einen Tag will er alles zurücklassen, was er hat, und nach Berlin gehen und ein großer Fotograf werden, am nächsten lässt er dann seinen Sohn taufen... auf den Namen Stig-Olof!

Nein, Miky, es gibt so vieles, was uns daheim kleiner macht, was uns Substanz raubt, und ich glaube tatsächlich, dass sich der Mensch am besten als Fremdling macht.

Oh, was sind die Stunden im Flug vergangen, während ich hier gesessen und geschrieben habe... das Handgelenk tut mir weh, und bald kommt Gösta, der älteste Sohn der Wachenfeldts, ich habe versprochen, mit ihm zu soupieren. Ich schicke dir einen Kuss, Miky, lebe wohl und vor allem: lebe mutig!

Deine allertreueste Freundin
Lucie

Mlle Michaëla Morelius
Lappviksgatan 9 B 21
Helsingfors
FINLANDE

Les Deux Magots
am 7. November 1924

Liebste Miky,
   du solltest das Licht im Park Luxembourg an einem Tag
wie gestern und heute sehen. Wir haben fast zwanzig Grad,
obwohl es November ist, die Sonne scheint durch einen dichten Dunst, die Luft ist voller warmer Töne aus hellem Ocker,
Zitronengelb, Siena, ein Hauch Malve… Heute Nachmittag
musste ich einfach in den Park hinausgehen, ich setzte mich
auf eine Bank auf der Südseite, neben einem der Springbrun-
nen – es war die Fontaine de l'Observatoire, die mit den vier
Frauen, die den Erdball tragen. Sie verkörpern die Kontinente,
und vier und nicht fünf sind es der Harmonie und des Gleich-
gewichts zuliebe, das hat zumindest Professor Tikkanen immer behauptet.
   Da stellt sich natürlich die Frage: Welcher Kontinent fehlt?
Fragst du mich, dann sage ich, es ist der Kontinent, der von
uns Frauen bewohnt wird.
   Der Füchsin sind die Trauben zu sauer… sagst du vielleicht.
Ich kann es eben nicht verbergen. Ich weiß doch, wie hellhörig
du bist, meine Miky, du hast in meinem Septemberbrief mit
Sicherheit zwischen den Zeilen gelesen: Ich ging hin und ver-
liebte mich in René Sévigny-Ferrand. Es war das altvertraute
Muster – warum muss es so schwer sein, es auszuradieren!?
Ich ließ René haben, was er haben wollte, und als er es bekommen hatte – und ich war wirklich nicht knauserig, Miky – und
sah, dass ich Gefühle für ihn hegte, fing er an, sich zurückzuziehen… gewiss sehr wohlerzogen, aber trotzdem. C'est trop
dégueulasse!

Es stört mich nicht im Geringsten, eine Salope zu sein – es ist mein Leben, und ich fürchte mich nicht, es zu leben –, aber es grämt mich, dass ich wieder einmal in die gleiche Falle getappt bin. Da ist es ein schwacher Trost, dass die halbe Menschheit den gleichen Fehler begeht. Love is disgusting when you no longer possess yourself. Weißt du noch, wer das gesagt hat? Genau, Pola persönlich.

Genug davon. Cedi hat mir geschrieben und von seinen Filmplänen erzählt. In diesen Träumen ergeht er sich jetzt schon seit ein paar Jahren, er hat in den Spiegel geschaut und Moje Stiller ironisch die rechte Augenbraue heben und zurückschauen gesehen. Aber wenn er mit Erkki Karu und Jäger und den anderen verhandelt, ist es schon ernst. Und warum auch nicht, seine zukünftigen Kompagnons sind mit Sicherheit versucht, vor seinem Dilettantismus die Augen zu verschließen und ihren Blick stattdessen fest auf seine Geldbörse zu richten. Aber ich mache mir Sorgen um Cedi. Es gibt da etwas Zugeknöpftes in ihm, und in schwierigen Situationen verliert er leicht die Kontrolle, er braucht Festigkeit. Dass er seinen »Vedettes« Gold und grüne Wälder verspricht und sich mit ihnen in Etablissements sehen lässt … ob mich das erstaunt? Nein, was mich erstaunt, ist eher, dass er und Nita nun schon so lange verlobt sind, ohne entweder das eine oder das andere zu machen. Sich scheiden zu lassen heißt, ein wenig zu sterben, zu heiraten ebenso. Nita ist schön wie eine Teichbinse in einer geschmackvollen Vase, aber ich glaube nicht, dass sie Cedi im Griff hat.

Maggie E schrieb mir und erzählte, dass Toffe Ramsay inzwischen Architekt ist, er hat bereits mehrere Mietshäuser nördlich der Långa-Brücke entworfen. In einem von ihnen hat er ganz oben eine Rotunde eingearbeitet, eine offene Dachgeschossetage, die kleine Mietwohnungen für einsame Bankfräuleins enthält, möge der Name der Bank ungenannt bleiben. Dort ist er dann mit Blumen, Schampus, pomadigem Haar und einem schleimigen Lächeln gesichtet worden. Das erinnert mich an das Frühjahr, in dem Poppe von Frenckell seinen Hengst Kimberley im *Hufvudstadsbladet* zum Decken anbot – die Gebühr fürs Bespringen war 500 Mark, aber ich glaube, der eine oder andere fühlte sich versucht, einen Leserbrief zu schreiben und zu fragen, warum man das Pferd bezahlen solle, wenn sein Besitzer so viele gratis besprungen und manchmal sogar noch dafür bezahlt hat.

Ach, Miky! – ich schmolle nur, bin wütend auf alles, was auf zwei Beinen geht und Hosen trägt.

Henning Lund war übrigens fast den ganzen Oktober hier, er hat etwas Möbliertes oben an den Champs-Élysées gemietet. Wir sind uns auf einigen Soirees begegnet, und einmal haben wir zu zweit gefrühstückt, aber um die Wahrheit zu sagen, hat er mich kaum angesehen.

Einer meiner Freunde im Dingo behauptet, Henning habe eine Affäre mit einer reichen Italienerin, während Gösta Wachenfeldt meinte, er habe an Nancy Cunards Tisch im Le Dôme gesessen. Nun ja, man sollte nicht allen Gerüchten Glauben schenken…

Ich sehne mich nach Salmiakpastillen. Kannst du mir zu Weihnachten ein paar Tüten schicken, liebe Miky? – am liebsten »Star«, sie werden in der Apotheke verkauft.

Immer noch nichts von Eccu, aber jetzt weiß ich wenigstens, dass er in einer »Kuranstalt« ist. Wenn ich die Zeit finde, werde ich ihm einen langen Brief schreiben, bis jetzt sind es nur kurze Grüße gewesen: Du allein, Miky, bringst meinen Stift zum Glühen… Aber erst werde ich mein gebrochenes Herz reparieren, ich werde leimen, leimen, leimen – und ich werde es tun, indem ich <u>lebe</u>. Das Deux Magots, in dem ich sitze, hat am Eingang zwei große Holzskulpturen, zwei »weise Männer«. Wenn ich eintrete, kommt es mir manchmal vor, als wollten sie mir sagen, dass ich vernünftiger leben sollte. »Geh hinaus«, sagen sie, »geh zu einem anderen Leben.« Aber das kann und will ich nicht, denn es ist dieses Leben, das ich zu leben gewählt habe, und es ist ja auch nicht so, dass ich noch etwas

Wertvolles zu bewahren und zu hegen hätte – außer meiner Liebe zu dir und den wenigen wahren Freunden, die ich glücklicherweise habe.

Küsschen, Miky! – und noch einmal: Weiche mit deinem Blick niemals aus, lebe mutig!

Deine treue
Lucie

Herrn Eric Widing
Villa Holzinger
»Silversundsvägen«
Brändö Villastad
FINLANDE

Boulevard Saint-Michel
am 10. Oktober 1925

Lieber Freund und früherer – ? – Wahlverwandter Eccu

Ich schreibe dies am Morgen in meiner Wohnung, um mich der nötigen Ruhe und Abgeschiedenheit zu versichern, all das zu sagen, was ich sagen will. Meine kurzen Mitteilungen haben zu keinem Lebenszeichen deinerseits geführt – aber auf Umwegen habe ich erfahren, dass du lebst und wieder gesundet bist –, und nun habe ich beschlossen, ausführlich und in der Hoffnung zu schreiben, dass du dir die Mühe machst, mir zu antworten. Ich weiß, du hast zwei harte Jahre hinter dir – und dein Dasein ist schwierig und chaotisch gewesen –, hoffe aber, die Gerüchte, die besagen, dass du mit Aina und dem kleinen »Sti« wiedervereint bist und dein Atelier wiedereröffnet hast, sind wahr und mehr. Natürlich ahne ich, warum du nicht schreibst, aber ich bitte dich, Eccu: let the by-gones be bygones – ich bin deine treue Freundin und wünsche dir und den deinen alles nur erdenklich Gute.

Miky M war so indiskret, mir mitzuteilen, dass es – encore une fois! – zu Spannungen zwischen dir und meinem lieben Bruder gekommen ist. Was soll ich sagen, Eccu? Vielleicht: Versuche ein wenig Geduld mit ihm zu haben! Cedi meint es im Grunde nicht böse, das weißt du ja, aber er ist grob und hat ein heftiges Temperament, und sein Vorgehen sieht oft schlimmer aus, als es ist. Er redet sich ein, dass sein Handeln von Noblesse und Rechtsgefühl bestimmt ist: Er ist blind für seine eigene Eitelkeit und sieht selten, wie deplatziert sein Stolz ist. Seine Regisseursträume scheinen sich zu einer fixen Idee ausgewachsen zu haben – vielleicht wäre es das Beste, wenn er tatsächlich einen richtigen Film machen dürfte, denn dann würde er begreifen, welch schwierige Kunstform das Kintopp ist. Dass er sich im Opris und Kämp mit Titti Fazer und Cilla Sourander zeigt, obwohl er frisch verheiratet ist – und Nita etwas Kleines erwartet! –, ist natürlich unverzeihlich, aber er ist weder der erste noch der letzte Mann, dem es bei dem Gedanken, Vater zu werden, angst und bange wird. Die kleine Nita muss sich einfach trauen, mit der Faust auf den Tisch zu schlagen, ihr werdet sehen, dann kommt Cedi schon zur Vernunft.

Jetzt werde ich geschwätzig – ich habe euch allen ja lamentierende Briefe geschickt, als der große Tag war –, aber lass mich noch einmal sagen, wie traurig ich darüber bin, Cedis und Nitas Hochzeit verpasst zu haben. Das Ganze ging einfach zu schnell: Ich konnte Paris so kurzfristig nicht verlassen.

Ich habe einen choque bekommen, einen erfreulichen. Gösta Wachenfeldt hatte Karten für ein richtiges Spektakel besorgt, die Premiere von »Revue Nègre« am Théâtre des Champs-Élysées. Oh, du hättest es geliebt, Eccu! – lass mich vom Entré der Primadonna erzählen. Sie wurde auf den Schultern eines riesigen Negers hereingetragen, sie hing kopfüber herab und war bis auf ein paar große, hellrote Federn zwischen den Beinen nackt: Sie verbargen mit Müh und Not ihr Geschlecht. Sie machte Spagatbewegungen mit den Beinen, während sie hereingetragen wurde, und als die beiden die Mitte der Bühne erreicht hatten, legte der pechschwarze Riese seinen gewaltigen Arm um ihre Taille und hob sie langsam zu Boden. Ehe sie landete, schlug sie geschmeidig ein Rad und stand dann mucksmäuschenstill, wie eine wunderschöne Statue. Das Publikum – es bestand natürlich vor allem aus Männern – war zunächst völlig sprachlos, doch dann setzten die Ovationen ein … und die Pfiffe und das Gejohle. Und ich musste an dich denken, Eccu, wie sehr du es lieben würdest, sie zu fotografieren! – ihr Körper ist magnifik, und trotz ihrer Nacktheit und all der komischen Posen strahlt ihr ganzes Wesen eine solche Würde aus. Sie heißt Josephine und ist erst neunzehn Jahre alt, sie ist eine Mulattin aus Amerika, und ich glaube, hier in Paris hat sie ihr Glück schon gemacht – selbst die Männer, die von den anderen Nummern alles andere als begeistert waren, liebten Josephine.

Ich darf die Musik nicht vergessen! Das Orchester stand unter der Leitung eines Mr. Hopkins, und du kannst mir glauben, dass es echter Negerjazz aus Harlem und Chicago war. Der Klarinettist heißt Becket, und er und seine Freunde haben schon im Le Chien Bleu unten in Montparnasse gespielt … und wie er spielt! Langgezogene Töne, die vibrieren und wabern – unterbrochen von zwitscherschnellen Trillern, die kein Vogel zu imitieren vermag. Ich will nicht versuchen, all die Gefühle wiederzugeben, die seine Klarinette zum Leben erweckte, nicht dass mir die Worte fehlen würden, ich möchte tout simplement nicht unanständig klingen. Aber Eccu, mein Freund: das ist die neue Musik, die wir suchten, ich erinnere mich noch an unser Gespräch vor ein paar Jahren und dass du sagtest, du suchtest nach neuen Bildern und neuen Sehweisen, dann bist du doch sicher auch an neuen Arten zu spielen und zu singen und zu hören interessiert, nicht wahr?

(Nachmittag – bekam Hunger, habe ein spätes Frühstück zu mir genommen und ein Glas Wein im Deux Magots getrunken.)

In den letzten Tagen wollte es der Zufall, dass ich recht häufig an dich gedacht habe. Sind Man Rays Bilder schon bis nach Helsingfors vorgedrungen? Er ist geschickt und kühn, kennst du die Porträts, die er von seiner Mätresse Kiki gemacht hat? – sie lassen mich daran denken … nein, ich werde schweigen. Es gibt hier Leute, die behaupten, Ray wäre überhaupt nicht der, für den er sich ausgibt, sie sagen, eigentlich heiße er Raditzky und sei ein osteuropäischer Jude. Aber das spielt doch überhaupt keine Rolle, seine Bilder sind schön.

In letzter Zeit habe ich Heimweh bekommen. Kleine Schübe zwar nur, aber immerhin – letzten Sommer träumte ich mehrmals von Birken: Ich lag im Gras, wie ich es als Mädchen zu tun pflegte, ich schaute ins Geäst hinauf und verlor mich in all dem Grün, ich hörte das Säuseln und Rauschen, wenn sich der Wind sachte durch die Blätter spielte. Und jetzt wird es Herbst … da hilft es auch nicht, dass die liebe Miky mir »Star« Pastillen schickt, ich denke an Winter, Sternenhimmel, Rauchschwaden, knarrenden Schnee … warum muss ausgerechnet ich so schwach, so verdammt sentimental sein!?

Ich habe mich hier wohlgefühlt – und fühle mich immer noch wohl! Aber es gibt natürlich eine Kehrseite: Gibt es die nicht immer? Hier wie dort gibt es Männer, die Frauen nicht respektieren, die verlangen, selber über ihr Leben bestimmen zu dürfen. Sie missverstehen – ob nun mit Absicht oder nicht – unsere Motive, und ich habe unangenehme Dinge erlebt. Freundschaft und Liebe sind kleine Inseln in einem Weltmeer aus Einsamkeit. Man steht da und bewundert die schönsten Aussichten der Welt mutterseelenallein, und am Ende sind sie nicht mehr da: man ist blind geworden. Und mit den Soirées und den Festen ist es das Gleiche – sie enden, es kommen immer Nächte, die eine Wildnis sind, durch die der Wind pfeift und in der die Hunde jaulen.

Trotzdem fürchte ich mich davor, nach Hause zu kommen. Je suis venu au monde très jeune dans un temps très vieux. Jung kam ich in eine Welt, die schon so alt war. Ein hiesiger Café-pianist und Komponist – Erik Satie – hat das einmal gesagt.

Als ich die Worte vorigen Sommer hörte, war mir, als hätte jemand meine Kindheit beschrieben, nein, mein ganzes Leben in Helsingfors. Ich weiß ja, wer ich bin, ich habe es schon lange gewusst. Ich bin eine Vase, die überläuft, mein Gehirn produziert Gedanken und Worte, Lebhaftes, Geplapper und, zugegeben, auch Erotik. Aber hier am Rive Gauche darf man nicht nur so sein, man soll so sein. Nicht alle Pariser bejahen das Leben, aber viele. Meine Freunde behaupten, als Satie im Sommer starb, pilgerten alle Huren des Montparnasse und von Montmartre zur Beerdigung. Und keiner machte daraus eine große Sache, keiner schrieb empörte Leserbriefe an Le Figaro. Du kannst dir ja die guten Menschen daheim vorstellen: allzeit bereit, Steine ins Glashaus zu werfen. Jede Liebe ist doch auf die eine oder andere Art gekauft – was ist eine Oberklassenehefrau denn schon anderes als eine dumme Zuchtstute, die nur in seltenen Fällen gelernt hat, wie man genießt? –, nota bene Eccu, ich spreche nicht von Aina, ihr gehört nicht zur Oberklasse: das tue hingegen ich, und ich hasse es.

»Tísje vodý, nizhe travý«, pflegte Olga uns Kindern zu befehlen, als wir noch klein waren. Ich weiß, dass dein Russisch schlecht ist, deshalb übersetze ich: stiller als das Wasser, flacher als das Gras. Weder Cedi noch ich sind sonderlich gut darin, still und demütig zu leben, die arme Siggan war eher so veranlagt, aber wer weiß schon, wie sie heute sein würde? Aber so denken wir daheim – stiller, flacher! –, und das gilt für alle. Ich wurde daran erinnert, als ich im Le Dôme unvermutet mit einem Landsmann kollidierte. Ein furchtbar geschwätziger, kleiner Kerl mit hochrotem Kopf, der neulich mit seiner Frau in ein billiges Hotel in der Rue Delambre gezogen ist. Komponist und Dichter und Kritiker, erfuhr ich, sein Name ist Diktonius – obwohl das natürlich ein nom de plume ist. Jedenfalls beklagte er sich derart lautstark über Helsingfors, dass ich auf dem besten Wege war, alle Pläne für eine mögliche Rückkehr abzuschreiben. Dieser Elmer D ist nicht nur arm und als Künstler verkannt, sagt er selbst, sondern wird auch von den meisten seiner Freunde verabscheut und bekämpft. Ich erbarmte mich seiner und lud ihn und seine Meri – eine angenehme Person, Sängerin – gestern zu Essen und Wein ins Flore ein. Er schenkte mir eines seiner Bücher: Harte Gesänge. Ich habe diese Nacht ein wenig darin geblättert, gar nicht übel – es gibt darin ein Gedicht über einen Leoparden, das ist richtig gut.

Das hier ist der längste Brief, den ich geschrieben habe, Eccu. Also antworte mir, gib mir ein paar Zeilen mit auf den Weg: Soll ich für den Rest meines Lebens hier bleiben – oder soll ich wieder eine Einwohnerin von Helsingfors werden?

Und gib gut acht auf dich und die deinen! Du wirst eingeschnappt sein, wenn ich das sage, aber deine seelische Konstitution verträgt nicht viele Schläge im Leben, du musst versuchen, ihre Zahl zu begrenzen – betreibe dein Atelier, so gut du kannst, und sei Aina ein guter Gatte und »Sti« ein guter Vater!

Deine treu ergebene Freundin
Lucie

3

Eccu

Frau Aina Widing
Villa Holzinger
Silversundsvägen
Brändö villastad

Marielundheim, 9.12.1924

Aina

Letzte Woche fiel Schnee. Aber der Schnee ist wieder ge-
schmolzen, es ist so neblig und feucht, wie es den ganzen
Herbst über gewesen ist. Es liegt eine solche Gnade im Schnee-
fall. In der Art des Schnees, herabzutaumeln und die rohe Erde
und die Bäume zu bedecken, liegt Vergessen und Ruhe. Vielleicht habe ich das von meinem Vater, ich weiß es nicht.

Er war übrigens hier, mein Vater. Kam mitten im Schneegestöber, in einem Schlitten vom Bahnhof in Kervo. An eine
motorisierte Droschke war angesichts der Straßenverhältnisse
nicht zu denken. Er ist jetzt vierundfünfzig, hat sich äußerlich
nicht verändert. Die Ehe hat ihm gut getan, aber untergründig
ist da noch etwas anderes. Er hat angefangen, zurückzubli-
cken. Er beschwert sich, dass Helsingfors so laut und unüber-
sichtlich geworden ist, und erinnert sich an Dinge von früher.
Ein bisschen grau geworden ist er auch, man sieht es in seinem
Schnurrbart.

Ich habe wieder angefangen, Zeitungen zu lesen. Es ist lieb

von dir, dass du dir die Mühe machst, sie zu schicken. Ivar war hier und hat mich besucht, er hat endlich seine Gedichte an einen Verlag geschickt.

Auch Cedi hat mich besucht, nachdem du und Sti hier wart. Ich komme mir vor wie eine Berühmtheit, wenn mir praktisch täglich Leute die Tür einrennen. Es gibt hier viele, die nie Besuch bekommen. Cedi hat mich überrascht, er war sehr anständig. Wir sind im Park spazieren gegangen und haben uns unterhalten, es war wie ein Echo aus lang vergangenen Zeiten. Er sagte, ich sei begabter als er, und er wisse, dass ich die erforderliche Stärke hätte. Das waren nette Worte, aber ich bin nach wie vor der Meinung, dass er nicht der richtige Mann für Nita ist.

Ich fühle mich jetzt besser, Aina, sonst hätte ich nicht die Kraft zu schreiben. Und mir ist bewusst, das Einzige, was mir noch zu sagen bleibt, ist: Verzeih. Ich bin ein Mensch auf der Flucht gewesen. Aber nicht vor dir und Sti, sondern vor mir selbst. Als ihr letztlich hier wart, dachte ich, dass Sti bestimmt die Weberschen Ohren bekommen wird. Und dann, unmittelbar darauf, kam mir der Gedanke, Hauptsache, er bekommt nicht auch die Webersche Seele.

Doktor Hausen und ich haben provisorisch eine Entlassung im Februar ins Auge gefasst. Aber zuerst warte ich ungeduldig auf die Feiertage mit dir und Sti, und auf die Festessen mit Verwandtschaft und Freunden.

Dein treu ergebener und sehnsuchtsvoller Gatte
Eccu

Mademoiselle Louise Lilliehjelm
69, Boulevard Saint-Michel
Ve arr.
Paris
FRANCE

Brändö, 30.10.1925

Lucie

Verzeih mein langes Schweigen, ich verstehe, dass du dich verraten gefühlt hast. Ich war in großer Agonie, so tief unten, so weit fort. Ich war nicht fähig, dir zu antworten. Wollte keine verzagten Beobachtungen von Bäumen und Vögeln vor meinem Krankenzimmer schicken, Dinge, die ich im Grunde nicht sah. Ich hatte den Blick nach innen gewandt, und dort war alles schwarz und tot. Diese inneren Bilder wollte ich dir ersparen. Du bist Leben und flatterndes Licht, ich will dir im Gegenzug keine Dunkelheit geben. Aber glaube mir, wir sind immer noch Seelenverwandte, wenn du nur willst.

Ich wollte das Atelier betreiben, ein besserer Fotograf werden. Ein besserer Ehemann werden, mich gut mit der Bourgeoisie hier auf der Insel stellen, obwohl ihr Denken nicht das meine ist. Dann wurde Sti geboren, und ich wollte ein guter Vater werden. Und ich täuschte doch viele, nicht wahr? Ich war geschickt und selbstsicher, man staunte darüber, dass ich so schnell Erfolg hatte. Nur ein paar, wie du und Ivar, meinten, ich würde zu viel arbeiten. Und Aina, die wusste, wie die Dinge lagen, war oft verzweifelt. Ich selber aber verschloss die Augen, so gut es ging. Es wurde finster wie vor einem Sturm in meinem Inneren, doch ich versuchte, dem keine Beachtung zu schenken. Quatsch!, dachte ich, wer klein beigibt, sollte sich schämen, eine jämmerliche Figur ist, wer nicht seinen Mann steht. Aber dann, eines Tages ging es einfach nicht mehr. Es war im Frühsommer. Alles atmete, gedieh, lebte. Doch in mir war alles still und stumm. Ich begab mich ins Atelier, vom Ate-

334

lier heim nach Brändö, von Brändö aus nach Villinge, um Mittsommer in einem Häuschen zu feiern, das Aina und ich gemietet hatten. Aber ich war nie dort, ich war woanders. Ich suchte mich selbst, aber alles, was ich fand, waren schlimme Bilder und düstere Gedanken, die mahlten. Die Dunkelheit hatte die Macht errungen, sie war ich, und ich war nichts als sie.

Acht Monate aus Nebel, Alpträumen, manchmal Tränen. Im März wurde ich entlassen, im Mai war die Neueröffnung meines Ateliers. Der Sommer war schwierig, aber als im September die Saison begann, strömten die Kunden herbei. Dafür bin ich dankbar, und auch dafür, dass Aina mir beigestanden hat, genau wie Ivar und Henning und mein Vater und ein paar andere.

Du fragst dich sicher. Und die Antwortet lautet, o ja, jetzt im Oktober hatte ich eine besondere Kundin. Die »Vicomtesse Du Bossis« meldete sich, offenbar war Natalies Mann von den letzten restlos begeistert. Wir machten neue. Während meiner Rekonvaleszenz habe ich Aina versprochen, die Sache aufzugeben, weshalb ich sie nun also hintergehe. Vorgestern erreichte mich dann ein Brief Ellu Enerots. Sie schreibt, dass einem Fräulein F…, Schauspielerin, die Gerüchte zu Ohren gekommen sind. Ellu hat zugegeben, dass die exklusiven Porträtstudien kein Ammenmärchen sind, jedoch durchblicken lassen, dass es sich um ein Atelier in Stockholm handelt. Nun bittet sie mich um die Erlaubnis, eine weitere Person einzuweihen, ergo mir ein weiteres Modell zu beschaffen. Fräulein F… ist sehr schön, aber ich erkenne die Zeichen. Dieses Geschäft kann sich nicht mehr viel weiter herumsprechen und gleichzeitig inkognito gehalten werden. Und die alte Wahrheit hat immer noch Bestand: Keine bringe ich so zum Strahlen, wie du strahltest.

Du bittest um Entscheidungshilfe, zurückkehren oder nicht? Dort, im Mittelpunkt von allem, zu bleiben oder sich heimwärts begeben zu Herbstregen, Schneewällen, aufbrechendem Eis, hellen Nächten. Wer bin ich, dir etwas zu raten, ich, der ich hier nie weggekommen bin. Diese Stadt ist größer geworden, eventuell auch mondäner, hat sich aber trotzdem kaum verändert. Ihre Menschen verändern sich auch nicht. Du hast von Cedi und mir gehört, dass wir an Kindheitsbande anzuknüpfen versuchten, uns jedoch von Neuem zerstritten haben. Ich hoffe, du verzeihst mir, wenn ich schlecht über deinen Bruder spreche, aber er ist so eingebildet. Er hat den Brüdern Pohjanheimo zwei alte Pathé-Filmkameras abgekauft, die demonstriert er jetzt stolz aller Welt. Er posiert wie ein zweiter Lubitsch oder Stiller, ist entzückt über die feuchten Blicke naiver Backfische. Daheim in der Havsgatan ist Nita, ihrem Zustand sollte all sein Denken gelten – das Kind kommt im Dezember.

Ich weiß natürlich nicht, was dir von hier zu Ohren gekommen ist und was nicht.

Mein Vater hat Nitas Klavierlehrerin, Frau Emelie Walevsky, geheiratet. Sie haben seit zehn Jahren oder mehr eine Affäre, aber Nita fiel aus allen Wolken. Sie hatte nie etwas geahnt. Sie war Papa gegenüber eine Weile kühl, aber das ging vorüber.

Der arme Jocke Tollet kämpft mit seinem Gewissen. Er weiß, dass er Lonni loswerden muss, bevor Recla-Max untergeht. Aber er ist so ein lieber Kerl, er bringt es nicht über sich. Lonnis letzte Großtat ist eine groß aufgemachte Annonce für ein Grammophon der Marke Pathé im *Hufvudstadsbladet* gewesen. Er hatte Grammophon in der ganzen Anzeige durchgängig mit einem m geschrieben, der Korrekturleser muss geschlafen haben. Vor allem der Satz »Grämen Sie sich nicht über den tristen Alltag, lauschen Sie lieber der heiteren Musik aus dem Gramophon« gab Anlass zu der spöttischen Frage, ob man sich da nicht lieber ein Heiterophon als ein Gramophon anschaffen sollte.

Maggie Enerot hat sich eine Royal Enfield gekauft; in Lederstiefeln, Kappe und Motorradbrille ist sie ein pikanter Anblick. Sie scheint Bruno S endgültig den Laufpass gegeben zu haben.

Ich sehe Henning Lund, Maggie und Bruno öfter als Nita

und Cedi. Henning und Bruno haben mich in ihre Geschäfts-ideen eingeweiht. Sie wollen wissen, ob ich das Geld habe und interessiert bin, in ein Konfektionsgeschäft in der Mikaelsga-tan zu investieren. Mal sehen.

Manchmal frage ich mich, ob die Fabrikbesitzer und die übrige Oberklasse nicht die sind, die unsere Prohibition am meisten hassen. Kymmene und die anderen Papierfabriken haben in den Weinländern keinen Erfolg mehr. Spanien, Por-tugal und Frankreich weigern sich, Handelsabkommen mit uns zu schließen. Italien belegt finnischen Zellstoff mit Zöl-len, schwedischen oder tschechischen dagegen nicht. Doch des einen Tod ist des anderen Brot. Es heißt, einer von Vaters alten Fußballkameraden, Agi Niska, spiele draußen auf dem Meer Katz und Maus mit dem Zoll. Laut Henning hat Niska gute Kontakte und einen schnellen Motorkreuzer, mehr ist nicht erforderlich. Henning hat sich kein bisschen verändert, er ist so verschwiegen wie eh und je. Aber viele von uns vermuten, dass er seine Finger in Niskas Geschäften hat.

Du hast mich nach Man Ray gefragt. Ich habe Abdrucke in diversen Zeitungen gesehen, unter anderem in *Revue*. Er hat Talent, aber die Abdrucke werden seinen Bildern nicht gerecht. Aina und ich sind im August nach Berlin gereist. Dort habe ich die Ausstellung eines jungen Tschechoslowaken gesehen, Drtikol. Interessant. Kühne vertikale Perspektiven in den Por-träts, Schatten, eckige Formen. Die deutsche Freilichtschwär-merei ist dagegen entartet. Es gibt immer mehr Verirrungen. Ein falscher Ästhetizismus gewinnt die Oberhand, das ist nichts mehr von Triebers freiem Himmel und nackter Existenz.

Hier ist die Jazzbegeisterung vorbei. Jetzt stehen wieder Troupp und seine Couplets sowie Liesl & Franz und andere Tirolerpaare auf den Restaurantbühnen. Deiner Beschreibung nach zu urteilen, bekamen wir die wahren Könner allerdings nie zu Gesicht. Aina und ich haben für heute Abend einen Tisch im Casino bestellt, dort spielt Monsieur François mit sei-nem Orchester Valencia, einer Kapelle vom alten Schlag.

Es ist feucht, diesig, dunkel. »Immer so dunkel, immer so nass, man kann doch ohne Licht nicht leben«, pflegte meine arme Mutter immer auf Deutsch zu sagen. Der vorige Winter war der wärmste seit Menschengedenken. Ich hoffe, wir bekommen, wonach du dich sehnst, knarrenden Schnee. Kehr heim nach Helsingfors, Lucie, wenn dir danach ist. Du hast hier treue Freunde, wir vermissen dich. Aber wenn du mich fragst, was ich in meinem tiefsten Inneren denke: Deine Weigerung, dich unterjochen zu lassen, ist so stark, kannst du hier jemals glücklich werden?

Dein treu ergebener, damals wie heute
Eccu

Herrn Ivar Grandell
Broholmsgatan 18
Hagnäs
Helsingfors

Brändö, 11.12.1925

Freund Ivar

Es sind tumultartige Jahre gewesen. Für mich, aber auch für dich. Die Freude darüber, dass ich es aus meinem Abgrund herausgeschafft habe, vermischt sich mit der Trauer über das Pech, das dich ereilt hat. Was deine Lehrerstelle betrifft, daran bist du selber schuld, das weißt du. Aber es hätte jedem von uns passieren können. Wir lebten verkehrt, wir klebten viel zu lange unter den Schmetterlingslampen. Ich hoffe, du wirst eine Lösung finden und dass ich dich dabei unterstützen kann.

Was deiner »Maschinenmesse« widerfahren ist, das ist niederträchtig. Eine himmelschreiende Ungerechtigkeit. Mögen die größten Eiszapfen der Weltgeschichte in diesem Winter von den Helsingforser Dächern herabfallen und die Schädel der Literaturkritiker durchbohren! Aber hast du die Besprechung in *Åbo underrättelser* gelesen? Sie war voller lobender Worte. Hast du den sauertöpfischen Beitrag meines Schwagers im *Hufvudstadsbladet* gelesen? Das politische Exposé, in dem Cedi ein Gleichheitszeichen zwischen »der Fähigkeit zu nordischer Naturhingabe« sowie »Charakterstärke und Individualität« gezogen hat? Welch ein Mischmasch, welch eine stinkende Gedankengrütze. Und das ist der Mann, der vor kurzem Vater meines Neffen geworden ist! Er bewegt sich zudem in immer merkwürdigeren Kreisen, unter jungen finnischen Rechten, Fennomanen. Schwarzhemden à la Mussolini, wenn du mich fragst.

Weihnachten rückt näher. Kerzenflammen in der Dunkelheit, kein Nachgrübeln über all das Schwere. Aber ich habe viel darüber nachgedacht, was vor bald acht Jahren passiert ist. Ich habe es auch noch nach meiner Genesung getan, ich kann es nicht lassen. Ich denke daran, dass sich viele tatsächlich zu Morden fähig zeigten. Dass man etwas Derartiges ungestraft tun kann, ohne auch nur ertappt zu werden, zumindest, wenn man zur Seite der Sieger in einem Krieg gehört. Ich habe mich lange gefragt, warum ich diese Erkenntnis so beklemmend finde. Doch dann habe ich es begriffen. Ich betrachte die Welt der Menschen wie ein Irrenhaus. Kein globaler Gedanke, kein Ziel, keine Festigkeit. Wenn man in einer solchen Welt Henker sein kann, ohne ertappt und zur Rechenschaft gezogen zu werden, kann man auch jederzeit in ein Opfer verwandelt werden. Oder in einen Sündenbock ohne Möglichkeit zur Rehabilitierung.

Gelehrte Männer schreiben: Wir haben eine Geschichte, sie unterscheidet uns von den Tieren. Unser fein verästeltes Gedächtnis macht uns zu Menschen, wir müssen uns immer wieder ins Gedächtnis rufen, uns zu erinnern. Aber ich habe resigniert. Es gibt keinen solchen Imperativ. Wenn man die Wahl hat, sich zu erinnern, kann man auch wählen zu vergessen. Viele wählen Letzteres. Ich erinnere mich noch an etwas, das du eines Abends vor ziemlich langer Zeit im Opris sagtest. »Wir tun alles, was wir können, um die Wirklichkeit zu verbergen, dafür gibt es unsere Regeln und Riten. Die Wirklichkeit dahinter, sie ist vollkommen stumm.« Entsinnst du dich dieser Worte, Ivar? Du sprachst sie an einem Abend in dem Frühjahr aus, in dem Aina mit Sti schwanger wurde.

Aber ich habe mich in ernste Themen verirrt, das war nicht meine Absicht. Eigentlich schreibe ich, um dich zu bitten, die Weihnachtsfeiertage hier auf Brändö zu verbringen. Familie Leibowitsch ist ja ausgezogen, und wir werden die Dachgeschosswohnung wieder vermieten. Das Atelier läuft derzeit nicht sonderlich gut, und ohne Mieter kommen wir finanziell nicht über die Runden. Aber das wird erst nach Neujahr aktuell. Ein gemütliches Zimmer und das gute Essen Ainas und ihrer Mutter erwarten dich. Sowie ein paar »Geheimnisse«, die ich herangeschafft und in Erwartung einer passenden Gelegenheit weggestellt habe. Das ist kein Almosen, sondern die ausgestreckte Hand eines Freundes, so wie es deine Hand gegeben hat, als ich kurz vor dem Ertrinken war.

In Erwartung einer bejahenden Antwort,
dein treu ergebener *Eccu*

4

Ivar

Fräulein Henriette Hultqvist
Karlbergsvägen 84, 4. Stock
Vasastaden, Stockholm
SCHWEDEN

Helsingfors, 19. IX. 1924

Liebste Henriette,
   sonnige Grüße aus einem Helsingfors, das übers ganze Gesicht strahlt, wir haben hier mildestes Sommerwetter. Doch
das gereicht mir nicht zum Vorteil, da ich die meiste Zeit an
meinem Schreibtisch sitze. Die erste Aufsatzwelle des Herbstes
fordert das ihre, und in freien Stunden habe ich unter meinen
Gedichtversuchen gewählt und verworfen. Ich habe zu guter
Letzt ein Manuskript fertiggestellt, es trägt den Titel »Maschinenmesse« und enthält viele der Gedichte, die du lesen durf-
test, z. B. die Kringel-Suite, und ein paar neue. Ich erwäge, das
Manuskript an den Verlag Holger Schildt zu schicken, und er-
mahne mich täglich: courage, mon vieux, courage!
   Ich werde dir die unerfreulichen Neuigkeiten nicht vorent-
halten; ich habe eine schriftliche Abmahnung erhalten. Das
schöne Wetter verführte mich zu berauschenden Abenden im
Opris und Brändö Casino, und die Nachspiele fielen leider viel
zu lang aus. Ich verschlief einen Vormittag, und Rektor Lang
musste einspringen. Ein paar Tage später war ich während der

morgendlichen Unterrichtsstunden nicht in bester Verfassung, und auch davon erhielt der Rektor Kenntnis. Er hat mir in aller Deutlichkeit klargemacht, dass ich kurz vor dem Rauswurf stehe und mein nächstes Malheur das letzte sein wird. Meine Vergehen grämen mich ungeheuer, ich habe mir selber Besserung gelobt.

Allerdings habe ich verglichen mit dem armen Eccu Widing viele Trümpfe auf der Hand. Ich weiß ja, dass ihr beiden nicht an einem Strang gezogen habt, doch wenn du ihn heute sähst, würde dein gutes Herz voller Mitleid sein. Eccu mutete sich viel zu große Bürden auf, er verhob sich, und so ging es über Jahre. Seine Schlafstörungen und Wahnvorstellungen wurden immer schlimmer, und er linderte sie mittels eines zunehmenden Missbrauchs, der seine gesamten Finanzen aufs Spiel setzte. Wie viele andere auch habe ich ihm kurzfristig Geld geliehen und seine Wechsel unterzeichnet, jedoch stets verfolgt von dem nagenden Verdacht, dass dieses Geld nicht für Ateliermiete und Arbeitsmaterial verwandt, sondern unverzüglich in geschmuggelten Alkohol investiert wurde. Letzten Sommer brach Eccu dann in seinem Sommerhäuschen in Villinge vor den Augen seiner Frau und seines kleinen Sohns zusammen. Er wird jetzt in Marielund, einige zehn Kilometer vor den Toren der Stadt, gepflegt.

Es gab diesen Sommer ein maßloses Getue um Nurmi und Ritola und alle möglichen Ringer. Menschenspaliere und Autocorsos und Willkommensfeste mit paradierenden Soldaten, wehenden und schlagenden Fahnen und hochfeierlichen Reden von diversen Potentaten. In gewissen Kommentaren wurde einem beinahe die Auffassung nahegelegt, das Wichtigste von allem sei die Tatsache, dass unsere Sportler die euren besiegt haben. Nicht nur die Religion ist Opium fürs Volk.

Vorgestern Abend machte ich einen Spaziergang durch fast die ganze Stadt. In Tölö wird intensiv gebaut, ein riesiger Stadtteil wächst da draußen heran, man findet sich kaum noch zurecht. Die Straßen sind neu angelegt und breit und noch ohne Belag, sie waren feucht und lehmig von den warmen Regenschauern, die niedergegangen waren. Häuserblock für Häuserblock, ein halbfertiges Haus nach dem anderen, alle gleich nackt, ungestrichen, voller gähnender Löcher, die auf ihre Fenster warten. Ich musste an schwere Vögel denken, die kurz zuvor in der Mauser waren oder eben erst aus dem Ei geschlüpft sind. Es war schon später Abend, aber es wurde immer noch gearbeitet. Auf manchen Baustellen parkten die funkelnagelneuen Limousinen der Bauherren, und daneben standen die Kapitalisten persönlich und pafften ihre Zigarren; einer von ihnen war der junge Christides, an den du dich vielleicht noch von späten Abenden im Opris erinnern wirst.

Ich ging zu Edesvikens Ufer und weiter Richtung Süden, über Alkärr und Gräsviken bis zum Sandvikstorget hinab. Busholmen, Sandholmen, Uttern, sie alle sind fort, allesamt in Frachthäfen und Lagergelände verwandelt worden. Und vorgestern arbeiteten die Maschinen hinten bei Munksholmen; es heißt, der Sund solle zugeschüttet werden, die Fischer werden wohl nach Ärtholmen hinausziehen müssen ... obwohl, wer weiß, bald wird wohl auch dieses Eiland planiert, asphaltiert und dem Hafen einverleibt werden.

Nach meinem Spaziergang hatte ich das Gefühl, soeben einen Blick in die Zukunft geworfen und erkannt zu haben, dass sie nicht die meine ist. Wir sind im Moment alle wie besessen von der Zukunft, stehen selbiger gleichzeitig jedoch mehr als unsicher gegenüber. Die Zeitungen sind voller Annoncen, in denen Wahrsagerinnen und Magier aller Art ihre Dienste feilbieten. »Die Frau, die Ihre Zukunft in den Karten und den Linien der Hände sieht, ist noch für kurze Zeit in der Stora Robertsgatan antreffbar ...« Oder wie ein anderer Hokus-Pokus-Artist es neulich ausdrückte: »Warum eine Glatze haben, wenn man die Haare zum Wachsen bringen kann? Kein Humbug, Beweise liegen vor, legen Sie Ihr Schicksal und Ihr Glück in meine Hände.« Wir Menschen sind so abergläubisch;

wer glaubt, dass eine dreitausend Jahre alte Mumie fähig ist, gesunde Männer en gros und en détail zu töten, den kann man dazu bringen, an wirklich alles zu glauben.

Aber ich betreibe nur Konversation, Henriette. Besessen oder nicht, diese Stadt erscheint mir so leer ohne dich, so ist es noch immer, obwohl aus den Monaten Jahre geworden sind. Ich kann nichts dafür; ich wünschte, du hättest dieses verdammte Flugzeug niemals seine Kringel am Himmel machen gesehen, ich wünschte, du wärst niemals abgereist.

Dein dir ergebener
Ivar

Fräulein Henriette Hultqvist
Brännkyrkagatan 47, 2. Stock
Södermalm, Stockholm
SCHWEDEN

Helsingfors, 22.V. 1925

Allerliebste Henriette,
    vielen Dank für deinen Brief. Diesmal habe ich mir allerdings ein wenig Sorgen um dich gemacht. Du quittiertest deine eigenen Probleme mit der üblichen Grazie und Diskretion, aber zwischen den Zeilen konnte ich lesen, dass nicht alles wunschgemäß verlaufen ist. Wenn sich die Engagements eher sporadisch einstellen und du in eine kleinere und dunklere Wohnung umziehen musstest, könntest du dann Finnland nicht noch eine zweite Chance geben? (Hofft der unterzeichnende selbstsüchtige Tölpel, der sich trotzdem wünscht, dass sich die Frage deines Lebensunterhalts möglichst rasch löst.)

In meinem eigenen Dasein gibt es Dur... und etwas Moll. Holger Schildt hat Ja gesagt. Sie werden im Herbst meine Gedichte herausgeben, eine erste Korrekturfahne steht mir praktisch täglich ins Haus. Worte wie »Freude« und »Glück« treffen nicht, was ich in meinem Innersten fühle, sie sind nur lächerliche Umschreibungen; es ist ein lebenslanger Traum, der nun in Erfüllung geht. Doch gleichzeitig erwache ich jeden Morgen und vermisse die Arbeit in der Schule, den tagtäglichen Trott im Backsteinbau in Vallgård. Diese Pein wird auch nicht dadurch gelindert, dass die Schuld allein bei mir selber liegt. Ich wusste doch, was die Glocke geschlagen hatte, Rektor Lang und das Schulamt hatten mir alle Chancen gegeben, die sie mir nur geben konnten.

Ich versuche meine alte Nebentätigkeit wieder aufzunehmen, die Publizistik; ich kann ja wohl kaum davon ausgehen, dass »Maschinenmesse« Geld einbringen wird. Habe ein paar Artikelversuche in die Maschine gehämmert, u.a. eine Betrachtung über Chaplins kleinen Vagabunden und eine andere über die geistige Verwandtschaft der neuen Bilderstürmer mit Strindberg und Brandes, und sie *Arbetarbladet* und *Hufvudstadsbladet* geschickt. Ich bin hoffnungsvoll, auch wenn der Rabulist Diktonius ein Monopol auf das Recht haben dürfte, Material dieser Art an das *Arbetarbladet* zu liefern.

Hier, im früheren Gjelsingfors, geht das Leben seinen gewohnten Gang. Der Sommer kündigt sich an, und die Besuche im Brennholzgeschäft werden seltener, die Schutzcorps halten ihre Übungen an geheimen Orten ab, und da der Monat Mai gekommen ist, geben sie darüber hinaus ihre traditionellen Grand Bals, um von der Goltz et consortes zu feiern... und natürlich auch sich selbst. Kürzlich bestellten sie 15 000 neue Uniformen und 20 000 Mützen, und vor ein paar Tagen veröffentlichten die bürgerlichen Zeitungen eine pompöse Schilderung einer Erinnerungsreise des Preußischen Jägerbataillons Numero 27 an seinen alten Frontabschnitt vor den Toren Rigas, ja ja. Unser Bürgertum beäugt furchtsam den großen

Nachbarn und fragt sich, was er wohl vorhaben mag; nicht jeder mag darauf vertrauen, dass Stalin Lenins moderate Politik weiterführen wird. In der Zwischenzeit fahren Niska und die anderen Schmuggler auf dem Meer umher und sammeln ihre Schnapstorpedos ein, oben in Malm und Dickursby werden tagtäglich Männer wie Frauen niedergestochen, und verängstigte und verwahrloste Arbeiterkinder werden der Obhut von Pflegeeltern übergeben. Letzte Woche fand die Polizei wieder ein totes, aber voll ausgebildetes Neugeborenes, diesmal hinter einem Holzschuppen unten am Sörnäs strandväg.

Viele gehen unter, andere kommen mit Müh und Not mit dem Leben davon. In diesem Strudel erscheinen meine selbst verschuldeten Entbehrungen nichtig. Doch jeder Einzelne von uns fragt sich natürlich: Wo mag mein richtiger Platz in all dem sein?

Ich empfand lange Zeit eine solche Wut, Henriette, eine solche Angst. Ich haderte mit meinem Leben, ich quälte mich bei dem Gedanken an alle versäumten Notfristen. Auch mit den Menschen haderte ich. Aber ich verabscheute nicht den Menschen als solchen, sondern die Ungerechtigkeiten und unsere Lebensunfähigkeit und unsere Furcht voreinander.

Dann, plötzlich, verschwand jegliche Unruhe. Möglicherweise lag es am zunehmenden Alter, möglicherweise war ich von Alkohol betäubt. Ich ging stattdessen dazu über, Trauer zu empfinden. Und ich glaubte, es wäre gut so, ich redete mir ein, die Trauer läge dem Akzeptieren näher als der Zorn.

Damals schrieb ich dir, das Leben sei nur eine Reihe von Würfelwürfen und ich nicht mehr als ein Blatt im Wind. Und damals hast du mich eindringlich gebeten, mich am Riemen zu reißen; du schriebst, dass wir Menschen einen freien Willen besitzen, dass jeder Einzelne von uns unendlich viel mehr wiegt als ein Blatt und wir die Richtung, die wir einschlagen, selber wählen.

Damals, als du mich resigniert fandest, war es nicht Resignation, was ich suchte. Ich suchte die fragile Würde, die meinem alten Lehrer Georg Boldt zu eigen war. Ich suchte die Zerbrechlichkeit, die Stärke ist, ich suchte die Selbständigkeit, die auch andere sieht, ich suchte die tiefgreifende Fähigkeit zur Gemeinschaft, die es nur in einem Menschen geben kann, der es wagt, sich selber nahe zu sein.

Es fiel nicht sonderlich gut aus und war auch nicht von Erfolg gekrönt, als ich mich am Riemen zu reißen versuchte. Doch in letzter Zeit bin ich wieder zum Leben erwacht. Ich habe gespürt, solange die Welt des Menschen ist, wie sie heute ist, so lange muss ich den aufrührerischen Geist in mir bejahen; ich darf mich nicht davon besiegen lassen, dass aus meinem Leben nicht das Leben wurde, von dem ich einst träumte. Ich will dafür einstehen, woran ich glaube, und wenn ich dies anerkenne, dann erkenne ich auch an, dass du Recht hattest, meine Geliebte; wir sind keine Blätter, wir wiegen viel schwerer als sie.

Die Luft, das Wasser, die Bäume, all das Licht; eine Stadt, so schön wie ein Jahr in der Jugend. Aber keine Henriette. Morgen gibt das Stadtorchester im Gewerkschaftshaus ein populäres Konzert. Kajanus soll dirigieren, und ich weiß, dass man alle Operettenmelodien mit einem Dacapo geben wird. Die einfachen Leute mögen vielleicht keinen Geschmack haben, aber die einfachen Leute haben Herz, und jedes Individuum hat eine Seele mit der Fähigkeit zum Aufruhr, und diese Herzen und Seelen verlangen Wiedergutmachung für alle Ungerechtigkeiten der Geschichte wider den Menschen.

Auf Wiedersehen, meine Geliebte (und verzeih mir, dass ich dich so genannt habe, es geschieht nur dieses eine Mal, ich verspreche es). Wenn ich mich bücke, kann meine Hand noch die Wärme in den Pflastersteinen der Straßen spüren, auf denen du einst gingst.

Dein neugeborener, immer gleich treu ergebener
Ivar

Herrn Eric Widing
Villa Holzinger
Brändö Villastad

Hagnäs am vorletzten Tag des 1925.
Jahres nach Christi Agitatorentätigkeit

Gastfreundlichster und großzügigster Freund Eccu,

Nochmals herzlichen Dank für Weihnachten, für die reichhaltige Verpflegung (danke Aina! danke patente Schwiegermutter Lilly!) und für deine »Geheimnisse«, die innerlich so schön wärmten. Und danke vor allem für die Wärme, mit der ihr mich behandelt habt, und all die tiefgründigen und bereichernden Gespräche, die du und ich geführt haben.

Tatsächlich schreibe ich, um an einige der Themen anzuknüpfen, die wir während des Beisammenseins am Wochenende gestreift haben.

Ich wollte dort an eurer Weihnachtstafel nicht zu selbstbezogen wirken, weshalb ich die freundlichen und bedauernden Worte des Abends über mein Buch unkommentiert ließ. Lass mich nur sagen, ein für allemal, dass »Maschinenmesse« ein debacle, aber auch eine nützliche Lektion für mich gewesen ist. Ich träumte ja nicht von Gold und grünen Wäldern, trotzdem hatte ich, obwohl ich über einige Lebenserfahrung verfüge und es eigentlich besser wissen müsste, eine unrealistische Vorstellung von meinem Talent. Nun begreife ich vollends, wie klein mein Geist ist, und werde nie wieder versuchen, die Sonne vom Himmel herabzuholen.

Und es ist wohl auch einigermaßen logisch, dass sowohl Baron Gripenberg im *Hufvudstadsbladet* als auch der durchtriebene Diktonius im *Arbetarbladet* sich genötigt sahen, meine Geistesfrüchte niederzumachen. Ich bin eben nicht konservativ veranlagt wie der Herr Baron, aber auch nicht radikal und umstürzlerisch wie Herr D. Dennoch schlägt mein Herz links, und sei es auch nur aus ungebremster Gewohnheit, und die

348

gemessen vorgetragene Abfertigung des Barons tat entschieden weniger weh als D.s verächtliche Behauptung, ich sei »die alte Welt mit einem kleinen Schuss quasimodernem und süßlichem Hurenparfüm«. Was mich am allermeisten schmerzt, ist wohl die Tatsache, dass sie so offensichtlich das bescheidene Streben meines Geistes verachten… und das, als ich gerade einen Zustand erreicht hatte, in dem ich endlich aufhörte, mich selbst zu verachten.

Unsere Diskussion am Weihnachtstag über die polemische Brandfackel deines Schwagers, diesen fürchterlichen Artikel, den er zum Selbständigkeitstag publizieren ließ, kam nie wirklich in Gang. Der gute Cedi meinte ja, dass »der Individualismus in der heutigen Zeit nicht die Eigenschaft ist, die bei unserem irregeleiteten Volk am höchsten geschätzt wird«, und er beendete seine Irrlehre mit einer Phrase über »die ewige Natur, die schweigend und unberührt stehen wird, wenn die derzeitigen Parteidünste vom Winde verweht wurden«. Sein Stil ist natürlich durch und durch grauenvoll, er schreibt, als wären sein Leben und seine Gedanken der Sockel, auf dem dereinst die Statue von Cedric Lilliehjelm ruhen wird. Sein Essay war zudem jedoch ein ideologisch-philosophischer und gedanklicher Schiffbruch. Als ob der solitäre Naturliebhaber nicht zu ideologischen Verirrungen fähig wäre! Als ob die Arbeiterjungen und -mädchen draußen auf ihrem »Nokka« nicht einfühlsam genug wären, um alleine dazustehen und angesichts des Sonnenuntergangs über Helsingfors zu erschaudern, nur weil sie kurz vorher die Marseillaise gesungen haben!

Leider Gottes glaube ich, dass wir von Herrn Lilliehjelm und seinesgleichen noch mehr in dieser Art zu erwarten haben. Unsere Zeit ist voller Besorgnis erregender Zeichen, und unsere liberale Presse zeigt sich dieser Tatsache nicht immer gewachsen. Hast du übrigens gesehen, dass *Hufvudstadsbladet* mal wieder eine von Henry Fords Attacken auf »die jüdische Weltverschwörung« abgedruckt hat? Sie lernen es offensichtlich nie, sie veröffentlichen jeden beliebigen konservativen Mist, und schlimmer noch, sie applaudieren ihm insgeheim.

Wir sind bloß Menschen, lieber Eccu; voller Mängel, unwissend, manchmal anständig, aber oft auch grausam. Man muss lernen, dies zu akzeptieren, sonst fehlt einem die Kraft zu leben. Oder man bringt womöglich noch die Kraft auf, verhärtet sich jedoch und fängt an, seine Mitmenschen abzulehnen, fängt an, sich nach einer Reinheit zu verzehren, die es nicht gibt. Hüte dich vor den politischen Zugehörigkeiten, die im Angebot sind, mein Freund, und hüte dich ganz besonders vor all jenen, die sich als Auserwählte und Reine ausgeben. Frage dich immer: Können wir nicht, in aller Einfachheit, fehlbare Mitmenschen, Brüder, Schwestern sein?

Das Jahr 1918 hat mich alles gelehrt, was ich über die Macht des Zufalls wissen muss. Mein Freund Öhman ist einige Jahre zuvor Sozialist gewesen. In diesem Winter war er jedoch städtischer Arzt in Jakobstad und musste ohnmächtig zusehen, wie die Weißen die Roten hinrichteten. Mein Freund Åhlström war Publizist in Åbo, und nach dem Krieg brachte man ihn ins Lager von Dragsvik. Seine Kameraden wurden erschossen oder verhungerten, Åhlström aber gelangte – ich weiß nicht wie – in den Besitz eines abgetragenen Anzugs und einer leeren Aktentasche, verkleidete sich als weißer Lagerverwalter und spazierte mitgenommenen, aber ruhigen Schritts aus dem Todeslager hinaus. Heute ist er Chefredakteur von *Arbetarbladet*, während die anderen aus dem roten Åbo tot sind. Mein Freund Lundberg war roter Milizchef in Åbo. Er war ein braver und gerechter Mensch; einmal erschoss er eigenhändig einen roten Krawallmacher, um ein Exempel zu statuieren und die Bürger der Stadt vor Schikanierungen zu retten. Doch nach der Niederlage wurde sein Nachruhm aufs Übelste besudelt, gerade weil die Weißen den Gedanken nicht ertragen konnten, dass ein roter Milizchef gütig gewesen ist.

Der einzige Weg, sich vor dem Leben zu schützen, ist zu sterben. Keiner von uns weiß, wo wir stehen werden, wenn der nächste Krieg beginnt. Den Zufall, den Schmutz, das Teuflische und die Falschheit, das alles gibt es in der Welt. Aber sie rechtfertigen keine Resignation, nicht meine und auch nicht deine. Der Leere der Welt ins Auge zu sehen wagen und trotzdem weiterstreben. Den Menschen zu sehen wagen, wie er ist, und ihn dennoch zu lieben. Wer mich das gelehrt hat? Nun, Henriette, jene Frau, die du zutiefst verachtet hast.

Wir sind nicht alt, weder du noch ich, aber wir sind auch keine Kinder mehr. Wir stehen in der Mitte des Lebens, wir sieben die Vergangenheit zum zukünftigen Gebrauch durch die Membran der Gegenwart. Es ist gefährlich, die Geschichte zu lieben; hinter den Ritualen, den Ordenszeichen und den Fanfaren gibt es eine Geschichte, die mit roter Farbe geschrieben ist, und leider ist es keine Tinte. Aber ebenso gefährlich ist es, die Geschichte zu hassen und von dem Bösen besessen zu sein, das geschehen ist. Denn dann gibt es keine Zukunft, dann kann nichts Neues keimen. Wieder eine Frage: Können wir uns nicht, in aller Einfachheit, im Hier und Jetzt aufhalten? Lass die Vergangenheit ruhen, Eccu, ich weiß nicht, was du getan hast, aber ich weiß, was immer es gewesen ist, du wirst es niemals ungeschehen machen können.

Dein treuer Freund
Ivar

Fünftes Buch

Die zwei Sommer
(1926, 1928)

»Hört mal, Twins, habt ihr ne Frau, nach der ihr euch sehnt,
eine, die ihr nicht kriegen könnt?
Dann schließt eure Augen und seht sie vor euch,
stellt euch vor, ihr spielt auf ihrer Haut,
und vergesst nicht,
die Betonung auf die Zwei und die Vier zu legen.«

– Theo Kossloffskys Rat an Pecka Luther und Misja Rothmann

1

Der Sommer, in dem die Musik eintraf

Es gibt tatsächlich ein Präludium, ein kurzes und flüchtiges; es wird an einem sonnendurchfluteten Frühlingsmorgen gespielt, einige Monate bevor die s/s Aurora aus der Neuen Welt im Hafen von Helsingfors anlegt. Es ist Allan »Allu« Kajander, wieder daheim nach einem weiteren halbjährigen Aufenthalt auf See, der vom offenen Anhänger der erst kürzlich eingeführten Blauen Linie springt und den Sandvikstorget überquert, als die Militärkapelle auf dem Vordeck des britischen Kriegsschiffs H.M.S. Surrey »Alexander's Ragtime Band« anstimmt. Allu ist auf dem Weg nach Munkholmen, um sich nach einer annoncierten freien Stelle in einer Gerberei zu erkundigen, während die Surrey zu einem kurzen Flottenbesuch im Westlichen Hafen angelegt hat. In der Kapelle der Surrey spielen drei Musiker, die früher zu den Hellfighters gehörten, jenem Blasorchester des 15. New Yorker Infanterieregiments, das unter der Leitung von Jim Europe, gebürtig aus Harlem, 1918 in Elsass-Lothringen einmarschierte. Die drei Musiker – sie heißen Carter, Norton und Saint Clair und sind allesamt schwarz – sind nach dem Krieg in Paris geblieben, sie haben in Montparnasse und Montmartre gewohnt und in Lokalen wie Le Chien Bleu und Le Lapin Agile gespielt, und einige Jahre später haben sie den Zug in die Normandie genommen, von wo aus sie über den Kanal nach Dover übergesetzt und nach London weitergereist sind, wo sie dann schließlich Bläser in der Königlich Britischen Flotte geworden sind. Ihnen ist es zu verdanken, dass die Kapelle der H.M.S. Surrey den Gassenhauer »Alexander« so höllisch synkopiert spielt, dass die teppichwaschenden Frauen Oksanen und Lönnkvist sowie die siebzehnjährige Tochter Maire der Erstgenannten auf dem Waschsteg Richtung Busholmen ein paar improvisierte Tanzschritte wagen. Die beiden Frauen und das junge Mädchen bewegen die Hüften und werfen die Beine und scheinen sich gar nicht bewusst zu sein, was sie da eigentlich tun; sie bemerken die frechen Gesten und das spöttische Grinsen der vorüberschlendernden Schauermänner nicht. Es ist zehn Minuten nach sieben Uhr morgens, und auch Allu Kajander bleibt stehen und glotzt die hüftenschwingenden Teppichwäscherinnen an und lauscht den Rhythmen, die vom Deck des britischen Schiffs klingen. Er erkennt die Melodie, er mag die energische und gleichsam stotternde Art zu spielen und nickt anerkennend angesichts dieser Musik, die über den Hafen hallt und weiter Richtung Stadt hüpft wie ein fest aufgepumpter Fußball. Denn natürlich haben die neuen Zeiten auch das stille Wasser Helsingfors erreicht – die jüngeren Bürger der Stadt dinieren seit einigen Jahren zu Salonjazz in ihren Casinos und legen sich in neuen Tanzpalästen wie dem Indra und dem Palladium ins Zeug, und die jungen Arbeitermusiker spielen auf den Festen der Sportvereine Ponnistus und Woima Akkordeonjazz – allerdings handelt es sich größtenteils um Schrammelmusik oder schlechte Imitationen, dargeboten in einem steifen Marschrhythmus, und für die meisten Helsingforser ist echte Negermusik nach wie vor ein unbekanntes Phänomen. Aber nicht für Allu; sowohl in New Orleans als auch in New York hat er Brassbands synkopiert spielen gehört, er hat schwarze Musiker in Salvador und Havanna gehört und erkennt sofort, dass die Kapelle der H.M.S. Surrey dem Original so nah ist, wie man ihm beim Militär nur kommen kann.

Als die s/s Aurora dann Mitte Juli im Südlichen Hafen vor Anker geht, hat Allu sich in seinen angestammten Winkel der

Stadt zurückgezogen; er hat die Stelle in der Munksholmer Gerberei nicht bekommen und hält sich folglich nicht südlich, sondern nördlich der Långa-Brücke auf, wo er im Sörnäshafen und auf einer von Elantos Baustellen in Surutoin schuftet. Seine freien Stunden verbringt er im neuen Arbeitersommerparadies Stenudden, das im Volksmund »Nokka« heißt, oder er treibt Sport auf der Insel Sumparn, wo er die Gebrüder Moll auf allen Laufstrecken zwischen 100 und 800 Metern herausfordert, wie er es versprochen hatte, als er mit der s/s Dorotea auf großer Fahrt war.

Aber mehr über Allu ein wenig später, da er leider nicht zu denen gehört, die in erster Linie in den Genuss dessen kommen, was die Aurora mitbringt.

* * *

Es ist ein Sommer, in dem der allgemeine Lebensmut und die höchst individuellen Privatvermögen anwachsen, dass es kracht. Es ist der Sommer, in dem eine neue Generation endgültig das Ruder übernimmt, es ist der Sommer, in dem man sich in der Stadt südlich der Långa-Brücke königlich amüsiert.

Es ist der Sommer, in dem die hochbürgerliche Zeitung *Hufvudstadsbladet* von der Västra Henriksgatan 8 in einen neu errichteten und turmversehenen Backsteinprachtbau in der Västra Henriksgatan 22 zieht, und es ist der Sommer, in dem ein immer traurigerer Ivar Grandell mit seinem Geruch aus Tabak und schwitzenden Achselhöhlen und Niederlage und seinen esoterischen Artikeln, von denen der Redaktionssekretär der Zeitung nichts wissen will, ihr nachfolgt.

Es ist der Sommer, in dem der ehemalige Innenverteidiger und Schnapsschmuggler Agi Niska immer öfter als Held und gute Fee bezeichnet wird, aber leider ist es auch der Sommer, in dem der Fotograf Eccu Widing mehr Cognac und Gin trinkt als seit langem; er tut dies zum einen, weil seine Ehe-

frau Aina den langen Brief gefunden, gelesen und als demütigend empfunden hat, den Lucie Lilliehjelm Eccu aus Paris
geschickt hatte, aber auch, weil er begriffen hat, dass er nicht
mehr als ein mittelmäßiger Porträtfotograf ist, der jahrelang in
eine Frau verliebt war, mit der er nicht verheiratet ist und die
er niemals bekommen wird.

Und es ist der Sommer, in dem eine stets von Gerüchten
umgebene Lucie nach einigen Jahren Pause in den Lokalen von
Helsingfors unterwegs ist, und es ist auch der Sommer, in dem
sie ihre Affäre mit dem charismatischen Kunstmaler Salmikoski wieder aufleben lässt.

Es ist der Sommer, in dem der immer reichere Henning Lund
die fünf Hektar große Insel Bässholmen in den äußeren Schären von Ekenäs erwirbt und die Villa aus den neunziger Jahren
des vorigen Jahrhunderts und die beiden alten Fischerkaten,
die auf der Insel stehen, renovieren lässt. Und es ist der Sommer, in dem die abenteuerlustige Maggie Enerot auf ihrer Royal
Enfield eine Motorradspritztour bis nach Vuoksen und zum
Imatra-Staatshotel macht; als sie dort den gewaltigen Imatra-
Wasserfall sieht, denkt sie, dass sich mit der gleichen unbändigen Kraft ihre Gefühle Bahn brechen werden an dem Tag, an
dem sie den Richtigen trifft.

Es ist der Sommer, in dem ein Reklamebüro, allerdings
nicht Jocke Tollets Recla-Max, eine tanzende Frau in einem
kniefreien Rock und mit geschminkten Lippen auf die nackte
Brandmauer vor Micki Morelius' Haus in der Lappviksgatan 9
malen lässt, und es ist der Sommer, in dem Lonni Tollet Anti-
alkoholiker zu werden versucht – *tea-totaller*, nennt er es –,
und zwar in einem letzten verzweifelten Versuch, korrekte,
aber verkaufsfördernde Anzeigen schreiben zu lernen.

Es ist der Sommer, in dem Nita Lilliehjelm, geborene Widing, auf die meisten Feste und Veranstaltungen des Freun-
deskreises verzichtet; sie bleibt in der luxuriösen Wohnung im
Haus Havsgatan 1, wo sie die Pflege ihres halbjährigen Sohns

Hans-Rurik überwacht. Und es ist der Sommer, in dem Nitas Gatte Cedi im *Hufvudstadsbladet* eine moralisierende Betrachtung über das Jazzzeitalter und den allgemeinen Verfall der Sitten publiziert, während er gleichzeitig bei der Filmkomödie »Die Verirrungen des Flappermädchens« Regie führt, die an verschiedenen Schauplätzen in Helsingfors samt Umgebung gedreht wird.

Es ist der Sommer, in dem Bruno Skrake eine Kabine auf der s/s Iris bezieht und entlang der Westküste nordwärts fährt, um seinen Geburtsort Jakobstad wiederzusehen, was er seit seinem Verweis vom Lyzeum der Stadt und seinem Umzug in den Süden des Landes nicht mehr getan hat. Und es ist der Sommer, in dem Mandi Salin Eccu Widing in Verzweiflung stürzt, als sie eine gut bezahlte Sekretärinnenstelle bei Direktor Holma in der Fabiansgatan annimmt.

Es ist der Sommer, in dem sportliche und modebewusste Männer wie Toffe Ramsay und Poppe von Frenckell anfangen, gerippte Strickpullover mit V-Ausschnitt und Armbanduhren statt Zwiebeln zu tragen, und es ist der Sommer, in dem die neuen Plätze des Lawn-Tennisclubs oben am Spielfeldgelände eingeweiht werden. Aber Lucie Lilliehjelm alias die legendäre Miss Lucy L weigert sich zu spielen, nicht einen einzigen Satz spielt sie, obwohl Fräulein Brunou und Fräulein Fick Himmel und Hölle in Bewegung setzen und Herr Tele Christides bittet und bettelt.

Es ist der Sommer, in dem die jüdischen Kleiderverkäufer gezwungen werden, ihren Kleidermarkt auf dem Platz Narinken am Simonsfeld zu schließen, und ihnen trotz der vollmundigen Versprechungen der Stadtväter nie ein neuer Standort zugewiesen wird, und es ist der Sommer, in dem das Kaufhaus der russischen Emigranten an der nah gelegenen Annegatan alle Verkaufsrekorde bricht, nicht zuletzt weil Georgij, der Vater des jungen Musikers Misja Rothmann, endlich nachgibt und das Familienkleinod zum Verkauf anbietet; ein kleines Fabergé-Ei, das seinerzeit zu Ehren der letzten Zarewina angefertigt worden war.

Es ist der Sommer, in dem die Wasserflugzeuge in immer kürzeren Abständen vom Flughafen vor Skatudden abheben und in dem das Brändö-Casino rekordverdächtig viele schwedischsprachige Söhne reicher Leute und neureiche Finnen empfängt, statt der einst steinreichen, nunmehr jedoch verarmten russischen Edelleute, für die das Casino einst errichtet wurde. Es ist ein Sommer voller verschwenderischer Sonne und brütender Hitze, doch vor allem ist es der Sommer, in dem die in New York registrierte s/s Aurora nicht nur eine Schiffsladung Amerikafinnen mitbringt, die ihr altes Heimatland wiedersehen wollen, sondern auch ein Jazzorchester, aus drei Saxophonen, zwei Trompeten, zwei Posaunen, Klarinette, Basstuba, Banjo, Schlagzeug und Klavier bestehend und auf den stattlichen Namen Aurora Premier Brass Band hörend.

* * *

Eines Juliabends saß Jonesy plötzlich an einem Tisch ganz vorn an der engen Bühne des Opris. Oberkellner Borodulin gestand später, dass er Jonesy eigentlich am Liebsten aus dem Lokal entfernt hätte, ihm auf die Schnelle jedoch keine stichhaltigen Argumente eingefallen seien. Borodulin hatte sich nie zuvor mit einem schwarzhäutigen Kunden konfrontiert gesehen, und Jonesy war nicht nur einen Meter und neunzig Zentimeter groß und mit der selbstbewusst eleganten Art des Globetrotters begabt, er trug zudem einen hübsch geschnittenen Anzug, sorgsam geputzte, weiße Schuhe mit braunen Vorderkappen und einen hellbraunen Filzhut von guter Qualität. Als Krönung des Ganzen beulte seine Jackettbrust kräftig aus, und als sich seine schmalen Pianistenfinger in die Innentasche schoben, zogen sie eine neue, glänzende Ledergeldbörse heraus, die voller Geldscheine war – amerikanische Dollar, englische Pfund, schwedische Kronen und finnische Mark.

Anfangs verhielt sich Jonesy unauffällig; er saß ruhig an seinem Tisch, trank eine Flasche Pommac-Limonade, aß ein warmes Oscarsandwich, belegt mit Kalbsfilet und Krabben, und lauschte aufmerksam der gastierenden Varietésängerin und der Hauskapelle. Doch auch Jonesy stammte aus einem Prohibitionsland und hatte die letzten beiden Jahre in Chicagos berüchtigter Southside verbracht. Er entdeckte rasch, dass der Teekonsum verdächtig hoch war und Gläser und Tassen laufend unter die Tischdecke geführt wurden, woraufhin dort unten Hände nervös tasteten und fuchtelten, und ihm entging ebenso wenig, dass die Stimmung an den nahe gelegenen Tischen lebhaft bis exaltiert war. Als Borodulin zu ihm kam, um sich in holprigem Englisch zu erkundigen, ob das Oscarsandwich zur Zufriedenheit gewesen war, erwiderte Jonesy selbstsicher den Blick des Oberkellners und bat darum, eine Kanne richtig gut aufgesetzten und starken Tee zu bekommen. Die Bestellung wurde von einem fast unmerklichen Augenzwinkern begleitet und führte zum gewünschten Ergebnis – der Tee, den Borodulin kurze Zeit später in Jonesys Tasse schenkte, hatte eine eigentümlich helle Farbe, der Duft jedoch war beißend stark.

Es waren Monsieur François und sein Orchester Valencia, die in diesem Sommer in der unteren Etage des Opris spielten. Monsieur François war eigentlich Ingenieur und im Winter 1920 aus der neuen Sowjetrepublik geflohen; nach seiner Flucht war er zwei Jahre in Viborg geblieben und anschließend nach Helsingfors gekommen. Ansonsten bestand das Orchester aus drei Ungarn, einem Rumänen und zwei Finnen. Es waren gute und routinierte Berufsmusiker, aber wie alle ihrer Zunft neigten sie zu Kompromissen: Valencia lief unter der Bezeichnung »Jazzkapelle«, aber die wenigen neuen Stücke wie *Dinah* und *Yes, Sir, That's My Baby* waren so umarrangiert worden, dass sie wie europäische Schlager klangen, und *In The Shadowland* und andere Bostonwalzer ergänzten zusammen mit schmachtenden Operettenmelodien das Repertoire.

Während der letzten Pause des Abends stand Jonesy von seinem Tisch auf. Es war nach Mitternacht, und er hatte sich mit mehreren Tassen hellen Tees gestärkt. Ein paar große Sätze brachten ihn zum Bühnenrand, und dann stieg er ohne Weiteres hinauf, ging zu Monsieur François' Klavier, setzte sich und begann zu spielen. Er schlug die Akkorde der Einleitung zu *Yes, Sir, That's My Baby* an und begann, eine eigenartige, wild rollende Version des populären Lieds zu spielen. Oberkellner Borodulin war bereits unterwegs zur Bühne, um einzugreifen, fing jedoch einen Blick von Monsieur François auf und verzichtete; der Orchesterleiter stand am Eingang an die Wand gelehnt, er rauchte eine Zigarette und schien begeistert, seine Finger trommelten den Rhythmus gegen die Teetasse, die er in der Hand hielt.

In den folgenden zehn Minuten spielte sich Jonesy durch *Yes, Sir, That's My Baby,* Scott Joplins *Maple Leaf Rag* und W. C. Handys sanft wogenden *Beale Street Blues,* und im Grunde fing dort alles an. Das Publikum, das weder von Joplin noch von Handy gehört hatte, war überrascht, aber aufgekratzt, und ein einsamer Gast des Restaurants, in dem Borodulin den Geschäftsmann und Taugenichts Christides aus der Clique von Tisch Nr. 16 erkannte, zog sogar seinen sommerstaubigen Schuh aus und schlug den Takt zu *Maple Leaf Rag* gegen die Tischkante, bis Borodulin ihm gehörig die Meinung sagte. *Maple Leaf Rag* wurde da capo gespielt, Monsieur François und seine Musiker applaudierten ebenso herzlich und lange wie alle anderen, und anschließend bat Monsieur François Jonesy in verschnörkeltem Englisch, zu bleiben und vierhändig mit ihm in *Alexander's Ragtime Band* oder einem anderen der abschließenden Stücke zu spielen. Jonesy ließ ein blendendes Lächeln aufblitzen, lehnte jedoch höflich dankend ab und verschwand in der samtenen Helsingforsnacht. Und das war dann auch schon alles, außer dass in Oberkellner Borodulins Augen ein interessiertes und leicht verschlagenes Funkeln getreten war.

Als Jonesy am folgenden Abend zurückkehrte, kam er nicht allein; er hatte den Klarinettisten Theodore »Theo« Kossloffsky und den blutjungen zweiten Trompeter Timothy Timonen alias »Little Timmy« dabei. Wie die Namen bereits andeuten, hatten Kossloffsky und Timonen eine weiße Hautfarbe – Timonen war der Sohn eines Kleinbauern aus Alastaro, der in den neunziger Jahren des 19. Jahrhunderts nach Wisconsin ausgewandert war –, und an diesem Abend nahmen Jonesy, Kossloffsky und Timonen Monsieur François' Angebot an; nach Mitternacht verstärkten sie Valencia bei einer Handvoll Standardnummern, unter anderem einer stilvollen Version von *Whispering*. Der Erfolg war überwältigend, und noch in derselben Nacht beriet sich Oberkellner Borodulin mit Restaurantchef Grabow und dem verbindlichen Monsieur François und engagierte die Aurora Premier Brass Band vom Fleck weg, um in der oberen Etage, draußen auf der Terrasse zu spielen, wo die Musik frei über die gesamte Theateresplanade erschallte.

An den ersten drei Abenden blieb die Stimmung gedämpft, es gab sogar enttäuschtes Getuschel. Die Aurora-Musiker waren nämlich verunsichert, es war ein fremdes Land und sie hielten sich zurück; sie spielten Salonmusik genau wie Valencia, da sie glaubten, das wolle ihr Publikum haben. Am vierten Abend hielten sie es jedoch nicht mehr aus, auf halber Kraft zu laufen. Einer hitzigen Version des *St. Louis Blues* – Pecka Luther und Misja Rothmann und die anderen Fantasten sollte sie als weitaus kühner in Erinnerung bleiben als Louis Armstrongs Aufnahme für Okeh Records – folgten *Who Stole My Heart Away* und *Dallas Blues* und schließlich auch noch *Alexander's Ragtime Band* in einem Tempo, das zugleich mitreißend und entspannt war. Das Terrassenlokal des oberen Opris kochte förmlich, und unten im Esplanadenpark standen etwa zweihundert Menschen, mehrheitlich junge Männer, die pfiffen und nach einer Zugabe riefen; sie waren von der swingenden Musik angelockt worden, die auf die beliebte Flaniermeile hinausgerollt war und sich der Nördlichen wie Südlichen Esplanade

363

auf eine Weise bemächtigt hatte, wie es keiner Militärkapelle jemals möglich gewesen wäre.

Dieser Abend sprach sich herum, und schon bald waren das Obere Opris und die Aurora Premier Brass Band der *talk of the town* dieses Spätsommers, wie Jonesy und Little Timmy und Theo und die anderen Musiker untereinander zufrieden anmerkten. Alle, die noch keine dreißig waren, kamen – Eccu, Lucie, Henning, Micki, die Gebrüder Tollet und die Schwestern Enerot, alle kamen sie zum Opris, um die Auroraband zu hören, und bald gesellten sich auch die fast zehn Jahre jüngeren Gymnasiasten der Innenstadt mit ihren gefälschten Ausweispapieren dazu, mit ihren verstellten Stimmen und ihrem übertriebenen Erwachsenengehabe. Und als sie alle kamen, stellten sich auch die neugierigen älteren Lebemänner ein, und als sich die Lebemänner einstellten, kamen auch die Huren und ihre Zuhälter, und im August und einige Zeit danach sprachen die Eingeweihten nicht länger vom Opris, sondern vom »Büro«. Heinz Grabow und Vitali Borodulin waren auf einmal die Chefs des populärsten Lokals der ganzen Stadt mit einer äußerst gemischten Klientel geworden; tatsächlich unterschied sich das Ganze gar nicht so sehr von der southside of Chicago, worauf Jonesy auch hinwies, während er gleichzeitig sein glückliches Lächeln abfeuerte, das den Nächstsitzenden das Gefühl gab, ihr ganzes Dasein wäre schlagartig erhellt worden. Und mitten in dieser unglaublichen Mischung aus amerikanischen Musikern und frechen Schnapshehlern und vergnügungssüchtigen Erbinnen und neureichen Geschäftsmännern und jazzverrückten Schuljungen und scheuen Homophilen und verdorbenen Bon Vivants und mehr oder weniger verblühten Blumen der Nacht und ihren Luden variierender Nationalität, mitten in all dem standen der stets gleich höfliche Monsieur François und der eigentliche Frontmann der Auroraband, der schweigsame erste Trompeter Sylvester »Sly« Korjula, und leiteten ihre jeweiligen Orchester auf ihrer jeweiligen Etage, ohne ihre Konkurrenz jemals in Feindschaft ausarten zu lassen, und mitten in all dem stand auch der konsternierte Vitali Borodulin und versuchte zu verstehen, was mit seinem traditionsreichen Etablissement geschah.

* * *

An jenem Donnerstagabend, als *St. Louis Blues* und *Who Stole My Heart Away* in das Bewusstsein vergnügungssüchtiger Helsingforser geblasen und gestoßen wurde, saß Lucie Lilliehjelm weder im Oberen noch Unteren Opris; stattdessen lagen sie und ihr Liebhaber Salmikoski in einem schmalen Bett mit schlechter Federung in der heruntergekommenen Citypension in der Brunnsgatan gegenüber vom Hauptbahnhof. Aber Lucie kam schon bald zu Ohren, was geschehen war – sowohl Micki Morelius als auch Maggie Enerot berichteten ihr in aller Ausführlichkeit von den märchenhaften Stunden, in denen die Musiker der Aurora Premier Brass Band sich gleichsam selbst an den Haaren hochgezogen und dafür gesorgt hatten, dass die Tanzenden jegliche Hemmungen verloren – und am Samstagabend war sie da. Sie kam in Gesellschaft ihres Bruders und frischgebackenen Filmregisseurs Cedi sowie dessen Hauptdarstellerin Titti Fazer und dem Hauptfinanzier Henning Lund und speiste kurz an deren Tisch Nr. 16, ehe sie sich eine Etage höher auf die Terrasse hinausbegab, wo sie alle Aufforderungen zum Tanz ausschlug und nur an einem Tisch saß und der Musik lauschte und neugierig Jonesys lange Finger betrachtete, die über die schwarzen und weißen Tasten flogen.

Aber Lucie hatte keine Zeit, sich von ganzem Herzen den Freunden und dem Jazz und dem Opris zu widmen, jedenfalls noch nicht. Ihre Affäre mit Ilmari Salmikoski hatte sich im Laufe des Frühlings in eine immer unbefriedigendere und schäbigere Richtung entwickelt, und Lucie wusste, erst wenn sie Salmikoski eine Lektion erteilt hatte, würde sie Frieden finden. Seit der Wiederaufnahme ihrer Beziehung hatten sie sich nicht in Salmikoskis Atelier oder zu Hause bei Lucie treffen können wie früher, da Salmikoski mittlerweile verheiratet und außerdem dank seiner Erfolge als Maler zu einer bekannten Persönlichkeit des öffentlichen Lebens geworden war. Ihre gehetzten Schäferstündchen hatten deshalb in zweitklassigen Hotels wie dem City und dem Europa sowie der Fremdenpension Arena am Hagnäs torg stattgefunden, und die hochmütigen Blicke der Portiers sowie die gesprungenen Waschbecken der Zimmer, die ausgefransten Bettüberwürfe und staubigen Fenster hatten dazu beigetragen, ihrem Verhältnis den Stempel des Niedergangs aufzudrücken, der die Stimmung zwischen ihnen Woche für Woche angespannter werden ließ.

Außerdem waren da noch die Lügen, die Beschimpfungen und die Vertrauensbrüche. Der Erfolg war Ilmari Salmikoski zu Kopf gestiegen, er hatte sich zu einem Egoisten allerersten Rangs entwickelt, und es dauerte nicht lange, bis Lucie erfahren musste, dass er sich nicht darauf beschränkte, seine Ehefrau Kersti mit ihr zu betrügen, er betrog darüber hinaus sowohl Lucie als auch Kersti mit einem seiner Modelle, einem jungen Arbeitermädchen aus der Vorstadt Fredriksberg. Lucie hatte Salmikoski zu Beginn des Jahrzehnts eine Reihe von Werken abgekauft, unter anderem ein Porträt voll erotischer Spannung, das er von ihr gemalt hatte. Damals war Salmikoski jung und unbekannt gewesen, und trotz seines hitzigen Temperaments hatte er sich Lucie gegenüber bescheiden verhalten, sie seine schöne Wohltäterin genannt, seine Mentorin und Muse in einer Person, in der Kunst wie im richtigen Leben. Doch jetzt war das alles vorbei. Nach der Enthüllung tat Salmikoski nichts, um sein Verhältnis mit dem Arbeitermädchen vor Lucie zu verbergen, und ließ Lucie nicht mehr Modell sitzen; er beklagte sich laufend, sie habe zu schwere Brüste und zu große Hände und Füße, und wenn sie sich stritten, schleuderte er ihr Ausdrücke wie *Du plumpe Luxusschlampe* oder *Du Oberklassenhyäne* entgegen. Doch da Salmikoski ein Mann der Extreme war, bereute er ebenso tief, wie seine Verachtung ätzend war, und im folgenden Hotel oder der nächsten Fremdenpension, in der sie sich trafen, strich er Lucie zärtlich über die Wange und flötete ihr liebreizende Worte ins Ohr, er flüsterte, sie solle wieder Modell für ihn stehen und dass er das schönste und gewagteste Porträt der Weltgeschichte malen würde, denn das hatte ihre Schönheit verdient. Und anschließend schlief er mit ihr in einer Mischung aus Zärtlichkeit und Raserei, die Lucie laut stöhnen und sich in die Lippe beißen ließ; manchmal durchzuckte sie der Genuss mit fast schon erschreckender Macht, das Zittern wollte gar nicht mehr aufhören, und es kam vor, dass sie ihn in die Schulter biss und ihm kleine Büschel seines pechschwarzen Haars ausriss. Und hinterher, wenn er seine übliche halbe Stunde schlief und dies wie ein Kind tat, das sich geborgen fühlte, hingeworfen auf dem Rücken und mit offenem Mund, lag sie bisweilen neben ihm und liebkoste seine Arme und seinen Bauch und zupfte an den wenigen Haaren auf seinem eingefallenen Brustkorb. Und dann war alles wieder gut, bis die nächste oder übernächste Begegnung erneut in einen stürmischen Streit mündete, in dem er sie auf eine Weise verhöhnte und beschimpfte, die einmal mehr den Gedanken in ihrem Hinterkopf nagen ließ, den Gedanken, dass er nur wegen des Geldes mit ihr zusammen war und dies von Anfang an so gewesen war; er hatte sie niemals geliebt, er war mit ihr zusammen, weil sie seine Gemälde kaufte und wegen der Geldscheine, die sie ihm zusteckte, wenn er über die hohe Ateliermiete klagte und darüber, wie teuer die Farben geworden waren und dass Kersti mehr Geld verschleuderte, als er verdiente.

Aber alles hat einmal ein Ende, und nachdem die Liebesnacht im City in einem bitteren Streit gemündet war, in dessen Verlauf Lucie schließlich am Fenster stand und durch einen Tränenschleier auf den nächtlich leeren Haupteingang des Hauptbahnhofs hinausstarrte, beschloss sie, Salmikoski einen Streich zu spielen und sich ein für allemal zu rächen.

Das Szenario ließ sich gerade deshalb mühelos verwirklichen, weil Salmikoski stets so sanft und reumütig war, wenn sie sich gestritten hatten. Als Erstes rief Lucie ihn in der Kunstakademie an, wo er unterrichtete, und bat ihn in einem untertänigen und flüsternden Tonfall, sich ein Zimmer im Arena zu nehmen, *wo wir letzten Winter unsere Wieder-vereinigungsnacht verbracht haben, es war so eine herrliche Nacht, Ilmari.* Anschließend weihte sie Maggie in ihre Pläne ein, bat sie, Kersti Salmikoski anzurufen und sich dabei als Sekretärin an der Kunstakademie auszugeben. Maggie führte den Auftrag aus, nannte sich Fräulein Katajisto und sagte zu Frau Salmikoski, sie sei gebeten worden, ihr etwas auszurich-ten, denn Herr Salmikoski sei den ganzen Tag in Sitzungen und könne deshalb nicht selber anrufen. Die Nachricht laute, dass Herr Salmikoski seine Gattin am Abend gerne zu einem Essen in einem vornehmen Restaurant ausführen wolle, als kleine Entschuldigung dafür, dass er in den letzten Monaten so kurz angebunden und vielbeschäftigt gewesen sei; konnte Frau Salmikoski es eventuell einrichten, ihn gegen fünf in der Fremdenpension Arena aufzusuchen, wo er mit einem zuge-reisten, auswärtigen Galeristen über eine kommende Ausstel-lung verhandelte?

Kersti Salmikoski begab sich zum verabredeten Zeitpunkt in die Fremdenpension Arena. Als sie die Rezeption betrat und mitteilte, sie sei mit ihrem Gatten in jenem Zimmer verabredet, in dem er mit einem Galeristen verhandele, machte der Portier ein verblüfftes Gesicht, zuckte dann jedoch mit den Schultern und nannte ihr die Nummer des Zimmers, in dem Ilmari Sal-mikoski lag und auf Lucie wartete. Und ja wirklich, *lag* und wartete trifft es genau, denn als Kersti Salmikoski schüchtern an die Tür klopfte, antwortete Ilmari mit einem kraftvollen »Komm nur rein, Lucie *rakas,* Liebste«, und als die verwirrte Kersti die Tür aufzog und eintrat, lag ihr von der Natur groß-zügig bedachter Ehegatte splitterfasernackt und einsatzbereit auf dem Bettüberwurf.

Andererseits ist das Leben ja so verschlungen und eigentümlich eingerichtet, dass einige unentdeckt und unbestraft bleiben, wo andere erwischt werden und ihre Schmach ertragen müssen.

Wie erwähnt drehte Cedi Lillihjelm im gleichen Sommer seinen Spielfilm »Die Verirrungen des Flappermädchens«; die alten Pathékameras, die er den Filmpionieren Pohjanheimo abgekauft hatte, fanden endlich Verwendung, und dank seiner Kontakte gelang es ihm, Suomi-Filmis Kurt Jäger zu bewegen, den Auftrag als Hauptkameramann anzunehmen. Das Drehbuch zu »Die Verirrungen des Flappermädchens« hatte er selber zusammen mit seinem Freund Toffe Ramsay geschrieben, und die Dreharbeiten wurden zu hundert Prozent vom früheren Zirkel um Tisch Nr. 16 finanziert.

Cedi war zu der Zeit auf dem besten Weg, zahlungsunfähig zu werden, sein Direktorengehalt bei AB Automatica wollte einfach nicht reichen. Björknäs gård zu betreiben, war teuer, allein der Unterhalt der Gebäude verschlang Jahr für Jahr große Summen, und in Wahrheit war Cedi ein ausgeprägter Stadtmensch mit wenig Interesse für die Finessen der Landwirtschaft; seine hochtrabenden Artikel in *Hufvudstadsbladet* über den freien schwedischen Bauersmann als sicheres Bollwerk gegen den jüdischen Bolschewismus und andere kosmopolitischen Krankheiten waren eher ein Spiel für die Galerie als ein Ausdruck seiner wahren Leidenschaften. Wie auch immer, Henning Lund gab mehr als die Hälfte von dem Geld für den Film, Jocke Tollet beteiligte sich mit einer netten Summe in bar und versprach selbstverständlich eine kostenlose Vermarktung, wenn das Werk fertig geschnitten und zur Verbreitung bereit war – Cedi hatte ihm allerdings das Versprechen abgenommen, dass Lonni nicht mit der Werbekampagne betraut werden würde –, und auch Toffe Ramsay, die Cousins Ragnar und Ewert Hartwall sowie Poppe von Frenckell trugen finanziell das ihre bei. Poppe von Frenckell übernahm zudem eine kleine Rolle im Film, er spielte einen lüsternen Adeligen mit einer Vorliebe für junge und unschuldige Mädchen.

»Die Verirrungen des Flappermädchens« war in erster Linie ein Film der Frauen; während der Arbeit am Drehbuch hatte Cedi seinem Co-Autor Toffe gegenüber mehrfach betont, der Film werde seine Huldigung an die Frrrau sein, wobei er das Wort exakt so aussprach, mit lang gerolltem R. Lucie und die Schwestern Enerot spielten Nebenrollen, sogar Micki Morelius tauchte in einem Exterieur von der Kapellesplanade auf, aber in den richtig großen Rollen waren Cedis und Toffes neue Schützlinge zu sehen, die alle vier, fünf Jahre jünger waren als sie selbst. Da war Cilla Sourander, da war Katy Berner-Schmidt, und da war Titti Fazer, Letztere schlüpfte in die Rolle des revoltierenden Flappermädchens, das mit der Zeit reifer wurde und in der Schlussszene des Films schließlich zum Familien- und Traditionskreuze kroch.

Regisseur Cedi war es mittlerweile herzlich leid, dass sich daheim in der Havsgatan alles um den kleinen Hans-Rurik drehte. Er hatte es auch satt, dass Nita so müde war und ständig Kopfschmerzen hatte, und so machte er während der Dreharbeiten eifrig Titti Fazer den Hof. Ende Juli war sein Werben so weit fortgeschritten, dass Cedi und Titti zu zweit auf Björknäs soupierten – Nita und Hans-Rurik weilten zu der Zeit als Gäste in Familie Enerots Sommerhaus im Drumsöland westlich von Helsingfors –, und was in jener Nacht geschah, bleibt durch die Diskretion des Lilliehjelmschen Dienstpersonals und im Namen der Prüderie und Doppelmoral, die so oft unter dem Namen Anständigkeit laufen, für alle Zeit verborgen.

Hätte jemand Cedi in diesem Sommer von Lucies Verhältnis mit dem unberechenbaren Ilmari Salmikoski erzählt, und hätte dieser jemand ihn gebeten, die Hotelnächte seiner Schwester und Ilmaris mit seinem eigenen Seitensprung mit Titti Fazer zu vergleichen, hätte Cedi die ganze Fragestellung als absurd von sich gewiesen; er hätte die Frage schon aus Gründen der Rasse vom Tisch gewischt, er hätte dem Fragesteller einen frostigen Blick zugeworfen und gesagt, die arme, irregeleitete Lucie habe ihre reine, schwedische Herkunft bereits besudelt, als sie sich das erste Mal diesem Zigeuner Salmikoski hingab.

* * *

Wäre da nicht die plötzlich so hartherzige und unerreichbare Mandi gewesen, hätte Allu Kajander den unbeschwerten Sommer hemmungslos genossen, den er in Helsingfors verbringen durfte, den ersten seit Jahren. Es machte ihm nichts aus, dass seine Arbeitstage lang waren, ja doppelt, voller Schufterei und Schlepperei sowohl im Hafen als auch auf der Baustelle in Surutoin; er fühlte sich stärker denn je, er fand, dass seine Kräfte zu einfach allem reichten, auch zu dem vielen Sport, den er in seiner Freizeit trieb. Allu war mittlerweile ein erwachsener Mann von zwanzig Jahren, er war einen Meter und achtundachtzig Zentimeter groß, durchtrainiert, aber schlank, und wer den Schwarzen Enok kannte und wusste, wie er ausgesehen hatte, ehe der Alkohol seinen Tribut forderte, sah auf einen Blick, wie sehr Allu seinem Vater ähnelte. Allus Haare waren mit den Jahren immer dunkler geworden und hatten nun den gleichen pechschwarzen Farbton wie die des Vaters angenommen, bevor sie allmählich ergraut waren, und als eine Reihe von Sommerwochen vergangen war und die Arbeit im Freien und der Sport Allus Sonnenbräune vertieft hatten, fanden Santeri Rajala und andere, die den jungen Enok gekannt hatten, die Sache fast schon gespenstisch. Allu sah aus wie eine Kopie seines leiblichen Vaters, es war, als hätte die arme Vivan überhaupt nichts beigetragen.

Doch das hatte sie. Allu war friedfertig, er prügelte sich selten und rührte keinen Alkohol an. Auf See schon, aber nie, wenn er sich in Helsingfors aufhielt. Wenn er daheim war, trank er weder estnischen Schmuggelschnaps noch Selbstgebrannten und auch keine selten auftauchende Markenware, nicht einmal, als Kaitsu Salin zehn Flaschen schwedisches Bier

371

aufgetrieben hatte, wollte er etwas davon haben. Er arbeitete nur, trieb Sport und machte einem Sörnäs- und Vallgårdsmädchen nach dem anderen den Hof, um die treulose Mandi Salin zu vergessen. Schlafen konnte man später, wenn man tot war oder doch zumindest kurz davor, wenn man sich mit Alkohol berauschen und in alten Erinnerungen schwelgen musste, statt neue zu sammeln.

Allu spielte in dieser Saison als linker Halbstürmer, und Vallilan Woimas Fußballmannschaft gewann ein Spiel nach dem anderen. Woima hatte eine gefürchtete und eingespielte Truppe in diesen Jahren, es gab eine Handvoll zuverlässiger Veteranen, und darüber hinaus waren aus einigen von Allus Kameraden vom Aspnäsplatz wirklich gute Fußballer geworden. Kaitsu Salin arbeitete als Mechaniker bei den städtischen Werkstätten und pflegte die Motoren der kürzlich angekauften deutschen Omnibusse – er hatte dem hartnäckigen Flehen seiner Mutter nachgegeben und die Höhere Handelsschule begonnen, sich dort jedoch nicht wohlgefühlt und es nur ein halbes Halbjahr ausgehalten – und war in seiner Freizeit ein ausgezeichneter Mittelläufer, ein präziser, aber dennoch schnell reagierender Spieler, der alles tat, was er tun sollte, und dies außerdem sehr sauber machte. Lasse Saurén und Unski Tapale, zwei junge Burschen, die in Etholéns Fischkonservenfabrik auf der kleinen Insel Lilla Nätholmen arbeiteten, hatten sich zu zuverlässigen Verteidigern entwickelt, während die Brüder Anders, Birger und Christer Moll zusammen mit Allu für das Angriffsspiel standen. Zwei der Gebrüder Moll lieferten Waren für die Genossenschaft Elanto aus, während einer bei Maskin & Bro arbeitete – sie wurden Antsa, Biguli und Crisu genannt, aber ebenso oft nannte man sie A-Moll, B-Moll und C-Moll, der Spaßvogel Lasse Saurén hatte sich diese Spitznamen ausgedacht. Die Gebrüder Moll hatten Beharrlichkeit und starke Muskeln von ihrem nordfinnischen Vater und schnelle Beine von ihrer Mutter Mona geerbt, die aus den schwedischsprachigen Schären vor Esbo kam, und waren allesamt flinke Läufer und treffsichere Torschützen.

Das Kraftzentrum der Mannschaft aber war trotz allem Allu. Er war pfeilschnell und klug und dazu geschickt am Ball – er saß wie festgekleistert an seinen Füßen, wenn er durch die Reihen der gegnerischen Verteidiger lief –, und er konnte sowohl hart und gerade als auch listig angeschnittene Schüsse mit dem linken wie dem rechten Fuß schießen, etwas, das die Torhüter Ponnistus, Kullervos, Malmin Toverits, Riihimäen Ahkeras und der anderen Arbeitermannschaften in Form von schmerzenden Handtellern und immer größeren Wunden in jener Seele zu spüren bekamen, von der die meisten Arbeitersportler meinten, sie sei eine bürgerliche Erfindung mit dem Zweck, den Proletarier vergessen zu lassen, wo er wirklich zu Hause war.

In Woimas unübertrefflicher Fußballelf waren Allu und die Brüder Moll Mannschaftskameraden und Freunde, aber auf der hochgelegenen Insel Sumparn gleich vor dem Sörnäshafen lagen die Dinge anders. Elanto hatte dort draußen über einen längeren Zeitraum hinweg Grundstücke aufgekauft und besaß seit einigen Jahren die ganze Insel, man hatte einen Sportplatz mit Umkleideräumen anlegen und einen Cafépavillon bauen lassen, und dort veranstaltete man jeden Sommer die Olympischen Spiele der Insel Sumparn. Vorigen Sommer hatten die Gebrüder Moll ungefährdete und langweilige Dreifachsiege in unzähligen Disziplinen feiern können, aber nun zogen Allu Kajanders knallharte Wettkämpfe mit Antsa, Biguli und Crisu an schönen Abenden im Juli ganze Menschenhorden nach Sumparn hinaus. Allu gewann den Weitsprung und alle Laufwettbewerbe außer den 800 Metern, als B-Moll und C-Moll ihm den Weg versperrten, so dass A-Moll ihnen allen wegspurten und trotz des wütenden Spurts, zu dem Allu ansetzte, als er sich endlich aus der Mollfalle befreit hatte, in die er geraten war, mit einer Handbreit siegen konnte.

Nicht, dass dies Allu ernsthaft etwas ausgemacht hätte. Er

hatte mittlerweile begonnen, die Bücher und Artikel zu lesen, die sein Mannschaftskamerad Unski und sein Stiefonkel Anselmi ihm aufdrängten, und war auf einem guten Weg, sich die aufgeklärte Sportsicht des rechtgläubigen Arbeiterjünglings zu eigen zu machen – die »richtigen« Olympischen Spiele und der Spitzensport generell repräsentierten nichts anderes als miefigen Nationalismus und Dekadenz, wer oder welche Mannschaft einen Wettbewerb gewann, war vollkommen egal, wichtig war einzig und allein, Solidarität mit den anderen Sportlern zu empfinden und mit ihnen gemeinsam für eine bessere Welt zu kämpfen. Der bürgerliche Sport war nur eine Fortsetzung des bürgerlichen Militarismus, der danach strebte, aus den jungen Arbeitern aller Länder Kanonenfutter zu machen, das sah man doch schon an der bürgerlichen Sportterminologie, die direkt aus der Welt des Kriegs kam. Wenn Allu seinen Lieblingssport wählen musste, entschied er sich deshalb für den Fußball; dort ging es nicht darum, Zentimeter zu messen oder Sekunden zu zählen, sondern um Zusammenspiel und Einfallsreichtum, dort agierte man gemeinsam, dort bildeten Individuen einen einzigen Organismus, der sich mit der gleichen Entschlossenheit verteidigte, mit der sich die Gewerkschaften gegen die Gier und Intrigen der Patrone und bürgerlichen Politiker zur Wehr setzten. Im Grunde, fand Allu, waren die Verteidiger die großen Helden des Fußballs. Spieler wie Unski Taipale und Kaitsu Salin standen für menschliche Größe und aufrechten Gang, während er selber und die Gebrüder Moll und alle anderen Spieler mit Angriffslust im Blut nur einen Job erledigten, der getan werden musste – denn das Leben in einer Gesellschaft, die auf den Bedingungen des Bürgertums aufbaute, war ein blutiger Kampf, in dem man auch mal genötigt und gezwungen war, dem Gegner Schaden zuzufügen –, aber nicht sonderlich edel war.

Wenn Allu nicht Schiffsladungen löschte oder staute und keine Ziegel fuhr oder gesprengtes Gestein in Surutoin wegschaffte, wenn er nicht auf dem Aspnäsplatz spielte oder auf Sumparns Laufbahn auf den Startschuss wartete, befand er sich auf Stenudden am östlichen Ufer der Gammelstadsfjärden, denn dort schlief er in den meisten Sommernächten – auf »Nokka«, das Woima und Ponnistus von der Gesellschaft Brändö Villastad pachteten.

Allu liebte es, auf Nokkas äußerster Landspitze zu stehen, die Liebesspitze genannt wurde, und den Blick über die Kirchtürme der Stadt und die anderen Wahrzeichen schweifen zu lassen, während die Sonne unterging. Er liebte die Uferwiese, die Brändö gård am nächsten lag, die Wiese, auf der er und Kaitsu und die Molls und die anderen improvisierte Fußballpartien spielten, um anschließend kopfüber in das klare Wasser des Rovholmssunds zu springen. Und er liebte die Waldlichtung mit den jungen Birken und dem großen Findling, die Lichtung, auf der im ersten Sommer, den er zur See gefahren war, ein Tanzboden gebaut wurde; dort spielten Jäppilä und Alanko und die anderen Musiker Akkordeon und Mundharmonika, dort schmetterten die Gesangsgruppen mit jungen und kräftigen Stimmen die Internationale und die Marseillaise.

Er liebte die einhundertfünfzig Jahre alte Riesenfichte draußen im nördlichen Wald, er liebte den Heugeruch, den der Wind von den Wiesen in Hertonäs herüberwehte, er liebte den Geruch rußiger Ölkocher und von Würstchen, die über offenem Feuer gegrillt wurden. Er liebte die Schwimmwettbewerbe und wie die einfachen Leibchen und Unterröcke, in denen die jungen Frauen schwammen, nass wurden und an ihren Körpern klebten. Manchmal, spätabends, beschlossen auch schon einmal zwei oder drei junge Mädchen, ohne Leibchen oder Röcke im Mondschein zu schwimmen, und wenn Kaitsu und er dann ins Wasser eintauchten und zu ihnen schwammen und scherzten und einen Abendspaziergang oder vielleicht einen Kaffee und ein Lagerfeuer vorschlugen, mochte es durchaus vorkommen, dass der Abend mit einem nächtlichen Spaziergang zur Liebesspitze endete oder vielleicht sogar mit einer

Ruderpartie nach Kiimakari hinaus, wo die Atemzüge so vieler junger Menschen schwer und schnell geworden und so viele Arbeiterkinder gezeugt worden waren.

Ja: Allu Kajander vergötterte sein Nokka, und er war wahrlich nicht der Einzige. Denn dies war der Sommer, in dem die kühnsten Bewohner Nokkas anfingen, mit etwas bequemeren Sommerdomizilen zu experimentieren als den Hängematten und sonnenverblichenen Zelten und Hüttchen aus Fichtenreisig, an die sie sich bislang gehalten hatten. In den ersten Jahren nach dem Bürgerkrieg hatte in der Stadt eine so angespannte Stimmung geherrscht, dass man sich nicht darauf zu verlassen wagte, dass die Grundbesitzer weiter ihre Ländereien an die Roten verpachten würden. Doch nun, nachdem fast zehn Jahre vergangen waren, legten sich die größten Sorgen. Trotz aller politischer Konfrontationen verpachtete das Bürgertum weiter seine überschüssigen Grundstücke, und weil das so war, wagten Allu Kajander und Kaitsu Salin und einige andere es jetzt, die ersten kleinen »Hütten« zu bauen; es waren nur primitive Verschläge, deren Wände und Dächer aus Sperrholzplatten bestanden, die mit stabilen Eisenhaken ineinandergehakt wurden und sich im Herbst wieder leicht auseinandernehmen ließen. Es war nicht viel, aber die Verschläge boten einen besseren Schutz vor dem Regen als die Fichtenreisighüttchen und die fadenscheinigen Zelte, und man konnte Schlafsäcke und frische Wäsche und Ölkocher in ihnen verwahren, und was es dort ansonsten gab, war ein offener und wunderbarer Himmel, an dem die Sommerwolken vorüberzogen, und dort lag ganz Helsingfors und atmete ein paar Katzensprünge entfernt, während man gleichzeitig die Augen schließen und die Kiefern säuseln und die Wellen plätschern hören und sich einbilden konnte, man befände sich in den Urwäldern von Kuusamo oder Petsamo hoch im Norden.

Es gab natürlich einen Grund für Allus fieberhafte Aktivitäten in diesem Sommer, es gab einen Dämon, den gleichen Dämon, der ihn trieb, seine Nächte auf Nokka zu verbringen, statt in dem Zimmer, das er in der Fjärde linjen gemietet hatte.

Mandi Salin hatte nicht auf ihn gewartet. Als er die s/s Dorotea verlassen und im Spätherbst auf Umwegen nach Finnland zurückgelangt war, hatte er erfahren müssen, dass Mandi sich mit Lauri Kanervo verlobt hatte. Mittlerweile war sie auch so etepetete, sie und dieser verdammte Lartsa gaben sich fast, als wären sie etwas Besseres. Lartsa hatte die Höhere Handelsschule besucht und eine Stelle in Elantos Verkaufskontor bekommen. Und Mandi... oh, sie war schöner denn je, sie war eine richtige Dame von Welt geworden; sie trug kniefreie Röcke und schöne Blusen in bunten Farben und aus dünnem Material, sie beherrschte mehrere ausländische Sprachen und drückte sich auf Schwedisch wie auf Finnisch derart gewählt aus, dass man nie und nimmer geahnt hätte, dass sie tatsächlich auch schnallte, wenn jemand die Sprache der Banden blubberte. Und dann arbeitete sie auch noch in dem großen Direktorenbüro am Kaserntorget, in einem noch feineren Büro, als sie es bei dem Fotografen in der Vladimirsgatan gehabt hatte. Über das Haus an der Ecke Fleming und Agricola, in dem sie wohnte, sprach sie nur verächtlich, sie behauptete, der Geruch der russischen Matrosen, die dort vor dem Krieg gewohnt hatten, hinge noch in den Wänden, und dann erzählte sie, Lauri und sie hätten vor, sich eine Wohnung in einem der Steinhäuser zu kaufen, die diverse Baufirmen im Laufe der nächsten Jahre überall in der Stadt errichten würden, wenn die Konjunktur weiterhin so gut blieb.

Nein, Allu erkannte die Mandi nicht wieder, der er vier Jahre zuvor ein Fläschchen verführerisch duftendes Landisj geschenkt hatte. Nachdem er zunächst erwogen hatte, den drei Jahre älteren, aber schlaksig gebauten Lartsa Kanervo aufzusuchen und ihm eine zu verpassen, beschloss er nun stattdessen, sich von den Verlobten möglichst fernzuhalten. Und dafür war Nokka der richtige Ort. Dort zwischen den Linien und oben an der Kirche von Berghäll und unten auf dem

Hagnäs torg lief er ständig Gefahr, Mandi oder Lauri oder beiden zu begegnen, aber Nokka war für Arbeiter, die wussten, wo sie hingehörten; Sperrholzplatten und Akkordeonmusik waren nichts für hochmütige Glückssucher, die in teuren Kleidern herumliefen und auf eine eigene Wohnung sparten.

Allu besuchte seinen Stiefvater Santeri in diesem Sommer sehr oft, unter anderem an jenem Julisonntag, an dem seine Halbschwestern Saimi und Elvi und Tante Kreeta und Onkel Anselmi aus dem fernen Mäntsälä zu Besuch kamen und Tante Kreeta einen richtig hochherrschaftlichen Braten mit dunkelbrauner Soße zubereitete.

Aber bei dem ebenfalls allein lebenden Schwarzen Enok in der Oriongatan hockte Allu noch öfter. Enoks Schicksal schmerzte sein Herz sicher nicht ganz so, wie es Mandis und Lauris Verlobung getan hatte, aber es quälte ihn schon, seinen Vater in einem solchen Zustand zu sehen; die Klauen des Schnapsteufels hatten sich bereits so tief in Enoks Fleisch gebohrt, dass es nur noch eine Frage der Zeit war. Bald würden diese Krallen sein einst so starkes und rebellisches Herz erreichen und es zwingen, nicht mehr zu schlagen.

Enok hatte klarere und eher trübe Phasen, und während dieser trüben Phasen war jeder Versuch, sich mit ihm zu unterhalten, zwecklos. Dann saß er in dem schäbigen Sessel seines Untermietzimmers und schwieg und trank, er leerte eine Flasche nach der anderen, Bier, Selbstgebranntes, estnische Schmuggelware, alles war recht, und wo und auf welche Weise er an den Alkohol herankam, war nicht leicht herauszufinden, denn Geld hatte er keins. Während er soff, kratzte er sich gedankenverloren an den Wunden und roten Flecken, die das Ungeziefer auf seinem ungewaschenen Körper hinterlassen hatte, und zwischendurch klimperte er ein wenig auf der alten Mandoline, die er so geschickt traktiert hatte, als Allu klein gewesen war und die Familie noch zusammen in der Malmgatan wohnte. Manchmal spielte Enok ein kurzes Stück aus *Tuoll on mun kultani,*

Dort geht mein Liebling, oder aus *Die Hügel der Mandschurei,* manchmal versuchte er sich an *Pflücken will ich Waldveilchen* oder Bellman oder etwas anderem Schwedischen, manchmal versuchte er sogar ein wenig zu singen, doch sein einst so samtweicher Tenor war vor langer Zeit zerstört worden.

Falls Enok an diesen schlechten Tagen etwas zu sagen versuchte, kam dabei nichts heraus. Wenn er versuchte, eine Anekdote zu erzählen, verheddert er sich augenblicklich in der Chronologie der Ereignisse oder erinnerte sich an irgendeine alte Demütigung und wurde aufgebracht und unwirsch und deutete an, dass er sich – mit wem auch immer – schlagen wolle. Manchmal begann er unkontrolliert zu lallen, um kurz darauf einzudösen, und es kam vor, dass er sich auf die eine oder andere Art beschmutzte, wenn er wegdämmerte. Dann verzog Allu das Gesicht zu einer Grimasse und alarmierte die Vermieterin, ehe er ging – sie hieß Liimatainen und war ein burschikoses Frauenzimmer mittleren Alters, das dafür sorgte, dass Enok seine Trinkphasen überlebte und ihm vermutlich auch im Bett Gesellschaft leistete, falls Enok zu so etwas überhaupt noch fähig war.

Aber in Enoks besseren Momenten – es waren zwar nicht viele, aber es gab sie – unterhielten Allu und er sich aufrichtiger als je zuvor. In diesen klaren Momenten sah Enok, dass in seinem Sohn eine Rastlosigkeit brodelte, die fast schon krampfhaft war und deren Ursache vermutlich in einem gebrochenen Herzen zu suchen war. Und Enok sah und hörte auch noch anderes. Er spürte, dass Allu bei all seiner pubertären Prahlerei mit Rekordzeiten über zweihundert Meter und Riesenballen, die er von britischen Schiffen an Land geschleppt hatte, einfühlsam und intelligent war, und bei dieser Entdeckung erwachten die kümmerlichen Reste von Enoks Vatergefühlen zu neuem Leben; er war besorgt und bedrückt über Allus unstetes Gemüt und seinen starken Trieb, zur See zu fahren, sobald daheim nicht alles nach Plan lief. Enok selbst waren von der Natur eine schnelle Auffassungsgabe und Umtriebigkeit geschenkt worden, doch beides – sowie zwei Frauen, eine Karriere als Ringer, drei eheliche und eine Handvoll uneheliche Kinder – hatte er versoffen, und nun erkannte er, dass sein Sohn Gefahr lief, sein Leben auf die gleiche Art zu vergeuden, wie er selbst sein eigenes verschlampt hatte.

Allu beobachtete seinerseits Enoks Angst mit einem jugendlichen, eisklaren Blick. Immerhin konnte er sich noch erinnern, was für ein Mann sein Vater früher gewesen war, seine Erinnerungen waren zwar vage, aber es gab sie. Er erinnerte sich an Enoks klare und kraftvolle Gesangsstimme und an die kleine Mandoline, die in seinen Armen beinahe verschwand, er erinnerte sich, wie Enok an dem wackligen Esstisch daheim in der Malmgatan gesessen und den Menschen und seine reaktionäre Langsamkeit verflucht hatte, wobei Vivan nicht wusste, was sie darauf erwidern sollte, da sie selber solch ein langsamer und vorsichtiger Mensch war. Er wusste noch, dass Enok ihn auf den Schultern getragen hatte, als sie zur Tölöviken hinabgingen, um sich den Flieger Utozinskij anzusehen, und er erinnerte sich, dass Enok ihm während ihres Spaziergangs über den Hammarberget von dem Wettstreit der britischen Reedereien erzählt hatte, bei dem es darum gegangen war, wer am schnellsten den Atlantik überquerte. Er erinnerte sich, dass sein Vater Spukgeschichten über den Untergang der Titanic erzählt hatte, während sie in jenem Sommer, in dem der Weltkrieg ausbrach, von Tölö aus zur Kristinegatan hinaufgegangen waren, und er entsann sich, dass er während der Hausdurchsuchungen im Sibbo des Bruderkriegs versucht hatte, seine mordlüsternen Mithelfer zu beruhigen. Und als Allu sich an all das erinnerte und die Bilder mit dem zitternden, menschlichen Wrack verglich, das im durchgesessenen Sessel in der Oriongatan saß, erkannte er auf einmal, welch eine Tragödie es sein musste, Talente zu haben und sehen zu müssen, dass sie vollkommen vergeudet wurden. Und aus diesem Grund hörte er zu; eines Abends im August lieh er sich Kaitsu Sahlins Fahrrad und radelte unmittelbar nach dem Spiel in die Oriongatan, um Enok zu erzählen, dass Woima soeben Ponnistus mit 7:1 geschlagen und er selber vier Tore geschossen hatte, und fand Enok frisch rasiert und nüchtern und klaren Kopfes vor, und Frau Liimatainen holte frisch aufgebrühten Kaffee und schenkte das schwarze und duftende Getränk in heile und saubere Porzellantassen, und als Frau Liimatainen den Raum verlassen hatte, tranken Allu und Enok Kaffee und unterhielten sich, und es gab Funken einer Haltung und Klarsicht in Enok, große Funken eines Menschen, den Allu seit Jahren nicht mehr gesehen hatte und kaum mehr wiedererkannte, und dieser abgezehrte, aber klarsichtige und kaffeeschlürfende Enok ermahnte Allu, an Land zu bleiben und sich andernorts als im Hafen Arbeit zu suchen, und in einem bestimmten Moment richtete er den Blick auf seinen Sohn, und das einst so schwarze Haar war ganz grau, obwohl er nur wenig älter war als vierzig, und dann sagte er: »Ich bin dir keine große Hilfe gewesen, mein Junge, aber einen Rat sollst du kriegen. Benutz den Kopf, den du hast, lern dich raus aus dieser Scheiße. Verplemper dein Leben nicht damit, den Weibern hinterherzujagen und Durst auf einen Schnaps zu haben, wie ich es getan hab.«

* * *

Helsingfors anno 1926 war eine frühere Kleinstadt, die schnell groß geworden war, und die guten Stadtbewohner waren noch gewohnt, nach Kleinstadtmanier ein Auge auf ihre Nächsten zu haben und über jeden Fehltritt und jedes kleine Anzeichen von beginnender Armut, einsetzendem Wohlstand oder Syphilis zu berichten. In einem solchen Milieu grassieren zudem Neid und erbitterte Konkurrenz – das Leben wird so eng und einspurig, dass niemand auf den Gedanken verfällt, der Kleinlichkeit den Rücken zuzukehren und zum nächsten Wasserloch in der großen weiten Welt zu gehen – und deshalb konnte es niemanden überraschen, dass der Kampf um die Gunst der

Aurora-Musiker umso härter wurde, je weiter der Monat August fortschritt.

Überraschender war vielmehr, dass der Wettkampfinstinkt Frauen und Männer auf solch gleichartige Weise packte, obwohl ihre Absichten völlig verschieden waren; den einen ging es um eine Romanze oder eventuell sogar Heirat, den anderen um robuste, aber weltgewandte Kameradschaft im Zeichen der Musik und saftiger Anekdoten.

Was die Frauen betrifft, wird es wohl das Beste sein, die Sache auf den Punkt zu bringen: In den Augen unverheirateter und freimütigerer Helsingforser Damen waren Theo Kossloffsky, Timmy Timonen und die anderen Musiker die besten Beutestücke seit Jahr und Tag. Der dunkeläugige und schlagfertige Theo war am beliebtesten, aber auch Timmy und der olivenhäutige Saxophonist Bernard »Baby« Lamoyne fanden viele Fürsprecher. Mehrere von Timmy Timonens schwärmerischsten Bewunderinnen gingen auf die dreißig zu, während Timmy selbst nur wenige Tage vor dem Anlegen der s/s Aurora im Hafen von Helsingfors seinen zwanzigsten Geburtstag gefeiert hatte. Außerdem war Timmy klein, hatte Glotzaugen und strähnige, rattenfarbene Haare – eine spätere Epoche hätte ihn möglicherweise mit dem Epitheton vor Hässlichkeit schön belegt, und nicht einmal das ist sicher –, aber nichts von all dem schien eine Rolle zu spielen, und sein Mangel an Bildung und Lebenserfahrung wurde effektiv hinter einer Mischung aus einem starken Wisconsin- und noch stärkeren Südstaatendialekt verborgen, der zur Folge hatte, dass die erwachsenen Frauen aus der Oberschicht, die sein Kornett trugen und ihm den Schweiß von der Stirn wischten, nur selten verstanden, was er sagte.

Lucie Lilliehjelm fiel es nicht weiter schwer, sich mit den Musikern zu unterhalten; sie gab ihre Privatlektionen in Englisch nicht zum Spaß, und ihre Stärke lag gerade in der gesprochenen Sprache. Aber Lucie, deren geglückter Streich sie von dem treulosen Ilmari Salmikoski befreit hatte, schien nur Augen für Jonesy zu haben. Da hatte sie kaum Konkurrenz. Viele Frauen empfanden die Verlockung, die von Jonesys schlaksiger und lächelnder Gestalt und von den schmalen Händen mit den hellen Handflächen und den langen Fingern ausging, die das Klavier mit solch ausgesuchter Leichtigkeit und Eleganz traktierten, aber sie hatten Jahrhunderte des *Verbots* und Bilder *strengen Sündenlohns* verinnerlicht, die sie zurückhielten; die Aussicht auf die verdammenden Reaktionen ihres Umfelds ließ sie zurückweichen und den Gedanken an eine Romanze mit dem Pianisten verwerfen. Lucie dagegen war längst immun gegen alle Alpträume von Golgata, Prangern und Spießrutenläufen. Sie und Jonesy unterhielten sich im Grunde nur recht selten, trotzdem schienen zwischen ihnen unsichtbare Fäden zu verlaufen. Lucie lachte aus vollem Hals über Jonesys abenteuerliche Geschichten aus New Orleans und Chicago und schien sie stets ad notam zu nehmen, nie sagte sie *please, mister Jonesy, that cannot be true* mit diesem verlegen kichernden Tonfall, der den anderen Frauen zu eigen war. Und schon bald ging sie dazu über, mit eigenen Geschichten dagegenzuhalten. *Let me reciprocate*, sagte sie und gab eigene Anekdoten aus ihrer Zeit in Paris zum Besten, und jedes Mal, wenn sie etwas erzählte, das die des Englischen mächtigen Frauen auf den Tisch herabblicken und Timmy Timonen zusammenzucken und seine Glotzaugen aufreißen und ihren Bruder Cedi – die wenigen Male, die er dabei war – vor Wut schäumen ließ, bei jeder dieser Gelegenheiten warf Jonesy den Kopf in den Nacken und lachte heiser und entzückt aus vollem Hals, und zwischen den Paroxysmen hustete er hervor, Lucie sei *so delightfully outrageous, so wonderfully outta this world*.

Es gab andere Fälle, in denen das sprachliche Verständnis nicht vorhanden war, aber auch nicht benötigt wurde. Timmy Timonen und sein unverständlicher Dialekt waren ein solcher Fall, Theo Kossloffsky und Maggie Enerot ein anderer. Sobald Maggie ihm ins Auge gefallen war, vergaß der lebensfrohe Theo alles, was sich unter der Überschrift Nachtschwärmer und muffige und feuchte Helsingforser Dachkammern zusammenfassen ließ. Das Interesse beruhte auf Gegenseitigkeit, weshalb es nicht so wichtig war, dass Theo keine anderen Sprachen beherrschte als Englisch und ein wenig Jiddisch, während Maggie Schwedisch, Russisch, Finnisch, Französisch und Deutsch konnte, aber nur ein paar Brocken Englisch. »Spiel für mich, Theo, play with me, Theo«, rief Maggie jedes Mal, wenn Theo ein Solo übernehmen sollte, und »Thank you, Theo«, rief sie, wenn das Solo vorbei war und Theo die Klarinette senkte, und keiner erzählte ihr jemals, dass die Präposition in ihrem anfeuernden Zuruf falsch gewählt war, erst recht nicht Theo selbst, der ihre sprachlichen Malheurs und ihren groben Akzent sexuell erregend fand und immer mit viel Feuer spielte, wenn Maggie im Publikum saß.

Der einzige Konkurrenzvorteil, den die leichte Garde des Opris gutsituierten Schönheiten wie Maggie und Lucie gegenüber hatte, war die Bereitwilligkeit, mit der Erstere stets auch auf die pikantesten Forderungen der Herren eingegangen waren. Aber damit kam man nicht weit, und als auch noch die großen Starlets dieses Sommers, Titti Fazer und Cilla Sourander, immer öfter im Opris auftauchten, um mit den Musikern zu flirten, mussten sich die Nachtschwärmer geschlagen geben; sie ließen die Musiker in Frieden und kümmerten sich stattdessen um die alternden Helsingforser Lebemänner und die dreistesten unter den musikliebenden Schuljungen, während die Kunst, der Luxus und die Eitelkeit an den Nachbartischen weiterhin intimen Kontakt zueinander hielten.

Eccu Widing, Henning Lund, Tele Christides, Toffe Ramsay, die Gebrüder Tollet, auch sie waren gerne in der Gesellschaft der Aurora-Männer. Sie waren ausnahmslos erfahren genug, die Anekdoten der Musiker für das zu nehmen, was sie waren – blühende Fantasie und gottverdammte Lügen mit einem winzigen Hauch historischer Wahrheit –, aber es war unterhaltsam, den freimütigen Erzählungen von toten Jazzpionieren und rauen Sitten zu lauschen. Man radebrechte eifrig im eigenen, oftmals rudimentären Englisch und lernte mit der Zeit die amerikanische Musik und ihre Ursprünge immer besser kennen. Man wetteiferte darum, die Musiker zu einem Nachspiel und geschmuggelten Drinks zu sich nach Hause einladen zu dürfen, tatsächlich wetteiferte man fast so hart und mit den gleichen Einschlägen von Eifersucht und Neid, wie sie unter den Frauen vorkamen, und die Nase vorn hatte Eccu Widing. Sein etwas steifes Camera-Work-Englisch erwies sich als erstaunlich funktional, es fiel ihm leicht, Bekanntschaft mit den Musikern zu schließen, und er war einer der wenigen, die den zugeknöpften Bandleader Sly Korjula zu einem Gespräch verlocken konnten. Es kam zu einigen Augustnächten in seinem Haus auf Brändö, Nächten, in denen Eccu im Erdgeschoss sowohl amerikanische als auch einheimische Gäste bewirtete, während eine schweigsame und scheue Aina in der oberen Etage über Stis Schlaf wachte.

Der Einzige aus der ehemaligen Clique von Tisch Nr. 16, der sich resolut von der Aurora-Mode distanzierte, war Cedi Lilliehjelm; seine Dreharbeiten waren nicht gut verlaufen, und die wenigen Male, die er sich in diesem Spätsommer ins Obere Opris locken ließ, bekam er unweigerlich schlechte Laune. Er schüttelte den Kopf über die Musik und sah ganz allgemein mürrisch und missbilligend aus und ging in der Regel früh nach Hause, und im kleinen Kreis hörte man ihn bisweilen darüber klagen, dass sich seine Generation und die Allerjüngsten zusammen mit Negern und Juden Festivitäten und Frivolitäten hingaben, statt eine Nation aufzubauen; laut Cedi machten diese Modeerscheinungen die Menschen blind und taub für die Tatsache, dass die Entwicklung einer Gesellschaft mühevoll war, so mühevoll, dass das Vaterland förmlich nach selbstlosen Arbeitseinsätzen schrie.

Die Schuljungen, insbesondere zwei jazzliebende Gymnasiasten namens Pecka Luther und Misja Rothmann, verschlangen jedes Wort, das den Aurora-Männern über die Lippen kam. Für sie war das alles kein Seemannsgarn, das mit etwas Vorsicht zu genießen war, jedes einzelne Wort, das Jonesy und Timmy und Theo und die anderen sprachen, war für sie vielmehr in Marmor gemeißelt wie Gottes Gebote auf Moses' Steintafeln. Pecka und Misja lauschten andächtig den alten New-Orleans-Legenden über Marie Laveau und Doktor Beauregard und andere Hoodoo-Monarchen, und sie versuchten sich die Schuppen mit den festgestampften Erdfußböden vorzustellen, in denen die Vorväter und Ahnfrauen Jonesys und des Kreolen Baby Lamoyne gespielt und getanzt und andere wüste Dinge gemacht hatten, bis Sid Story und die anderen Politiker genug von diesem Lotterleben hatten und die Bars und die Musikanten und die Huren zwangen, sich in Storyville zwischen North Basin und North Robinson zusammenzuzwängen. Mit großen Ohren verschlangen sie die Geschichten über Jazzpioniere wie den unglücklichen Buddy Bolden und den Posaunisten Frankie Dusen, der seinen Bandleader Bolden hinausgeworfen hatte, und sie sahen den albernen Bordellpianisten Tony Jackson vor sich, der tausend Lieder konnte, und den ebenso bekannten Bordellpianisten Jelly Roll, der zwar weniger Lieder konnte, dafür aber ein flottes Mundwerk hatte wie nur wenige andere. Sie lauschten Anekdoten über gefürchtete Straßenrowdys wie Club-Foot Willie und Sister Sal und One-Eyed Pete, sie lauschten Erinnerungen an das Barackenviertel in der Gallatin Street, über Smoky Row, wo die gefährlichsten Raubmörder der Welt herrschten, und über die schöne Basin Street, wo Swede Anderson seinen Saloon betrieb, der rund um die Uhr geöffnet war und eine Theke aus Kirschholz mit Goldintarsien hatte, welche die längste der Welt war; einen halben Häuserblock war sie lang und wurde von zweihundert elektrischen Lampen beleuchtet, die all die Reihen glänzender Flaschen und blank polierter Spucknäpfe glitzern ließen wie den Mississippi im Mondschein.

All diesen Räuberpistolen und Legenden lauschten Pecka

und Misja hingerissen, und als Jonesy sie eines Abends bat, nicht zu vergessen, dass reisende Musiker es liebten, zu lügen und zu glätten, weigerten sich die Jungen, ihm zu glauben. *We're spinning you yarn, boys*, sagte Jonesy, aber weder Pecka noch Misja verstanden das Sprachbild, und außerdem hatten sie nun einmal beschlossen, dass alles, was die Aurora-Männer sagten, die Wahrheit des Tages war. Sie kauften sich englisch-schwedische Wörterbücher und schlugen Vokabeln nach, die sie sich gemerkt, aber nicht verstanden hatten. Ihr Eifer und ihre Bewunderung kannten keine Grenzen, und die Wahlverwandtschaft mit den Amerikanern steigerte ihre gemeinsame Verachtung für zwei Phänomene, die sie auch vorher schon verabscheut hatten. Ihr erstes Hassobjekt war der kürzlich gegründete Finnische Rundfunk mit seinen Gottesdiensten, Militärkapellen und landwirtschaftlichen Vorträgen. Das zweite Hassobjekt war die unechte Jazzmusik, vor allem die deutsche, symbolisiert von Liedern mit Titeln wie *Amalie geht mit 'nem Gummikavalier*. Um all dem zu entgehen, suchten Pecka und Misja Zuflucht in den europäischen Radiowellen. Peckas Mutter war vor ein paar Jahren gestorben, seine große Schwester war ausgezogen, und sein Vater, Doktor der Zoologie, war ein zerstreuter Herr, der in seiner eigenen Welt aus Vogelbüchern und Latein lebte. Pecka genoss deshalb große persönliche Freiheiten, und nun saßen er und Misja dicht an das Rundfunkgerät gedrängt, das im Salon der Villa in Fågelsången stand. Sie saßen dort in einer Reihe von August- und Septembernächten, sie saßen in der türmchengeschmückten gelben Holzvilla, während sich das warme Wetter immer weiter hielt und stickige Nachtluft zum offenen Fenster hereinpresste, sie hielten sich mit Kaffee und Tee und gelegentlich auch mit einem Schluck geschmuggeltem Schnaps wach und drehten und drehten an dem Rad, um durch das metallische Rauschen und Knistern zu dringen und Jack Hyltons Stimme zu empfangen, wenn er im Savoy Ballroom in London die Künstler vorstellte. Und während Pecka und Misja suchten und lauschten, ging es in ihren endlosen Gesprächen immer um die gleichen Themen – wie Theo und Timmy und Jonesy und Sly und die anderen spielten, was der eine Musiker im *Tiger Rag* machte und der andere in *St. James Infirmary*, und um den Tag, an dem sie ihre eigene Jazzband haben würden, deren Markenzeichen der gleiche entspannte und unwiderstehliche *swing* sein würde, der die Aurora Premier Brass Band auszeichnete.

Es war Ende August und fast zwei Uhr. Der Nachmittag war schweißtreibend und heiß, der untere Teil des Opris blieb für späte Frühstücksgäste und eingefleischte Kaffeetrinker geöffnet, die obere Etage dagegen war geschlossen; dort probte die Aurora-Band mit einer kleinen Gruppe von Freunden und Bewunderern als einzigem Publikum. Man hatte gerade *Some Of These Days* beendet und war von Sly Korjula kollektiv wegen träger Einstellung und schlampiger Phrasierung getadelt worden, woraufhin Korjula eine Zigarettenpause annonciert hatte, und während sie zusammensaßen und rauchten, begann die Kabbelei.

»Bei den nächsten Olympischen Spielen sollte Ritola für uns laufen«, meinte Jonesy schleppend, während er sich nach seiner Kaffeetasse streckte und einen tiefen Zug von seiner Zigarette inhalierte. »Ich meine, der Junge *wohnt* doch in den Staaten, er wohnt da jetzt schon eine halbe Ewigkeit.«

Jonesys Kommentar richtete sich an den sportverrückten Tele Christides und war ein Versuch, einen verlorenen Gesprächsfaden vom Vorabend wieder aufzugreifen. Tele hatte den Vormittag damit verbracht, seine in der ganzen Stadt verteilten Baustellen zu inspizieren, und war gerade eingetroffen und hatte sich an einem Tisch in unmittelbarer Nähe der Bühne niedergelassen. Am gleichen Tisch saßen bereits Eccu Widing und Lucie Lilliehjelm, aber es war Little Timmy Timonen, der augenblicklich in Wallung geriet und für sein altes Heimatland in die Bresche sprang.

»Ritola ist Finne, Jonesy«, sagte Timmy hitzig in seinem

wunderlichen Dialekt, wobei er die Trompete weglegte und begann, nach seinem Zigarettenetui zu suchen. Stolz reckte er seine insgesamt 164 Zentimeter und fügte hinzu: »Und ein Finne läuft für Finnland, da spielt es verdammt noch mal keine Rolle, wo er zufällig wohnt.«

»Von mir aus könnt ihr ihn gerne haben«, konterte Lucie gemessen. »Es gibt zu viele Sportler in diesem Land.«

Theo Kossloffsky wusste um Timmys aufbrausendes Temperament und sah seine Chance gekommen, ihn zu ärgern:

»Ihr Finnen seid doch im Grunde Mongolen, stimmt's? Dschingis Khan und so. Natürliche Eroberer. Seid ihr vielleicht deshalb solche Sportasse?«

Theos beiläufig vorgebrachte Bemerkung hatte den angestrebten Effekt.

»Wir sind KEINE Mongolen!«, jaulte Timmy. »Schädelform, Haarfarbe, Hautfarbe, alles ist verdammt noch mal europäisch! Nur unsere Sprache klingt zufällig anders. Dass man sich so etwas anhören muss... und von wem! Er selber ist Halbjude und zu einem Viertel Pole und zu einem Viertel Ich-weiß-nicht-was, und dann kommt er hier an und nennt mich einen Mongolen!«

»Was Timmy da anspricht, hat seine Richtigkeit«, sagte Eccu Widing in seinem übertrieben korrekten Zeitschriftenenglisch. »Die Finnen sind keine Mongolen, dies ist ein Missverständnis, das auf falschen, wenn auch weit verbreiteten historischen Spekulationen basiert.«

»Ach, wen interessiert's«, seufzte Lucie müde. »Wenn ich es recht bedenke, könnt ihr Amis auch Nurmi haben. Und Stenroos und wie sie alle heißen. Nehmt euch jeden einzelnen Sportler, den wir haben, und gebt ihnen Arbeit in euren Autofabriken.«

Jonesy lächelte, sah Lucie tief in die Augen und sagte: »Es spielt verdammt noch mal keine Rolle, wer was ist. Ihr Europäer seid genauso besessen von Rasse und solchen Dingen wie die schlimmsten Irren bei uns zu Hause. Mir kommt allmählich der Verdacht, dass unsere Niggerhasser ihre bizarren Ideen von euch haben.« Er fing ein stummes Signal von Sly Korjula auf, erhob die Stimme und ergänzte: »Kommt, boys, es wird Zeit für mehr Musik!«

Während des gesamten, oben wiedergegebenen Gesprächs hatten Pecka Luther und Misja Rothman etwas abseits gesessen und den Wortwechsel verfolgt, ohne mehr als Bruchstücke zu verstehen. Pecka und Misja gehörten längst zum Inventar, sie saßen fast allabendlich oben auf der Terrasse, obwohl man ihre Ausweispapiere längst als Fälschungen entlarvt hatte. Als Oberkellner Borodulin erfuhr, dass sie erst achtzehn beziehungsweise siebzehn Jahre alt waren, hatte er ihnen auf der Stelle Hausverbot erteilt und gedroht, ihre Eltern zu benachrichtigen, doch da hatte Jonesy eingegriffen. Jonesy wusste, dass Pecka und Misja völlig verrückt nach der Musik der Aurora-Band waren, und fand ihre treuherzigen Erscheinungen darüber hinaus amüsant. Er nannte sie abwechselnd *The Choir Boys*, Die Chorknaben, und *The Zealous Twins*, Die emsigen Zwillinge, und wenn er ihren Eifer sah, dachte er daran zurück, wie er selber sich in New Orleans in die Kaschemmen geschlichen hatte, um King Oliver und Kid Ory zu hören; und deshalb hatte er eines Nachmittags kurz entschlossen Borodulin aufgesucht und diesen gebeten, den beiden ihre Schummelei zu verzeihen und Pecka und Misja zu begnadigen.

»The Zealous Twins« saßen schon seit ein paar Abenden wie auf heißen Kohlen, und wenn sich irgendjemand im Oberen Opris auch nur ansatzweise für ihr Tun und Lassen interessiert hätte, wäre diesem Jemand aufgefallen, dass Pecka und Misja etwas auf dem Herzen hatten, ihnen jedoch der Mut fehlte, es vorzubringen. Jetzt aber, als die Aurora-Band sich in eine inspirierte Version des *Atlanta Blues* stürzte, stand Misja von seinem Platz auf, ging unter den Augen aller zu Lucie Lilliehjelm, lehnte sich vor und sagte ihr etwas ins Ohr. Lucie war in Abendgarderobe, obwohl es nur Nachmittag war – kniefreies Lamékleid, Schuhe mit Silberspangen, Federboa, meliertes Haarband –, und wirkte gelangweilt; in ihrem Mundstück brannte eine Zigarette, aber sie zog nicht daran und machte ein schlecht gelauntes Gesicht. Misjas Worte weckten sie jedoch aus ihrer Lethargie. Sie drehte den Kopf und betrachtete den hageren, dunkel gelockten Jungen erstaunt, dann lächelte sie, schüttelte den Kopf und signalisierte Misja, dass er sich erneut zu ihr vorlehnen solle, damit sie ihm antworten konnte, ohne sich heiser zu schreien.

Es gab mehrere Gründe dafür, dass Pecka und Misja ihr Anliegen der Band nicht direkt vortrugen. Vor einigen Musikern hatten sie Angst, insbesondere vor dem strengen und schweigsamen Sly Korjula, der außerdem ein Meister auf Peckas eigenem Instrument, der Trompete, war. Außerdem trauten sie ihrem Englisch nicht. In der Villa in Fågelsången zu sitzen und in der fremden Sprache laut aus Tarzanbüchern und billigen Detektivromanen vorzulesen, war eine Sache, mit richtigen Amerikanern frisch von der Leber weg zu plaudern, etwas völlig anderes. Jonesy war immer freundlich und zugänglich, und wenn Pecka und Misja sich der Band zu nähern wagten, wandten sie sich stets an ihn. Trotzdem konnte auch das schiefgehen, wie zum Beispiel, als sie Jonesy dafür danken wollten, dass er bei Borodulin ein gutes Wort für sie eingelegt hatte; der Sprecher Pecka war nervös und brachte alles durcheinander, aus *grateful* wurde *great,* und der verdutzte Jonesy erfuhr somit, dass Pecka und Misja großartig, ja wirklich grandios dafür waren, dass er sich für sie eingesetzt hatte. Aus all diesen Gründen nahmen die beiden Jungen nun den Umweg über Lucie, was zur Folge hatte, dass diese während des Schlusscrescendos von *Atlanta Blues* aufstand, zu Jonesy ging, sich über das Klavier lehnte und schrie:

»DIE CHORKNABEN WOLLEN MIT EUCH SPIELEN!«

»Hä?«, sagte Jonesy verblüfft und ließ den letzten Akkord verklingen. »Das sind doch noch Kinder. Ich wusste nicht einmal, dass sie spielen können.«

»Ich auch nicht. Aber sie sagen, dass sie einspringen wollen. Der Blonde spielt Trompete, der Dunkelhaarige spielt Balalaika und ein bisschen Klavier.«

»Ein *bisschen* Klavier«, echote Jonesy verblüfft, »und was zum Teufel ist eine Balalaika?«

»Eine Art russisches Banjo«, erwiderte Lucie und verzog angesichts ihres Vergleichs das Gesicht. »Oder so was Ähnliches wie eine Mandoline. Jedenfalls wollen sie wissen, ob du Sly dazu überreden könntest, sie es einmal versuchen zu lassen.«

»Das ist ja ein Ding«, sagte Jonesy. »Das. Ist. Ja. Ein. Ding.«

Es ist wirklich merkwürdig. Im ganzen Monat August waren gute Helsingforser Musiker ins Opris gepilgert, um der Aurora Premier Brass Band zu lauschen. Sie hatten an den sonnenverblichenen Holztischen des Terrassenlokals gesessen, sie hatten im Türrahmen gestanden und diskret den Takt gegen die Wand getrommelt, sie hatten sogar ein, zwei Mal das Tanzbein geschwungen. Fast alle mit Rang und Namen waren dort gewesen – Geiger und Blechbläser aus dem städtischen Symphonieorchester, Klavier- und Klarinettenlehrer vom Konservatorium, Kinomusiker aus dem Kinopalast und den Kapellen der anderen Filmtempel. Die Restaurantmusiker aus dem Marimba und dem Samarkand und aus den anderen Salonorchestern, die abwechselnd im Brunnshuset und Fennia und Kämp spielten, hatten an ihren freien Abenden im Opris herumgehangen, und auch gefeierte Arbeitermusiker wie Jäppilä und Alanko hatten vorbeigeschaut. Aber keiner, wirklich keiner von ihnen hatte es gewagt, darauf zu pochen, mit den Aurora-Männern spielen zu dürfen.

Keiner außer zwei Schuljungs, die noch nicht ganz trocken hinter den Ohren waren.

Keiner außer Pecka Luther, der auf einer uralten und verbeulten Trompete spielte, die seine Eltern zu seinem dreizehnten Geburtstag einem entfernten Verwandten abgekauft hatten; es war der letzte Herbst, in dem Mutter Luther noch lebte.

Keiner außer Misja Rothmann, der das jüngste Mitglied im Helsingforser Balalaikaorchester war und mit Erlaubnis des Musiklehrers von Kügelgen manchmal auf dem Flügel klimpern durfte, der in einem Lagerraum neben dem Festsaal des Normallyzeums stand und nur bei feierlichen Anlässen hereingerollt wurde; jetzt, als es Papa Georgij endlich gelungen war, sein kostbarstes Stück zu veräußern, sein gold- und grünschimmerndes Fabergé-Ei, war Misja endlich ein eigenes Klavier versprochen worden.

Das Vorspielen fand an einem Nachmittag statt, kurz bevor die Aurora-Männer zum Franziskaner in der Stora Robertsgatan gehen wollten, um einen Happen zu essen. Nur die Musiker durften dabei sein, Jonesy und Korjula warfen alle anderen hinaus, sogar Lucie Lilliehjelm und Maggie Enerot wurden davongejagt.

Als alle Unbefugten den Raum verlassen hatten, schlug Jonesy in einem langsamen Tempo den *Dallas Blues* an, und daraufhin ging es los. Sly Korjula hatte Pecka eine fast schon lächerlich einfache Trompetenstimme gegeben, und neben Misja saß der fürsorgliche Jonesy und schlug einfache, aber klare Klavierakkorde an und zeigte, wie man es machen sollte. Trotzdem entwickelte sich diese Session zu einem großen Misserfolg. Als Pecka und Misja endlich die Jazzmusik mit Menschen teilen durften, die mit ihr aufgewachsen waren und wussten, wie sie klingen sollte, verwandelte sich der Jazz plötzlich für Finger wie Ohren in einen Fremden. Und als sich die Fehler einstellten, stellte sich auch der fehlgeleitete Eifer ein. Die übertrieben emsigen Zwillinge versuchten viel zu viel, sie gaben Gas, dass es krachte, und spielten daraufhin noch schlechter.

Es ehrt die Aurora-Männer, dass alle Haltung bewahrten. Sogar der rotzige Theo Kossloffsky schluckte ausnahmsweise seine bissigen Bemerkungen hinunter, es war, als hätte jeder

Einzelne von ihnen verstanden, dass diesmal nicht das Ergebnis, sondern die Kühnheit zählte.

»Ihr habt noch einen weiten Weg vor euch, Jungs«, sagte Sly Korjula ernst, während die Bandmitglieder ihre Instrumente wegpackten. »Ihr müsst üben und zuhören und üben und dann noch mehr üben und zuhören. Es gibt keinen anderen Weg, hat nie einen anderen gegeben.«

»Macht euch keine Sorgen, Zwillinge«, sagte Jonesy freundlich, als sie auf dem Weg zum Franziskaner über Trekanten schlenderten; er hatte versprochen, Pecka und Misja zum berühmten Fleischragout des Restaurants einzuladen. »Der Tag wird kommen, an dem ihr euren Swing findet. Er ist in euch drin, muss nur herausgekitzelt werden.«

* * *

Der Altweibersommer kam, den Herbst schien man schlichtweg abgeschafft zu haben, und nach zwei Septemberwochen organisierte Henning Lund auf seiner Schäreninsel Bässholmen ein gigantisches Fest, ein Fest, das drei Tage dauerte.

Den ganzen Sommer über hatten Schreiner und Anstreicher aus der Gegend von Ekenäs die Villa und die Fischerkaten renoviert, und nun war alles fertig. Neue Betten und Korbmöbel waren ebenso hinaustransportiert worden wie Gartenstühle und Hausrat, der Duft frisch getrockneter Farbe hing schwer über dem ganzen Eiland, und am neu gebauten Bootssteg lag Hennings letzte Anschaffung, eine lange und schlanke Motorjacht, die Johanna II hieß und, so Henning, einen Motor verbarg, der sie schneller machte als jedes Fahrzeug, das Zoll oder Polizei vorweisen konnten.

Zwei Tage vor Beginn des Bässholmsfests hatte Aina Widing ihren Mann aufgehalten, als er gerade zum Ufer eilen wollte, um die m/s Brändö zu seinem Atelier in der Vladimirsgatan zu nehmen. Ainas Blick war traurig, aber fest gewesen, und sie hatte Eccu gebeten, sich für einen Moment mit ihr auf die Gartenschaukel zu setzen, und daraufhin war einfach alles aus ihr herausgeplatzt. Sti liege mit einer starken Sommererkältung im Bett, hatte sie gesagt, und ihr Vater Wilhelm liege mit Krebs im Endstadium im Eira-Krankenhaus, und das Hausmädchen habe drei Tage frei, und Aina sei allein in dem großen Haus, und bald würden sie sich außerdem kein Hausmädchen mehr leisten können, denn Eccus Atelier bringe immer weniger ein, und der Grund dafür sei, dass er sich Glücksspielen widme und feiere und trinke. Sie sehe doch, was los sei: Eccu könne seinen Freunden gegenüber nicht Nein sagen und auch nicht zur Flasche und zu den heimlichen Spielpartien der Flüsterkneipen, für ihn schienen diese Zechtouren und seine Freunde weitaus wichtiger zu sein als seine Frau und der eigene Sohn, ja, für ihn habe scheinbar *alles* Vorrang vor Aina und Sti. Die Wahrheit, fuhr Aina mit einer Stimme fort, die ständig brechen wollte, laute doch, dass ihre Ehe verfehlt sei, sie würde sich nie mit dieser schnodderigen Schlampe Lucie Lilliehjelm messen können, und das habe sie auch niemals gewollt, sie habe nur ein ganz normales Leben mit weiteren Kindern und inniger Liebe zwischen den Eheleuten und all der Geborgenheit, die ungebrochene Familienbande einem schenken, führen wollen. Aber offensichtlich, sagte Aina und sah Eccu mit Augen an, die so grau waren wie der Finnische Meerbusen im November, erschreckend offensichtlich sei ein solches Leben nichts für Eccu, und deshalb bitte sie ihn, allein nach Bässholmen zu fahren, sie wolle daheim bleiben, finde aber, dass Eccu fahren solle, denn das sei es doch, was er wolle, sagte sie, so wolle er leben, aber dann, wenn er nach dem Fest wieder nüchtern sei, könne er ja einmal darüber nachdenken, was sie gesagt hatte und was er eigentlich wollte.

Dreißig Stunden später nahm Eccu die Linie M nach Munksnäs hinaus. Es saßen nur wenige Fahrgäste in der Straßenbahn, und während sie durch Tölö schaukelte und quietschte, schloss er die Augen und döste in der trockenen Hitze fast ein.

Fünf Personen trafen sich in Henning Lunds modernem Stadthaus einen Katzensprung von Munksnäs gård entfernt: Toffe Ramsay, die Gebrüder Tollet, Eccu und natürlich Henning. Nachdem sie mit eingeschmuggeltem Punsch angestoßen hatten, gingen sie in die nagelneue Garage hinaus, um Hennings Autosammlung zu bewundern. Er hatte die bunkerartige Garage aus Beton bauen lassen, die kühle Halle bot Platz für mindestens zehn Fahrzeuge, und Henning besaß bereits eine ganze Handvoll. Ganz hinten, in der dunkelsten Ecke des Bunkers, erblickte Eccu einen alten Bekannten, einen Wagen, der einem anderen Leben zu entstammen schien; die pechschwarze Adlerlimousine, in der er in jenem Frühjahr vor langer Zeit gesessen hatte, als der Hass regierte und die Gesichter der Aufständischen in einen Regen aus Blut zerplatzten.

Henning fuhr seinen Willys Knight persönlich nach Ekenäs, er hatte keinen Fahrer, hatte nie einen angestellt. Autos, Motorräder, Boote, die Art des Fahrzeugs spielte keine Rolle. Henning liebte es zu fahren, und er fuhr immer schnell.

Die Johanna II lag im Stadthafen von Ekenäs vertäut, ihre Schiffslaterne war kaputt, und sie hatten es eilig, Bässholmen vor Einbruch der Dunkelheit zu erreichen. Das gab Henning die Chance, ihnen zu zeigen, was in der Johanna steckte. Als sie die Stadtbucht und deren Netzausleger und Hobbyruderer hinter sich gelassen hatten, gab er Vollgas, und das Boot schoss wie ein Speer übers Wasser, Felseneilande und Schäreninseln wirbelten vorbei, und Eccu hatte ein flaues Gefühl in der Magengrube; er schätzte mindestens fünfundzwanzig Knoten, vielleicht sogar dreißig.

Am Freitagvormittag trafen nach und nach die übrigen Gäste ein. Die Johanna musste den ganzen Tag über hin und her pendeln.

Lucie Lilliehjelm, Micki Morelius und Ragnar Hartwall wurden von Tele Christides in seinem grünen Nash nach Ekenäs mitgenommen.

Cedi und Nita Lilliehjelm kamen zu zweit in einem Benz, den Cedi sich von Suomi-Filmi geliehen hatte; der kleine Hans-Rurik hatte in der Obhut des Kindermädchens Martta in der Havsgatan bleiben müssen.

Ellu Enerot, Katy Berner-Schmidt und Cilla Sourander bildeten eine kichernde Gesellschaft in Poppe von Frenckells Hispano-Suiza. Titti Fazer hatte in letzter Sekunde abgesagt, als sie hörte, dass Nita kommen würde.

Maggie Enerot kam fauchend und von einer Staubwolke umgeben aus Helsingfors. Hinter sich, auf dem neuen spezial angefertigten Sattel, hatte sie einen verängstigten und hustenden Theo Kossloffsky, der krampfhaft Maggies schmalen Rücken umklammerte und sich fragte, was in aller Welt ihn nur dazu getrieben hatte, sich Hals über Kopf mit dieser tempoversessenen Amazone mit Motorradbrille und Lederkappe zu verloben.

Bruno Skrake kam mit der s/s Iris aus Ostbottnien und brachte seinen nervös stammelnden jüngeren Bruder, den Bücherwurm und Philosophen Leo mit.

Und Ivar Grandell, der kam in einem brütend heißen Omnibus, der nach Hühnerhof und Fußschweiß roch, und zerstreut, wie er war, stieg er schon in Dragsvik aus; er musste sich zu Fuß zum Hafen hinabbewegen, und als er endlich an Bord der Johanna war, hatte er eine ausgedörrte Kehle.

In der Abenddämmerung hielt Henning Lund auf der Veranda der Villa seine Begrüßungsrede. Es wurde eine lange und weitschweifige Rede, die er damit begann, ihnen den Grund dafür zu verraten, dass sie sich ausgerechnet an diesem Wochenende auf Bässholmen versammelt hatten; am folgenden Mittwoch würde das exklusive Damenkonfektionsgeschäft »Zaza« in der Mikaelsgatan eröffnen, mit Bruno, Eccu und Henning als gleichberechtigten Besitzern des Ladens wie des dazugehö-

rigen Importunternehmens, und mit Lucie und Maggie als In-
spirationsquellen, Moderatgeberinnen und Inhaberinnen klei-
nerer Besitzanteile.

Anschließend folgte ein eleganter Exkurs, in dem Henning
erklärte, Zaza sei für die Frauen von Helsingfors gegründet
worden, deren Schönheit zwar in ganz Europa in aller Munde
sei, aber dennoch grob unterschätzt werde; es reiche schon aus,
sich umzuschauen und den weiblichen Liebreiz und die weibliche Finesse wahrzunehmen, die auch diesen Septemberabend
in Licht tauche. Henning erhob sein Glas, und die anwesenden
Männer taten es ihm in einem schallenden Hoch auf die Frau
nach – auch diesmal hörte man das *R* –, und anschließend
erging sich Henning plötzlich und unvermittelt in einer Huldigung nicht der Schären oder des Sommers oder des Meers,
sondern der Stadt Helsingfors, die, so der Redner, in einer so
noch nie dagewesenen Phase dynamischer Expansion sei. Henning erläuterte, die Hauptstadt habe im Laufe der letzten Jahre
einen immer schnelleren und kontinentaleren Pulsschlag bekommen, er erwähnte mit Anerkennung den Filmmogul Herrn
Karu, der weit gediehene Pläne hatte, einen eigenen Wolkenkratzer erbauen zu lassen, er erinnerte daran, dass das Unternehmen Stockmann im Begriff sei, ein grandioses Geschäfts-
gebäude am Ende der Alexandergatan zu errichten, und fügte
daraufhin hinzu, Herr Amos Anderson werde sich seinerseits
wohl kaum mit dem neuen Sitz von *Hufvudstadsbladet* zufriedengeben. In der Art machte Henning noch eine ganze Weile
weiter, er beschrieb einen großartigeren Geschäftsraum nach
dem anderen und beschwor ein mächtiges und prachtvolles
zukünftiges Helsingfors herauf, ein europäisches Handelszent-
rum mit atemberaubend hohen Wolkenkratzern und breiten
Avenuen und abgeschaffter Prohibition und einem Nachtleben, das New York oder Chicago in nichts nachstand, und erst
als der gelblich weiße Himmelsrand am westlichen Horizont
vergangen war, so dass alles um sie herum schwarz war und
nur die brennenden Festfackeln die Gesichter der Zuhörer

beleuchteten, erst da verstummte er, legte eine Kunstpause ein und sagte: »Meine Freunde! Meine lieben Freunde! Darf ich euch bitten, mich auf die Rückseite des Hauses zu begleiten!«

Die Gäste folgten Henning geschlossen, und die Überraschung, die sie erwartete, war... Champagner. Echter französischer Champagner, nur die besten Marken. Und deutscher Sekt. Und katalanischer Cava. Nicht eine oder zwei oder drei Flaschen von jeder Sorte, sondern ganze *Kisten* verschiedener Schaumweine von höchster Qualität. Es war, dachten mehrere Gäste lüstern, als hätte es die Prohibition nie gegeben. Vielleicht war es aber auch umgekehrt; nur in einem Land, dem man eine verhasste Prohibition auferlegt hatte, war eine solche rücksichtslose Protzerei möglich.

»I'm not gonna beat around the bush«, sollte Theo Kossloffsky zu seinen Musikerfreunden sagen, als er am Montag in die sichere Obhut des Oberen Opris zurückgekehrt war. »They were all drinkin' like hell, even the ladies, even my dear Mags, everybody was pourin' liquor down their throats like the earth was gonna tumble to pieces tomorrow or somethin'.«

Theo hatte Recht. Das Fest auf Bässholmen war das Fest der Feste, es war das Fest, auf dem alle Anwesenden für die Dauer von zweimal vierundzwanzig Stunden einen kräftigen Rausch aufrechterhielten, und es war auch – so sollte es mehreren Gästen in den folgenden Jahren in Erinnerung bleiben – der Augenblick, in dem eine ganze Generation Abschied nahm von ihrer Jugend.

In der ersten Festnacht sah man einen sehr betrunkenen Ivar Grandell und eine etwas nüchternere Micki Morelius zum nahe gelegenen Västanberget torkeln, der Richtung offenes Meer und Schweden gewandt lag. Micki trug eine Petroleumlampe, und Ivar taumelte mit einer frisch geöffneten Sektflasche in der einen Hand und einer brennenden Zigarette in der anderen daher. Falls jemand zufällig das leise Gespräch belauscht hätte, das dort auf dem Hügel mit der Laterne zwischen den beiden geführt wurde, hätte dieser Jemand Ivar sagen hören, er sei nie darüber hinweggekommen, dass Henriette Hultqvist Helsingfors verlassen habe und dass er sie mehr denn je vermisse, obwohl eine solche Gefühlsduselei derart kleinbürgerlich und erbärmlich sei, dass er vor lauter Wut über sich selbst am liebsten schreien würde. Und wenn der Zuhörer mit der Gabe des Gedankenlesens gesegnet gewesen wäre, hätte er gesehen, wie Micki Morelius blitzschnell ein Gedanke durch den Kopf schoss – der Gedanke, dass sie immer noch in Lucie verliebt war und sich endlich zu erkennen geben, sich anvertrauen wollte, und zwar niemand anderem als dem lieben und traurigen und vom Leben gezeichneten Ivar.

Aber Micki schwieg.

In der gleichen ersten Nacht, gegen drei, sah man Nita Lilliehjelm unter anderem mit Toffe Ramsay, Ellu Enerot und Lonni Tollet Charleston tanzen. Ihre glänzend schwarzen Haare trug sie seit Neuestem als Bubikopf, und allen, die sie tanzen sahen, entging nicht, dass sie mit ihrer gesamten Erscheinung dort auf der Tanzfläche strahlte und lächelte und lebte. Ihr Gatte Cedi hatte über leichte Kopfschmerzen geklagt und sich eine knappe Stunde zuvor zurückgezogen. Als Nita gegen vier ins Schlafzimmer kam, knarrten die alten Bodendielen, obwohl sie auf Strümpfen ging, und trotz ihrer unendlich vorsichtigen Schritte und mitten im Champagnerrausch bekam sie Angst, Cedi könnte erwachen. Aber er blieb auf dem Rücken liegen und schnarchte streng.

Noch später, zu einer Uhrzeit, um die bereits ein schleichender Grauschleier die Dunkelheit ausdünnte und ihre Autorität untergrub, zog sich Henning Lund mit Cilla Sourander in ein stilles Eckchen zurück. Henning wollte Cilla seine Begrüßungsrede erläutern. Der Eifer und der Enthusiasmus in seiner

Rede, der Hauch von Fanatismus, hatten ihn selber überrascht und erschreckt; es war eine Seite, die er nicht Kreti und Pleti zeigen wollte, und so erklärte er nun Cilla, wie sehr er die Veränderlichkeit und Beweglichkeit der Stadt und die zahllosen Möglichkeiten, die sich daraus ergaben, liebte, und er erklärte, wie unveränderlich die westnyländische Provinz war und dass das Dorf, aus dem er stammte, seit Jahrzehnten vollkommen gleich aussah, dies gelte nicht nur für die äußere Umgebung, auch die Menschen und ihre Hierarchien und Rollen seien erstarrt und unverrückbar.

Cilla Sourander lauschte aufmerksam, aber als Henning seine Ausführungen beendet hatte, kommentierte sie seine Worte nicht, sondern fragte verspielt:

»Wer war die erste Johanna?«

»Was?«, sagte Henning verblüfft und betrunken; auch er hatte in dieser Nacht mehr getrunken als üblich.

»Deine Jacht heißt Johanna II. Wer war die erste?«, wiederholte Cilla.

Für einen flüchtigen Moment schien Henning zu zögern, er öffnete den Mund, als wollte er etwas erzählen, aber Cilla kam ihm zuvor.

»Ich frage nur, weil … ich meine, ich heiße auch so. Johanna ist mein zweiter Vorname. Camilla Johanna.«

Daraufhin begriff Henning, dass sie ihn dazu verlocken wollte, sich ihr zu öffnen, aber er sah auch ihre Jugend und Unsicherheit, und er lächelte ein wenig, schüttelte den Kopf und sagte dann sanft:

»Das geht dich nichts an, liebe Cilla. Aber du kannst die dritte werden, wenn du willst.«

Cilla zuckte zusammen, als hätte er ihr eine Ohrfeige gegeben, Tränen schossen ihr in die Augen.

»Warum sagst du so etwas?«, fragte sie.

»Entschuldige«, sagte Henning. »Ich wollte dich nicht … ich weiß nicht, was in mich gefahren ist.« Er lehnte sich vor und legte seine Hand auf ihren nackten Unterarm. Cilla drehte sich fort und rückte ein paar Zentimeter zur Sofaecke, blieb jedoch sitzen und ließ seine Hand liegen, wo sie lag.

Am Samstagvormittag waren die Gäste verkatert und das Niveau der Gespräche entsprechend. Einige verlegten sich darauf, andere zu ärgern, und als Zielscheibe des Spotts diente wie üblich Lonni Tollet.

In einem letzten Versuch, seinem Bruder eine Aufgabe anzuvertrauen, bei der er mehr Nutzen bringen als Schaden anrichten konnte, hatte Jocke seinem Bruder Lonni den Auftrag erteilt, die eigene Firma zu vermarkten: Lonni hatte für Recla-Max' halbseitige Annonce verantwortlich gezeichnet, die am Donnerstag in *Hufvudstadsbladet* und *Svenska Pressen* abgedruckt worden war. Im Grunde war es ein ehrenvoller Auftrag gewesen, denn Anzeigen dieser Größe waren teuer und ein guter Start in den Herbst lebensnotwendig für Recla-Max, da die Firma nach Lonnis zahlreichen Missgeschicken mit Solvenzproblemen und einer abwandernden Kundschaft zu kämpfen hatte. Aber wieder einmal war Bruder Jocke auf Geschäftsreise gewesen, und die internen Kontrollmechanismen von Recla-Max hatten sich einmal mehr als mangelhaft erwiesen, denn nach langem Kopfzerbrechen hatte Lonni eine große und haarige Küchenfliege mit riesigen Facettenaugen zustande bekommen und auf eigene Faust abgeschickt, und unter der gezeichneten Fliege las man den folgenden Text: *Kümmern Sie sich nicht im Zickzack um Ihre Annoncen, wie diese dumme Fliege fliegt – geben Sie Ihre Reklame in die Hände von Recla-Max, dann wird Ihre Fliege ihr Ziel auf dem kürzesten Weg erreichen.* In der feiernden Gesellschaft war man sich einig, dass das Ziel einer Fliege in der Regel der Misthaufen war, und mehrere heitere Zechkumpane gingen zu Lonni und versicherten ihm, sobald sie ihre Firmen in die Scheiße reiten wollten, würden sie sich mit ihm in Verbindung setzen.

Später am gleichen Tag lagen Lucie, Eccu, Maggie und Theo auf einem kleinen Sandstrand ganz innen in einer geschützten Bucht, die südostwärts lag, weit entfernt von der Villa und den kleinen Katen und den anderen Gästen. Sie trugen alle Badeanzüge, und Eccu hatte die Neuerwerbung dieses Sommers, seine kompakte und ultramoderne Leica dabei. Er hatte von ihnen allen Schnappschüsse gemacht, sowohl einzeln als auch zusammen, jetzt aber ruhte die Kamera in einem der längst geleerten Picknickkörbe, und alle vier lagen auf dem Bauch und hatten ihre Zehen genüsslich im warmen Sand vergraben, Maggie und Theo dicht nebeneinander auf einer braun gesprenkelten Decke und Lucie und Eccu auf der linken und rechten Seite einer tiefblauen.

Zwischendurch amüsierte Maggie sich damit, kleine Sandwolken aufzuspritzen, die auf Theos behaarten, aber auf der Unterseite kreideweißen Waden landeten, und am Ende hatte Theo genug, stemmte sich auf die Arme und biss Maggie leicht in ihre linke, braungebrannte Schulter. Als er sich zurückzog, drehte Maggie den Kopf und betrachtete ihn verstohlen durch halbgeschlossene Lider: Theo war schlank, aber nicht auf die schmächtige Art, stattdessen zeichnete sich jeder Muskel und jede Sehne in seinem Körper fast überdeutlich ab, als wäre er soeben einer Unterrichtstafel zur Anatomie des Menschen entstiegen.

»Look Jekkyy«, sagte Theo und nahm einen Schluck aus der fast geleerten Champagnerflasche, »just look at Lucie and Mags, look at their legs, so incredibly smooth!« Er lehnte sich vor und streichelte Maggies Bein, streichelte es von der Kniekehle bis zur Ferse und zur Fußsohle.

Maggie und Lucie lächelten, Maggie wegen der Berührung und Lucie wegen der Worte und des Enthusiasmus, mit dem sie ausgesprochen worden waren, und Lucie sagte:

»There's nothing a sharp razorblade and a good skin lotion can't do, Theo dear.«

Maggie drehte sich in einer einzigen trägen und langgezogenen Bewegung auf den Rücken. Sie schlug die Augen auf und sah Theo unverwandt an, senkte jedoch schnell den Blick. Schon bald fingen sie an, sich zu küssen und zu liebkosen, ohne dass Worte gewechselt worden wären, und nach einer Weile begegneten sich ihre Blicke wieder; kurz darauf standen sie auf, falteten die gesprenkelte Decke zusammen, rafften ihre Kleider zu zwei Bündeln und gingen.

Als Maggie und Theo verschwunden waren, blieben Lucie und Eccu still liegen, beide auf dem Bauch und mit geschlossenen Augen, und obwohl ein halber Meter oder mehr zwischen ihnen lag, schienen Radiowellen durch Eccus Körper zu strömen. Er blinzelte und sah im Sonnenlicht kleine, helle Flaumhaare auf Lucies sonnengebräuntem Arm glänzen, der nachlässig hingeworfen einige Zentimeter von ihm entfernt lag. Er drehte sich auf die Seite, öffnete die Augen ganz und sah, dass das warme Tageslicht dabei war, einem trostloseren und kühleren Abendschein zu weichen. Lucie lag mit abgewandtem Gesicht, sie schien zu schlafen. Etwas an ihrem Anblick ließ ihn frösteln, er hatte das Gefühl, als wäre plötzlich eine kühle Brise über den Strand gestrichen, da war etwas mit Lucie und wie sie lag, den einen Arm zur Seite geworfen und den anderen in einer unnatürlichen Stellung dicht am Körper verdreht. Auf einmal begriff er – er hatte schon einmal einen Körper in dieser Stellung liegen gesehen, es war während des Kriegs gewesen; der Körper einer Frau, einer Frau, der gerade das Gesicht fortgeschossen worden war. Er schauderte erneut, dann stand er auf. Durch die unangenehme Erinnerung hatte sich seine Erektion wieder gelegt, dennoch stellte er sich sicherheitshalber mit dem Rücken zu Lucie, klopfte den Sand ab, nahm die Leica aus dem Ausflugskorb und sagte:

»Ich dreh mal eine Runde. Das Licht ist perfekt, ich will sehen, ob ich den Abend einfangen kann, wenn er kommt.«

»Bleib nicht zu lange weg«, murrte Lucie und bewegte den rechten Arm so, dass er in einem weniger unbequemen Winkel lag, »ich will nicht allein sein, hier wird es unheimlich.«

»Zehn Minuten«, erwiderte Eccu.

Als er eine Viertelstunde später zurückkehrte, war er in Grübeleien über Belichtungsprobleme und Entwicklungszeiten vertieft und sah erst spät, dass sie nicht mehr auf der blauen Decke lag, sondern daneben, auf dem Rücken im fast weißen Sand, nackt bis auf einen Zipfel der Decke; sie hatte ihn über sich gezogen, so dass er größere Teile der Hüftpartie verhüllte, nicht aber ihre rechte Hüfte, die aus dem Sand aufragte wie eine üppige, dunklere Düne in der umliegenden hellen Wüste.

Sie hatte die Augen geschlossen, ihn aber kommen hören, ihre Hände waren im Nacken verschränkt, am Hals und zwischen den Brüsten war die Haut feucht von Schweiß, und sie ließ ihre Augen geschlossen, während sie sagte:

»Jetzt zeig mal, was der Apparat da kann, Eccu. Mach mich schön, fang mich ein, bevor der Abend hier ist.«

Eccu spürte das Gewicht der Leica in seiner rechten Hand, doch da war auch diese unerbittliche Schwere in seinen Leisten. Er blieb einige Sekunden verwirrt und regungslos stehen, sein langer, schmaler Schatten wurde unmittelbar neben der liegenden Lucie auf den hellen Sand geworfen, dann packte er die Kamera mit beiden Händen, hob sie in Augenhöhe und genoss es, ihre Kühle an den Handflächen zu spüren.

Am Abend hatten *The Original Helsingfors Sisters* einen bejubelten Auftritt. Lucie, Maggie, Nita und Micki gaben zu Henning Lunds Ehren *Champagne Charlie* und sangen anschließend *Besser und besser, Tag für Tag*. Beide Stücke wurden als A-cappella- und Tanznummern dargeboten, und das Publikum war hingerissen, alle außer Cedi Lilliehjelm, der ganz hinten an der Tür zur Veranda stand und streng und abweisend wirkte. Lucie tat, als wäre sie Josephine Baker, sie hatte wie ihr Vorbild rote Flamingofedern, trug jedoch ein Kleid mit Strassstickereien darunter. Maggie und Nita sekundierten ihr mit Einfühlungsvermögen und Sexappeal, nur Micki wirkte verlegen und fehl am Platz in ihrer Rolle als Vamp.

Maggie und Ellu Enerot, Henning Lund, Eccu, Lucie, alle, die Nita kannten, sahen, wie überschäumend fröhlich sie während dieser beiden Festnächte auf Bässholmen war. Vor dem Samstagssouper hatten Nita und Maggie einen Spaziergang am Ufer gemacht, und dabei hatte Nita sich ihrer Freundin anvertraut und gesagt, sie empfinde seltsame Dinge, wunderbare Dinge, vorige Nacht hätten sich in ihrem Inneren Türen geöffnet, Türen, die zu Zimmern führten, an deren Existenz sie sich kaum mehr erinnern konnte, Zimmer, die sie seit den allerersten Jahren ihres Erwachsenenlebens nicht mehr besucht habe, ja, erinnerte sich Maggie beispielsweise überhaupt noch an das Frühjahr, in dem sie sich trotz des Murrens ihrer Väter und Mutter Julia Enerots Vorhaltungen die Haare in der gleichen wüsten Frisur schneiden ließen wie Lucie und anfingen, im Opris zu sitzen wie sie?

Während die Helsingsforsschwestern auftraten, stand Nitas Bruder Eccu da und freute sich über ihren Anblick. Sie sah so schön und unverbraucht aus, dass niemand, wirklich niemand auf die Idee gekommen wäre, dass sie erst vor einem halben Jahr einen Sohn geboren hatte, und er sagte sich im Stillen, dass Nita hierher gehörte, in den Kreis ihrer Freunde, und nicht eingesperrt in eine noch so teure Wohnung. Er nahm an, dass Nita sich einige Gedanken über das Schicksal ihrer Mutter Atti gemacht hatte, vermutlich wusste sie, dass sie sich selber mit dem gleichen Zwang konfrontiert sehen würde, Begabung und Neugier zu entsagen, um stattdessen Werten und Konventionen zu entsprechen, die nicht ihre eigenen waren. Während er dies dachte, hörte er gleichzeitig das Echo der alten Fragen, jener Fragen, die Atti mit freundlicher, aber dennoch bedrückter Stimme gestellt hatte: »Was hast du für Pläne, meine Liebe?«, »Du studierst doch sicher?«, »Was willst du werden?« Es war seit Jahren nicht mehr vorgekommen, aber jetzt überwältigte ihn die Erinnerung an Attis Finsternis, an all die schwer diagnostizierbaren Zustände, die Hausarzt Elfvin und die anderen Ärzte in Verwirrung stürzten und Dinge sagen ließen wie: »Sie stellt sich nur an, es wird wohl das Beste sein, sie fährt eine Weile fort und ruht sich aus.« Und neben den Erinnerungen an Atti war da auch noch der Anflug eines schlechten Gewissens Aina und Sti gegenüber, eine schwarze Woge der Schuld, die Eccu gleich wieder verdrängte; sein Blick wandte sich wieder Lucie und Maggie und Nita und Micki zu, er erlaubte dem sorglosen Schlager von Ernst Rolf, den Weg durch seine Gehörgänge und in sein Bewusstsein zu finden, *Besser und besser, Tag für Tag*, das Lied perlte dahin wie eine Kaskade aus Sekt und Champagner, und Eccu Widing streckte sich nach dem randvollen Glas, das er auf einem Büfett abgestellt hatte.

In den frühen Morgenstunden erwachte Micki Morelius in ihrem Zimmer in der oberen Etage der Villa. Sie war früh zu Bett gegangen, jetzt aber plötzlich hellwach, außerdem verschwitzt, obwohl das Fenster offen stand und eine kühle Nachtbrise die Spitzengardinen flattern ließ. Es war zwar noch nicht hell, aber auch nicht mehr stockfinster; ein kühlgelber Halbmond erhellte Bässholmen und ließ das Meer glitzern wie Silber. Sie merkte, dass sie Durst hatte, schrecklichen Durst, ihr war fast ein wenig übel. Sie stieg aus dem Bett, öffnete die Tür und tastete sich durch den dunklen Flur zur steilen und gewundenen Treppe vor. Es herrschte Stille in der Villa, aber der Wind trug das Geräusch von Gesprächen und plötzlichen, betrunkenen Lachern aus dem Garten und vom Ufer kommend herein, an dem eine der Fischerkaten stand.

Als sie ins Erdgeschoss kam, hörte sie Musik; jemand spielte gedämpft auf dem Tafelklavier, das man auf Hennings Geheiß hierher verfrachtet hatte. Micki war auf dem Weg in die Küche, um einen Schluck Brunnenwasser direkt aus dem Eimer zu trinken, doch als sie die Musik hörte, machte sie kehrt und schlich zu dem Salon, in dem das Klavier stand. Es war der Anfang der Mondscheinsonate, aber gespielt von jemandem, der in seiner Kindheit Klavier gelernt und viel zu früh aufgegeben hatte; das Spiel war unsicher und schwerfällig, und in den kurzen Sekunden, die Micki benötigte, um zur Salontür zu schleichen, schlug die linke Hand des Klavierspielers zweimal einen falschen Ton an.

Lucie. Sie trug das Strasskleid von ihrem abendlichen Auftritt, hatte jedoch die Schuhe abgestreift, und die Kunstseidenstrümpfe und der Strumpfhaltergürtel lagen in einem achtlosen Haufen auf dem Fußboden: Micki sah ihre bloßen Füße auf den Pedalen zögern. Ein dreiarmiger Kandelaber stand auf einem kleinen Tisch linker Hand des Klaviers, eine der Kerzen war bereits herabgebrannt, die anderen Flammen flackerten. Lucie sah nicht so hoch gewachsen und rank aus wie sonst, sie saß etwas zusammengesunken, und Micki dachte: Wie traurig dieser Rücken aussieht. Sie blieb stehen und hörte zu, viele Minuten stand sie dort, ganz still, sie hörte jemanden aus dem Garten hereinkommen und betrunken die Treppe in die obere Etage hinaufwanken, den schweren Schritten zufolge war es ein Mann. Lucie dagegen schien nichts zu hören und zu sehen, sie war in Gedanken und Träume versunken, sie spielte weiter, langsam und systematisch stakte sie sich durch den berühmten ersten Satz der Sonate. Micki betrachtete sie unentwegt, wandte nicht ein einziges Mal den Blick ab, sie nahm das Bild der schönen, aber ungreifbaren Freundin in sich auf und lagerte es in ihrem Innersten; sie wusste, das Bild, das sich ihr hier bot, war ein seltener Anblick, Lucie war ebenso still und ruhig, wie sie es zu sein pflegte, wenn sie vor einem Gemälde stand, an dem ihr etwas lag. »Sie hat kein richtiges Heim unter den Menschen, ihr Heim ist woanders«, dachte Micki und wurde plötzlich von Sehnsucht übermannt, jener Sehnsucht, die sie so häufig empfand, wenn sie Lucie ansah, und die sie nie völlig zu ersticken gelernt hatte. Erst als Lucie zum Ende kam und den letzten Doppelakkord in der Stille der Villa verklingen ließ, räusperte sich Micki vorsichtig. Lucie zuckte zusammen und drehte sich blitzschnell um, dann aber sah sie, wer es war, und für ein oder zwei Sekunden beließ sie

Müdigkeit und Wehmut in ihrem Gesicht, die Einsamkeit, Unruhe, Angst, das langsame Altern, das sich bereits im Verborgenen vollzog, das alles ließ sie Micki sehen, und als Micki es sah, schrie eine Stimme in ihrem Inneren: »Geliebte, du bist müde! Du brauchst mich und niemanden sonst, komm, leg dich zu mir und ruh dich aus!«

Aber so schnell, wie der Moment gekommen war, verging er auch wieder. Lucies Gesichtszüge glätteten sich, das Lachen kehrte zunächst in ihre Augenwinkel zurück, reichte dann aber immer tiefer hinein, es schien, als wäre in ihrem Inneren eine Kerze entzündet worden. Sie stand rasch vom Klavierschemel auf, bückte sich und hob die zerknüllten Strümpfe und den Gürtel auf, schob ihre Füße in die hochhackigen Schuhe und sagte leichthin:

»Wie schön, dass du es bist, Liebling, ich hatte erst richtig Angst!«

Er kam hoch, als sie schon seit zwei Stunden schlief, und sie war erst wieder bei vollem Bewusstsein, als es bereits zu spät war. Die Nacht war noch dunkel, nur ein schwacher und silbriger Mondschein sickerte durch die dünnen Vorhänge herein. Dass er betrunken war, begriff sie schon, als sie von seinen unsanften Zärtlichkeiten geweckt wurde – sein Atem roch nach Punsch und Brandy –, aber *wie* berauscht er war, sollte sie erst verstehen, als sie ihn am Sonntag etwas abseits der Festgäste umhergehen sah, rastlos, stumm und aschfahl, einem Gespenst ähnlicher als einem Mann. In den frühen Morgenstunden im Bett war er jedoch leider kein Gespenst, er hatte sich nur halb ausgezogen, Jackett und Kragen abgelegt, nicht aber Hose und Hemd, und sie konnte doch nicht ahnen, worüber die anderen Männer im Garten geredet und gegrölt und gelacht hatten, nichts ahnte sie davon, zu wie vielen zweideutigen Komplimenten über die anziehendste Ehefrau und Mutter von ganz Helsingfors er hatte nicken und gezwungen lächeln müssen. Jedenfalls wurde sie erst wach und begann sich zu wehren, als seine Manschettenknöpfe über ihren Bauch kratzten, er hatte seine Hand unter ihr Nachthemd geschoben, jetzt drückte sie schon ihre Brust, in der die Milch erst kürzlich versiegt war, er lag bereits halb auf ihr, »bitte Cedi, ich schlafe«, flüsterte sie, doch das nützte nichts, er machte einfach weiter, ohne auf ihre Bitte auch nur ein Wort zu erwidern, tatsächlich blieb er die ganze Zeit stumm, und letztlich war es möglicherweise das, was ihr am meisten Angst machte, statt ihr zu antworten, zog er das Nachthemd höher hinauf, »bitte Cedi, du darfst nicht!«, sagte sie laut, aber nichts half, er war wie ein wildes Tier, es schien ihm völlig egal zu sein, dass sie nach ihren Tagen noch ein wenig blutete, er riss ihr die Unterhose vom Leib und warf sie und die Nachtbinde auf den Fußboden, »bitte…!«, schrie sie auf und versuchte ihn von sich zu wälzen, aber er war viel zu schwer, er wurde wütend und nagelte ihren rechten Arm auf der Matratze fest und legte die Hand auf ihren Mund und drückte zu, hart, und zwang mit der anderen Hand ihre Beine auseinander und drang in sie ein, es tat weh, ein glühend heißer Schmerz, wie geschmolzenes Metall, wie das fließende Mond-silber vor dem Fenster, und sie wollte schreien, aber seine Hand lag weiter fest auf ihrem Mund und auch auf ihrer Nase, sie bekam kaum Luft, er zog die Hand herab, so dass er ihre Nase freigab, aber der Griff um ihren Mund wurde umso fester, sein Atem roch nach Schnaps und Zigarre und verwestem Fleisch, seine Hand roch nach Salzwasser und Eisen, und sie wollte diese Hand zerbeißen, wagte es aber nicht, sie hörte auf, sich zu wehren, lag vollkommen still und wartete, dass er fertig sein würde, er keuchte und grunzte ein wenig, aber ansonsten war es todstill im Haus, so still, dass sie einen Moment lang glaubte, jemanden die Mondscheinsonate spielen zu hören; sie klang unendlich fern, wie ein schwaches Echo aus einer an-deren Zeit und anderen Welt, einer Welt, in der sie einmal ge-lebt hatte, die sie jedoch niemals wiedersehen würde.

* * *

Auch der längste Sommer hat seinen Herbst: Als es Anfang Oktober kühl wurde, verließ die s/s Aurora Helsingfors. In den letzten Wochen vor ihrer Abfahrt sah eine ältere Dame mit Schlafstörungen in einem Haus in der Arkadiagatan wiederholt einen schlaksigen Neger in einem Anzug im Morgengrauen aus dem Treppenaufgang A huschen und Richtung Stadtzentrum verschwinden. Es gab in jenem Herbst außer Jonesy keine anderen farbigen Männer in Helsingfors, weshalb wir annehmen dürfen, dass er dieser Mann war; zumindest war es Lucie Lilliehjelms Treppenaufgang.

Jonesy reiste ab, genau wie Sly Korjula und Baby Lamoyne und viele andere Aurora-Musiker. Little Timmy Timonen und der frisch verlobte Theo Kossloffsky blieben dagegen, und nun, da die offene Terrasse des Opris verwaist lag und die nassen Herbstblätter am leeren Orchesterpodium klebten, spielten sie stattdessen als Gastmusiker in den Helsingforser Jazzbands, die plötzlich wie Pilze aus dem Boden schossen.

Das Mode- und Damenkonfektionsgeschäft »Zaza« hatte dank der guten Konjunktur einen Traumstart, und es dauerte nicht lange, bis Henning und Bruno anfingen, von einer Filiale zu träumen, entweder in der Fabriksgatan oder draußen im wachsenden Stadtteil Tölö.

Schlechter erging es den »Verirrungen des Flappermädchens«, die an einem Freitag Mitte Oktober Premiere hatten. Die Berufskritiker fanden den Film visuell ansprechend, beklagten sich jedoch über das Drehbuch und die unsicheren Leistungen der Schauspieler, während das breite Publikum fand, dass der Film eine allzu dünne und indolente Schicht der Landesbevölkerung schilderte. In *Hufvudstadsbladet* lobte allerdings das Namenskürzel »Kinomann« – alias Hans-Christian Fazer, Onkel der leading lady des Films und ein guter Freund des Regisseurs – das Werk und schrieb, Titti Fazer sei in der Hauptrolle bezaubernd, und der Film enthalte eine kerngesunde Botschaft für die Jugend dieses Jahrzehnts, die sich einzubilden schien, die Gesellschaft wäre ein einziger großer Tanzpalast, in dem in passenden Abständen Saxophonorchester aufgereiht stünden. Außerdem, fügte Kinomann hinzu, sei es doch nett, dass »Die Verirrungen des Flappermädchens« die gebildete und solvente Sozietätsschicht zum Gegenstand habe, statt sich zu der langen Reihe von Filmen zu gesellen, die sich darauf beschränkten, plumpes und simples Volksleben zu schildern.

Auch anderes geschah.

Nita Lilliehjelm war wieder in anderen Umständen, aber nur Cedi und sie selber wussten, dass Hans-Ruriks kommender Bruder oder seine zukünftige Schwester in Kampf und Zorn gezeugt worden war.

Direktor Jocke Tollet saß einen halben Arbeitstag da und starrte traurig auf sein neues schwarzes Bakelittelefon. Dann hob er den Hörer ab und bat Fräulein Anderzén, Lonni zu rufen, und eine halbe Stunde später war Lonni arbeitslos.

An einem Mittwoch Ende Oktober wurde ein gebrauchtes Klavier in die Wohnung von Familie Rothmann in der Eriksgatan getragen, und Misja konnte endlich ernsthaft üben.

Zu der Zeit waren alle Fußballligen und Pokalturniere abgeschlossen, und gleichzeitig wollte es der Zufall, dass der Frachter »Holstein« mit Heimathafen Cuxhaven, aber derzeit im Sörnäs Hafen vor Anker liegend, eine neue Besatzung benötigte; ein in der Vierten Linie wohnhafter Gelegenheitsarbeiter namens Allan Kajander gehörte zu denen, die anmusterten.

Kurz darauf trennten sich der Kunstmaler Ilmari Salmikoski und seine Frau Kersti – im Scheidungsantrag war von wiederholter Hurerei und unüberbrückbaren Gegensätzen die Rede –, und langsam ging Helsingfors einem neuen Winter entgegen, der so dunkel und kalt werden sollte, wie der vergangene Sommer unduldsam und fiebrig gewesen war.

2

Der Sommer, in dem es nur regnete

Zwei lange Jahre suchten Misja Rothmann und Pecka Luther erfolglos ihren Swing und sahen sich gezwungen, ihn als halb-professionelle Musiker ohne Heimstatt zu suchen, als musizie-rende Vagabunden, die mit ihren Mentoren Timmy und Theo vom einen Tanzlokal zum nächsten tingelten. Kurz nachdem die Aurora Premier Brass Band das Opris verlassen hatte, pack-ten Monsieur François & Valencia ihre Instrumente ein und zogen ins Kurhaus um, das ihnen einen langfristigen Vertrag gegeben hatte. Mit der Beliebtheit des Lokals mit den Schmet-terlingslampen ging es rapide bergab, und die treuen Seelen Borodulin und Grabow mussten dem Verfall ohnmächtig zu-sehen. Schon bald waren nur noch die routiniertesten Huren und ihre korpulenten und grauhaarigen Stammkunden übrig. Es musste etwas geschehen. Die erste Renovierung fand im Mai 1927 statt, die untere Etage wurde zu einem Café mit ei-gener Konditorei umgebaut, und wo Tisch Nr. 16 gestanden hatte, stellte man eine große gläserne Verkaufstheke auf, die mit Brezeln, Sachertorten, Apfelstrudeln und anderen Lecke-reien lockte. Gleichzeitig wurde die obere Etage als ein soli-des Familienrestaurant mit nichts als Hausmannskost auf der Speisekarte angepriesen. Doch es nützte alles nichts; ein Jahr später war Schluss mit Hausmannskost, und das Obere Opris wurde zu einem Touristenlokal umgestaltet, zu einem Panora-macafé mit naiven Helsingforsmotiven, die direkt auf die Wände gemalt waren, und, wie es in der Reklame stand, »einer an Paris gemahnenden Aussicht auf die Theateresplanade nebst umliegenden Prachtbauten«. Leider wurde der Sommer 1928 so verregnet und kalt, wie die vorherigen sonnig und warm gewesen waren, und die Tage des Oberen wie des Unteren Opris schienen deshalb gezählt.

Timmy Timonen und der frisch vermählte Theo Kossloffsky waren die gefragtesten Tanzmusiker der Stadt, sie konnten sich die Rosinen herauspicken. Im Sommer siebenundzwanzig spielten sie bei den Jumping Hot Jacks auf der Terrasse des Palladium, im Herbst des gleichen Jahres leiteten sie die Basin Street Buddies – die ansonsten aus lauter Schuljungen vom Schwedischen Normallyzeum bestanden – im Trocadero. Während des folgenden Winters und Frühjahrs spielten sie zunächst mit den Rhythmic Maniacs im Nefertiti, und als die Polizei zuschlug und das Nefertiti wegen Verstößen gegen die Prohibition schließen musste, übernahmen Theo und Timmy die Leitung der Helsinki Ramblers, die langfristig im Fennia engagiert waren. Außerdem gaben sie Gastauftritte bei Valencia und anderen Salonkapellen und brachten frischen Schwung in die Kinoorchester, wenn ein großer Hollywoodfilm anstand, dessen Finnlandpremiere Pomp und Prunk erforderte. Im Sommer achtundzwanzig kehrten Theo und Timmy zwar ins Palladium zurück, aber aus irgendeinem Grund – vielleicht weil es mittlerweile unter den Musikern junge finnische Arbeiter gab wie den Bassisten Lusmu Fagerlund und den jungen Saxophonisten Wille Pesonen – benannte man die Ramblers in Bulevardin Rytmi-Veljet um. Doch obwohl sich einiges veränderte, blieb vieles doch auch gleich: Theo und Timmy führten ihre Bigbands mit all der Autorität, die ihnen ihre Aurora-Vergangenheit verlieh, während Misja und Pecka und die anderen Helsingforser mitmachten, so gut sie eben konnten.

Die beiden Jahre waren voller Neugier, hoher Ambitionen und wichtiger Entdeckungen gewesen. Den wissbegierigen Gymnasiasten stand die ganze Welt offen. Unter ihnen gab es Söhne aus reichem Haus wie Gusti Lerche und Otto von Konow, freche und vergnügungssüchtige junge Männer, die Schallplatten – Ted Lewis, Ethel Waters, The Revellers – direkt aus Amerika bestellten und Zugang zu Rundfunkgeräten von höchster Qualität hatten, Apparaten, mit denen man mühelos Jack Hylton in London und Dick de Pauw im Grand Royal in Stockholm empfangen konnte. In diesen Kreisen konnte man es sich leisten, zu den Musikalienhandlungen auf dem Boulevard und der Nördlichen Esplanade zu gehen und Noten von Campbell & Connolly in London und Salabert in Paris zu bestellen, und in diesen Kreisen hatte man auch die guten oder zumindest ausreichenden Englischkenntnisse, die es ermöglichten, Theo und Timmy ausführlich über die Musik zu befragen.

And yet … Trotz allem fehlte jedem von ihnen ein wichtiges Element in ihrem Spiel, und das Schlimmste daran war, dass keiner von ihnen dieses Element benennen oder sein Fehlen zumindest analysieren konnte, sie spürten nur, dass ihnen etwas fehlte, eine Leichtigkeit vielleicht, eine Freude oder eine Trauer, vielleicht auch etwas von beidem. Woche für Woche, Monat für Monat wurde ihr Spiel zwar immer gekonnter, aber die wahre Euphorie, die aus dem Grammophontrichter heraustanzte, wenn sie ihre importierten Platten spielten, und an die sie sich noch aus dem Aurora-Sommer im Opris erinnerten, blieb unauffindbar. Weder Lerche noch von Konow fanden sie, weder Pecka noch Misja, aber sie alle spielten weiter und sehnten sich gleichzeitig unsäglich nach diesem Gefühl, das sie bisher nur gepackt hatte, wenn sie zuhörten und sich an das atemberaubende Glück erinnerten, das man empfindet, wenn man die Segel perfekt getrimmt hat und das Boot mit Hilfe eines starken und günstigen Winds übers Wasser schießt.

Auch Theo und Timmy wunderten sich. Zwar hatten sie begriffen, dass sie zu einem Kontinent und in ein Land gekommen waren, in dem der menschliche Sinn für Rhythmus und Melodie von Militärmärschen und Kirchenorgeln aufs Schwerste betäubt worden war, und sie hatten damit gerechnet, dass die Veränderung unter Umständen Zeit brauchen würde. Aber dass es *so* schwer sein sollte! Sie hatten jeden guten Rat gegeben, den man sich nur denken konnte.

Back-beat: Betont die Zwei und die Vier, nicht den ersten und den dritten Taktschlag.

Off-beat: Sorgt dafür, dass sich die Melodiestimme ein bisschen an der Begleitung reibt, wenn der Bläser einen Chorus übernimmt, kann er den Bruchteil einer Sekunde verzögern oder vorpreschen, Schlagzeug, Klavier und Bass kümmern sich um den Rhythmus, schwebt darüber so frei wie ein Vogel im Gleitflug.

Überlasst die Melodie nie ihrem Schicksal, wenn einer der Bläser es übernimmt zu improvisieren, müssen die anderen die Melodie am Leben erhalten.

Spielt nicht zu schnell: Der Swing entspringt keinen rasenden, sondern angemessenen Tempi.

Spielt nicht zu laut: Es muss stets Platz für überraschende Crescendi geben.

Vermeidet es, unisono zu spielen. Wenn alle die gleiche Stimme spielen, wird die Fantasie geknebelt, und das Ohr gewöhnt sich an einfache Lösungen: Hat das Standardarrangement nicht genug Stimmen, muss man das Stück neu arrangieren und neue Stimmen schreiben.

All diese Ratschläge hatten sie gegeben, Theo und Timmy, und ihr Rat war von brüsk abgebrochenen Soli und strengen Zurechtweisungen begleitet worden: *Behaltet die Melodie im Kopf, zu improvisieren ist mehr als hohle Tonleitern zu blasen!* Oder: *Ihr spielt zu schnell, ihr versucht vor der Musik zu fliehen, ihr müsst auf sie warten und sie annehmen!*

Aber bei ihren Helsingforser Lehrlingen wollte der Knoten einfach nicht platzen. Und es waren die privilegierten Jungen aus der Innenstadt, die Noten lesen konnten und fast alles verstanden, was man ihnen auf Englisch sagte, die sich am schwersten taten. Die wenigen Arbeitermusiker, Wille Pesonen und Lusmu Fagerlund und einige andere, schienen schneller von Begriff, obwohl sie die Ratschläge, die Theo und Timmy ihnen gaben, im Grunde nicht verstanden. Wille und Lusmu hatten ihren Swing schon gefunden, es war, als hätten sie sofort begriffen, dass es bei der Lässigkeit und Freude, die Theo zu beschwören versuchte, nicht nur darum ging, wie man Jazz spielte, sondern auch, wie man redete, wie man lachte und weinte, welchen Rhythmus man in seinen Schritten hatte, wenn man auf dem Weg zum Kämp oder Indra die Esplanade herabstrolchte. Es ging darum, wie man sein Leben lebte, es ging, kurz gesagt, darum zu *bejahen*, und manchmal regte sich in Theo der Verdacht, dass etwas in der Erziehung Peckas und Misjas und der anderen Studenten sie stumm machte und hemmte.

Anfang Juni 1928 wusste Theo nicht mehr weiter. Er war der Mentor der jungen Musiker, er wusste, wie sehr sie sich abgemüht hatten, um Jazz spielen zu lernen, und fühlte sich verantwortlich für ihre Zukunft. Nächtelang lag er hellwach im Doppelbett in der Wohnung, die er und Mrs. Maggie Kossloffsky, geborene Enerot, in einem Haus in der Fredriksgatan zur Verfügung stand. Auf diese schlaflosen Nächte folgte schließlich eine etwas andersgeartete Nacht, in der er zwar schlief, sich jedoch in unruhigen Träumen hin und her warf, die einander Stunde um Stunde abzulösen schienen. Er erwachte in einem schweißdurchtränkten Nachthemd, aber seine Alpträume waren nicht vergebens gewesen. In einem seiner verwirrten Träume hatte er sich in einen missglückten Auftritt als Aushilfsmusiker in Joe Olivers Orchester zurückversetzt gefühlt – er war während eines Engagements in Lincoln Gardens in Chicago für den erkrankten Johnny Dodds eingesprungen –, und im Traum hatte er sich an einen Trick erinnert, den »King« Oliver ihm in der Hoffnung beigebracht hatte, dass er fortan besser spielen würde; es war ein Trick, von dem Oliver behauptete, er selber habe ihn von Buddy Bolden persönlich, und Theo beschloss, ihn an einem geeigneten Jüngling aus Helsingfors auszuprobieren.

Es gab eine Seelenverwandtschaft zwischen Misja Rothmann und Theo. Beide hatten eine Schwäche für Ironie und schwarze, lockige Haare, und je besser Misjas Englisch wurde, desto deutlicher zeigte sich, dass sie die gleiche Auffassung von Musik hatten; beide verabscheuten Sweetjazz der Art, wie sie von Paul Whitemans und Jean Goldkettes Bigbands dargeboten wurde. Aber ihre Seelenverwandtschaft war nicht nur musikalischer Art. Misja war russisch-jüdischer Herkunft, während Theos Großvater und Großmutter ihr Shtetl auf dem polnischen Land nach wiederholten Pogromen verlassen hatten; das war Ende der achtziger Jahre des 19. Jahrhunderts gewesen. Theo hatte Misja vom Weg seiner Großeltern in die Neue Welt erzählt, und Misja hatte Theo erzählt, wie Familie Rothmann in einer kalten Winternacht des Jahres 1919 an Kronstadt vorbei auf das Eis des Finnischen Meerbusens hinaus geflohen war, zwei Tage vor seinem zehnten Geburtstag, und er hatte mit Theo über Papa Georgijs und Mama Beckas tiefsitzende Angst vor Menschenansammlungen und über das Leben der Familie in der jungen Republik Finnland gesprochen, und dann hatte er traurig gelächelt und gesagt: »Wenn man beides ist, Jude und Russe, muss man lernen, in der Gemeinde zu schweigen. *Tísje vodý*, du weißt schon, stiller als das Wasser …«

Dank der Vertraulichkeiten, die sie ausgetauscht hatten, fiel Theos Wahl ganz automatisch auf Misja, doch als er noch am gleichen Abend während einer Zigarettenpause seinem jungen Kollegen erzählte, er kenne da einen Trick, von dem er glaube, er werde Misja zu einem besseren Musiker machen, zeigte Misja sofort sein gutes Herz und sagte: »Pecka will auch besser spielen, er hat den festen Willen. Bei Gusti und Otto und den anderen kommt es nicht so darauf an, aber wenn dein Trick gut ist, muss Pecka ihn auch hören dürfen.«

Theo nickte, und als der Auftritt vorbei war, bat er Pecka und Misja, am folgenden Nachmittag um vier Uhr ins Palladium zu kommen und ein Glas gestärkten Tee mit ihm zu trinken. Gesagt, getan, am folgenden Nachmittag saßen die drei an einem schlecht beleuchteten Tisch in der hintersten Ecke des Raums, sie hatten jeder ein Glas mit einem hellgelben und scharf riechenden Getränk vor sich stehen, und der Zigarettenrauch hing dick über dem Tisch, als Theo fragte:

»Hört mal, Twins, habt ihr ne Frau, nach der ihr euch sehnt? Ich meine, gibt es eine, die ihr haben wollt, aber nicht kriegen könnt, so sehr ihr euch auch nach ihr verzehrt?«

Misja und Pecka sahen sich verblüfft an – Theo war es wieder einmal gelungen, sie zu erstaunen –, dann aber schien jeden der beiden ein Gedanke oder Gefühl zu überraschen, und sie blickten schleunigst auf den Tisch, während sich auf ihren Wangen gleichzeitig eine schwache Röte ausbreitete. Misja nickte kaum merklich, während Pecka sich räusperte, als hätte er eigentlich etwas sagen wollen, sich dann aber doch entschlossen, es hinunterzuschlucken.

Theo spürte ein Lachen in sich aufperlen, fing sich jedoch und sagte:

»Dann hört mir zu, und hört genau zu. Wenn es eine solche Frau gibt – oder einen Mann, denn vielleicht seid ihr ja *solche* Jungs –, dann macht ihr Folgendes. Heute Abend, bevor wir spielen, werdet ihr nicht mit uns anderen zusammensitzen und rauchen und quatschen wie sonst, ihr werdet allein sitzen. Ihr werdet alles andere vergessen, nur die Augen schließen und die Frau eurer Träume vor euch sehen. Und wenn wir dann spielen und einer von euch einen Chorus übernimmt, wird er wieder die Augen zumachen und sie vor sich sehen und sich vorstellen, dass er auf ihrer weichen Haut spielt. Und außerdem werdet ihr verdammt noch mal daran denken, die Betonung auf die Zwei und die Vier zu legen, das bläue ich euch jetzt schon seit zwei Jahren ein!«

In der letzten Stunde vor ihrem Auftritt am Abend saßen Misja und Pecka im Franziskaner einige Häuserblocks vom Palladium entfernt. Sie hatten gerade jeder eine Portion Fleischragout gegessen, sie hatten starken und kochend heißen Kaffee bestellt, und Pecka war außer sich vor Wut über Theos homophilen Scherz.

»Verdammt!«, sagte er. »Scheiße, was ist Theo überheblich geworden! Ich habe nie kapiert, was die Frauen an ihm finden. Sie fallen wie die Kegel, und für wen? Einen mittelmäßigen Klarinettisten, schmächtig und blass!«

»Timmy hat es mir mal erklärt«, erwiderte Misja, der seinen Seelenverwandten immer in Schutz nahm. »Er meinte, es liegt daran, dass Theo so zerstreut wirkt, er tut so, als wäre keine, nicht einmal Maggie, wirklich wichtig für ihn. Das macht die Frauen verrückt, hat Timmy gesagt, sie wollen alle die Frau sein, die ihm wichtig ist.«

»Ach, was soll's!«, sagte Pecka. »Von dem Kerl kommt ja doch nur leeres Geschwätz.«

»Das weiß ich nicht«, sagte Misja nachdenklich.

»Jetzt sag nicht, du hast vor, seinen lächerlichen Rat zu befolgen!«, schnaubte Pecka, aber es lag bereits Unsicherheit in seiner Stimme.

Misja lächelte, erwiderte jedoch nichts.

Im Palladium passierte dann Folgendes:

Auf Misjas Vorschlag hin beschlossen Pecka und er, sich so vorzubereiten, wie Theo vorgeschlagen hatte. Sie banden die weinrote Fliege um, zogen das kurze schwarze Jackett an, drückten sich den Strohhut auf den Kopf und zogen sich anschließend in einen kleinen Lagerraum zurück, der zwischen Küche und Saal lag. Dort saßen sie schweigend und mit geschlossenen Augen und warteten darauf, spielen zu dürfen, und keiner der beiden verriet dem anderen, an was oder wen er dachte.

Theos und Maggies Ehe war bereits in der Krise, aber an diesem speziellen Abend war Maggie gekommen, um Rytmi-Veljet zu lauschen und zu tanzen, und sie kam in Gesellschaft ihrer Schwester Ellu, Lucie Lilliehjelms und Micki Morelius'. Sie entschieden sich für einen Tisch in Bühnennähe.

Als Rytmi-Veljet anderthalb Stunden gespielt und zwei kurze Pausen für Zigaretten und Tee eingelegt hatten, waren weder Misja noch Pecka bis dahin Theos Rat gefolgt. Aber ansonsten war es ein guter Abend. Kein freier Tisch, so weit das Auge reichte, außerdem war das Publikum in Tanzlaune und die Band gut in Form. Theo und Timmy spielten ein heißes Solo nach dem anderen, Wille Pesonen forderte sie heraus, so gut es ging, und Lusmu Fagerlunds Slap-Bass gab der Musik Rückgrat; manchmal gab Lusmu dem Bass sogar Schwung und ließ ihn einmal auf der Stelle um sich selber drehen, denn er hatte gelesen, dies würden die besten Bassisten *over there* machen.

Als sich das Orchester in *Turning So Blue Over You* stürzte, passierte es. Timmy Timonen sang die Ballade mit seiner dünnen Stimme und seinem starken Dialekt, und nach einer Minute oder so sah Theo, dass Misja Rothmanns Augen geschlossen waren und er sich sachte auf seinem Klavierschemel wiegte, während er spielte. Dann öffnete Misja die Augen, und für etwa zehn Sekunden war sein Blick auf einen bestimmten Punkt im Saal gerichtet; während sich seine Hände rastlos über die Klaviatur bewegten, betrachtete er unentwegt und ernst die tanzende Maggie. Daraufhin schloss er die Augen wieder und versank in der Musik, während Theo die Klarinette zu den Lippen führte und sich auf sein Solo vorbereitete. Gleichzeitig konnte Theo es sich nicht verkneifen, den Kopf zu drehen und einen verstohlenen Blick auf Pecka zu werfen, der ganz rechts in sein Kornett blies. Und Theo sah: Auch Pecka befolgte seinen Rat, aber auf die gleiche überraschende Art wie Misja, denn Pecka starrte immer abwechselnd wie verhext Lucie Lilliehjelm an, die mit einem Kavalier, der ihr den Hof machte, Konversation betrieb, und spielte dann mit geschlossenen Augen und inniger, beinahe entrückter Miene.

Theo starrte während seines gesamten Solochorus zu Boden, er versuchte nicht zu lächeln. Er wusste, Pecka und Misja widmeten praktisch all ihre Zeit der Musik, weshalb er angenommen hatte, dass sie keine feste Freundin hatten. Aber er war immer davon ausgegangen, dass sie in irgendein gleichaltriges Mädchen aus gutem Hause verliebt waren, in eine, mit der sie auf einem Studentenball getanzt oder bei den Vorlesungen an der Universität die Bank gedrückt hatten. Aber was spielte das schon für eine Rolle, es funktionierte ja! *Turning So Blue Over You* hatte nie so gut geklungen, und als sie sich für den Applaus bedankten und mit *Hesitation Blues* weitermachten, hörte Theo, dass Pecka sich seines acht Takte langen Solos mit neugewonnener Autorität annahm. Der Ton war zugleich sanft und klar, das Gefühl für den Rhythmus perfekt – endlich verstand es Pecka, sein Solo unabhängig und frei über der Begleitung schweben zu lassen! –, und in dem Gewebe aus Stimmen hörte Theo, dass auch Misja die Tasten mit einer Leichtigkeit und Gefühlsintensität anschlug, wie er sie vorher nicht besessen hatte. Theo lächelte und nickte Pecka anerkennend zu, machte dann ein paar Schritte in Misjas Richtung und rief ihm zu: »You're hot, my twins, you're playing it REAL hot!«

* * *

Nach der qualvollen Scheidung waren Aina und Sti Widing zu Ainas Mutter, der Witwe Lilly Gadolin, gezogen, die in einer grandiosen Wohnung mit Blick auf den Kaserntorget lebte. Eccu vermisste die verlorene Ehefrau, am meisten vermisste er jedoch den täglichen Umgang mit Sti. Doch nach einer Weile gelang es ihm, seine Sehnsucht niederzukämpfen, er betäubte sich mit Alkohol und redete sich ein, dass das schwermütige Gefühl in seiner Brust etwas anderes war und er die beiden im Grunde gar nicht vermisste.

Er wohnte noch in dem Haus auf Brändö, war aber selten daheim. Anfangs stürzte er sich in die Arbeit, versuchte in seiner Berufung aufzugehen, wie er es in den Jahren vor Stis Geburt getan hatte. Doch nun hatte er weder die glühende Leidenschaft noch die nötige Ausdauer. Das Atelier Widing lag

mittlerweile in der Kalevagatan – Vladimirsgatan, Nikolaiga-
tan, Konstantinsgatan und alle anderen Straßen von Helsingfors mit russisch klingenden Namen waren im vaterländischen
Geist umbenannt worden –, aber der Namenswechsel war ihm
kaum eine Hilfe: Eccu war müde und gelangweilt, er hatte das
Atelier satt, obwohl er es immer wieder neu dekorieren ließ.
Derzeit waren Wände und Decke leuchtend rot und schwarz
gestrichen, es gab nur wenige Möbelstücke, die modern und
garantiert unbequem waren, alle Formen waren eckig, abrupt, steil, der Gesamteindruck war grell, aber gleichzeitig bedrohlich; es war, als würde der große schmucklose Raum vor
Schmerzen schreien. Das Atelier sah erst seit dem letzten Winter so aus, aber Eccu grübelte bereits über die nächste Um-
gestaltung nach oder darüber, sein Geschäft schlichtweg zu
schließen, den Mietvertrag zu kündigen, die Ausrüstung zu verkaufen und ins Ausland zu ziehen, oder sich womöglich wieder an der Universität von Helsingfors einzuschreiben. Früher
hatte er von Bildern geträumt, die nicht nur den Augenblick
einfingen, sondern auch all das Leben, das in jeder kleinen
Sekunde verborgen lag. Aber die Bilder hatten ihn im Stich
gelassen, er saß an hunderte, ja tausende bewahrter Sekunden gefesselt, die auf teures Spezialpapier gebannt waren, aber
jede Einzelne von ihnen war tot und sprach streng zu ihm und
erzählte ihm, dass ihn jeder Augenblick, den er lebte, seinem
eigenen unausweichlichen und höchst persönlichen Tod einen
Schritt näher brachte. Trotzdem machte er weiterhin konventi-
onelle Porträts und besaß genug professionellen Stolz, um dafür zu sorgen, dass jedes Familien-, Hochzeits- und Abiturien-
tenporträt, das er aufnahm, die hohe Qualität hielt, die seine
Kunden mit dem Namen Eric Widing zu verknüpfen gelernt
hatten. Seinen heimlichen Kunden hatte er dagegen den Rücken gekehrt; es waren immer noch frivole Zeiten, und die Damen der feinen Gesellschaft, die Eccus Nebengeschäft kannten
und sich darauf eingelassen hatten, meldeten sich regelmäßig
bei ihm, aber seit dem Jahreswechsel war die Antwort ein ka-

tegorisches Nein. Kein Versprechen eines zusätzlichen Trink-
gelds half, alles eindringliche Betteln war vergebens. Eccu antwortete nur trocken, er habe aufgehört, sein Entschluss stehe
fest, aber wenn sie ihn für Familienfeste und Ähnliches engagieren wollten, brauchten sie nur seine Sekretärin Frau Fritzson anrufen und einen Termin buchen.

Es lässt sich nicht schönreden: Eccu führte ein richtiges Säu-
ferleben, und der wichtigste Zechbruder auf seinen Kneipen-
touren war der rastlose Henning Lund, der im April seine Verlobung mit Cilla Sourander gelöst hatte. Gelegentlich schloss
Lonni Tollet sich ihnen an – Lonni war immer noch arbeitslos, und der Freunden stets wohlgesinnte Henning übernahm
seine Restaurantzechen, ließ ihm Essen ins Haus schicken und
steckte ihm ab und an eine eingeschmuggelte Flasche zu –,
und einige wenige Male stieß Toffe Ramsay zu ihnen. Bruno
Skrake war äußerst selten mit von der Partie, zum einen, weil
er mit geschäftlichen Transaktionen beschäftigt war, an denen
die anderen nicht beteiligt waren, zum anderen, weil er wusste,
dass Maggie Enerots Ehe mit dem Klarinettisten Kossloffsky
kurz vor dem endgültigen Aus stand; er wollte mit einer breiten tröstenden Schulter zum Anlehnen bereitstehen.

Meistens waren Eccu und Henning allein. Sie besuchten das
Alhambra und das Venezia, sie hockten im Trocadero, bis eine
Schnapsrazzia das Lokal zum Schließen zwang, und sie schauten im Palladium vorbei, als das Gerücht die Runde machte,
Rytmi-Veljet habe eine Metamorphose durchlaufen, und auch
die einheimischen Bandmitglieder spielten nun so *hot*, als wären sie in Chicago geboren worden. Zwischendurch saßen
Eccu und Henning im Indra und applaudierten der erotischen
Tänzerin Asta Boja aus Estland, mit allem, was dazugehörte
wie Pythonschlange und Federboa und Lippen, die so tiefrot
geschminkt waren, dass sie aus der Ferne schwarz zu sein
schienen, und sie saßen darüber hinaus im kürzlich eröffneten
Café Pagod, von dem es gerüchteweise hieß, dort könne man

nicht nur Frauen, sondern auch Kokain kaufen. Aber vor allem saßen sie in ihrem Stammlokal Brändö-Casino, und dorthin fuhren sie in Hennings neuer Jacht Zaza III, die am Fiskartorpsstranden in Munksnäs vertäut lag. Zaza III war ein beschlagnahmtes Schmugglerboot, das Henning auf einer Auktion des Zolls gekauft hatte; die Zöllner hatten mit den Zähnen geknirscht, als sie sahen, wer der Käufer war, aber ihnen waren die Hände gebunden gewesen, denn Henning hatte offiziell eine lupenreine Weste. Während Henning mit gewohnt sicherer Hand die Zaza III an Fölisön vorbei um das ganze südliche Helsingfors und weiter um Skatudden herum und nördlich Richtung Brändö steuerte, während die Fabriks-kasernen und hohen, rauchspeienden Schornsteine von Sör-näs im Nordwesten brüteten, grölten Eccu und er zuweilen den großen Schlagererfolg dieses Sommers, die beliebte Revue-nummer mit dem Refrain *Bolschewiklein, Bolschewiklein, hier darf keiner reich sein, Bolschewiklein, Bolschewiklein, hier muss einer dem andern gleich sein.*

Eccu hatte ein paar flüchtige Affären in diesem Sommer, und sie waren, stellte sein Freund Henning trocken fest, so geartet, dass es besser war, einen Gummi dazwischen zu ha-ben, damit der Spaß keine tröpfelnden oder brennenden Fol-gen hatte. Aber im Grunde war Eccu gar nicht interessiert an der Liebe, er wollte nur trinken; trinken und vergessen. Hen-ning dagegen hatte eine ständige Begleiterin. Es war eine junge finnischsprachige Hutmodistin, die Heini Saukkonen hieß und in Sörnäs aufgewachsen war, Henning war ihr irgendwo be-gegnet und hatte ihr unverzüglich eine Stelle in der Zazafiliale an der Museigatan in Tölö gegeben. Er schien seltsam vernarrt in Heini zu sein, sogar der benebelte Eccu merkte, dass sein Freund sich der schönen, aber hageren jungen Frau aus den Armenvierteln verbundener zu fühlen schien, als es bei Cilla Sourander oder Katy Berner-Schmidt oder den anderen gla-mourösen Frauen, mit denen er im Laufe der Jahre eine Liai-son gehabt hatte, jemals der Fall gewesen war.

Zaza I und II, will sagen die Boutiquen in der Mikaels- beziehungsweise Museigatan, liefen fast schon sagenhaft gut. Man verkaufte große Mengen Kunstseidenstrümpfe für Charlestontänzer, man verkaufte Burberrys und Slazengers Sportkleider für Lawn-Tennisspieler und andere, und trotz der Kühle und des Regens verkaufte man unzählige kurze Sommerkleider aus buntem Gingham und aus dem Modestoff Serinette. Das Geschäftsleben war fieberhafter denn je, die Konjunktur schien bereit, den Wagemutigen in den Himmel und noch viel weiter zu tragen; und weil es sich selbstredend so verhielt, schrieb Bruno Skrake in einem Memorandum an Henning und Eccu, dass das geplante dritte Geschäft in der Broholmsgatan so schnell wie möglich verwirklicht werden müsse. Zaza IV – die Ziffer III war ja durch Hennings neuestes Tempomonster besetzt – würde mit Sicherheit auch ein großer Erfolg werden, fuhr Bruno selbstsicher fort, denn auch der Arbeiterklasse stehe mittlerweile immer mehr Geld zur Verfügung, und wenn nur dieses Sozialistenpack mit seiner zerstörerischen Aufwiegelei aufhören wollte, dann werde das Potenzial der Frauen aus der Arbeiter- und unteren Mittelschicht als qualitätsbewusste Kundengruppe mit großer Sehnsucht nach hübschen und strapazierfähigen Kleidern vollends deutlich werden. Aber zur Eröffnung des dritten Geschäfts, schloss Bruno, werde ein Bankkredit mittlerer Größe benötigt, da keiner der drei Haupteigner in diesem Sommer über bares Kapital verfüge. Und so kam es, dass ein leicht angeheiterter Eccu Widing an einem Nachmittag im Juli zum Büro der Unionsbank ging und die Darlehenspapiere unterschrieb; sowohl Bruno als auch Henning waren in dieser Woche zufällig auf Geschäftsreise, aber beide hatten Eccu angerufen und ihm versichert, die Angelegenheit sei nur eine Bagatelle, eine reine Formalität.

Während seiner Zechphasen vermied Eccu jeden Kontakt zu Aina und Sti, es schmerzte ihn zu sehr, dem strahlend blauen und freimütigen, aber gleichzeitig besorgten Blick seines fünfjährigen Sohns zu begegnen. Aina wusste deshalb nur wenig darüber, wie Eccu lebte, aber es gab andere, die mehr wussten. Eccu ging dem Ehepaar Cedi und Nita Lilliehjelm ebenso sorgsam aus dem Weg wie Aina und Sti, aber da er andererseits einen zwar sporadischen, aber verhältnismäßig herzlichen Kontakt zu seinem Vater Jali und dessen neuer Frau Emelie aufrechterhielt, und da Jali und Emelie ihrerseits treue und gern gesehene Gäste im Lilliehjelmschen Heim waren, wusste Nita so einiges darüber, wie es um ihren launenhaften älteren Bruder stand.

Cedis und Nitas Ehe war frostig gewesen, während Nita ihre Tochter Ellen erwartete, aber inzwischen war Ellen bereits ein Jahr alt, und ihre Eltern waren sich langsam wieder nähergekommen. Cedi war mittlerweile in einer harmonischeren Phase, er schien seine Filmträume ad acta gelegt zu haben und widmete seine Zeit stattdessen seiner Stelle bei Automatica und dem Betrieb von Björknäs und schließlich der Familie. Aber es beunruhigte Nita, dass Cedi so politikbesessen war; sie träumte davon, dass er sich die Politik endlich aus dem Kopf schlagen würde, aber es kam vor, dass er sowohl finnisch- als auch schwedischsprachige Patrioten und Rechte zu politischen Diskussionen einlud, und nach diesen Abenden pflegte Cedis alte Verbitterung zurückzukehren, dann fing er wieder an, Monologe darüber zu halten, mit welchen Samthandschuhen die einheimischen Bolschewiken angefasst wurden und dass Väinö Tanner und die anderen Sozialdemokraten Wölfe im Schafspelz und alle Opfer vergebens gewesen waren und man das Erbe der tapferen Freiheitskämpfer schändlich vergeudet hatte.

Nita machte sich größere Sorgen um die körperliche und geistige Gesundheit ihres Bruder als um das Wohl und Wehe des Vaterlands, weshalb sie Cedi bat, Eccu aufzusuchen und zu versuchen, ihn zur Vernunft zu bringen, sie hatten doch so eindringliche Gespräche geführt vor ein paar Jahren, als Eccu in Marielund war: Cedi habe doch selber gesagt, erinnerte Nita ihn, es sei bei seinen Besuchen dort fast so gewesen wie damals, als sie noch Gymnasiasten waren. Cedi stand Nitas Ansinnen ausgesprochen ablehnend gegenüber und erinnerte sie daran, wie sehr Eccu sie beide verletzt hatte, als er es ablehnte, Ellens Patenonkel zu werden.

»Überleg mal«, sagte Cedi, »er hat seine eigene Nichte abgelehnt, mit einem solchen Mann will ich nichts zu tun haben!« Aber Nita gab nicht auf, sie war hartnäckig, »bitte, Cedi, er ist doch mein Bruder, und ich mache mir solche Sorgen um ihn, er kann sich in sonst was hineinsteigern, das weißt du doch«, sagte sie, und da die Stimmung in der Prachtwohnung an der Havsgatan gerade so war, dass Cedi Nita möglichst alles recht machen wollte, gab er nach; er wollte die Schroffheit und Grobheit sühnen, die er zuweilen an den Tag gelegt hatte.

Eccu ging nicht ans Telefon, aber nach mehrtägiger Suche bekam Cedi einen Tipp und fand ihn im Indra. Draußen war ein gleichmäßig grauer Nachmittag, in dem Lokal herrschte dagegen ewige Nacht, und Eccu saß allein an einem Tisch, er war betrunken und stierte dümmlich eine billige Tänzerin an, die bis auf ein paar Federn um die Brüste und eine Pythonschlange um den Hals und ein Paillettendreieck vor dem Schritt nackt war. Cedi setzte sich an den Tisch und hielt eine Predigt, in der er sagte, diese dekadente Genusssucht habe möglicherweise ihre Funktion erfüllt, als sie um die zwanzig waren und versuchten, sich vom Hinscheiden der Eltern und von Gesellschaftsaufständen und Gefangenschaft und, nun ja, allem Möglichen zu erholen, nun aber seien sie fast dreißig, und Eccu habe einen Sohn, der bald in die Schule komme, und ein Atelier, das noch zu retten sei, wenn er sich nur am Riemen reiße, sah er denn nicht, dass das Leben, das er führte, schmutzig und sinnlos war und die goldenen Momente des Daseins ganz woanders zu finden waren?

Aber Eccu starrte nur finster vor sich hin und sagte dann mit tonloser Stimme, Cedi könne sich einen Tee mit Schuss bestellen und ihn trinken und den Mund halten oder einfach abhauen, denn er wolle sich keine Moralpredigten anhören, sie seien nutzlos, und außerdem verstellten sie ihm die Aussicht und blendeten Fräulein Astas üppige Reize gleichsam aus.

Auch Lucie Lilliehjelm kam mit der Zeit das Gerücht zu Ohren, dass es mit ihrem Jugendfreund und ehemaligen Hoffotografen wieder einmal bergab ging. Lucie selbst verlebte einen strahlenden Sommer, ihre Lebensfreude und Unternehmungslust hatten möglicherweise eine Zeit lang nachgelassen, aber mittlerweile hatte sie ihr *savoir-vivre* wiedergefunden. Die anhaltenden Regenfälle schienen ihr nicht das Geringste auszumachen, sie hatte sich die Haare zu einer Pagenfrisur à la Louise Brooks schneiden lassen, und nachts sah man sie mit unterschiedlichen Kavalieren in einem Restaurant nach dem anderen Charleston und Black Bottom tanzen. Außerdem hatte sie sich einen Sportwagen gekauft, einen kleinen Jordan Six; mit ihm bestritt sie waghalsige Wettrennen gegen Maggie Kossloffskys Royal Enfield auf den lehmigen Schotterpisten vor den Toren der Stadt.

Als Lucie die Gerüchte hörte, machte sie sich sofort große Sorgen um Eccu. Lucie mochte oberflächlich wirken, und halb Helsingfors wusste von ihrem Faible für erfolgreiche *artistes*. Aber das war nur die halbe Wahrheit. Lucie fühlte sich allen verbunden, die es wagten, nach der Devise »Alles oder nichts« zu leben: diese Lebenseinstellung, nicht der zählbare Erfolg, bildete das verbindende Glied zwischen ihr und all ihren Männern. Ihr Pariser Liebhaber Sévigny-Ferrand war ein solcher Fantast gewesen, genau wie Ilmari Salmikoski, und so hatte sich auch der Pianist Jonesy unter seiner eleganten und fröhlichen Fassade erwiesen. Unter seinen Unzulänglichkeiten war auch Eccu Widing ein kühner Mensch, der es wagte, neue Wege zu gehen, und Lucie liebte ihn dafür, auch wenn es wieder einmal auf die schlechtere Alternative des Wahlspruchs hinauszulaufen schien, das große Nichts. Dagegen waren ihre Gefühle für Eccu streng platonisch und es im Grunde auch immer gewesen. Als sie sich ihm damals hingegeben hatte, war es eher aus Zerstreutheit geschehen als aus Lust. Lucie konnte einen unsicheren und von Niederlagen gezeichneten Freund lieben und ihm oder ihr Freundschaft schenken, aber im Grunde fand sie das Scheitern trist und insbesondere unerotisch, und das Scheitern hatte immer schon in Eccu gelauert.

Sie zog eine schwarze Baskenmütze, einen schwarzen Pullover mit Rollkragen und einen grauen Hosenanzug an, setzte sich in ihren Jordan Six und fuhr an einem Vormittag nach Brändö hinaus, an dem es ausnahmsweise nicht regnete; die Sonne schien, aber es war sehr windig, gischtige Wellen wälzten sich heran und wühlten das sommerlich grüne Wasser der Gammelstadsfjärden auf. Die Haustür stand offen, aber sie musste lange im Vorraum warten, bis Eccu kam und ihr in einem zerknitterten und offenen weißen Hemd ohne Kragen öffnete. Auch die Hose war zerknittert, und seine Haare waren zerzaust, und Lucie ahnte, dass Eccu erst in den frühen Morgenstunden heimgekehrt war und sich in voller Montur aufs Bett gelegt und seinen Rausch ausgeschlafen hatte, obwohl es fast zwölf war. Eccu lebte momentan ohne Hausangestellte – das Hausmädchen war nach der Scheidung bei ihm geblieben, hatte aber wegen seiner unregelmäßigen Lebensweise schon bald gekündigt –, und Lucie bereitete ein einfaches Frühstück vor, während er sich frisch machte; es gab Kaffee, ein wenig Käse, einen halben Haferkuchen und eine dreiviertel volle Flasche Milch, das musste reichen. Als sie kurze Zeit später am Küchentisch saßen und Eccu es leid war, sie damit aufzuziehen, dass sie sich anzog wie ein Mann, fragte sie ohne Umschweife:

»Was ist es, das dich so hetzt, Eccu? Ist es immer noch Atti? Oder ist es das, was ihr damals getrieben habt, als ihr euch nach dem Aufstand habt anwerben lassen?«

Eccu schaute durchs Küchenfenster in den wildwüchsigen Garten hinaus, seine Augen waren schmal und rot unterlaufen. Er blinzelte hilflos im klaren Tageslicht. Nach einer scheinbar endlos langen Pause sagte er leise:

»Ich weiß es nicht. Es ist nicht so konkret. Im Grunde ist es ... es ist nichts, was ich benennen oder erklären kann.«

Er verstummte und schien nach Luft zu schnappen, so als wären die Worte, die er soeben ausgesprochen hatte, eine fast übermenschliche Anstrengung für ihn gewesen. Auch Lucie schwieg: Ihr fiel nichts Tröstliches ein, was sie hätte sagen können.

»Es wird einfach nur dunkel in mir«, sagte Eccu. »Und ich weiß nicht, was ich tun soll, ich habe kein Gegengift mehr, ich habe alles versucht.«

Lucie zögerte, dann sagte sie:

»Alors, ich muss etwas sagen, das mir eigentlich widerstrebt. Das ist nicht meine Melodie, aber ich habe manchmal gesehen, dass es bei anderen funktioniert: Wenn deine eigenen Kräfte nicht ausreichen, dann versuche, über dich hinauszugehen, wende dich etwas Größerem zu.«

Eccu wirkte erstaunt.

»Was willst du damit sagen? Dass ich reaktionär werden und anfangen soll, mit Militarismus und Rassenlehren zu flirten wie dein Bruder? Nein, danke!«

»Spiel hier nicht den Dummen«, erwiderte Lucie. »Du weißt genau, was ich meine. Du brauchst Hilfe, und ein jeder kann sehen, dass du sie nicht in der Welt der Menschen findest.«

»Gott?«, sagte Eccu ungläubig und verzog die Lippen zu einer Grimasse, die ein Lächeln darstellen sollte. »Die Königin der Freidenker und aller Irrgläubigen Lucie Lilliehjelm empfiehlt mir, Hilfe bei Gott zu suchen?«

»Ja, oder wie immer du es nennen willst. Ein allmächtiger Onkel mit Rauschebart ist es jedenfalls nicht.«

Eccu zuckte mit den Schultern und setzte eine zynische und lebensmüde Miene auf:

»Man muss sich schon einiges anhören, ehe einem die Ohren abfallen.«

»Ja«, sagte Lucie. »Aber du bist mein Freund, und du bist arm dran.«

Einige Tage später hatte sich Eccu mit dem Besitzer einer Agentur in Kronohagen verabredet, sie wollten über den Preis für eine Partie Velox- und Platinapapier und diverse Chemikalien sprechen. Auch jetzt war es Vormittag, und auch an diesem Vormittag hatte Eccu einen Kater. Es nieselte, und als er mit müden Schritten in die ehemalige Nikolai-, die heutige Snellmansgatan, bog, kollidierte er mit einer jungen Frau, die unter ihrem großen Regenschirm gebückt ging und sich nicht vorsah. »Oh, mein Gott, Entschuldigung!«, platzte die Frau heraus, und im ersten Moment erkannte Eccu sie nicht wieder. Aber dann – die schlanke, aufrechte Gestalt in dem einfachen, aber hübsch geschnittenen Sommermantel, die kastanienbraunen Haare und die Stupsnase, die dem Gesicht einen energischen Ausdruck verlieh, auch wenn sie ernst war oder sogar bedrückt. »Fräulein Mandi!«, rief Eccu aus und kam sich augenblicklich gekünstelt und albern vor. »Sind… Sie es, Herr Widing?«, fragte Mandi vorsichtig, und es lag ein fast erschrockener Schimmer in ihren grünen Augen; Eccu schoss der Gedanke durch den Kopf, dass er verlebt aussehen musste.

Eccu bestand darauf, sie zu einem Kaffee einzuladen, und sie tranken eine Tasse Mokka und aßen jeder ein Brioche in Hausens Konditorei auf der Straßenkuppe der Sjötullsgatan. Er erzählte Mandi von Atelier Widings neuem rotschwarzen Dekor, verschwieg aber, wie schlecht die Geschäfte liefen. Anschließend konnte er seine Zunge nicht länger im Zaum halten, und es entschlüpfte ihm, dass nichts mehr so war wie früher, seit Mandi gekündigt hatte. Er empfand sich seiner neuen Mitarbeiterin gegenüber sofort als illoyal, rief sich dann jedoch ins Gedächtnis, wie streng und uncharmant Frau Fritzson war, und dachte, dass es keine Rolle spielte. Mandi lächelte entwaffnend und erkundigte sich, wie es seiner Frau Aina und dem kleinen Sti ging, und Eccu antwortete kurz, seine Ehe habe leider mit der Scheidung geendet, und seinen Sohn sehe er nicht sonderlich oft. Mandi war schockiert, unwillkürlich führte sie die Hand zum Mund, und für ein oder zwei Sekunden sah es fast aus, als würden sich ihre schönen Augen mit Tränen füllen. Eccu murmelte, das sei nicht so schlimm, wie es klinge, und fragte daraufhin schnell, wie es um Mandi selbst stand, hatte sie womöglich schon geheiratet, sie war doch verlobt gewesen, als sie das Atelier verließ und eine Stelle bei Prokurist Holma annahm. Mandi antwortete, sie habe ihren Verlobten im vorigen Sommer verlassen; ihr gefalle die Rolle als selbständige, berufstätige Frau, und sie hege mittlerweile den Verdacht, dass sie nichts für die Ehe und die Ehe nichts für sie sei. »Nun«, sagte Eccu, »eine Frau mit Ihrer äußeren Erscheinung wird immer von Herren umschwärmt werden, die das Gegenteil beweisen wollen.« Er wollte galant klingen, aber das Ergebnis, dachte er streng, hatte lüstern und schmeichlerisch geklungen. Aber Mandi scherte sich nicht weiter darum, sondern lächelte erneut und erzählte, dass sie kürzlich in eine kleine Wohnung mit Kochnische und Badezimmer in Lilla Nådendal umgezogen war. »Lilla Nådendal?«, echote Eccu verständnislos. »Das neue Haus unterhalb von Broberget«, sagte Mandi in einem belehrenden Ton und fuhr fort: »In der Unionsgatan fünfundvierzig, am Fuß der Långa-Brücke. Es ist so groß und hat so viele Stockwerke, dass wir, die wir dort wohnen, fast so viele sind wie die Einwohner einer kleinen Stadt!« Eccu versuchte sich zu erinnern, wie das Haus aussah, und es gelang ihm; eine riesige Mietskaserne der besseren Art, eines dieser vielen neuen und kolossalen Gebäude, die eine Nebenerscheinung der Hochkonjunktur waren. Er wollte Mandi weitere Fragen zu ihrem Privatleben und vor allem dazu stellen, wie es war, für Direktor Holma zu arbeiten, konnte sich jedoch nicht dazu durchringen. Stattdessen strahlte Mandis Gesicht auf einmal, und sie erzählte ihm von ihrer neuen Leidenschaft: Sie spielte Theater bei Työväen Näyttämö, bei der Volksbühne, in Surutoin, alles lief auf Finnisch ab, und sie hatte bisher nur Statistenrollen übernommen, aber es war unheimlich spannend, und sie hatten einen fantastischen Lehrer, einen alten und erfahrenen Schauspieler, der Herr Vuorela hieß und ihnen

Sprechtechnik beibrachte, indem er mit einer brennenden Kerze vor dem Mund dastand und flehte und weinte und aus vollem Hals schrie, ohne dass die Flamme jemals erlosch oder auch nur vom Luftzug seines Atems flackerte. Und dann gab es auch noch einen Herrn Brännäs – »obwohl wir ihn nur Tauno nennen, und dann wird er rot, denn er ist schrecklich schüchtern«, sagte Mandi und kicherte –, der sogar noch schöner war als Rudolf Valentino und der Liebling aller Frauen und aller närrischen Männer.

Als Eccu sich von Mandi verabschiedete, war er verwirrt und erschüttert, aber auf angenehme Weise. Er fühlte sich wie neugeboren, denn mitten im grauen Zwielicht seines Lebens, das sich fortwährend in Dunkelheit zu verdichten drohte, hatte er einen flüchtigen Blick auf etwas anderes werfen dürfen, auf die Möglichkeit von etwas Lebendigem und Neuem. Doch das Gefühl von Leichtigkeit und Licht hielt sich nur exakt so lange, wie er das Bild Mandis vor Augen hatte; als sich das Bild auflöste, war die erstickende Dunkelheit wieder da.

* * *

An einem Julitag, an dem es in Strömen goss, saß Ivar Grandell in seinem Untermietzimmer in der Broholmsgatan, rauchte Zigaretten der Marke Saimaa und tippte auf seiner Corona. Er arbeitete an einem Artikel über Graf Coudenhove-Kalergis paneuropäische Union und an einem weiteren über den tschechoslowakischen Schriftsteller Čapek und dessen bahnbrechendem *Roboter*-Begriff und hatte schon seit Tagen keine Menschenseele mehr gesehen, er hatte allein in Gesellschaft seiner Schreibmaschine in der Wohnung gesessen und von Kaffee und Zigaretten und Brot und Sardinen gelebt; die Sardinen waren eine Angewohnheit, die er seit dem Winter 1918 beibehalten hatte. Als es an der Tür klingelte, hörte er es nicht, er war wie hypnotisiert von seinen eigenen Gedanken, und erst als die Klingelsignale weitergingen und nach und nach von vorsichtigem Anklopfen begleitet wurden, fuhr er auf, unterbrach sein Tippen, erhob sich von seinem Stuhl am Küchentisch und schlurfte in den Flur hinaus.

Er öffnete die Tür und war sich für einen kurzen Moment sicher, sein Herz würde stehen bleiben. Erst war er nur sprachlos und traute seinen Augen nicht, dann wurde er von Gefühlen überwältigt, und ihm war schwindlig, und er war den Tränen nah wie ein unerfahrener Jüngling. Aber er sagte nichts, er stand nur vollkommen still, zehn Sekunden vergingen, fünfzehn, vielleicht mehr, bis Henriette Hultqvist ein paar nasse Haarsträhnen fortstrich, die an ihrer Stirn klebten, sich bückte, den abgewetzten Koffer vom Boden des Treppenhauses hob und sagte:

»Ich habe doch gehört, dass du zu Hause bist, ich habe das Knattern wiedererkannt. Möchtest du mich nicht hineinbitten?«

Henriette hatte die Wohnung in der Brännkyrkagatan nicht einmal gekündigt, nur gedacht, dass sie Helsingfors und Ivar wiedersehen musste – sie nannte die beiden in dieser Reihenfolge –, woraufhin sie eine Fahrkarte für das Dampfschiff gekauft und das Nötigste in den Koffer gepackt hatte. Als sie ankam, hatte sie sich nicht willkommen gefühlt, war schüchtern und ängstlich gewesen und hatte sich deshalb ein Zimmer in der Citypension genommen, ohne sich irgendwem zu erkennen zu geben. Dort hatte sie drei Tage gewohnt, war durch die nass glänzenden Straßen geschlendert und hatte in der Pension oder im Hauptbahnhof gegessen und das Opris und das Fennia und alle anderen Lokale gemieden, in denen sie auf alte Bekannte zu stoßen fürchtete. »Das Opris gibt es nicht mehr, nicht das Opris, das wir kannten«, klärte Ivar sie mit Wehmut in der Stimme auf und fuhr fort: »Ich habe mich immer gefragt, was diese Stadt so furchteinflößend macht, ich habe mich selber genauso gefühlt, als ich hierher gezogen bin.« Henriette sah ihn ein wenig scheu an und meinte: »Aber ich bin froh, dass ich mich schließlich doch getraut habe, an deiner Tür zu klingeln. Um ehrlich zu sein, mehr als froh.« Mit diesen Worten war das schlimmste Eis gebrochen, aber die Schüchternheit blieb, und keiner von beiden wusste so recht, wie sie überwunden werden sollte. Fürs Erste schlief Henriette in Ivars Bett in der kleinen Bettnische, während Ivar die Ersatzmatratze vom Speicher herabholte und für sich selber eine Bettstatt auf dem Fußboden neben dem Bücherregal mit dem Rundfunkgerät herrichtete. Dort lag er dann und dachte nach. Es waren so viele und so lange Jahre ohne Henriette geworden, dass mehrere seiner Bilder von ihr sich in der Zwischenzeit in reine und blühende Fantasiegebilde verwandelt hatten; in seiner Erinnerung waren ihre Augen blau gewesen, in Wirklichkeit waren sie dagegen grau mit einem Anstrich von Grün. Und während er Nacht für Nacht an Henriette dachte und daran, wie wunderbar sie war, hörte er gleichzeitig, dass sie sich in der Bettnische unruhig hin und her wälzte.

Ivar zog Henriette kurzerhand in das alkoholgeschwängerte Gesellschaftsleben hinein, in dem er in den letzten Jahren ein höchst launenhafter Gast gewesen war; sein Lebensstil war so, dass er zeitweise täglich in den Bohemecafés saß – im Colombia und Bronda und mehreren anderen Lokalen gehörte er zum Inventar –, während er sich zwischendurch zurückzog und las und schrieb und sich von Kaffee und Knäckebrot und Konserven ernährte. Jetzt, während einiger kühler Wochen im Juli, parkte er gerade im Bronda, und neben ihm saß Henriette und erweckte großen Neid unter den abgehalfterten Kinomusikern, Verseschmieden, Nachrichtenredakteuren und Schlagzeilenjägern, aus denen die Stammkundschaft des Lokals bestand. Und Ivar redete munter drauflos. Es schien, als hätte Henriettes Ankunft ihn von jahrelanger Niedergeschlagenheit und Sprachlosigkeit erlöst, mit ihr an seiner Seite fühlte er sich unbesiegbar, plötzlich hatte er wieder Ansichten, es war wie damals, vor langer Zeit, als der Weltenbrand ausbrach und er und Allan Wallenius und Fredrik Ahlroos und all die anderen in wintrigen Nachspielen in den zugigen Studentenbuden unten am Brunnsparksufer hockten und sich über alles zwischen Himmel und Erde stritten.

In diesen Juliwochen ließ Ivar sich zu allem Erdenklichen aus, und zwar vor jedem, der ihm zuhören mochte. Er hielt Vorträge darüber, dass das finnische Volk seinem Wesen nach demokratisch war und eigentlich einen untrüglichen Sinn für Ehre und Gerechtigkeit besaß, man aber dessen ungeachtet die Zukunft des Landes aufs Spiel setzte, indem man stets jener Mischung aus Untertänigkeit und Grausamkeit nachgab, die den Menschen geneigt sein ließ, nach oben Speichel zu lecken und die schon Geschlagenen zu treten. Er kritisierte die unverhältnismäßig große Rolle, die dem Sport in der jungen Nation zugemessen wurde, und er sorgte für Aufruhr bei den zahlreich vertretenen Sportreportern im Bronda, als er herablassend über Nurmi und Ritola und die anderen Athleten, die gerade mit der s/s Oihonna die Olympiastadt Amsterdam erreicht hatten, sprach; er verstieg sich sogar zu der Aussage, dass es besser gewesen wäre, wenn die Oihonna auf der Nordsee untergegangen wäre. Anschließend würzte er seinen Kaffee mit einem neuerlichen Schuss aus dem kleinen Flachmann, den er in seiner Jacketttasche trug, und fuhr fort, Reden zu schwingen, und erntete mal Zustimmung, mal Widerspruch von den anderen eingefleischten Gästen des Bronda, und die ganze Zeit saß die schöne Schwedin mit den unbändigen Haaren an seiner Seite. An manchen Abenden blieb Henriette still und passiv, und nicht einmal der Zigarettenrauch, der wie bläulicher Nebel über dem Tisch hing, konnte verbergen, dass ihre Augen voller Trauer waren und um ihre Mund- und Augenwinkel tiefe Furchen lagen. An anderen Abenden beteiligte sie sich am Gespräch und lächelte und lachte, und wenn Ivar zu weit ging, schüttelte sie streng den Kopf über seine Provokationen; manchmal geschah es sogar, dass sie sich zur

Seite lehnte und ihm etwas ins Ohr flüsterte und seinen Arm tätschelte, damit er sich beruhigte.

An einem dieser Abende im Bronda saßen Ivar und Henriette am gleichen Tisch wie Fredrik Ahlroos, damals Redaktionsleiter beim *Hufvudstadsbladet*. Am gleichen Tisch saß zudem Max Hanemann, Chefredakteur der Abendzeitung *Svenska Pressen*. *Hufvudstadsbladet* und *Svenska Pressen* veröffentlichten Ivars Artikel und sorgten folglich für seinen Lebensunterhalt, aber Ivar schien sich nicht weiter darum zu scheren, dass seine Tischnachbarn de facto seine Vorgesetzten und Mäzene waren. Er war an diesem Abend ganz in seinem Element, und nachdem er und Ahlroos zunächst die letztjährige Gedichtsammlung »Steinkohle« des Lyrikers Diktonius diskutiert und sich darauf geeinigt hatten, dass Diktonius ein unausstehlicher Kerl, aber ein genialer Dichter war, kam Ivar anschließend auf verschlungenen und fuselschweren Wegen auf die schwedische Minderheit in Finnland und deren Wohl und Wehe zu sprechen. Er beschimpfte sowohl die freisinnige Zeitung *Svenska Pressen* als auch das konservative *Hufvudstadsbladet* nach Strich und Faden, er nannte beide Zeitungen feige und erklärte, die sogenannten moderaten Bürger gingen den Faschisten um den Bart, während sie alle Sozialisten als grölende Barbaren darstellten. Dann sprach er längere Zeit über die Herrenvolkmentalität der schwedischsprachigen Elite und zitierte lange Absätze aus »Quo vadis, Ihr schwedischen Männer?«, einem viel beachteten Buch des bekannten Helsingforser Arztes und Eugenikers Odin Ekenberg, der mit Hilfe von Schädelmessergebnissen und Kurven über die durchschnittliche Körperlänge und Fußgröße propagierte, Mischehen sollten vermieden werden und der ostschwedische Volksstamm seine Reinheit bewahren. Ivars Stimme triefte vor Sarkasmus, als er Doktor Ekenberg zitierte, weder Ahlroos noch Hanemann oder Henriette kamen zu Wort, und am Ende warf Ahlroos, der Demokrat war und einen internen Einmannkrieg gegen die rechte Linie von *Hufvudstadsbladet* führte,

Henriette einen verstohlenen Blick zu. Sein Blick war resigniert, auffordernd und belustigt zugleich, und Henriette lehnte sich auf der Stelle zu Ivar vor und tätschelte wieder einmal seinen Unterarm, während sie gleichzeitig den schnapsgefüllten Flachmann aus seiner Jacketttasche zog und ihm ins Ohr flüsterte: »Jetzt nehme ich den hier in meine Obhut, und wenn du deine Tasse ausgetrunken hast, gehen wir nach Hause!«

Die große Wärme zwischen ihnen, natürlich gab es sie noch, aber am Ende konnte Ivar nicht länger die Augen davor verschließen: Henriette war nicht froh, irgendetwas bedrückte sie, und Ivar kam nicht richtig an sie heran, insbesondere körperlich nicht. Mehrere Male waren sie dicht aneinander gedrückt und in vertrauliche Gespräche vertieft aus dem Bronda oder Colombia nach Hause spaziert, und wenn sie in die Broholmsgatan zurückkamen, war Ivar so feurig erregt, wie er es seit seiner Jugend nicht mehr gewesen war. Aber daraufhin zog Henriette sich zurück, sie hatte immer eine Ausflucht zur Hand, sie war müde, und sie hatte Rückenschmerzen, und sie war »unpässlich«, was, wie er begriff, ihr Codewort dafür war, dass sie ihre Tage hatte.

Dann kam jener Freitag, an dem das Wetter endlich besser zu werden schien. Am Vormittag gab es nur vereinzelte kleine Wolkentupfer an einem strahlend blauen Himmel, und es war mehr als zwanzig Grad warm. Sie folgten einer spontanen Eingebung, im Grunde war es Henriettes Idee; sie packten Decken und eine Thermoskanne mit Kaffee und danach Zucker und belegte Brote in einen Picknickkorb, und als sie ihn gepackt hatten, flanierten sie ins Stadtzentrum und nahmen die Straßenbahnlinie M Richtung Munksnäs. Sie stiegen früh aus, gingen durch die hintersten Teile von Tölö, kauften frisch gebackene Blätterteigteilchen im Café Mississippi und spazierten weiter hinaus Richtung Fölisön. Sie fanden eine abseits gelegene, ruhige Felssenke auf der Südseite Fölisöns und hatten freie Sicht auf Sandudd und Lappviken und Drumsö. Sie gossen pechschwarzen Kaffee in die Blechtassen und machten sich über die Schinkenbrote her, während sie darüber sprachen, dass sie dem expressionistischen Theater eine Chance geben und sich Karten für Hagar Olssons »Pantomime des Herzens« am Schwedischen Theater besorgen würden – »ach, liebe Alma mater«, sagte Henriette mit Wehmut und Ausgelassenheit in der Stimme –, sobald die Spielzeit begann. Aber als sie die Papiertüte mit den Blätterteigteilchen herausholten, verschwand die Sonne, der Wind frischte auf, und finstere blaue Regenwolken näherten sich, von Alberga und Hoplax kommend. Sie schafften es nicht einmal mehr einzupacken, ehe der Wolkenbruch auch schon über ihnen hing, und als sie im Laufschritt das Restaurant mitten auf der Insel erreicht und Schutz vor dem Regen gefunden hatten, waren sie bereits durchnässt.

Als sie in die Stadt zurückkehrten – Ivar scheute keine Kosten und ließ den Oberkellner des Restaurants eine motorisierte Droschke bestellen –, war Henriette durchgefroren und wollte Issakainens öffentliche Sauna in der Femte linjen besuchen. Entweder ließ sich Henriette gründlich waschen oder aber die Damenabteilung war überfüllt und alle Badefrauen beschäftigt, denn Ivar fand Zeit, sein Bad zu beenden, sich an einem Kiosk Erdbeersaft zu kaufen und auf einer Bank an dem kleinen Platz vor dem Eingang zwei Saimaa zu rauchen, ehe sie endlich aus der Tür trat. Am Abend fröstelte Henriette noch immer, weshalb Ivar ein Feuer in dem runden Kachelofen entfachte und die Luken offenstehen ließ. Henriette saß im Schaukelstuhl und nippte an einer Tasse Tee, und Ivar saß auf der gewagt gemusterten, aber durchgesessenen Couch, die er von Eccu Widing bekommen hatte, als dieser sein altes Atelierdekor hatte loswerden wollen. Ihre Unterhaltung verlief eher schwerfällig, die meiste Zeit schwiegen sie und starrten in die Flammen, und Ivar rauchte eine Zigarette nach der anderen und betrachtete Henriettes Profil, das vom roten Schein des Feuers erhellt wurde; er wollte ihr immer noch in jeder erdenklichen Weise nahekommen, wagte jedoch nicht mehr, es zu versuchen. Und es schien, als hätte Henriette seine Gedanken gelesen, vielleicht ging aber auch ein Engel durchs Zimmer und flüsterte ihr zu, dass sie und Ivar dabei waren, ihre Chancen ungenutzt verstreichen zu lassen; denn just in diesem Moment sprach sie die wichtigen ersten Worte; sie sagte sie mit müder und zögernder Stimme und ohne den Blick vom Feuer zu nehmen: »Es waren schwere Zeiten damals, als ich hinüberfuhr, ich verstand wohl nicht, wie schwer sie waren...«

Die Geschichte, die Henriette daraufhin erzählte, war dergestalt, dass Ivar, der in den Wochen zuvor so gesprächig gewesen war, augenblicklich begriff, seine Rolle bestand im Schweigen und Zuhören. Henriette erklärte, sie habe immer eine optimistische Lebenseinstellung gehabt, das Problem am Optimismus sei nur, dass er so leicht in Naivität umschlage. Fast zehn Jahre habe sie sich eingebildet, Eisenbahndirektor Widing, Eccu Widings Vater, würde sich von seiner Frau scheiden lassen, und in gleicher Weise habe sie sich eingebildet, sie, das in Vergessenheit geratene Fräulein Hultqvist, könne nach mehr als fünfzehn Jahren nach Stockholm zurückkehren, als Vierzigjährige, um die großen Rollen zu bekommen, die sie nicht einmal bekommen hatte, als sie in der Blüte ihrer Jugend stand und über gute Kontakte verfügte. Sie beschrieb detailliert und gequält, wie sie anfangs ein paar Rollen als Statistin, dann jedoch gar keine mehr bekommen hatte, sie erzählte davon, wie sie sich um Arbeit als Verkäuferin und Cafékellnerin beworben, doch auch diese Stellen nicht bekommen hatte, und als sie schilderte, dass sie sich die Miete für ihre kleine Wohnung in der Brännkyrkogatan nicht mehr leisten konnte und auch kein Geld mehr für Lebensmittel und Brennholz gehabt hatte, da wusste Ivar schon, was kommen würde. Henriette verstummte, ergriff dann jedoch erneut das Wort, sie starrte ins Feuer, ohne seinem Blick zu begegnen, und ihr Gesicht war hart wie Granit, als sie sich zwang, schneller zu sprechen, sie sagte, am Ende habe sie keine Wahl mehr gehabt, sondern sei gezwungen gewesen, sich ihren Lebensunterhalt

auf denkbar simpelste Art zu verdienen, sie wisse, dass Ivar
verstehe, was sie meine, und sie wolle nicht mehr sagen, nur
so viel, dass sich das, was sie getan habe, nicht rechtfertigen
lasse und sie nie mehr erhobenen Hauptes die Brännkyrkogatan hinabgehen könne. Sicher, sagte sie, und nun sprudel-
ten die Worte aus ihr heraus, sie sei beschmutzt, aber sie sei
in einer verzweifelten Situation gewesen, ihre Eltern seien
tot, genau wie ihre einzige Schwester, und sie habe keine Verwandten in Stockholm, und nach so vielen Jahren in Helsingfors habe sie auch keine Freunde mehr gehabt, und sie wollte
doch nicht hungern und nicht erfrieren, und sie sei von stol-
zen und hart arbeitenden Eltern in der Kleinstadt Katrineholm
erzogen worden, und es hatte ihr widerstrebt, sich an die Ar-
menhilfe zu wenden, es hatte ihr so sehr widerstrebt, dass sie
lieber ihr Herz eingeschlossen und ihre Schale verkauft hatte,
ihr verbrauchtes Äußeres, und wenn Ivar sie hinauswerfen
wolle, werde sie ihm deshalb niemals Vorwürfe machen. Aber
sie habe nicht lügen wollen, das bringe sie nicht über sich, sie
habe sich so furchtbar gesehnt, aber sie habe mit dem einzigen
Mann, der ihr wohlgesinnt gewesen sei und sie immer entsprechend behandelt habe, nicht in einer Lüge leben wollen.
Nur eines wolle sie noch sagen, auch wenn es ihr peinlich sei;
sie sei zur Kontrolle gegangen und für sauber und gesund erklärt worden; sie sei mit keinen Krankheiten infiziert, denn sie
habe versucht, so gut es eben ging, vernünftig und klug zu
sein, aber wie gesagt, sie sei bereit, noch in dieser Nacht ihre
Sachen zu packen und ihres Weges zu gehen, sie erwarte nichts
anderes, als dass Ivar sie abweisen werde.

Ivar sagte anfangs nichts, denn er wusste nicht, was er sagen sollte. Er rückte auf der Couch nur ein wenig nach rechts
und berührte leicht ihre Hand. Henriette saß still und zusammengekauert, als hätte sie sich völlig verausgabt, aber ihr
Profil war weiterhin hart und ohne Regung, und keine Tränen liefen ihre Wangen herab. Ivar machte sich Vorwürfe –
im Grunde hatte er das alles doch von Anfang an gesehen, er

hatte doch gesehen, dass Henriette nicht nur älter, sondern auch härter, aber gleichzeitig spröder und zerbrechlicher geworden war, man benötigte kein Magisterexamen, um das zu merken –, und als er endlich das Wort ergriff, sprach er leise und in kurzen Sätzen, aber jedes Wort war voller Liebe. Dies war nicht der Ivar, der in den Cafés debattierte und stritt, und es war nicht der Ivar, der einst versucht hatte, ein fahrender Agitator zu werden; dies war ein Ivar, der mehr als zwanzig Jahre Lehrer gewesen war und geschrieben hatte, es war ein Ivar, der das eine oder andere darüber wusste, wie sich Gefühl und Intelligenz in der Sprache begegnen, und wie durch ein Wunder gelang es ihm, all dieses Wissen just in dem Moment in die Waagschale zu werfen, als der Engel ein weiteres Mal durch die kleine Wohnung in der Broholmsgatan ging und ihm die Aufgabe übertrug, Henriette neuen Lebensmut einzuflößen. Er sagte ihr: »Und du hast wirklich gedacht, dass ich dich deshalb verstoßen würde, ich, der ich in meinem armseligen Leben auf jede erdenkliche Weise gesündigt habe.« Dann entsann er sich plötzlich einer Zeile, die er einmal in einem Brief an sie geschrieben hatte – *wenn ich mich bücke, kann meine Hand die Wärme in den Pflastersteinen der Straßen spüren, auf denen du einst gingst –,* und daraufhin bat er sie, ihm in die Augen zu schauen, und als sie widerwillig den Kopf wandte und seiner Bitte nachkam, da sagte er:

»An jedem Ort, an dem ein Mensch gegangen ist, gibt es eine Erinnerung an ihn. Für die meisten ist sie unsichtbar, aber für jene, die diesen Menschen kennen und lieben, ist sie ein ganz deutliches Bild, das sie jedes Mal vor sich sehen, wenn sie vorübergehen. Solange es diese liebenden Menschen noch gibt, so lange gibt es auch noch das Bild, auch wenn der Mensch, der dort ging, womöglich bereits gestorben ist. Und deshalb steigt zuweilen eine plötzliche Wärme von der Straße auf, auf der wir gehen. Es ist die Erinnerung an alle anderen Menschen, die dort gingen und liebten und hassten und hofften und gepeinigt wurden. Vergiss das nicht, liebe Henriette, solange jemand weiß, dass wir dort gingen, und solange sich jemand mit Wärme an uns erinnert, tragen die Straßen unsere Namen.«

Er verstummte und sah sie an, als hätte er sich vergewissern wollen, dass sie ihn wirklich verstand, dann fuhr er fort:

»Für mich ist das hier eine Stadt voller Bilder von dir; und nichts, was dir widerfahren ist oder wozu du dich entschlossen hast oder gezwungen wurdest, kann dies ändern. Das Leben ist ein Dieb, und dieser Dieb beschmutzt uns alle. Alles, was zählt, ist, dass es uns beide gibt und in mir etwas geschieht, wenn ich dich ansehe, etwas, das mich zu einem besseren Mann macht als dem, der ich gestern war.«

Als er aufhörte zu sprechen, schaute Henriette wieder fort, und er ahnte, dass sie die Zähne zusammenbiss, um nicht in Tränen auszubrechen. Er blieb sitzen und wartete, und schließlich stand sie aus dem Schaukelstuhl auf, kam zu ihm und setzte sich auf seinen Schoß. »Und dich verachten sie«, sagte sie ruhig, und dann wiederholte sie die Worte nochmals, danach sagte sie nichts mehr, sie blieben still sitzen, während sich das Feuer in Glut verwandelte, sie blieben sitzen, während die Glut zu grauer Asche verglomm, manchmal streichelte er ihre Wange mit der Außenseite seiner freien Hand, das war alles.

* * *

Sowohl Eccu als auch Henning Lund schwiegen hinterher wie ein Grab zu dem, was in der Nacht zwischen dem fünften und sechsten August in jenem Sommer geschah; die Ereignisse bleiben zum Teil im Dunkeln, und jeder Bericht über das Geschehen muss deshalb notgedrungen vage bleiben.

Es war ein Sonntagabend, und unten in Amsterdam wurden die Olympischen Wettbewerbe mit dem Marathonlauf beendet. Nurmi, Ritola und die anderen finnischen Langstreckenläufer hatten wie gewohnt überragende Leistungen gezeigt; das meistdiskutierte Gesprächsthema in Helsingfors betraf die

Frage, inwiefern Nurmi Ritola den Sieg über 5000 Meter geschenkt hatte oder nicht. Sowohl *Helsingin Sanomat* als auch *Hufvudstadsbladet* hatten während der Paradedisziplinen offene Telefonleitungen zu ihren Korrespondenten, und über Lautsprecher, die man auf die Straße stellte, schilderten die daheimgebliebenen Reporter der Zeitungen dann, wie sich die Läufe entwickelten; das Arrangement war ein voller Erfolg, vor *Hufvudstadsbladets* Haus in der Västra Henriksgatan und am Skillnadshang unterhalb der Ludvigsgatan, wo sich die Redaktionsräume von *Helsingin Sanomat* befanden, gab es Abend für Abend Menschenaufläufe.

Wie so oft in diesem Sommer hatte Henning sich mit Heini Saukkonen verabredet; er fuhr im gleichen Augenblick in seinem Willys Knight die Museigatan herab, in dem Heini die Zazafiliale schloss, auf seiner Uhr war es ein paar Minuten vor sechs. Von dort aus fuhren sie dann in der Regel zu Heinis Wohnung, die am unteren Ende der Straße lag, die man erst kürzlich nach dem hässlichen und hageren Nationalhelden Lönnrot benannt hatte, die aus alter Gewohnheit jedoch von allen nur Andrégatan genannt wurde. Dort pflegte Heini sich umzuziehen, und dort hatte man auch Zeit für eine schnelle Umarmung außerhalb der Reichweite gutbürgerlichen Tratsches; der Neubau lag etwas abseits, und die ganze Gegend war anonym, und außerdem war es ganz und gar Heinis Wohnung, es war eine moderne und helle Zweizimmerwohnung mit Küche und Badezimmer, ein auffallend luxuriöses Zuhause für eine junge Verkäuferin, aber andererseits war es auch Henning, der die Miete zahlte. Von der Lönnrotsgatan fuhren Henning und Heini dann im Allgemeinen nach Munksnäs hinaus zum Fiskartorpsufer hinab. Dort gingen sie an Bord von Zaza III, worauf Henning die Leinen löste, seine Kapitänsmütze mit dem breiten Schirm aufzog und sie eine Weile über das offene Meer vor Helsingfors fuhren, ehe sie in einem der renommierten Restaurants in Meernähe soupierten.

Doch an diesem Abend waren diese eingespielten Abläufe

außer Kraft gesetzt. Nach dem temporeichen Früh- und Hochsommer war Henning Eccu Widings Alkoholmissbrauch und die Sturheit und Stimmungsumschwünge, die mit ihm einhergingen, leid. Aber genau wie Nita und Lucie und viele andere war Henning besorgt über Eccus Zustand und hatte ihn deshalb überredet, den Kavalier für Heinis Freundin, die Buchhandelsverkäuferin Linnea Doll, zu spielen. Deshalb kam es diesmal zu keinem Schäferstündchen in der Lönnrotsgatan, nur zu einem raschen Wechsel von Rock und Bluse zu Kleid und Schmuck: Linnea Doll kam pünktlich um halb sieben, und daraufhin fuhren sie zur Kalevagatan, wo Eccu sie vor seinem Atelier erwartete.

Von der Kalevagatan fuhren sie zur Villa Lund in Munksnäs – »voilà liebes Fräulein, mein kleines chateau«, sagte Henning bescheiden, als er Linnea Doll das weiß verputzte, zweistöckige Haus mit dazugehöriger Garage präsentierte – und tranken die Willkommensdrinks im Garten, der dicht bewachsen und gut geschützt vor den Blicken von Nachbarn und Alkoholfahndern lag. Eccu trug wie Henning einen Smoking, und als die Damen außer Hörweite waren, lobte Henning seine Eleganz und sagte, wenn man seinen Lebenswandel während des ganzen Sommers bedenke, sehe er erstaunlich frisch aus. Es war trocken und wärmer als in den letzten Wochen, aber sie fuhren an diesem Abend nicht mit der Zaza III hinaus: Heini sagte ehrlich, dass sie von Bootsfahrten bei Wind und Regen die Nase voll habe, und Linnea kicherte nervös und gestand, dass sie schon seekrank werde, wenn sie das Meer nur *ansehe*.

Sie saßen in Hennings Garten und unterhielten sich über Charles Lindbergh und beschwerten sich darüber, dass nun alle Länder ihren eigenen Fliegerhelden haben wollten, der Letzte in der Reihe war ein gewisser Major Franco, der von Cadiz zu den Azoren und weiter über den Atlantik geflogen war. Nach einer Stunde in Hennings Garten fuhren sie in die Stadt, um herauszufinden, wie der Marathonlauf ausgegangen war, und während der Autofahrt zankten sie sich über

Greta Garbos und Pola Negris Zukunft in Hollywood: Henning meinte, der Tonfilm werde alle Stars, die Englisch nicht akzentfrei beherrschten, zur Heimkehr zwingen, und die anderen protestierten.

In der Stadt sah man Schlägereien und sogar Akte von Vandalismus. Die Menschenmengen, die gewohnt waren, dass die finnischen Läufer stets gewannen, wenn sie antraten, waren aufgebracht, weil sich der Marathonlauf zu einer nationalen Katastrophe entwickelt hatte. Oben am Skillnadshang hatte sich die Menge bereits zerstreut, aber eine nasale und metallische Stimme ertönte weiter aus *Helsingin Sanomats* Lautsprechern, die Stimme verlas die olympischen Resultate von gestern und heute. »Hast du verstanden, wie der Name des Marathonsiegers war?«, wollte Henning von Eccu wissen. »Nein... Al oder El Irgendwas«, antwortete Eccu, »bestimmt ein Neger.« »Dann fahren wir weiter, meine Damen?«, sagte Henning leichthin. »Sicher, aber wohin fahren wir?«, erkundigte sich Heini. In dieser Phase des Abends hatte es angefangen zu nieseln, und auf Eccus Vorschlag hin parkten sie den Wagen und gingen zum Palladium, wo Rytmi-Veljet ihren vorletzten Abend in Originalbesetzung bestritten: Theo Kossloffsky und Timmy Timonen standen kurz vor der Heimreise.

Als sie aus dem Palladium herauskamen, war es dunkel geworden. Es regnete jetzt stärker, Eccu war bereits betrunken, und auch Henning war nicht mehr nüchtern; er fuhr wie immer schnell, aber inzwischen fuhr er noch dazu unsicher und in Schlangenlinien. Heini und Linnea waren auch nicht mehr nüchtern, und der angetrunkene Zustand des Quartetts war so unübersehbar, dass sich das Personal des Casinos weigerte, den Tee zu servieren, den sie mit ihrem mitgebrachten polnischen Wodka mischen wollten. Daraufhin steckte Henning dem Oberkellner ein Bündel Geldscheine zu und bat stattdessen um Zitronensoda, woraufhin die Bestellung ausgeführt wurde. Sie aßen ein spätes Drei-Gänge-Menü, das sie mit Zitronengrogs hinunterspülten, und von der Konversation bei

Tisch blieb Eccu später nur in Erinnerung, dass Henning und er sich darüber gestritten hatten, welcher Laufstil besser war, Nurmis entspannter und ruhiger oder Ritolas schwerer und entschlossener. Als das Souper beendet und die Wodkapulle geleert war, schlug Henning ein Nachspiel bei Eccu vor. Der vorgeschlagene Gastgeber erwiderte, er habe leider keine Grog-zutaten daheim, aber Henning meinte, da könne er für Ab-hilfe sorgen, das Geheimfach in seinem Auto enthalte noch ein oder zwei Flaschen. Sie fuhren die kurze Strecke in strömen-dem Regen, und als sie Eccus Haus betraten, fiel ihm ein, dass er den ganzen Sommer weder geputzt noch gespült hatte. Lin-nea Dolls erste Worte, nachdem sie den Salon betreten hatte, lauteten dann auch treffend: »Mein Gott, hier sieht's aus wie im Schweinestall!« Eccu packte die Wut, und er fauchte: »Wa-rum soll es hier auch nicht wie im Schweinestall aussehen, hier wohnt ja nur ein schmutziger Pornograph.« »Was?«, sagte Fräulein Doll und sah ihn verblüfft an, und »Was?«, echote Henning, weshalb Eccu sich beeilte, »nichts, es ist nichts« zu murmeln.

Von den zwei Stunden in seinem Haus auf Brändö blieb Eccu nur sehr wenig in Erinnerung, außer dass ihm klar gewor-den war, mit ihm und Linnea Doll würde es nichts werden, zu-mindest nicht in dieser Nacht, er war zu betrunken. Ihm war darüber hinaus – einmal mehr – aufgefallen, wie vertraulich Henning und Heini miteinander umgingen. Es gab eine große Zärtlichkeit zwischen ihnen, eine Zärtlichkeit, die den stren-gen und beherrschten Henning von einer ganz neuen Seite zeigte; er war offen und gesprächig, er schien der ganzen Welt freundlich gesinnt zu sein, und er hielt sich nicht zurück, wie er es sonst tat, sondern trank genauso tapfer wie die ande-ren.

Gegen zwei Uhr in der Nacht waren die Flaschen geleert und das Geheimfach leer, und damit war der Moment gekommen, in dem man den Entschluss fasste, den Henning und Eccu für den Rest ihres Lebens bereuen sollten. Sie hätten den Abend dort beschließen können; das Haus war groß, und es gab Übernachtungsmöglichkeiten für alle. Oder Henning hätte eine Droschke bestellen können, er hätte den Willys Knight auf Brändö stehen lassen und am nächsten Tag einen Untergebenen losschicken können, um ihn zu holen, und daraufhin hätte die Droschke Linnea Doll zur Backasgatan gebracht, wo sie in einem neu erbauten Mietshaus wohnte, und dann wären Henning und Heini in die Lönnrotsgatan oder nach Munksnäs weitergefahren.

Aber durch den Alkohol waren sie noch immer aufgekratzt und voller Tatendrang. Henning spielte Jazzplatten auf dem Grammophon, er und Heini tanzten, und sogar Linnea Doll hatte den Ärger darüber, dass ihre Freundin versucht hatte, sie mit einer derart schwermütigen und aufbrausenden Person wie diesem Eric Widing zu verkuppeln, überwunden. Als Henning vorschlug, das Nachspiel draußen in Munksnäs fortzusetzen, wo er wirklich edle Tropfen liegen habe, erntete er dafür folglich den Beifall aller. Es war fast halb drei, als sie losfuhren, es regnete immer noch, und es war eine stockfinstere Nacht. Außerdem hielt Henning ein hohes Tempo. Kurz vor der Brändö-Brücke verlor er die Gewalt über den Wagen, der auf die glatte Brücke hinaufschleuderte, um dann das Brückengeländer zu durchbrechen und ins Wasser zu stürzen, ohne dass der verschlafene und erschrockene Brückenwächter wirklich gesehen hätte, was da passierte. Was folgte, war alptraumhaft, unwirklich: Eccu erinnerte sich an Hennings verzweifeltes »VERDAAAAMT!« und an das Geräusch schriller Schreie und zersplitterndem Glases, dann fielen sie durch die Dunkelheit, und er wirbelte herum und schlug im Fallen gegen Henning und gegen den Türrahmen, anschließend kam ein gewaltiges Klatschen und die Dunkelheit und die Kühle, er hätte fast das Bewusstsein verloren, als sie aufschlugen, aber da war ein schmaler Lichtstreif, der sich durch die Dunkelheit bewegte, während sie sanken; einer der vorderen Scheinwerfer brannte noch. Abgesehen von einem seltsam blubbernden Geräusch war es still um ihn herum, und in der zunehmenden Dunkelheit meinte er eine Gestalt leblos und mit dem Kopf in seltsam verdrehter Stellung sitzen zu sehen. Gleichzeitig ahnte er mehr, als er es sah, dass dicht neben ihm jemand fuchtelte und kämpfte, fuchtelte und kämpfte genau wie er selbst, aber im gleichen Moment erlosch der Lichtstreif, und es herrschte völlige Finsternis. Im gleichen Augenblick erreichten sie den Grund, zumindest glaubte Eccu das, denn er spürte einen leichten Stoß, war sich jedoch nicht mehr sicher, wo oben und wo unten war, er wusste nicht, ob sie auf dem Dach oder auf der Seite oder richtig lagen, dagegen wusste er, dass er nicht mehr lange die Luft anhalten können würde, er versuchte sich in die Richtung zu bewegen, in der er jemanden vermutete, aber es ging nicht, er hatte Schmerzen im Bein, und da war auch noch etwas in seinem Gesicht, er hob die Hand zur Wange und ertastete die Glasscherbe, die sich dort hineingebohrt hatte, er geriet in Panik, und seine Lunge war kurz vor dem Platzen, und er fragte sich, wo Henning war, ob es vielleicht Henning war, der dort irgendwo neben ihm kämpfte, folge den Luftblasen!, erinnerte er sich auf einmal, folge den Luftblasen, denn sie streben immer nach oben, zur Oberfläche!, aber er sah doch nichts, keine Blasen und auch nichts anderes, er würde jetzt sterben, in einer letzten verzweifelten Anstrengung riss er das Bein los, das festgesessen hatte, er spürte keinen Schmerz mehr, nur Kälte, er versuchte ein paar Schwimmzüge in die Richtung zu machen, die er für oben hielt, aber dann musste er aufgeben, er atmete heftig ein, und Wasser füllte Nase, Mund und Augen, das Wasser ergoss sich in ihn und erstickte ihn, er war fast tot und spürte kaum mehr, dass jemand an ihm ruckte, ihn zog, ihn zur Oberfläche hinaufzog und dass er sie erreichte und reflexhaft spuckte und hustete und sich übergab; er war bereits halb bewusstlos, und Henning hatte, wie er später erfahren sollte, es nur mit knapper Not geschafft, ihn die zehn Meter zum Ufer zu bugsieren.

Es war eine turbulente Nacht mit vielen Einsätzen. Polizei und Krankenwagen kamen erst nach einer guten halben Stunde. Eccu saß am Waldrand, ein Stück vom Ufer entfernt, und übergab sich immer noch, aber der Schock und die Kälte hatten sowohl ihn als auch Henning deutlich nüchterner werden lassen. Man merkte natürlich, dass die beiden getrunken hatten, aber die Erkenntnis, dass es sich bei dem einen Unfallopfer um den mächtigen Geschäftsmann und Stadtrat Henning Lund handelte, ließ die Polizisten vorsichtig werden, weshalb sie wenig geneigt waren, allzu indiskrete Fragen zu stellen; der herbeigerufene Arzt bekam Order, die akuten Verletzungen zu versorgen und dem alkoholisierten Zustand der beiden Männer keine Beachtung zu schenken.

Als die obligatorische Vernehmung der Überlebenden anstand, war es bereits Mittwoch, und sowohl Henning als auch Eccu verneinten, Alkohol getrunken zu haben. Das Auto mit den toten Frauen war schon Montagnachmittag vom Schlepper Myran geborgen worden. Zu der Zeit lagen Henning und Eccu im Eira-Krankenhaus, Henning zur Beobachtung und Eccu mit einem gebrochenen Bein, und lasen in *Hufvudstadsbladet* von dem Chaos, das im Coupé geherrscht hatte; Damenhandtaschen, Puderquasten, Regenschirme und Hüte hatten kreuz und quer gelegen, dagegen hatte man im Auto nicht die geringste Spur alkoholischer Getränke gefunden. Heini Saukkonen war auf der Stelle tot gewesen, ihr Genick war gebrochen. Dagegen konstatierten die Ärzte, dass Linnea Doll ertrunken war, und die Zeitung wusste darüber hinaus zu berichten, dass ihre Uhr um siebenundzwanzig Minuten vor drei stehen geblieben war.

Sechstes Buch

*Und neue Schatten fielen
auf eine Stadt, die zu
Stein und Hetze und Hunger
geworden war*

(1929–1932)

1

Allu Kajander hatte seine ersten Reisen als Kohlentrimmer gemacht. Die Trimmer waren die Handlanger der Heizer, in der Schiffshierarchie standen sie ganz unten, sie waren Schaufelsklaven im dunklen und heißen Maschinenraum, in den das Tageslicht niemals vordrang und wo Sturmwinde nötig waren, damit die lebensspendende Luft duch die rostigen Rohre und weiter durch die Lüftungsschächte zu den verrußten, keuchenden Männern lief, die mit schmerzenden Rücken und Händen voller Blasen schufteten. Auf dem letzten Schiff, der deutschen s/s Holstein, war Allu Matrose gewesen. Aber im Sommer '28 hatte er von der Holstein abgemustert und in Rotterdam einen ganzen Monat auf dem Trockenen gesessen und sich herumgetrieben, und dann hatte die s/s Valpuri der finnischen Handelsflotte im Hafen Holzwaren gelöscht und Besatzungsmitglieder für die folgende Reise benötigt, so dass er angemustert hatte und wieder in den Maschinenraum hinuntergezogen war, diesmal jedoch als Heizer; das war zwar auch kein Zuckerschlecken, aber jetzt durfte er zumindest die meist blutjungen Trimmer anschnauzen und anbrüllen, wenn sie mit der Arbeit nicht nachkamen und der Dampfdruck abfiel.

Gegen Ende seiner dritten langen Reise, der Fahrt mit der s/s Dorotea, hatte er Geschmack am Hafenleben gefunden. Vier Jahre waren seither vergangen, und er wusste, dass er auf See ein anderer Mensch war als bei seinen Aufenthalten in Helsingfors. Vor langer Zeit, als er alle Pläne für eine höhere

Schule aufgegeben und angefangen hatte, als Expressbote und Ziegelträger zu arbeiten, während er darauf wartete, alt genug zu sein, um zur See zu fahren, hatte seine Mutter ihr letztes Geld in eine Billigausgabe von R. L. Stevensons Erzählung von dem intelligenten und wohlerzogenen Dr. Jekyll gesteckt, der ein Gebräu einnahm und sich in den flachstirnigen und tierischen Mr. Hyde verwandelte. Das Buch war als mahnendes Exempel für Allu gedacht; die Familie war in die Armenkaserne in Södervik verbannt, aber Vivan, die bereits schwer lungenkranke Träumerin, hatte nie aufgehört, von seiner schulischen Begabung zu sprechen und dass ihm die Möglichkeit eröffnet werden müsse, ein belesener Mann zu werden, vielleicht sogar ein Magister. Allus einziger Trost bestand darin, dass sie nie erfahren hatte, wie schnell das Gebräu aus endlosen Weltmeeren, monotonem Schiffsleben und den Verlockungen der Häfen sein schlechteres Ich hervorgelockt hatte.

Zum Teufel mit allen Luftschlössern!, hatte er während einer Reihe von Jahren gedacht. Er wusste, dass er ansprechend aussah und sich gut benehmen konnte, aber hinter dieser Fassade fühlte er sich wie dieser Mister Hyde mit seinen verzerrten Gesichtszügen und der zischenden Stimme und dem humpelnden Gang. Schon gegen Ende der Dorotea-Phase war er dazu übergegangen, in seinen Briefen nach Hause zu lügen und zu beschönigen, so hatte er sowohl Mandi als auch Kaitsu Salin geschrieben, er werde in Göteborg abmustern, hatte das Schiff jedoch stattdessen in Hamburg verlassen; er hatte beschlossen, es wie Huikka und Lejdar-Jaska und die anderen zu machen, er würde im Hafen herumlungern und sein Geld für Bier und Schnaps und gekaufte Frauen ausgeben. In St. Pauli hatte er ein Zimmer in einer kleinen Fremdenpension bezogen, und als die junge Tochter des Besitzers mit dem Frühstück kam, konnte er es sich nicht verkneifen, sie in all den Sprachen anzusprechen, von denen er bereits ein paar Bruchstücke aufgeschnappt hatte: *Fil dank, dank mutscho, bed war bueno for schlafen, ja, muy warme aber solo no frau, willst du dis najt wit mir kommen in bed?* Allu war verkatert, aber der Vater des Mädchens scherte sich nicht weiter um seine Erklärungen, er beförderte Allu unsanft die Treppen hinunter und weiter auf die Straße hinaus, und der Koffer mit der schmutzigen Wäsche kam gleich hinterhergeflogen.

Einige Jahre später kannte Allu die Vergnügungsviertel in Montreal und Quebec und New York wie seine eigene Westentasche, er bewegte sich wie ein Fisch im Wasser in Las Palmas und Santa Cruz, und er kannte die richtigen Adressen in Le Havre und Marseille. Die Hure Elkje in Rotterdam war seine Freundin, genau wie der boxsportbegeisterte Seemannspfarrer Kilpinen in Antwerpen. Allu erinnerte sich an Jennie in Hull, und er erinnerte sich an María und Gabriela aus Havanna; die Liste der Häfen war endlos lang, und manchmal kam es ihm vor, als hätte er bereits jeden Fehler begangen, den ein Wandersmann im Laufe eines einzigen erbärmlichen Lebens machen kann. Im argentinischen Rosario hatte er Gefallen an einem Mädchen mit blaugetönten Wimpern gefunden. Sie hatte ihm klammheimlich etwas in sein Whiskyglas geträufelt, und als er am nächsten Morgen erwachte, war er mutterseelenallein in einem Pensionszimmer in den Slums aufgewacht, und alles war fort gewesen, das Portemonnaie, der Pass, die Armbanduhr, die Schuhe, alles hatte sie ihm genommen, nur die Hose, das Hemd und das nackte Leben hatte er behalten dürfen.

Er betrank sich regelmäßig sinnlos und war sowohl in Cadíz als auch in London mit dem Messer ausgeraubt worden. Manchmal hatte er sich sogar geprügelt. Daheim in Helsingfors ließ er nie die Fäuste sprechen – schon als kleiner Junge hatte er die Bandenschlägereien gehasst und oft versucht, Frieden zu stiften –, aber als er in der Schlange vor dem Freudenhaus O Meu Coraçao mit dem åländischen Maschinisten Berglund aneinandergeriet, konnte er es einfach nicht lassen, ihn nach Strich und Faden zu versohlen; seit ihrer gemeinsamen Zeit auf der s/s Wäinö waren Jahre vergangen, aber Allu hatte

Berglunds Prahlerei und auch seine Sticheleien nicht vergessen. Und in den Monaten auf der s/s Holstein hatte ein betrunkener und streitlustiger deutscher Matrosenkollege, Holzkopf-Hansi, sich in einer Spelunke in Tanger mit einem halben Dutzend Araber angelegt. Allu hatte sich mit Bravour verteidigt und den Streit unbeschadet überstanden, aber Hansi hatten sie so übel mit dem Messer zugerichtet, dass er verblutete. Es war das erste Mal, dass Allu einen Menschen sterben sah.

In diesem Frühjahr war die Valpuri Anfang April in die nördliche Halbkugel zurückgekehrt, sie hatte zunächst Kohle in Danzig gebunkert und anschließend Motorräder und Maschinenteile von Hamburg nach Montreal gebracht. Von Montreal aus war es mit einer gemischten Ladung nach New Orleans und Havanna weitergegangen, und von Havanna aus hatten sie Mais und Leinsamen nach Rotterdam transportiert. Dort hatte Allu das Poste-Restante-Kontor besucht und einen Brief ausgehändigt bekommen, der ihn düster stimmte und ihm Sorgen machte, aber ehe er noch weiter über den Brief und die Konsequenzen, die das Schreiben für ihn haben würde, nachdenken konnte, kam der Bescheid, dass sie erneut den Atlantik überqueren würden; diesmal sollten sie Papiermasse nach Uruguay bringen.

Als die Valpuri auf der Reede vor Montevideo ankerte, neigte sich der Juni seinem Ende zu. Sie warteten volle drei Tage, bis sie endlich ihre Fracht löschen durften. Der Himmel war bleigrau, das Winterwetter launisch und kalt. Von Zeit zu Zeit goss es, als hätte jemand im Himmel eine Luke geöffnet, und dann stieg das Wasser in den Flüssen Uruguay und Paraná, es stieg und wurde noch trüber und ergoss sich in den Rio de la Plata und strömte weiter, so dass es sich noch ein gutes Stück vor der Küste rotbraun färbte.

Die Wartezeit hatte sich in die Länge gezogen, und außerdem steckte Allus Kopf voller Gedanken und Bilder, die er ertränken wollte, und der erste Abend gestaltete sich dementsprechend. Er war mit Hullu-Vitikka und dem ersten Maschinisten Eki aus Raumo unterwegs, und sie begannen in der Bar Parque Sur, wo sie Whiskygrogs und große Humpen dunkles und schäumendes Bier bestellten. Von dort aus ging es weiter ins El Cielo Azul, wo der Papagei Verga in einem Vogelbauer saß und den Gästen in mindestens zehn verschiedenen Sprachen Unflätigkeiten zuschrie. Im El Cielo Azul wimmelte es nur so von stark geschminkten Frauen, die Augenkontakt suchten, und als Allu am folgenden Vormittag in seiner Koje erwachte, hatte er mörderische Kopfschmerzen und Erinnerungen an den Vortag, die bedauernswert verschwommen, aber voll chaotischen Lebens waren. Er zog sich an und fand eine Visitenkarte in seiner linken Hosentasche.

»El Cielo Azul«

The nices girls in town
If your want fun
Come to house
Open 24 h
Enjoy yourself come
Street: Avda. Velazquez 479

Viele Stunden später saß Allu auf der Pierkante und ließ die Beine einen halben Meter über der Wasseroberfläche baumeln. Der grobe Betonpier war kalt unter seinem Hosenboden, aber die Kopfschmerzen hatten nachgelassen, und es regnete nicht mehr, und der Regen war einer feuerroten Sonne gewichen, die hinter dünnen und blau getönten Abendwolken hervorlugte. Die Düfte des Hafens stiegen ihm in die Nase: Steinkohle, Heizöl, Müll, der schwere und fettige Geruch von gebratenem Fleisch aus den Gaststätten, der Geruch des Lehms, den die über die Ufer getretenen Flüsse mitgeschwemmt hatten. Er blickte ins Wasser hinunter, in dem kleine Inseln glänzenden fetten Restöls trieben. Die Ölflecken erinnerten ihn an den Hafen daheim in Sörnäs, und plötzlich war er zurück in Helsingfors, er hatte die Stadt vor Augen: Nokka, den Aspnäsplatz, Direktor Holmas Büro, in dem Mandi Salin saß und auf ihrer Schreibmaschine tippte, die Linien und die Kirche von Berghäll und das Josafattal, all das sah er, und unerbittlich kreisten seine Erinnerungen immer enger um die klarsten und schmerzhaftesten Bilder von allen, kreisten sie ein, bis sie plötzlich mit voller Schärfe gegenwärtig waren – die Orte, die in seiner Kindheit sein Zuhause gewesen waren. Nicht das frühe in der Malmgatan, die Erinnerung daran war längst verschwommen, sondern die späteren, die ohne Enok, das ordentliche Zimmer in dem flachen und langgezogenen gelbbraunen Holzhaus in der Kristinegatan, das Zimmer, das sein und Vivans und Santeris und Saimis und Elvis *wahres* Zuhause gewesen war, und dann das Dämmerlicht und der Schimmelgeruch in der kleinen Ecke, die sie in der Kaserne in Södervik für sich freigeräumt hatten.

Vivan. Saimi. Die Kälte und der Schmerz übermannten ihn, seine Kehle schnürte sich zusammen, und es war ihm, als hätte eine frostige Hand seine Eingeweide gepackt. All die intensiven Gerüche verschwanden, das goldene Abendlicht verschwand, alles, was Leben war, verschwand, als dieses andere wieder auftauchte, das Dunkle und Eisige, das er zunächst dadurch zu verjagen versucht hatte, dass er im Maschinenraum schuftete, und dann, indem er einen Grog nach dem anderen im Parque Sur und im El Cielo Azul hinunterkippte. Aber jetzt holte es ihn wieder ein, es stand ihm mit schwarzen und schicksalsschwangeren Buchstaben vor Augen, man konnte ihm nicht entfliehen. Seine Halbschwester Saimi hatte es jetzt auch an der Lunge, genau wie seine Mutter, das hatte in dem Brief gestanden, den Santeri an Poste Restante geschickt hatte, und die Nachricht war für ihn wie ein Schlag ins Gesicht gewesen. Trotzdem war Allu nicht überrascht; es hätte ebenso gut ihn treffen können. Es hatte viel zu lange gedauert, bis er auf See gekommen war, und viel zu lange, bis Saimi und Elvi zu Kreeta und Anselmi aufs Land ziehen durften. Es hatte viel zu lange gedauert, bis er und die Mädchen unverdorbene Luft atmen und sich satt essen durften, das Leben in der miefigen und zugigen Söderviskaserne hatte genügend Zeit gehabt, in ihnen allen Spuren zu hinterlassen. Jetzt hatten Anselmi und Kreeta und der Setzer Lehikoinen und einige andere von Santeris guten Nachbarn versprochen zu helfen, so stand es in dem Brief, sie hatten Geld gesammelt für einen Aufenthalt im Sanatorium von Nummela, das würde die Krankheit sicher stoppen, schrieb Santeri, ein fünfzehnjähriges Mädel, das gerade in die schönste Blüte ihrer Jugend eintrat, konnte doch nicht so schwach sein, wie die arme Vivan es gewesen war. Aber trotz Santeris Beteuerungen, dass es sich sicher nur um einen leichten, ganz leichten Anflug der siebenfach verdammten Tuberkel-Bazillen handeln konnte, wusste Allu, dass er nach Hause musste, er war jetzt zweieinhalb Jahre ohne Unterbrechung auf den Weltmeeren unterwegs gewesen, er konnte einfach nicht länger leugnen, dass die Menschen, die ihm nahestanden, in Helsingfors waren, er konnte nicht mehr leugnen, dass er in dieser verdammten Stadt zu Hause war, in der die Arbeitgeber Kinder aus Aufständlerfamilien immer noch schief ansahen und wo Mandi Salin ihm jedes Mal ebenso freundlich wie geschickt auswich, wenn er sich ihr zu nähern versuchte.

Ein harter, fremder Laut weckte ihn und ließ seinen sorgenvollen Helsingforstraum zerplatzen, der widerwillig nachgab und verblasste. Er lauschte, und nach einer Pause wiederholte sich der Laut. Wobei, im Grunde handelte es sich nicht um einen einzigen Laut, sondern um mehrere. Anfangs klangen diese Laute nur seltsam und furchteinflößend. Erst hörte man ein kurzes Keuchen, fast wie ein Stöhnen. Diesem Laut folgte unmittelbar darauf ein anderer und dumpferer, es klang, als hätte jemand einen harten Fausthieb in den Unterleib bekommen. Dann folgte ein Moment der Stille, höchstens eine Sekunde lang, und daraufhin ertönte ein lauter Knall; er war metallisch und scheppernd, und sein Echo war lang und schrill –

wie wenn ein schwerer Gegenstand eine Blechtonne trifft, so dass die Tonne umfällt oder zumindest noch lange Zeit später wankt. Die Abfolge von Lauten – das Stöhnen, der dumpfe Faustschlag, der harte Knall mit dem langen Echo – wiederholte sich mehrere Male, und dazwischen lag eine Pause, deren Länge variierte, manchmal war sie zehn, manchmal zwanzig Sekunden, zuweilen fast dreißig Sekunden lang. Allu hörte die Laute immer wieder, und am Ende hatte er keine Angst mehr, denn wenn die Geräusche von einer Messerstecherei oder einem Faustkampf gekommen wären, dann wäre der Verlierer längst gestorben oder hätte vor Schmerzen geschrien. Außerdem ahnte er allmählich, worum es bei dem Ganzen ging; er meinte diesen dumpfen und kurzen Laut wiederzuerkennen, dem anschließend der Knall und das Echo folgten. Geleitet von seinen Ahnungen stand er vom Pier auf und ging in Richtung der Laute. Er fand praktisch sofort, wonach er suchte – der Ausgangspunkt für den Lärm befand sich hinter einem flachen Lagergebäude nur etwa dreißig Meter von der Stelle entfernt, an der er gesessen hatte.

Allu war ein Mann, der gewisse Dinge auseinanderhielt. So verdrängte er alle Bilder von Mandi Salin oder Saimi und Elvi, wenn er Lokale wie das El Cielo Azul besuchen wollte; der Allan Kajander, der in Freudenhäusern bezahlte, gab sich keinen Träumen von ehrbarer Liebe hin und redete sich ein, dass es so etwas wie Unschuld niemals gegeben hatte, sie war nur ein Wort, eine Erfindung sentimentaler bürgerlicher Dichter. Und die Rolle des Fußballs erinnerte an die Mandis und seiner jüngeren Schwestern, der Fußball gehörte zum Aspnäsplatz und zu Nokka und den Hinterhöfen von Sörnäs, er war ein Teil des vertrauten Helsingforser Milieus, nicht der alkoholgeschwängerten, rauschhaften Nächte, wenn sein Schiff in einem fremden Hafen lag. Deshalb spielte er nie, wenn er zur See fuhr, und deshalb ging er auch nie zu Spielen, obwohl er wusste, dass die südamerikanischen Hafenstädte Begegnungen zu bieten hatten, bei denen die Spieler schnell und geschickt und die Stadien groß und das Publikum hitzig und laut waren.

Doch jetzt blieb Allu stehen und glotzte. Minute um Minute blieb er stehen, lehnte sich gegen die Ecke des Lagergebäudes und starrte unverwandt das Spiel des fremden, ebenholzschwarzen Mannes mit dem Ball an. Obwohl es sich eigentlich gar nicht um ein Spiel handelte, sondern um einen Trick, ein Zirkuskunststück, das der Fremde ein ums andere Mal wiederholte, Dutzende Male, als hätte ihm jemand gesagt, dass er sterben würde, falls er den Trick am nächsten Morgen nicht perfekt beherrschte. Und was für ein Trick! Der Mann stellte sich mit dem Rücken zum Lagergebäude, dessen breites Blechtor ihm als Tor diente. Dann warf er den Ball senkrecht in die Luft, so hoch er konnte, und genau in dem Moment, in dem die Flugbahn des Balls ihren höchsten Punkt erreichte, holte er Schwung und schwang sich selber in die Luft. Er war geschmeidig wie eine Katze, während eines atemberaubenden Moments lag er waagerecht in der Luft, dann machte er eine schnelle Bewegung mit dem linken Bein und anschließend eine wesentlich kräftigere Trittbewegung mit dem rechten, all das schien sich im Bruchteil einer Sekunde abzuspielen, der rechte Fuß des Manns traf den Ball, der wie eine Kanonenkugel davonschoss, er flog am Gesicht des Mannes vorbei, während er noch auf dem Rücken in der Luft lag, und traf das Blechtor mit enormer Wucht, die Tür zitterte und schepperte noch viele Sekunden nach dem Treffer. Aber am beeindruckendsten war die Gelenkigkeit des Mannes, dass er niemals schwer zu Boden plumpste, sondern es jedes Mal schaffte, sich in der Luft zu drehen und Arme und Beine auszustrecken, so dass er anschließend sanft wie ein Leopard auf dem harten Asphalt landete und in die Höhe hüpfte, als wären seine Beine mit Stahlfedern versehen, woraufhin er dem Ball hinterhertrottete, der davongerollt und liegen geblieben war, mal in einer Wasserpfütze, die der Regen zurückgelassen hatte, mal in nahen Sträuchern.

Der Mann war vollkommen auf seine Aufgabe konzentriert,

weshalb es eine ganze Weile dauerte, bis er entdeckte, dass er einen Zuschauer hatte. Als er Allu erblickte, erstarrte er, und seine Augen flackerten nervös. Auch Allu wurde verlegen. Er begriff, dass er etwas sagen musste, und begann, unter den spanischen Worten zu suchen, die er kannte, obwohl er annahm, dass der Mann eigentlich Afrikaner war oder eventuell auch aus Brasilien stammte. Er wollte, dass der Fremde seinen Zirkustrick noch eine Weile vorführte, und schließlich fand er die Worte, die er suchte.

»Otra vez«, noch einmal, sagte er und erinnerte sich gleichzeitig, dass er die gleichen Worte in der vorherigen Nacht benutzt hatte, allerdings in einem völlig anderen Zusammenhang.

Im gleichen Moment begriff der andere, dass Allu weder Hafenpolizist noch Zollbeamter war, sondern ein Schicksalsgefährte, ein verlorener Seemann fernab der Heimat, und daraufhin stahl sich ein Lächeln in sein Gesicht.

»Vale«, warum nicht, sagte er und kehrte Allu und dem Lagergebäude den Rücken zu, warf den Ball hoch in die Luft und holte Schwung. Allu schaute, er war wie besessen von dem Bewegungsablauf, von der enormen Gelenkigkeit und Spannkraft des Mannes, aber gleichzeitig machte es ihn verlegen, dass er solch tiefe Bewunderung für jemanden empfand, dessen Haut so glänzend schwarz war. Er schüttelte ungläubig den Kopf, lächelte den Mann an und sagte: »Una vez más?« Der Mann zuckte mit den Schultern und begegnete Allus Blick, eine Frage stand in seinen Augen.

»Eres jugador también?«, spielst du auch?, wollte er dann wissen.

»Schon, aber nicht so gut wie du«, hätte Allu ihm gerne geantwortet. Aber sein Wortschatz reichte nicht aus, er musste sich damit zufrieden geben, energisch zu nicken.

* * *

Die s/s Valpuri kehrte über die Kanarischen Inseln und Marseille nach Europa zurück, Helsingfors erreichte sie mit einer Ladung aus Konserven und Kaffee. Das war Anfang August, und gleich an seinem zweiten Tag daheim fuhr Allu zum Sanatorium in Nummela hinaus, um Saimi zu besuchen; sie war abgezehrt und hatte rote Fieberflecken auf den Wangen. Am folgenden Tag besuchte Allu Santeri, der zur Untermiete bei einem entfernten Verwandten am Enarevägen wohnte, und schlug ihm vor, dass sie versuchen sollten, Saimi im kürzlich eröffneten Tuberkulosekrankenhaus in Dal unterzubringen. »Das können wir uns nicht leisten, jetzt hat auch Anselmi kein Geld mehr«, jammerte Santeri, aber auf dem Ohr stellte Allu sich taub, er habe ein bisschen was gespart, sagte er, und sobald er Arbeit gefunden habe, werde er noch mehr sparen. Sie würden eine Lösung finden, fügte er hinzu, es dürfe nicht um so schnöde Dinge wie Geld und Geldmangel gehen, wenn das Leben einer geliebten Schwester und Tochter in Gefahr war. Und Dal habe alle Vorteile, die man sich nur denken könne, es liege westlich des Krankenhauses auf einem Tannenwaldhügel hinter dem Gebiet um das Spielfeldgelände, und die Luft sei dort genauso gesund wie in Nummela, außerdem werde Saimi sich geborgener fühlen, wenn sie in Helsingfors gepflegt werde, wo Verwandte in ihrer Nähe seien.

Es herrschte immer noch Hochkonjunktur. Firmen wurden gegründet und vergrößerten sich, überall wurde gebaut, und es war nicht weiter schwierig, Arbeit zu finden. Allu bekam eine Stelle bei einem Hochhausbau im Stadtteil Kampen, und im August und September absolvierte er lange Arbeitstage und nahm fast all seine Mahlzeiten im Volksrestaurant in der Lappviksgatan 25 zu sich. Das Haus lag nur einen Katzensprung von der Malmgatan entfernt, wo er als Kind gewohnt hatte, und ihn ereilten zwar vage, aber emotionale Erinnerungen daran, wie Enok agitiert und sich mit den Nachbarn gestritten hatte und wie sehr Vivan unter dem groben Auftreten und der großen Klappe ihres Mannes gelitten hatte.

Schon an seinem ersten Tag in Helsingfors hatte Allu erfahren, dass Mandi Salin nicht mehr mit Lartsa Kanervo verlobt war, aber noch bei Direktor Holma arbeitete und allein in einer Wohnung in einem Neubau am Fuß der Långa-Brücke wohnte. Und natürlich ergab es sich des Öfteren, dass Allus Weg am Büro des Direktors am Kaserntorget vorbeiführte, aber woran es auch liegen mochte, er schaute nie hinein, irgendetwas hielt ihn zurück.

Die Bezirksliga der Arbeitermannschaften war in vollem Gange, und mehrere Pokalturniere standen noch aus. Während Allus langer Reise hatten Kommunisten und Sozialdemokraten begonnen, schonungslos um die Macht in den Arbeitervereinen zu konkurrieren, auch in solchen Clubs, in denen nur Sport getrieben wurde. Außerdem hatte sich Biguli Moll bei einem Arbeitsunfall den rechten Fuß gebrochen, weshalb er den Sport aufgeben musste, und der ernste Unski Taipale hatte seine Stelle bei Etholéns Konservenfabrik gekündigt und war ins russische Karelien gegangen, um dort beim Aufbau der Sowjetrepublik zu helfen. Vallilan Woimas Fußballmannschaft war hinter Ponnistus und Kullervo zurückgefallen, Woima lag in der internen Hierarchie der Arbeiterclubs mittlerweile nur noch auf dem dritten Platz.

Allu hatte nur wenig freie Zeit, aber auf den Fußball mochte er nicht verzichten. Er schloss sich Woima an, und die Mannschaft begann sofort, besser zu spielen. Am zweiten Sonntag im August eroberten sie den Kinapori-Pokal, sie schlugen Ponnistus mit 5:3, und Allu spielte, als wäre er niemals fort gewesen. Seinen neuen Trick zeigte er allerdings noch nicht. Er wollte ihn perfekt beherrschen, ehe er ihn benutzte, er wollte keine plumpe Figur machen und vom Helsingforser Publikum ausgelacht werden, das dafür bekannt war, seinen Sporthelden fordernd und sarkastisch gegenüberzustehen; in dieser Hinsicht gab es keinen Unterschied zwischen dem Aspnäsplatz der Roten und dem protzigen und mit einem Pavillon versehenen Spielfeld des Bürgertums auf der anderen Seite der Tölöviken.

Und gerade deshalb nahm Allu manchmal – es geschah stets anderthalb Stunden vor Einbruch der Dunkelheit, und er vergewisserte sich immer, dass ihm niemand folgte – einen von Woimas Bällen und radelte zu dem Wald hinter Fredriksberg. Dort zwischen den Bäumen gab es eine abgelegene Wiese, die Kaitsu Salin und er einmal gefunden hatten, als sie noch Kinder waren, sie hatten die Wiese Narva getauft, und dort trainierte Allu nun, während die letzten Sonnenstrahlen die Baumwipfel rot färbten, geduldig den eigentümlichen Schuss, dessen Ausführung er zwei Monate zuvor gesehen hatte.

Helsingfors hatte sich verändert. Wenn Allu am Ufer von Nokka stand und in südwestliche Richtung blickte, hatte sich die Silhouette der Stadt kaum verändert, aber unterhalb der Kirchtürme gab es eine neue Stadt aus Stein und Eisen und Glas, und diese Stadt war hitzig und hatte Hunger auf Vergnügungen, einen Hunger, wie ihn der Mensch bekommt, wenn er sich ein bisschen satter essen darf als vorher und nicht tagtäglich ans bloße Überleben denken muss.

Nach dem kühlen und miserablen Sommer des Vorjahrs, über den sich die Menschen immer noch beschwerten, wenn sie sich auf Straßen und Plätzen trafen, war es wieder ein warmer Sommer geworden. Und genau wie der Sommer drei Jahre zuvor weigerte sich auch dieser, sich in sein Schicksal zu ergeben und zu sterben. Stattdessen ging er immer weiter, und bis lange in den Herbst hinein bewegte sich die Stadt unvermindert in jenem schnellen und geschmeidigen Rhythmus, zu dem sie während des gesamten Jahrzehnts gefunden hatte.

Es waren die Jahre des Strandlebens und des Grammophonfiebers. Die Reichen räkelten sich auf dem Fiskartorpsstrand weit draußen in Munksnäs: Dort gab es Strandwächter, die dafür sorgten, dass die öffentliche Ordnung aufrechterhalten wurde, dort hatte jeder Sonnenanbeter Zugang zu einer eigenen Badekabine und einem eigenen Strandstuhl, dort lagen die Töchter reicher Männer in den kühnsten und stoffsparendsten Badeanzügen, die man jemals zu Gesicht bekommen hatte, und trällerten mit, wenn das trichterlose Reisegrammophon immer wieder *Ça, c'est Paris* spielte. Die Jungen und Unverwegenen entdeckten das Sanduddsufer nördlich des Friedhofs, während die Mittelschicht das neue Linienschiff nach Rönnskär hinaus nahm, wo die Meeresbrise ging und in der Hitze für Abkühlung sorgte. Auch die Badenden der Mittelschicht schleppten Reisegrammophone, aber sie lauschten nicht der Mistinguett, sondern hausbackeneren einheimischen Schlagern wie dem *Fliegerwalzer* und *Emma*. Sogar auf dem Nokka der Arbeiter weit oben im Nordosten wollte man beim letzten Schrei nicht zurückstehen. Im Vorsommer hatten sich Woima- und Ponnistusaktivisten sieben Lastwagen von der Genossenschaft geliehen und während einiger Nächte sechsundfünfzig Wagenladungen Sand von einer Elanto-eigenen Sandgrube in Helsinge herbeigeschafft und den Sand kurz oberhalb der Wasserlinie an Nokkas badefreundlichsten Uferabschnitten verteilt.

Leo Trotskij war in diesem Jahr aus Sowjetrussland ausgewiesen worden, und der Brite Grover-Williams hatte in einem Bugatti den ersten Grand Prix von Monaco für Rennwagen gewonnen. Im Roosevelt Hotel in Hollywood waren die ersten Oscar-Filmpreise verliehen worden, und in den ganzen riesigen USA lehnten sich Mikrofonsänger, schwarze wie weiße, aus dem offenen Fenster, sobald das Wetter rau und feucht wurde; sie hofften sich eine Erkältung einzufangen, damit ihre Stimme der von Louis Armstrong gleichen würde. In Schweden legte ein Komitee einen Gesetzesentwurf zur Zwangssterilisierung aus rassehygienischen Gründen vor, ein Vorschlag, der beifälliges Murmeln unter bekannten und einflussreichen Helsingforsern wie Cedric Lilliehjelm, Kristoffer Ramsay und Olof Gylfe auslöste. Denn so war es nun einmal, auch die abseits gelegene Stadt Helsingfors tanzte im Gleichtakt mit der großen Welt, auch die Einwohner von Helsingfors nahmen Anteil an den Gedanken, hirnrissigen oder klugen, die ihren Weg über den Erdball fanden. Berlin, Paris, New York, Stockholm, Helsingfors, alle großen Städte in der westlichen Hemisphäre teilten Rhythmus und Atem, und dieser Atem war vergnügungssüchtig und heiß. Gleichzeitig war er jedoch auch süßlich und faulig vom massenhaften Sterben und der Furcht vergangener und kommender Zeiten, was jedoch kaum einem auffiel, denn alle Gedanken und Ängste wurden in dem Lärm und Swing ertränkt, der entstand, wenn die populäre Bigband Rytmi-Veljet *That's A Plenty* und *Basin Street Blues* gab, dass die Decke des Tanzpalasts Palladium beinahe abhob.

Ende August fand Allu, dass er genug geübt hatte: Er beschloss insgeheim, den Montevideoschuss auszuprobieren, sobald sich die Gelegenheit dazu ergeben würde. Am folgenden Sonntagnachmittag – Woima spielte eine Pokalpartie gegen Hermannin Riente – wollte dieser Halunke von einem Ball nicht in der richtigen Flugbahn zu ihm kommen, aber gegen Ende des Spiels versuchte er es trotzdem. Es ging nicht gut, der Ball flog meterweit über das gegnerische Tor hinweg und schraubte sich Richtung Eckfahne, und Kaitsu Salin und Antsa Moll und die anderen sahen Allu vorwurfsvoll an. Aber in einem Ligaspiel gegen Kullervo am Mittwoch gab er zwei lange und platzierte Pässe, rücklings in der Luft liegend, und im nächsten Sonntagsspiel gegen Alppilan Into schlug Lasse Saurén eine perfekte Flanke von rechts nach innen, und Allu erzielte mit dem Montevideoschuss ein Tor. Er wiederholte den Trick am folgenden Sonntag gegen Ponnistus – diesmal kam sein Kunstschuss von der Strafraumgrenze, und der Ball landete, von der Unterlatte abprallend, mit Wucht im Netz –, und von da an verbreitete sich das Gerücht.

Nördlich der Långa-Brücke war Allu seit vielen Jahren ein bekannter und gefürchteter Spieler, und das Arbeiterpublikum hatte ihn trotz seiner langen Aufenthalte auf See nicht vergessen. Aber jetzt gewann Woima den ganzen September über ein Spiel nach dem anderen. Allu brillierte, und die Menschenmenge um den Aspnäsplatz wurde mit jedem Spiel größer. Bald wusste man sogar in den Stadtvierteln der Ober-schicht, dass es eine Arbeitermannschaft gab, die gediegenen Fußball spielte und einen sehenswerten Mittelstürmer hatte, der Seemann war und aus Südamerika ein bemerkenswertes Zirkuskunststück mitgebracht hatte. Im letzten Spiel der Saison gegen Jyry saßen mehrere Fußballstars aus den reichen Mannschaften auf der klapprigen Holztribüne des Aspnäs-platzes, und als Allu in der zweiten Halbzeit von Kaitsu Salin einen hohen Ball zugespielt bekam, vom Boden abhob und den Ball rückwärts in Jyrys Tor versenkte, sahen sich die Star-spieler von KIF, HPS und HIFK an, schüttelten den Kopf und lächelten verwirrt. In der Sitzreihe hinter den bürgerlichen Fußballstars lehnte sich eine große, elegant gekleidete Frau Anfang dreißig zu dem Mann neben ihr hinüber und fragte mit einer Stimme, die wesentlich weniger gelangweilt klang als noch kurz zuvor: »Wie um Himmels willen hat er das ge-macht, er hat ja ewig in der Luft gelegen, ehe er den Ball ge-troffen hat?« Der Mann lächelte und sagte: »Das sieht nur so aus, Lucie, das muss so eine Art trompe l'œil sein.« »Ich muss dir etwas gestehen, Henning«, sagte Lucie, »ich bin dir nicht mehr böse, weil du mich mitgeschleppt hast, es ist viel interessanter, als ich dachte.«

Auch die frühere Fußballgröße Jali Widing war während des Spiels gegen Jyry auf der Tribüne. Es war noch ein knappes halbes Jahr bis zu Jalis sechzigstem Geburtstag, und von Vallilan Woima und deren Nummer neun Kajander hatte er durch seinen Sohn Eccu gehört, der ein guter Freund des Geschäftsmanns Henning Lund war, der wiederum aktives Mitglied des Sportvereins *Die Kameraden* war und ständig Ausschau nach schwedischsprachigen Arbeiterspielern hielt, die gegen das Versprechen kleiner materieller Vergünstigungen zum bürgerlichen HIFK gelockt werden konnten. Auch Eccu hätte beim Spiel sein sollen, laut Plan hätte er Henning und Lucie begleiten sollen, aber drei Tage zuvor war er in den Besitz einiger Flaschen Schmuggelcognacs gekommen und hatte das Ende einer längeren nüchternen Phase eingeläutet, indem er sich in seinem Haus auf Brändö hinter zugezogenen Vorhängen sinnlos betrank. An diesem Sonntag fühlte er sich so schlecht und schämte sich so für sein aufgedunsenes und vernarbtes Gesicht, dass er sich weigerte, die kurze Strecke zwischen Brändö und Sörnäs zu überwinden, er ließ sich nicht umstimmen, obwohl Lucie anrief und ihm anbot, ihn in ihrem Jordan Six zu fahren.

Vater Jali, oder Opchen, wie Nitas Kinder Hans-Rurik und Ellen ihn nannten, wohnte mit seiner Frau Emelie mittlerweile draußen in Munksnäs. An diesem klaren, aber windigen Sonntag hatte Jali den M-Wagen ins Stadtzentrum genommen, war in die Gelbe Linie umgestiegen und schließlich in Hagnäs ausgestiegen, und als er kurze Zeit später das Stadtgespräch Kajander Woima zu einem Kantersieg gegen eine andere Arbeitermannschaft führen sah, weckte der Anblick – es war das erste Fußballspiel, das er sich seit mehr als zwanzig Jahren anschaute – eine ganze Flut von Erinnerungen zum Leben. Wahrscheinlich, sagte er zu Emelie, als er in der Abenddämmerung heimkehrte, hätten sich die Erinnerungen nicht eingestellt, weil Kajander ein geschickter Spieler sei, von denen gebe es viele, sondern weil er ein solches Naturtalent sei. Kajander habe die *Gabe*, paukte Jali der verständnislosen Emelie ein, die alles über Schubert und das Ehepaar Robert und Clara Schumann wusste, aber nicht das Geringste von Fußball verstand, Kajander habe diese seltene, geschmeidige und unmittelbare Leichtigkeit in allem, was er mit dem Ball mache, und in seiner Art, sich auf dem Platz zu bewegen, und als er ihn spielen gesehen habe, sei ihm eingefallen, dass sowohl der Großschmuggler Niska als auch das spätere Couplet-Idol Tanner, Friede seiner Asche, eine vergleichbare Leichtigkeit in ihrem Spiel besessen hätten.

Auf der Tribüne des Aspnäsplatzes entsann sich Jali Widing der ersten Tretballübungen, die sie abgehalten hatten, er und Tanner und der Däne Blenner und der Brite Cable und einige andere. Er sah den ersten Städtewettkampf im damaligen St. Petersburg vor sich und schmunzelte, als er sich entsann, dass die Russen fast zwanzig Tore hinter dem bedauernswerten Donnie Cable einschlagen ließen.

Plötzlich, während er unter dem Herbsthimmel saß und Woima einen Ball nach dem anderen hinter dem bedauernswerten Jyrytorwart versenken sah, dessen schwarze Mütze von Staub und Niederlage immer grauer wurde, war es, als hätte sich in Jalis Innerem eine Luke geöffnet.

Er blieb nicht bei der Jahrhundertwende stehen, sondern ging weiter zurück in der Zeit, er sah sich als Kind und Jüngling, und er sah die Stadt, die es einmal gegeben hatte. Er sah die Provinzstadt Helsingfors ihre ersten stolpernden Schritte als noch verschlafene Großstadt machen.

Er sah sich selbst im Alter von zwölf Jahren, als er an einem dunklen Augustabend vor dem Restaurant Brunnshuset stand, eine Hand in der Hand seiner Mutter und die andere in der des Hausmädchens Hedvig, und er hörte sich nach Luft schnappen, als das Gebäude plötzlich von etwa zehn Lampen erhellt wurde und alle Erwachsenen applaudierten; es war das erste Mal, dass in Finnland elektrisches Licht eingeschaltet wurde.

Er erinnerte sich an den schwarzen Asphaltboden im Exerzierssaal des Russischen Gymnasiums, wo Alonzo Krogius und er und die anderen Gründer des Sportvereins Unitas Fechten und Turnen trainierten, und er erinnerte sich an den Herbst, in dem Alonzos Vater die ersten Velozipede importieren ließ, er entsann sich des Gefühls von Abenteuer, wenn man hoch oben auf dem unbequemen Sattel saß.

Er sah die Kämpschen und Grönqvistschen Geschäftspaläste als neu erbaute Märchenschlösser in der ärmlichen Umgebung der nördlichen Esplanade aufsteigen, er sah den kahlen und wenig gastfreundlichen Observatoriumshügel über dem Südlichen Hafen kauern, bis schließlich die Stockholmer Gärtner von Rencken und Lundberg in die Stadt zogen und aus dem felsigen Hügel einen Park machten, und er sah die Felsen, die sich rau und nackt oberhalb der Östra Chaussén türmten; nur einzelne freistehende Privathäuser zu jener Zeit, keine Arbeitermietskasernen, weder in Berghäll noch Vallgård oder Ås.

Er hörte die Hammerschläge an Ursins Felsen in dem Sommer, als der Sprungturm der Schwimmgesellschaft errichtet wurde; er hörte, wie Baumstämme umknickten und Blechdächer fortgerissen wurden, als *Der Große Sturm* in jener Augustnacht vor langer Zeit wütete, und er hörte Frauen schreien und Nagaikas klatschen, als berittene Kosaken die Helsingforser während der Proteste gegen die Wehrpflicht im zaristischen Heer im Frühjahr '02 die Treppen der Nikolajkirche hinaufjagten.

Er erinnerte sich an die Rote Straßenbahnlinie zur Zeit der pferdegezogenen Wagen, und daran, dass die Gäule es nicht immer die winterglatten Hänge hinauf schafften, sondern das schwere Gespann ganz sachte anfing, rückwärts zu rutschen, während der Fahrer verzweifelt seine Glocke schlug und sich die Augen der rutschenden Pferde mit Grauen füllten. Und er erinnerte sich an die ersten Automobile einige Jahre später – die Daimler-Sonderanfertigung des vornehmen Linders, der geräumige Benz der Emporkömmlinge Christides, der verächtlich Kristibenz genannt wurde, und der Renault, den Familie von Nottbeck besessen hatte, ehe sie die luxuriöse Adlerlimousine kaufte.

Er erinnerte sich an die schleichende Stille in der vorsommerlich frisch ergrünten Stadt in den Tagen, nachdem Eugen Schauman Gouverneur Bobrikoff getötet hatte, er erinnerte sich an den Generalstreik während der nebligen Novembertage anderthalb Jahre später, und er erinnerte sich an den Matrosenaufstand auf Sveaborg in dem Spätsommer, als Atti und er aus Paris zurückkehrten. Er erinnerte sich an den klebrig heißen Sommer, in dem der Weltkrieg ausbrach, und er erinnerte sich an den kühlen Sommer siebzehn, in dem Atti verschied und Eccu und Nita und er unfähig waren, den Schmerz miteinander zu teilen, sondern jeder für sich trauerte. Er entsann sich, wie das ganze Land in Streik zu treten schien und sich alles auf Krieg einstellte, und er erinnerte sich an das Jahr darauf, erinnerte sich an den Schrecken und den Hass und die zahllosen Gerüchte über bestialische Taten und ebenso bestialische Rachefeldzüge, und wenn er die Augen schloss, hatte er immer noch die knarzige Stimme der seligen Wilma im Ohr, wenn sie Phrasen aus der Offenbarung des Johannes herunterleierte, vage Prophezeiungen, die sie in Erfüllung gehen sah, wo immer sie hinschaute, und die zeigten, dass der Tag des Jüngsten Gerichts nahe war. Und als er Wilmas Stimme hörte, konnte er auch Nita Klavieretüden im Salon üben hören, Stunde um Stunde, als hätte sie sich eingebildet, dass sich der Bruderkrieg mit Chopins und Schuberts Musik verhindern ließe, und er hörte Eccus ungeduldige Jungmännerstimme, als er ihm, Jali, Unterwürfigkeit vorwarf und ausspie, es gebe andere Wege des Handelns, es gebe Menschen, die sich nicht damit abfänden, als gelähmte Gefangene im roten Helsingfors zu hocken, sondern den Mumm hatten, die Linien zu durchbrechen und sich dem gesetzmäßigen Widerstand anzuschließen.

Eccu. Eccu, der eigentlich auch auf der Aspnästribüne sein sollte, von dem jedoch nichts zu sehen war. Als Jali die Stimme seines Sohns hitzig und noch eine Spur kindlich klingen hörte, erinnerte er sich an ihre gemeinsamen Sonntage, er entsann sich der winterlichen Streifzüge durch die stille Stadt, jene Streifzüge, bei denen ihnen der Atem wie eine Rauchwolke vor dem Mund gestanden hatte. Er erinnerte sich an die strengen Bilder, die kontrastreichen Kompositionen, die sie mit gemeinsamen Kräften geschaffen hatten, obwohl Eccu die Wahl des Motivs, die schneeverzierten Bäume, über die Maßen langweilig fand. Jali begriff auf einmal, wie sehr er seinen Sohn vermisste. Vielleicht, dachte er, vielleicht war es ja so, dass die Erinnerungen nicht nur über ihn hereinbrachen, weil er einen talentierten jungen Mann Fußball spielen sah, sondern auch, weil es Eccu gewesen war, der ihm von dem Spieler erzählt hatte, und Eccu, der ihm geraten hatte, zu dem Spiel zu gehen, und ihm außerdem versprochen hatte, selber dort zu sein; vielleicht war es einfach so, dass die vielen Niederlagen und der rasend schnelle Verfall seines Sohns ihn, den Vater, daran erinnerten, wie schnell und unbarmherzig das Leben davonlief, ja wirklich *davonlief*, wie eine rastlose und notorisch untreue Ehefrau oder ein treuloser Ehemann.

Es war nicht so, dass Jali konservativ geworden war, zumindest fand er selber das nicht. Er war völlig anderer Meinung als sein alter Freund Olle Gylfe, der unter der Signatur »Ein denkender Herr« in den Spalten von *Hufvudstadsbladet* immer wieder Gift und Galle über »den Jazzbuben« und »das

Mannweib« spie. Armer Olle: Die älteren Leser pflichteten ihm sicher bei, insbesondere die männlichen, während es hieß, dass sich die jüngeren damit amüsierten, sich aus den Werken »Eines denkenden Herrens« vorzulesen, wenn sie ihre Tees mit Schuss tranken und ihren Jazz im Palladium und Pagod und Alhambra oder sonstwo zappelten. In seinem letzten Beitrag hatte Olle festgehalten, die jungen Frauen von heute seien äußerst egoistisch, Grund dafür sei zu wenig körperliche Züchtigung in ihrer Kindheit. Das moderne Mannweib habe sich alle männlichen Rechte zu eigen gemacht, aber mit ihrem – laut Olle – verschlagenen Wesen vernachlässigten diese Frauen völlig die Pflichten, die damit einhergingen. Der Artikel hatte mit einem kraftvollen Plädoyer für eine weibliche Wehrpflicht geendet, denn dann, so schrieb Olle Gylfe, »würden die Geschlechter mit den Realitäten vor Augen in Kontakt zueinander treten statt während rückgratlosen Flanierens auf der Esplanade, und daraufhin würden diese eingebildeten, stolzierenden Herzchen Demut und Geduld lernen und sich in gutherzige, rechtschaffen denkende, kleine Frauen verwandeln«.

Viele von Jalis Freunden dachten genauso. Die Frauen des Jazzzeitalters waren oberflächlich und vergnügungssüchtig, und die jungen Männer waren schwach und bedauerlich dekadent. War nicht die Schwimmhalle in der Georgsgatan, die erste ihrer Art in der Stadt, nur einen Monat nach der Eröffnung von feingliedrigen jungen Männern mit zweifelhaften erotischen Neigungen förmlich überrannt worden? Aber in Jalis Augen war die Gleichung nicht ganz so simpel. Tatsächlich *mochte* er Jazz, zumindest die etwas gesittetere Variante, die von Paul Whitemans und Ted Lewis' Bigbands dargeboten wurde oder, warum nicht, vom Helsingforser Eigengewächs Monsieur François, dessen Tanzkapelle stets mit Zurückhaltung und Stil spielte. Und obwohl er es vor der armen Emelie zu verbergen suchte, die mit jedem Jahr rundlicher und unförmiger wurde, trat der frühere Lebemann in seinem Inneren immer noch aus: Jali hatte Tagträume, in denen er mit schlanken jungen Frauen in kurzen Cocktailkleidern und mit Bubikopffrisuren und glitzernden Kunstseidenstrümpfen flirtete, die knisterten, wenn diese Frauen ihre Beine übereinanderschlugen und ihn anlächelten.

Er verstand den Lebensüberdruss und die Unrast Eccus und seiner Freunde. Die Welt, in die sie hineingeboren worden waren, war in Morast und Kampfgasdünsten untergegangen, bevor sie erwachsen werden konnten, ihre Kameraden waren während des roten Winters mit Genickschüssen ermordet worden, und sie selber waren halb erwachsene Jungen gewesen, als sie Landsleute aufstöberten und hinrichteten, die oft genug genauso verzweifelt jung waren wie sie. Man sprach nie über diese Dinge, aber sie waren da, die Welt dieser neuen Generation war grausam und schnell und von Anfang an desillusioniert. Die Schnelligkeit, das allerorten zunehmende Tempo, war das vorrangigste Kennzeichen des vergangenen Jahrzehnts gewesen, hatte die Signatur »I-r« kürzlich in *Hufvudstadsbladet* konstatiert und ergänzt, diese Entwicklung werde mit Sicherheit weitergehen und sogar noch eskalieren. *Im Jahre 2029*, hatte »I-r« geschrieben, *werden einem Graf Zeppelins Luftschiff und Grover Williams siegreicher Bugatti ebenso lächerlich erscheinen, wie George Stephensons und John Ericssons konkurrierende Dampflokomotiven »The Rocket« und »The Novelty« aus dem Jahre 1829 uns heute vorkommen. »46 Kilometer pro Stunde, welch schwindelerregende Geschwindigkeit!«, schrieb man damals, vor hundert Jahren, in den Zeitungen, aber heutzutage sind 100 Kilometer in der Stunde fast nichts. Zeitungen – übrigens, wer soll wohl im Jahre 2029 noch die Zeit finden, Zeitungen zu lesen? Da wird es der Mensch bereits so eilig haben, dass er all sein Wissen aus dem Radio und Bildradio beziehen wird, während er sein Aeromobil zwischen den Wänden der Wolkenkratzer steuert.*

»I-r« hat Recht, dachte Jali, es war eine rastlose Zeit, er sah die Umwälzungen ja schon, wenn er auf dem Weg in die Stadt zum Eisenbahnkontor im M-Wagen saß; das gut ausgestattete, riesige Tuberkulosekrankenhaus auf dem Hügel oberhalb von Dal, die zahllosen roten Backsteinkasernen, die in Tölö im Bau waren, der gesprengte und eingeebnete Hammarberget, wo das neue Parlamentsgebäude entstand.

Und wenn er mit der braunen Aktentasche in der einen Hand und mit der anderen allzeit bereit, den Hut vor entgegenkommenden Damen zu lüpfen, durch die Innenstadt ging, dann war die Erneuerung allgegenwärtig, dann schien sich alles in der Stadt um Bauarbeiten, Erweiterung, Wachstum, citius, altius, fortius, mehr, mehr, mehr zu drehen.

Oben an der Georgsgatan wurde die Baugrube für das Hotel Torni ausgehoben, bald würde es dort stehen, fast siebzig Meter hoch, und den Blick über die Stadt schweifen lassen wie ein verirrter Gast aus dem New York der Riesen. An der Ecke Central- und Alexandersgatan thronte das neue Haus der Unionsbank mit dem Hotel Carlton. Das Kaufhaus Stockmann baute im Häuserblock Gasellen, und Familie Fazer in der Glogatan.

In allen Richtungen, von Gräsviken im Westen bis Vallgård im Norden, wurden glänzende Mietshäuser in die Höhe gezogen, die ganze Häuserblocks einnahmen und sich höher erhoben als die früheren Wohnstätten der Helsingforser. Und in Wilhelmsberg, neben dem Marjattahügel mit Aussicht auf den Sörnäs-Hafen, stand »Martsu«, das größte Mietshaus für Arbeiter in ganz Finnland und Aufenthaltsort von aufrührerischeren Bolschewiken, als Cedric Lilliehjelm und Olle Gylfe und andere Rechte sich in ihren schlimmsten Alpträumen vorstellen konnten.

Die Ausfallstraßen hatten neue Namen bekommen, die Västra Chaussén hieß mittlerweile Åbovägen und die östliche Variante Tavastvägen. Es gab immer mehr Straßenbahnlinien, die neuesten waren »K« für Kottby und »W« für Arabia. Das Verkehrschaos in der Kajsaniemigatan, der früheren Genombrotskaja Ulitsa, war unbeschreiblich, und einen Katzensprung entfernt hatte man den schönen Schwanenteich des Parks in ein rechteckiges Becken aus Beton verwandelt – »auf die Art wird er funktionaler«, hatte der verantwortliche Architekt in einem Zeitungsinterview erklärt.

Es herrschte ein hektisches Tempo, die Stadt versuchte das Alte und Ausgediente in einem einzigen großen Kehraus fortzuwischen. Aber Jali war ein erfahrener Mann, er sah nicht nur die Oberfläche der Dinge, sondern auch die Geschwüre darunter – dort waren die Wunden aus dem Freiheitskrieg, dort waren die immer verbitterteren Streitigkeiten zwischen Schweden und Finnen, dort war der groteske Geist der Prohibition – die Leute hatten noch nie so viel getrunken wie heute –, und dort war die Kluft zwischen den Generationen.

Jali verstand, dass ein gewisses Maß an Nihilismus eine adäquate Antwort auf die Entdeckung war, dass die Ideale der Väter einen faulen Kern hatten. Aber es gab Grenzen. Er akzeptierte nicht, dass blutjunge Schlingel hinausposaunten, sie würden den Bolschewismus und die NEP-Politik unterstützen, und dies nur taten, um andere zu echauffieren. Er akzeptierte nicht, dass junge Männer und Frauen aus gutem Haus gepudert und mit geschminkten Lippen wie simple Komödianten durch die Straßen liefen. Und er, der mehr Energie darauf verwandt hatte, die Spuren seiner erotischen Abenteuer zu verwischen, als den Zugverkehr im Bezirk Südliches Finnland zu verwalten, fand immer öfter, dass die Freimütigkeit der jungen Frauen unangenehm war; sie schienen allesamt mit einem ganzen Packen grober Zitate von Pola Negri und Gloria Swanson herumzulaufen.

Er war verärgert über die Art, mit der heute alles für selbstverständlich gehalten wurde. Alle Dinge, die früher Wunderwerke gewesen waren, hatten sich in Alltägliches verwandelt. Elektrisches Licht, Aufzüge, fließend heißes Wasser und Toiletten mit Wasserspülung, Zentralheizung, Douche, Autofahrten, Flugmaschinenreisen, Grammophone, Radio, alles sollte in einem immer rasenderen Tempo angeschafft und benutzt und verschlissen werden. Die Jüngeren schienen nicht zu verstehen, dass nichts von all dem gottgegeben war, dass eine Gesell-schaft und eine Großstadt nur mit Geduld und Mühen heran-wuchs, dass beharrliche Arbeit erforderlich war, bis sich die Barbarei in Zivilisation verwandelte, in etwas, das man genie-ßen und auf das man stolz sein konnte.

Jali hatte inzwischen das Interesse an der Begegnung verlo-ren, er nahm kaum noch wahr, dass die Nummer neun Kajan-der ein weiteres Tor für Woima schoss. Die Gedanken kamen und gingen, oft streiften sie seine Nächsten und Liebsten. Er widmete seinem Schwiegersohn einen flüchtigen Gedanken; er hatte Cedric Lilliehjelm nie gemocht, und obwohl Nita sich niemals beklagte, ahnte Jali, dass sie sich in ihrer Ehe nicht wohlfühlte. Von Cedric Lilliehjelm wanderten seine Gedanken zu Eccu, dem Sohn, den er bereits verloren hatte, so empfand er es. Er erinnerte sich, dass Eccus und Cedis Freundschaft vor vielen Jahren auf unerklärliche Weise zerbrochen war: Die bei-den Schwager hielten seither kühle Distanz zueinander, und Jali hatte nie herauszufinden versucht, was vorgefallen war, er hatte es nicht gewagt.

Im Grunde geht es bei all meinen Sorgen um Eccu, dachte Jali, während der Schiedsrichter in seine Trillerpfeife blies und das Spiel abpfiff. Alles, was Eccu anpackte, brach in sich zu-sammen, es gab nichts, was ihn noch zu interessieren schien, nicht das Atelier Widing, das mittlerweile einen schlechten Ruf hatte, nicht die Ladenkette, die er zusammen mit Vidar Lunds Neffen Henning und dem ostbottnischen Geschäfts-mann Skrake besaß. Eine neue Frau hatte er auch nicht gefun-den, er wirkte nicht einmal interessiert, den Kontakt zu Sti auf-rechtzuerhalten.

Schon seit der Zeit, als die Kinder noch klein waren, hatte Jali eine Ahnung gehabt, die sich mit der Zeit in Gewissheit verwandelt hatte. Nita ähnelte äußerlich ihrer Mutter, sie war dunkelhaarig und schön, wirkte aber auch zart und zerbrech-lich. Aber es war nicht Nita, sondern Eccu, der Attis schweres Erbe in sich barg. Eccu war übertrieben empfindsam, er blieb nicht auf den Beinen, wenn die Schläge und Misserfolge kamen. Stattdessen duckte er sich und floh, während Nita die Kraft zu besitzen schien, die auch Jali eigen gewesen war – die Fähigkeit, Schwierigkeiten zu überwinden und weiterzumachen, ohne sich von der großen fundamentalen Trauer, die in jedem Menschen lauerte, übermannen zu lassen. Es war keine tiefsinnige Art zu leben, und jeder Dummkopf begriff natürlich, dass sie moralische Fallgruben enthielt. Aber jemandem, der nicht von Natur aus robust war, schenkte sie Erleichterung und Geborgenheit. Denn eins war sicher: Keinem Menschen blieben Tragödien und Rückschläge erspart, keiner konnte der Tatsache entfliehen, dass alle und alles im Wandel war, starb und verschwand. Lebewesen, Freundschaften, Liebschaften, Städte, Träume, das und alles andere war unbeständig, das einzig Beständige und Unausweichliche war die Auslöschung, und Jali hatte keinen größeren Wunsch als den, dass Eccu sich endlich zusammenreißen und das einzige Leben bejahen würde, das er hatte, das seinen Lauf nahm und dem nichts folgen würde.

3

Zwei stadtbekannte und stets für Gesprächsstoff sorgende Personen von der anderen Seite der Långa-Brücke nahmen in der Woche, die auf das Spiel gegen Jyry folgte, Kontakt zu Allu Kajander auf. Der erste Kontakt ergab sich aus der Absicht anzuwerben. Henning Lund, dessen Lebensdevise lautete, dass nichts, absolut NICHTS unmöglich war, erfuhr, dass der Woimaspieler Kaj Salin ein Bruder von Eccu Widings früherem Mädchen für alles Mandi war, die inzwischen eine Stelle in Sakari Holmas Direktorenbüro hatte. Henning nahm Kontakt zu Mandi auf, bekam Kaitsus Adresse, überquerte zum zweiten Mal binnen weniger Tage die Brücke und schaffte es, Kaitsu zu entlocken, dass Allu eine Dachkammer in der neuen Vorstadt Kottby gemietet hatte.

Die anderen HIFK-Aktivisten hielten nichts von Hennings Plan, die Mannschaft mit geschickten Spielern aus den Arbeitermannschaften aufzufüllen – »und was ist, wenn du es schaffst, ihn zu holen, das gibt doch nur Ärger, wenn wir anfangen, rote Burschen anzuwerben«, sagte Jocke Tollet, der in jenem Jahr Schatzmeister war und sowohl Fußball als auch Bandy in der dritten Mannschaft spielte – aber auf dem Ohr stellte Henning sich taub. »Er ist doch Schwede, oder zumindest fast«, fuhr er dazwischen, »natürlich wird er für uns spielen.« Anschließend machte er sich bereit, die Brücke nochmals zu überqueren, und konnte der Versuchung nicht widerstehen, damit anzugeben, wer er war; er hatte kürzlich ein weiteres

Auto importieren lassen, einen Pontiac Phaeton, das neue Kronjuwel in seiner bereits umfangreichen Sammlung, und in diesem fuhr er nun über Broholmen und durch Sörnäs und Vallgård und weiter hinaus Richtung Kottby. Aber er ließ das Auto in einem gebührenden Abstand stehen und ging die letzten Häuserblocks zu Fuß. Er wollte nicht provozieren, denn dann würde er sein Ziel nie erreichen; außerdem hatte er ein kariertes Hemd mit einem weichen Kragen angezogen, sich ein einfaches Jackett übergestreift und anschließend einen Schlapphut auf den Scheitel gedrückt, eben alles getan, um nicht wie der Finanzmagnat auszusehen, der er war.

Das Haus lag am Joukalavägen. Es war relativ groß, ein zweistöckiger, langgestreckter Holzbau, der von jeder Menge Familien bewohnt zu werden schien: Henning klopfte zweimal an die falsche Tür, ehe er den Weg in den richtigen Flur und zu dem Ende gefunden hatte, an dem Kajander wohnte. Niemand öffnete ihm, und er fühlte sich nicht wohl in seiner Haut. Die junge Frau in der ersten Wohnung hatte nur den Kopf geschüttelt und die Wohnungstür zugezogen, während der alte Arbeiter, mit dem er gerade gesprochen hatte, durch einen schmalen Türspalt spinkste und sich einbildete, dass Henning es nicht merkte. Trotz seiner Bemühungen schienen die Einwohner Kottbys zu glauben, dass er ein Alkoholfahnder oder Detektiv war, der Kommunisten jagte, denn sie beantworteten seine Fragen einsilbig und gaben grundsätzlich vor, nicht zu wissen, wo Kajander zu finden war. »Hier kümmert sich jeder um seinen eigenen Kram, hier spioniert keiner seinen Nachbarn hinterher«, hatte der alte Mann ihn angeschnauzt.

Aber so schnell warf Henning die Flinte nicht ins Korn: Am nächsten Tag kehrte er am späten Nachmittag zurück, und diesmal war Allu zu Hause, er hatte einen Schlafstreifen auf der Wange, als er die Tür öffnete.

»Sind Sie Kajander?«, fragte Henning, obwohl er Allu schon erkannt hatte.

»Sicher«, erwiderte Allu und kratzte sich in den dichten

Haaren, die zu Berge standen, »Wer sind Sie, und was wollen Sie?«

»Henning Lund«, sagte Henning und streckte Allu die Hand zum Gruß entgegen. »Ich wollte mich nur ein bisschen mit Ihnen unterhalten.«

»Ich hab nix getan«, erklärte Allu. Er gab Henning die Hand, aber sein Händedruck war kurz und wenig einladend.

»Ich bin kein Polizist«, sagte Henning, »ich will nur ...«

»Waren Sie das, der gestern schon mal hier war?«, unterbrach Allu ihn. »Ich hab gehört, dass jemand zu mir wollte.«

»Ja, das war ich«, sagte Henning. »Ich bin Unternehmer, und mein Anliegen ...«

»Und Politik interessiert mich auch nicht«, sagte Allu brüsk. »Ich bin Seemann, aber vor einiger Zeit an Land gegangen und hab seit sechs in der Früh im Hafen Kaffeesäcke und Stoffballen geschleppt, also ...«

»Ich bitte um Entschuldigung, wenn ich Ihre Ruhe störe«, entgegnete Henning sanft. »Aber die Sache ist die, dass ich Sie spielen gesehen habe und Ihnen einen Vorschlag machen möchte.«

»Was spielen?«, fragte Allu.

»Fußball«, sagte Henning und schielte auf seine Uhr. Viertel nach fünf: Der Tivolipavillon war noch offen.

»Haben Sie schon gegessen?«, erkundigte er sich.

Allu schüttelte mürrisch den Kopf.

»Seit heute Morgen nicht.«

»Dann mache ich Ihnen einen Vorschlag. Eine Tasse Kaffee und ein warmes Sandwich. Vielleicht sogar einen kleinen Tee mit Schuss. Was halten Sie davon, Kajander? Wir werden etwas zu feiern haben, denn ich glaube, dass Sie meinen Vorschlag zu schätzen wissen werden.«

Allu nahm seinen Mantel vom Nagel an der Wand und kam mit. Sie gingen über die Pohjolagatan und weiter bis zu dem abseits gelegenen Wendeplatz, an dem der Pontiac stand. Als Allu das Auto sah, verzog er den Mund und schüttelte den Kopf:

»Nie im Leben setz ich mich in das Ding, wenn die Leute es sehn können.« Henning fluchte innerlich über sein Missgeschick, sie hätten genauso gut die Straßenbahn nehmen und er später einen Angestellten bitten können, den Pontiac zu holen. Allu zwang Henning, aus Kottby heraus und noch ein Stück Richtung Stadt zu fahren; er ließ dem Wagen einen Vorsprung und lief dann mit leichtfüßigen Schritten hinterher. Erst weit draußen auf den Feldern zwischen Kottby und Vallgård stieg er in den Pontiac, der am Straßenrand stand und auf ihn wartete. Er war kein bisschen außer Atem, obwohl er einen Kilometer in einem zügigen Tempo gelaufen war, und Henning nickte anerkennend.

Er nahm den düsteren und widerspenstigen Allu zum oberhalb des Spielfeldgeländes gelegenen Pavillon mit. Sie aßen jeder ein warmes Sandwich und tranken mit einer Pommac-Limonade Brüderschaft, denn Henning traute sich nicht, das Personal zu bitten, ihnen stärkere Getränke zu servieren; an einem der anderen Tische saß Keppari Suonio, ehemaliger Fußballnationalspieler, heute jedoch Polizeikommissar und einer von denen, die Agi Niska und den anderen Schmuggelkönigen hartnäckig auf den Fersen blieben.

»Schau«, sagte Henning großspurig und ließ den rechten Arm über das Spielfeldgelände unter ihnen schweifen. »Was würdest du davon halten, stattdessen hier zu spielen, auf sauber geschnittenem Gras und vor fünftausend, vielleicht sogar zehntausend Zuschauern, die dich lieben und bewundern?«

Allu antwortete nicht. Am Tag vor dem Spiel gegen Jyry hatten Lasse Saurén, Antsa Moll und er eine heftige Diskussion über seine Zukunft bei Woima gehabt. Die Meinungsverschiedenheit war aufgekommen, als Allu erzählte, dass es in Südamerika, ja auch in Südeuropa und England Spieler gab, die dafür bezahlt wurden zu spielen, und damit meinte er nicht die Reisespesen bei Auswärtsspielen, sondern ein richtiges Gehalt, noch dazu ein ziemlich gutes. Er hatte mit Verachtung in der Stimme von diesen Legionären erzählt, aber zu seiner

Verblüffung hatten sich seine beiden Mannschaftskameraden nicht distanziert, sondern mit leuchtenden Augen genickt und gesagt, das sei doch nicht weiter verwunderlich, jeder wisse doch, dass Nurmi und Ritola und die anderen großen Läufer von den Organisatoren nach den Läufen braune Umschläge zugesteckt bekamen. Dass man für die Ehre und die Freude spiele und es den Sport gebe, damit die Solidarität zwischen den Menschen größer werde und die Völker sich verbrüderten, das sei doch alles nur dummes Geschwätz, fanden Lasse und Antsa, und Lasse erklärte sogar ganz offen, Allu sei zu gut für Woima, er solle seinen Torriecher und seine Tricks nehmen und woanders hingehen, wo es ein größeres Publikum gebe und er seine rechtmäßige Belohnung erhalten könne, denn auf dem Aspnäsplatz werde es nie mehr als die höchstens fünfhundert Fabrikarbeiter und Halbstarken geben, die zu Woima hielten, und das Einzige, was Allu sich mit all seinen Fertigkeiten verdienen werde, seien ein paar Schlucke aus Flachmännern mit schlechtem Selbstgebrannten während der Sommerfeste auf Nokka. Allu hatte Lasse und Antsa angefaucht, so wie die Politik und die Wirtschaft in diesem Land im Augenblick aussähen, werde er niemals den Arbeitersportverband verlassen und für eine Mannschaft des Bürgertums spielen, begriffen sie denn nicht, dass sie Idioten und Verräter seien, Männer wie Unski Taipale gäben alles auf, was sie hatten, und fuhren nach Osten, um eine gerechte Gesellschaft aufzubauen, aber hier im kapitalistischen Helsingfors säßen Saurén und Moll und verkündeten das Evangelium der Blutsauger, hörten sie denn nicht, dass sie wie die gehorsamen Lakaien der Direktoren und Holzpatrone klangen?

Während Allu sich erinnerte, war sein Blick auf die saftig grüne Rasenfläche unter ihm gerichtet. Das Spielfeldgelände war in einen leichten Abendnebel gehüllt, und vielleicht sah Henning ein gewisses Zögern, vielleicht sogar einen Anflug von Sehnsucht hinter Allus ausdrucksloser Miene, denn er brach das Schweigen und fragte:

»Arbeitest du immer als Schauermann, wenn du an Land bist?«

»Meistens«, antwortete Allu griesgrämig. »Man bekommt mehr Asche im Hafen als fürs Schleppen von Ziegeln auf der Baustelle. Wieso?«

»In den Kreisen um *Die Kameraden* gibt es jede Menge Unternehmer. Ich denke, es wäre problemlos möglich, eine Stelle für dich zu finden, die besser ist als deine jetzige.«

»Was denn für eine Stelle?«, fragte Allu.

»Tja, was würdest du zum Beispiel davon halten, dich bei einem Großhändler um das Lager zu kümmern?«

Allu warf noch einen kurzen Blick auf die Grasfläche unter ihnen, sie sah feucht und verlockend aus. Dann stählte er sich und sagte:»Nee, daraus wird nix. Wenn ich hier in der Stadt kicke, dann spiel ich für Woima.«

* * *

Der zweite Kontakt wurde in der Absicht aufgenommen zu verführen, und diesmal fiel das Ergebnis besser aus.

Es muss einen ersten Kontakt, einen Brief oder ein Telefonat, zwischen Allu und Lucie gegeben haben. Aber es existieren keine sicheren Belege dafür, wie der Kontakt hergestellt wurde, denn keiner der beiden erwähnte die Sache selbst engsten Freunden gegenüber auch nur mit einem Wort. Allu war schon immer so gewesen, er hatte Probleme, Menschen zu vertrauen, und achtete stets darauf, sich den Rücken freizuhalten. Die junge Lucie war ein lebendes Paradox gewesen – völlig offen und zur Geheimnistuerei neigend –, aber schlechte Erfahrungen und die wachsende Erkenntnis, dass die Helsingforser Bourgeoisie es liebte, über sie zu tratschen und Lügen zu verbreiten, hatten sie dazu bewogen, eine andere Taktik zu verfolgen; sie hatte gelernt, eine charismatische Fassade vorzuzeigen und sich wie eine Varietékünstlerin zu geben, gleichzeitig jedoch alles Wichtige zu verbergen.

Sie hatten ein seltsames Tête-à-Tête, eine Art Nicht-Begegnung, im Café Primel an der Ecke Kalevagatan und Västra Henriksgatan. Vermutlich hatte Lucie die eigentümliche Choreographie geschaffen – sie hatte ähnliche Verabredungen mit diversen Männern gehabt – und Allu per Brief instruiert oder ihm ein Billet irgendeiner Art zukommen lassen. Unglücklicherweise trafen sie praktisch gleichzeitig ein und stießen bereits im nüchtern modernen Eingangsbereich in der unteren Etage aufeinander. Der Zusammenstoß gehörte nicht zur Choreographie, und unter den stalaktitähnlichen Deckenlampen kam Verlegenheit auf. Allu blickte schnell auf den schwarzweiß karierten Marmorboden, denn er wusste, dass es diese große Frau in dem kühn geschnittenen Herbstmantel war, die er treffen sollte; ihre Blicke waren sich fünf Tage zuvor in Aspnäs für den Bruchteil einer Sekunde begegnet, es passierte, als er das Spielfeld verließ und Lucie von ihrem Platz auf der Tribüne aufstand, und ihn hatte plötzlich das Gefühl beschlichen zu wissen, wer sie war.

Sie gaben ihre Bestellungen an der Konditoreitheke auf, jeder für sich, und ohne den Blick des anderen auch nur zu streifen. Lucie ging als Erste die Treppen hinauf. Allu folgte ihr, und als er die Treppe hinaufkam, sah er, dass sie sich an einem Tisch in der Mitte des Raums niedergelassen hatte. Er wusste nicht, was er tun sollte, aber Lucie warf ihm blitzschnell einen Blick zu und schüttelte fast unmerklich den Kopf: Es war der einzige Moment, in dem sie verrieten, dass sie sich nicht zufällig im gleichen Café aufhielten. Allu ließ sich am Nebentisch nieder, nur ein schmaler Gang trennte sie voneinander. Nach einer Weile kam die Bedienung – Allu hatte Kaffee und zwei Blätterteigpasteten mit Eiern und Reis, Lucie Tee und ein Stück Marzipantorte bestellt –, und während sie aßen, bewunderte Lucie verstohlen sein Profil. Allu schlürfte den Kaffee und verschlang seine Pasteten mit großem Heißhunger, und gleichzeitig las er *Svenska Pressen*, die auf dem Tisch gelegen hatte. Plötzlich blickte er auf und drehte den Kopf, so dass sich ihre Blicke für ein oder zwei Sekunden begegneten, bis Lucie den ihren senkte. Kurz darauf ließ Lucie ganz zufällig eine zusammengefaltete Serviette fallen. Allu beugte sich über den Gang und nach unten. Er hob die Serviette auf, faltete sie mit ungeschickten Fingern auseinander und nahm die Karte heraus, die darin verborgen lag. »Danke«, sagte Lucie, als er ihr die Serviette reichte. »Nichts zu danken«, erwiderte Allu höflich. Er stand auf und ging zur Herrentoilette. Er las ihre Karte – Name und Telefonnummer, aber keine Adresse. Die gedruckten Buchstaben waren verschnörkelt und schwer zu lesen, sie machten einen vornehmen Eindruck, und vor ihrem Namen stand eine Abkürzung: Mlle. Darunter hatte sie handschriftlich notiert: *Rufen Sie mich nicht an, ich komme zu Ihnen.* Allu fiel ein, dass er nichts zum Schreiben dabei hatte, weshalb er schnell die Treppe zur Konditorei hinabging und sich einen Bleistiftstummel und ein Stück Papier aus einem linierten Notizblock lieh. Er lief die Treppe hinauf, schob sich in die Herrentoilette, notierte seine Adresse und eine Uhrzeit an einem Abend Mitte der nächsten Woche. Anschließend zeichnete er das Haus und den Treppenaufgang und den Flur auf dem Joukolavägen und zog Pfeile, die anzeigten, wie sie zu seiner Tür finden würde. Er kehrte ins Café zurück, sein Herz pochte schnell und fest, und er fühlte sich mächtig und fast schon berauscht, grübelte gleichzeitig jedoch intensiv darüber nach, wie er ihr das Papier zukommen lassen sollte. Er wusste sich keinen anderen Rat, als den Zettel in der Zeitung zu verstecken, und als er kurze Zeit später aufstand, um zu gehen, reichte er ihr *Svenska Pressen* und fragte: »Möchten Sie vielleicht…?« »Danke gern, das ist sehr freundlich von Ihnen«, erwiderte Lucie; die Worte waren eine Floskel, aber ihre Stimme, fand Allu, war leise und drängend.

Dies ereignete sich im Oktober. Der Sommer hatte endlich seine Kraft verloren, aber die Herbststürme hatten noch nicht eingesetzt, die Tage waren neblig trüb, und die Luft war kühl und rau. Die Erregung der Begegnung im Café Primel legte sich rasch wieder, und Allu erwartete im Grunde nichts: Was für eine idiotische Idee, dachte er, während die Tage vergingen, wie aus einem romantischen Roman für halbwüchsige Mädchen! Der Abend kam, und die Uhrzeit kam und verstrich, es vergingen zehn Minuten, bald war es Viertel nach, dann zwanzig Minuten später, und er wollte gerade nach seinem Mantel greifen und Zigaretten holen gehen und vielleicht die Straßenbahn in die Stadt nehmen, als jemand an der Tür klopfte, nicht schüchtern und vorsichtig, sondern ruhig und bestimmt.

Zu Anfang fühlte sich Lucie stärker zu Allu hingezogen als er zu ihr. Der Herbstsonntag auf dem Aspnäsplatz war weit und wild gewesen, und Lucie liebte solche Tage mit Sonne und einem kräftigen Wind, der die Bäume schüttelte und heulte und pfiff, wenn er um die Straßenecken strich. Und dann diese Nummer neun, der beste Spieler auf dem Platz, und was für ein Spieler! Sie hatte ihn wie ein Stier dem Ball hinterherjagen gesehen, dass die Erde erzitterte, während die kräftigen Oberschenkelmuskeln bebten wie bei einem arabischen Vollblut, sie hatte die dichten, zurückgekämmten Haare vom Schweiß zottelig werden und in dünnen, schwarzen Strähnen in die nasse Stirn fallen sehen. Es hatte sich etwas in ihrem Inneren geregt, es war augenblicklich und mit einer Kraft und Gewissheit geschehen, wie sie es seit dem Sommer mit Jonesy nicht mehr erlebt hatte. Sie hatte sofort die spontane Idee gehabt, noch während sie auf der Tribüne saß und mit Henning Konversation machte. Sie hatte ihre Eingebung während des Sonntagabends und den ganzen Montag über zu vergessen versucht, aber gespürt, dass sie weder widerstehen konnte noch wollte; einst, vor langer Zeit, hatte man versucht, sie zu einer Frau von der Art zu erziehen, die alle gefährlichen Einfälle im Keime erstickte, aber heute war sie einunddreißig und ihre Erziehung lag 0 : 6, 0 : 6 gegen Miss Lucy L zurück.

Die ersten Male war Allu in Worten wie Gesten noch etwas reserviert, nur sein Glied bejahte Lucie ohne das geringste Zögern. Er ließ sich aus reiner Neugier auf das Abenteuer ein, weil sie etwas Neues und Unerprobtes verkörperte, etwas, das eine Brücke über den Abgrund werden konnte, der zwischen der Zecherei in Hafenbordellen und der Enttäuschung gähnte, in der sein Warten auf Mandi geendet hatte. Aber Lucie gelang es schon am ersten Abend, ihn aufzuwühlen; er hatte erwartet, dass sie sich mit einer gewissen Würde nehmen lassen würde, vielleicht sogar unter gespieltem Widerstand, nicht, dass sie genauso erfahren und hemmungslos sein würde wie die Mädchen, die das Vögeln zum Beruf hatten. Er wurde angestachelt, empfand gleichzeitig jedoch auch Wut und Verachtung, und im nächsten Moment stellte sich ein Gefühl von Verwirrung und Scham ein. Allu hatte keine Ahnung, warum diese eigenartige, aber schöne und vermutlich unverschämt reiche Frau mit ihm, dem Pöbel, schlafen wollte, er wusste nicht, worauf sie aus war, und in seinem tiefsten Inneren hatte er wohl auch ein wenig Angst. Aber er tat, was Männer immer getan haben; man warne einen Mann davor, dass eine schöne Frau vorhat, ihn erotisch auszunutzen, und der Mann wird antworten: »Bitte schön, nur zu!«

In den folgenden Wochen war ihre Lust so stark, dass keiner der beiden auf die Idee kam, ihre gemeinsamen Stunden mit Lebensgeschichten und anderen Gesprächen zu vergeuden. Lucie besuchte ihn immer nach Einbruch der Dunkelheit; meistens kam sie in ihrem Auto und parkte es an einer abgelegenen Stelle, und wenn sie mit der Straßenbahnlinie K kam, hatte sie vorher stets für die frühen Morgenstunden eine Droschke in die Pohjolagatan bestellt. Eines Samstagabends kam sie in voller Festmontur, in Schale geworfen mit kunstvoll hochgesteckter Frisur und kostbarem Schmuck und allem. Zwei ihrer Freunde, die Maggie und Bruno hießen, hatten geheiratet, erzählte sie und kicherte begeistert über das Aufsehen, das sie erregt hatte, als sie in etwas auf der Hochzeit erschienen war, das sie »mein kleines Schwarzes« nannte. Allu begriff, dass damit ihr Kleid gemeint sein musste, dessen Rückendekolletee so viel nackte Haut zeigte, dass er sich nur mit Mühe davon abhalten konnte, sich auf sie zu werfen, während sie von der Trauung erzählte.

Je weiter der Herbst fortschritt, desto früher kam die schützende Dunkelheit, und Lucie kam nun schon gegen sieben. Es entwickelte sich ein fester Ablauf. Sie schliefen miteinander, und hinterher zog Allu sich an und holte Brot, Käse und Zigaretten im Elantogeschäft am Pellerovägen, und anschließend zündeten sie den Gaskocher an und kochten Tee, und wenn sie zu Abend gegessen hatten, liebten sie sich wieder. Bei einer solchen Gelegenheit befreite sich Allu aus ihrer Umarmung, schaltete das Licht an, zog Hose, Hemd und Strümpfe an, beugte sich über Lucie, küsste sie und sagte wie üblich: »Ich geh was zu futtern holen.« Lucie suchte und fand seinen Blick und lächelte, es war ein liebevolles Lächeln, aber auch schwer zu deuten, fast traurig. »Eigentlich finde ich, dass du gar nicht gehen sollst, ich will, dass du bei mir bleibst«, sagte sie. Etwas in ihren Worten ging direkt in Allus Inneres, vergessene Sätze und Geräusche begannen, in ihm widerzuhallen, und er betrachtete sie mit einer dämmernden Ahnung. Lucie lächelte immer noch, aber in ihre Augen trat ein fragendes Schimmern. Zum ersten Mal bemerkte Allu, dass zwei ihrer Schneidezähne ein wenig spitz zuliefen. Es war, als hätte man eine staubige und vergessene Filmrolle hervorgeholt, in den Projektor eingespannt und anschließend den Film laufen lassen; er war in einem riesigen, unendlich weiten Haus, in dem er von Zimmer zu Zimmer ging, und draußen war es tiefster Winter und kalt, und dann war er in der oberen Etage, wo die Zimmer kleiner waren, und saß in dem Schaukelstuhl am Fenster und blickte auf den Hof, wo die Schneedecke in der Sonne glitzerte, und einer von Enoks Männern schleifte einen kleinen Mann, der panische Angst hatte, heran. Und dann, ganz plötzlich, hörte er eine auffordernde Stimme, und dort stand sie, er sah sie vor sich, eine große junge Frau, die noch größer wurde, weil sie im Haus hochhackige Schuhe trug, die langen, mittelblonden Haare mit ein paar Kämmen und Spangen nachlässig hochgesteckt, eine dunkelblaue Strickjacke mit weißschimmernden Knöpfen, vermutlich Perlmutt, er hörte aufgebrachte Stimmen aus weiter Ferne, aber die Stimme der jungen Frau war dicht neben ihm, sie war ruhig und fast freundlich, als sie sagte, dass er dort im Grunde gar nicht sein solle und dass sie hoffe, er werde das Haus bald verlassen und seinen Vater, den Vorsitzenden, mitnehmen: Das war sie gewesen, deshalb hatte er dieses nagende Gefühl gehabt, Lucie schon einmal begegnet zu sein!

»Was ist?«, fragte Lucie. »Sehe ich so alt und schrecklich aus?«

»Es ist nichts«, beeilte Allu sich zu sagen, »ich bin gleich wieder da.«

Sie waren vorsichtig mit ihren Worten, und beide wussten, warum. Je weniger sie sprachen und je seltener brandgefährliche Gesprächsthemen aufkamen, desto länger würde es dauern, bis die Abgründe sichtbar wurden. Bei Allu war diese Erkenntnis – *es ist gefährlich zu reden* – intuitiv. Lucie war acht Jahre älter und stammte aus einem Milieu, in dem man Macht über das Wort hatte; sie formulierte, was sie fühlte – *er wird anfangen, mich zu hassen, sobald er mich besser kennenlernt* –, aber nur in ihren Gedanken, Allu sagte sie nichts. Trotzdem gerieten sie manchmal aneinander. Eines Abends stolperte Lucie über die Sprachenfrage: Sie sagte, die finnischen Studenten würden immer lauter und frecher, sie sprach über das Unbehagen, das sie empfand, wenn die Schwedischsprachigen auf der einen Seite der Esplanade flanierten und die Finnischsprachigen auf der anderen, während diejenigen, die Freunde oder Liebste im anderen Lager hätten, als trojanische Pferde betrachtet würden, also potenzielle Feinde, verdeutlichte sie.

»Ich weiß, was ein trojanisches Pferd ist«, sagte Allu kühl und ergänzte: »Solche Streitereien sind nur was für einen, der sich so was leisten kann, hier haben die Leute andere Sorgen.«

An einem anderen Abend ging es um Geld. Allu hatte sich mit seinem Boss bei den Schauerleuten überworfen und war mehrere Morgen in Folge nicht für die Arbeitsmannschaft berücksichtigt worden. Mit seinem letzten Geld hatte er die Miete für die Dachkammer bezahlt, und jetzt hatte er nicht mehr das Geld, um sich satt zu essen. Lucie ahnte, dass er pleite war, und an diesem Samstagabend Anfang November kam sie in einer Droschke und schlich sich mit einem Korb voller Leckereien aus dem Franziskaner in das Haus am Joukalavägen; es gab Gewürzhering und Hering à la Russe und kleine Kalbsfrikadellen und geräucherten Schinken und vieles andere, und außerdem hatte sie noch Weizenbrot und Butter und zwei Flaschen Limonade und Kaffee in einer Thermoskanne dabei, sogar eine Tafel Schokolade in einer blauen Verpackung hatte sie geholt. Aber Allu war von Anfang an mürrisch und kurz angebunden. Er war zusammen mit Kaitsu Salin auf Nokka gewesen, sie hatten Kaitsus Verschlag vor dem Winter auseinandergenommen und die Sperrholzplatten und alles andere anschließend ins Boot geladen und waren zum Byholmsufer zurückgerudert. Es hatte den ganzen Tag geregnet, und Allu war müde und hungrig gewesen, und sein Missmut hatte ihn dazu verleitet, alle guten Vorsätze fahren zu lassen; er hatte große Schlucke aus Kaitsus Flachmann genommen, während er Wasser aus dem leckenden Boot öste, und der Schnaps hatte seine Laune verdüstert und beinahe ein Loch in seinen leeren Magen gebrannt. Nun kam die Krönung seines schlechten Tags, und sie kam, als Lucie dabei war, das Essen aufzutischen. Sie beschloss, eine Pause einzulegen, und steckte sich eine ihrer französischen Zigaretten ins Mundstück und zündete sie an. Gleichzeitig hielt sie Allu lässig die Gauloisepackung hin, woraufhin sich sein Blick verfinsterte. Er hatte sich schon die ganze Woche keine Schachtel Armiro oder Saimaa leisten können, und jetzt schlug er Lucie die Zigarettenschachtel aus der Hand und stieß wütend die hübsche Porzellanplatte fort, auf der sie Frikadellen, Schinken und Hering aufgereiht hatte. Er schrie: »Ich bin doch kein verdammter Gigolo! Du kannst deinen Scheißzaster und deine Fressalien nehmen und abhauen!«

Es war ihr erster richtiger Streit, und er endete damit, dass Lucie sich eine weitere Gauloise ansteckte, aber schon nach dem ersten Zug in Tränen ausbrach; die Zigarette lag im Aschenbecher und brannte, während ihr Tränen die Wangen hinabliefen. Sie war reumütig und bat immer wieder, Allu möge ihr verzeihen, sie habe es nur gut gemeint, begreife jetzt aber, dass sie ihn verletzt habe, es sei alles schiefgelaufen. Allu ahnte, dass Lucie schon sehr lange nicht mehr geweint hatte, ließ sich erweichen und wurde ebenfalls reumütig. Die Scham hatte ihn in die Luft gehen lassen, das wusste er, und er wusste auch, diese Scham und Wut bedeuteten, Lucie war ihm wichtig geworden. Seit er erkannt hatte, dass sie identisch mit der Frau war, der er einmal auf einem Gutshof reicher Leute in Sibbo begegnet war, hatte er über das Schicksal und seine Unausweichlichkeit nachgegrübelt; er sah diesen fernen Wintertag als ein Omen, eine Prophezeiung, die verkündete, dass Lucie und er füreinander bestimmt waren. Er wollte ihr von seinen Erinnerungen erzählen, von dem Gutshaus und der Hausdurchsuchung und von ihrem Anblick, dem schönsten Wesen, das er jemals gesehen hatte, und er wollte sie fragen, ob sie sich an ihn erinnerte, den Eindringling, das Kind. Aber stattdessen ging er vor Lucie auf die Knie und sagte, sie solle ihm verzeihen und nicht er ihr, denn er habe sich tölpelhaft und dumm benommen, als er ihre Großzügigkeit nicht zu schätzen gewusst habe. Um die Stimmung etwas zu verbessern, nahm er ihre Hand und begann, ihr eine Geschichte aus Rosario zu erzählen. Sie handelte davon, dass er und Eki und Hullu-Vitikka viele Abende hintereinander in das gleiche Tanzlokal gingen, ins El Bandoneón Viejo, das beste Tangorestaurant der Stadt. Dort tanzte die schöne Señorita Cecilia Mansa mit einem Mann namens Santiago; sie waren eine Art Vortänzer, die auf die Tanzfläche gehen sollten, sobald die Musik einsetzte, auf die Art lockten sie andere Paare hinauf, und der Abend kam in Schwung. Doch in den Wochen, in denen die s/s Valpuri in Rosario lag, bekam Santiago eine Blinddarmentzündung und musste ins Krankenhaus, und als Cecilia Mansa Allu ein paar Abende Tango tanzen gesehen hatte, teilte sie dem Besitzer des Tanzlokals, dem reichen Don Agapito, mit, sie wolle mit dem dunklen Finnen tanzen, bis Santiago wieder gesund war. Don Agapito nahm Kontakt zu Allu auf, der versprach, sich die Sache zu überlegen. Aber als er am folgenden Abend zum El Bandoneón Viejo ging – er hatte sich überlegt, das Angebot anzunehmen, und war allein, denn Eki und Hullu-Vitikka waren zu einem Hafenbordell gegangen –, wirkten sowohl Don Agapito als auch Cecilia Mansa verängstigt und bedrückt, und in einer Mischung aus holprigem Englisch und Spanisch erzählten sie ihm, Santiago habe Grüße vom Krankenlager geschickt und ausrichten lassen, wenn der Finne Cecilia auch nur anrühre, werde er, Santiago, ihm die hervorragendsten Messerstecher von Montevideo und Buenos Aires auf den Hals hetzen, und sie würden ihn mit ihren Stiletts in kleine Stücke schneiden und die Fetzen als Futter für die Fische in den Rio de la Plata werfen.

Während Allu erzählte, versiegten Lucies Tränen, und als er zu Santiagos Drohung kam – »um ein Haar wär ich also ein Gigolo und Haifutter geworden« –, musste sie lachen. Sie hatte sich selber immer wieder gesagt, dass sie Allu nicht unterschätzen durfte, nun aber begriff sie zum ersten Mal, wie einfühlsam und schlagfertig er sein konnte. Sie war erfahrener als er, aber sie hatte nicht gewusst, wie sie ihn und sich aus der verfahrenen Situation herausholen sollte, in die sie geraten waren. Sie war völlig ratlos gewesen, dachte sie, eine richtige Gans, aber Allu hatte genau gewusst, was er ihr erzählen musste – eine Geschichte, in der er eitel und ländlich, schlicht harmlos dastand, damit sie den schwarzen Zorn vergessen konnte, den sie in seinen Augen gesehen hatte, als er sich von ihr gedemütigt fühlte.

Eines Abends Anfang November fragte Allu Lucie, ob sie ihm einen Vor- oder Nachmittag schenken könne, er wolle ihr Nokka zeigen.

»Nokka?«, fragte Lucie, deren Kenntnisse ihrer Heimatregion nicht über die zentralen Stadtteile hinausreichte. »Meinst du Skatudden?«

»Nein«, erwiderte Allu, »ich meine Stenudden. Das liegt nördlich von Brändö.«

»Stenudden?«, echote Lucie konsterniert.

»Ja«, sagte Allu und ergänzte kurz: »Das ist ein Ort für Leute wie mich, die keine Gutshöfe haben.«

Anderthalb Tage später war Freitag, aber Allu ging an diesem Morgen nicht zum Hafen hinunter. Der bösartige Boss der Schauerleute war an Krebs erkrankt, und der neue Boss war von der anständigen Sorte; man konnte seine Abwesenheit auf eine Erkältung mit Fieber schieben, und der Boss glaubte einem und verzieh. Stattdessen schlief Allu lange, bis acht, und verbrachte anschließend den Vormittag damit, Kreeta und Anselmi einen Brief über Saimis Krankheit und Santeris immer heiklere finanzielle Lage zu schreiben. Gegen eins stand er an der Fußgängerbrücke nach Byholmen, und nach einer Weile kam Lucie in ihrem offenen Jordan Six angefahren. Sie trug eine altmodische Fahrerbrille gegen den Wind und die Kälte, war mit einem grauen Hosenanzug bekleidet und hatte sich eine leuchtend rote Baskenmütze in die Stirn gezogen. Der Wind kam aus nördlicher Richtung, war aber eher schwach, und von Zeit zu Zeit lugte eine müde Sonne zwischen den Wolken hervor, die zwischen Grau und Violett changierten. Auf einem Absatz in der Mitte der Fußgängerbrücke hockten einige Wäscherinnen und wuschen Laken, und auf dem Festlandsufer, einen Katzensprung von Allu entfernt, war eine Gruppe grobschlächtiger Männer mit Auffüllarbeiten beschäftigt; laut Stadtentwicklungsplan sollte die Fußgängerbrücke bald abgerissen, der Byholmssund zugeschüttet und auf dem kleinen Eiland ein Klärwerk gebaut werden. Lucie bereute ausnahmsweise, dass sie sich nicht traditionell und diskret gekleidet hatte, sie fühlte sich unwohl in der schäbigen Umgebung und winkte Allu ungeduldig zu, er solle in ihren Jordan steigen, damit sie fahren konnten.

»Neeneenee«, rief Allu, als er begriff, dass Lucie sich vorgestellt hatte, sie würden über Brändö bro nach Stenudden fahren. »Du musst das Auto hier lassen«, fuhr er fort, sobald sie den Motor abgestellt hatte, um besser hören zu können, was er sagte, »wir leihen uns ein Boot. Nach Nokka musst du rausrudern, weißt du, die Liebesspitze soll aus dem Meer auftauchen wie in einem Märchen, sonst ist es nicht das Wahre.«

Lucie setzte ihre monströse Brille ab und hob gleichzeitig eine sardonische und sorgsam gezupfte Augenbraue. »So so, die Liebesspitze«, sagte sie trocken, und für ein paar Sekunden schien es, als wolle sie sich weigern. Dann aber zuckte sie mit den Schultern, und im nächsten Moment öffnete sie die Tür und stieg aus.

»Verdammt, du bist viel zu dünn angezogen«, erklärte Allu, als sie über die Brücke gingen, »zieh den hier an!« Er hatte seinen Mantel und den Wollpullover darunter ausgezogen und reichte Lucie den Pullover.

Sie nahm ihn mit einem gereizten Gesichtsausdruck entgegen, blieb jedoch stehen, zog das eng geschnittene Jackett aus und den Pullover an. »Zufrieden?«, fragte sie, während sie mit viel Mühe das Jackett wieder überzog.

»Wenigstens hast du keine hohen Absätze, das is gut«, meinte Allu, als sie sich dem Bootssteg auf Byholmen näherten.

Lucie antwortete nicht.

»Verdammt, ich hab vergessen zu erzählen, dass der Mist-kahn leckt«, sagte er, als sie die Vertäuung gelöst und er das Boot angeschoben hatte, »du musst so sitzen.« Er hatte die Beine gespreizt, er trug ein abgetragenes Paar brauner Schuhe an den Füßen, und sie ruhten hoch oben beidseits des schmalen und wassergefüllten Bodens. Allu zeigte auf ein plumpes Ösfass aus Holz zu Lucies Füßen: »Man muss die ganze Zeit ösen, ich rudere, du öst.«

Als sie das Boot auf den künstlich angelegten Sandstrand hinaufzogen, war Lucie vom Ösen außer Atem, und kleine ärgerliche Flecken glühten auf ihren Wangen. Aber sie beruhigte sich schnell. Hier, nördlich von Brändö, war sie noch nie gewesen, und Stenuddens sanft ansteigende Hügel hatten den Zauber des Neuen: Sie fühlte sich auf einmal völlig ruhig.

Während sie spazierengingen, erzählte Allu, die Arbeiter hätten Nokka anfangs von Brändö villastad gepachtet, die Stadt Helsingfors habe das Land jedoch erworben, als die Brändögesellschaft aufgelöst wurde. »So wie jetzt ist es besser«, sagte er, »jetzt sind wir nicht mehr von den Launen des Bürgertums abhängig.« Lucie betrachtete neugierig die primitiven Sperrholz- und Bretterbuden, die noch vom Sommer auf den Hügeln standen, ihr fielen die primitiven Feuerstellen vor den Buden auf, und sie sah, dass die Bewohner auf den kleinen und unebenen Erdflecken, die ihre Bude vom Nachbarn trennten, Wurzelgemüse und Ziergewächse gepflanzt hatten. Als sie weiter Richtung Norden gingen, zeigte Allu ihr die Wiese, auf der Woima und Ponnistus einen gemeinsamen Fußballplatz anlegen wollten, und er zeigte auch auf die Bucht hinaus und erzählte ohne Umschweife von Kiimakari und was man dort machte. »Und was ist mit dieser Liebesspitze?«, wollte Lucie wissen. »Die ist mehr zum Küssen und Süßholzraspeln«, sagte Allu, »sie liegt zu nah am rantsun und an der Kaffeebutkan.« Lucie sah ihn fragend an. »Am Badestrand und am Kiosk«, berichtigte sich Allu schnell; er wusste, dass sie seinen Slang nicht beherrschte, konnte die Worte aber nicht zurückhalten, sie rutschten ihm immer wieder heraus.

Sie machten kehrt und gingen wieder Richtung Süden. Neben einer der Sperrholzbuden saß ein Mann mit einem Akkordeon auf dem Schoß, und als sie vorbeigingen, hob er eine Blechflasche von der Erde auf und bedeutete ihnen, zu ihm zu kommen und einen Schluck Schnaps zu trinken. Allu hob die Hand zum Gruß, machte aber gleichzeitig eine abwehrende Geste, und Lucie und er setzten ihren Weg zu der Lichtung mit dem Tanzboden fort. Neben der Tanzfläche gab es einen großen und nahezu quadratischen Steinblock, der mit Moos bewachsen war. Dort blieben sie stehen, und Lucie sagte, Stenudden sei ein schöner Ort, und daraufhin lehnte sich Allu vor und küsste sie; sie küssten sich lange, und Lucie stand an den Steinblock gelehnt und spürte, wie Kühle und Feuchtigkeit sich einen Weg zunächst durch den Stoff des Jacketts, dann den Pullover und danach auch noch durch die dünne Bluse darunter bahnten, bis die Nässe ihre Haut erreichte und sie dem atemlosen Allu ins Ohr flüsterte: »Nicht hier, wir warten, bis wir bei dir zu Hause sind.«

Sie unterhielten sich lange an diesem Nachmittag, es war das erste Mal, dass sie es wagten, sich einander zu zeigen, und noch entstanden daraus keine Komplikationen, im Gegenteil. Lucie erzählte von ihren Jahren auf dem Internat in Grankulla, sie beschrieb, wie Micki Morelius, sie und die arme Darling Söderström Sherry aus den Vorräten ihrer Eltern geschmuggelt hatten, und dass sie Nächte damit verbracht hatten, Pfefferkuchen mit Zuckerguss und Fazers Marmeladenkugeln und Kiss-kiss-Bonbons zu schlemmen und Jungen, die sie kannten, zu benoten, und sie erzählte, dass man sie gezwungen hatte, an Tennisturnieren teilzunehmen und Gripenbergs »Abende in Tavastland« und anderes antiquiertes Zeug zu lesen, obwohl sie *Das scharlachrote Siegel* und Conan Doyles Mysterien und Frank Heller liebte. Mit der Zeit ließ Lucies Redseligkeit Allu auftauen, und schon bald sprach auch er, er sprach aufrichtiger, als er es jemals getan hatte. Er beschrieb, wie das Gebiet zwischen Josafat und den Linien ausgesehen hatte, als er aufwuchs, er erzählte von Berghälls Kirche, die so groß und streng und grau war, dass er am liebsten geheult hätte, und er malte ihr eine Landschaft aus halb gezogenen Straßen, Baubuden, Sprenggestein, Brettern, Pfützen und Morast aus, eine Landschaft, die fast kriegsverwüstet aussah. Und er erzählte endlich auch von dem Bild, das er seit Wochen auf der Netzhaut hatte, er sagte, er habe Lucie bereits als Kind gesehen, sie habe ihn damals schon sprachlos gemacht, sagte er, dazu sei es gekommen, als er seinen Vater und dessen Patrouille auf Hausdurchsuchungen in Sibbo begleitet habe. Lucie lauschte aufmerksam, sagte dann jedoch, wie es war: Sicher, sie erinnerte sich noch, dass die Roten Patrouillen vorbeigeschickt hatten, und wusste natürlich, dass sowohl ihr Onkel als auch der Gutsverwalter zu einem späteren Zeitpunkt in diesem Winter ermordet worden waren, aber so sehr sie sich auch mühte, sie konnte sich nicht daran erinnern, dass sie sich begegnet waren, sie entsann sich keines kleinen Jungen in einem Schaukelstuhl, konnte Allu ihr das verzeihen? »Natürlich«, sagte Allu, »ich war ja noch ganz spiddelig, nur ein Knirps, kein Wunder, dass du dich nicht erinnerst.« Im gleichen Moment erreichten sie den Sandstrand. Die Sonne näherte sich dem Horizont, und ehe sie ins Boot stiegen, blieben sie stehen und betrachteten die Stadt auf der anderen Seite des Wassers: Uspenskis Zwiebeltürme, Johannes' doppelte Kirchturmspitzen, der Dom, der Turm der Kirche von Berghäll, die Gasglocke im Sörnäs-Hafen, alles stand an seinem Platz, und hinter der Stadtsilhouette glühte der Himmel, als stünde die gesamte westliche Halbkugel in Brand.

* * *

Anfang Dezember kam Lucie das Gerücht zu Ohren, dass es um Eccu Widing wieder einmal schlecht bestellt war. Sie versuchte sich zu erinnern und stellte fest, dass sie seit Anfang Oktober kein Wort mehr von Eccu gehört, ja schlimmer noch, den ganzen Herbst keinen Gedanken an ihn verschwendet hatte. Die Erkenntnis ließ sie für einen Moment aus der Seifenblase erwachen, in der sie lebte. Sie hatte sich durch die letzten Monate bewegt wie durch einen intimen und liederlichen Traum: In New York war die Börse zusammengebrochen, der Dampfer Kuru war auf dem See Näsijärvi untergegangen und hatte fast einhundertfünfzig Menschen mit in die Tiefe gerissen, ein Herr Byrd hatte den Südpol überflogen, all das und vieles mehr war passiert, während Lucie nur Augen für die Schultern und Schlüsselbeine des Hafenschauermanns und Fußballspielers Kajander gehabt hatte, wie sie sich darstellten, wenn er im Lichtschein flackernder Kerzen in der Dachkammer auf dem Joukolavägen in Kottby auf ihr lag. Jetzt bekam sie ein schlechtes Gewissen. Sie schämte sich sehr dafür, dass es sie Jahr um Jahr zu Abenteuern und Romantik und Fleischeslust zog, und sie beschloss, die Zeit, die sie in Allus Armen verbracht hatte und weiterhin verbringen würde, wiedergutzumachen; sie würde sie wiedergutmachen, indem sie ihren geplagten Freund Eccu rettete.

Einige Tage zuvor hatte sie ihren Jordan für den Winter in Henning Lunds Munknäsgarage abgestellt, weshalb sie an einem Dezembervormittag, an dem schwere Schneeflocken vom Himmel fielen wie tote Libellen im Brautkleid und auf den Pflastersteinen landeten und sich in Wasser verwandelten, die Straßenbahnlinie B nach Brändö hinaus nahm. Die Villa Holzinger lag still und stumm, sie sah, dass man dem Garten während des vergangenen Sommers und Herbsts erlaubt hatte, völlig zuzuwachsen, und kein Eccu kam und öffnete ihr, so sehr sie auch gegen die Tür hämmerte. Alle Vorhänge und Gardinen waren zugezogen, aber sie erkannte, dass hinter dem Vorhang im Salon eine Tischlampe brannte. »Ich weiß, dass du da drinnen bist, mach auf!«, schrie sie erst durch die verschlossene Haustür und dann vor dem Salonfenster, aber es half alles nichts. Schließlich war sie es leid und rief, sie werde am nächsten Tag wiederkommen, und dann werde sie ein Fenster einschlagen und hineinklettern, falls er ihr nicht freiwillig aufmache, sie habe nicht die Absicht, noch einmal in die Stadt zurückzukehren, ohne ihn gesehen zu haben.

Am nächsten Vormittag ließ er sie widerwillig hinein. Lucie wusste, was sie erwarten würde, trotzdem zuckte sie zusammen: Um Eccu stand es genauso schlimm, wie das Gerücht vermeldet hatte, sein Gesicht war verlebt und aufgedunsen, der Blick flackernd, und die lange Narbe von dem Autounfall im Sommer des Vorjahrs leuchtete weiß auf seiner linken Wange.

Anfangs ging sie in seiner Wohnung auf und ab und redete nervös und flüchtig, sie sah, dass überall leere Flaschen und Essensreste herumlagen und alte, aber gleichwohl kompromittierende Aktstudien von ihr selbst und Nata Julin und Titti Fazer auf seinem Schreibtisch lagen. Darüber hinaus fand sie zwei kleine braune Apothekenfläschchen, die eine stand in der Küche und die andere auf dem Bücherregal im Salon. Beide waren leer, aber auf dem Boden des einen befanden sich Reste eines Pulvers, das vielleicht Kokain war, vielleicht auch nicht; der Verdacht schoss ihr durch den Kopf, aber sie verlor ihn gleich wieder aus dem Sinn, sie mochte zwar ihre Seifenblase für einen Moment verlassen haben, war jedoch nicht so scharfsinnig wie sonst.

Sie setzte sich auf die Couch im Salon, die durchgesessen und voller Fett- und Weinflecken war. Eccu war ihr hinterhergetrottet wie ein stummer und kuschender Hund, und nun ließ er sich ihr gegenüber in einen abgewetzten Sessel fallen. Sie begann mit ihm zu sprechen, wie man zu einem Kind spricht. Sie fragte ihn, warum die Aktfotografien für jedermann sichtbar herumlagen, falls Eccu der Meinung sei, sie seien nicht mehr geheim, könne er davon ausgehen, mit dieser Interpretation ziemlich allein zu stehen. Eccu antwortete schnell, er hole sie nur hervor, wenn er allein sei, und dass er ständig und immer allein bleibe, oder sei ihr möglicherweise entgangen, dass er einigermaßen abgeneigt sei, Gästen Zutritt zu seinem Haus zu gewähren?

Lucie lächelte widerwillig. Die Reste dessen, was einmal ein ausgesprochener Sinn für Ironie gewesen war, blitzten in Eccus Antwort auf, und sie spürte auf einmal, dass sie es nicht über sich bringen würde, ihn so hart und fordernd zu behandeln, wie sie es geplant hatte, auch wenn es sein mochte, dass Härte und strenge Forderungen das Einzige waren, was ihn noch retten konnte. Eccu lebte in seiner Seifenblase und sie in ihrer. Seine existierte seit vielen Jahren und war finster und erstickte ihn allmählich, während ihre neu und – ausnahmsweise! – warm und schimmernd war, und im Grunde wollte sie überhaupt nicht aus ihr heraus; sie wollte nicht *verlieren*, und dieses Gefühl war ihr neu. Deshalb sah sie weg, sie weigerte sich, Eccus zuckende und zwanghafte Kopfbewegungen zu sehen, sie weigerte sich zu sehen, wie er in seine Fingerkuppen biss und die Haut von ihnen riss, sie verschloss die Augen vor dem aufgeputschten Schrecken, den es inmitten seiner dem Schnaps geschuldeten Benommenheit gab, sie sah ihm nicht mehr in die Augen und stellte keine weiteren Fragen, sondern ging dazu über, das Gespräch auf Nebensächliches zu bringen. Sie fragte ihn leichthin, ob er sich nicht frisch machen und sie am Abend ins Fennis begleiten wolle, Rytmi-Veljet war dort bis Neujahr engagiert, oder eigentlich nicht Rytmi-Veljet, sondern die Helsinki Ramblers, sagte sie, denn die Bandleader Pecka Luther und Misja Rothmann hatten den englischen Namen wieder angenommen. Misja und Pecka hätten mittlerweile ein gesundes Selbstvertrauen, fuhr sie fort, als Eccu nicht antwortete, tatsächlich balanciere es auf der Grenze zur Hybris, sie sprächen schon davon, Grammophonplatten in Stockholm oder Berlin aufzunehmen, und Pecka habe angefangen, über Louis Armstrongs Trompetenphrasierung zu schimpfen und sie Effekthascherei zu nennen, während Misja jedem, der es hören wollte, erzählte, Earl Hines und Luis Russell und die anderen New Yorker und Chicagoer Pianisten würden deutlich überschätzt.

Eccu kommentierte Lucies perlende Suada mit keinem Wort. Ihre Schnappschüsse aus dem Jazz- und Nachtleben der Stadt führten dazu, dass er sich ausgemustert und erbärmlich fühlte und mit Selbstmitleid reagierte. »Aina hat einen Mann kennengelernt«, murmelte er undeutlich, »irgendeinen reichen Mistkerl mit einer Wohnung in der Bergmansgatan und einer Villa draußen in Grankulla.« »Du solltest auch jemanden finden«, entgegnete Lucie, so sanft sie vermochte. Eccu starrte zu Boden, seine Miene war trotzig und kindisch. »Alles wäre anders gekommen, wenn ich dich gekriegt hätte«, lallte er leise. »Ach Unsinn«, sagte Lucie, »du wärst nur enttäuscht worden, so geht es immer zwischen uns Menschen, wir haben viel zu große Träume.« Eccu blickte auf und murmelte einen langen Wortschwall, von dem Lucie nur Bruchstücke verstand; sie hielt es nicht mehr aus, er war zu schwermütig, sie war bereits von der Couch aufgestanden und schielte zum Flur hinüber und suchte fieberhaft nach einer passenden Abschiedsfloskel, während Eccu eine Bemerkung darüber machte, dass das Leben ein schlechtes Theaterstück in der Inszenierung eines miesen Regisseurs sei und es einen Augenblick gebe, nach dem eine Umkehr nicht mehr möglich sei. Lucie bückte sich und umarmte seine Schultern. Dann ging sie in den Flur hinaus, wo sie ihren Pelz aufgehängt hatte, und in ihrem Rücken hörte sie seine Stimme, die vor Verzweiflung und Selbsthass ganz erstickt war: »Ich träumte von einem Leben ohne Wände und Decken, und alles, was ich bekam, war ein verdammtes sumpfiges Moor, um darin zu versinken.«

* * *

Der seltsam warme Herbst und sein grauer Nieselregen hielten sich bis weit in den Januar hinein. Wenn Lucie und Allu sich liebten, zogen sie oft Matratze, Decke und Wolldecke auf

505

den zugigen Fußboden herab, denn Allus Bett war schmal und knarrte laut, so laut, dass die Nachbarin, die Näherin und Witwe Luhtanen, manchmal wütend an die Wand klopfte. Lucie blieb immer liegen, während Allu zum Geschäft ging, und wenn sie dort auf dem Fußboden lag und durch das kleine Giebelfenster in den diesigen Abend hinaussah, kam es vor, dass Zeit und Raum verschwanden. Es war warm und gemütlich unter dem Betttuch und der Decke, hinter dem Fenster dagegen war es bitterkalt, und sie befand sich nicht in Kottby im Jahre des Herrn 1930, sondern in einer Wohnung in der Västra Henriksgatan viele Jahre zuvor, und es war nicht Abend, sondern Nachmittag, und sie war dabei einzudösen. Obwohl, eigentlich war es da draußen überhaupt nicht kalt, sondern es war Sommer, und sie lag in ihrem Giebelzimmer auf Björknäs, eine warme Brise strich in ihr Zimmer und ließ die dünnen Tüllgardinen flattern wie Schmetterlingsflügel, und die Bewegung setzte sich fort, und Sonnenstrahlen bewegten sich auf der blassrosa Tapete hin und her, die sie liebte und die sie so wunderbar schläfrig machte, und sie sank wieder in diesen behaglichen Halbschlummer und erinnerte sich nur noch vage, dass es einst Stimmen gegeben hatte, in einem anderen Leben hatte es harte und fordernde Stimmen gegeben, die sie nicht eindösen ließen, aber sie waren inzwischen verschwunden, diese Stimmen gab es nicht mehr, und sie durfte endlich leben und lieben, wie sie wollte.

Manchmal schlief sie tatsächlich, wenn Allu zurückkam. Aber bei anderen Gelegenheiten erwachte sie aus diesen Reminiszenzen, und Allu war nicht da, und obwohl sie es sich nicht eingestehen wollte, bekam sie Angst. Dann stand sie auf und ging zu dem runden Fenster und öffnete es, stand anschließend da, rauchte und blickte auf das Kottby hinaus, das sie bereits liebgewonnen hatte.

Sie staunte darüber, dass die Menschen schon die Zeit gefunden hatten, kleine adrette Gärten anzulegen zwischen all dem Bauschutt, der noch herumlag. Die Vorstadt war nur ein paar

Jahre alt, und wenn sie die Beete sah, die sich zwischen Bret-terstapeln und halbfertigen Gräben mühten, kam sie nicht umhin, eine Parallele zu ziehen. Auch Allu und sie versuchten etwas Neues gedeihen zu lassen, auch sie versuchten eine un-mögliche Liebe in einer Zeit sprießen zu lassen, die voller tiefer Klüfte und jeder Menge politischen Gerümpels war; es war ein schrecklich banaler Gedanke, aber trotzdem wahr.

Sie wunderte sich über die kerzengerade Pohjolagatan mit ihren glanzlosen, aber würdigen Häuserfassaden und ihrer Straßenbahnlinie, die all die Menschen aus den überbevöl-kerten Häusern einsammelte und zu ihren Arbeitsschichten in den Fabriken von Sörnäs und wieder zurück transportierte; es gab eine Geradlinigkeit und Demut in all dem, und sie stand in einem scharfen Kontrast zu ihrem eigenen Leben. Noch mehr wunderte sie sich über die großen Ärzte- und Ingenieursvillen am Osmovägen und am Tapiolavägen, und am meisten staunte sie über das schöne, langgezogene Steinhaus am oberen Ende des Sampsavägen. In dem Haus wohnten prominente Einwoh-ner der Stadt wie Redakteur Ahlroos vom *Hufvudstadsbladet* und Komponist Merikanto, und Lucie, die nicht geahnt hatte, dass gut situierte Bürger in den Arbeitervorstädten leben konn-ten, irritierte, dass es so war. Allus Dachkammer war ihre Frei-statt, ihr Versteck in diesem tratschenden Helsingfors, und mittlerweile kleidete sie sich bewusst schlicht, wenn sie hier heraus fuhr, sie versteckte sich in einfachen Schals und ab-gewetzten Strickjacken und ärmlichen Hüten und versuchte einer Arbeiterfrau zu ähneln; sie wollte nicht, dass Redakteure des *Hufvudstadsbladet* oder frühere Liebhaber in den Künstler-cafés der Innenstadt erfuhren, wo sie derzeit ihre Abende ver-brachte, wenn sie sich nicht ins Nachtleben stürzte.

Manchmal stritten sie sich zwar, aber im Grunde hatten sie sich vom ersten Abend an gut verstanden. Allu hatte trotz sei-ner jungen Jahre die Welt gesehen, das wog den Unterschied in Alter und Bildung auf und machte ihn anders als die anderen

Helsingforser Männer, mit denen Lucie zusammen gewesen war. Manchmal wünschte sie sich, noch einmal zwanzig sein zu können, damals hätte sie sich wahrscheinlich völlig vorbehaltlos mitreißen lassen.

Aber sie war keine blauäugige Debütantin mehr und wusste, dass das Glück enden würde, denn dafür gab es kleine, aber unübersehbare Anzeichen.

Da war ihr eigenes Schmollen an dem Abend, als Allu ihr von Direktor Lunds Versuch, ihn für IFK anzuwerben, und von dem improvisierten Souper im Tivolipavillon erzählte: Lucie hatte sich hintergangen und verraten gefühlt, sie hatte sich einzureden versucht, dass ihr Gefühl vollkommen irrational war, dennoch wollte es ihr nicht gelingen, es niederzuringen. Da war der Abend, an dem sie eine gewagte Anekdote über René Sévigny-Ferrand und seine körperliche Ausstattung erzählte, worauf Allu abweisend und trotzig reagierte, er konnte das Bild nicht abschütteln, wie sie mit dem unbekannten Franzosen schlief, und wollte sie die ganze Nacht über nicht anrühren. Und es gab seinen beharrlichen Ärger über Lucies Art, französische Worte und Phrasen in ihre Sätze einzubauen; manchmal nannte er sie halb verächtlich Fransu oder Frenchy.

Aber vor allem stand die Ungleichheit zwischen ihnen, das soziale und finanzielle Ungleichgewicht, kurzum: das verdammte Geld. Allu war in finanzieller Bedrängnis, er half seiner kranken Halbschwester und seinem Stiefvater mit Summen, die weitaus größer waren, als er sich eigentlich leisten konnte. Lucie hätte ihm nur zu gern ab und an etwas Geld zustecken wollen, aber sie war vertraut genug mit den Männern und der Liebe, um es zu lassen.

Meistens ging es um Saimi, Allus Schwester, die gegen eine Schwindsucht kämpfte, die sie immer unbarmherziger in ihre Gewalt bekam. Nach ihrem Aufenthalt im Sanatorium von Nummela hatte Saimi eine Rekonvaleszenzphase bei Santeri verbracht. Als die Krankheit sich nicht schlagen gab, sondern mit neuer Kraft wieder ausbrach, bekam Saimi zunächst einen kostenfreien Platz in einem Krankenhaus in Mittelfinnland. Dort fühlte sie sich nicht wohl, und sowohl Allu als auch Santeri misstrauten der Pflege, die ihr dort zuteil wurde. Allu nahm noch mehr Arbeit an; außer der Plackerei im Hafen vermittelte er nun Arbeiterkindern an zwei Abenden in der Woche – Elanto bezahlte seinen Lohn – die Grundlagen des Fußballs und des Turnens, und nach einer Weile hatten er und die übrige Familie so viel Geld gesammelt, dass Saimi in Dal untergebracht werden konnte. Allu besuchte sie oft, und wenn er von ihr kam, erzählte er mit zusammengebissenen Zähnen von den Fieberflecken auf Saimis Wangen und wie abgemagert sie war, und er erzählte von ihren Rückenschmerzen und den grauenvollen Hustenanfällen und dem widerlichen Blechgefäß, das an ihrem Bett stand und in das sie spucken sollte, wenn sich ihr Hals mit blutigem Schleim füllte. Und er erzählte noch mehr, er sprach darüber, wie begabt Saimi war, sie und ihre Schwester Elvi waren so intelligent, sagte er, das hatten sie von Santeri, der ein fantastischer Mensch war, ein feiner und gebildeter Mann, der sein halbes Leben Post sortiert, aber gleichzeitig philosophische und geistliche Werke in drei verschiedenen Sprachen gelesen hatte, nur um dann zum Eintritt in die Rote Garde gezwungen zu werden und die Schuld für eine Gewalt in die Schuhe geschoben zu bekommen, die er prinzipiell ablehnte, und danach wäre Santeri im Gefangenenlager fast verhungert und hätte sich hinterher nie mehr erholt. Als Allu das alles erzählte und vor allem, als er von Saimis Spucknapf und ihren hilflosen und verängstigten Blicken erzählte, wenn sie in Decken gehüllt auf dem riesigen Patientenbalkon des Krankenhauses Dal lag, dann hörte Lucie, dass er längst wusste, wie es enden würde. »Die Ärzte labern«, sagte er verbittert, »sie winden sich. Sie sagen, dass sie auf dem Weg der Besserung ist und sich nur ausruhen muss, aber das Einzige, was sie wollen, ist, sie zum Sterben nach Hause zu schicken, damit sie ein freies Bett kriegen für irgendwen, bei dem sie noch glauben, sie könnten ihn retten.«

Wenn Lucie Allu auf die Art reden hörte, wollte sie helfen und trösten, der gute Wille wurde so stark in ihrem Inneren, dass es fast schon wehtat. Zum ersten Mal seit langer Zeit gestattete sie sich, an das Frühjahr zurückzudenken, in dem sie eine Schwester verloren hatte; sie entsann sich der schönen und sonnigen Wochen, in denen der kühl perfekte und sehnig starke Tennischampion Sigrid plötzlich zu Hause in der Henriksgatan lag, trocken und hohl hustete und Kopfschmerzen und hohes Fieber bekam und immer dünner und stiller wurde. Einmal, als Lucie erkannte, dass Allu kaum noch Geld hatte, gab sie ihrem Impuls nach, sie fragte ihn, ob sie nicht für Saimi bezahlen könne, solange es noch den kleinsten Funken Hoffnung gebe, und darüber hinaus bot sie ihm an, sich mit Doktor Hausen in Verbindung zu setzen, einem der hervorragendsten Lungenspezialisten des Landes mit einer Privatklinik in der Mikaelsgatan. Allu wurde wütend. Das komme nicht in Frage!, schrie er, er sei ein Mann, und es sei seine Pflicht, sich um seine Schwester zu kümmern, er wolle keine Almosen, und außerdem wisse Lucie ganz genau, wie es aussehe, es gebe keine Hoffnung mehr für Saimi, sie werde sterben, es seien immer die Armen, die stürben, sie würde sterben, weil sie durch all den Mangel und alles Elend geschwächt sei, das sie seit ihrer Kindheit erlebt hätte, begreife Lucie denn nicht, dass dies Dinge seien, an denen ein einzelner, lächerlicher Mensch und sein dreckiges Geld nichts ändern könnten, es sei mehr nötig, es erfordere eine andere Gesellschaft, eine völlig neue Gesellschaft, und bis zu deren Einführung sei es wohl das Beste, dass Lucie mit ihrem Geld weiter Gemälde kaufe, teure hässliche Gemälde, die kein normaler Mensch verstehe, er sei so verdammt wütend auf sie, zischte er, denn sie rede und rede nur, sie rede über ihre eigene tote Schwester und wie es gewesen sei, sie zu verlieren, und wenn er über Saimi spreche, dann höre sie ihm schon zu und lege den Kopf so zierlich schief. Aber trotzdem, sagte Allu hart, sei es, als höre sie nie wirklich, was er ihr sage, und als verstehe sie es nicht wirklich, denn es gebe eine Art Schleier, eine Haut von irgendeiner Art zwischen ihr und der Welt, sogar wenn sie über die tote Sigrid oder ihren toten Vater spreche, sei es, als würde sie eine gut eingeübte Grabrede halten, als würde sie ihren eigenen Gefühlen misstrauen. Sie behaupte, sie leide mit ihm und nehme Anteil an seinem Schmerz, fuhr Allu fort, aber es komme einem nicht so vor, denn in der nächsten Sekunde sei sie schon wieder bereit, ihn zu Liebesspielen anzustacheln, sie sei ein verzogener und oberflächlicher Mensch, beschied er ihr, er habe das Gefühl, dass sie an krankhafter Geistesabwesenheit leide, einer Geistesabwesenheit, die dazu führe, dass sie andere Menschen und sogar sich selber nicht verstehe, und deshalb verstehe sie auch das Leiden der Menschen nicht, sie begreife nicht, dass es unbarmherzig und zerstörerisch sein könne, dass es *wirklich* sein könne, es sei, als habe sie nie begriffen, dass alles, was er ihr über sich und Saimi und Santeri und Enok und die Gefangenenlager und die furchtbare Kaserne in Södervik erzählt habe, tatsächlich *wahr* sei, das lasse sich nicht übertünchen, indem man noch einmal miteinander schlafe, man könne nicht so tun, als hätte es das alles nicht gegeben.

»Jetzt bist du ungerecht«, antwortete Lucie auf seinen Wutanfall. Ihre Stimme war traurig, aber ihre Augen waren trocken und klar, und sie fuhr fort: »Ich verstehe die Menschen, die leiden, ich verstehe sie besser, als du glaubst, es ist nur so, dass es das Schicksal mancher ist, durch dieses Leiden zu gehen, und das Schicksal anderer, helfend beizustehen, statt selber zu leiden.«

4

Cedric Lilliehjelm wartete darauf, dass seine Zeit kam.

Ein neues Jahrzehnt hatte begonnen, und es herrschte große politische Unruhe: Cedi und viele andere warteten ungeduldig darauf, dass alles, was im Volk brodelte und gärte, in einem offenen Konflikt explodierte, der Raum für Mannesmut und Taten bot.

Alle, die Cedi nahestanden, seine Ehefrau Nita, seine Schwester Lucie, die Zechbrüder Henning Lund und Jocke Tollet, frühere und gegenwärtige Liebhaberinnen wie Titti Fazer und Katy Berner-Schmidt, sogar sein feindlich gesinnter und immer stärker dem Alkohol verfallener Jugendfreund Eccu Widing, sie alle wussten, dass er sich langsam, aber sicher, Jahr für Jahr, immer weiter nach rechts bewegt hatte und seinen liberal denkenden Freunden von früher mittlerweile aus dem Weg ging. Stattdessen bestand sein Bekanntenkreis aus einer Hand voll reaktionärer Grafen und Barone und einer bunten Gesellschaft finnischsprachiger Rechter. Vorigen Herbst, als das alte Jahrzehnt in den letzten Todeszuckungen lag, hatte Cedi die bereits eingeschlummerte Tradition politischer Salons bei sich in der Havsgatan wieder aufleben lassen, er hatte die monatlichen Zusammenkünfte wieder aufgenommen, obwohl Nita ihn bat, es zu lassen, und schon bald traf sich die Freiheitsfraktion, wie sie sich inzwischen nannten, nicht ein-, sondern zweimal im Monat. Die Gäste waren in etwa die gleichen wie früher, vielleicht ein paar mehr: Maximilian Wrede und die anderen in die

Jahre gekommenen rechten Barone wollten nach wie vor nicht im gleichen Salon sitzen wie aufmüpfige finnische Nationalisten, also kamen stattdessen der Kandidat der Medizin Wiherkaisla, der Dichter und Literaturwissenschaftler Kiviluoto, der frischgebackene Jurist Suorsa, der Fabrikantensohn Naskali und diverse andere. Mehrere Teilnehmer waren Mitglieder der Organisation *Suomen Lukko*, Finnlands Schloss. Manchmal nahmen auch Keisala und Vanninen und einige andere wichtige Zeitungsmänner vom äußersten rechten Rand teil, und einmal hatte die Freiheitsfraktion prominenten Besuch von einem der ungehobelten und berühmt-berüchtigten Lapuabrüder Muilu. Anlässlich dieses Besuchs beschwerte sich Nita hinterher und meinte, der Gestank von billigen Zigaretten und Stall und Fusel sei noch Tage später zu riechen gewesen, und Muilu sei sturzbetrunken gewesen und mache ihr Angst, was im Übrigen auch für Naskali und Vanninen und die anderen Gewohnheitstrinker im Besucherkreis gelte. Cedi wollte seiner Frau entgegenkommen – Nita erwartete seit Kurzem ihr drittes Kind – und verlegte die Treffen deshalb in diverse Séparées im Kämp und Socis; das neue Arrangement lag im Interesse aller, denn manche Diskussionen der Freiheitsfraktion waren so geartet, dass niemandem damit gedient war, wenn Nita und die Hausangestellten hörten, was gesprochen wurde.

Das ganze Frühjahr über verfolgten Cedi und seine Gesinnungsgenossen gespannt die Lage im Land, sie spekulierten über die Zukunft und schmiedeten Pläne, sie sehnten sich nach einer *Aufgabe*, danach, endlich agieren zu dürfen, statt nur zu reden. Es war der Jüngling Cedi, der ein letztes Mal die Oberhand über den erwachsenen Mann gewonnen hatte, es war der Jüngling in ihm, der sich nach karger männlicher Gemeinschaft und klar definierten Feinden sehnte, es war der Jüngling in ihm, der sich mit anderen jungen Männern mit scharf geschnittenen, aber blassen Gesichtern und dunkler Kleidung umgeben wollte. Außenstehenden Beobachtern, unter ihnen Ivar Grandell, der die Mitglieder an einem Aprilabend im

Kämp eintreffen sah, fiel zuweilen ein Paradox in den Physiognomien der Verschworenen auf – alle trugen lange, schwarze Paletots oder dito Lederjacken, aber inmitten aller scharfen Blicke und entschlossen zusammengebissener Kiefer gab es gleichzeitig einen Hauch von Liederlichkeit und Dekadenz. Es schien, als würden die jungen Männergesichter versuchen, ein inneres Wanken zu verbergen, als hätten sie beschlossen, die neugierigen und lasziven zwanziger Jahre durch ein schwer erkämpftes und beinhartes politisches Engagement zu verdrängen. Sie hatten die Politik zu ihrem *fasca*, zu dem Rutenbündel gemacht, das sie davon abhalten sollte, der Liebe zum Jazz oder der Trunksucht oder dem Kokainrausch oder etwas noch Schlimmerem zu verfallen.

Die Unruhen hatten bereits im November begonnen, als die Kommunisten eine Feier des Jugendverbands in die Bauerngemeinde Lapua im südlichen Ostbottnien verlegten und Ortsansässige und zugereiste Weiße zum Angriff übergingen und zuschlugen und den Mitgliedern des Jugendverbands ihre roten Hemden vom Leib rissen, die nicht in die Hose oder den Rock gesteckt waren, sondern nach russischer Art darüberhingen. Kurz vor Weihnachten hielten die ostbottnischen Rechten mehrere Versammlungen ab, in denen man andeutete, dass die Verfassung und die derzeit geltende Form der Volksvertretung unter Umständen geopfert werden mussten, um die ruhmreichen Errungenschaften des Freiheitskriegs retten zu können. Ende März wurde in der weißen Stadt Vasa eine sozialistische Druckerei angegriffen; die Druckerei wurde völlig zerstört, und die nachfolgende Gerichtsverhandlung fand in einer unangenehmen und aufgeheizten Atmosphäre statt. Fast täglich kam es zu Ausschreitungen, und einige der rechten Männer sprachen bereits davon, eine Bauernarmee aufstellen und mit geschulterten Gewehren ins dekadente und lasche Helsingfors marschieren zu wollen, und sei es nur, um ein Exempel zu statuieren. So hatten Benito Mussolini und seine Männer immerhin sieben Jahre zuvor die ewige Stadt Rom eingenommen, sogar die Parolen waren die gleichen gewesen: Fort mit den Gewerkschaften, verbietet linksgerichtete Zeitungen, nieder mit der vaterlandslosen Arbeiterbewegung und ihren Volksvertretern, die allesamt Judas Iskariot heißen!

Schon bald wurden auch die Verschleppungen zu einem alltäglichen Phänomen, überall im Land wurden Personen, die als Rote betrachtet wurden, zur Ostgrenze gebracht. Während der Fahrt drohte man den Entführten in der Regel mit Hinrichtung, aber letztlich begnügte man sich in den meisten Fällen damit, die Opfer ängstlich und desorientiert in Dunkelheit und Kälte, hunderte Kilometer von zu Hause entfernt zurückzulassen. Die Methode bekam den Namen *muilutus* nach den Brüdern Muilu, die fleißige Fahrer waren, und die gesamte rechte Erhebung wurde nunmehr nach der Gemeinde, in der alles begann, Lapuabewegung genannt. Die Gewalt nahm immer mehr Raum ein, sie fraß sich immer tiefer in den Alltag hinein, und die rechtmäßige Gesellschaft ließ sich bereitwillig vergewaltigen; vom Parlament erging die Aufforderung an alle Provinzgouverneure, das Tragen roter Hemden zu verbieten, insbesondere, wenn sie in russischer Manier lose über dem Hosenbund hingen. Dunkle Hemden waren dagegen erlaubt, und in der Stadt Seinäjoki gab es sogar eine Jazzkapelle, die in schwarzen Hemden auftrat und sich Jatsi-Karhut, *Die Jazzbären,* nannte.

Nicht nur der Gesetzgeber hatte Angst, auch die Regierung und der Präsident duckten sich nervös. Die Lapuabewegung wurde von allen gefürchtet, nicht zuletzt, weil sich hartnäckig Gerüchte hielten, die geltend machen wollten, dass es sich keineswegs um eine reine Bauernbewegung handelte. Diesen Gerüchten zufolge waren die ostbottnischen Großbauern nur eine Fassade, während die wahre Macht in den Händen einer Gruppe grauer Eminenzen lag, anonymer, aber rücksichtsloser Vertreter aus Industrie und Hochfinanz.

Die bürgerlichen Zeitungen wankten unter dem Druck. *Hel-*

singin Sanomats Chefredakteur Eljas Erkko, Sohn des verstorbenen Gründers Eero, verhielt sich ausweichend. Der schwedischsprachige Zeitungsmagnat Amos Anderson ging auf Zehenspitzen, um es sich nicht mit seinen rechtsradikalen Freunden in der Wirtschaft zu verderben, aber in seinen Redaktionen gab es nicht nur loyale Mitläufer, sondern auch missliebige Liberale und Männer des Gesetzes; am auffälligsten unter Letzteren waren Chefredakteur Max Hanemann bei *Svenska Pressen* und der Redaktionsleiter Fredrik Ahlroos beim ansonsten so konservativen *Hufvudstadsbladet*. Auch die Signatur »I-r«, Pseudonym des linksgerichteten Journalisten Ivar Grandell, hatte neuen Mut geschöpft, nachdem sie sich in den zwanziger Jahren auf harmlose Kulturartikel und vage zivilisationskritische Kolumnen beschränkt hatte. Aus seiner Feder ergoss sich nunmehr ein steter Strom scharfzüngiger und scharfsichtiger Betrachtungen über die politische Kultur der Republik, und Anfang Juni ließ er einen ironischen Essay über die Lapuabewegung veröffentlichen, eine lange Übersicht, in der er vor allem die Anhänger der Bewegung in der Hauptstadt attackierte. In seinem Essay kehrte »I-r« mit großer sprachlicher Brillanz zu dem Abend zurück, an dem er gesehen hatte, wie sich die Freiheitsfraktion – er kannte die Bezeichnung nicht und benutzte stattdessen den Ausdruck »eine Gruppe Lapuamänner« – zu einer Versammlung traf. Er schilderte offenherzig den zwiespältigen Eindruck, jene Mischung aus großer Weichheit und großer Entschlossenheit, die er in den Gesichtern der jungen Männer zu erkennen meinte, und schloss mit einem virtuosen Bild: Er beschrieb, dass er die Augen geschlossen hatte und auf einmal, wie in einer Offenbarung, die gleichen Männergesichter gesehen hatte, diesmal jedoch mit gepuderten Wangen und geschminkten Lippen – er hatte gesehen, wie sie eine Chor- und Tanznummer in einem typischen Berliner Cabaret aufführten.

* * *

Der Monat Juli war ein paar Tage alt, und Ivar Grandell hielt sich im Sommerheim der finnlandschwedischen Publizisten auf Estholmen in den Schären von Esbo auf. Er war in aller Herrgottsfrühe aufgestanden und hatte den ganzen Vormittag in einem Gartenstuhl oben am Fahnenmast gesessen und Remarques *Im Westen nichts Neues* gelesen; von Zeit zu Zeit hatte er das Buch beiseite gelegt und einfach nur in die Sonne geblinzelt und dem Gesang der kleinen Vögel und den Schreien der Seevögel gelauscht. Dann aber war die Sonne hinter Wolken verschwunden, weshalb er zum Haus hinabgegangen war und sich Tee gekocht und Brote gemacht und alles auf die geräumige Veranda hinausgetragen hatte. Nun war es bereits Nachmittag, aber er saß noch immer im Korbstuhl und las konzentriert. Manchmal blickte er von seinem Buch auf und schien auf die graue und ruhige Meeresbucht hinauszuschauen; tatsächlich war sein Blick jedoch nach innen gerichtet, und er durchpflügte sein Gedächtnis, denn der Roman ließ ihn an seinen eigenen Kriegswinter zurückdenken, jenen Winter, in dem er in einer zugigen Wohnung in der Lappviksgatan gehockt und von fleckigen Kartoffeln und Fischkonserven gelebt und gehofft hatte, dass sich keine der kriegsführenden Parteien seiner Existenz entsann.

Der Zufall wollte es, dass Ivar an diesem Samstag allein auf der Insel war. Estholmen war in dieser ersten Juliwoche nur spärlich belegt, und Henriette war am Vortag in die Stadt gefahren, um sich die Manuskripte zu zwei Theaterstücken des kommenden Herbstes zu holen; sie hatte wieder eine Stelle am Schwedischen Theater bekommen, diesmal allerdings als Souffleuse. Max Hanemann von *Svenska Pressen* war im Morgengrauen nach Byviken gerudert, von wo aus ihn ein Ortsansässiger nach Helsingfors mitgenommen hatte: Hanemann würde ein paar Tage in der Stadt arbeiten und anschließend mit seiner Frau Thyra zum Sommerheim zurückkehren. Fredrik Ahlroos und das Setzerehepaar Friberg hatten das Fischerboot genommen und waren bis zu den Svartbådorna, einer

Gruppe kahler Felseneilande, hinausgefahren, um dort Barsche zu pilken.

Die Entführer in spe kamen in einem schnellen Motorboot, das dem marinen Schutzcorps gehörte. Sie kamen von Osten, aus Richtung Helsingfors, und gingen an dem Bootssteg an Land, der an dem kleinen Sandstrand im Nordwesten lag. Ivar hörte nichts, denn er war in seine Lektüre vertieft, und außerdem war Hochsommer, und das Knattern von Penta- und Wickströmmotoren hörte man viele Male am Tag. Plötzlich waren die Männer einfach da, schwere Stiefel donnerten die knarrende Holztreppe hinauf, und die Tür wurde aufgestoßen, die träge Stille, die über dem zwar warmen, aber bewölkten Sommertag gelegen hatte, wurde von kurzen Befehlen und brutal gebellten Fragen zerrissen. Sie waren zu viert, sie waren jung und sehnig und mittlerweile nicht mehr blass, sie hatten eine gesunde Sonnenbräune, aber Ivar erkannte sie trotzdem wieder – alle vier waren an jenem Frühlingsabend im Kämp dabei gewesen, als sich die Anhänger der Lapuabewegung versammelt hatten.

Einer der Männer stürzte mit einer Browning in der rechten Hand auf ihn zu und riss mit der linken das Buch aus Ivars Griff.

»Was ist das für ein Zeug?«, fragte er schneidend und ließ den rechten Arm sinken, so dass die Waffe schlaff, aber bedrohlich in Schenkelhöhe baumelte. »Was lesen Sie da, Bursche? Rote Literatur! Wer sind Sie, Hanemann oder Ahlroos?«

»Keiner von beiden«, antwortete Ivar so beherrscht wie möglich, »könnte ich bitte mein Buch zurückhaben?«

Zwei der Eindringlinge verschwanden im Haus, während ein dritter zusammen mit Ivar und dem Browningmann auf der Veranda zurückblieb. Dieser Mann war breitschultrig und groß, und sein Tonfall war gereizt und sein Schwedisch gebrochen, als er sagte: »Wir haben sie in ihren Redaktionen gesucht, und wir sind in der Sampsantie gewesen, wo dieser Ahlroos wohnt, und haben mit Hanemanns Frau in dem Haus auf Brändö gesprochen. Wir haben sichere Informationen, wonach sich beide Männer hier aufhalten sollen. Und, wer sind Sie, Ahlroos oder Hanemann?«

»Ich versichere Ihnen«, sagte Ivar, »dass mein Name Grandell ist. Und ich kann Ihnen darüber hinaus mein Ehrenwort geben, dass weder Hanemann noch Ahlroos hier sind.«

»Grandell?«, fragte der Browningmann und fuhr lakonisch fort: »Ich nehme an, Sie sind auch so ein Roter.«

»*Punikin kunniasana*, das Ehrenwort eines Roten«, zischte der Große und Breitschultrige, packte Ivar unsanft am Arm und zerrte ihn aus dem Stuhl. »*Krapulapaskakin on sitä arvokkaampi*, darauf scheiße ich doch! Sie kommen mit uns!«

Im gleichen Moment kam der fünfte Mann des Entführungskommandos die Verandatreppe herauf und trat ein; offenbar war er zurückgeblieben und hatte das Boot vertäut, als die anderen hinaufgeeilt waren. Ivar erkannte ihn sofort, und dieses Wiedererkennen beruhte auf Gegenseitigkeit.

»Sieh einer an«, sagte Cedi, »lange nicht gesehen!«

»*Tunnetteko toisenne*, ihr kennt euch?«, fragte der Große und Breitschultrige und fügte enttäuscht hinzu: »Das ist weder Hanemann noch Ahlroos, stimmt's?«

»Bester Herr Naskali«, antwortete Cedi ruhig, »das ist Ivar Grandell. Ehemaliger Agitator und darüber hinaus der Mann, der sich hinter der Signatur I-r verbirgt, die neulich die Leserschaft von *Svenska Pressen* von ihrer Auffassung in Kenntnis gesetzt hat, dass Sie, Herr Wiherkaisla und Herr Suorsa, sich ausnehmend gut mit gepuderten Wangen und geschminkten Lippen machen würden.«

Der Browningmann, der einen langen und schwarzen Ledermantel trug, hob seine Waffe, zeigte mit dem Lauf zerstreut auf Ivar und sagte: »Der da ist das gewesen? Dieser schwächliche alte Knacker? Das meinen Sie ja wohl nicht ernst? Dass hier sollte Herr I-r sein, der so gemein über uns geschrieben hat!?«

»Ich versichere es Ihnen, Herr Wiherkaisla«, sagte Cedi, und auf seinen Wangen glühten zwei kleine rote Flecken, »das ist I-r. Er hat sein verbales Gift schon versprüht, als Sie und Herr Naskali noch Räuber und Gendarm gespielt haben. Tatsächlich ist er jedoch noch keine fünfzig. Er sieht älter aus, als er ist, denn er hat während seines gesamten Erwachsenenlebens tapfer getrunken. Nicht wahr, Ivar?«

Ivar schwieg. Stattdessen meldete sich Wiherkaisla mit gespielt sanfter Stimme zu Wort: »Na, wenn das so ist, dann wird dieser kleine Ausflug vielleicht ja doch nicht ganz ergebnislos bleiben. Erst darf der Herr I-r uns erzählen, wo sich Ahlroos und Hanemann herumtreiben, und dann...«

Einer der anderen Männer tauchte aus dem Innern des Hauses auf. Er begegnete Cedis und Wiherkaislas Blick und schüttelte den Kopf. Naskali zog etwas hervor, das er hinter seinem Rücken verborgen gehalten hatte, und hielt die Gegenstände dann hoch, so dass alle sie sehen konnten – ein großer Jutesack und ein grobes Hanfseil. Er presste Sack und Seil gegen Ivars Wange und sagte: »Schauen Sie gut hin, Grandell. Die Innenseite dieses Sacks wird das Letzte sein, was Sie sehen, wir werden Sie ertränken, wie man eine Katze ertränkt.« Ivar spürte das grobe Material der Jute und des Hanfs an seiner Wange und dass seine Gesichtsmuskeln und Hände und Beine zu zittern begannen.

»Nicht so schnell, Herr Naskali, wenn ich bitten darf«, sagte Cedi und spielte betont lässig mit der Kapitänsmütze, die er in seiner rechten Hand hielt. »Lassen Sie uns erst eine kleine Bootstour machen und über unsere Strategie nachdenken. Er kann nämlich sehr gesprächig sein, wenn er will, gesprächig und streitsüchtig, das weiß ich aus eigener Erfahrung.«

Sie brachten Ivar zum Boot. Zwei Männer nahmen ihn in die Mitte, sie stießen ihn und fluchten, aber er wusste nicht, wer sie waren, denn sie hatten zunächst seine Hände mit einer Küchenschnur auf dem Rücken gefesselt und ihm anschließend den Jutesack übergestülpt und das Hanfseil in Taillenhöhe verknotet; der Sack saß fast wie eine Zwangsjacke, und es war stockfinster in ihm. Kurz vor dem Ufer stolperte Ivar und fiel hin. Ehe er wieder aufstehen konnte, hörte er einen erstickten Fluch, und im nächsten Moment traf ihn ein fester Tritt in die Seite. Er stöhnte auf, biss dann jedoch die Zähne zusammen und ließ nicht zu, dass ihm weitere Laute entfuhren, nicht einmal, als sie ihn während der Bootsfahrt schlugen, die ihm lang und gewunden vorkam – vermutlich fuhren sie Umwege, um ihn zusätzlich zu verwirren.

Während der Motor auf Hochtouren lief, ließ Ivar geduldig den Hohn und die sporadischen Fausthiebe der Männer über sich ergehen. Er versuchte sich zu beherrschen und die Dunkelheit in dem Sack zu verdrängen, indem er stoisch und vernünftig dachte. Aber immer wieder gingen ihm die gleichen verängstigten Gedanken durch den Kopf, sie drehten sich im Kreis und waren alles andere als stoisch, sie donnerten in seinem Inneren wie schnelle und panische Crescendi: Soll ich jetzt sterben, einfach abgeschlachtet werden wie ein hilfloses Stück Vieh? Soll denn das Jahr 1918 in Finnland nie enden? Ich habe doch nichts getan, ich schreibe doch nur, wie kann mir so etwas passieren? Werde ich wirklich sterben? Ich will nicht, nicht jetzt, wo ich so glücklich bin mit Henriette, nicht jetzt, wo ich mutiger schreibe als jemals zuvor!

Sie gingen irgendwo an Land, auf einem Felseneiland, einer Schäre, einer Insel, er wusste es nicht, denn im Innern des Sacks herrschte undurchdringliche Nacht, er begriff nur, dass der Ort wasserumflutet war, denn er roch Tang und hörte das Gluckern, das entsteht, wenn kleine müßige Sommerwellen an Land schlagen. Jemand stieß ihn so unsanft, dass er der Länge nach hinfiel und mit dem Kinn auf den harten Uferfelsen schlug. Er spürte, dass er anfing zu bluten, und im gleichen Moment zwängte jemand unsanft seine Hände unter den Sack und löste den Knoten eine Spur, jedoch nur so viel, dass immer noch einige Arbeit erforderlich sein würde, bis er unter Umständen seine Hände frei bekommen und sich mit der Zeit aus dem Sack befreien können würde. »Hier kannst du von der Weltrevolution und einem bolschewistischen Finnland träumen, bis du verhungerst, Grandell«, sagte eine Stimme – Ivar glaubte, dass es Wiherkaislas war, aber er war sich nicht sicher –, und als Nächstes hörte man hämisches Gelächter und das Geräusch von Schritten, die sich entfernten, und kurze Zeit später ließen sie den Motor an und fuhren davon.

Ivar kniete mit gefesselten Händen und zerrte und zog längere Zeit. Er wagte es nicht aufzustehen, wagte nicht den kleinsten Schritt zu machen, denn er hatte keine Ahnung, was ihn umgab – glatte Ufersteine, steile Klippen, tiefe und gefährliche Wasser, alles war möglich. Er versuchte nicht in Panik zu geraten und redete sich ein, dass der Mann, der den Knoten gelockert hatte, sicher wusste, was er tat, und die Schlaufe sich am Ende ausreichend weiten lassen würde, damit er die Hände frei bekam und den Knoten des Seils auf der Außenseite bearbeiten konnte. Als es ihm endlich gelang, ging der Rest ganz schnell. Er zog den Bauch ein, so sehr er konnte, presste die Hände hinaus, bekam den Hanfknoten zu fassen, schaffte es, ihn zu lösen, riss sich den Sack herab und musste vor Erleichterung aufschluchzen. Während er sich noch freute, sah er, dass er sich in einer Felsenlandschaft befand und nahe einer mehr als mannsbreiten und mehrere Meter tiefen Felsspalte gekniet hatte: Wäre er hinabgestürzt, hätte er den Tod gefunden, seinen Entführern war es egal gewesen, ob er leben oder sterben würde. Er ging auf steifen Beinen zum Ufer hinab und wusch sich das Blut vom Kinn, anschließend ging er rund um das kleine Felseneiland und blickte auf das weite Meer hinaus, wobei er fieberhaft herauszufinden versuchte, wo er sich eigentlich befand. Die Insel lag am Rande des offenen Meers, ganz im Norden war das Ufer einigermaßen flach, in der Mitte gab es einen kleinen bewaldeten Hügel, und dann kamen die ehrfurchtgebietenden glatten und sanft gewölbten Felsen im Süden, Richtung offenes Meer; wahrscheinlich war dies Lill Häxan, eine einsame Schäre, die ein gutes Stück südwestlich von Estholmen lag.

Die Stunden verstrichen, der Nachmittag ging in den Abend über, und die Sonne kam wieder hervor. Es ging ein schwacher Wind, außer dem leisen Gluckern der Wellen und den Rufen der Möwen und Seeschwalben gab es keine Geräusche. Einmal war Ivar sicher, draußen auf der Bucht einen Seehund den Kopf aus dem Wasser heben zu sehen – er hatte das Gefühl, dass der Seehund ihn einige Sekunden beobachtete, ehe er wieder untertauchte –, und als die Sonne schon sehr tief stand, begann am nördlichen Ufer ein großer Hecht zu schlagen, wahrscheinlich jagte er im seichten Wasser Ukeleien und Stichlinge. Ivar hatte keinen Hunger, war aber verschwitzt und durstig, Angst und Anspannung waren bohrenden Kopfschmerzen gewichen. Er versuchte etwas Meerwasser zu trinken, aber es schmeckte salzig und schal, und er hätte sich fast übergeben. Etwas später ließ die Übelkeit nach, und er nahm auf einem schemelförmigen Uferstein Platz und schaute auf die spiegelblanke Wasserfläche hinaus; der Wind hatte sich mittlerweile völlig gelegt. Auch die Kopfschmerzen waren verschwunden, und plötzlich wurde er von einem großen und warmen Wohlbehagen umschlossen. Vor ein paar Stunden erst war er Dunkelheit und Bösartigkeit ausgesetzt gewesen, und er erkannte, dass sein Glücksgefühl grotesk wirkte, wenn man bedachte, wie sein Tag verlaufen war. Aber er konnte den Jubel nicht daran hindern, sich Bahn zu brechen; es war kurz nach Mittsommer, und das Tageslicht harrte hartnäckig aus, Stunde um Stunde hinderte es die Dämmerung daran, die Oberhand zu gewinnen, es war ein solch schmerzlich schöner Abend, so leicht und hell und freundlich, dass Ivar eine Offenbarung hatte, eine Vision davon, welch ein Gefühl es wäre, endlich Geborgenheit und Frieden zu finden. Er wusste nur zu gut, dass seine Offenbarung trog, er wusste, im Herbst und Winter war das Meer erbarmungslos, trotzdem sah er vor sich, wie glücklich er hier draußen werden können würde. Alles war ruhig und still, Kiefern, Heide und Steine wurden von sanftem und rötlichem Licht beleuchtet, und es gab hier keine Menschen, das war der Schlüssel, das Einzige, was man im Leben fürchten musste, waren die Menschen und ihre Bosheit. Dann aber fiel ihm Henriette ein, und die Sehnsucht nach ihr war ein Stechen in seiner Brust. Nicht alles war hier draußen vollkommen, es fehlte etwas, *sie* fehlte, sie und ein kleines Haus, in dem sie wohnen und sich den Blicken der Welt entziehen konnten. Er sah Henriette vor sich, er sah sie im Souffleurkasten des Theaters sitzen und die Ellbogen auf den Küchentisch daheim in der Broholmsgatan stützen, und die Sehnsucht nach ihr, die ihn überrumpelt hatte, verwandelte sich in eine Wärme, die größer und friedvoller war als die herrliche Einsamkeit, die er kurz zuvor empfunden hatte. Er dachte daran, wie spät sie sich gefunden hatten, und erkannte auf einmal, dass er sie so sehr liebte, gerade weil sie in sein Leben getreten war, als er eigentlich schon beschlossen hatte, dass die Liebe eine Illusion war, noch eines in der Reihe aller Wunschbilder und aller Zerrspiegel, von denen das menschliche Leben so voll war, bei deren Entlarvung einem aber nur die Jahre halfen; wenn jeder Jüngling und jedes Mädchen verstehen würden, dass das Leben nur eine Schimäre war, ein Libellentanz ohne Sinn, würde niemand die Kraft aufbringen, vorwärtszustreben und sich zu vervollkommnen, und die Zivilisation würde vertrocknen und aussterben und der Mensch sich von Neuem in ein grausames und müßiges Tier verwandeln, das nur frisst und schläft und sich vermehrt.

Nicht einmal in der Nacht wurde es kalt. Die Wärme hielt sich, kein Windhauch trübte die stille Wasseroberfläche, und Ivar begab sich auf den bewaldeten Hügel hinauf, wo er sich ein Nachtlager neben einer gekrümmten Krüppelkiefer bereitete; er lag halb aufgerichtet, den Kopf gegen den Stamm gelehnt, und benutzte den zusammengewickelten Jutesack als Kopfkissen. Dort lag er und blickte auf die dunkler werdende

Bucht hinaus, er sah Schattierungen von Purpur und Orange und Blau, die sich im Wasser spiegelten, ehe das Licht allmählich immer weißer wurde, um schließlich ganz zu verschwinden, und während er sich von der Dämmerungslandschaft in den Schlaf wiegen ließ, dachte er erneut an Henriette, die ihn ruhig und selbstbewusst machte, weshalb er nicht mehr die Hilfe des Alkohols benötigte, um die Kraft zu haben, aufrecht durch Helsingfors zu gehen. Sie war seine Ruhe und seine Kraft, er schämte sich nicht, es zuzugeben, sie war der Grund dafür, dass er wieder mit offenem Blick lebte und mutig und gut schrieb, ihr und nur ihr zuliebe wollte er gefunden und in die Gesellschaft zurückgebracht werden, wo er weiter Brandfackeln gegen die Männer, die ihn verschleppt hatten, und ihre Gesinnungsgenossen entfachen würde.

Am Sonntagmorgen eilten ihm Fredrik Ahlroos und Henriette und das Ehepaar Friberg in einem Motorboot zur Hilfe. Ivar wurde von dem Motorengeräusch nicht geweckt; als sie ihn auf dem Hügel fanden, schlief er noch mit gähnendem Mund, und als es der besorgten Henriette gelungen war, ihn wachzurütteln, betrachtete er das Rettungskommando mit einem verschlafenen und erstaunten Blick. Er fror ein wenig, aber als Henriette in Tränen ausbrach, stand er mit etwas Mühe auf, nahm sie in die Arme, presste ihren Kopf an seinen Brustkorb und flüsterte: »Ist ja gut, ist ja gut. Es ist alles in Ordnung, mir ist es hier gut gegangen, ich habe nur ein bisschen Durst.«

Er vergaß nicht, den Jutesack und das Hanfseil mitzunehmen, und als sie zu dem Haus auf Estholmen zurückgekehrt waren, wartete er, bis Henriette in die Küche gegangen war, um Frühstück zu machen, ehe er sich an Fredrik Ahlroos wandte. »Ich werde diese Entführung anzeigen«, sagte er mit leiser und verbissener Stimme, »ich werde jeden Einzelnen beim Namen nennen und unterstreichen, dass Cedi Lilliehjelm ihr Anführer war.« »Das ist mutig und ehrenwert von dir«, erwiderte Fredrik Ahlroos, drehte sein Whiskyglas und betrachtete nach-

denklich die bernsteinfarbene Schmuggelware, als enthielte sie
Prophezeiungen und Botschaften, die nur der Eingeweihte lesen konnte: »Aber ich denke nicht, dass es etwas nützt. Ehrlich
gesagt, glaube ich, dass es alles nur noch schlimmer machen
könnte. Gottfrid Johansson, der Kaufmann auf den Inseln der
Sommerurlauber ist, sagt, dass sie in den Booten des Schutzcorps unterwegs sind. Fünf haben am Sampsavägen nach mir
gefragt, und einer von ihnen soll ein Stabshauptmann gewesen
sein, einer war von der Geheimpolizei, und die anderen trugen
Schutzcorpsuniformen. Wir werden wohl versuchen müssen,
den Sturm zu überstehen und das Beste zu hoffen.«

* * *

Am Samstagabend, als Ivar draußen auf Lill-Häxan lag und
sich Tagträumen von Henriette hingab, war Cedi bereits in
seine Wohnung an der Havsgatan zurückgekehrt; im Sonnenuntergang stand er mit dem Fernglas vor Augen auf dem Balkon und ließ den Blick über den Brunnsparken, den Meerhafen, das Wasser und die Inseln dahinter schweifen.

Es rumorte in ihm, er konnte nichts dagegen tun, es nagte
und nervte und brannte in ihm; warum hatte er die anderen
aufgewiegelt, warum hatten sie Estholmen nicht einfach verlassen und waren später zurückgekehrt, warum hatten sie sich auf
Ivar Grandell gestürzt? Ivar war doch eine Null, ein Nichts,
ein Fiasko war dieser Kerl, ein feiger und harmloser Mann, der
im Grunde niemals Schaden angerichtet hatte, nur ein Opfer
seiner Verirrungen und, genau genommen, trotz allem ein alter
Freund, immerhin war er mehrfach nach Björknäs eingeladen
worden, Lucie mochte ihn, und für Henning Lund galt das
Gleiche: Ivar war bei mehreren Sommerfesten auf Bässholmen
zu Gast gewesen und hatte schon damals, vor langer Zeit, zum
Inventar des Opriszirkels gehört. Eine gescheiterte Existenz
war Ivar natürlich dennoch, nichts Halbes und nichts Ganzes,
und tief in seinem Inneren ahnte Cedi, wie leicht es war, sich

in einen solchen Menschen zu verwandeln, das konnte auch ihm passieren; er musste sich vorsehen, er musste das Fieber in den Griff bekommen, das in seinem Inneren loderte und wütete, er musste auf der Hut sein und sich vor Fehleinschätzungen hüten, denn die Bedingungen des neuen Jahrzehnts waren unerbittlich, und jeder, der sich für eine Seite entschied, konnte es weit bringen, aber auch tief fallen...«

»Was ist, Cedi, willst du nicht hereinkommen und ins Bett gehen?«

Nita stand hinter ihm, sie war still und vorsichtig aufgetaucht, wie es ihre Art war, und er war so in Gedanken versunken gewesen, dass er sie nicht hatte kommen hören. Er wandte sich um, da stand sie, ihre langen schwarzen Haare hingen offen herab, und der riesige Bauch stand unter dem Nachthemd vor, trotz all der Jahre und Kinder war sie immer noch schön.

»Es ist nichts«, antwortete er, »das Spinnangeln war heute nur eine völlige Pleite, wir haben nicht einen einzigen Hecht gefangen.«

Nita lächelte.

»Das nehme ich dir nicht ab«, sagte sie dann. »Es ist etwas anderes, ein bisschen Angelpech macht dich im Allgemeinen nicht so nachdenklich.«

»Geh bitte hinein und leg dich hin«, sagte Cedi, »du musst mit deinen Kräften haushalten.«

Als sie gegangen war, hob er erneut das Fernglas und beobachtete die abendlichen Spaziergänger, die sich unter ihm am Ufer entlangbewegten. Einige Minuten später kam das letzte Linienboot von Rönnskär. Es war voller Sonnenanbeter, und er verfolgte das Boot, als es im Meerhafen anlegte und die Menschen an Land strömten. Schließlich ließ er das Fernglas sinken, zuckte mit den Schultern und ging in die Bibliothek. Er trat an den Schreibtisch und hob nach kurzem Zögern den Telefonhörer ab.

Er wurde verbunden, und zu seiner Erleichterung meldete sich eine kultivierte Frauenstimme: »Thyra Hanemann.«

Cedi holte tief Luft, hielt die Hand vor den Mund und verstellte seine Stimme, als er sagte: »Sagen Sie Ihrem Mann, dass Grandell auf Lill-Häxan ist.«

»Verzeihung, ich habe Sie nicht verstanden, wer spricht denn da?«, fragte Thyra Hanemann besorgt.

»Grandell ist draußen auf Lill-Häxan«, wiederholte Cedi mit der gleichen künstlich groben Stimme.

»Hallo, wer spricht da?«, erkundigte sich Frau Hanemann und klang immer verängstigter.

»Ein Freund«, sagte Cedi und legte auf.

Im Laufe des Sonntags, während Ivar Grandell sich auf Estholmen aufhielt, wo er Remarques Antikriegsroman auslas und Mut und neue Kraft zu schöpfen versuchte, indem er ein ums andere Mal den Arm um Henriettes dünne Schultern legte und den Duft ihres frisch gewaschenen Haars einsog, traf der lang angekündigte und in gewissen Kreisen sehnlichst erwartete Bauernzug in Helsingfors ein. Es waren zehntausend, vielleicht auch fünfzehntausend Bauern, sie kamen in Autokonvois und Sonderzügen, sie stammten größtenteils aus dem südlichen Ostbottnien und aus Satakunda und Tavastland, und sie waren überwiegend finnischsprachig, aber es gab auch Schweden unter ihnen. Die Autokonvois rollten auf dem Åbovägen und dem Tavastvägen Richtung Stadtzentrum, und diejenigen, die aus den Sonderzügen ausstiegen, bildeten wiederum verbissene und im Takt stampfende kleine Kompanien, die sich zu Nachtlagern in Marsch setzten, die sich in Schulen und Schutzcorpsräumen überall in der Stadt befanden. Regierung, Armeeführung und Polizei waren informiert, und man hatte die Bauern gebeten, sich nicht in der Arbeiterstadt nördlich von Kajsaniemi und der Långa-Brücke zu bewegen, weil Menschenaufläufe und gröbere Gewalttätigkeiten verhindert werden sollten.

Am Montagmorgen standen die Bauern in aller Frühe auf und führten ihre Morgentoilette im Meerhafen, im Hesperiapark, auf dem Johannesplan und dem Sandvikstorget durch. Sie nahmen sich Wasser aus eigens für diesen Zweck aufgestellten, langen Holzwannen, und an mehreren dieser Orte hatte die Lotta-Svärd-Bewegung Feldküchen eingerichtet, in denen junge Helsingforser Frauen in weißen Schürzen und sittsamen Hauben die zugereisten Revolteure verköstigten und sich über deren Pluderhosen und eingebeulte Hüte, aber vor allem über ihre groben, aber gut gewichsten Stiefel wunderten, die in der Sommerwärme nach Schweineschmalz stanken. Nach dem Frühstück war es Zeit für das interne Fest auf dem Spielfeldgelände draußen in Tölö, man begab sich auf vorher festgelegten Routen dorthin. Einige Stunden später marschierten die Lapuamänner in voller Truppenstärke am neuen Parlamentsgebäude vorbei, an dem noch die Baugerüste standen. Man machte einen Abstecher zur Fredriksgatan, und einen guten halben Kilometer später donnerte man den Boulevard zum Stadtzentrum hinauf. Schließlich standen die Kolonnen dann auf dem großen Platz, und auf den Treppen der früheren Nikolajkirche, auf jenen Treppen, welche die aufsässigen Helsingforser achtundzwanzig Jahre zuvor in dem verzweifelten Versuch hinaufgeflohen waren, den pfeifenden Knuten der Kosaken zu entgehen, standen Präsident Relander und die gesamte Regierung und der weiße General Mannerheim und die komplette Armee- und Schutzcorpsführung und betätigten sich als Empfangskomitee, und den ganzen Montagnachmittag, während die feierlichen Worte der Redner zwischen den Wänden der hundertjährigen Empiregebäude hin und her geworfen wurden, sollten Kosola und Herttua und Koivisto und die anderen Bauernführer spüren, dass sie in diesen kurzen Momenten tatsächlich mehr Macht hatten als die Würdenträger des Landes.

Cedi Lilliehjelm hatte sich durch eine weitere schlaflose Nacht gequält. Er lief auf hohen Touren in diesem Sommer, auf zu hohen sogar, er wusste es, konnte aber nichts dagegen tun. Er hatte sich im Bett gewälzt, sich hin und her geworfen, er hatte eine halbe Kanne Milch getrunken und ein Käsebrot gegessen, er hatte am Salonfenster gestanden und über Brunnsparken und dem Finnischen Meerbusen sachte den Morgen grauen gesehen. Aber nichts von all dem half, die Gnade und der Schlaf wollten sich nicht einstellen, und als die Sonne bereits aufgegangen war, lag er lange da, stützte sich auf den linken Ellbogen und betrachtete die schlafende Nita im sanften Morgenlicht; sie lag auf dem Rücken, und ihr schwangerer Bauch wölbte sich hoch unter der Decke, und in Cedis überreiztem Geist wurde dieser Bauch zu einem mächtigen Berg, einem Kilimandscharo oder Chimborazzo, der den ganzen Raum auszufüllen schien.

Am frühen Morgen rief Baron Wrede an, und kurz darauf riefen zuerst Kandidat Wiherkaisla und danach Mikko Naskali an; alle wollten wissen, wie Cedi den großen Tag zu begehen gedachte, alle erkundigten sich, wann er auf den Platz kommen wolle. Irgendetwas ließ ihn diese Fragen ausweichend beantworten, seine Augen brannten, und sein Kopf fühlte sich an, als wäre er voller Watte, er hörte sich von »einer Familienangelegenheit und einigen Geschäftsterminen, die erst noch erledigt werden müssen« murmeln, er hörte sich sagen, dass er sich rechtzeitig, aber allein zum großen Platz begeben würde, er fühlte sich, als wäre er auf dem Grund eines Brunnens.

Nicht alles, was er sagte, war gelogen: Er hatte einen Vormittagstermin mit Rechtsanwalt Johan Stigzelius in Ekbergs Café. Der Zufall wollte es, dass sein Treffen beendet war und Cedi auf die Straße hinaustrat, als der Bauernzug gerade auf den Boulevard bog. Er folgte ihm einen Häuserblock stadteinwärts und stand dann an der Ecke Boulevard und Annegatan und sah die Anführer der Lapuabewegung Kränze auf den finnischen und deutschen Heldengräbern im Park der Alten Kirche niederlegen. Es war ein sonniger und lauer Sommertag, die schön gewachsenen Linden, die den Boulevard säumten, schenkten der Straße ein schattiges und schläfriges Aussehen, und der

Park und seine dunkelgrünen Ahornbäume lockten mit kühlendem Schatten; der Kontrast zwischen der freundlichen Julistadt und den stummen Besuchern stach einem ins Auge. Er stand vollkommen still und beobachtete die Männer, als sie sich in nahezu schnurgeraden Reihen in Bewegung setzten. Die Gesichter der Lapuamänner waren hart und entschlossen, gelegentlich ließ einer von ihnen den Blick über die Stadtbewohner schweifen, die den Marschweg säumten, und daraufhin wurde ein misstrauisches und beinahe hasserfülltes Funkeln in den spähenden Augen entfacht; es schien, als hegten die Bauern den Verdacht, von lauter Feinden umgeben zu sein. Und so falsch lagen sie mit dieser Einschätzung vielleicht auch nicht, denn die Zuschauer waren recht still, Hurrarufe und aufmunternde Zurufe gab es nur vereinzelt, andererseits wagte auch niemand ein Wort der Kritik geschweige denn lautere Zwischenrufe.

Cedi fühlte sich plötzlich unangenehm berührt, er wusste nicht warum, vielleicht war er nur erschöpft nach so vielen durchwachten Nächten. Die dunklen und knittrigen Jacketts der Bauern und das rhythmische Stiefeltrampeln versetzten ihn in düstere Stimmung; hier zogen rechtschaffene Männer vorbei, alle mit einer weißen Armbinde, aber zum ersten Mal weckte diese weiße Binde nicht seinen Stolz und Zukunftsglauben, sondern nur Angst und Sorgen. Die Vorhut hatte sich längst über Skillnaden geschoben und war die südliche Esplanade hinab verschwunden, und eine Staubwolke hing über der Straße und verschluckte die Nachhut förmlich, als sie die Georgsgatan kreuzte und weiter Richtung Stadtzentrum zog. Cedi hatte vorgehabt, gemächlichen Schrittes zum Stortorget zu spazieren – er wusste, dass es dauern würde, bis sich alle gruppiert hatten und die Reden beginnen konnten –, und grüßte höflich zwei Geschäftsfreunde, die auf der anderen Seite der Straße standen, presste seinen Hut auf den Scheitel und ging los.

Seine Schritte waren von Anfang an zögerlich, und er war

noch nicht weit gekommen, als die Bilder aufblitzten und seine Welt zusammenbrach.

Im Grunde gab es keinen besonderen Grund dafür, dass es ausgerechnet in diesem Augenblick geschah; vielleicht ist es auch nur so, dass jeder Mensch seine Bruchstelle hat, die äußerste Grenze dafür, wie lange er oder sie fähig ist, zu leugnen und zu verdrängen, und vielleicht war es so, dass es irgendwann passieren musste, irgendwann mussten die Bilder auch Cedric Lilliehjelm einholen, und dass es ausgerechnet gerade hier dazu kam, unweit der Straßenecke Boulevard und Georgsgatan im Zentrum von Helsingfors um zwanzig Minuten nach eins am Montag, den 7. Juli 1930, war nur ein Zufall.

Er sah den Sonnenschein nicht mehr, er sah das schattenspendende Laub der Stadt nicht mehr, nicht ihre freundliche Schläfrigkeit. Stattdessen war es Frühling, und die Bäume standen noch kahl, und in dem scharfen Tageslicht sah er die verängstigten und rot verheulten Gesichter zweier junger Burschen, die sich soeben ihr eigenes Grab geschaufelt hatten, und er hörte ihre Schluchzer und ihr Flehen, ehe sie verstummten, als die Kugeln sie trafen und sie in das Grab hinabfielen. Er sah eine Frau rücklings auf der Erde liegen, ihr Gesicht war schmerzverzerrt, und ihr linker Arm und ihr linkes Bein zitterten krampfhaft. Er sah, dass ihre Bluse zerrissen und die eine Seite rot von Blut war, während die andere Brust entblößt lag. Er sah sich vortreten und ihr einen Gnadenschuss in die Schläfe geben. Dann stand er an einem kleinen Haus im Wald, es war Abend, es war bereits Frühsommer, all dieses zarte Grün, er stand über eine neue Frau gebeugt, und diese Frau spuckte hasserfüllte Worte aus, so gehässige, dass man kaum glauben mochte, ein Mensch könnte sie aussprechen, und es wurde alles rot in ihm und dann schwarz, und er trat drei Schritte zurück, und dann löste sich wieder alles in Rot auf, und als er wieder zur Besinnung kam, standen seine Kameraden vor ihm und starrten ihn mit Grauen im Blick an, und der Knall des Schusses hallte noch durch den Wald, und

Eccu Widing weinte laut. Die Bilder kamen immer weiter, sie drehten sich schneller und schneller, die Menschen bewegten sich so ruckartig und rasch wie in einem alten Film, und die schlimmsten Bilder tauchten immer und immer wieder auf, und Cedi wusste längst, dass er auf der Stelle nach Hause musste – der kalte Schweiß, die Übelkeit, alles wollte aus ihm heraus, aber er musste sich beherrschen, bis er die Havsgatan erreichte, er durfte nicht hier, mitten in der Stadt, zusammenbrechen, nicht an einem Festtag wie diesem, heim, heim, er musste heim, er eilte im Laufschritt über den Boulevard und bog an der Georgsgatan rechts ab, er hörte jemanden an der Straßenecke, die er soeben passiert hatte, »Hallo, Lilliehjelm, wollen Sie denn nicht mit zum Platz?« rufen, sicher einer der Geschäftsmänner, die er kurz zuvor gegrüßt hatte, aber er beachtete ihn nicht, ausnahmsweise war es ihm vollkommen egal, er lief und stolperte und lief weiter, und hinterher hatte er nicht die geringste Ahnung, wie er nach Hause gekommen war, aber er hatte Glück, Hans und Ellen waren zusammen mit dem Kindermädchen Fräulein Spoof auf Björknäs, und Nita war bei der alten Freiherrin von Konow im Erdgeschoss zum Tee eingeladen und hatte dem Hausmädchen Kerttu freigegeben. Cedi schloss sich in der Bibliothek ein, er ließ sich am massiven Schreibtisch nieder, saß da und rührte sich nicht, blieb lange so sitzen, seine Augen waren trocken, aber er stierte blind vor sich hin, und in seinem Kopf wurden ein ums andere Mal die alten Filme abgespult.

Am Abend stand er auf dem Balkon, diesmal jedoch ohne Fernglas. Wieder senkte sich die Dunkelheit auf den Meerhafen und auf Stora Räntan und Ugnsholmen und die anderen Inseln herab, wieder kehrte das Linienboot von Rönnskär voller lachender und lärmender Menschen zurück. Aber Cedi sah die Idylle nicht, denn die Bilder suchten ihn immer noch heim, und er ahnte längst, gerade weil er sich so lange geweigert hatte, sie zu sehen, würde er gezwungen sein, sie lange zu betrachten. Und am schlimmsten war, dass ein neues Bild hinzugekommen war, eines, auf dem Nita unter ihm lag und ihre dunklen Augen aufgerissen waren, und diese Augen sagten »Nein! Nein!, Bitte, Cedi, du darfst nicht!«, aber ihr Mund sagte nichts, denn auf dem Mund war seine Hand, deren Muskeln alle bis zum Äußersten gespannt waren.

Nita hatte vor einer Weile im Salon gesessen und gelesen, aber jetzt war sie weg. Er dachte, dass er auf der Stelle mit ihr reden musste, denn wenn er jetzt, an diesem Abend, nichts sagte, würde er niemals etwas sagen, so empfand er es, er würde niemals sagen dürfen, dass ihm bewusst war, welch große Gnade darin lag, dass sie noch bei ihm war und weiter seine Kinder austragen wollte.

Trotzdem dauerte es lange, bis er sie aufzusuchen wagte. Er fand sie im Schlafzimmer. Als er an die Tür klopfte und eintrat, kniete sie und zog Kleider aus der Kommode, ihre Bewegungen waren schnell, und neben ihr lag ein offener Koffer.

Sie drehte sich um und zuckte zusammen.

»Was ist los, Cedi? Du siehst aus wie ein Gespenst.«

»Bitte, Nita…«, brachte er heraus.

»Was ist los?«, wiederholte sie.

»Ich will nur… Ich bin nicht immer… ich habe nicht immer…«

Er verstummte und sah sie hilflos an.

»Hör zu, was immer es ist, wir müssen ein anderes Mal darüber sprechen«, sagte Nita. »Die Wehen haben eingesetzt, bist du so gut und rufst sofort einen Wagen?«

* * *

Als die Lapuamänner Helsingfors verließen, fuhr eine der Wagenkolonnen auf der breiten Sturegatan zum hinteren Ende des Tavastvägen und weiter nach Norden. Der Anblick der schwarzen Karawane, die in gemächlichem Tempo durch das Herz des armen Helsingfors rollte, war für einige junge Arbeiter zu viel; es wurden Steine geworfen und gespuckt, und an der Ecke Sturegatan und Aleksis Kivis gata rannten zwei halbwüchsige Jungen vor und hämmerten auf die Motorhaube eines Lapuaautos, bis zwei berittene Polizisten hinzukamen und sie stoppten.

Es war ein schwacher und bedeutungsloser Protest. Tatsächlich hatten der Marsch und der respektvolle Empfang in der Hauptstadt die Lapuamänner in ihrer Auffassung bestärkt, dass sie zum Besten des Vaterlands arbeiteten und die Unterstützung der bürgerlichen Mehrheit für ihre Sache hatten. In den folgenden Wochen und Monaten wurde die scheinbar so siegreiche Bewegung zudem zu einem Auffangbecken für Glücksritter aller Art und geistig zerrüttete Menschen, woraufhin die Verschleppungen immer häufiger und die Gewalttaten immer brutaler wurden. Ein Arbeiter namens Tuomi wurde in Forssa ermordet, und der Polizeikommissar Albert Ojala, der nach vielem Wenn und Aber den Auftrag bekam, den Mord an Tuomi zu untersuchen, wurde später auf einer Parkbank in Tammerfors gefunden; er war mit zwei Kopfschüssen getötet worden. Der Bürgermeister von Tammerfors, Väinö Hakkila, wurde auf einer abseits liegenden Dorfstraße in Teisko gekidnappt; auf der Fahrt nach Lapua hinauf verurteilten die betrunkenen Kidnapper Hakkila mehrfach zum Tode, aber es gelang dem Bürgermeister, die Männer zu bewegen, ihn unbeschadet im Kirchdorf Kuortane zurückzulassen. Ungefähr gleichzeitig verschwand ein herzkranker Schuhmacher namens Mättö aus seinem Zuhause in Heinjoki; man behauptete, ihn über die Grenze zur Sowjetunion gebracht zu haben, aber seine Leiche wurde später im Moor Pusurinkangas verscharrt aufgefunden.

Mitten in diesem Chaos beschloss der schwer alkoholkranke Enok Kajander, seinem Leben ein Ende zu setzen. Eines Vormittags Ende Juli schoss er sich in dem kaputten Sessel in seinem Mietzimmer an der Oriongatan in den Kopf, und als Frau

Liimatainen ihn fand, war sein Blick gebrochen und der Körper bereits steif und kalt. Die Pistole hatte er sich, wie sich herausstellte, von einem alten Kameraden aus Sibbo geliehen, einem gewissen Krogell, der während des roten Winters unter Enoks Kommando gestanden hatte; laut Krogell hatte Enok gesagt, er benötige die Waffe zu seinem Schutz, »für den Fall, dass diese Lapuarowdys oder andere Dreckskerle auf die Idee kommen, mir einen Besuch abzustatten«.

Enoks plötzlicher Tod lieferte seinem Sohn Allu den Vorwand, um etwas zu tun, das er schon lange hatte tun wollen: Lucie Lilliehjelm mitzuteilen, dass sie sich nicht mehr treffen sollten. Allus und Lucies Treffen waren schon seit Saimi Rajalas Tod im Mai angespannt und belastet gewesen, aber sie fühlten sich körperlich immer noch so stark zueinander hingezogen, dass Allu es einfach nicht schaffte, Nein zu sagen, wenn Lucie neue Abende am Joukolavägen vorschlug; er sagte Ja und empfing sie in seiner Dachkammer, obwohl er wusste, dass die Einwohner Kottbys sich bereits das Maul über sein Liebesleben zerrissen und die wüstesten Vermutungen hatten, was die Identität der »vornehmen Dame« betraf, die ihn ein oder zwei Mal in der Woche und immer abends oder sogar nachts besuchte. Nach Enoks Tod erzählte er Lucie von all den tragisch verspielten Möglichkeiten im Leben seines Vaters und davon, wie ungerecht man Enok, einen der rechtschaffensten Roten in Sibbo, nach 1918 behandelt hatte. Aber er hatte wie üblich das Gefühl, dass Lucie ihm nicht richtig zuhörte und nicht richtig verstand. Und als er dann an einem Samstagmorgen am Hagnäs torg zufällig Mandi Salin begegnete und sie zu Kaffee und Zimtschnecken in Sarnios Marktcafé einladen durfte, fiel ihm seine Entscheidung leicht, denn Mandi hatte immer noch die gleichen kastanienbraunen Haare und die gleichen grünen Augen. An einem warmen, aber regnerischen Abend im August sagte Allu zu Lucie, er wolle, dass dieses Treffen ihr letztes war. Er stand an dem runden Fenster und rauchte, als er es sagte, Lucie saß auf seiner Bettkante und zog sich an, sie nahm den Schlag entgegen, ohne mit der Wimper zu zucken. Nach einigen Augenblicken des Schweigens fragte sie: »Was ist es, hast du eine andere Frau getroffen?« Allu schüttelte den Kopf, aber sie sah, dass er es etwas zu entschieden tat, etwas zu schnell. »Das ist es nicht«, sagte er, »es ist nur, dass... ach Mist, wir schnallen uns nicht, du und ich, wir sind zu verschieden, die Welt, aus der du kommst...« Er beendete den Satz nicht, aber Lucie tat es für ihn. »Du findest, dass ich depraviert bin?«, sagte sie, und es war im Grunde keine Frage. Allu begegnete ihrem Blick, und sie dachte: Er ist noch so jung, und es ist schon so viel Trauer in seinen Augen. »Ich weiß nicht mal richtig, was dieses Wort da bedeutet«, erklärte Allu, »aber ich kann's mir natürlich denken.« »Du hast völlig recht, wir passen nicht zusammen«, sagte Lucie, »aber ich begreife nicht, wie du es schaffst, so kluge Entscheidungen zu treffen, das können die Leute sonst nie.« Sie verstummte für eine Sekunde und ergänzte dann: »Ich wenigstens nicht.« »Sag so was nicht«, erwiderte Allu und vermied es, ihr in die Augen zu sehen, stattdessen ließ er seinen Blick von ihren nachlässig hochgesteckten Haaren zu ihrer fein geschnittenen Unterlippe und zu den langen Beinen in dem dünnen, aber sicher teuren Rock hinabgleiten, und in diesem Moment konnte er nicht begreifen, dass er tatsächlich dabei war, sie abzuservieren. »Das ist sicher nichts, worum eine Dame bittet«, sagte Lucie, »aber ich tue es. Können wir uns nicht noch ein letztes Mal lieben?« Er verließ seinen Platz am Fenster, ging zum Bett und streckte seine Hand aus. Sie legte ihre hinein und stand von der Bettkante auf, und er zog sie an sich und schlang den Arm um ihre Taille. Er streichelte ihre Wange mit der Außenseite der rechten Hand, und daraufhin schloss sie die Augen und öffnete ganz leicht ihren Mund. Er ließ den Zeigefinger über ihre Lippen gleiten und anschließend über ihre Lider, und er wusste es noch nicht, aber dies war das Bild, das er nie würde vergessen können: Jedes Mal, wenn sein Gedächtnis ihm das Bild von Lucie mit geschlossenen Augen und halb offenem Mund zeigte, würde er sich auch erinnern, wie er ihre Taille umfasst hielt und die Wärme ihres Körpers durch seine Hände und in seinen Unterleib geströmt war, und so inniglich er Mandi auch liebte, sollte er sich doch nie von der Erkenntnis freimachen können, wie ungewöhnlich und kostbar es war, dass jemand wusste, wie man innehielt, sich einen Dreck um alle Pflichten und Erwartungen scherte und einfach die Augen schloss und genoss.

* * *

Es wurde Herbst, dieses seltsame und bedrohliche Jahr neigte sich seinem Ende zu. Max Hanemann, Chefredakteur von *Svenska Pressen,* wurde entlassen; unter vier Augen verteidigte sich Zeitungsbesitzer Anderson damit, dass Hanemann auf der Todesliste der Lapuamänner stand, weshalb er, Anderson, nur versuchen würde, Hanemann das Leben zu retten. Kurz darauf stimmte das finnische Parlament einer ganzen Reihe neuer Gesetze zu, die zur Folge hatten, dass die Kommunisten vom politischen Leben ausgeschlossen wurden. Weder die Lapuamänner noch ihre anonymen Unterstützer waren zufrieden, man fragte sich, warum die Sozialdemokraten immer noch frei agieren durften, immerhin waren sie ebenfalls Rote.

In Amerika, Großbritannien und Deutschland wütete verheerend die wirtschaftliche Depression, in Europas nordöstlichem Winkel hatte sie dagegen noch nicht mit voller Wucht zugeschlagen; die Zahl der Arbeitssuchenden war auch in Helsingfors alarmierend hoch, aber wer Geld und Arbeit hatte, versuchte weiterzuleben, als wäre alles wie immer. Im September eröffnete Stockmann sein neues Kaufhaus im Häuserblock zwischen Östra Henriksgatan und Centralgatan, und der Lichthof und die ultramodernen Aufzüge ließen die wohlhabenden Einwohner der Stadt entzückt aufseufzen.

Allu Kajander entschied das Spiel um den Kameradenpokal

des Arbeitersportverbands im Finale gegen Pyrkivä aus Åbo durch zwei Tore für Vallilan Woima. Die Leistung erregte große Aufmerksamkeit, da Woima erst kürzlich in zwei Hälften zerfallen war – die sozialdemokratischen Spieler, unter anderem Lasse Saurén und Antsa Moll, hatten die Mannschaft verlassen und den neuen Fußballverein Helsingin Teräs gegründet.

Der rätselhafte Geschäftsmann Henning Lund hatte die wirtschaftlichen Turbulenzen unbeschadet überstanden und zeigte sich in diesem Herbst von seiner fürsorglichen und großzügigen Seite. Mehrfach lud er Lucie Lilliehjelm und Micki Morelius nach Bässholmen ein, da er wusste, dass Lucies letzer Liebhaber sie verlassen hatte und sie deshalb Wein, gute Gesellschaft und Vergessen benötigte, und widmete zudem Ivar und Henriette Grandell einige Zeit. Ivar und Henriette heirateten in aller Bescheidenheit an einem Montag im September, und da ihre finanzielle Lage schwierig war, konnten sie sich keine Hochzeitsreise leisten. Henning wusste um ihre prekäre Situation und ließ sie eine ganze Woche allein in seiner Villa auf Bässholmen wohnen und von einer seiner Hausangestellten verwöhnen. Zum Wochenende fuhr er mit Essenswaren und Getränken beladen hinaus und widmete den ganzen Sonntag dem Versuch, Ivar zu überreden, Cedi Lilliehjelm zu verzeihen. Henning erklärte, Cedi führe sich selber leicht in die Irre, aber nun sei er auf dem besten Weg, zur Vernunft zu kommen und der Politik den Rücken zu kehren. Cedi bedauere zudem, fuhr Henning fort, die Angst und Sorgen, die er verschuldet hatte. Aber Ivar fiel es schwer zu verzeihen, denn der Fall Estholmen war zu den Akten gelegt worden, und Cedi und seine Männer waren in allen Anklagepunkten für unschuldig erklärt worden; ein halbes Dutzend Zechbrüder hatte ausgesagt, Cedi habe zu der Zeit, als Ivar entführt wurde, seelenruhig trinkend auf einer Veranda in den östlichen Schären vor Helsingfors gesessen, und die anderen Kidnapper hatten ähnliche Alibis bekommen.

Lucie Lilliehjelm beteuerte ihrerseits – sie erzählte es in einem vertraulichen Gespräch mit ihrer Freundin Micki –, dass ihr nicht mehr der Sinn danach stand, Kunst oder Künstler zu sammeln. Sie nahm vielmehr eine Stelle im Übersetzungsbüro Polyglott an, wo sie wie in ihrer frühesten Jugend Broschüren und Jahresbilanzen für Stockmann und Automatica und Wulff und andere Helsingforser Unternehmen übersetzte. Darüber hinaus hatte sie mit Schildts Verlag einen Vertrag über die Übersetzung einiger Jugendbücher und diverser Memoiren aus dem Französischen und Englischen abgeschlossen und bekannte Micki gegenüber, dass sie in die fremden Sprachen floh, um ihren störrischen Gefühlen zu entfliehen; seit René Sévigny-Ferrand in Paris hatte sie keinen entlaufenen Mann mehr so vermisst wie Allu Kajander.

* * *

Dienstagmorgen, der 14. Oktober, war sonnig und kühl. Gegen neun verließen der frühere Präsident und Jurist Kaarlo Juhani Ståhlberg und seine Frau Ester ihr Haus auf Brändö, um einen Morgenspaziergang zu machen. An der Endhaltestelle der Straßenbahnlinie B wurden sie von einigen Taxifahrern beobachtet, die sich an einem kundenverwaisten Taxistand aufhielten und rauchten und sich über einen talentierten Boxer namens Bärlund unterhielten. Den Taxichauffeuren fiel darüber hinaus ein schmutziger schwarzer Chevrolet mit vorgezogenen Gardinen auf, der dem Ehepaar Ståhlberg in gebührendem Abstand zu folgen schien, und einem von ihnen, einem Neuling namens Wendell, fiel zudem auf, dass der mysteriöse Wagen zwei verschiedene Kennzeichen hatte: »A 163« vorne und »Koe 183« hinten.

Die Männer, die das Ehepaar Ståhlberg kurz darauf verschleppten, waren zu viert. Sie waren jung, blass und selbstsicher, und während der Chevrolet in nordöstliche Richtung fuhr, tadelten sie den Expräsidenten dafür, dass er es seinerzeit so eilig gehabt hatte, die Bolschewisten zu begnadigen, weshalb es in ihrem Land nur zehn Jahre später von Roten wieder nur so wimmelte; Herr und Frau Ståhlberg waren anscheinend auch mindestens hellrot, meinte einer der Männer und lachte hart. Der Präsident ging auf die Anschuldigungen nicht ein, nur seine Frau Ester versuchte von Zeit zu Zeit, die Kidnapper zur Vernunft zu bringen. Es wurde Abend, und es wurde Nacht, und während die Reise weiterging, drohten die Entführer dem alten Ehepaar wiederholt mit dem Tod. Schließlich, in der Stadt Joensuu nahe der Ostgrenze, hielt der Wagen, der Chauffeur würgte den Motor ab, und die Männer stiegen aus und verschwanden.

K.J. und Ester Ståhlberg kehrten am Donnerstag mit dem Zug nach Helsingfors zurück; da war der klare Sonnenschein des Dienstags durch einen brütenden Nebel ersetzt worden, in dem viele Stadtbewohner ein Omen sahen. Diesmal waren die polizeilichen Ermittlungen gründlich, und die Entführer wurden gefunden, verhaftet und verurteilt. Aber die Spuren führten weiter, erst zu der Organisation Finnlands Schloss – sowohl Mikko Naskali als auch der Jurist Suorsa wurden arrestiert – und von dort aus zur Armeeführung, wobei sich herausstellte, dass der Stabschef, General Martti Wallenius höchstpersönlich, die Verschleppung angeordnet hatte. Alle Beteiligten wurden zu Gefängnisstrafen verurteilt, General Wallenius sprach das Höchste Gericht jedoch später frei.

Die Freiheitsberaubung des Ehepaars Ståhlberg bildete einen Wendepunkt. Es war in den Augen zahlreicher Bürger, die sich bis dahin neutral verhalten hatten, eine Sache, Kommunisten, suspekte Polizeikommissare und herzkranke Schuster zu ermorden, aber eine ganz andere, den Mann zu verschleppen, der die Verfassung des Landes geschaffen hatte. Es gab auch solche, die der Meinung waren, dass der wankelmütige Liberale Ståhlberg nur bekommen hatte, was er verdiente, und in der Menschenmenge, die das Präsidentenpaar auf dem Helsingforser Bahnhof in Empfang nahm, hörte man nicht nur Applaus und Hochrufe, sondern auch vereinzeltes Buhen und die Forderung: Tod dem »Verräter«. Aber die Mehrheit der Bevölkerung war über die Entführung entrüstet, und die Leitartikel der Zeitungen distanzierten sich fortan mit größerem Nachdruck als vorher vom Faschismus.

5

*Sag meiner Mutter nicht, dass ich in der Wall Street arbeite,
sie denkt, ich spiele Klavier in einem Bordell.*
– amerikanischer Witz aus den dreißiger Jahren

Mehrere Male während des Spätwinters und Frühjahrs 1932 nahm Mandi Kajander die Straßenbahn von der Brahegatan ins Stadtzentrum und schlenderte anschließend durch die Straßen und über die Plätze, die sie nach ihren Jahren im Atelier Widing und im Direktorenbüro Holma & Co. so gut kannte. Jetzt hatte das Atelier geschlossen, und Direktor Holmas Firma war in Konkurs gegangen. Wenn sie ehrlich zu sich war – und das war sie, denn Mandi war ein aufrichtiger Mensch, und diese Aufrichtigkeit galt auch für ihre intimsten Gedanken –, musste sie sich eingestehen, dass sie ohne eigentliches Anliegen ins Herz der Stadt fuhr; sie hatte kein Geld, um einkaufen zu gehen, sie wollte nur der Kärglichkeit und dem Geruch von Armut an der Brahegatan und in Josafat entkommen, sie wollte eine Weile innehalten und nachdenken und sich selber klarmachen, was sie angenommen und was sie verworfen hatte, als sie den Entschluss fasste, Frau Kajander zu werden.

Manchmal stand sie vor Stockmanns hell erleuchteten Schaufenstern und guckte einfach nur. Die Fenster zur Alexandersgatan hatten Ägypten zum Thema, und dort waren sie alle abgebildet, ohne Angst vor jenem Fluch, von dem man behaup-

tete, er habe Lord Carnarvon und die anderen Expeditionsteil-
nehmer ins Grab gebracht; dort waren Kleopatra und Nefertiti,
dort waren Echnaton und der Gott Ra, und dort waren Tut-
anchamun und die anderen Pharaonen in ihren Sarkophagen.
Einmal, als Mandi wieder einmal dort stand und die Szenerie
bewunderte, begann es zu schneien, es war kalt, und die Flocken waren klein und funkelten wie Kristalle, und ihre Gedanken verloren sich, sie dachte daran, dass diese altägyptischen
Herrscher sicher nicht gewusst hatten, was Schnee war, und
dass Allu ihr gemeinsames Bett den »Schnarchophag« zu nennen pflegte, wenn er spielerischer Laune war. Aber mittlerweile war er nur noch selten verspielt. Allu wurde immer ernster und bekümmerter, er war mürrisch und aufbrausend, und
es kam vor, dass Mandi sich sorgte, wohin seine Launenhaftigkeit und seine politischen Ideen ihn noch führen würden.
Sie selber war bereits im sechsten Monat, das Kleine sollte
im Mai kommen, und sie fühlte sich schwer und unbeweglich. Aber die bevorstehende Vaterschaft belastete Allu offenbar mehr, als es ihr schwer wurde, den Fötus zu tragen; tatsächlich schien die Verantwortung Allu ganz schrecklich zu
quälen. Und sicher, es gab keine Arbeit mehr, und das Geld
war knapp, alles war knapp, aber bis auf Weiteres ging es ihnen besser als vielen anderen. Ihr Untermietszimmer in der
Västra Brahegatan war nicht im besten Zustand, es war feucht
und zugig, aber dafür war es ein großer Raum mit Kochnische
und Herd, und es lag in einem von Josafats wenigen Steinhäusern; sie hatten ein Wasserklosett im Hausflur, und im Erdgeschoss des Hauses gab es eine allen zugängliche Sauna. Den
Leuten, die in den Holzhäusern wohnten, ging es schlechter,
und außerdem wohnten lichtscheue Gestalten in diesen lang-
gestreckten, flachen Bauten: Im Herbst hatte man eine große
Menge Hände und Füße, einen Kopf und ein Bündel mit zwölf
verflochtenen Fingern in einem Keller draußen in Tattarmos-
sen gefunden – die Leichenteile stammten aus dem Armengrab
in Malm, und die Polizei hatte den Verdacht, dass sie zu ok-

kulten Riten verwandt worden waren, und der Hafenarbeiter Noita-Salminen und die Vorarbeiterwitwe Lindberg und mehrere andere Mieter in einem Haus in der Josafatgatan waren zu dem Fall vernommen worden.

Anfangs war Allu noch einigermaßen gutmütig gewesen, mittlerweile überwarf er sich jedoch mit den Leuten und insbesondere mit seinen Vorgesetzten. Stolz war eine gute Sache, aber er hatte zu viel davon, so viel Unbeugsamkeit wirkte sich nachteilig aus. Mandi hatte die Zweizimmerwohnung in Lilla Nådendal kurz vor der Hochzeit gekündigt: Allu hatte sich geweigert, bei ihr einzuziehen, es passte ihm nicht, dass sie in besseren Verhältnissen lebte als er. Sie hatten die anspruchslose Wohnung in der Brahegatan gefunden, und gleichzeitig hatte sich die Wirtschaftskrise weiter verschärft, inzwischen begriff jeder, dass die Lage ernst war, denn unten im Sörnäs-Hafen wurde es immer stiller, und eine Firma nach der anderen musste den Betrieb einstellen. Auch Direktor Holma hatte das Handtuch werfen müssen, und als Mandi schwanger wurde, knabberten sie und Allu bereits an ihren Ersparnissen aus den guten Jahren.

Allu engagierte sich immer stärker politisch, weshalb er keine Arbeit mehr bekam. Sowohl im Hafen als auch bei Elanto war er als Kommunist abgestempelt, und die Genossenschaft hatte ihm die Leitung des Sportvereins für Kinder abgenommen: Lasse Saurén hatte das Training übernommen. Im Herbst hatte Woima eine eigene Jugendabteilung gegründet, und Allu leitete jeden Mittwochabend das Training in Vallgårds finnischer Volksschule. Dann aber begannen die Männer der Geheimpolizei in ihren langen Mänteln bei Woimas Spielen und Veranstaltungen aufzutauchen, und kurz darauf wurden die Aktivitäten des Vereins ausnahmslos verboten. Mandi wusste, wie so etwas lief; im letzten Jahr hatten die staatlichen Kommissare alle Aufführungen Työväen Näyttämös, der Volksbühne, verhindert, indem sie auf der Generalprobe auftauchten und den Hauptdarsteller für unbestimmte Zeit verhafteten.

Folglich gab es, wenn man so wollte, durchaus gute Gründe dafür, sich immer stärker politisch zu engagieren, aber Mandi war ein eigener Mensch, und es gefiel ihr nicht, wie Allu sich verhielt. Er hockte oft in geheimen Beratungen in irgendeiner Wohnung in Martsu, der riesigen Mietskaserne in Wilhelmsberg. Manchmal nahm er auch den Zug nach Åbo, er hatte Genossen in Raunistula und Käräsmäki, und sie wollten sich treffen, um die Zukunft des Arbeitersports zu diskutieren, jedenfalls behauptete er das. Mandi hegte dagegen den Verdacht, dass Allu sowohl in Åbo als auch im Martsu-Haus Liebhaberinnen hatte, denn die Frauen fanden ihn doch attraktiv, und Mandi hatte den schüchternen Ersten Liebhaber Tauno und die anderen Schauspieler in Työväen Näyttämös Truppe beobachtet und gesehen, wie leicht die Männer zu verführen waren, wenn junge Frauen ihre Fühler nach ihnen ausstreckten.

Mandi hatte einen guten Ruf bei Elanto, man wusste, dass sie mit Allu verheiratet war, aber da sie sich nicht für Politik interessierte, schenkte man dem keine weitere Beachtung. Sie übersetzte Werbetexte, und die Genossenschaft gab ihr so viele Aufträge, wie sie bewältigen konnte. Doch die Schwangerschaft machte sie müde, sie brauchte viel Schlaf, und jedes Mal, wenn sie an der Schreibmaschine saß und Allus schmollendes Gesicht sah, dachte sie, dass sie wohl lieber nicht zu viel Geld verdienen sollte, denn sonst würde er sie verlassen und mit einer anderen Frau in Martsu oder Åbo oder anderswo zusammenziehen.

Allu stand überall auf der Schwarzen Liste, aber manchmal bekam er als Tagelöhner für einen oder zwei Wintertage einen Aushilfsjob als Heizer in einem Haus mit Zentralheizung in Tölö und Ulrikasborg. An solchen Tagen kam er mit kohlegeschwärztem Gesicht nach Hause und beschwerte sich über die unerträgliche Hitze im Kohlenkeller, wirkte aber dennoch stolz und zufrieden. Zwischendurch bekam er Notstandsarbeit; er war am Bau der neuen Landstraße von Brändö nach Osten bis Botby und Mellungby beteiligt gewesen und hatte in der Åbo-

Kaserne Wände eingerissen, da sie zu einem Omnibusbahnhof umgebaut werden sollte. Aber nichts konnte Allu jetzt noch für diese Gesellschaft einnehmen, die ihre Ärmsten demütigte und drangsalierte, und Mandi hatte das Gefühl, dass er von Tag zu Tag zorniger wurde. Er war mittlerweile ein gut informierter Mann, er saß in Frau Putkonens Café an der Ecke Fleming und Aleksis Kivi und überflog die Zeitungen und hatte für das meiste einen passenden Kommentar. Höhnisch kritisierte er die bürgerliche finnische Presse, die es zuließ, dass die Faschisten sich unbehelligt austobten, Louis Armstrong und die anderen Negermusiker jedoch als Bedrohung für die Moral der heranwachsenden Jugend betrachtete, und wies darauf hin, wie eigenartig es doch war, dass die Amerikaner es sich leisten konnten, Wolkenkratzer wie das Empire State Building zu erbauen, während gleichzeitig die halbe Bevölkerung verhungerte; anscheinend gab es ja Geld, warum nutzte man es dann nicht, um die Armen zu speisen? Manchmal ließ Allu scheinbar beiläufig fallen, dass Mandi und er es vielleicht wie Unski Tapale und andere machen sollten, sie sollten nach Osten gehen und versuchen, ob das Leben in der Räterepublik nicht menschlicher und vor allem gerechter war; man hörte fast nie etwas von Unski und den anderen, die dorthin gegangen waren, aber das hieß vermutlich nur, dass sie zufrieden mit ihrem Leben waren, einen wohlgenährten Bauch hatten und unermüdlich und hart daran arbeiteten, den Sozialismus aufzubauen. Doch bei diesen Gelegenheiten schnitt Mandi ihm sofort das Wort ab, schüttelte energisch den Kopf und sagte mit einer Stimme, die stahlhart war: »Ich habe gelobt, in guten wie in schlechten Tagen die Deine zu sein, und ich werde dir fast überallhin folgen, aber dahin bekommst du mich nicht.«

In diesem Frühjahr kehrte Mandis Bruder Kaitsu nach Helsingfors zurück. Er kam im April, aus Petsamo, wo er in einer Grube gearbeitet hatte; man hatte ihn aus gesundheitlichen Gründen entlassen, er war geschwächt und hatte einen trockenen und hohl klingenden Husten, der nicht weggehen wollte, und wohnte für ein paar Wochen bei Mandi und Allu, bis er eine andere Bleibe gefunden hatte.

Allu sah, dass Kaitsu krank war, lockte ihn aber trotzdem nach Nokka hinaus. Erst bauten sie Kaitsus Sperrholzbude auf und danach Allus, und in der folgenden Woche versammelten sie etwa zwanzig Woima- und Ponnistusspieler und begannen, die Wiese ganz oben im Norden zu räumen: Es war das Jahr, in dem endlich der Fußballplatz entstand, mit richtigen Holztoren und gekreideten Linien und allem. Woima war von den Behörden aufgelöst worden, während Ponnistus frei agieren durfte, und die Spieler der beiden Vereine verstanden sich nicht besonders. Nun aber ging das gemeinsame Ziel vor, die Arbeit schritt im scharfen Frühjahrslicht voran, und zwischendurch spielte man improvisierte Partien auf der matschigen Wiese nahe Brändö gård. Manchmal hatte jemand in einem der neu eröffneten Schnapsläden eine Brandy- oder Wodkaflasche gekauft, und dann machte die Flasche die Runde, wenn die abendliche Arbeit vorüber war. »Ein legaler Rausch ist schon was Feines«, lautete Kaitsu Salins Standardreplik, wenn der Verschluss abgeschraubt wurde, und die anderen nickten und lächelten und brummten zufrieden darüber, dass die Prohibition endlich vom Tisch war.

Bei ihren Spielchen lief und dribbelte Allu wie nie zuvor, er schoss ein Tor nach dem anderen mit seinem Fallrückzieher und mit gewöhnlichen Spannschüssen. Er war in der Form seines Lebens und fühlte sich gelegentlich versucht, Direktor Lund anzurufen und zu fragen, ob das IFK-Angebot noch stand; immerhin war auch die Boxerikone Bärlund aus Vallgård den Verlockungen erlegen und hatte zu KIF in den bürgerlichen Ring gewechselt, warum sollte also ausgerechnet er, der arbeitslose Schützenkönig Allan Kajander, an seiner Herkunft festhalten und seine Karriere opfern? Aber er verdrängte diese selbstsüchtigen Gedanken und fuhr fort, weiter eine Schubkarre voller Erde nach der anderen zum Fußballplatz zu schieben, und freute sich mit Kaitsu Salin und den anderen darüber, dass Kaitsus Husten nicht mehr so trocken böllerte.

Eines Abends Anfang Mai kehrten Allu und Kaitsu mit einer Flasche billigem Süßwein in die Brahegatan heim. Mandi, die mittlerweile einen Riesenbauch vor sich hertrug, holte ein paar verkratzte Gläser aus dem Schrank, und sie gingen auf den Hof hinunter und saßen im hellen Abend und unterhielten sich über die harten Zeiten, und während sie sich unterhielten und tranken, säuberte Allu seine lehmverschmierten Fußballschuhe, und auch Mandi nahm sich ein Glas Wein und dann noch eins, sie hoffte, der Alkohol würde die Wehen einsetzen lassen.

Aber es passierte nichts, und am nächsten Abend waren sie, Allu und Kaitsu bei den Eltern Salin in der Femte Linjen zum Essen eingeladen. Es war versöhnlich gedacht, denn Mutter Salin hatte für Sohn und Tochter große Pläne gehabt und war über die eingeschlagenen Lebenswege der beiden enttäuscht gewesen, und Kaitsu hatte sie seit dem Mai 1930 nicht mehr gesehen. Nach dem Abendessen fotografierte Kolonialwarenhändler Salin die jungen Leute an der Bärenstatue auf dem kleinen Platz vor dem Haus, und Mandis Bauch war prächtig und groß und einige Tage später noch ebenso groß, als sie die Straßenbahn in die Alexandersgatan nahm und vor Stockmanns Schaufenstern stand, in denen die Ägyptentableaus leicht bekleideten Mannequinpuppen gewichen waren, die unter modernen Höhensonnen lagen und auf die Badesaison des Sommers warteten. Mandi genoss die laue Luft, sie summte *Sulamith, Sulamith, koska jälleen silmäs nähdä saan*, Sulamith, Sulamith, wann darf ich deine Augen wiedersehen, und spürte das Kind in ihrem Bauch strampeln und entsann sich des kalten Winterabends, an dem sie vor dem gleichen Fenster gestanden und die Schneeflocken in seinem Licht gesehen hatte; und als sie sich an den Winter erinnerte, dachte sie, dass es wahrlich seltsam war, wie viel Entbehrung und Kummer der Mensch ertrug, aber nun würde das Leben endlich besser werden.

Ende Februar des gleichen Jahres sollte der Sozialdemokrat Mikko Erich, der jüdischer Herkunft war, eine Rede im Gewerkschaftshaus des Dorfs Ohkola in der Gemeinde Mäntsälä halten. Einige hundert Anhänger der Lapuabewegung hatten sich in der Dunkelheit versteckt und begannen mitten in Erichs Rede, das Haus zu beschießen. Erich und seine Zuhörer mussten fliehen, und als das Gewerkschaftshaus geräumt war, verbarrikadierten sich die Lapuamänner im Haus des Mäntsälä-Schutzcorps und riefen Schutzcorpsmitglieder in nahegelegenen Dörfern und Städten an; sie hatten die Absicht, einen Staatsstreich anzuzetteln. Der Mäntsäläaufstand dauerte eine knappe Woche, und im Ausland kursierten Angaben, wonach 150000 bewaffnete Aufrührer bereitstünden, um Helsingfors einzunehmen. In Wahrheit bekamen die Putschisten knapp tausend Mann zusammen.

Der zum Scheitern verurteilte Aufstand endete nach einer wütenden Rundfunkansprache Präsident Svinhufvuds und von General Wallenius; Mikko Naskali, Suorsa und die übrigen Anführer wurden arrestiert. In der Paradewohnung in der Havsgatan 1 schaltete Direktor Cedric Lilliehjelm das Radio aus, zog seinen dicken Winterpelz an, den er von seinem Vater Rurik geerbt hatte, griff nach dem Weinglas, das mit Château Margaux des berühmten Jahrgangs 1900 gefüllt war, und trat auf den Balkon; dort stand er dann und blickte in die Winterdunkelheit hinaus und hörte den Wind über das eisbedeckte Meer heulen.

Einige Tage später besuchte Cedi auf Nitas Wunsch hin Eccu Widing. Eccu wohnte mittlerweile in einer Mietwohnung in einem der neuen roten Backsteinhäuser in der Ilmarigatan in Tölö, es war allgemein bekannt, dass er trank und in finanzieller Bedrängnis war. Er hatte einen Offenbarungseid leisten müssen. Er bekam keine Darlehen und keine Wechsel mehr, und viele fragten sich, wie er sich über Wasser hielt, und man nahm an, dass er heimlich Geld von seinem Vater Jali zugesteckt bekam, vielleicht auch von Freunden wie Toffe Ramsay und den Gebrüdern Tollet; den Kontakt zu seinen früheren Kompagnons Bruno Skrake und Henning Lund hatte er dagegen abgebrochen. Es hieß zudem, Eccu sei immer schlimmeren Lastern verfallen, man erzählte sich, er verbringe seine Zeit mit Glücksspielen und Hurerei in Flüsterkneipen in Berghäll und Sörnäs, und es gingen Gerüchte, er nehme Kokain. Diese Gerüchte waren Nita Lilliehjelm zu Ohren gekommen und hatten sie entsetzt. Sie fürchtete um Eccus Leben, aber ihr gegenüber setzte der Bruder stets eine wortkarge und undurchdringliche Fassade auf, sie blieb für ihn die unschuldige kleine Schwester, die vor allem Übel bewahrt werden sollte.

Eccu und Cedi hatten sich seit über einem Jahr nicht mehr gesehen. In dieser Nacht war Eccu von Alpträumen geplagt worden; er hatte von einem bleichen und strengen Frauengesicht geträumt, es hatte über ihm geschwebt wie ein strenger Dämon, ein kreideweißes und gequältes Geisterwesen inmitten einer undurchdringlichen Dunkelheit. Dann war das Gesicht fort, und die Dunkelheit hatte sich verflüchtigt, die Welt wurde von sanftem Sommerlicht durchflutet, Aina, Sti und er waren draußen in Villinge, und im Traum war Sti wieder ein kleiner Junge, es war ein stiller Frühsommerabend, und Sti fiel vom Steg in das grüne und kalte Wasser und zappelte hilflos und ertrank, während Eccu über ein Stativ mit einer Kodakkamera gebeugt stand, die nicht funktionieren wollte, und die ganze Zeit hatte Eccu eine Ahnung im Hinterkopf gehabt, das nagende Gefühl, dass etwas nicht in Ordnung war, sich jedoch geweigert hinzusehen, es war ihm wichtiger gewesen herauszufinden, was mit der Kamera nicht stimmte, und sie zum Laufen zu bringen, und als er endlich seiner Besorgnis nachgab und aufblickte, war von Sti nichts mehr zu sehen, alles war stumm und still, es gab nur das sanfte Abendlicht und dann Aina, die vor Entsetzen aufschrie, bis er endlich in kalten Schweiß gebadet erwachte. Nach diesen Träumen war er nicht mehr eingeschlafen, er hatte am Küchentisch gesessen und eine alte Zeitung durchgeblättert, ohne zu begreifen, was er eigentlich las, er hatte gesehen, wie langsam ein schmutzig grauer und widerwilliger Morgen über Tölö heranbrach. Eccu wusste nicht mehr, welcher Tag es war, er wusste nicht einmal, ob es bereits März oder noch Februar war, aber dafür war nicht der Schnaps verantwortlich, sondern das Pulver, es war dieses Pulver, das ihn zunächst wach hielt und seinen Schlaf hinterher unruhig und verzerrt machte und ihm die letzten Reste seines Gefühls für den Lauf der Tage und die Ordnung und den Sinn aller Dinge raubte; wenn dieses Fläschchen leer war, würde er sich kein neues mehr besorgen, das schwor er sich, das war er Sti schuldig, stattdessen würde er dafür sorgen, dass…

Schließlich drang das beharrliche Läuten der Türklingel zu ihm vor und zerstreute seine Nebel, und er stand auf, ging in den Flur und öffnete. Als Cedi und er einander anblickten, machten sie fast das gleiche erstaunte Gesicht, aber in Cedis Miene lag zudem ein Hauch von Entsetzen: Er hatte nicht erwartet, dass Eccu *so* verlebt aussehen würde.

Ohne es zu wissen, entschied sich Cedi für die gleiche Strategie, an die sich auch seine Schwester Lucie stets hielt, wenn sie Eccu besuchte. Er war unfähig, innezuhalten und Eccus Blick zu begegnen, denn das hätte bedeutet, sich allem, was passiert war, und allen Jahren, die vergangen waren, zu stellen, es hätte bedeutet, der Niederlage und dem Verfall ins Auge zu sehen, und das wollte er nicht, und das wollte Eccu natürlich auch nicht, und deshalb unterstützte Eccu Cedis leichte Konversation nach Kräften, er brummte und murmelte bejahend und gab sogar die eine oder andere kurze Äußerung zum Besten. Cedi seinerseits verabscheute Jazz, meinte sich jedoch erinnern zu können, dass Eccu diese plärrende Musik mochte und brachte das Gespräch deshalb auf Pecka Luther und Misja Rothmann und ihre Helsinki Ramblers. *Svenska Pressen* hatte über die Ramblers geschrieben, entsann sich Cedi, es war ein großer Artikel gewesen, in dem gestanden hatte, per Schiff seien neue Amerikafinnen eingetroffen und hätten sich der Bigband angeschlossen, und die Ramblers hätten eine neue Platte veröffentlicht, die Titel der Stücke waren auch genannt worden, aber Cedi konnte sich leider nicht mehr erinnern…

»*That's A Plenty* und *My Sweet Manhattan Baby*, das zweite ist eine Originalkomposition von Rothmann«, unterbrach ihn Eccu.

»Ja, mag sein«, sagte Cedi und sprach anschließend stattdessen missbilligend über Maggie Skrake, die Unterricht im Rumbatanzen nahm, obwohl sie in gesegneten Umständen war. »Nita hat auch überlegt mitzumachen, aber ich fand es unpassend«, fügte er hinzu. Eccu entging, dass Cedi ihm soeben mitgeteilt hatte, dass er zum vierten Mal Onkel werden würde, weshalb er nur geistesabwesend nickte und in die Küche ging, um sich ein Glas Wasser zu holen. Als er zurückkehrte, begann er, über den Mäntsälä-Aufstand zu sprechen, und daraufhin war es an Cedi, geistesabwesend zu werden, er beantwortete Eccus Fragen nur einsilbig und murmelte anschließend widerwillig, man könne von Glück sagen, dass die Aufständischen aufgegeben hätten, ehe Blut vergossen wurde. Zu diesem Zeitpunkt war dem benebelten Eccu aufgegangen, dass Cedric Lilliehjelm nicht mehr ganz der Alte war; seine Reserviertheit war geblieben, sie hielt sich gleich hinter der Fassade, aber Cedi schien gegen sie anzukämpfen, er pendelte zwischen Strenge und Besinnung, er war längst nicht mehr so verbissen und furchterregend.

Cedi wurde plötzlich nervös, sein Blick irrte durch den ärmlich eingerichteten Raum, während er nach neuen Gesprächsthemen suchte. Dann erhellte sich seine Miene und er fragte:

»Hast du schon gehört, dass Lonni Tollet Arbeit gefunden hat?«

»Doch nicht etwa in der Werbebranche?«, fragte Eccu, und zum ersten Mal an diesem Morgen sah man die Andeutung eines Lächelns in seinem linken Mundwinkel.

»Oh doch«, erwiderte Cedi. »Die Finnen nennen Reklame ja nicht mehr *reklaami*, sie haben sich das Wort *mainos* dafür ausgedacht. Die Werbeagentur heißt Mainostoimisto Tahto ja Teko, sie ist erst kürzlich gegründet worden.«

»Das erklärt die Sache«, meinte Eccu und schaute zum Fenster hinaus. Es hatte angefangen zu schneien, die Cholerabaracken und die Brennholzstapel unten auf dem Hügel waren dunkel und undeutlich hinter dem Vorhang aus großen weißen Flocken zu sehen, die umherwirbelten.

»Erklärt was?«, erkundigte sich Cedi.

»Warte mal kurz«, sagte Eccu und verschwand in der Küche. Nach einer Weile kehrte er mit einer wochenalten Ausgabe von *Hufvudstadsbladet* zurück.

»Hier, schau«, sagte Eccu und zeigte auf eine halbseitengroße Anzeige, in deren Mittelpunkt ein gezeichneter, breit lächelnder Polizist in blauer Uniform und Schirmmütze stand. Der lächelnde Polizist hatte die rechte Hand erhoben, als wollte er jemanden schlagen, und in der Hand trug er einen dicken schwarzen Schlagstock. *Wenn Ihnen die Argumente ausgehen, ist Nokias Gummischlagstock Ihr bester Freund in der Not,* stand in der Bildunterschrift.

»Das muss doch von ihm sein«, sagte Eccu und setzte eine unergründliche Miene auf, »oder was meinst du?«

Cedi konnte sich ein Lächeln nicht verkneifen.

»Daran kann es keinen Zweifel geben«, erklärte er. »Nur unser Freund Lennart ist in der Lage, das Unaussprechliche mit solch zufallsdiktierter und unbewusster Eleganz zu formulieren.«

Sie sahen sich an und lächelten vorsichtig, und Eccu schoss der Gedanke durch den Kopf, dass sie seit ihrer Zeit auf dem Lyzeum nicht mehr zusammen gelacht hatten. Nachdem Eccu die Zeitung zusammengefaltet hatte, blieb Cedi noch eine halbe Stunde sitzen, vielleicht auch etwas mehr. Sie unterhielten sich über dies und das, vor allem aber über den Sprachenstreit. Eccu sagte, er lebe schon seit langem abseits der

Tagespolitik, er schäme sich dafür, aber es sei nichtsdestotrotz eine Tatsache, und dann fragte er, ob es wahr sei, dass die finnischen und schwedischen Studenten sich nicht mehr damit begnügten, auf jeweils ihrer Seite der Esplanade zu flanieren und sich Unverschämtheiten zuzurufen, sondern stattdessen die Fäuste sprechen ließen. Cedi antwortete, dies entspreche leider der Wahrheit, sie lebten in einer Zeit der Dämmerung, und er habe es gründlich satt, allerorten übermalte und teerbestrichene schwedische Schilder zu sehen. Dann entschuldigte er sich und sagte, er müsse leider gehen, er habe einen Termin in der Unionsbank in der Stadt. Als er in den Flur hinausging und sich Hut, Schal und Paletot nahm, erkannte er, dass er die vielen schwierigen Themen umschifft hatte, die er auf Nitas Bitte hin eigentlich hätte zur Sprache bringen sollen, aber so war es sicher besser: Eccu und er hatten seit Jahren keinen Kontakt mehr zueinander gehabt, und es war bestimmt klug, sich vorsichtig vorzutasten. Außerdem schien es Eccu letzten Endes gar nicht so schlecht zu gehen. Er sah natürlich schrecklich aus, und seine Wohnung war ein Schweinestall, eine veritable Junggesellenbude, aber man konnte sich mit ihm unterhalten, sein Gehirn schien in guter Verfassung zu sein, und zwei, drei Mal hatte er sogar gelacht. »Es ist schade, dass du kein Telefon hast«, sagte Cedi und öffnete die Tür zum Treppenhaus, »aber ich komme wieder, ich lasse dir ein Billett schicken, wenn ich auf dem Weg bin. Wir könnten mal einen Abend zusammen ausgehen und was essen.« Er räusperte sich und ergänzte in einem formaleren Tonfall: »Oder du kommst zu uns nach Hause, Nita würde dich gerne treffen und die Kinder übrigens auch. Es ist immerhin schon eine Weile her, unseren Christian hast du nicht mehr gesehen, seit er gehen gelernt hat.«

Die Arbeit und Geschäftsreisen nahmen Cedis Zeit in Anspruch, und der April war bereits weit fortgeschritten, als er sein Billett schickte und eine Visite am folgenden Vormittag ankündigte. Da wusste er bereits, dass er unterschätzt hatte, wie ernst Eccus Lage war; laufend gingen Berichte darüber ein, dass man den ehemaligen Fotografen Widing wieder einmal in schlechter Verfassung und unpassender Gesellschaft in der Stadt gesehen hatte.

Ihre zweite Begegnung machte dann alle Hoffnungen zunichte. Cedi versuchte über die Olympischen Spiele zu plaudern, er erwähnte die lange Schiffsreise nach Los Angeles und spekulierte, ob sie der Form der europäischen Athleten schaden könne, und anschließend verkündete er sein Urteil über die verdammten Schweden, die dafür gesorgt hatten, dass man Nurmi zum Profi erklärt und von den Spielen ausgeschlossen hatte. Aber Eccu hatte weder zu Los Angeles noch zu Nurmi etwas zu sagen, er saß nur da und starrte auf den Küchentisch und schwieg. Deshalb kam Cedi direkt zur Sache.

»Freund Eccu«, sagte er, »im Grunde bist du sowohl klüger als auch lebenstüchtiger als ich. So schwer kann es doch nicht sein, aus diesem Loch zu kommen, in dem du hockst. Herrgott noch mal, Eccu, du hast für einen Sohn zu sorgen!«

Eccu hatte den Blick gehoben und schaute zum Fenster hinaus; zwei Notstandsarbeiter hackten Holz und krakeelten und fluchten an den Cholerabaracken. Er drehte den Kopf, begegnete Cedis Blick und fragte langsam:

»Und was soll ich deiner Meinung nach tun, bester *Freund*?« Er sprach die letzten Worte gehässig aus, und Cedi zuckte zusammen. Eccu wurde eigentlich nie offen feindselig, er vertrug keine Aggressivität, weder seine eigene noch die anderer.

»Du solltest arbeiten«, antwortete Cedi, »die Arbeit macht den Menschen. Ohne Arbeit gehen wir geradewegs zum Teufel, das weißt du.« Er schwieg einige Sekunden und fuhr dann fort: »Kannst du dein Atelier nicht wieder eröffnen? Die schlechten Zeiten können doch nicht ewig dauern, und es gibt sicher gute Freunde, die dir mit Kap…«

»*Freunde?*«, unterbrach Eccu ihn in dem gleichen sarkastischen Tonfall wie zuvor. »Ich will von Freunden nichts wissen!

Hast du überhaupt eine Ahnung, was Henning und Bruno mir angetan haben?«

»Nein«, erwiderte Cedi wahrheitsgemäß. »Ich weiß, dass du einen Offenbarungseid leisten musstest, aber du bist weiß Gott nicht der Einzige, der ...«

»Ich habe den letzten Zazakredit aufgenommen«, fauchte Eccu. »Henning und Bruno riefen an und meinten, es sei dringend, beide waren verreist, und die Unterschrift sei nur eine Formalität, so hieß es. Ich habe alles verloren, Cedi. Villa Holzinger ging drauf, ich hatte erst knapp die Hälfte abbezahlt. Jede einzelne Kamera ging drauf, jedes Möbelstück, das etwas wert war. Und mein Vater hatte gebürgt, so dass auch er ...«

Cedi zuckte mit den Schultern.

»Tja«, sagte er, »ich glaube nicht, dass sie es böswillig gemacht haben. Und Bruno ist genauso bankrott wie du, falls dich das tröstet.«

»Bruno schon«, murrte Eccu. »Aber Henning nicht. Wusstest du, dass er schon im August neunundzwanzig seine gesamten Aktien verkauft und stattdessen Wohnungen und Grundstücke gekauft hat?«

»Henning hat einen sechsten Sinn«, sagte Cedi. »Es hat keinen Zweck, ihn dafür zu tadeln, es kommt nur darauf an, die Ärmel hochzukrempeln und ...«

»Ach was, halt's Maul, verdammt!«, zischte Eccu. »Ich hasse den Kerl! Warum hat er sein Geld nicht in Streichhölzer investiert, dann hätte er sich erschossen statt Kreuger!«

Er verstummte und begrub seinen Kopf in den Händen. Nach einer Weile blickte er wieder auf, sein Gesicht war aufgeschwemmt, und das klare Tageslicht ließ die Narbe auf seiner Wange kreideweiß leuchten.

»Es hat keinen Sinn. Ich kann mit diesen Pressefotografen und ihren Rolleiflex nicht konkurrieren, meine Zeit ist vorbei. Und ich war niemals ein richtiger Künstler. Ich war nur *Quatsch*, ein Falschmünzer, der die Schönheit anderer zu stehlen versuchte, als er selber keine Schönheit erschaffen konnte.«

Cedi schüttelte verwirrt den Kopf.

»Was zum Henker redest du da eigentlich?«, fragte er dann.

Für ein oder zwei Sekunden sah Eccu aus, als hätte er sich verplappert, dann blickte er wieder zum Fenster hinaus und murmelte:

»Wusstest du, dass Aina und ihr Mann von der Bergmansgatan ins Khilmansche Haus gezogen sind? Er ist offenbar mütterlicherseits ein Kihlman, dieser Palm. Und wusstest du, dass sie ein Kind erwartet?«

Cedi warf Eccu einen tadelnden Blick zu. »Du musst lernen, die Vergangenheit ruhen zu lassen«, sagte er mit strenger Stimme.

»Den Rat bekam ich vor langer Zeit«, antwortete Eccu. »Es ist mir nicht gelungen, ihn zu befolgen. Geh jetzt, Cedi, ich möchte, dass du mich in Frieden lässt. Ich will diesen Weg bis zum Ende gehen, bis ganz unten.«

Siebtes Buch

Wie viel es uns doch kostet,
einfach in dieser Welt zu sein

(1936–1938)

1

Allu und Mandi

In diesem Sommer war alles schon viel besser, sogar so gut, dass Allu eines Samstags von seiner Morgenschicht im Hafen auf direktem Weg zu *Antikaisens Maschinen- und Elektrohandel* am Hagnäs torg ging und per Ratenzahlung ein Rundfunkgerät und ein Reisegrammophon kaufte. Er erwarb zudem Kauno Tikkanens Neuaufnahmen von *Asfalttikukka* und *Sulamith*, und als sie am Sonntagmorgen nach Nokka hinüberruderten, sorgte er dafür, dass das Grammophon und die Platten mit von der Partie waren. Im Laufe des Sonntags spielte er dann immer und immer wieder die *Asphaltblume* und *Sulamith*, er ließ die Stücke laufen, als sie am Strand lagen und die Zehen in den warmen Sand gruben und vor der Bude saßen und Eier- und Schinkenbrote aßen und Leichtbier und den Erdbeersaft tranken, den Mandi zubereitet hatte.

Seit März hatten sie eine helle und bequeme Einzimmerwohnung in der Sturegatan gemietet, das Haus war nur ein paar Jahre alt, und die Wohnung hatte alles, was man sich wünschen konnte – eine kleine Küche, Badezimmer, sogar einen winzig kleinen Flur. Die Sommersonntage verbrachten sie immer auf Nokka, wo Allu ihre Sperrholzbude so ausgebaut hatte, dass sie fast wie eine richtige Hütte aussah. Manchmal, wie an diesem heißen Sonntag im Juli, spazierten sie gemeinsam zum Byholmsufer hinab, Allu trug Tuomas auf seinen Schultern, und dann stiegen sie ins Boot und ruderten über die Gammelstadsfjärden. Aber manchmal packte einer von beiden Tuomas und das Essen und die Decken ins Boot, während sich der andere auf Allus Fahrrad schwang und im Eiltempo nach Sörnäs und über die Brändö-Brücke radelte, die in der Wärme nach Holz und Sand duftete, und danach führte der Weg weiter Richtung Brändö gård und daran vorbei, bis der Radfahrer schließlich am Nokkakiosk die Mitgliedskarte vorzeigte und sich ans Ufer setzte und sah, wie sich von Westen langsam das Ruderboot näherte; schon bald würden sie wieder einmal ausgestreckt im Sand liegen und spüren, wie die warme Brise müde Glieder und Muskeln umschmeichelte, und Tuomas und die anderen Kinder würden im seichten Uferwasser plantschen.

Allu hatte den Namen des Jungen ausgewählt, er hatte zu Mandi gesagt, sein Sohn solle ein Zweifler werden, der zum Denken seinen eigenen Kopf benutzte und niemals die Lügen schluckte, die ihm von der Obrigkeit serviert wurden. Und, hatte Allu hinzugefügt, Tuomas sollte der Junge heißen, nicht Thomas oder Tomas, denn das Schwedische sei in Helsingfors keine Sprache des Volkes mehr und werde es auch niemals werden, so sei es nun einmal. Mandi hatte geseufzt und protestiert, aber vergebens; es war nicht leicht, Allu umzustimmen, wenn er sich etwas in den Kopf gesetzt hatte.

Ausgerechnet an diesem Sonntagnachmittag übergab sich Tuomas plötzlich im flachen Wasser, die anderen Kinder schrien vor Begeisterung und gespieltem Entsetzen und rannten an Land und in verschiedene Richtungen davon. Allu und Mandi eilten zur Hilfe, und während sie dem würgenden Tuomas aus dem Wasser halfen, stritten sie sich darüber, was ihm fehlte. Vielleicht hatte er aus Versehen Sand gegessen, meinte Allu, oder zu viel von dem brackigen Meerwasser geschluckt. Mandi stierte ihren Mann wütend an und fauchte, dieses Eis sei schlecht gewesen, das Eis, das Allu an der Ecke Sture und Hauho für Tuomas gekauft hatte, für diese Eisverkäufer sei Hygiene doch ein Fremdwort, und der hier sei ja wohl kaum eine Ausnahme gewesen, Allu hatte doch sicher die Fliegenschwärme gesehen, die seinem Karren gefolgt waren, warum hatte er es nicht einfach gelassen?

Allu erwiderte säuerlich, er habe den Jungen nur zu etwas Leckerem einladen wollen, jetzt, da sie sich es endlich leisten könnten, und als Tuomas aufhörte zu würgen, setzte er sich seinen Sohn auf die Schultern und machte sich auf den Weg zum Häuschen: das war ihr Name für die ausgebaute und verbesserte Bude. Mandi kehrte zu ihrer Decke zurück, und Ärger und Sorgen fielen von ihr ab. Sie legte sich auf den Bauch und beobachtete ihren Mann und ihren Sohn, die dort gingen, sie betrachtete den dünnen und blonden Tuomas, der über Allus schwarzer Tolle auf und ab hüpfte, sie sah, wie hochaufgeschossen und gerade Allu war, wie eine Fichte, und sie sah, dass eine junge Frau ihm verstohlene Blicke hinterherwarf, als er und der Junge vorbeigingen. Sie hielt die Augen auf den nackten und muskulösen Rücken ihres Ehemanns gerichtet, bis sich der Weg krümmte und Allu und Tuomas aus dem Blickfeld verschwanden, und in diesem Augenblick fühlte sie die Wärme nicht nur äußerlich, sondern auch tief in ihrem Inneren; sie fühlte, dass sie ein begünstigter und einigermaßen glücklicher Mensch war. Dann drehte sie sich auf den Rücken und ließ die heißen Sonnenstrahlen durch den Badeanzug dringen und ihren Bauch wärmen, und gleichzeitig schloss sie die Augen und nahm sich vor, alle Sorgen für einen Moment zu vergessen und die Gedanken einfach kommen zu lassen.

Sie wusste genau, weshalb Allu das Radio gekauft hatte. Die Männer der Stadt, jedenfalls die meisten von ihnen, fieberten bereits den Übertragungen von den Olymischen Wettkämpfen in Berlin entgegen, die Spiele würden in ein paar Wochen beginnen. Allu versuchte so zu tun, als wäre er anders. Er saß in Frau Putkonens Café und ließ sich groß und breit darüber aus, wie sehr er den nationalistischen und spießbürgerlichen Wettkampfsport verachtete, er behauptete, alles in der Art sei ihm völlig egal, er wolle nur, dass der Arbeitersportverband eine eingespielte Fußballmannschaft für die Dritten Internationalen Arbeiterspiele in Antwerpen im folgenden Jahr zusammenbekam. Aber Mandi konnte er nicht täuschen. Am Morgen nach der Juninacht, in der Joe Louis und Max Schmeling in New York geboxt hatten, war Allu noch vor dem Frühstück in die Stadt geradelt, um den Ausgang des Kampfs zu erfahren, und sehr enttäuscht gewesen, als er sah, dass Schmeling durch Knock-out gewonnen und Hitler damit einen Erfolg beschert hatte. Allu verfolgte auch die Kämpfe des Vallgårdboxers Bärlund, obwohl er nach außen daran festhielt, dass Bärlund ein untreuer Geselle war, der zweimal seine Klasse verraten hatte, erst als er in den bürgerlichen Ring gestiegen war, und ein zweites Mal, als er Profi wurde. Allu kannte immer den Tabellenstand der bürgerlichen Fußballliga und war stets gut unterrichtet über die Tagesform Iso-Hollos, Salminens und der anderen Läufer der Olympiamannschaft; er konnte die Sportseiten der Zeitungen praktisch auswendig und kommentierte sie oft beim Abendessen daheim. Und Mandi wusste natürlich, wo der Schuh klemmte. Jeder nördlich der Långa-Brücke und der eine oder andere Fußballverrückte südlich davon wusste, dass Allu eines der größten Sporttalente der Stadt gewesen war, und in der Nordstadt wusste man zudem, dass die politischen Verhältnisse und Allus eigene Sturheit ihn daran gehindert hatten, seine Begabung voll und ganz umzusetzen. Mandi wurde jedes Mal daran erinnert, wenn sie zum Milchladen oder zum Fleischer wollte, denn sobald sie die Nase vor die Tür steckte, stieß sie auf irgendeinen sportverrückten Mann, der sie bat, zu Hause Grüße auszurichten, und die Frage vorbrachte: Wann hatte Allu vor, wieder zu spielen?

Mandi und Allu hatten im Taumel frischer Verliebtheit geheiratet, ohne einander sonderlich gut zu kennen, aber mittlerweile kannte Mandi ihren Mann und ahnte, was hinter seinen drastischen Aussagen und verurteilenden Worten steckte. Allu würde diesen Sommer seinen dreißigsten Geburtstag feiern und wusste, dass seine besten Tage als Sportler bereits hinter ihm lagen. Er hatte von seiner Schnelligkeit und Geschmeidigkeit gelebt, nicht von roher Kraft oder Verschlagenheit. Seine besten Eigenschaften gehörten der frühen Jugend an, und seine Frau wusste, es gab Nächte, in denen er von Pokalen und Medaillen träumte, die man ihm vor der Nase weggeschnappt hatte, und es gab Morgen, an denen es ihn grämte, seine Jugendjahre teils zur See, teils auf dem Altar politischer Halsstarrigkeit geopfert zu haben.

Allu hatte mittlerweile Arbeit, sogar mehr als genug, er jobbte unten im Hafen und für Anders Molls frisch gegründete Malerfirma. Antsa Moll war der erste Sozialdemokrat, der den Mut hatte zu sagen, es sei ihm egal, dass Allu Kommunist war, sie seien Freunde und müssten zusammenarbeiten können, obwohl sie nicht die gleiche politische Meinung verträten. In diesem Julimonat strichen Allu und die Gebrüder Moll ein paar Wohnungen am Sammattivägen, und Mandi freute sich darüber, dass Allu nirgendwo mehr persona non grata war, nicht einmal bei Elanto, wo sie selber ihre Stelle als Übersetzerin hatte.

Manchmal dachte Mandi an das Frühjahr zurück, in dem sie vor Stockmanns Fenstern gestanden und schlanke und graubleiche Mannequinpuppen betrachtet hatte, die in Erwartung des Sommers unter Höhensonnen lagen und sich aalten. Das war im Frühling zweiunddreißig gewesen, und sie war damals schon so sicher gewesen, dass alles gut werden würde, und trotzdem hatten sie sich bis zum Sommer fünfunddreißig sorgen und abrackern und jeden Penni umdrehen müssen, erst da war ihre Pechsträhne zu Ende gegangen und der Druck auf der Brust von ihnen gewichen.

Aber Allu hatte noch nicht das volle staatsbürgerliche Vertrauen zurückerhalten, und das schmerzte Mandi. Er war zu drei Monaten Gefängnis verurteilt worden, weil er die Zeitung *Kumous*, Aufruhr, gedruckt und verbreitet hatte, und hatte seine Strafe bereits vor zwei Jahren abgesessen. Aber die staatlichen Kommissare behielten ihn noch immer im Auge, er konnte auf keine Posten in Vereinen und Clubs gewählt werden, und in regelmäßigen Abständen wurde er aufgefordert, sich auf der Polizeiwache am Enarevägen einzufinden.

Mandi fand es eine Schande, dass Allu so starrköpfig radikal war. Sicher, das Gespenst des Faschismus ging in Europa um, und auch Finnland blieb nicht verschont. Aber der Wirtschaft ging es jetzt richtig gut, und wenn der Wohlstand wuchs, fielen auch kleine Happen auf den Tisch des Halbarmen und ein paar Krümel sogar auf den Tisch des Armen. Die Löhne stiegen, die meisten hatten genug, um sich satt zu essen, und andere, wie Familie Kajander, konnten sich sogar ein Rundfunkgerät und ein billiges Reisegrammophon und ab und zu eine Kauno-Tikkanen- oder Edward-Persson-Platte leisten. Gleichzeitig sickerten schreckliche Neuigkeiten aus dem Riesenreich im Osten durch. Sie waren bestimmt nicht völlig zuverlässig, diese Horrorgeschichten, die es in der sozialdemokratischen Presse nur als vorsichtig formulierte Notizen gab, während die bürgerlichen Zeitungen sich nur zu gern in den Gerüchten suhlten und extra dick auftrugen. Aber die Meldungen über seltsame Prozesse und plötzlich vermisste Menschen und riesige Arbeitslager gingen in so hoher Zahl und so regelmäßig ein, dass sie nicht völlig aus der Luft gegriffen sein konnten. Kein Rauch ohne Feuer, selbst Allu sah ein, dass es so war, und unter vier Augen, wenn sie abends im Bett lagen und nach der Umarmung zwar schwer, aber trotzdem so leise atmeten, dass Tuomas nicht aufwachte, hatte er Mandi sogar für ihre Geistesgegenwart gedankt, aus seinen ungeduldigen Plänen, sich über die Grenze im Osten abzusetzen, so schnell die Luft herausgelassen zu haben. Das sei niemals ernst gemeint gewesen, sagte er zu Mandi, die Gedanken seien aus der Verbitterung entstanden, die er empfunden hatte, weil er so schlecht behandelt wurde. Aber in Frau Putkonens Café und im Punainen Pikari am Kangasalavägen und draußen auf Nokka war sein Ton ein ganz anderer, dort machte er keine anderen Zugeständnisse, als widerwillig einzugestehen, dass *es vielleicht nicht richtig fluppt, wie es soll da drüben, aber die Idee ist trotzdem gut, wir Kommunisten haben nur noch nicht gelernt, wie man das richtig hinkriegt.*

Manchmal hatte Mandi das Gefühl, es nicht mehr auszuhalten. Solange sie denken konnte, hatte sie sich Sorgen um diverse Männer und ihren Mangel an Realitätssinn gemacht. Angefangen hatte es mit ihrem Vater, dem Kolonialwarenhändler, der so hart arbeitete, dass sein Herz schlappmachte, und weitergegangen war es mit ihrem rastlosen und keiner Schlägerei abgeneigten Bruder Kaitsu, dem nervösen Fotografen Widing und dem schwachen und hasenfüßigen Verlobten Lauri. Sie hatte erwartet, dass Allu Kajander stärker sein würde als die anderen, und das war er auch. Dagegen war er keinen Deut klüger. Mandi wusste, dass ihre Heirat einen sozialen Abstieg bedeutete und daran nichts zu rütteln sein würde, sie wusste, dass Allu und sie niemals gemeinsam die soziale Leiter hinaufsteigen würden, dazu war er viel zu launisch und verbittert. Und sie, sie konnte einfach nicht anders, als ihn und seine Unbeugsamkeit zu lieben, aber sie konnte auch nicht aufhören, von einem anderen Leben zu träumen, einem schöneren, einem besseren.

Sie hatte begonnen, trockenen und lakonischen Gedanken nachzuhängen: Welchen Nutzen hatten eigentlich all ihre Befürchtungen? Mehr als fünfzehn Jahre hatte sie sich Sorgen um Kaitsu gemacht, und nichts hatte es genützt, kaum hatte der Arzt erklärt, seine Lunge sei wieder völlig gesund, war er auch schon am Samstagabend zum Tanz nach Esbo gefahren und auf traurigste und unnötigste Weise gestorben. Er war sechsundzwanzig Jahre alt gewesen, und Mandi saß oft da und betrachtete Bilder von ihm. Am liebsten mochte sie ein Porträt, auf dem Kaitsu mit ihr und Allu zusammenstand, es war im Bärenpark aufgenommen worden, im letzten Frühjahr vor seinem Tod, und auf dem Foto lächelten sie alle drei, und im Hintergrund sah man die Bären. Wenn sie das Bild lange genug anstarrte, konnte sie Kaitsu reden hören, er sprach zu ihr in diesem Stadtkauderwelsch, diesem hässlichen und kantigen Helsingforsslang, den er und Allu und ihre Kameraden untereinander sprachen und den kein Auswärtiger verstand.

Nein. Niemand vermochte endlos zu trauern, niemand vermochte sich ständig Sorgen zu machen, niemand vermochte sich Tag für Tag, Woche für Woche, jahrein und jahraus in der Wirklichkeit aufzuhalten. Der Mensch brauchte Träume, brauchte es, flatternd und ziellos fliegen zu dürfen wie die Schmetterlinge des Sommers. Mandi drehte sich auf den Bauch und zog die Schulterträger des Badeanzugs zur Seite, damit ihre Schultern ohne störende weiße Streifen gleichmäßig sonnengebräunt wurden. Sie schloss die Augen und fühlte sich schläfrig, sie ließ sich von der Sonne, der Brise und dem Wellenplätschern in die Zeitlosigkeit entführen. Sie sah Bilder aus den Straßen ihrer Kindheit, den Linien, hörte Jungen, die schrien und johlten, wenn sie ihrem halb zerfetzten und wasserdurchtränkten Fußball hinterherjagten, hörte die gleichen Jungen fluchen und heiser lachen, wenn sie mit dem Brennglas Grassoden in Brand setzten oder Fröschen die Beine ausrissen oder streunende Katzen bei lebendigem Leib über offenem Feuer brieten oder der Siedlungshure Liina hinterherliefen und bettelten, ihre Brüste anfassen zu dürfen. Sie sah kleine Mädchen in dünnen, geblümten Sommerröcken Himmel und Hölle spielen, die Mädchen waren barfuß, und ihre weißen Waden hatten eine Gänsehaut, und in der Waschküche auf dem Hof standen üppige Tanten mit Namen wie Auvinen und Korhonen und Grönkvist und rührten mit breiten Schlegeln in laugestinkenden Waschzubern, und dann gingen sie zum Djurgårdsufer hinunter, um die Laken und die Hemden auszuspülen, obwohl jeder wusste, dass das Wasser in den inneren Meeresbuchten voller Dreck war. Sie hörte dort unten am Ufer die Heilsarmee singen und das raschelnde und donnernde Geräusch, wenn in der alten Kiesgrube oben auf dem Torkelsbacken Steine in Makadam verwandelt wurden, und anschließend schlug sie die

Augen auf und blinzelte ins Licht und fühlte sich ausnahmsweise wie die Katze, die sie schon immer hatte sein wollen, und sie streckte die Arme der Sonne entgegen und wünschte sich, schnurren zu können. Doch dann verschwand die Sonne hinter einer kleinen Wolke, und daraufhin sah Mandi ihre erhobenen Arme auf einmal mit graphischer Schärfe, sie fand, dass ihre Haut ganz rau aussah und sie an den Oberarmen schon schlaff wurde, und sie schloss erneut die Augen und dachte daran zurück, wie sie immer mitten in ihrem und Kaitsus Zimmer in dem Haus in der Femte linjen gestanden hatte, es war das Jahr gewesen, in dem sie anfing, Brüste zu bekommen, und sie tat das nur, wenn sie sicher war, dass Kaitsu fort und sie selber mutterseelenallein war, jedenfalls pflegte sie dort zu stehen und das Gefühl zu genießen, wie groß und geschmeidig ihr Körper bereits geworden war, wie stark ihre Beine waren und wie fest ihre Fußsohlen und Zehen auf dem warmen Flickenteppich ruhten. Sie hielt die Augen geschlossen, sie träumte weiter, sie saß in der warmen Dunkelheit im Diana oder Tivoli oder vielleicht sogar im alten Titania und wusste, dass sie dort am intensivsten lebte, im Kinosalon, in der zweiten Wirklichkeit, die besser und gehorsamer war als die graue, in der Tageslicht herrschte und die Männer ständig wankten und betrogen. Im Kino konnte sie ungehindert träumen, so war es schon gewesen, als sie noch ganz jung war und im Atelier Widing arbeitete und Sprachunterricht nahm und sich stets für Filme von Fairbanks entschied, und so war es sogar heute noch, obwohl sie dreiunddreißig war, für die Genossenschaft arbeitete und die Mutter von Tuomas war. Sie kniff die Augen noch fester zusammen und stellte sich vor, dass sie in der Dunkelheit saß und einen neuen und unendlich romantischen Film mit dem schüchternen Tauno Brännäs in der Hauptrolle sah, Tauno von der Theatertruppe Työväen Näyttämös, der Volksbühne, Tauno, der den Namen Palo angenommen hatte und zum Helden des ganzen Landes aufgestiegen war. Tauno Palo hatte schon Geschäftsmänner und Flößer und Freiheitskämpfer und

Edelleute und Mandi wusste nicht, was noch alles gespielt, und manchmal, wenn sie ihn auf der Leinwand sah, schauderte sie bei dem Gedanken, dass sie auf der Bühne in Surutoin einmal in seinen Armen gelegen hatte, es war in einer Aufführung gewesen, in der sie eine größere Nebenrolle übernommen hatte, sie spielte ein Hausmädchen, das sich verführen ließ, und in der Szene streiften seine Lippen die ihren und sie roch seinen Atem, und wenn sie richtig ehrlich war, hatte er manchmal beißend und schal gerochen, aber das versuchte sie immer zu vergessen, wenn sie ihn im Film sah. Der wirkliche Tauno wohnte in einem Hochhaus im gleichen Häuserblock wie die Broholmskinos, und manchmal sah Mandi ihn flüchtig, er kam die Straße herunter und öffnete die Tür zu seinem Treppenaufgang, er war fast so groß und stattlich wie Allu, im Sommer trug er teure Jacketts und im Winter noch exklusivere Paletots, und er duftete so gut nach Herrenparfüm und erkannte Mandi nicht mehr wieder. Das machte im Grunde nichts, denn eigentlich wollte sie ihn nicht in der Wirklichkeit sehen, der Gedanke an den vollkommen wirklichen Tauno und seinen vollkommen wirklichen Geruch gefiel ihr nicht; sie mochte es nicht mehr, dass die Träume zerplatzten, sie wollte nur noch in der warmen und geborgenen Dunkelheit sein, sie wollte die Augen zukneifen und sich fortträumen, fort, fort.

* * *

Allu Kajanders dreißigster Geburtstag fiel mitten in die Spiele von Berlin. Im Grunde interessierten sie ihn nicht. Sicher, er hatte den Telefunkenapparat wegen der Spiele angeschafft – obwohl er das Mandi gegenüber nicht zugab –, aber als die Wettkämpfe dann begannen, merkte er, dass es langweilig war, vor einem Radio stillzusitzen. Nach Salminens, Askolas und Iso-Hollos Dreifachsieg über 10 000 Meter waren die Sozialisten in Sörnäs, Berghäll und Vallgård ebenso große Patrioten wie das Bürgertum südlich der Långa-Brücke. Alle Männer liefen herum, riefen *Murakoso jää, Murakoso jää,* Murakoso fällt zurück, Murakoso fällt zurück, und grinsten vielsagend, denn das hatte Rundfunkreporter Jukola immer wieder geschrien, als der Japaner Murakoso, der Letzte, der das finnische Triumvirat noch bedrohte, schließlich doch aufgeben musste. Nur Allu weigerte sich, in die Rufe einzustimmen; der vaterländische Freudentaumel sowie die Tatsache, dass die Berliner Olympiade ein riesiger Propagandatriumph für Hitler und Goebbels war, lockten seine eigensinnigste und trotzigste Seite hervor.

In den Wochen vor den Spielen hatte Allu über den Militärputsch in Spanien und den deutschen Boxer Schmeling geflucht, der zuließ, dass die Nazis Münze aus seinem Sieg über Joe Louis schlugen. Kurz nach dem Kampf reiste der populäre Schmeling im Namen Hitlers nach New York und traf sich mit den Mitgliedern des Olympischen Komitees der Vereinigten Staaten in einem Saal in der obersten Etage des Commodore Hotels. Schmeling versicherte den Amerikanern, dass Deutschland ein friedlicheres und weniger antisemitisches Land war, als Gerüchte und Zeitungsmeldungen geltend machen wollten; er wandte sich gegen die Zeugenaussagen von Emigranten wie Marlene Dietrich, Fritz Lang und Thomas Mann, und es gelang ihm, die Amerikaner davon zu überzeugen, dass man ihre schwarzen und jüdischen Sportler in Berlin gut behandeln würde. Nach dem Treffen mit Schmeling beschloss das Komitee mit knapper Mehrheit, dass die Vereinigten Staaten an den Spielen teilnehmen sollten, und Allu regte sich maßlos darüber auf; seine Wut legte sich erst, als der schwarze Jesse Owens vier Goldmedaillen gewann und Luz Long und die anderen deutschen Athleten narrte.

Während die Berliner Spiele weitergingen, fuhr Allu fort, seinem großen Traum nachzuhängen, dem Traum von einer finnischen Fußballmannschaft bei den Internationalen Arbeiterspielen in Antwerpen im folgenden Sommer. Jedes Mal, wenn er von der Antwerpenmannschaft träumte, verabschiedete er sich innerlich vom Prinzip Verbrüderung statt Wettkampf. Der Gedanke an Finnland als internationalen Meister im Arbeiterfußball reizte seine Fantasie, insbesondere, wenn er sich vorstellte, dass er selber – mit einem schon etwas schwerfälligen Körper, aber immer noch bestechend gut – in die Rolle als Held des Tages schlüpfen würde; in den kühnsten Szenarien machte er das entscheidende Tor mit dem Montevideoschuss.

Doch sein Traum hatte auch uneigennützige Züge. Er war zutiefst dankbar, dass Antsa Moll ihm Arbeit gegeben hatte, und träumte davon, dass es wieder so sein könnte wie in ihrer Kindheit, er träumte von einer Startelf, in der er selber und die Gebrüder Moll und Lasse Saurén standen, er träumte von einer Mannschaft, in der Kommunisten und Sozialdemokraten zusammenarbeiteten und gemeinsam Ruhm und Ehre für die finnische Arbeiterbewegung errangen.

Leider sah es nicht sonderlich vielversprechend aus. Ponnistus und Kullervo und Teräs und die anderen Vereine veranstalteten einen geselligen Abend nach dem anderen mit Lotterien und Zirkusnummern und Musik von Helge Pahlman und Wille Pesonen und anderen Arbeiterstars. Manchmal kam das komplette Erfolgsorchester Dallapé und spielte und sang, aber sogar dann war das Publikum wortkarg und nicht sonderlich spendabel; es war der Sommer, in dem man Martti Jukola im Radio lauschte und Salminen und Höckert und Suvio und die anderen Goldolympioniken feierte, Geld für unsichere Zukunftsziele zu spenden, war da wenig verlockend.

Allu wusste es selbst.

Er hätte zufriedener mit seinem Leben sein sollen, er hätte demütiger sein sollen, er hätte weniger hitzig und verträglicher sein sollen. Das Leben, das er jetzt führte, war um so vieles anständiger als die Demütigungen, die er vor ein paar Jahren erlebt hatte, als er sich zunächst als Notstandsarbeiter durchgeschlagen hatte und anschließend ein letztes Mal zur See gefahren war, aber zurückkam und wegen landesverräterischer

Aktivitäten verurteilt wurde und in der Kakola-Anstalt sitzen musste, während Mandi und Tuomas in Helsingfors in Armut lebten.

Sie hatten sich nicht das Essen für den Tag leisten können, sie hatten kaum Kleider für den Jungen gehabt. Und Allu hatte sie so tief empfunden, wie ein Messer hatte sie in seinem Inneren geschnitten: die Scham darüber, ein Mann zu sein, sich aber nicht um seine Familie kümmern zu können, eine Familie, die frisch gegründet und klein und wehrlos war in der Welt.

Jetzt herrschte eitel Sonnenschein. Arbeit die ganze Woche, genug zu essen, gepflegte und saubere Kinderkleider, ein neues Sommerkleid für Mandi, ein Eis oder eine Tüte Bonbons für Tuomas, wenn sie nach Nokka wollten.

Trotzdem war Allu nicht glücklich.

Es fehlte ihm an innerer Ruhe: Es rumorte und schmerzte in ihm.

Er versuchte seine Unruhe zu verdrängen. Er arbeitete mit Hochdruck in Antsa und Biguli Molls Firma, er nahm so viele Schichten als Schauermann im Hafen an, wie Zeit und Kräfte zuließen, er machte lange Abendspaziergänge mit Mandi, während Frau Koskelo aus der Nachbarwohnung auf Tuomas aufpasste.

Manchmal trafen sich die Mitglieder des eindeutig nicht eingetragenen Fußballvereins Sturarin Tarmo, Energie Sture, draußen auf Nokka; sie spielten auf Woimas und Ponnistus' Platz am Norddufer, während der Sommerabend in eine milchig weiße Abenddämmerung überging, die sich in Nacht verwandelte. Sie waren nicht viele, nur Allu und die junge Hoffnung Asplund und außerdem noch ein paar überzeugte Kommunisten. Sturarin Tarmo hatte keine Chance, jemals von den Behörden zugelassen zu werden, und die meisten Fußballspieler, zumindest die wirklich guten, wollten in den eingetragenen Vereinen antreten, die um Trophäen und die Meisterschaft spielten. Allu wusste, dass Teräs oder Ponnistus ihn in ihre Mannschaften aufgenommen hätten, wenn er nur gewollt hätte, seine Muskeln taten Tag und Nacht weh, aber er konnte immer noch spielen. Aber er wusste auch, im Grunde waren die Clubverantwortlichen froh, wenn er für sich blieb; mit Allan Kajander als Mitglied würde jeder Verein ins Visier der Polizei geraten.

Es war, wie es war, und Allu akzeptierte, dass die Clubs Angst um ihre Unabhängigkeit und ihren Ruf hatten. Außerdem tröstete er sich damit, einen Schützling gefunden zu haben. Pali Asplund, ein schwedischsprachiger Fabrikarbeiter aus der Vasagatan, war fußballerisch ungewöhnlich begabt. Asplund war zwar schon fünfundzwanzig Jahre alt und hatte erst spät angefangen, Fußball zu spielen, aber Allu versuchte ihn nach Kräften in die Lehre zu nehmen. Sie hatten sogar den Montevideoschuss zusammen trainiert, und Asplund beherrschte ihn inzwischen eleganter als Allu, der es nicht sehr tragisch nahm, sondern weiter vom Jahr siebenunddreißig träumte, in dem die politischen Probleme vorüber sein und sie alle zusammen in Antwerpen spielen würden, Asplund und Saurén und die Molls und er selber und die anderen.

Alle außer Kaitsu.

Trotz allem, was gut in seinem Leben war, ließen die bitteren Gedanken Allu keine Ruhe, und manchmal meinte er den Grund darin zu erkennen, dass er erst dreißig war und schon so viele Menschen verloren hatte.

Vivan.

Saimi.

Enok.

Kaitsu.

Er wusste, dass die nächtlichen Spiele auf dem Nokka-Platz und das solidarische Leeren der Bierflaschen auf den Uferfelsen oder in einem Zelt oder einer Bude hinterher Kaitsu gefallen hätten. Aber Kaitsu war nur noch eine Erinnerung, eine verblassende Erinnerung an einen Mann, der so tief in die Trunksucht gerutscht war, dass es für ihn keine Rettung mehr gegeben hatte, an einen Mann, der in seinen letzten Monaten in Helsingfors keine Arbeit mehr gefunden hatte und aus drei Untermietszimmern hinausgeworfen wurde, die letzten zwei Wochen jedoch nüchtern geblieben war, als er auf einem knarrenden Feldbett in Allus und Mandis Küche schlief, nur um dann wieder seinem Verlangen nach Schnaps nachzugeben und zu einem Tanzpavillon in Esbo hinauszufahren, wo er sich in einen schmutzigen Disput über die Frage verwickeln ließ, wer mit einer berüchtigten ortsansässigen Frau tanzen dürfen würde, ein Disput, der schnell in eine Messerstecherei ausartete, bei der zunächst Kaitsus Lunge punktiert und unmittelbar darauf seine Halsschlagader durchtrennt wurde, weshalb er binnen einer Minute starb.

Vier Jahre waren seither vergangen, aber Allu vermisste Kaitsu noch immer, und er wusste, Mandi vermisste ihn noch mehr. Auch sonst wirkte Mandi abgekämpft und sorgenvoll, so sorgenvoll, dass Allu seinerseits nicht umhin kam, sich Sorgen um sie zu machen. Aber sie hatten auch schöne Stunden, wie jenen Abend kurz nach dem Ende der Olympischen Spiele, als sie ihm ein kleines viereckiges Fläschchen zeigte, das mit einem echten Korken verschlossen war, und fragte: »Erinnerst du dich noch an die hier?« Allu starrte verständnislos auf das grüne Glasding zwischen ihren schmalen Fingern, dann aber ging ihm ein Licht auf, und er sagte: »Ah, Landisj!« »Richtig«, sagte Mandi und lachte. »Das ist doch … das muss fast fünfzehn Jahre her sein«, sagte Allu, zählte nach und ergänzte dann erstaunt: »Mein Gott, damals war ich ja noch ein kleiner Knirps!« »Nun ja, besonders alt warst du nicht«, sagte Mandi und lächelte, »aber das wolltest du nicht zugeben, du hast dir jedenfalls viel Mühe gegeben, mich davon zu überzeugen, dass du ein ganzer Kerl bist.« Sie ruckelte vorsichtig den Korken heraus und führte das Fläschchen zur Nase. »Es duftet immer noch gut«, sagte sie und presste das Fläschchen gegen den linken Zeigefinger und kippte es auf den Kopf und wieder herum in einer einzigen eleganten Bewegung. Sie führte den Zeigefinger zum Hals gleich hinter dem linken Ohr und schlug mit den Fingerspitzen sanft gegen die Haut, damit sich der Duft festsetzte. »Sollen wir was rausgehen, Tuomas wacht heute Abend sicher nicht mehr auf, wir könnten bei Siru und Leo klingeln, wenn wir gehen«, schlug sie vor, und Allu nickte: Siru und Leo Koskelo in der Nachbarwohnung hatten einen Schlüssel zu ihrer Wohnung, und Siru passte immer auf Tuomas.auf, wenn Mandi und Allu ins Kino gehen oder einen Spaziergang machen wollten.

Der Augustabend war warm und duftete nach Rosen und Gras, die Rösterei an der Aleksis Kivis gata verströmte satte Kaffeearomen, und aus den Eisenbahnwerkstätten an der Industrigatan drang der Geruch von Beifuß und Metall. Allu und Mandi promenierten Arm in Arm zur Pauluskirche hinab und nahmen wahr, wie die zahllosen Düfte zu einer Einheit verschmolzen, die berauschender war als Wein und verführerischer als Parfüm. Als sie nach Hermanstad kamen und den Weg nach Byholmen hinunter nahmen, verschwanden die Stadtaromen und wurden vom kräftigen Spätsommerduft der Gammelstadsfjärden ersetzt – Tang, Salz und eine Prise Fäulnis. Als sie nach Vallgård zurückkehrten, verschwand die Sonne bereits hinter den Wäldern in Fredriksberg und Haga, und das tiefstehende Licht färbte sowohl die Pauluskirche als auch die Baumstämme auf dem Platz davor glühend rot. Als sie heimgekehrt waren und Siru Koskelo zu einer Tasse Tee eingeladen und sich vergewissert hatten, dass Tuomas schlief, lagen sie auf dem Bett und umarmten sich bei offenem Fenster. Die laue Nachtluft strömte ins Zimmer, und sie hörten die Geräusche, die altvertrauten Menschenlaute aus Backas und Sture: Flüche, Jungmädchenlachen, ferne Grammophonmusik. Wortlos zogen sie sich aus und liebten sich, sie taten es still und fast würdevoll; eine Zeit lang hatte Allu den Verdacht, dass Mandi unter ihm lag und weinte, aber als er hinsah, lächelte sie ihn an und wirkte glücklich. Hinterher fragte Mandi ihn, ob er finde, sie habe an Armen und Beinen schlaffe Haut bekommen, und ob sie noch gut genug für ihn sei. Allu lächelte sie im Licht der Dämmerung an und erklärte, für ihn werde sie immer die schönste von allen sein, und hatte die Frage nach einer Schwester oder einem Bruder für Tuomas auf der Zunge, die Worte balancierten ganz vorn auf seiner Zungenspitze, denn nun waren bessere Zeiten angebrochen, nun würden sie sich das endlich leisten können. Aber weshalb auch immer, er schluckte die Frage hinunter und sah im gleichen Moment, dass die Worte, die er gerade ausgesprochen hatte, sie aufgewühlt und erschüttert hatten, und erkannte, dass sie es wusste, dass sie entweder von Lydia im Martsuhaus oder von Annikki in Åbo oder von beiden wusste, und er dachte, dass er an einem der nächsten Tage mit Mandi reden und gestehen und anschließend sehen musste, wohin das führte.

Doch das tat er nie. Stattdessen arbeitete er härter als je zuvor, und auch die geheimen politischen Versammlungen wurden immer mehr. Allu war in ständiger und rastloser Bewegung, er lebte von belegten Broten und bitterem Kaffee, er hatte oft Bauchschmerzen und blieb zuweilen mehrere Tage am Stück von zu Hause fort; wenn er seine Jacke vom Haken im Flur nahm, schaute Tuomas ihn so traurig und anklagend an, dass er wegsehen musste. Wenn er fort war, traf er sich sowohl mit Lydia aus dem Martsuhaus als auch mit Annikki aus Kärsämäki, Mandi dagegen sah er immer seltener, und sie lebten sich auseinander, die innige Gemeinschaft, die sie während des langen Sommers wiedergefunden hatten, wurde fortgewischt und wich grauer und kühler Entfremdung.

Der Herbst wurde regnerisch, aber warm, und Sturarin Tarmos Mitglieder trafen sich weiter auf Nokka. Im November waren die meisten Buden abmontiert, und Ponnistus und Teräs und die anderen zugelassenen Mannschaften hatten die Saison längst beendet, aber Allu Kajander und Pali Asplund und ein paar andere trainierten weiter, obwohl der Fußballplatz schon ein richtiger Acker und kaum noch bespielbar war: Es kam sogar ein Brief für Allu, ein Brief, in dem Teräs' Vorsitzender

Sinkkonen und Ponnistus' Schatzmeister Degerstedt die Tarmomänner eindringlich baten, das Training einzustellen, ehe der Platz völlig ruiniert war.

An einem Novembersonntag saßen Pali Asplund und Allu auf dem Felsen zwischen Spielfeld und Ufer, unterhielten sich und rauchten und tranken jeder eine Flasche Bier. Das Training war vorbei, es war Nachmittag, und sie blickten auf die graue Windstille der Gammelstadsfjärden hinaus und sprachen wie so oft über die Antwerpenmannschaft und die bevorstehende Reise dorthin. Sie sprachen auch über Asplunds triste Arbeit in Seecks Wurstfabrik und seinen Traum, die Höhere Handelsschule zu besuchen oder stattdessen in die Baumeisterlehre zu gehen. Anschließend kamen sie auf die Belagerung von Madrid und den Faschismus im Allgemeinen zu sprechen, und Asplund erklärte, er überlege, nach Spanien zu reisen und bei der Verteidigung der Republik zu helfen. »Das sind nicht die richtigen Zeiten, um über Ideologie zu blubbern, es ist Zeit zu handeln«, sagte Asplund, aber Allu nahm einen großen Schluck Bier und sah seinen Kameraden forschend an, ehe er antwortete: »Das stimmt und stimmt auch wieder nicht. Bei uns könnt's auch hart auf hart kommen, und dann sollten die besten Jungs nicht in den Schützengräben von Madrid liegen. Und übrigens, Pali, du willst doch nächstes Jahr bestimmt am Leben und spieltauglich sein, den verdammten Montevideoschuss kannst du besser als ich, in Antwerpen wirst du verdammt wichtig für uns sein.« Asplund sah Allu aus den Augenwinkeln an, grinste und sagte: »Du bist schon ein komischer Vertreter, Kajander. Weißt du was, als ich dich das erste Mal im Haapis spielen gesehen hab, da hab ich gedacht, du wärst Jude. Du weißt schon, die schwarzen Haare und so.« »Da bist du nicht der Einzige«, entgegnete Allu und fuhr fort: »Als ich das letzte Mal zur See bin, kurz bevor mich die Ochrana in Kakola eingebuchtet hat, lagen wir in Stettin. Und als wir auslaufen wollten, da hat man mich von Kopf bis Fuß gefilzt, nur mich und keinen anderen, sie haben meinen Sack und die Koje und alles durchgesehen, sie waren sicher, dass ich versuchen wollte, jüdisches Geld rauszuschmuggeln.«

Er verstummte und schaute wieder aufs Wasser hinaus. Es dämmerte schon, und er dachte daran, wie sehr ihm die Gammelstadsfjärden und Nokka immer gefehlt hatten, wenn er auf See gewesen war. Er mochte diesen Felsen aus vielen Gründen, weil er dafür sorgte, dass verzogene Spannschüsse nicht im Wasser landeten, weil man von ihm aus Byholmen und Hermanstad sah, weil der Fels und die Birken und das Erlengehölz den kleinen Fußballplatz so schön umrahmten, weil es dort nach nassem Gras und Lehm und Meer roch.

»Du bist nett zu mir gewesen, Kajander«, sagte Asplund aus heiterem Himmel und riss ihn aus seinen Gedanken. »Das bin ich nicht gewöhnt. Es ist das Los der Armen, verbittert zu sein und sich gegenseitig fertigzumachen, alles andere ist ungewöhnlich.«

Allu nickte, aber ihm fielen keine Worte ein, die ihm als Antwort auf dieses unerwartete Lob unverfänglich genug erschienen. Er schwieg, und auch Asplund blickte auf die dunkler werdende Bucht hinaus und schien in Gedanken versunken. Doch plötzlich ergriff er wieder das Wort und begann, eine lange und verschlungene Geschichte aus der Zeit zu erzählen, in der er und seine Mutter und seine drei Geschwister in der Armenkaserne gewohnt hatten, als er noch klein war, seit dem Aufstand waren damals einige Jahre vergangen, und sie hatten kein Geld und nichts zu essen gehabt, und aus lauter Verzweiflung darüber, dass seine kleinen Geschwister hungerten, hatte Asplund versucht, in der Volksschule die Brote der reicheren Kinder zu stehlen. Allu hörte, dass die Erinnerungen Asplund zusetzten, vielleicht war es das Bier oder die einsetzende Dämmerung, was ihn so sentimental stimmte, jedenfalls haspelte er atemlos die Geschichte heraus, die natürlich so weiterging, dass er erwischt und bestraft wurde. Aber es hatte einen Lehrer an der Schule gegeben, einen versoffenen Magister in Muttersprache, der als Einziger ahnte, warum Asplund so gehandelt hatte. Dieser Lehrer hatte ihn sogar zu retten versucht, und obwohl ihm das nicht geglückt war, hatte Asplund immer das Gefühl gehabt, dass er gerade dank dieses Magisters mit einer Verwarnung und mehrfachem Nachsitzen davongekommen war, ohne den Lehrer hätte man ihn sicher der Schule verwiesen. »Das ist jetzt fünfzehn Jahre her«, fügte Asplund hinzu, »und ich hatte völlig vergessen, dass Menschen so nett sein können. Aber du bist wie er, Kajander, du willst andern helfen.« »Ach was«, murmelte Allu verlegen und fuhr dann fort, vor allem, um etwas sagen zu können: »So so, dann hast du also auch in Södervik gehaust, da hab ich nämlich auch ein paar Jahre mit meiner Mutter, meinem Stiefvater und meinen Schwestern gehaust.« »Dass wir uns da aber nie begegnet sind?«, sagte Asplund erstaunt. »Das is doch kein Wunder«, meinte Allu, »das Haus war ein Klotz, und es war scheißdunkel, und es gab jede Menge Kinder. Außerdem können wir uns schon gesehen haben, aber du warst fünf Jahre jünger als ich, für mich warst du bestimmt nur ein kleiner Knirps.« »Leben sie noch alle?«, fragte Asplund. »Deine Familie, mein ich.« »Mein Stiefvater und ein Schwesterchen leben«, erwiderte Allu, »aber meine Mutter und Saimi, die sind nicht mehr, sie hatten's beide an der Lunge.« »Bei mir ist es das Gleiche«, sagte Asplund, »meine Mutter und einer meiner Brüder sind weg, meine Mutter bekam Tb, und mein Bruder ist von einem Gerüst gefallen, als er auf dem Bau malocht hat.« »Und dein Alter?«, erkundigte sich Allu. »An den kann ich mich kaum noch erinnern«, antwortete Asplund. »Meine Mutter hat immer gesagt, dass er ein Suffkopp war und im Sommer achtzehn abgekratzt ist, mehr wollte sie nicht erzählen.« »Mein Alter hat vor sieben Jahren den Löffel abgegeben«, erklärte Allu und ergänzte: »Bei 'nem Unfall.« Anschließend sagte er nichts mehr, sondern drehte den Kopf weg und starrte hartnäckig aufs Wasser, um zu signalisieren, dass ihr Gespräch beendet war. Nach einer Weile stand er auf, Asplund tat es ihm nach, und sie gingen schweigend durch den Wald zum winterlich geschlossenen Kiosk, wo sie ihre Fahrräder abgestellt hatten.

* * *

Als es Winter wurde, spielten die Programmabende der Arbeitervereine in Helsingfors und Åbo wieder Geld ein, und nach vielen Mühen gelang es dem Arbeitersportverband, eine Fußballmannschaft und ein Dutzend Turner und Leichtathleten nach Antwerpen zu schicken. Pali Asplund wurde in die Fußballmannschaft berufen, genau wie Antsa und Crisu Moll und Lasse Saurén. Allu Kajander dagegen musste zu Hause bleiben. Während des Winters hatte er sich wieder am Druck verbotener Zeitungen beteiligt, und im Frühjahr war er einer der geheimen Organisatoren beim Streik der Helsingforser Schauermänner. Er trank noch mehr Kaffee als vorher und hatte angefangen, regelmäßig starke Zigaretten zu rauchen, die Ärzte vermuteten ein Magengeschwür, und Allu wusste selber, dass er in schlechter Verfassung war. Trotzdem wäre ihm ein Platz in der Antwerpenmannschaft sicher gewesen, wenn man ihn nicht im Frühsommer verhaftet und vor Gericht gestellt hätte. Es ging nur um illegale Flugblätter, und er kam mit einer Bewährungsstrafe und einem kleinen Bußgeld davon. Aber die Belgienreise war trotzdem ausgeschlossen, er bekam keinen Pass.

Der Mittelstürmer Tuure Savolainen von Turun Pyrkivä, Dynamo Turku, nahm den Platz ein, den der Arbeitersportverband bis zuletzt für Allu freigehalten hatte, und die finnische Arbeitermannschaft fuhr mit dem Schiff nach Lübeck und nahm von Hamburg den Nachtzug nach Westen. Man erreichte Antwerpen, aber dort lief es nicht, wie man es sich erhofft hatte; die Mannschaft verlor knapp gegen die norwegischen Arbeiter und kam gegen die Deutschen unter die Räder, und damit war der große Traum ausgeträumt.

2

Eccu

»Im Grunde gibt es nur eins, was ich dir sagen will.
Das Kind sucht sich seine Eltern nicht aus,
das Kind bittet nicht darum, geboren zu werden.
Das Kind ist die freie Entscheidung des Vaters und der
Mutter, das Kind trägt keine Schuld.
Du bist mir nichts schuldig. Du bist mir nicht das
Geringste schuldig.
Du brauchst mich nicht einmal auf der Straße grüßen,
wenn du nicht willst.«
– aus Eccus Brief an Sti

In einer Oktobernacht hatte Eccu Widing wieder einen seiner Alpträume.

Er träumte nicht länger von bleichen Frauengesichtern, die über ihm schwebten, während er sich in kompakter Finsternis befand, und er träumte auch nicht mehr, dass Sti einen jähen, gewaltsamen Tod fand, während er selber, der fahrlässige Vater, anderweitig beschäftigt war.

Stattdessen waren seine Alpträume abstrakt geworden. Sie kreisten um blinden Lebenswillen und besinnungslose Gewalt, und Eccus Rolle in ihnen bestand stets darin, gefressen zu werden, er war der mikroskopisch kleine und bedeutungslose Organismus, das winzige Tier, das plötzlich Auge in Auge dem unreflektierten Bedürfnis des größeren und stärkeren Organismus gegenüberstand, zu töten und auszulöschen, um selber überleben und wachsen zu können. Es waren Träume, in denen das gesamte religiöse, ideologisch politische und pragmatische Geschwafel, das Eccu in seinem Leben gehört hatte, zu einem rasenden und kompromisslosen Siegeswillen verschmolz, und in seiner Bildwelt nahm dieser Wille die Form eines Untiers an, eines Monsters, das so gigantisch groß und so maßlos böse war, dass er es nicht abgrenzen konnte; dieses Monster füllte die ganze Welt, es war so riesig, dass Eccu *seine Gestalt nicht ausmachen konnte.* Dagegen spürte er die Gegenwart des Monsters, er spürte, dass der Trieb zu töten hinter dem Vorhang aus Worten lauerte, den er und die anderen Menschen gemeinsam errichtet hatten, er spürte den Schrecken des Diskutierenden vor dem, womit man nicht diskutieren und was man nicht mit Worten zur Vernunft bringen kann, und er spürte das alles verschlingende Grauen vor der eigenen Zerstörung und auch die Gewissheit um und die Trauer über all die Klugheit und die Erfahrungen, die jedes Mal vernichtet werden, wenn ein wehrloses Leben durch eine gewaltsame Tat ausgelöscht wird. Wenn er diese schrecklichen, aber abstrakten Träume für sich selber zu beschreiben suchte – er hatte nie jemandem von ihnen erzählt, und ganz egal, wie sehr er sie auch analysierte, blieben sie doch immer gleich furchterregend –, bezeichnete er sich als Staubkorn, denn natürlich gab es ihn, aber er war verschwindend klein, während der *Feind*, der ihn jagte, massiv und unfassbar groß war. Der Feind war eine *Totalität*, ein gigantischer Abgott, der sich brüllend und geifernd auftürmte und Eccus gesamter Traumwelt bemächtigte, sie ausfüllte, sich einverleibte. Der Feind hatte einen Mordshunger und fraß und fraß und fraß, bis er zu allem Dunklen heranwuchs, das jemals erschaffen worden war, und dieses Dunkle kam Eccu immer näher, am Ende hörte er das Brüllen dicht an seinem Ohr und so schrecklich laut, dass es keine anderen Geräusche mehr gab, und dann öffneten sich die schrecklichen Kiefer, und er wurde hineingesogen, er wurde unter fürchterlichen Schmerzen zu einem kleinen Haufen aus Sehnen und Knochenmehl und Blut und Schleim zerkaut und zermahlen und zermalmt, und alles war ein furchtbares Gewicht und die Dunkelheit so kompakt, dass sie sich in widerwärtiges Licht verwandelte, das in einer Farbe leuchtete, die kein Mensch je gesehen hatte und die deshalb namenlos war, und in diesem Moment gab es keine Hoffnung mehr, er wusste es, *es gab absolut nichts*, und daraufhin wachte er auf, dies war stets der Augenblick des Erwachens, und der Schweiß lief ihm herunter, und er konnte noch das Echo seines eigenen Schreis hören, er wusste, dass er jedes Mal laut schrie, und manchmal wurde ihm das dadurch bestätigt, dass irgendein Nachbar in der Einsamkeit und Stille der Nacht an die Wand oder gegen die Decke klopfte.

Doch diesmal war es nicht Nacht, als er erwachte, diesmal kehrte er nicht zu Stille und Einsamkeit zurück, sondern zu einem bereits weit fortgeschrittenen Helsingforsmorgen, der voller freundlicher Laute war. Er hörte kleine Kinder spielen, die dicken Steinwände dämpften die Geräusche, aber ihre Rufe klangen gleichwohl fröhlich. Aus einer anderen Wohnung drang die dunkle und gemessene Stimme eines Rundfunksprechers, und anschließend begann eine Blaskapelle zu spielen; auch sie klang dumpf, so als würden die Musiker Dämpfer benutzen. Aus dem Innenhof schallte das Knallen von mehreren Teppichklopfbalkonen zu ihm herauf, außerdem hatte sich ein umherziehender Sänger hierher verlaufen; als Eccu aufstand, zum Fenster ging und hinabsah, stand der Mann dort und sang auf Finnisch den Hangöwalzer, und sein Blick war auf das blaue Himmelsrechteck zwischen den Häusern gerichtet. Auf dem Asphalt zwei Meter vor dem Sänger lag ein Hut, die Bewohner sollten eine Münze hinabwerfen. Eccu ging auf zittrigen Beinen in die Küche, er war in kalten Schweiß gebadet und hatte das Gefühl, die ganze Nacht kein Auge zugemacht zu haben. Er öffnete das Küchenfenster, um frische Luft hereinzulassen, und hörte Motorengeräusche; ein Lastwagen und ein ramponierter grüner Nash fuhren auf der Runebergsgatan vorbei. Eine alte Frau ging mit einem Einkaufsnetz voller

Kolonialwaren die Sampogatan hinab, und oben an der Ecke Luthergatan stand ein Leierkastenmann und machte Lärm. An den alten Cholerabaracken standen einige schwänzende Gymnasiasten herum, sie rauchten und plauderten, und einer von ihnen blies gedankenverloren in eine Mundharmonika. Dieser Morgen war eine Huldigung des Alltags, eine Kakophonie des Geborgenen und Erfreulichen, und bei den meisten Menschen hätten die Geräusche und Bilder ein Gefühl von Zugehörigkeit und sonnigem Leben geweckt. In Eccu Widings Ohren klangen diese Alltagslaute dagegen weit entfernt, so als kämen sie aus einer anderen Welt, einer Welt, in der er ein unerwünschter Fremdling war. Er wischte sich mit einem schmutzigen Küchenhandtuch den kalten Schweiß von der Stirn, öffnete die Speisekammer, holte eine Flasche Süßwein heraus und schenkte sich ein Glas bis zum Rand voll, leerte es in einem Zug, schenkte sich ein zweites ein, trank es aus und ging anschließend ins Badezimmer, um sich zu übergeben.

Trotzdem sollte ausgerechnet das der Vormittag werden, an dem Eccu endlich anfing, Widerstand zu leisten. Viele Jahre waren die aufreibenden Träume der Startschuss für neue Phasen intensiveren Missbrauchs gewesen, für Phasen, die damit begannen, dass er sich mit dem skrupellosen Apotheker Wilenius in der Sjömansgatan verabredete und sich nach Kokainvorräten erkundigte, und die damit weitergingen, dass er zu den höchst geheimen und alles andere als ungefährlichen Schlupfwinkeln an der Munkholms- bzw. Wilhelmsbergsgatan zurückkehrte, die er zwischenzeitlich aus seinem Gedächtnis zu tilgen suchte; in seinen besseren Phasen gab er sich mit maßvollem Trinken in regulären Gaststätten in den besseren Teilen der Stadt zufrieden, dann reichten Schnaps und Armirozigaretten, dann verzichtete er auf Huren und Betäubungsmittel.

Es war die Vormittagspost, die ihn diesmal rettete; kaum hatte er die ersten Schlucke Süßwein getrunken und seinen stark angegriffenen Magen geleert, als auch schon der einsame

Brief auf die Türmatte segelte. Die Handschrift auf dem Umschlag gehörte seiner Exfrau Aina, und er öffnete den Brief sofort. Er las ihn, und was er las, ließ ihn die Flasche auf der Stelle fortstellen: Er sah seine Chance, endlich etwas für Sti tun zu können.

Als der Brief eintraf, hatte Eccu Sti seit über vier Monaten nicht mehr gesehen. Er hatte sich in der Ilmarigatan nie einen Telefonanschluss beschafft, und der Junge kam ihn auch nicht besuchen, und das, obwohl er in die Deutsche Schule ging, deren Neubau in der Malmgatan nur einen guten halben Kilometer entfernt lag. Dabei war es trotz allem Eccu zu verdanken, dass Sti gerade diese Schule besuchte; er hatte Aina und Stis Stiefvater Henrik gebeten, den deutschen Zug im väterlichen Erbe des Jungen zu bejahen, und nach einigem Zögern hatten sie sich mit einem Schulwechsel von der Neuen Schwedischen Lehranstalt zur Deutschen Schule einverstanden erklärt. Aber nach der Schule ging Sti in die entgegengesetzte Richtung, nach Hause in die Högbergsgatan, wo Familie Palm wohnte, und Eccu nahm an, dass sein Sohn die ausdrückliche Anweisung hatte, dies zu tun, wahrscheinlich hatten Aina und Henrik ihm eingebläut, er solle keinerlei Kontakt zu seinem Vater mit dem schlechten Ruf aufnehmen. Sti trug noch den Familiennamen Widing, hatte aber zwei Halbgeschwister, die Ebba beziehungsweise Carl-Michael Palm hießen, und seine Mutter und sein Stiefvater tauchten häufig in den Klatschspalten von *Svenska Pressen* und *Helsingfors-Journal* auf: Henrik Palms Anwaltskanzlei genoss einen guten Ruf, und seine Agentur für Jagdgewehre und Fliegenfischereizubehör war lukrativ und das Ehepaar Palm ein gern gesehener Gast bei Premieren, Wohltätigkeitskonzerten und anderen gesellschaftlichen Anlässen.

In Ainas Brief ging es um die neuen und beunruhigenden Verhältnisse an der Deutschen Schule. Große Teile der Lehrerschaft waren im Laufe der letzten Jahre ausgetauscht worden, und die Neuzugänge kamen direkt aus dem *Vaterland* und bekannten sich mehr oder weniger lautstark zu den dort herrschenden Idealen. Sie hießen Wagener, Haas, Mielke, Bergendorff und so weiter und hatten, schrieb Aina, die Gebräuche völlig umgekrempelt und die Stimmung an der Schule verändert. Der größte Teil der Schülerschaft – sie bestand aus mehr als zehn verschiedenen Nationalitäten – wehrte sich gegen die Nazipropaganda, was jedoch nichts daran änderte, dass viele der deutschen Schüler in Hitlerjugenduniformen paradierten und nach der Schule eine Art Volksdienst leisteten. Diese HJ-Schüler hielten sich für besser als die anderen, und nun war Sti zu allem Überfluss mit einem seltsamen Heft nach Hause gekommen, das er vom zuletzt eingetroffenen Lehrer, einem gewissen Magister Dreyer, bekommen hatte, der Geschichte unterrichtete. Das Heft wurde *Ahnenbuch der deutschen Familie* genannt und sollte nur an Schüler mit deutscher Staatsbürgerschaft verteilt werden, Magister Dreyer hatte es falsch verstanden, als der gewissenhafte Sti erzählte, sein biologischer Vater habe deutsche Vorfahren. Das »Ahnenbuch« sei, schrieb Aina, ein umfangreiches Formular, in dem die Schüler gezwungen würden, ihre Herkunft über viele Generationen hinweg darzulegen, und unter den herrschenden Umständen konnte die Absicht keine andere sein, als Schüler jüdischer Abstammung zu finden.

Aina beendete ihren Brief mit den Worten, sie hoffe, dass Eccu bei guter Gesundheit sei und sich der Sache annehmen wolle, sie und Henrik fänden, Eccu sei die richtige Person, um die erforderlichen Maßnahmen zu ergreifen, zum einen, da Stig-Olof auf seine Initiative hin in die Deutsche Schule gewechselt sei, zum anderen, da er ausgezeichnet Deutsch spreche und deshalb bestens geeignet sei für ein ernstes Gespräch mit dem Rektor, Doktor Philip Metzler, der Ainas und Henriks Auffassung nach ein Ehrenmann war, den die nationalsozialistische Seuche noch nicht angesteckt habe.

Eccu war nicht überrascht. Sein Leben war chaotisch und seine Wahrnehmung der herrschenden weltpolitischen Verwicklungen verschwommen, aber seine Sensibilität hatte er noch nicht verloren, und was er in den Zeitungen las und in Kneipengesprächen hörte, hatte ihn schon vor langer Zeit schaudern lassen. Die pompösen Schauspiele während der Olympischen Spiele und bei den alljährlichen Parteitagen in Nürnberg, die immer strengeren antijüdischen Gesetze, der dauernde Wirbel um diesen stimmgewaltigen und schnurrbärtigen Diktator, der von landesflüchtigen österreichischen Künstlern *Pemstel*, Pinsel, genannt wurde; alle Nachrichten aus Deutschland hatten mittlerweile einen Zug von Hysterie, es war einem, als sähe man Szenen aus einer schlechten Oper. Während einer seiner nüchterneren Phasen hatte Eccu einen amerikanischen Augenzeugenbericht gelesen, in dem das Luftschiff Hindenburg, das größte Luftfahrzeug, das je gebaut worden war, beschrieben wurde als »ein Damoklesschwert und eine magische Offenbarung, wie es dort in der Nacht über New Yorks Avenuen vertäut hängt, mit riesigen Hakenkreuzen auf den Schwanzflossen und mit seiner glänzenden, zigarrenförmigen Hülle, die den Lichtschein der starken Scheinwerfer reflektiert, die von der bewundernden Großstadt auf diesen gewaltigen fliegenden Silberfisch gerichtet wurden«. Dem Autor des Artikels war zudem eine Führung durch das Innere des Luftschiffs gewährt worden, er schilderte, wie die Eingeweide des Zeppelins in den Regionen aussahen, zu denen Passagiere niemals Zugang hatten, er beschrieb »einen Dschungel aus Querbalken und Dachspanten, aus Stahl und Aluminium, aber gleichzeitig befindet man sich in einem tiefen schwarzen Raum, in einer mit Dunkelheit gefüllten Kathedrale, einem dunklen und höllischen Labyrinth, in dem es nach Bittermandel riecht und in dem Gassäcke gleich riesigen Tüten aufgefädelt hängen und einen dumpfen, unterdrückten Laut von sich geben, so als hingen unsichtbare Fledermäuse in einer Reihe und schlügen mit ihren Flügeln«. Eccu hatte sich mit Hilfe seines Englisch-Schwedisch-Wörterbuchs durch die Schilderung buchstabiert, und die Metaphern hatten ihn tief beeindruckt und ihn in dem Gefühl bestärkt, dass mit diesem neuen Deutschland etwas nicht stimmte; noch lange Zeit später konnte er keine Nachrichten von dort lesen, ohne zu denken, dass das Vaterland seines Urgroßvaters von einer unbekannten, aber schrecklichen seelischen Krankheit befallen war. Dann aber hatte er sein Unbehagen verdrängt, und der Gedanke, dass diese Seelenkrankheit bis zur deutschsprachigen Schule seines Sohns hoch oben im abgelegenen nördlichen Winkel Helsingfors vordringen könnte, war ihm nie gekommen.

Er rief Aina am folgenden Sonntag an, als er – an diesem Tag gepflegt, rasiert und nüchtern – die Linie M nahm, um bei Jali und Emelie am Borgvägen in Munksnäs Haselhuhn zu essen. Im Grunde wollte er sich nicht mit Doktor Metzler treffen, das war der Konversation, die sich entspann, nachdem das Gespräch durchgestellt worden war und Aina sich gemeldet hatte, deutlich zu entnehmen.

»Warum wollt ihr das auf mich abwälzen, ich darf meinen Sohn ja nicht einmal mehr sehen?«, fragte er so beherrscht, wie er konnte.

»Bitte, Eccu, ich habe dir doch in dem Brief erklärt, warum wir denken, dass du …«, versuchte es Aina, aber Eccu unterbrach sie: »Wir, wir, wir … warum müsst ihr immer wie ein doppelköpfiges Monster posieren. Kannst du nicht einmal eine eigene Ansicht haben, statt immer diesen Waffenkrämer ins Spiel zu bringen? Übrigens wundere ich mich, dass er sich sorgt, Leute seiner Art mögen in der Regel doch sowohl Hitler als auch Mussolini und Mosley.«

»Du hast mich doch hoffentlich nicht angerufen, nur um mit mir zu streiten?«, fragte Aina schneidend, und ehe Eccu antworten konnte, fuhr sie fort: »Henrik und ich sind genauso gute Demokraten wie du. Und übrigens, welche großartigen Beiträge hast denn *du* in den letzten Jahren für den Weltfrieden geleistet? Im Royal gesessen und gesoffen und jeden um Geld angebettelt, der vorbeikam? Dir irgendeine Krankheit zugezogen, die starke Salben an unaussprechlichen Stellen erfordert?«

»Entschuldige, Aina«, sagte Eccu kleinlaut, »ich wollte dich nicht ...«

»Ich auch nicht«, erwiderte Aina und klang sofort sanfter. »Aber Henrik und ich wären dir wirklich sehr dankbar, wenn du mit Doktor Metzler sprechen könntest. Und du wirst Sti treffen dürfen, ich rede mit ihm, ich verspreche es dir.«

* * *

Eccu suchte Doktor Metzler zweimal auf. Sein erster Besuch fiel in den November, und sogar in der Herbstdüsternis – der Tag war grau und ohne jede Gestalt – bemerkte Eccu, wie gastfreundlich und durchdacht angelegt die Deutsche Schule war. Auch das Rektorat war luftig und hell, so als hätte sich das wenige Jahre alte Schulgebäude bewusst als Kontrast zur dunklen Wirklichkeit positioniert, die von den beiden Männern in ihrem verbindlichen und korrekten Gespräch gestreift, aber nur gestreift werden sollte.

Doktor Metzler war eher klein und korpulent. Er war über fünfzig und lebte seit Anfang der zwanziger Jahre in Helsingfors. Er sprach gut Schwedisch und passabel Finnisch, aber das Gespräch wurde auf Eccus Initiative ganz auf Deutsch geführt. Metzlers gesamte Gestalt strahlte Wohlwollen und Diplomatie aus, sein dunkler Anzug saß tadellos, und seine Überschuhe waren ebenso schwarz und glänzend wie seine kurzgeschnittenen und sorgsam gekämmten Haare. Wenn er seine dicke Brille abnahm, um sie zu putzen oder mit den Bügeln nachdenklich gegen den Handteller zu klopfen, war sein Blick warm und bekümmert, doch die übrige Zeit verbreiteten die konvexen Linsen seiner Brillengläser reichlich Lichtreflexe, die seine Augen vor dem Besucher auf der anderen Seite des Schreibtisches verbargen.

Die höflichen Kratzfüße wollten kein Ende nehmen, nachdem es Doktor Metzler gelungen war, Eccu auf der sozialen Karte der Stadt zu platzieren. In den ersten Minuten des ersten Besuchs betrachtete der Rektor seinen Gast neugierig und forschend – er fand, dass Eccu ihm vage bekannt vorkam und darüber hinaus recht verlebt aussah, aber Letzteres tat er natürlich nicht kund – und nach ein paar vorsichtigen Vorstößen wurde ihm der Zusammenhang klar. Metzler hatte natürlich gewusst, dass Stig-Olofs Mutter vom biologischen Vater geschieden war, das enthüllten bereits die unterschiedlichen Nachnamen sowie die Tatsache, dass der stellvertretende Amtsrichter Palm und nicht Herr Widing zu den Weihnachts- und Frühjahrsfeiern erschien, aber er hatte keine Ahnung gehabt, dass Letzterer identisch mit dem früheren Inhaber des Ateliers Widing war, das sich während der gesamten zwanziger Jahre in der früheren Vladimirsgatan befunden hatte. *Genau, natürlich!*, platzte Metzler jetzt heraus und erzählte, er habe bei *Herrn Porträtkünstler Widing* vor mehr als zehn Jahren sein Porträt anfertigen lassen, und zwar aus Anlass seines vierzigsten Geburtstages, und das Ergebnis sei ganz vorzüglich gewesen, er habe das Porträt als Weihnachtsgeschenk Verwandten in Württemberg und Freunden in Berlin geschickt, und es sei die Meinung aller gewesen, dass es das beste Porträt sei, welches von Herrn Doktor Philip Metzler jemals aufgenommen worden sei. Wie stand es damit, fuhr Metzler fort, erinnerte sich der *verehrte Herr Künstler* möglicherweise an diese Fotografie?, und in seiner Antwort zog Eccu die galantesten Formulierungen heran, die ihm zu Gebote standen, er entschuldigte sich damit, dass seither so viel Zeit vergangen sei, natürlich sollte er sich an die prominenten Herrschaften erinnern, die zu verewigen er die Ehre gehabt habe, aber in der Praxis sei es leider so, dass die Menschen kamen und gingen, und zu jener Zeit seien sie in einem solch steten Strom an seiner Linse vorbeigezogen, dass sein Gedächtnis sich am Ende gezwungen gesehen habe, sich geschlagen zu geben, er hoffe, Herr Doktor Metzler könne in dieser Hinsicht Nachsicht mit ihm walten lassen. Metzler entschuldigte sich seinerseits eloquent und auf demütigste Weise, *aber natürlich*, sagte er und betonte, es sei nicht seine Absicht gewesen, aufdringlich zu erscheinen. Dann erkundigte er sich, wohin das Atelier umgezogen sei, denn seit einer Reihe von Jahren liege es doch nicht mehr an seiner angestammten Adresse, *nicht wahr?* Eccu atmete unmerklich tief durch, fing sich jedoch und beschönigte nur so viel, wie er es Sti zuliebe tun zu müssen glaubte. Obwohl, bei genauem Hinsehen tischte er Metzler doch einige Lügen auf. Er erklärte, die wirtschaftliche Depression habe leider das Ihre getan, die treue Kundschaft hätte das Atelier sicher auch durch die schweren Jahre getragen, doch leider habe er gerade in eine neue Kameraausrüstung und eine hochmoderne Dunkelkammer investiert gehabt, er habe eine große Kreditbelastung schultern müssen, und dann seien schlechte Zeiten angebrochen, und die Einnahmen seien zurückgegangen und die Bankzinsen gestiegen, und schon bald sei das Atelier Widing Schnee von gestern gewesen, und seither habe er auf der Basis von Aufträgen gearbeitet, ohne die Stabilität, die ein eigener Firmenname verheiße. Doktor Metzler bedauerte lebhaft dieses nicht selbst verschuldete Unglück, und Eccu setzte eine tapfere Miene auf, und es hagelte weiter höfliche *Herr Schulleiter* und *Herr Porträtkünstler* in dem gemütlich eingerichteten Zimmer.

Trotz des gegenseitigen Wohlwollens kam bei diesem ersten Gespräch nicht viel heraus. Hinter seinen höflichen Floskeln nahm Doktor Metzler eine Verteidigungsposition ein; er sagte, es gebe einen obstinaten Widerstand gegen das Deutsche und die deutsche Kultur in Teilen der Schülerschaft. Dies sei, fuhr er fort, an sich verständlich in einer kosmopolitischen Schule, in der sich viele Kulturen und Sprachen begegneten, doch müsse man diesen Tendenzen nichtsdestotrotz Einhalt gebieten, da es das ausdrückliche Ziel der Schule sei, Unterricht in deutscher Sprache zu erteilen und deutsche Kultur zu vermitteln. Eccu ließ in kunstvollen Satzgebilden verstehen, dass es seinen Gewährsleuten zufolge besonders gewichtige Einwände gegen den Unterricht im Fach Geschichte gegeben habe, das der kürzlich eingetroffene Herr Magister Dreyer unterrichte.

Metzler antwortete, er wolle die Tatsache nicht bagatellisieren, dass die Lehrer der Schule Individuen mit unterschiedlichen Lebensanschauungen seien, und er gebe zu, dass der Bildungsgrad dieser Individuen auf Grund verschiedener Herkunft und variierender Lebenserfahrungen Schwankungen unterliege. Gelegentlich könnten sicherlich kleine Übergriffe vorkommen, ergänzte er, doch auch was diese betreffe, wolle er die zeitweise puerile Lust an der Opposition zur Sprache bringen, die man unter den jüdischen, russischen und estnischen Schülern finde, und bisweilen auch bei gewissen Schülern aus gutem finnischen Haus. Es gehe hier, sagte Metzler und blinzelte freundlich hinter seinen gewölbten Linsen, um sehr junge und noch unreife Menschen, und es sei seine Auffassung, dass ein großer Teil der Kritik an Magister Dreyer gerade dieser Unreife entspringe. Dreyer sei im Übrigen ein Mann, der ganz für seine Berufung und sein Fach lebe, fasste der Rektor geduldig zusammen, doch da die Fortschritte und das Wohlbefinden der Schüler höchste Priorität genießen würden, wolle Metzler ihn dennoch zu einer ernsthaften Unterredung zu sich bitten, sobald seine Zeit dies zulasse.

Zu Eccus Überraschung hielt sich das Gefühl von Ziel und Mission auch noch, nachdem er Aina brieflich über den Verlauf seines Auftrags unterrichtet hatte. Der Besuch bei Rektor Metzler war kein Erfolg gewesen, aber schon zu wissen, dass er nicht versagt hatte, entzündete in Eccu einen Lebensfunken, wie er ihn viele Jahre nicht mehr verspürt hatte. Eine gute Woche später war er wieder bei Jali und Emelie eingeladen und lieh sich einmal mehr Geld von seinem Vater. Doch diesmal verschwand die geliehene Summe weder für Wein noch Frauen oder Kokain; stattdessen kaufte er sich einen ordentlichen Straßenanzug, zwei weiße Hemden, eine Strickweste und ein elegantes Paar Schuhe. Am nächsten Tag rief er einen jungen Pressefotografen namens Sundström an, den er aus einer Kneipe kannte, und erkundigte sich, ob er für Aufträge für *Huf-*

vudstadsbladet oder *Svenska Pressen* oder *Helsingfors-Journalen* in Frage kommen könne, das Bildmaterial in den Zeitungen werde immerhin Monat für Monat üppiger. Fotograf Sundström versprach, sich die Sache zu überlegen und sich zu melden.

Eccu ließ Sti zu Weihnachten einen Chemiebaukasten und zwei Abenteuerromane schicken. An Weihnachten bei Jali und Emelie und am zweiten Weihnachtstag bei Nita und Cedi schlug er jeden der ihm angebotenen Schnäpse aus. Nicht einmal die Tatsache, dass Neujahr kam und ging, ohne dass Sti von sich hören ließ und sich bedankte, brachte ihn zu Fall, er schrieb nur einen kurzen Brief an Aina, in dem er sie an ihr Versprechen erinnerte, den Jungen treffen zu dürfen.

Eccu hatte seit Jahren im Exil von seinem früheren Freundeskreis gelebt. Aber in diesem Winter schaffte er sich in der Ilmarigatan endlich ein Telefon an, und fortan konnte es vorkommen, dass er sich unvermittelt bei Toffe Ramsay oder Jocke Tollet oder einem anderen seiner alten Freunde meldete; manchmal klingelte er sogar unverhofft an Haustüren und behauptete, auf einem Abendspaziergang gewesen und rein zufällig vorbeigekommen zu sein. Zwei, drei Mal rief er Lucie an und bat sie, ihn zu einem Sonntagsfrühstück ins Socis oder Franziskaner zu begleiten – »du darfst dir gerne Champagner bestellen, wenn du möchtest, aber ich halte mich an Kaffee, Eier und Brötchen«, sagte er –, und die Freunde, die das Risiko eingingen und den Kontakt zu ihm wiederaufnahmen, erzählten hinterher, er sei in einer Weise gesprächig und geistreich und à jour gewesen, wie sie es seit zehn Jahren oder länger nicht mehr erlebt hätten.

Mitte Januar rief Fotograf Sundström an und stellte zum Frühling hin einige Aufträge in Aussicht, im März, sagte er, oder allerspätestens im April. Auch Henning Lund rief an, es war das erste Mal seit sieben Jahren, dass die früheren Freunde miteinander sprachen, und sie erwähnten den Zazakonkurs und seine unangenehmen Folgen mit keinem Wort. Stattdessen erkundigte Henning sich kurz, wie es Eccu ginge, und meinte anschließend, ihm sei gerüchteweise zu Ohren gekommen, dass Eccu wieder anfangen würde zu fotografieren, und falls dies der Wahrheit entspräche, hätte er ihm einen Auftrag anzubieten, er sei nicht sonderlich lukrativ, werde sich dafür jedoch über ein oder zwei Jahre hinwegziehen und mehrfache Arbeitseinsätze erfordern. Die Sache sei nämlich die, fuhr Henning fort, dass er draußen auf Bässholmen einen Neubau errichten wolle, er werde die Fichten auf dem westlichen Hügel fällen und dort oben einen Pavillon bauen lassen, einen richtigen Tanzpalast. Toffe Ramsay würde diesen Tanzpalast entwerfen, und Henning wollte den gesamten Entstehungsprozess dokumentieren, vom Ausheben der Baugrube und der Grundsteinlegung bis zum fertigen Haus und dem Einweihungsfest. Hatte Eccu eventuell Lust, die Bilder zu schießen? – wenn ja, könnten sie einen Anfang machen, indem sie nach Ekenäs und von dort aus zu dem Inselchen hinausfuhren, um die zukünftige Baustelle im Winterkleid zu fotografieren.

Ermuntert von diesen guten Zukunftsaussichten lieh Eccu sich noch mehr Geld von Jali und kaufte sich eine Rolleiflexkamera und zwei neue Bücher über Fotografie, ein deutsches und ein amerikanisches; in dem amerikanischen las er von dem sensationellen Farbfilmpatent Kodachrome. Dann nahm er den Auftrag an, den Henning ihm angeboten hatte, und einige Tage später fuhren sie in Hennings komfortablem Studebaker Dictator Coupe nach Ekenäs und übernachteten bei Hennings Geschäftspartner Direktor Cederlöf in der Kungsgatan. Im Morgengrauen liefen sie auf Skiern nach Bässholmen hinaus, und Eccu genoss es zu spüren, wie gut ihn seine Beine trugen und wie eifrig seine Lunge den Sauerstoff aufnahm. Sie sprachen immer noch nicht über den Zazakonkurs und auch nicht über den Autounfall und ganz generell nicht über vergangene Zeiten, sondern über die Gegenwart, sie sprachen über Lucie, die so schön, aber auch so unbändig war wie eh und je, sie sprachen über Nitas und Cedis Ehe, die wider alle Erwartungen gehalten hatte, und sie sprachen über Bruno und Maggie Skrake und ihre Sprösslinge Mary und Werner: Henning war Pate des Jungen. Zwischendurch schwiegen sie, sie stakten stumm weiter, und Eccu versank in warme Gedanken an seinen Vater Jali, der ihm nicht nur *das nötige Kleingeld* für diesen Neuanfang geliehen hatte, sondern auch in allen schweren Jahren eine stille, aber unermüdliche Stütze gewesen war. Während er über den Harsch fuhr und den beißenden Winterwind an den Wangen spürte, schwor Eccu sich, dass er es Jali vergelten würde, indem er sich ein anständiges Leben aufbaute und seine berufliche Laufbahn wieder aufnahm, ja, sobald seine Karriere wieder in Schwung gekommen war, würde er das viele Geld zurückzahlen, das er sich von Jali geliehen hatte, und er würde darüber hinaus anständige Zinsen zahlen, so anständige, dass Nita erkennen würde, von seinem Lebensstil ging keine Bedrohung für ihr Erbteil mehr aus; nicht dass sich die gutmütige Nita jemals Gedanken darüber gemacht hätte, problematischer war da schon sein Schwager Cedi, der immer auf der Suche nach flüssigem Geld für seine Geldvernichtungsmaschine Björknäs war.

Eccu sah sich in diesen Monaten, in denen er sich beharrlich und zielstrebig aus seiner Lebensgrube herausarbeitete, auch in politische Zwistigkeiten verwickelt. Jetzt, da er sich wieder nüchternen Kopfes mit anderen Menschen traf und ihre Worte mit glasklarer Deutlichkeit hörte, statt durch den Nebel des Alkoholrauschs, war er erstaunt, dass seine Abscheu für Adolf Hitler nicht von allen geteilt wurde. Auf seinen Vater Jali war immer Verlass, er war ein humanistisch denkender Mensch, der in weniger brutalen Zeiten zu Hause war. Auch Lucie hatte sich nicht verändert, sie hasste alle Autoritäten mit solcher Inbrunst, dass der Diktator noch nicht geboren war, der sie mit seinem Gebrüll verführen konnte. Aber die anderen! Cedi wusste immer noch nicht, wo er stehen sollte, und Gleiches galt für Toffe und Cilla Ramsay, Julle und Katy Enerot, Poppe von Frenckell, Calle Gylfe und sogar für den durch und durch anständigen Jocke Tollet. Sie alle wollten sich nicht festlegen und sagten, Hitlers Drohungen seien nur ein Spiel für die Galerie, wenn er national und international seine Position konsolidiert habe, werde er Ruhe geben, hieß es, er werde keine weiteren Judengesetze mehr erlassen und keine Sturmtruppen mehr auf die Straßen schicken; stattdessen, sagten Freund Toffe und Freund Julle und Freund Poppe und die anderen, werde Hitler sich darauf konzentrieren, worin er und die Nationalsozialisten gut waren, er werde weitere Autobahnen aus bestem Beton bauen lassen und in einen stabilen industriellen Aufschwung investieren, der dem deutschen Volk noch mehr Arbeit und Wohlstand bringen werde.

Im Februar, wenige Tage nach den Feiern zu Runebergs Geburtstag, rief Aina an und schlug Eccu vor, Doktor Metzler einen neuerlichen Besuch abzustatten. Magister Dreyers Unterricht hatte immer groteskere Züge angenommen, laut Aina bestand er mittlerweile aus einem seltsamen Mischmasch, in dem die Entente die Schuld am Weltkrieg trug, während die Juden für alle anderen Unglücke Deutschlands inklusive der Versailler Verträge die Verantwortung trugen. Offenbar versah Dreyer die früheren Kaiser Wilhelm und Franz Josef mit Heiligenscheinen und stellte Hitler als den Mann dar, der die Tugenden beider in einer Person vereinte, während die meisten Politiker, Wissenschaftler und Künstler anderer Nationalität mit Pferdefuß und zottigem Schwanz ausgestattet wurden. Es werde auch erzählt, sagte Aina, Dreyer habe ältere Schüler beschimpft und geschlagen, nur weil sie es gewagt hätten, anderer Meinung zu sein als er, und um das Maß voll zu machen, zwinge Turnlehrer Emil Haas die Jungen inzwischen, das Horst-Wessel-Lied zu singen, ehe sie ihre Schlittschuhe zuschnüren und Bandy spielen durften. Eccu brummte mitfühlend an seinem Ende der Leitung und versprach zu tun, was er konnte; darüber hinaus erinnerte er Aina nochmals an ihr Versprechen, dass er Sti treffen dürfen würde, und fügte hinzu, er arbeite wieder und sei bereits seit drei Monaten nüchtern.

Rektor Metzler war während Eccus zweitem Besuch genauso liebenswürdig wie beim ersten. Diesmal war er jedoch ernster und aufrichtiger. Als Eccu die von Aina beschriebenen Übergriffe aufgezählt und sein Anliegen vorgebracht hatte – dass die nationalsozialistische Propaganda in der Deutschen Schule ein Ende haben musste –, nahm Metzler seine Brille ab, saß längere Zeit da und klopfte mit dem Bügel gegen den Handteller, ohne etwas zu sagen; er schaute nur zum Fenster hinaus und sah aus wie ein Mann, der die Bürde der ganzen Welt auf seinen Schultern trug. Dann warf er einen besorgten Blick zur Tür, lehnte sich über den Schreibtisch und sagte mit leiser Stimme: »Sie sind mir gegenüber aufrichtig gewesen, Herr Widing, und deshalb will ich Ihnen gegenüber auch aufrichtig sein. Das könnte mich teuer zu stehen kommen, weshalb ich nur inständig hoffen kann, dass das, was ich Ihnen zu sagen habe, unter uns bleibt.« Er holte tief Luft, und Eccu beeilte sich zu versichern: »Natürlich, Herr Metzler.« »Alles, was Sie sagen, ist wahr«, ergriff der Rektor von Neuem das Wort, »alles, was Sie beschreiben, ist vorgekommen und wird wieder vorkommen. Unter uns, ich bin ganz Ihrer Meinung, es geht um Übergriffe und schlechten Unterricht, es geht um eine grobe Verfälschung der deutschen und europäischen Geschichte. Aber ich kann leider nichts tun, und deshalb gebe ich Ihnen den gleichen Rat, den ich vor ein paar Tagen bereits dem Vater eines anderen finnischen Schülers gegeben habe: Nehmen Sie Stig-Olof von unserer Schule.« Als der Rektor verstummte, schüttelte Eccu den Kopf und sah ihn ungläubig an, aber die Brille saß wieder auf der Nase, und es gelang ihm nicht, Metzlers Blick hinter den dicken Linsen zu fixieren. »Meinen Sie wirklich, dass es so schlimm steht?«, fragte er, obwohl er die Antwort bereits kannte. »Leider ja«, antwortete Metzler kurz. »Man hat mich ausmanövriert, mir sind die Hände gebunden. Alles, was ich tun kann, ist, mit anderem Beispiel voranzugehen, um auf die Art die Schäden zu minimieren. Aber das Risiko ist groß, dass man mich entlässt und durch Dreyer oder einen anderen ersetzt.«

In den folgenden Tagen telefonierten Eccu und Aina mehrfach, und ihre Gespräche führten dazu, dass Sti mit sofortiger Wirkung von der Deutschen Schule ans Schwedische Normallyzeum wechselte.

In der Woche nach Stis Schulwechsel war Eccu täglich in der Stadt unterwegs und machte Fotos. Er wusste, dass er eingerostet war, er hatte viel von seinem Gespür für Motivwahl, Licht und Perspektive verloren; er konnte es sich kaum leisten, Filme zu kaufen, das Geld, das er sich von Jali geliehen hatte, war fast aufgebraucht, aber er war gezwungen, an sich zu arbeiten, denn sonst würden den versprochenen Aufträgen keine weiteren folgen. Eines Nachmittags begann es zu schneien, und er ging nach Haus und kochte sich Kaffee und begann, einen Artikel in der deutschen Fotozeitschrift *Revue* zu lesen. In dem Artikel ging es um das Atelier Manassé in Wien, dessen Spezialität gewagte und ausgesprochen erotische Glamourporträts von Schauspielerinnen, Tänzerinnen und Cabarétsängerinnen und so weiter war. Der Artikel war reich bebildert, und eine der Aufnahmen zog Eccus Aufmerksamkeit stärker auf sich als die anderen. Eine schöne Frau stand gegen einen großen Globus gelehnt, sie war nicht mehr blutjung, eher dreißig als zwanzig; abgesehen von den Seidenstrümpfen, die halb ihren Oberschenkel hinaufreichten, war sie nackt, sie stand halb hinter dem Globus, so dass ihre Scham und der halbe Bauch im Schatten lagen, sie rauchte eine Zigarette, der Rauch ringelte sich in die Luft, die Frau sah in die Kamera, ihr Blick kam von schräg oben, er war erfahren und träge, fast gleichgültig. Das Bild hatte eine ganz eigene Spannung, und Eccu fand, dass es ein Meisterwerk war, es erinnerte ihn an seine besten Studioporträts von Lucie, und seine Wirkung wurde von der Bildunterschrift noch verstärkt. Es blieb unklar, ob der

Text zur Originalfotografie gehörte oder ein Werk der Redakteure von *Revue* war, aber die Worte wollten einem nicht mehr aus dem Kopf: *Was kostet die Welt?*

Während Eccu noch über das Bild und seine Bedeutung nachsann, klingelte es an der Tür. Widerwillig ging er in den Flur und öffnete.

Da stand Sti. Größer und schlaksiger, als Eccu ihn in Erinnerung hatte, und kaum wiederzuerkennen auf Grund der Mütze mit den Ohrenklappen, die in die Stirn gezogen war, aber trotzdem ohne jeden Zweifel Sti. Eccu war so überrascht, dass er nichts zu sagen wusste.

»Ja, also … du bist's«, brachte er am Ende heraus. Als er die Worte aussprach, fand er, dass sie vor allem schwachsinnig klangen; da hatte er also Sti seit, tja, wie lange eigentlich, acht Monaten nicht mehr gesehen, obwohl sie in der gleichen Stadt wohnten, und dann redete er wie eine vom Schlag getroffene alte Schachtel. »Dann besuchst du deinen alten Vater also endlich mal!«, fuhr er mit einer Munterkeit fort, die in seinen Ohren völlig falsch klang, »wo kommst du her?«

»Aus der Schule«, antwortete Sti verlegen. »Ich habe die Straßenbahn genommen. Ich wollte vorbeikommen und Papa für die Weihnachtsgeschenke danken … und dafür, dass Papa mir geholfen hast, die Schule zu wechseln.«

»Sag *du*, Sti«, erwiderte Eccu, »du bist mein Sohn und darfst nun wirklich du zu mir sagen.«

»Wenn Pap … wenn du willst …«, sagte Sti und starrte auf den Flurläufer hinab.

Eccu hörte, dass Sti sich schon im Stimmbruch befand, und sah, dass der Junge in die Höhe geschossen war. Er wird bestimmt mal größer sein als ich, dachte er und kramte in seinem Gedächtnis, wie alt Sti eigentlich war, ja sicher, in ein paar Tagen würde er seinen vierzehnten Geburtstag feiern.

»Was wünschst du dir zum Geburtstag?«, fragte er.

»Ich weiß nicht …«, sagte Sti zögernd, dann aber leuchteten

seine Augen auf: »Neue Schlittschuhe vielleicht ... obwohl, die bekomme ich bestimmt von Pa ... von Onkel Henrik.«

Sti hatte inzwischen seine Pelzmütze, die Jacke und die Schneestiefel ausgezogen und die Wohnung betreten. Seine Haare waren noch dunkler geworden, sie waren nicht mehr dunkelbraun wie Eccus, sondern fast so schwarz wie Nitas. Er hatte auch die abstehenden Weberschen Ohren, aber Ainas schlaksigen, fast etwas gebeugten Körperbau.

Es war ihre erste Begegnung seit acht Monaten, und Eccu erkannte rasch, dass Sti nicht nur schüchtern war, sondern sich auch auf einer anderen und tieferen Ebene unwohl fühlte. Eccu bat ihn, sich zu setzen, wo er wollte, an den Küchentisch oder in den Wohnzimmersessel, und während Sti Richtung Wohnzimmer davontrottete, zog er sich Mantel und Schuhe an und lief die Treppe hinunter und ins Schneegestöber hinaus; er lief zur Bäckerei in der Runebergsgatan und kaufte Marzipan-sahneteilchen und Plätzchen, und auf dem Heimweg kaufte er in Elantos Milchladen Milch und frischen Kaffee und in Bymans Kolonialwarenladen eine Tafel Schokolade und nahm nicht den Aufzug, sondern lief die Treppen hinauf und war immer noch außer Atem, als er die Kaffeekanne herausholte und anfing, den Tisch zu decken.

»Trinkst du Kaffee?«, rief er in Richtung Wohnzimmer.

»Nee, danke«, antwortete Sti. Er saß im Sessel und wirkte immer noch verlegen, und als der Kaffee fertig und die Süßigkeiten aufgetischt waren, kam er in die Küche und beantwortete einsilbig Eccus Fragen, in denen es um alles zwischen Himmel und Erde ging, um die Prüfungsergebnisse und die Lehrer, die schon zu Eccus Zeiten an der Schule gewesen waren, und ob Sti lieber Ski lief oder Bandy spielte, oder lief er vielleicht am liebsten Schlittschuh zu Musik auf der Eisfläche unterhalb der Johanneskirche? Mochte er im Übrigen Swing? Und hatte er vielleicht schon ein nettes Mädchen im Auge?

Aber was immer Eccu auch fragte, Sti taute nicht auf, und obwohl er gegen die Erkenntnis ankämpfte, wusste Eccu doch schon, wie die Dinge lagen. Der Junge hatte von seiner Mutter die strenge Order bekommen, ihn zu besuchen und sich zu bedanken, und Sti befolgte ihre Order widerwillig, weil er musste. Es war also gar nicht Aina gewesen – und auch nicht dieser Stutzer Henrik Palm –, die Sti während des letzten Jahres davon abgehalten hatten, Eccu zu besuchen, sondern Sti selbst, der sich für seinen missratenen Vater schämte. Und vielleicht war es sogar noch schlimmer, vielleicht waren Sti auf verschlungenen Wegen schlimme Gerüchte über Eccus Lebenswandel zu Ohren gekommen, Gerüchte, die dazu geführt hatten, dass er angeekelt und angewidert war; das war nicht auszuschließen, denn in gewissen Kreisen und Vierteln war die Stadt immer noch klein und eng, und wenn schändliche Gerüchte den Weg dorthin fanden, verbreiteten sie sich wie ein Lauffeuer unter den Erwachsenen und erreichten mit der Zeit auch die Kinder.

Sti blieb nur so lange, wie er unbedingt musste, er aß pflichtschuldig sein Sahneteilchen mit warmer Milch und knabberte ein paar Plätzchen, murmelte dann aber etwas nahezu Unhörbares von Bandy und leierte einige Jungennamen herunter, stand auf und machte einen Diener und bewegte sich Richtung Flur. Wenige Minuten später hörte Eccu seine schnellen Schritte die Treppe hinuntertrappeln, und dann wurde die Tür zur Straße geöffnet, und vom Küchenfenster aus sah Eccu, wie Sti quer über die Felsen ging und im Laufschritt an den Cholerabaracken vorbeieilte und verschwand. Und das war der Nachmittag, an dem Eccus Entschlossenheit erste Risse bekam, nach diesem Tag bröckelte seine Selbstbeherrschung allmählich. Er fotografierte zwar weiter und hielt sich viel im Freien auf und stellte eine Auswahl der besten Bässholmbilder von ihrem Ausflug im Januar zusammen und schickte sie per Expressbote an Henning, und er kehrte nicht ins Royal oder eine andere Kneipe zurück, sondern machte weiter Skiausflüge nach Mejlans und Munksnäs und vor allem auf die offenen Eisflächen südlich der Stadt. Aber er schraubte wieder den Verschluss von der Flasche, er trank in aller Stille daheim, er trank allein, und er trank, um seine Einsamkeit zu lindern, und während er trank, schrieb er einen Brief an Sti. Es dauerte Wochen, den Brief zu schreiben, er arbeitete Abend für Abend an ihm, während er langsam betrunken wurde, aber er beendete ihn nie, da es ihm niemals gelang, den Gedanken zu formulieren, der seine Lust zu schreiben geweckt hatte, den Gedanken über Familie und Verwandtschaft als Bürde, den Gedanken an die Schuld und die Bindungen, die von Generation zu Generation weitergetragen wurden und immer weiter an Lebenslust und Schöpferkraft zehrten, solange sich niemand dagegen auflehnte. Eccu hing auch anderen Gedanken nach in diesen Wochen, er notierte sie auf kleinen Zetteln, die er an verschiedenen Stellen in seiner Wohnung vergaß, er schrieb über die Bewunderung, die er immer für tatkräftige und rücksichtslose Menschen wie Lucie und Cedi und Henning und Bruno und Maggie empfunden hatte, und er schrieb über die *Was-kostet-die-Welt?*-Frau und dass sie die falsche Frage stellte; die große Frage war nicht, was die Welt kostete, schrieb Eccu, sondern wie viel es den einzelnen Menschen kostete, in dieser Welt zu sein.

An einem Märznachmittag fuhr er auf Skiern aufs Eis hinaus, als die Sonne bereits ziemlich tief stand, und war nicht nüchtern. Als er auf die Edesviken hinausglitt, wärmte ihn der Alkohol angenehm von innen heraus, und als er weiter hinaus und zwischen Björkholm und Hanaholmen hindurch fuhr, ging ihm durch den Kopf, dass er auf der Route unterwegs war, die er genommen hatte, als er neunzehn Winter zuvor aus dem besetzten Helsingfors floh und nach Sigurds hinausfuhr. Auch diesmal ging es nach Westen, aber die Sonne sank schnell, und er fürchtete, von der Dunkelheit überrascht zu werden. Er machte einen Abstecher Richtung Süden nach Karlö und Stora Bockholm, kam zu einer Eisrinne und wandte sich gen Osten und nahm wieder Kurs auf Drumsö.

Im Sonnenuntergang lief er an den kleinen Felseninseln namens Ormkobbarna vorbei, und dort passierte es. Es hatten schon seit längerem milde Temperaturen geherrscht, das Eis war unzuverlässig und Eccu angetrunken und in selbstmitleidige Gedanken versunken. An den Inseln ging zudem eine starke Strömung, und ganz in der Nähe verlief eine frische Fahrrinne, die das Ihre tat, um das Eis löchrig und porös zu machen.

Er brach in seichtem Wasser im Eis ein, es war kaum mehr als zwei Meter tief. Außerdem wurde er beobachtet. Zwei Eisfischer, die sich nördlich von Tallholmen aufhielten, sahen ihn im Eisloch zappeln und eilten auf ihren Tretschlitten zu seiner Rettung herbei, und von Taxnäsudden kam ein wachsamer Skiläufer, der Eccus Rufe in dem stillen Abend gehört hatte. Aber die Eisfischer hatten Eccu erst gesehen, kurz bevor er unter der Oberfläche versank, und obwohl es den drei Männern, die auf dem unberechenbaren Eis ihr Leben riskierten, noch gelang, ihn vor Einbruch der Dunkelheit herauszufischen, war es trotz allem zu spät.

* * *

Nita Lilliehjelm fand den unvollendeten Brief an Sti, als sie Eccus Sachen durchging. Sie übergab den Brief Aina, aber Aina reichte ihn nie an den Jungen weiter.

Nita fand auch anderes. Sie fand die alten Fotografien und die Negative; sie fand die sinnlichen, nackten oder halb nackten, verlockenden und provozierenden Bilder von Schwägerin Lucie, von Micki Morelius, von Maggie Skrake, geborene Enerot, und ihrer Schwester Ellu Aminoff, von Nata du Bossis geborene von Julin, von Cilla Ramsay, geborene Sourander, von Titti von Frenckell, geborene Fazer, und von diversen anderen.

Die Bilder bereiteten der vorsichtig veranlagten Nita Kopfschmerzen. Als sie den ersten Schock überwunden hatte, fiel ihr wieder ein, dass ihr zu jener Zeit, in den ausgelassenen zwanziger Jahren, vage Gerüchte zu Ohren gekommen waren, ihr Bruder mache frivole Bilder von ausgewählten Frauen. Aber sie hatte Eccu nie danach gefragt, und jetzt, als sie die Bilder sah, war sie verblüfft, wie gewagt sie waren. Einige Modelle, wie Micki Morelius und die ältere Schwester Enerot, hielten sich zur Not in den Grenzen des Anständigen, während andere, wie Titti und Maggie, so verführerisch und schamlos posierten, dass die Bilder Nita erröten ließen. Und am weitesten ging natürlich Lucie. Auf einigen Bildern waren ihre Posen geradezu pornographisch, und da half es auch nicht, dass sie damit kokettierte, sich einen dünnen Schleier vors Gesicht oder eine kleine schwarze Maske vor die Augen zu halten, man erkannte sie trotzdem.

Nachdem sie sich tagelang gequält hatte, fasste Nita ihren Entschluss, und dieser Entschluss war typisch für sie; sie beugte sich den Konventionen, erlaubte sich aber, der Kühnheit und dem Willen, seinen eigenen Weg zu gehen, kurz zuzuzwinkern. Sie beschloss, Cedi entscheiden zu lassen, aber ehe sie ihn in das Geheimnis einweihte, schrieb sie Lucie, Maggie und Micki einen Brief. Sie schrieb, es sei eine Postsendung an sie unterwegs, die sie am besten allein, außer Sichtweite anderer, öffnen sollten. Der Wortlaut war in jedem dieser Briefe gleich, aber in ihrem Brief an Lucie fügte sie ein paar Worte hinzu:»Ich bin erstaunt, Lu. Ich wünschte, ich hätte dich nie so gesehen.« Als die Briefe hinausgegangen waren, wartete sie vierundzwanzig Stunden und suchte anschließend einige ausgewählte Bilder der Adressaten heraus, legte die Aufnahmen in doppelte Riesenumschläge aus dickem Spezialpapier und gab die Sendungen als Einschreiben auf. In Lucies Kuvert lagen die kompromittierendsten Bilder: Nita wollte nicht, dass Cedi sie sah.

Als Cedi Lilliehjelm die Kopien und die Negative sah, zögerte er keine Sekunde. Er hatte ein gutes Gedächtnis, und in kürzester Zeit hatte sein Gehirn den Weg zu jenem Sommerabend gefunden, an dem Eccu Widing und er in Claes von Baehles Wohnung auf dem Narvavägen gestanden und die Frauenbilder dieses britischen Fotogafen – Winwood? Oder hieß er Goodman? – betrachtet hatten. Da und dort war Eccu natürlich die Idee gekommen, und dann hatte er die Mädchen mit allen Mitteln überredet, sie waren damals doch alle so jung und vergnügungssüchtig und kokett gewesen, es waren seltsame Jahre, verwirrte und hektische, es gab so viele Wunden, die geheilt werden mussten. Als er nun an seinem Schreibtisch saß und in den Bildern blätterte, begann plötzlich eine alte Replik Eccus in seinem Kopf widerzuhallen, eine Replik, die er zu jener Zeit verwirrend gefunden hatte, deren Bedeutung sich ihm nun jedoch erschloss: *Ich war nur Quatsch, ich versuchte die Schönheit anderer zu stehlen, als ich selber keine Schönheit erschaffen konnte.*

Cedis Einstellung war die gleiche wie fünfzehn Jahre zuvor, als es um Henry B. Goodwins Lebenswerk gegangen war: Eccus Bilder waren nur französische Postkarten mit einer dünnen Schicht künstlerischer Politur. Außerdem waren Toffe Ramsay und Poppe von Frenckell seit ihrer Kindheit enge Freunde von Cedi, Bruno Skrake war sein Zechkumpan und Kamerad aus dem Freiheitskrieg, und Micki Morelius' Vater Nils war ein Jugendfreund seines verstorbenen Vaters Rurik gewesen. Cedi war mit den Jahren ruhiger geworden, aber er war immer noch ein Mann der Tat, und dass er Zugang zu den Bildern bekommen hatte – und eine so geringe Meinung von ihnen hatte – führte zu einer eigentümlichen Séance im Rauchsalon in der Wohnung Havsgatan 1.

Es war ein schöner Abend im Mai, und fast alle waren gekommen; auf dem gustavianischen Sofa des Rauchsalons und in den zahlreichen und voluminösen Ledersesseln saßen Toffe, Bruno, Poppe, Freddi Aminoff und eine Hand voll anderer verheirateter Männer. Nur der alte Nils Morelius hatte einen wortkargen Brief geschrieben, in dem er mitteilte, seine unverheiratete Tochter könne machen, was sie wolle, er sei Anthropologe und keine alte Jungfer, es sei nicht seine Sache, auf sie aufzupassen. Zu Vicomte Jean-Jacques Du Bossis, verheiratet mit Madame Natalie, hatte Cedi keinen Kontakt aufgenommen, ebenso wenig wie zu den beiden anderen Ausländern, einem deutschen Industriebonzen und einem britischen Mitglied des Oberhauses, deren zukünftige Ehefrauen einst ihre Reize vor Eccu Widings Kamera enthüllt hatten.

Cedi hatte Nita gebeten, sich fernzuhalten, und sie war seinem Ansinnen nachgekommen. Sie und die Kinder hatten sich in den kürzlich erworbenen Mercedes Benz der Familie gesetzt, und daraufhin hatte Chauffeur Ahvonen den Schlitten nach Björknäs gefahren, wo Nita bereits angefangen hatte, das Mobiliar und die Haushaltseinrichtung zu inventarisieren: Cedi hatte sich endlich dazu durchgerungen, das Gut zu verkaufen.

Der Zufall wollte es, dass auch Lucie Lilliehjelm, Micki Morelius und Maggie Skrake an diesem Abend auf Reisen waren. Lucie war in ihrem geliebten Paris, Micki hielt sich in Uppsala auf, wo sie an einer Dissertation im Fach Literatur arbeitete, und Maggie besuchte eine russischstämmige Freundin in Jurmala vor den Toren Rigas.

Als der Herrenabend begann, lagen Eccu Widings Fotografien in einem dicken und ordentlichen Stapel auf Cedis Schreibtisch. Die Negative lagen daneben, und wer wollte, konnte hingehen und Bekanntschaft mit dem empörenden Material schließen, das der Grund für die abendliche Zusammenkunft war. Alle außer dem prüden Freddi Aminoff nutzten die Gelegenheit, und die meisten blätterten lange und gründlich und ohne ihre Studien in irgendeiner Weise auf die eigene Partnerin zu beschränken. Am längsten verweilten Poppe von Frenckell und Toffe Ramsay. Cedi hatte im Esszimmer ein einfaches Frühlingssouper auftischen lassen, aber es dauerte viele Minuten, bis seine Jugendfreunde dem schüchternen, aber wiederholt vorgetragenen Bescheid des Hausmädchens Kerttu, das

Souper sei serviert, Folge leisteten; Poppe und Toffe standen in der Bibliothek und gaben vor, den Inhalt in Cedis Bücherregalen zu studieren, während sie darauf warteten, dass sich ihre Erektion legte.

Die eingeladenen Männer waren zwischen sechsunddreißig und dreiundfünfzig Jahre alt, und viele von ihnen waren zutiefst aufgewühlt. Was sie aufbrachte, war jedoch nicht die Tatsache, dass die Schönheit, die sie auf den Bildern sahen, bereits vergangen war, jedenfalls in ihrer blühendsten Form, sondern dass sie sich gezwungen sahen, ihre eigenen anständigen und im Café Ekberg sitzenden Frauen in solch provozierenden Posen zu sehen. Dort lagen und standen und saßen sie, ihre Frauen, sie posierten als Hetären, Verführerinnen und Halbgöttinnen, und sie taten es, als wäre es die selbstverständlichste Sache der Welt. Und das Schlimmste war: Sie genossen so offensichtlich ihre Körper, ihre Schönheit und Sinnlichkeit, und zwar ohne dass ihre angetrauten Männer mit auf den Bildern waren!

Unter diesen Männern gab es auch welche, denen die Fotografien ihrer Frauen bekannt gewesen waren; in diesen Fällen hatten die Aufnahmen genau wie im Fall der Vicomtesse und des Vicomtes Du Bossis als eheliche Würze gedient. Diese Männer, unter ihnen die Herren von Frenckell und Ramsay, machten nun gute Miene zum bösen Spiel, gaben sich ebenso überrascht und empört wie die anderen und pressten ebenfalls das Lippenbekenntnis hervor, das für alle Rechtgläubigen an diesem Abend obligatorisch war; sie verfluchten diesen verdammten Wüstling Widing und hofften, dass er in den untersten Kreisen der Hölle schmorte.

Bruno Skrake, der zur Eifersucht neigte und auf Grund eines Bilds, auf dem man Maggies Schoß sah, schon bald am Rande einer Scheidung stehen sollte, wies darauf hin, dass es mehr Negative als Abzüge gab. Cedi antwortete, dies treffe zu, und dafür gebe es drei mögliche Erklärungen; entweder seien von diesen Aufnahmen niemals Abzüge gemacht worden, oder

aber die Abzüge seien mit Eccu untergegangen, oder aber –
Gott bewahre! – er habe sie dem Objekt oder sonstwem verkauft oder geschenkt. Vor der geheimen Abstimmung über das
Schicksal der Bilder hielt Cedi dann eine kleine Rede, in der er
zunächst feststellte, ihm sei zwar erspart geblieben, seine ange-
traute Gattin auf diesen »Kunstwerken« zu sehen, aber er habe
seine eigene Schwester erblicken müssen, und die Bilder von
ihr seien die anstößigsten von allen gewesen. Er bemerkte, dass
er wohl kaum Argumente für die Zerstörung der Bilder und
Negative vorzubringen brauche – die Argumente dafür seien
Legion, ergänzte er – und dass ihm kein einziger Grund dafür
einfallen wolle, sie zu bewahren, doch wenn jemand anderer
Ansicht sei, so stehe es ihm frei, sich zu äußern. Einige Augen-
blicke allgemeinen Räusperns und Brummens folgten, dann
aber bat Toffe Ramsay ums Wort. Er begann damit, die Anwesenden zu bitten, seinen Wortbeitrag nicht als Zeichen dafür
zu sehen, dass er den Ernst der Situation nicht begreife, denn
das tue er, und er sei ebenso schockiert und bestürzt wie alle
anderen, aber möglicherweise könne man ein – ein einziges! –
Argument dafür vorbringen, die Bilder nicht zu zerstören, sondern im Gegenteil aufzubewahren, und es laute, dass auch unsere privatesten und intimsten Welten eines Tages allgemeine
und unpersönliche Geschichte werden, auch die am häufigs-
ten genannten und von ihrer Zeit verehrtesten oder verachtets-
ten Namen versänken in der Anonymität und im Vergessen des
Zeitstroms, sogar die herausragendsten Individuen und Fami-
lienclans gingen eines Tages im gemeinsamen Kulturerbe auf.
Wir werden, sagte Toffe Ramsay, alle zu einem kleinen und
namenlosen Teil des Überflusses aus vergangenen Taten und
uralten Geschichten werden, die der ganzen Menschheit gehören, oder vielleicht nicht direkt der ganzen Menschheit, aber
zumindest doch der abendländischen Zivilisation, wie wir sie
kennen, und mittels einer solchen Argumentation sei es tatsächlich möglich, Enthüllung und Ehrlichkeit zu wählen, statt
die Forderungen zu bejahen, die gängige Moralvorstellungen

und gute Sitten an einen stellten. Aber, fügte Toffe daraufhin selbstkritisch hinzu, seine Argumentation werde natürlich eindeutig von der Tatsache geschwächt, dass es geraume Zeit dauere, bis sich die Schicksale von Individuen und ganzer Familien in bloßes historisches Material verwandelten. Der Zeitraum zwischen Tat und Vergessen werde zudem größer, wenn es um Individuen gehe, die berühmt seien oder einer hervorragenden Familie angehörten – hier legte Toffe eine Kunstpause ein und ließ einen vielsagenden Blick über die Anwesenden schweifen –, und in der Zwischenzeit gebe es natürlich ein gewisses Risiko der Schande und Desavouierung, schlimmstenfalls sogar der Verbannung.

Nach Toffes Ausführungen wurde es vollkommen still. Zehn Sekunden oder mehr verstrichen, keiner schien zu wissen, was er sagen sollte.

Schließlich brach Bruno Skrake das Schweigen. »Hör mal, Toffe«, sagte er ruhig, »du kannst so großspurige Gedanken haben, wie du willst, aber die Möse meiner Frau gehört zu keinem verdammten Kulturerbe. Und damit basta.«

»Ich bin geneigt, Bruno zuzustimmen«, meinte Cedi und warf Toffe Ramsay einen kühlen Blick zu. »Wir sprechen hier über hunderte von Jahren, lieber Toffe. Selbst in diesem kleinen Land von Emporkömmlingen gibt es Familiennamen, die sechshundert Jahre auf dem Buckel haben. Aber jetzt stimmen wir ab.«

Es entfielen sieben Stimmen darauf, die Bilder und die Negative zu verbrennen. Es gab zwei Gegenstimmen und eine Enthaltung.

3

Ivar und Henriette

Am Tag nach Eccu Widings Beerdigung suchte Ivar Grandell seine alten Notizbücher heraus und begann zu lesen. Draußen war Frühling, aber in den folgenden Wochen sah er nichts vom Frühlingserwachen und wenig von all dem Licht, denn er blickte nach innen und zurück und sah sich selbst und die anderen Trauergäste so, wie sie früher waren. Er beantwortete Henriettes Fragen einsilbig und brummte kurz, wenn sie Geschichten aus dem Theater erzählte, und sobald er seinen morgendlichen Kaffee getrunken oder sein Abendessen zu sich genommen hatte, zündete er sich eine neue Saimaa an und stürzte sich von Neuem auf seine Hefte. Henriette ließ ihn gewähren. Sie wusste nicht genau, was er da trieb, aber sie begriff, ganz gleich, was es war, er brauchte es.

Eines dieser Hefte fesselte ihn stärker als die anderen. Die Notizen begannen im Januar 1922, und das Heft hatte Platz bis zum Ende des Jahres gewährt, doch der Schwerpunkt lag im Frühjahr und Sommer; offenbar war das gesellige Treiben damals besonders lebhaft gewesen, jedenfalls gab es zahlreiche und lange Analysen der Menschen im Opris und ihres Seelenlebens.

Alle waren da, kaum mehr als zwanzig Jahre alt, mit ihrer Liebe und ihren Ängsten und Sorgen, mit ihren Stärken und Schwächen, ihren Launen und Capricen. Da waren die wohlerzogenen jungen Männer – Eccu Widing und Telemachos Christides und andere –, die es reizte, zu lästern und aufzubegehren, die sich dann aber doch fügten und den Weg einschlugen, der von ihnen erwartet wurde. Nach einer ausgedehnten Festnacht hatte Ivar geschrieben, dass Eccu nicht wie die anderen war und seine Lust am Aufruhr tiefer zu reichen schien. Das Atelier Widing hatte zu jener Zeit viel Geld eingenommen und Eccu verlockt, überhart zu arbeiten; er tauchte immer erst spät unter den Schmetterlingslampen auf, aber wenn er dann kam, wollte er oft eine Runde für alle geben. Die Ehe mit Aina verlief wenig harmonisch, hatte Ivar geschrieben, und es gab zudem kurze Notizen, die einen nahenden Zusammenbruch erahnen ließen, es fanden sich Zeilen über Eccus krampfhaftes Händewaschen und seine roten, schorfigen Hände, und dort stand auch die tragikomische Björknäsepisode, als er Ainas und sein Gästezimmer in Kakerlakengift ertränkt hatte, woraufhin sie ausgezogen war.

Ivar hatte widerwillig eine Seelenverwandtschaft mit Eccu empfunden, aber es war nicht Eccu, der im Mittelpunkt seiner Aufzeichnungen stand. Es fand sich viel über Lucie Lilliehjelm in seinem Buch, darüber, wie sie ihre Umgebung dominierte und Tele Christides und Eccu sich nach ihr verzehrten, Ersterer offen und Letzterer wider Willen. Dort ließ sich nachlesen, dass die arme Micki Morelius vergeblich gegen ihre Verliebtheit in die Freundin ankämpfte, dort fanden sich Notizen über Lucies jüngeren Bruder Cedi, der zwischen Bewunderung und Ekel schwankte, wenn er seine große Schwester betrachtete, und über die blutjungen Freundinnen Maggie Enerot und Nita Widing, die Lucies Stil zu kopieren suchten. Und es fanden sich Notizen darüber, dass Lucie sich niemals demaskieren ließ, sie war immer von der Aura des Geheimnisvollen umgeben, irgendetwas ließ einen ahnen, dass sie ein anderes Leben andernorts in der Stadt hatte; dies musste das Frühjahr gewesen sein, in dem sie die heimliche Geliebte des verstorbenen Künstlers und Trunkenbolds Salmikoski war.

Das Heft enthielt zudem Kommentare über Cedi Lilliehjelms harsche Unzufriedenheit und seine heftig herausgeschleuderten Urteile über die Freunde an Tisch Nr. 16 und ihre Versuche, Nachkriegstristesse und schaurige Erinnerungen in illegalem Alkohol und allerlei Jubel und Trubel zu ertränken. Das, dachte Ivar, war der Cedi, der sich selber auf den Abgrund zutrieb, zu dem Punkt, an dem er Kidnappingkommandos anführte und wehrlose, in einen dunklen Sack eingesperrte Männer trat.

In den Randnotizen der Tagebücher, oft anwesend, aber selten sichtbar, hielten sich die zukünftigen Geschäftsmänner Henning Lund und Bruno Skrake auf. Obwohl Henning damals wohl schon allen möglichen Geschäften nachging. Er organisierte und ordnete, er kaufte und verkaufte, so war er von Anfang an. Und gleichzeitig konnte man ihn unmöglich festnageln und einfangen, er glitt so diskret wie eine Randnotiz oder Fußnote umher, er war genauso geheimnisvoll wie Lucie Lilliehjelm, wenn nicht noch mehr.

Aber vor allem: Henriette. Ihr Name stand wie in Leuchtschrift auf den Seiten, in jenem Frühjahr war sie in Ivars Leben getreten, und während er las, murmelte er manchmal die drei Silben und spürte, wie ihre Schönheit – *Hen-ri-ette, Hen-ri-ette* – seine wehmütigen Gedanken an Eccu Widing und die Vergänglichkeit aller Dinge zerstreute. Seine Aufzeichnungen gaben alles minutiös wieder, was Henriette und er an den ersten Abenden und in den Nächten zueinander gesagt hatten, und obwohl er wusste, dass die Erinnerung ein treuloser Regisseur war, gewann er den Eindruck, dass er sich bis ins kleinste Detail erinnerte, welche Farben die Welt hatte und wie Henriette aussah, als sie die Dinge sagte, die seine Hoffnung geweckt hatten.

Er wusste noch, wie sie in jener ersten gemeinsamen Nacht an seinem Küchentisch gesessen hatten, die anderen waren gegangen, und er hatte ihr gesagt, seine Seele sei in seiner Jugend so atemlos gewesen, dass er nichts von all dem zu sagen vermocht hatte, was in seinem Inneren drängte. Aber er hatte ihr nicht gesagt, dass er sich in diesem Moment genauso fühlte und sie der Grund dafür war.

Als er das Heft las, erinnerte er sich auch an Dinge, die nicht darin standen. Er erinnerte sich, dass Henriette ihm von einem Flugzeug erzählt hatte, das am Himmel einen Kringel beschrieben und anschließend nach Westen geflogen war, und er entsann sich, dass er sich dieses Bild gemerkt und noch am gleichen Abend begonnen hatte, seine Kringel-Suite zu schreiben. Er erinnerte sich an Henriettes Frage: »Hast du schon aufgehört zu träumen, Ivar?«, und er entsann sich der Antwort, die in ihm arbeitete, aber erst viele Jahre später ihren Weg nach draußen fand, nachdem sie zurückgekehrt war: »Ich hatte doch gerade erst wieder begonnen zu träumen, ich träumte von dir.«

Während der Lektüre machte Ivar sich neue, mal amüsierte, mal schwermütige Notizen am Rand. Er sah es jetzt: Aus diesen Menschen und seinen Aufzeichnungen über sie hätte ein Buch werden können. Aber er grämte sich nicht. Er war im Grunde nicht abergläubisch, aber diesmal schuf er sich ein Entweder-oder-Szenario, eine »wenn ich das eine bekommen hätte, dann hätte ich das andere nicht bekommen«-Spaltung der Welt, die falsch war, das wusste er, ihm aber dennoch zusagte; wenn ich den Roman über diese jungen Leute geschrieben hätte, dachte er, wenn ich der *graumelierte Chronist der Modernen* geworden wäre, dann wäre Henriette niemals zurückgekommen.

Die Nachricht von dem verheerenden Luftangriff auf die baskische Stadt Guernica riss Ivar in die Gegenwart zurück. Resolut schlug er die alten Tagebücher zu, behielt jedoch einen vergilbten Zeitungsausschnitt, den er in einem von ihnen zwischen den Seiten gefunden hatte. Anschließend stopfte er die Hefte in den zerschrammten Koffer, in dem er sie gefunden hatte, stellte ihn in die Besenkammer zurück und nahm die Arbeit an einem neuen Artikel auf.

Man hatte Ivar inzwischen aus den Spalten von *Hufvud-stadsbladet* und *Svenska Pressen* verbannt. Er schrieb in *Arbe-*

tarbladet und anderen linken Presseorganen und sporadisch in bürgerlich liberalen Zeitschriften wie *Nya Argus*. Er war ein begeisterter Anhänger der spanischen Republik und nährte einen glühenden Hass auf General Franco. Er suchte die großen Linien, und wenn er pessimistisch gestimmt war, befürchtete er, dass alles, was geschah – der spanische Krieg, Abessinien, das Gebrüll aus Deutschland, Stalins Säuberungen und Schauprozesse –, nur die Ouvertüre zu etwas Größerem und Schrecklicherem war. Durch diesen Kulturpessimismus war der Ton in Ivars Artikeln im Laufe der Jahre immer inbrünstiger geworden, und man war der Meinung, dass sie einer bürgerlichen Leserschaft nicht mehr zuzumuten waren; sie verkündeten seine verzweifelte Liebesbotschaft, die stark von den Weisheiten widerhallte, die ihm einst um die Jahrhundertwende sein Mentor und Lehrer Georg Boldt nahegebracht hatte.

Ivar wollte, dass der Artikel, den er angefangen hatte, lang und mächtig wurde, und scheute keine Mühen, sondern arbeitete bis tief in die Nacht. Wenn Henriette ihn auf die Wange küsste und zu Bett ging, hämmerte er nicht weiter auf seiner alten Corona, sondern machte sich stattdessen Notizen von Hand und blätterte und schlug in seinen Zeitschriften und Büchern nach. Und während er weitermachte, Stunde um Stunde um Stunde, wechselte der Himmel von Glutrot zu Grauweiß zu Indigo zu Schwarz, und dann begann es sachte von Neuem, heller zu werden, und Ivar zog Hose und Strümpfe aus und zog eine Decke über sich und schlief einige unruhige Stunden neben der ruhig schlummernden Henriette. Am Morgen war er wieder bei der Sache, er suchte in seinen Büchern fieberhaft nach passenden Zitaten, er hatte sich den Gedanken zu eigen gemacht, dass Hitler und Stalin Spiegelbilder voneinander waren, und zitierte deshalb den amerikanischen Journalisten Max Eastman: *Der Mensch hat sich noch nicht an die Leere des Himmels gewöhnt und sich deshalb erneut darauf besonnen, grausamen und blutigen Göttern aus Lehm zu huldigen.* Aber, schrieb Ivar, nachdem er eine Saimaa geraucht und auf die Schnelle einen Essay des französischen Volksfrontführers Léon Blum gelesen hatte, er war immer noch Sozialist, denn der Sozialismus war kein Produkt niedriger Instinkte wie Neid und Gier, sondern von Gerechtigkeit und Mitgefühl, den nobelsten Triebfedern des Menschen.

Während er an seinem umfangreichen Artikel schrieb, wollte Ivar sich mit Henriette beim morgendlichen Kaffee und nach dem Ende der abendlichen Theatervorstellung über politische Fragen unterhalten. Manchmal schlugen seine Gedanken zu viele Richtungen ein, dann war ihm, als liefen alle Philosophen und Historiker und Staatsmänner, die jemals existiert hatten, in seinem Kopf herum und lieferten sich Wortgefechte, und er musste die Straßenbahn ins Stadtzentrum nehmen, um den hemmungslosen Wortschwall mittels einer großzügig bemessenen Dosis Alkohol verstummen zu lassen. An einem solchen Abend kollidierte er im Restaurant Kosmos mit seinem alten Freund und Kontrahenten Fredrik Ahlroos. Ahlroos war mittlerweile Chefredakteur von *Svenska Pressen,* und nach einer Reihe von Grogs beschuldigte Ivar ihn lautstark, heimlich mit den Faschisten ins Bett zu gehen. Ivar rief so laut, dass das gesamte Lokal es hörte: »Früher nanntest du dich Sozialist und warst stolz darauf, Fredrik!«, und danach wurde er auf Ahlroos' Wunsch aus dem Raum entfernt; an diesem Abend kehrte er mit hängenden Ohren wie ein geschlagener Hund zu Henriette zurück.

Einige Tage später ging das Luftschiff Hindenburg in hundert Metern Höhe über Lakehurst, New Jersey, in Flammen auf und sank zum Erdboden wie eine riesenhafte Fackel, die sich rasch in ein ausgebranntes und verzerrtes Skelett verwandelte. Die Bilder von diesem Unglück fand Ivar gleichzeitig faszinierend und erschreckend. Er verschlang alle Augenzeugenberichte, derer er habhaft werden konnte, er las über den Feuerball, der fünfzehn Kilometer weit sichtbar gewesen war, über den Gestank von Bittermandeln, der in Wahrheit vom Wasserstoff herrührte, und dass innerhalb von zweiunddreißig

Sekunden alles vorbei gewesen war und wie durch ein Wunder fast zwei Drittel der Fahrgäste und Besatzungsmitglieder das Inferno überlebten. Er meinte ein Omen zu sehen, eine Prophezeiung, dass etwas Furchtbares passieren würde, und an zwei Nachmittagen blätterte er voller Eifer in der Offenbarung des Johannes, um zu sehen, ob er nicht einen Verweis auf Bittermandeln entdecken konnte, fand aber nur Wermut.

Ivar marterte sein Gehirn und seine Corona und füllte Seite um Seite. Er schrieb über eine Epoche, die vorgab, die Technik und die Zukunft zu feiern, aber im Grunde Angst vor beidem hatte, er schrieb über eine Zivilisation in der Klemme zwischen den Mythen der Vergangenheit und der harten Rationalität der Gegenwart, er schrieb, dass die großen Fenster und hellen Räume des Funktionalismus keine Abhilfe von der Tatsache schaffen konnten, dass in den innersten Winkeln des Menschen Dunkelheit herrschte, und wies darauf hin, dass der Mensch an *Weltschmerz* und Verunsicherung litt, obwohl sich die Räder der Wirtschaft wieder auf vollen Touren drehten. Eines Vormittags ging er über die Broholmsgatan zum Markt, um sich einen Kaffee und eine Pirogge zu holen, er war blass und unrasiert und hatte rote Augen, aber die Marktfrauen aus Hagnäs begegneten ihm keck und freundlich wie eh und je. Als er zurückkam, erzählte er Henriette, er habe Kolonialwarenhändler Salins grünäugige Tochter getroffen, die schöne Mandi, die er kenne, seit sie fünfzehn war, und die immer so tüchtig und fröhlich gewesen sei, und schön sei sie ja immer noch, aber mittlerweile sei sie Mutter eines fünfjährigen Sohns und offenbar mit einem zornigen Kommunisten verheiratet und wirke so niedergeschlagen und sorgenvoll. Die Menschen könnten einem leid tun, sagte Ivar, sogar die jungen und schönen könnten einem leid tun.

Aber am gleichen Nachmittag passierte etwas. Es kam zu einem Stimmungsumschwung, einem Erwachen, das die letzten Seiten in Ivars Essay grundlegend verändern sollte.

Es fing damit an, dass er die vergilbte Zeitungsseite hervorholte, die er aus der Dunkelheit der Besenkammer und des Koffers gerettet hatte. »Bilder aus Dalsbruk« lautete die lakonische Überschrift, der Artikel war aus dem Spätherbst 1915, es war seine eigene Schilderung des Alltags von Eisen- und Stahlarbeitern, und er begann zu lesen: *Hier in Dalsbruk, wo sich die dunklen Kasernen hinter unwegsamen Hügeln und morastigen Senken befinden…*

Anfangs belächelte er insgeheim den gefühlsduseligen Stil. Aber während er las, wurde er immer ergriffener. Da war Einfühlungsvermögen, da war das Bedürfnis, mit eigenen Augen zu sehen, ohne sie zu verschließen, und das Gesehene ohne Umschweife und Ausflüchte zu schildern. Der alte Artikel enthielt alles, wofür er auch heute noch stehen wollte, nein, mehr als das, wofür er *kämpfen* wollte; das Recht jedes Menschen auf ein Fünkchen Licht und ein Fünkchen Würde, auf ein stolzeres und weniger mühevolles Leben. Sicher, die Gedankengänge waren pathetisch, genau wie der Tonfall, aber war es wirklich so ein Verbrechen, in einer Welt ein wenig pathetisch zu werden, die fortwährend von Grausamkeit und Dunkelheit bedroht wurde?

Ivar schöpfte neue Kraft aus der Begegnung mit seinem jüngeren Ich, und während der folgenden Tage schrieb er sich langsam zu einem Credo hin, das in einem völlig anderen Licht erstrahlte als irgendeine der Sentenzen, die er in seiner Jugend zu formulieren gesucht hatte.

Er paraphrasierte Nietzsche und schrieb, der Mensch sei gezwungen, das Lachen zu erfinden, weil er tiefer leide als jedes andere Wesen.

Er kehrte zu Léon Blum zurück und schrieb über Mitgefühl und Zorn, die sich angesichts des unerträglichen Anblicks von Armut, Arbeitslosigkeit, Kälte und Hunger in jedem ehrlichen Herzen regen müssten.

Er schrieb über das Bedürfnis des Menschen nach Selbständigkeit und Freiheit und zitierte den alten Treueschwur des katalanischen Volks für seinen König: »Wir, die wir nicht schlechter sind als du, geloben dir, der du nicht besser bist als wir, Treue und Gehorsam, aber nur, wenn du unsere Gesetze achtest und dich anständig benimmst – sonst nicht.«

Er schrieb einige schöne Zeilen über Georg Boldt und erinnerte an Boldts These, dass es keine Kluft zwischen den Lehren der Evangelien und des Sozialismus gebe. Er schilderte sein eigenes zwiespältiges Erleben eines Lichts, kurz nachdem er der Finsternis und dem Bösen in Gestalt von fünf Faschisten begegnet war, er schrieb über die einsame Nacht auf Lill-Häxan sieben Jahre zuvor und das intensive Glücksgefühl, als er vor dem Antlitz des Meeres und des Himmels stand und erkannte, dass der Kosmos Chaos und Ordnung, eine gewaltige Einheit aus Damals und Heute war, aus Lebendem und Totem, aus ewigem Leiden und unauslöschlicher Liebe. Um Gutes im Großen zu tun, muss man Gutes im Kleinen tun und umgekehrt, schrieb Ivar, man kann nicht seine Kinder lieben und den Fremdling gleichzeitig hassen, ein solches Leben ist nicht moralisch, denn in den Augen der Ewigkeit ist dein Kind ein Fremdling und jeder Fremdling ist dein Kind. Ivar war endlich zum Finale vorgedrungen, es war ein Abend Mitte Mai, er hatte mehrere Wochen an seinem Artikel gearbeitet und spannte endlich das letzte Blatt in die Maschine ein, es war wenige Minuten vor acht, und er schrieb über den uralten Instinkt des Menschen, sein Brot durch Zusammenarbeit zu teilen und zu vermehren, und er schrieb, das Leben sei so verdammt einsam, dass es sich lohne, jeden Moment auszuschöpfen, in dem sich die Einsamkeit durchbrechen lasse, und dann fügte er noch hinzu, es gebe nur einen Weg zu verstehen, was ein Mensch sei, und der heiße, lieben zu lernen.

Als Henriette aus ihrem Souffleurkasten gestiegen und nach Hause gekommen war, hatte Ivar die Schreibmaschine fortgestellt und die zweiundvierzig eng beschriebenen Blätter in die Schreibmaschinenschublade gelegt, um sie am nächsten Morgen genauer durchzusehen. Er hatte etwas Fisch in Aspik und frisches Brot und Butter und Käse und vier Flaschen Bier aufgetischt, die er auf seinem Nachmittagsspaziergang gekauft hatte, er hatte die alte gegen eine frische Tischdecke ausgetauscht, und die Buschwindröschen, die er in Fågelsången gepflückt hatte, standen in einer Vase mitten auf dem Tisch. Sie aßen und tranken und sprachen über dies und das, vor allem über den Sommer, der sich ankündigte, und welche Ausflüge sie machen würden, aber als er die letzte Bierflasche öffnete und ihre Gläser füllte, entschlüpfte Ivar, dass er vorhatte, am nächsten Tag einen neuen politischen Artikel zu beginnen, der davon handeln sollte, dass Deutschlands Krankheit die Seuche ganz Europas war, und darüber hinaus vom verheerenden Einfluss der großen kollektiven Inszenierungen auf die Seele des Individuums. Henriette betrachtete ihn mit unverstellter Verblüffung und sagte müde, aber freundlich: »Du und deine ewige Politik! Du bist ein unverbesserlicher Narr, aber das weißt du ja schon.«

4

Lucie, Henning & Co

»Man brennt nur einmal,
dann muss man sich mit dem Widerschein begnügen.«
– Henning zu Lucie auf Bässholmen im August 1938

Donnerstagmorgen, den 23. Juni 1938, setzte sich Henning Lund in seinen Dictator und fuhr in die Stadt. Der Rückkampf zwischen Joe Louis und Max Schmeling war in den frühen Morgenstunden im Yankee Stadium in New York entschieden worden, und während Henning durch Mejlans fuhr und dann den Åbovägen Richtung Zentrum nahm, erinnerte er sich an eine ähnliche Autofahrt vor zehn Jahren; seine Heini und Eccu Widing und Linnea Doll und er selbst unterwegs von Munksnäs in die Henriksgatan, sich über Greta Garbo und Pola Negri zankend und neugierig darauf, wie der Marathonlauf bei den Spielen in Amsterdam ausgegangen war. Er hatte seit Jahren nicht mehr an diesen Abend und die Nacht gedacht, nicht einmal, als er Eccus Sarg trug, hatte er an ihn gedacht, jetzt aber tat er es, und ihm wurde bewusst, dass alle anderen tot waren, die beiden Frauen seit langer Zeit und Eccu seit einem guten Jahr, während er, Direktor Henning Lund, in diesem Sommer seinen vierzigsten Geburtstag feiern würde und sein Auto mutterseelenallein durch die Stadt lenkte.

Der Kampfbericht hing wie erhofft in den Fenstern von *Hufvudstadsbladet* aus. Riesige, fett gedruckte Schlagzeilen: Louis hatte Schmeling nach nur zwei Minuten Kampf k.o. geschlagen, siebzig Millionen Amerikaner und darüber hinaus unzählige Deutsche und andere Europäer hatten die Deklassierung im Radio verfolgt. Für einen flüchtigen Moment empfand Henning eine Mischung aus Befriedigung und vagem Unbehagen, sogar Scham: Schmeling war trotz allem Europäer und Louis ein Neger. Aber das mit Deutschland war verwirrend. Die meisten seiner Geschäftsfreunde, sowohl hier als auch unten auf dem Kontinent, fanden nach wie vor, Hitler sei gut für die Wirtschaft. Sie fanden darüber hinaus, dass die Annektierung Österreichs ganz natürlich und das pfauenhafte Gehabe der Nationalsozialisten eher komisch als gefährlich war, aber Henning war sich da nicht mehr so sicher.

Er nahm ein üppiges Frühstück zu sich und spülte es mit einer Flasche Champagner hinunter, die ihm die Gastwirtswitwe Noschis mit einem konspiratorischen Zwinkern servierte, dann stieg er wieder in seinen Wagen und fuhr in die Vorstadt zurück.

* * *

Zwei Tage später wurde auf Bässholmen der Pavillon eingeweiht. Das liebe Kind bekam unverzüglich viele Namen, die zahlreichen Gäste konnten sich auf keine gemeinsame Benennung einigen, und das Haus wurde mal der Tanzpalast, mal die Steinburg und mal der Augenpalast genannt, der Name variierte je nach Sprecher. Henning selbst bevorzugte jedoch das schlichte »der Pavillon«.

Der Pavillon stand auf der Kuppe des Västanberget, genau wie Henning es gewollt hatte. Er war von Toffe Ramsay entworfen worden, der ermuntert von seiner Frau Cilla die Stilrichtung gewechselt und sich mit Haut und Haaren der funktionalistischen Ästhetik verschrieben hatte. Toffes Appetit auf Frauen war dagegen noch ganz der alte; er hatte im Laufe des Projekts eine Innenarchitektin, eine Fischersfrau und die zweiundzwanzigjährige Tochter eines Zulieferers abgehakt.

Der Pavillon war rund, und zum Meer hin lag noch eine eben-falls runde Veranda, »Die kleine Rotunde« genannt, die nach dem Vorbild der Lilliehjelmschen Björknäsveranda entworfen zu sein schien. Aber Björknäs war aus Holz erbaut worden, während der Pavillon aus braunem, grob verputztem Stein war. Toffe Ramsay hatte gesagt, der Västanberget sei so Wind und Wetter ausgesetzt, dass ein Holzhaus schwer instandzu-halten sein würde, und daraufhin hatte es Henning ein halbes Vermögen gekostet, Ziegel und Mörtel und alles andere, was erforderlich war, hinauszuschaffen.

Eine Reihe großer und gänzlich auf Sprossen verzichtender Fenster verlief rund um das ganze Haus, sie saßen sehr tief, und Henning und Toffe hatten zum Schutz gegen die Stürme und den Regen doppelt verglaste Scheiben einsetzen lassen. Oberhalb gab es eine ganze Phalanx kleiner runder Fenster-öffnungen, auch sie liefen rund um das ganze Gebäude. Diese Vielzahl von Fenstern waren der Grund für den Kosenamen *Augenpalast.* Jemand, möglicherweise Lonni Tollet, sah das Haus zum ersten Mal, rief unwillkürlich und verblüfft »Da sind ja nur Fenster!« und verglich den Pavillon anschließend mit der großäugigen jungen Filmdiva Helena Kara, und schon war der Spitzname geboren.

Es gab auch ein rundes Oberlicht, direkt über der großzügig bemessenen Tanzfläche, »wie beim Pantheon in Rom, aller-dings ist die Decke natürlich nicht ganz so hoch«, erläuterte Toffe Ramsay voller Stolz jedem, der es hören wollte. Das Oberlicht war aus besonders dickem, spezial angefertigtem Glas und sorgte dafür, dass man den Tanzsaal als »eine Sym-phonie aus Licht« empfand, wie Nita Lilliehjelm es während der Einweihungsfeier ausdrückte.

Und sie hatte Recht. Solange es noch eine Spur von Tages-licht gab, ließ der Pavillon es mit größtmöglicher Großzügigkeit herein, und die offenen Flächen und die asketische Einrichtung ließen das Licht große Wirkung entfalten. Die Atmosphäre des Saals, der »Großen Rotunde«, veränderte sich von Stunde zu

Stunde, sie war weißgetönt und kühl am Morgen, gelb und streng um die Mittagszeit, gesättigt und warm am Nachmittag, und am Abend war sie rötlich und schimmernd und voller Erwartungen. »Das hier«, erklärte Maggie Skrake mit ihrer zigarettenheiseren Stimme, als sie den Pavillon zum ersten Mal betrat, »ist ein Befehl, Jazz und Champagner zu schlemmen, und hätte vor fünfzehn Jahren mitten auf der Esplanade erbaut werden sollen.«

Die Große Rotunde hatte eine hohe Decke. Es gab sogar einen Balkon, zwar schmal, aber um mehr als die Hälfte des Saals laufend und trotz allem so breit, dass man kleine Tische und einfache Stühle dort oben aufstellen konnte. Eine Wendeltreppe führte hinauf, und manchmal wurden die Musik und die anderen Belustigungen unten auf der Tanzfläche aufgeführt, während ein Teil der Abendgesellschaft *the floor show* vom Balkon aus verfolgte. Henning gefiel es, dort oben zu stehen, sich mit einem Zigarillo über die Balustrade zu beugen und den Takt auf dem Tisch zu trommeln. Aber ebenso oft war es die Bigband, die auf dem Balkon stand; in diesem ersten Sommer spielten fast immer die Helsinki Ramblers, und die unter ihnen, die von Beginn an dabei waren – Pecka Luther, Misja Rothmann, Lusmu Fagerlund und ein paar andere – und sich an die Aurora-Männer erinnerten, scherzten, die Balustrade sei zwar niedrig, aber dennoch so hoch, dass Timmy Timonen sich dort oben in das Unsichtbare Kornett verwandelt hätte.

Der Balkon wurde von dicken, aber gänzlich schmucklosen weißen Säulen getragen. Die Zwischendecke war meterdick, von der Tanzfläche aus gesehen bildete sie eine Zwischenwand, eine Borte aus Stein, die rund um den halben Saal verlief, und dort waren Toffe Ramsay und die Innenarchitektin den asketischen Prinzipien des Funktionalismus untreu geworden; die Wand wurde von Gemälden in einer kräftigen und dunklen Farbskala geschmückt, die einen hübschen Kontrast zu den weißen Flächen der Großen Rotunde bildete. Die Gemälde waren rustikal und die Motive marinen Charakters, Ruder- und Segelboote, Anker, Ruderpinnen, Fischernetze, Reusen, Krebskörbe, Segel, Ruder, Bootshaken, Südwester, Ölzeug und Trossen.

Unten waren die Tische und Stühle gleichmäßig an den Fenstern verteilt. Auf jedem Tisch stand ein kleiner Kandelaber mit Kerzen. Es gab zudem Petroleumlampen, die an der Zwischenwand befestigt waren, gleich über den Wandgemälden, und sie waren keine ordinäre Gebrauchsware. Die junge Innenarchitektin hatte sie eigens bei einer Glashütte im schwedischen Småland bestellt, sie ähnelten Fächern oder Schmetterlingen oder Libellen, und Henning machte keinen Hehl daraus, dass die Idee für ihre Form von ihm stammte: *hommage à Opris* nannte er sie.

Das Mittsommerfest war nur der Anfang, der warme und sonnendurchtränkte Sommer achtunddreißig gehörte Bässholmen, dem Pavillon und Henning. Während des gesamten Juli und August löste dort draußen ein Fest das andere ab, und von Anfang an hörte man betrunkene Gäste, vorzugsweise Männer, nach The Original Helsingfors Sisters rufen. An den ersten Wochenenden fiel es Nita und Maggie leicht, entschuldigend zu lächeln und zu bedauern, dass die Hälfte der Schwestern abwesend war, denn sowohl Lucie als auch Micki hielten sich bis Mitte Juli im Ausland auf; Erstere war nach ihrem traditionellen Frühlingsaufenthalt in Paris geblieben; und Letztere hatte endlich promoviert und leerte ihr Studierzimmer in Uppsala.

Die Helsinki Ramblers spielten den ganzen Sommer auf Bässholmen. Unter der Woche traten sie im Royal und manchmal auch im Golf-Casino in Munksnäs auf, aber jeden Freitagnachmittag schickte Henning zwei Mercedes Benz 770 mit Fahrern los, um Pecka, Misja, Lusmu und die anderen Musiker an ihren diversen Adressen in der Stadt aufzugabeln. Die Ramblers verlangten zu der Zeit Finnlands höchste Gage pro Auftritt, denn im April hatten Pecka und Misja im Rio in Helsingfors eine Jamsession mit Red Garland und Kenny Clarke von der Edgar Hayes Blue Rhythm Band gespielt, und im Mai hatten die gesamten Ramblers den Dampfer nach Stockholm genommen, wo man *I Stopped Dreaming, Turning So Blue Over You, Honeysuckle Rose* und *All Of Me* auf Schallplatte eingespielt hatte.

Die Bigband hatte in diesem Sommer eine neue Starvokalistin, Misja Rothmanns Kusine Elsa Rosskin, die im Vorjahr an der Wahl zum Fräulein Finnland teilgenommen hatte und den Künstlernamen Elsie Ross trug, wenn sie sang. Elsie Ross war erst zwanzig Jahre alt und hatte eine heisere, leicht rissige Stimme, die zugleich lebenserfahren und unschuldig klang. Darüber hinaus hatte sie Zugang zu den Platten der großen schwarzen Bluessängerinnen gehabt, man hörte es an ihrer Phrasierung. Eine ihrer Paradenummern war *You Rascal You*, eine andere *Ain't Misbehavin'*, ein Lied aus der Feder von Andy Razaf, der in Wahrheit ein madagaskischer Prinz war, der Andreamentania Paul Razafkeriefo hieß und in Harlem im Exil lebte, wie Lucie Lilliehjelm zu berichten wusste, als sie aus Paris zurückgekehrt war und sich zu der feiernden Gesellschaft auf Bässholmen gesellte. So etwas konnte nur Lucie wissen, kein Mensch wusste, wie und warum sie solche kuriosen Informationen sammelte, sicher war nur, dass sie es tat und alle, die interessiert waren, großzügig an ihrem Wissen teilhaben ließ.

Lucie hatte sich nicht verändert; als sie anfing, den Pavillon zu frequentieren, hatte sie wie üblich einiges zu erzählen. Elsie Ross stand sie mit einer Mischung aus wohlwollender Schwesterlichkeit und verhaltenem Neid gegenüber. Als Lucie Elsa zum ersten Mal auftreten sah, trug die Sängerin ein tief ausgeschnittenes, aber fast knöchellanges Abendkleid aus Silberlamé. Es sah aus, als hätte die Schneiderin das Kleid direkt auf Elsies schlanken Körper genäht, und Lucie, die auf dem Balkon stand und rauchte, während die Band *Stardust* spielte, schlang ihren freien Arm um Henning und sagte mit schleppender Stimme in sein Ohr: »Ich würde alle Männer, die ich hatte, dafür hergeben, noch mal ein solches Futteral tragen zu können.«

Während ihres verlängerten Aufenthalts in Paris war Lucie mit Amerikanern ausgegangen und hatte neue Mae-West-Zitate aufgeschnappt, die sie anschließend nach eigenem Geschmack zugespitzt hatte. Am letzten Samstag im Juli schmuggelte Pecka Luther die Melodie zu *Ein Sommertag in Kangasala* in sein Trompetensolo in *You Rascal You*, und Lucie war über diese unorthodoxe Idee so begeistert, dass sie auf der Stelle anfing, Pecka zu umgarnen. Kurz nach Mitternacht presste sie ihn auf dem Balkon gegen eines der runden Fenster und wollte von ihm wissen, ob er die volle Bedeutung des Ausdrucks *to err is human, but it feels divine* verstand. Pecka, der dreifacher Vater und mit einer ernsten ostbottnischen Frau verheiratet war und sich kaum noch erinnerte, dass er einmal aus der Ferne in Lucie verliebt gewesen war, widmete den Rest der Sommernacht Bemühungen, gebührende Distanz zu seiner neuen Bewunderin zu halten.

Welch ein Sommer es war! Die Sonne schien eine Woche nach der anderen, und unten im Meerhafen vertrieben sich Lucie, Maggie und Micki ihre Zeit mit einer der Moden dieses Jahres: sie versuchten Rollschuh zu laufen. Cedi und Nita, die ihre Habe vor dem Umzug in eine nagelneue und von Toffe Ramsay entworfene, funktionalistische Villa draußen im Westend packten, sahen die kläglichen Versuche der drei Damen von ihrem Balkon in der Havsgatan 1, und Cedi schämte sich wie üblich für seine Schwester und ihre Grillen. Anfang August wurde es noch schlimmer, denn da flankierten Lucie und Maggie Finnlands größten Mann, den 248 Zentimeter großen Väinö Myllyrinne, auf einem Bild, das sowohl in *Helsingin Sanomat* als auch in *Svenska Pressen* veröffentlicht wurde. Myllyrinne kehrte nach Finnland zurück, nachdem er in Deutschland in einem Zirkus gearbeitet hatte, und in der neugierigen Menschenmenge, die ihn im Südlichen Hafen in Empfang nahm, befanden sich auch Fräulein Lilliehjelm und Frau Skrake, und die versammelten Pressefotografen fanden, dass sich die beiden Damen von Welt ganz ausgezeichnet als weibliche Zier zu beiden Seiten des heimgekehrten Riesen machten. Cedi regte sich über die Pressebilder dermaßen auf, dass er Bruno Skrake zu Beratungen und Drinks in die halbleere Wohnung in der Havsgatan einlud. Aber Bruno schenkte ihm reinen Wein ein: Er hatte Maggie keinen Deut besser im Griff als Cedi Lucie, die beiden Damen machten einfach, was sie wollten.

Mitte August zogen Cedi und Nita Lilliehjelm und ihre Kinder Hans-Rurik, Ellen, Christian und Tove in die Villa im Westend. Die identische Villa auf dem Nachbargrundstück wurde von Aina und Henrik Palm und ihren Kindern Stig-Olof, Ebba und Carl-Michael bezogen; so kam es, dass Aina wieder in den alten Freundeskreis aufgenommen wurde.

Die beiden Villen waren mit unzähligen Neuheiten und Finessen ausgestattet. In einer Ecke der Küche stand ein weißglänzender Frigidaire-Kühlschrank und schnurrte leise wie eine Hauskatze, und im Kellergeschoss stand ein »Roboter« in Gestalt einer Waschmaschine, in deren geräumigen Schlund man Wäsche stopfen konnte, um den Apparat anschließend auf die gewünschte Stärke einzustellen: Nach einer Stunde konnte die Hausgehilfin eingeweichte, gewaschene, drei Mal ausgespülte und bereits halb trockene Wäsche herausholen. Oben in den Repräsentationsräumlichkeiten gab es eine *cosy corner* mit einem offenen Kamin, der jedoch nur für gemütliche Atmosphäre sorgte, das eigentliche Heizen übernahm ein Ölleitungssystem, das mit einem an der Wand befestigten Apparat reguliert wurde, der nicht größer war als ein gewöhnliches Barometer. Sogar der Heizungskeller war sauber und schön, er war mit einem Linoleumboden ausgelegt, und die Wände hatte man mit hellen Holzplatten verkleidet. Dort unten im Kellergeschoss gab es zudem einen zusätzlichen Duschraum für die Kinder, im Garten befand sich ein geräumiger Swimmingpool à la Beverly Hills, und unten am Ufer hatte Architekt Ramsay ein kleines Tusculum für den bauen lassen, der etwas Einsamkeit und Ruhe suchte. Die Ehepaare Lilliehjelm und Palm wurden zu ihrem ultramodernen Wohnen für *Svenska Pressen* und die Augustnummer von *Helsingfors-Journalen* interviewt, während Bruno Skrakes ähnlich gearteter, aber einfacherer – kein Wäscheroboter, keine Ölleitung, kein Swimmingpool – Neubau im Dorf Råberga östlich der Stadt ungefeiert und anonym blieb: das grämte seine Frau Maggie ein wenig.

Lucie kam sofort zu Besuch ins Westend, und Henning Lund und Toffe und Cilla Ramsay und Tele Christides und viele andere taten es ihr nach. Hinter Familie Lilliehjelms Villa, halb verborgen hinter einem Kiefernwäldchen, lag ein neu angelegter Tennisplatz, und an einem Mittwoch Ende August machte Lucie kurzen Prozess mit einem schwer übergewichtigen Tele Christides (6:0, 6:0), einem durchtrainierten Henrik Palm (7:5, 6:3) und schließlich ihrem wild um sich schlagenden Bruder (6:2, 6:1). Cedi filmte die ersten beiden Partien mit einer teuren und neuerworbenen Schmalfilmkamera und Nita filmte das Match zwischen den Geschwistern. Lucie fand, dass Nita den ganzen Abend ungeduldig und angespannt war, als hätte sie etwas Wichtiges sagen oder fragen wollen, aber es kam keine Frage, und Lucie ließ sich ganz vom Spiel einnehmen und vergaß die Sache.

* * *

Nita stellte ihre Frage stattdessen vier Tage später. Es war der letzte Samstag im August, und es war darüber hinaus der Samstag, an dem The Original Helsingfors Sisters den Auftritt hatten, der ihr letzter werden sollte.

Mittlerweile hatte sich die Festgemeinde auf Bässholmen, oder zumindest ihr fester Kern, den Namen Freunde der Schmetterlingslampen gegeben. Sie nahmen den Namen zur Erinnerung an die vielen Festabende und den vielen Schmuggelschnaps fünfzehn Jahre zuvor an, aber auch, um dem eigenen Kreis einmal mehr einen Touch von Exklusivität zu geben. Das gelang ihnen perfekt, denn die Samstagsnächte auf Bässholmen waren das große Klatsch- und Tratschthema dieses Sommers in Helsingfors und ganz Westnyland. Ständig tauchten neue Gäste auf, sie kamen ausnahmslos aus der Hauptstadt und waren allesamt jung; es waren talentierte Künstler, energische Werbeleiter, umschwärmte Filmregisseure, blasierte *socialites* in teuren Modekreationen und Schauspielerinnen, die so jung waren, dass sie fast schon die Töchter Hennings, Brunos, Cedis und der anderen Schmetterlingslampenmänner hätten sein können. Fast alle, die eine Einladung nach Bässholmen und in den »Pavillon 38« erhielten, nahmen sie an, nur Ivar und Henriette Grandell schlugen Hennings Aufforderungen Woche für Woche aus. Doch auch sie taten es freundlich und höflich und ohne jemals auszusprechen, was sie dachten: dass sie viel zu alt waren, um da draußen in Saus und Braus zu leben, genau wie Henning.

Lucie, Maggie, Nita und Micki hatten den ganzen August eine Wiedervereinigung versprochen. Jetzt war das letzte Fest des Sommers, fast vierzig Menschen waren nach Bässholmen herausgekommen, um zu Elsie Ross & Helsinki Ramblers die Absätze fliegen zu lassen, aber zunächst würden die Ramblers in zwei Nummern The Original Helsingfors Sisters begleiten.

Die Schwestern hatten sich für *Auf Wiedersehen, My Dear* und *Bei mir bist du schön* entschieden. Sie hatten zwei, drei Mal in Helsingfors geprobt, und am Samstagnachmittag zogen sie sich in eine entlegene Ecke Bässholmens zurück, um ein letztes Mal vor dem Auftritt mit den Ramblers a cappella zu üben. Sie stellten sich in eine windgeschützte Spalte zwischen den Felsen im Nordosten, und dann weigerte sich Nita – sie hatte ein absolutes Gehör –, den Ton anzugeben, lächelte stattdessen und sagte zu den anderen: »Erst werdet ihr mir eine Frage beantworten. Ich habe euch bisher nicht gefragt, aber jetzt tue ich es. Was habt ihr mit den Bildern gemacht?«

Die anderen sahen Nita an, anschließend warfen sie sich scheue Blicke zu, und dann platzten sie in schallendes Gelächter heraus; Lucie und Maggie konnten sich nicht mehr ernst halten.

»Und«, sagte Nita, »jetzt lasst hören.«

»Ich habe meine vor ein paar Wochen zerrissen«, sagte Micki ohne Umschweife. »Ich bin Doktor der Philosophie und habe jede Menge graue Haare und wohne bei meinem alten Vater, während ich mir eine Wohnung suche, ich fand nicht mehr, dass…« Sie errötete ein wenig und ließ den Satz in der Schwebe.

»Ich habe meine sofort vernichtet, als ich sie bekam«, erklärte Maggie. »Bruno ist doch immer so eifersüchtig.«

»Es gab doch massenhaft Bilder«, sagte Lucie, die fast das ganze letzte Jahr im Ausland verbracht hatte. »Von uns und von Nata und Ellu und Titti und anderen… ich weiß ja, dass du die Bilder Cedi übergeben hast, Nita, und ganz unter uns, das war ziemlich feige von dir. Aber keiner von euch hat erzählt, was dann passiert ist.«

Nita reagierte auf die Kritik, für ein paar Sekunden sah sie reumütig und beschämt aus. Doch dann wurde ihre Miene trotzig und bestimmt, und die anderen sahen, dass ihre Wangenmuskeln arbeiteten.

»Ich habe getan, was ich tun musste«, erwiderte sie, »aber du hast natürlich das Recht, es zu erfahren.« Dann gab sie noch einmal die knappen Informationen wieder, die sie mit der Zeit aus Cedi herausgeholt hatte, dass er eine Beratung einberufen hatte und alle gekommen waren, alle außer Mickis Vater, dass man diskutiert hatte, dass die Männer abgestimmt und sich eine überwältigende Mehrheit dafür ausgesprochen hatte, alles zu zerstören, die Abzüge und die Negative.

»Das ist so typisch für sie«, meinte Lucie verbittert. »Schönheit und Ehrlichkeit bedeuten nichts, bei uns wählt man stets das Dekorum vor dem Leben.«

»Du hast nicht geantwortet, Lu«, sagte Nita. »Deine Bilder

waren … ich hatte den ganzen Abend einen roten Kopf, als ich sie mir angesehen habe.«

»Ich habe meine noch«, erklärte Lucie ungerührt.

Am Abend traten sie vor einem verzauberten Publikum auf.

Micki trug ein schlichtes schwarzes Kostüm, das in seiner Einfachheit fast streng wirkte, und auf ihrem Kopf ruhte ein platter Kopfschmuck, der an einen Doktorhut erinnerte, aber rund war und schräg saß. Die anderen trugen keine Kopfbedeckungen. Nita hatte sich für eine fußlange Lamékombination mit Pailletteneffekten entschieden, das goldschimmernde Kleid saß körperbetont, hinterließ aber dennoch einen dezenten Eindruck; die Bluse war hochgeschlossen, es gab nicht den kleinsten Ansatz eines Dekolletees, und strikte schwarze Borten um die Hals- und Ärmelsäume trugen dazu bei, das Ganze erstaunlich diskret zu machen. Maggie war die einzige der Schwestern, die eine regelrechte Abendtoilette trug; eine ärmellose, aber trotzdem schwere Seidenkreation in einer matten, sahnegelben Farbe mit langen Handschuhen im gleichen Farbton und als Krönung des Ganzen eine großzügig proportionierte, plissierte Schärpe, die ihre Taille betonte. Lucie hatte ein freches Boleroensemble in marineblauem und weißem Voile angezogen, der Rock reichte ihr bis zu den Knien und war fast durchsichtig dünn, die Puffärmel der Bluse waren kurz und gespannt, und der gewagte Eindruck wurde noch von ihren fingerfreien, halblangen Handschuhen aus dem gleichen dünnen Material unterstrichen: Während *Auf Wiedersehen, My Dear* flüsterte Jocke Tollet Henning Lund zu, dass Lucie zwar immer noch ihre hübschen Stelzen hätte, ihr Staat aber wohl eher für eine etwas jüngere Frau gedacht sei, und eine ziemlich billige noch dazu.

Aber es lag nicht an der Kleidung der Schwestern, dass sich die Atmosphäre verdichtete und das Publikum derart begeistert war, dass während *Bei mir bist du schön* beinahe das Dach des Pavillons abgehoben hätte.

Es lag daran, wie sie sangen.

Vorbei war die Zeit oberflächlicher Revuemanieren mit zappelnden Beinen und schlenkernden Hüften und einem Augenzwinkern für diverse Männer im Publikum. An diesem Tag sangen sie *Bei mir* in einem stark synkopierten Arrangement Misja Rothmanns, aber sie sangen fast ohne sich zu bewegen, sie wiegten sich nur leicht im Takt, manchmal schnippte eine von ihnen mit den Fingern, um nicht aus dem Rhythmus zu kommen, und die meiste Zeit sangen sie mit geschlossenen Augen. Zusammen mit den Ramblers machten sie aus dem amerikanisch-jüdischen Ohrwurm einen aufreizend verführerischen Sirenengesang, anfangs war das Tempo eher gemessen als schnell, von Zeit zu Zeit sang eine von ihnen ein paar Zeilen allein, und anschließend ging es wieder mehrstimmig weiter, ihr Gesang wurde lauter, schwoll zu einer rauschenden Welle an, die brach und in einem Diminuendo erstarb. Die Schwestern wollten nicht aufhören, sie nickten den Ramblers zu, die noch einmal von vorn anfingen und das Tempo steigerten, aber so unmerklich, dass im Publikum niemand merkte, was geschah. Pecka und Misja und Lusmu bekamen jeder ein Solo, und einer stillen Übereinkuft folgend – Lucie und Misja hatten einander zugenickt, als Peckas Chorus begann – zogen sie bei jeder Zeile das Tempo ein wenig an. *Bei mir* war jetzt hitziger Swing, der Gesang wurde kraftvoller und lebhafter und mündete in einem neuerlichen Crescendo, das wieder zerschlagen wurde und in eine Partie überging, in der die vier Sängerinnen die Worte beinahe flüsterten. Sie hatten den simplen Text jetzt mindestens drei Mal von Anfang bis Ende gesungen, das Publikum tanzte Swing und Shimmy und Jitterbug und alles dazwischen, und einige hatten sogar angefangen mitzusingen; das Ganze erinnerte mehr und mehr an eine Vokalsymphonie zum Lob der Liebe, und sogar die alten Hasen Pecka und Misja sahen einander an und schüttelten ungläubig, aber lächelnd den Kopf. The Original Helsingfors Sisters hatten noch nie so gut gesungen, weder allein noch zusammen, sie wussten es alle und weigerten sich deshalb aufzuhören. Sie begannen wieder von vorn, ließen ihren Gesang ein weiteres Mal von einem Flüsterton zu schmetterndem Chorgesang anschwellen, und auch die Ramblers spielten jetzt mit voller Kraft. Der banale Schlager hatte sich in ein Luftschiff aus Tönen und Akkorden verwandelt, mit unbekümmerter und selbstverständlicher Kraft glitt *Bei mir* hoch über dem spiegelglatten Finnischen Meerbusen durch die Luft, geradewegs in den Sonnenuntergang und eine zwar ungewisse, aber bestimmt glänzende Zukunft. Und genau in dem Moment, in dem eine Serie von Wiederholungen signalisierte, dass der Song nun doch bald enden würde, lehnte sich Toffe Ramsay vor und schrie Bruno Skrake ins Ohr, dass die Schwestern wie ein guter Jahrgang Margaux waren, sie wurden mit den Jahren immer schöner und begehrenswerter, und ausnahmsweise war jede Eifersucht wie weggeblasen aus Bruno Skrakes schroffer Seele; stattdessen nickte er und lächelte und hob mit gespielter Gleichgültigkeit den Zeigefinger zum rechten Augenwinkel und zupfte ein kleines Sandkorn oder Birkensamen oder was auch immer fort.

Die Schwestern sahen Bilder, während sie sangen, das galt für alle vier, vielleicht schöpften sie daraus ihren Swing und ihre Kraft: aus Bildern von Glück und Sehnsucht und Zorn.

Micki sah Lucie, nur Lucie. Ein Frühlingsabend in einem Haus in der Arkadiagatan viele Jahre zuvor, sie auf Lucies Bett, Lucie halbnackt, Micki schnürt ihre Brüste so klein und unsichtbar wie möglich und möchte die ganze Zeit nur die Hand ausstrecken und Lucies Haut liebkosen, die Muskeln darunter, die nackten Schulterblätter, zerbrechliche Menschenknochen, Flügelansätze. Aber liebkost nicht.

Eine andere Lucie, Unterrock, zerzauste Haare, draußen pfeift der Wind, es ist Nacht auf Bässholmen, aber in der Villa, denn den Pavillon gab es damals noch nicht. Frühe Morgenstunden, nach dem Fest, Lucie spielt die Mondscheinsonate, ihr Rücken sieht so wehrlos aus, ihre Kleider und Schuhe sind nachlässig auf den Boden geworfen.

Maggie sah den gleichen Sommer. Die ersten Feste dort draußen, Motorradfahrten, die Arme des bei hohen Geschwindigkeiten ängstlichen Theo um ihre Taille geschlungen. Das letzte Wochenende auf der Insel, es ist September, Theo und sie und Eccu und Lucie sonnen sich am Strand, es ist schon Abend, aber immer noch so wundersam warm. Die Sonne zieht ab- und westwärts, Theo und sie verlassen Lucie und Eccu dort auf dem Strand, sie ziehen sich zurück, lieben sich still in ihrem Gästezimmer, und die ganze Zeit hatte Maggie dieses Gefühl: Es gab nicht nur Theo und sie, da war auch etwas zwischen Lucie und Eccu.

Immer wieder Lucie. Wie sie alle Lucie bewundert, sich zu ihr hingezogen gefühlt, sie umschwärmt hatten. Gab es jemanden, ob Mann oder Frau, den sie unberührt gelassen hatte? Wohl kaum. Sogar Theo, ihr eigener Theo: »She's got something, that Lilyhjelm girl. I don't know what it is, but you can't escape it.«

Lucies Gedanken wanderten. Rastlos, hungrig: vierzig Jahre, und längst noch nicht satt.

Ein Sommer vor langer Zeit, ein Sommertag in einem anderen Leben, in dem man nicht nach Paris reiste und nicht nach Bässholmen hinaus, sondern in dem ihr Vater noch lebte und Siggan und Cedi und Lucie Freunde nach Björknäs einluden, dem Björknäs, das nun im Besitz von Poppe von Frenckells und Henning Lunds Kommanditgesellschaft war. Dünne Tüllvorhänge flatterten wie Schmetterlingsflügel im Luftzug, Sonnenstreifen spielten auf blassrosa Tapeten, und Lucie wusste noch, sie hatte nicht begriffen, dass Henning vor Eccu, Cedi und den anderen Jungen ausgeplaudert hatte, was passiert war, die anderen waren höhnisch höflich, und Cedi war eiskalt, und Lucie verstand gar nichts. Sie sah andere Sommer, die Nächte in Eccus Studio, die runden Scheinwerfer, die einsame Schmetterlingslampe, sie stand hinter dem Paravent und zog sich um, sie hatte einen hohen Hut auf dem Kopf, sie lag auf dem Diwan. Sie sah den Sommer, in dem Jonesy im Opris spielte, sie sah die schwarzen und weißen Klaviertasten und Jonesys lange Finger, die auf der Unterseite so eigentümlich hell waren. Und dann, auf einmal, war er da: Kajander. Wenn sie an ihn dachte, nannte sie ihn immer »Kajander«, niemals Allu oder Allan, sie fühlte sich besser so und wollte im Grunde überhaupt nicht an ihn denken. Sie wurde wütend, wenn sie sich an ihn erinnerte, inzwischen waren viele Jahre vergangen, aber sie wurde wütend auf sich und auf das Schicksal, denn sie hatte unzählige Sommer gelebt, so empfand sie es, aber nicht ein einziger von ihnen war ihr und Kajander vergönnt gewesen: Der einzige Sommer, den sie hatten, war der, in dem er bestimmte, dass sie sich nicht mehr treffen würden, und als der Sommer anfing, war alles schon kaputt, es war der Sommer der Faschistenkommandos und der hasserfüllten Worte, und Kajander war untröstlich, denn seine kleine Schwester war gerade gestorben.

Nita sah Eccus Gesicht vor sich. Er war jetzt fast anderthalb Jahre tot, und sie wusste, dass sie ihn nie wirklich kennengelernt hatte, auch wenn sie Geschwister waren, und sie entsann sich der Wintersonntage, an denen Eccu und ihr Vater die Kameraausrüstung und den Proviant gepackt hatten und zu ihren Streifzügen aufgebrochen waren: Sie hatte so gut wie nie mitkommen dürfen. Sie öffnete die Augen und sah die Silhouetten, die an den Tischen der Großen Rotunde saßen und oben auf dem Balkon standen, wo auch Cedi war, es dämmerte bereits, und das rote Abendlicht wurde jede Sekunde schwächer und Nita wollte niemals aufhören zu singen, sie wollte *Bei mir* singen, bis sie starb. Sie schloss wieder die Augen und spürte Lucies Gegenwart rechts von sich, es war Ende des Winters,

und sie gingen mit Suppenkesseln und Brotpaketen für Eccu
und Cedi und die anderen Gefangenen in der Schule durch die
besetzte Stadt, und jedes Mal, wenn sie diese Strecke gingen,
wurden die Schneehaufen schmutziger und unansehnlicher
und die Straßen trockneten und wurden aprilstaubig, und man
hörte die ersten Möwen schreien und alle, Weiße wie Rote,
wirkten gleichermaßen bedrückt und fürchteten sich davor,
wie alles enden würde, alle außer Lucie, die jedes Mal mit
gleich entschlossenen Schritten und hoch erhobenem Kopf auf
den Schulhof trat. Oh, was hatten sie Lucie damals verehrt!
Sie tat es heimlich, alle taten es, Maggie und Micki und Nata
und die arme Darling, sie alle wussten, dass Lucie nicht richtig comme-il-faut war, aber trotzdem wollten sie aussehen wie
Lu, reden wie Lu, die Jungen dazu bringen, so nervös zu ges-
tikulieren und so rot anzulaufen, wie sie es taten, wenn Lu
in der Nähe war. Nita öffnete erneut die Augen, Misja Rothmanns Klaviersolo hatte begonnen, und sie blickte zu dem runden Oberlicht hinauf, und plötzlich loderte auf dem Balkon ein
Streichholz auf, und sie sah für die Sekunden, die er benötigte,
um seine Zigarre anzuzünden, Cedis schwere Gesichtszüge.
Er ließ sie nicht einmal aus den Augen, als er die Zigarre an-
zündete, er würde es niemals lernen zu mögen, dass sie sang,
lachte und einen Willen hatte, der ihr eigener und nicht seiner war; er ertrug es, er zwang sich dazu, aber es passte ihm
nicht. Plötzlich spielte in ihrem Kopf jemand Klavier, es war
die Mondscheinsonate, und sie hätte beinahe den Einsatz zu
Bei mir verpasst, denn die harte Handfläche presste sich auf
ihren Mund, und sie konnte nicht schreien, nicht singen, ja
sie konnte kaum atmen, sie hatte hier draußen gelitten, und
sie hatte in Helsingfors gelitten und auch draußen auf Björknäs, es waren schreckliche Jahre gewesen, in denen sich Cedi
um sein Innerstes geballt hatte, eine Faust aus Hass, die ständig anderen wehtat. Du darfst nicht bleiben, du musst ihn verlassen, hatte Maggie gesagt, aber wie hätte das möglich sein
sollen, wohin hätte sie gehen sollen, und außerdem verzieh sie

nicht ihm, sondern Ellen zuliebe, hatte Ellen etwa nicht das Recht, geliebt zu werden, warum sollte das arme Mädchen gezwungen werden, dafür zu leiden, wie es gezeugt wurde, ein unschuldiges Kind. Aber dann, die vielen Jahre, die folgten. Warum hatte sie Cedi so gründlich verziehen, dass noch ein Sohn und eine Tochter zur Welt kamen? Weil er jetzt anders war, weil er sich trotz allem bemühte? Es hatte ihm nicht gefallen, dass sie den Führerschein machte, »wir haben doch einen Chauffeur«, hatte er gesagt, dann aber nachgegeben. Und er hatte geflucht und gepoltert, als sie darauf pochte, dass er Björknäs verkaufen sollte, aber dennoch verkauft. Sie wusste, dass es ihm in der Seele wehtat, das Gut im Besitz seiner Kameraden zu sehen, aber jetzt hatten sie endlich Geld, sie und er, jetzt konnten sie auf solch großem Fuß leben, wie Cedi es wollte. Nein, sie liebte ihn nicht und hatte es vielleicht nie getan, und er liebte sie nicht. Aber er ließ sie gewähren, er stellte mittlerweile nur wenige oder gar keine Anforderungen mehr an sie, er hielt sich an seine Liebhaberinnen, und es war, wie es war. Was hatte sie dadurch zu gewinnen, dass sie ihr Leben zerschlug, sie, die vier Kinder und keine eigenen Einkünfte hatte? Ein Leben wie Lucies? Natürlich. Spannend. Romantisch. Aber wie hätte sie ein solches Leben wählen können, selbst wenn sie es gewollt hätte, selbst wenn sie die gleiche Sehnsucht, den gleichen Hunger in sich getragen hätte? Nein, sie hatte richtige und gut begründete Entscheidungen getroffen, und sie hatte sie der Kinder zuliebe getroffen. Und trotzdem. Trotzdem nagte es an ihr, es nagte jedes Mal, wenn sie ihre Töchter betrachtete und begriff, dass sie eines Tages erwachsen sein würden; etwas, sie wusste nicht was, ließ sie sich davor fürchten, ihre Töchter könnten sie ansehen, wie Lucie es stets tat, ein bisschen mitleidig und nachsichtig, als wäre sie zwar eine Verräterin, aber nur, weil sie es nicht besser wusste.

»Ich weiß, warum du das hier gebaut hast, mon chéri«, sagte Lucie zu Henning später in der gleichen Nacht. Sie standen vor dem Pavillon und rauchten, Henning hatte als Erster dort gestanden, einfach in die kompakte Dunkelheit hinausgeschaut und gespürt, wie die Nachtbrise vom Meer hereinstrich, dann kam Lucie, viele Stunden waren seit dem Auftritt der Schwestern vergangen, aber drinnen spielten die Ramblers unvermindert weiter – Elsie Ross gab gerade eine spannungsgeladene Interpretation von *In The Wee Wee Hours Of The Morning* –, und die Gäste tanzten und plauderten und tranken, als wäre ihnen nicht bewusst, dass schon bald der Augustmorgen grauen würde.

»Klär mich auf, liebe Sister«, sagte Henning und versuchte einen ironischen Ton anzuschlagen. Er sah und hörte, dass Lucie sehr betrunken war, und fühlte sich selber nicht sonderlich nüchtern, als er noch alleine gewesen war, hatte er sich schrecklich sentimental gefühlt; das flüchtige Glück und der schnelle Flug der Jahre *and all that jazz*.

»Das liegt doch auf der Hand«, sagte Lucie und nahm einen Zug von ihrer Gauloise, »du willst uns schützen.«

»Wen schützen?«, fragte Henning.

»Die Freunde der Schmetterlingslampen natürlich.«

»Und wovor, wenn man fragen darf«, entgegnete Henning amüsiert. »Vor schwedenfressenden Finnen vielleicht?«

»Davor, dass unsere Zeit vorbei ist. Du willst uns erhalten, wie wir waren, und dieses kleine Hüttchen ist deine Konservendose.«

Sie wedelte lässig mit dem Zigarettenmundstück, als sie sprach, und Henning betrachtete ihr linkes Handgelenk, er erinnerte sich, wie dünn und anmutig dieses Handgelenk einmal gewesen war, er erinnerte sich an die prunkvolle Armbanduhr, die Lucie getragen hatte. Er wusste nicht, was er sagen sollte.

»Du weißt genauso gut wie ich, wie es ist, Henning«, sagte Lucie hart. »Wenn die Melodie verstummt ist, dann ist sie verstummt, es hat keinen Sinn, herumzustehen und dem Echo zu lauschen.«

Henning antwortete nicht. Er holte das Zigarettenetui und das goldene Feuerzeug heraus und zündete sich noch eine Benson & Hedges an.

»Was haben wir eigentlich getrieben?«, sagte er dann.

»Ich habe nicht die leiseste Ahnung«, erwiderte Lucie. »Wir sind geflohen. Oder der Liebe hinterhergejagt, was weiß ich, vielleicht war sie es, wonach wir die ganze Zeit suchten.«

Henning dachte: Sie muss nicht fragen, was ich gemeint habe, wir haben uns immer verstanden, irgendwie denken wir gleich.

»Wenn das so ist, dann haben wir sie nicht gefunden, weder du noch ich«, sagte er.

Lucie zuckte mit den Schultern.

»Wir zwei dürfen uns wohl glücklich schätzen, dass keiner von uns über einen Syphilitiker gestolpert ist. Das wäre ein teurer Preis für etwas gewesen, das bestenfalls angenehme Gymnastik und schlimmstenfalls eine peinliche Qual ist.«

Sie verstummte, und Henning dachte: Sie ist betrunken, sie sagt, was sie will, aber sie lallt nicht, keine Silbe geht verloren.

»Ich habe in meiner Kleiderkammer neunzehn Hutschachteln«, fuhr Lucie fort. »Ich habe sie gestern gezählt. Vielleicht ist das ein guter Ersatz für die Liebe, vielleicht auch nicht. Aber eins weiß ich, es kostet einen verdammt viel zu werden, wer man ist.«

»Zu werden, wer man ist?«, sagte Henning und hob die Augenbrauen. »So etwas gibt es nicht. Es gibt nur, was wir sein *wollen* und was wir zu sein glauben. Alles nur Verkleidungen, und darunter sind nicht wir, darunter ist etwas anderes, etwas, das wir nie zu Gesicht bekommen.«

»Und was soll das sein?«, erkundigte sich Lucie. Nun war es an ihr zu versuchen, ironisch zu klingen, aber in ihrer Stimme schwang Unsicherheit mit.

»Ein schreiendes Kind oder ein kühl berechnendes Gehirn, was weiß denn ich«, sagte Henning lakonisch. »Im Grunde interessiert es mich nicht. Man ist am menschlichsten, wenn man ein Chamäleon aus sich macht, das ist meine Ansicht.«

»Ich weiß nicht«, sagte Lucie. »Ich hatte diese Idee zu… fliehen. Zu reisen, bis alle Echos so schwach werden würden, dass ich sie nicht mehr hören könnte. Aber jetzt weiß ich nicht mehr. Manchmal spielt man seine Rolle zu gut. Man hat sie, und wie die Menschen auf sie reagieren, gründlich satt. Aber man kann sich nicht von ihr befreien, es gibt keinen Ausweg mehr.«

»Ich weiß noch, wie du warst«, sagte Henning langsam. »Ich denke, du hast niemals begriffen, wie andere auf dich reagiert haben.«

»Wie meinst du das?«, fragte Lucie.

»Du hast Erwartungen geweckt, und anschließend hast du sie enttäuscht. Du hast die Leute berührt und neugierig gemacht, dann bist du deines Wegs gezogen und hast sie zurückgelassen.«

»Ich habe das Gefühl, dass du dich selber beschreibst.«

»Vielleicht tue ich das«, sagte Henning. »Vielleicht sind wir beide verwundete Romantiker.«

Er verstummte, aber das Gefühl, das Besitz von ihm ergriffen hatte, als er allein auf dem Hügel stand, übermannte ihn wieder und zwang ihn weiterzumachen und von Dingen zu sprechen, über die er nie mehr hatte sprechen wollen.

»Ich werde dir erzählen, was Liebe ist«, sagte er. »Liebe ist, achtzehn zu sein und an einem Sommerabend mit zwei frisch gekauften Ringen in einer Schachtel auf einem Feldweg zu gehen. Liebe ist, aus einer armen Familie zu stammen und Sonderschichten in der Fabrik gefahren zu haben, um sich die Ringe leisten zu können. Es ist, sie anzubeten, die ein Zimmer im Erdgeschoss in einem Arbeiterhaus am Ende dieses Feldwegs mietet. Und Liebe ist, dorthin zu kommen und durch ein Fenster zu sehen, wie sich ein russischer Offizier anzieht und ein junges Mädchen halbnackt auf einer Bettkante sitzt und der Offizier ein paar Geldscheine auf ihren Nachttisch legt. Und Liebe ist, ihr keine verdammten Vorwürfe machen zu können, weil man weiß, dass sie genauso arm ist wie man selbst.«

Lucie stand da, schaute in die Dunkelheit hinaus und verzog keine Miene. Ein schwacher Lichtstreif wuchs bereits im Osten, aber weder sie noch Henning bemerkten ihn.

»Johanna«, murmelte Lucie schließlich.

»Was?«, sagte Henning zerstreut; er war in eigene Gedanken versunken.

»Deshalb taufst du jede deiner Jachten Johanna.«

»Ja, deshalb taufe ich jede meiner Jachten Johanna. Und deshalb habe ich mein Haus hier draußen und nicht drinnen in Ekenäs.«

»Hast du das sonst noch jemandem erzählt?«, fragte Lucie. Sie war zu Henning getreten und hatte ihren Arm unter seinen geschoben, sie lehnte ihren Kopf an seine Schulter, sie war fast so groß wie er und sprach sehr gedämpft.

»Nur einmal«, sagte Henning. »Heini.«

»Die gestorben ist?«

Henning antwortete zunächst nicht. Dann sagte er: »Zehn Jahre hat mich diese Nacht in Alpträumen verfolgt. Aber ich bilde mir nicht ein, dass ich Heini geliebt habe. Man brennt nur einmal, dann muss man sich mit dem Widerschein begnügen.«

* * *

Es endete, wie es immer endet. Ein Sturm kam, und Regen, und noch ein Sturm, und noch mehr Regen, und wieder ein Sturm, und zusammen nahmen sie den Sommer mit.

Mit dem Herbst kam auch eine Viermächtekonferenz in München, und nach ihr kamen vier Worte, die traurige Berühmtheit erlangen sollten: Frieden in unserer Zeit. Und der November kam, und mit ihm die Reichskristallnacht in Deutschland, und daraufhin schluckte die Signatur »I-r« ihren Stolz hinunter, schickte einen Leserbrief an die große Zeitung *Hufvudstadsbladet*, unterzeichnete den Brief mit dem vollen Namen Ivar

Grandell und schrieb unter anderem: »Unmöglich kann der Mensch seine eigene Bösartigkeit verstehen, sie ist zu finster und tief, um vom Denken erfasst zu werden.«

Und trotzdem:

Wenn jemand, zum Beispiel die unverheiratete und in Tölö wohnhafte Lucie Lilliehjelm, in der Christnacht 1938 auf der Kuppe des Tallbacken gestanden hätte, dann hätte dieser jemand eine Stadt gesehen, die dort so schneebedeckt und friedvoll, aber gleichzeitig auch so hell erleuchtet und herausgeputzt und modern lag, so eifrig wartend auf gute Gaben, auf neue Jahre voller Fleiß und Wohlergehen.

Sie, denn wir dürfen annehmen, dass es Lucie ist, hatte das Olympiastadion und seinen zweiundsiebzig Meter hohen, leuchtend weißen, funktionalistischen Turm im Rücken. Sie hatte die neue Messehalle zu ihrer Rechten und den Wintergarten und den Vattenborgshügel zur Linken. Hinter der Diakonissenanstalt sticht der strenge graue Turm der Kirche von Berghäll in die Höhe, und links im Vordergrund brüten die Villen von Fågelsång schwer auf dem Hang, der zur Tölöviken hin abfällt. Vorne rechts liegen die Gebäude der Zuckerfabrik, sie sehen düster und unzeitgemäß aus in der Winterdunkelheit, und hinter ihnen, auf der anderen Seite des Åbovägen, liegen die alten Kosakenkasernen. Weiter Richtung Stadt sieht man den eckigen Turm des Nationalmuseums, der das Parlamentsgebäude fast völlig verdeckt. Unterhalb des neuen Postgebäudes lässt sich der ebenso neue Glaspalast erahnen, hinter dem Glaspalast thront das Hotel Torni, und dann folgen die anderen Wahrzeichen: die beiden Türme der Johanneskirche, der Feuerturm auf der Kuppe der Högbergsgatan, der Hauptbahnhof, der Dom und schließlich die Zwiebeltürme der Uspenskijkathedrale; nur das Gewerkschaftshaus wird von Fågelsångens Südhang verdeckt. Aus dem Zentrum erstrecken sich die Straßen und Straßenbahnschienen der Stadt in alle Himmelsrichtungen, sie führen nach Süden, zum Brunnsparken und Meerhafen hinab, und sie führen nach Westen, über Gräsviken und nach Drumsö und zum Westend. Sie verlaufen nach Norden über die Långa-Brücke und zum Braheplan und Josafat hinauf, sie führen nach Osten über die Brücke nach Brändö und zum winterlich leeren und verschneiten Stenudden, und sie führen über Surutoin und Vallgård bis zu einer Dachkammer auf dem Joukolavägen in der nördlichsten Ecke der Stadt. Und überall brennt Licht in den Fenstern, und in einem der unzähligen sagt vielleicht jemand in diesem Moment zu jemand anderem: Wie kostspielig ist es doch, sich Jahr für Jahr weiter zu mühen in dieser Welt, und gleichzeitig ist es das einzige Glück.

Epilog

Zwei Kriege folgten, der Winterkrieg und der Fortsetzungskrieg, ein gutes Jahr brüchigen Friedens trennte sie voneinander.

Pecka Luther und Lusmu Fagerlund fielen im ersten Krieg. Misja Rothmann im zweiten. Auch Jocke Tollet und Pali Asplund fielen. Hans-Rurik Lilliehjelm und Sti Widing wurden verletzt, überlebten jedoch und wurden wieder völlig gesund. Micki Morelius war aktive Armeehelferin und wurde bei den Bombenangriffen auf Helsingfors verletzt, allerdings nur leicht.

Der zweite Krieg zog sich in die Länge und hatte auch für Ivar Grandell fatale Folgen. Er gesellte sich zur hart bedrängten Friedensopposition – auch Fredrik Ahlroos gehörte dazu – und hatte gerade begonnen, einer pazifistischen Gedichtsuite den letzten Schliff zu geben, als eine Gehirnblutung seinem Leben ein Ende setzte.

Allu Kajander kämpfte im ersten Krieg, weigerte sich aber, am zweiten teilzunehmen. Er wurde Fahnenflüchtiger und versteckte sich an verschiedenen Orten im südlichen Finnland. Er wohnte auf Speichern und in winterlich leeren Schrebergartenhütten, aber die längste Zeit verbrachte er in einer Waldhütte in Sankt Karins nahe Åbo.

Seine Sehnsucht, Fußball spielen zu dürfen, wurde ihm zum

Verhängnis. Im Sommer 1943 hielt er sich in Helsingfors auf und versteckte sich in einer Wohnung im Martsuhaus. Es war zur Zeit des langen Stellungskriegs, und als Allu zu Ohren kam, dass zahlreiche Ponnistus-, Teräs- und Woimaspieler Heimaturlaub hatten und draußen auf Stenudden eine improvisierte Partie spielen wollten, gesellte er sich zu ihnen. Eine kleine Zuschauerschar hatte sich um den Nokkaplatz versammelt, um sich das Spiel anzuschauen, und als drei Männer, alle in langen Mänteln und mit Hut, nach zwanzig Minuten Spielzeit auftauchten, wusste Allu, dass jemand geplaudert hatte und sein Schicksal besiegelt war.

Allu wurde sowohl zum Tode als auch zu zweiundzwanzig Jahren Zuchthaus verurteilt, obwohl er abstritt, sich an kommunistischen Sabotageakten beteiligt zu haben; er blieb dabei, dass er nichts anderes getan hatte, als sich zu verstecken. Die Beweise des Anklägers waren schwach, verurteilt wurde er trotzdem. Das Todesurteil wurde nicht vollstreckt, Allu stattdessen ins Gefängnis gesteckt. Anfangs saß er in Helsingfors, aber nach einem halben Jahr wurde er ins Bezirksgefängnis in Uleåborg verlegt.

Die Kriegswinter waren schrecklich kalt, sie waren so kalt, dass sämtliche Rosenbestände in Finnland erfroren. Die Sommer dagegen waren heiß, aber trotzdem war nichts mehr wie früher. Wenn Henning Lund Heimaturlaub bekam, fuhr er allein nach Bässholmen hinaus, wo er in dem leeren Pavillon stand und daran dachte, wie sehr es in dem Raum hallte und dass es nie wieder unbeschwerte Sommer geben würde.

Lucie Lilliehjelm war ins Stadtzentrum gezogen. Sie wohnte in der Georgsgatan, in einer geräumigen Wohnung, die früher von Direktor Jarl Widing samt Familie bewohnt worden war, und während der Kriegswinter stand sie am zugigen Salonfenster und blickte auf den schneebedeckten Trekantspark und die verdunkelten Straßen und verfluchte den Gott Mars, der alles Leben zerstörte.

Auf unbekannten Wegen – sie enthüllte niemals ihre Quelle – erfuhr Lucie, dass Allu Kajander im Gefängnis saß und auf seine Hinrichtung wartete. Im Sommer 1944, als die furchtbare sowjetische Offensive etwas nachgelassen hatte, schrieb sie Briefe an ihren Bruder Cedi und an Henning Lund. Henning war zum Hauptmann befördert worden und Cedi zum Major, und beide versprachen, der Sache nachzugehen. Als Cedi sich nach dem Grund für ihr Interesse erkundigte, antwortete Lucie, ihr früheres Hausmädchen sei eine Verwandte Kajanders und habe sie um Hilfe gebeten, doch als Henning ihr die gleiche Frage stellte, sagte sie ohne Umschweife, dass sie Kajander gut kannte, und dann bat sie Henning, es niemals jemandem zu sagen, und fügte hinzu: »Er war meine Johanna. Oder zumindest eine von ihnen.«

Anfang September 1944, am gleichen Tag, an dem Finnland und die Sowjetunion einen Waffenstillstand schlossen, fuhren die Offiziere Cedric Lilliehjelm, Henning Lund und Bruno Skrake in einem verrauchten, aber fast leeren Eisenbahnabteil Richtung Norden durch das Land. Bruno war auf eigenen Wunsch mitgekommen, nachdem ihm klar geworden war, dass der Verurteilte, der gerettet werden sollte, Wand an Wand mit seinem Bruder Leo wohnte.

Kilometer um Kilometer wurde zurückgelegt, und der Schornstein der Lokomotive heulte traurig an jedem Bahnhof, als hätte die Lokomotive an jedem Ort fragen wollen, ob noch jemand am Leben war. Keinem der drei Männer ging es sonderlich gut. Bruno war trotz seines relativ hohen Alters Frontoffizier und hatte einen seiner eigenen Leute, einen Deserteur, einen verängstigten Grünschnabel, erschießen müssen, um ein Exempel zu statuieren und zu verhindern, dass die ganze Kompanie Hals über Kopf die Flucht ergriff. Cedi kam von einem Geheimauftrag in der Gegend von Villemanstrand, sein Sohn

Hans-Rurik lag mit Granatsplittern im rechten Arm und in der Schulter im Militärkrankenhaus. Henning arbeitete im Informationsministerium und hatte seine Untergebenen gezwungen, optimistische Nachrichten zu verbreiten, obwohl das Land seiner Götterdämmerung entgegen zu gehen schien. Sowohl Bruno als auch Cedi litten an Schlaflosigkeit und nahmen Amphetaminpräparate, um sich auf den Beinen zu halten.

Der Zug erreichte Uleåborg am frühen Morgen. Henning hatte die Informationen über Kajander besorgt und war es auch, der wusste, wo das Gefängnis lag und wie man dorthin gelangte. Henning wusste zudem, dass die Zeit drängte, jedoch nicht, *wie sehr* sie drängte. Als sie zum Bezirksgefängnis kamen, waren die Zellen Kajanders und der anderen Todeskandidaten bereits leer, und der Gefängnisdirektor schüttelte bedauernd den Kopf. Ein Gefängniswärter übernahm es, sie zum Schießstand in Alppila, gleich nördlich von Ylä-Siirtola zu fahren. In der Nacht hatte es gefroren, und es war immer noch kalt, der Wachposten, der ihre Passierscheine kontrollierte, bibberte in seinem dünnen Mantel, und wenn er atmete, kam Rauch aus seinem Mund.

Die Toten lagen noch auf der froststeifen Wiese. Kajander lag ganz außen, er lag dort, wo die Wiese allmählich in Mischwald überging, sein Blick war gebrochen und leer, und ein bereits gelbes Birkenblatt klebte auf seiner farblosen Wange.

Auf dem Rückweg hatten Cedi, Henning und Bruno ein ganzes Abteil für sich allein. In der ersten Stunde besprachen sie, was besprochen werden musste. Lucie hatte Cedi äußerst knapp bemessene Informationen über Kajanders Herkunft und Lebensumstände zukommen lassen, und zur Überraschung der beiden anderen war es Bruno, der am meisten wusste; er war es, der erzählte, dass Kajander einen gut zehnjährigen Sohn und eine Frau hatte, deren seelisches Gleichgewicht im Laufe der Kriegsjahre schwer erschüttert worden war, er war es auch, der vorschlug, seinen Bruder, den unpraktischen, aber gutherzigen Leo Koskelo und dessen Frau Siru zu fragen, ob sie für den Jungen sorgen könnten.

Danach sagten sie nicht mehr viel. Sie saßen die meiste Zeit nur da und rauchten, sie aßen nichts, und während die Stunden vergingen und aus dem Nachmittag langsam Abend wurde, leerten sie die Schnapsflaschen, die Bruno und Henning in ihren Rucksäcken dabei hatten. Während sie langsam betrunken wurden, starrten sie zum Fenster hinaus, und ihre Gesichtszüge waren erstarrt, jeder von ihnen machte ein hartes und verbissenes Gesicht, das von großer Bereitschaft kündete, auch die schwersten aller Bürden des Lebens ganz allein, mutterseelenallein auf sich zu nehmen. Sie wussten es noch nicht, aber Jahre des Wiederaufbaus und mühevoller Neuorientierung erwarteten sie, und sie sollten durch diese Jahre schreiten, ohne zu wanken, sie sollten sich fügen und alle Aufträge ausführen, die man ihnen erteilte, allerdings zu dem Preis, dass dieser verbissene Gesichtsausdruck für immer der ihre wurde.

Dank

an Jenny, Benni und Calle

an Jaana Koistinen, Tapani Ritamäki, Marianne Bargum, Sara Ehnholm-Hielm, Stephen Farran-Lee und Ulla Hörhammer für gute Zusammenarbeit

an Anne-May Berger und Petra Hakala von der Schwedischen Literaturgesellschaft, an Arja Björkman im Bildarchiv der Stadt Helsingfors, an das Sportmuseum, an das Stadtmuseum Helsingfors sowie an die Universitätsbibliothek

an Mårten Westö, Henrik Meinander, Martti Helminen und Nina Weckström, die das Manuskript gelesen und wertvolle Kommentare gegeben haben

an Lena Pasternak, die beim Russischen half, Henrika Andersson, die beim Französischen half, und Ann-Sophie Sandström, die beim ostbottnischen Dialekt behilflich war

an die Übersetzer Katriina Savolainen und Paul Berf, die rechtzeitig einige meiner Fehler entdeckten

an Elvi Sinervo, deren Erzählung »Voileipäpaketti«, Das Butterbrotpaket, Ivar Grandell im Frühjahr 1922 unter den Schmetterlingslampen wiedergibt an die Fotografen Henry B. Goodwin und Wladimir Sjohin und alle anderen, die dazu beitrugen, dass ich die Idee zu diesem Buch bekam

an alle, die über das Leben in Helsingfors und andernorts in früheren Zeiten geschrieben haben, an die Aktivisten in Stadin Slangin r.y., deren Helsingforser Folklore ich bisweilen ausgenutzt habe, an Heikki Paunonen, der das Unmögliche vollbrachte und ein Slangwörterbuch schrieb

an alle, die mit Detailinformationen und interessanten Diskussionen beigetragen haben

sowie an die Musiker, zu deren Schar ich eigentlich gerne gehören würde.

Trotz allen und allem, was oben erwähnt wurde, trage ich und nur ich die Verantwortung für den Inhalt des Romans *Wo wir einst gingen*, der ein Fantasieprodukt und rein fiktiv ist. Es muss betont werden, dass die Schilderung der Grausamkeiten im Winter und Frühjahr 1918 auf vielen Stunden Lektüre basiert, aber fiktiv ist. Ich habe versucht, die Namen meiner Personen so zu wählen, dass ich nicht nach langer Zeit jemanden begangener Untaten bezichtige. Sollte sich ein Leser dennoch unangenehm berührt fühlen, bitte ich um Entschuldigung, aber erfundene Personen müssen einen Namen haben, und nicht alle können Zbyszko oder Neeswårta heißen.

Bezüglich der Schilderung von Helsingfors und der Epoche strebt die Geschichte oft große Genauigkeit an, nimmt sich bei anderen Gelegenheiten jedoch auch Freiheiten heraus, beispielsweise bei Gaststätten und ihrer Lebensdauer, dem Verlauf von Wegen und Straßen, den Lebenswegen bekannter Bürger von Helsingfors etc. Das Opris der Wirklichkeit blühte nie so kraftvoll wie hier, und der Monsieur François der Wirklichkeit leitete niemals die Tanzkapelle Valencia.

Helsingfors im Juli 2006
Kjell Westö

651

btb

Kjell Westö

Das Trommeln des Regens
Roman. 196 Seiten
73763

Nordic noir aus Helsinki. Eine Frau zwischen zwei Männern. Und eine Liebe, die bedingungslos ist.

„Rasanter, raffinierter Thriller um Liebe,
Besessenheit und Mord."
Kirkus Reviews

Vom Risiko, ein Skrake zu sein
Roman. 320 Seiten
73657

**Witzig, anrührend, vielschichtig:
Ein wunderbarer Familienroman von einem der
bekanntesten finnlandschwedischen Autoren.**

„Dieses Buch ist mein Versuch, das 20. Jahrhundert
Finnlands anhand einer Familie einzufangen, deren
Männer Spezialisten darin sind, am falschen Ort zur
falschen Zeit das Falsche zu tun."
Kjell Westö